죽음집

이 책은 2021년도 정부(교육부)의 재원으로 한국고전번역원의 지원을 받아
수행된 '권역별거점연구소협동번역사업'의 결과물임.

This work was supported by Institute for the Translation of Korean Classics - Grant funded by
the Korean Government.

한국고전번역원 한국문집번역총서 / 조선대학교 인문학연구원 고전번역연구소

죽음집 5
竹陰集

조희일 지음
趙希逸

유종수 이민호 옮김

일러두기

1. 이 책의 번역 대본은 서울대학교 규장각 소장《죽음집(竹陰集)》(奎6830)으로 하였다. 이 문집은 한국고전번역원 발간 한국문집총간 83집에 수록되어 있다.
2. 내용이 간단한 역주는 간주(間註)로, 긴 역주는 각주(脚註)로 처리하였다.
3. 한자는 필요한 경우 이해를 돕기 위하여 넣었으며, 운문(韻文)은 원문을 병기하였다.
4. 맞춤법과 띄어쓰기는 한글 맞춤법과 표준어 규정을 따랐다.
5. 이 책에서 사용한 부호는 다음과 같다.
   ( ) : 번역문과 음이 같은 한자를 묶는다.
   〔 〕 : 번역문과 뜻은 같으나 음이 다른 한자를 묶는다.
   " " : 대화 등의 인용문을 묶는다.
   ' ' : " " 안의 재인용 또는 강조 문구를 묶는다.
   「 」 : ' ' 안의 재인용을 묶는다.
   『 』 : 「 」 안의 재인용을 묶는다.
   《 》 : 책명 및 각주의 전거(典據)를 묶는다.
   〈 〉 : 책의 편명 및 운문·산문의 제목을 묶는다.
   □ : 글자의 자리를 비워 둠을 나타낸다.
   ▨ : 글자의 판독이 불가함을 나타낸다.

죽음집 제11권

응제應製

죽음집 제12권

죽음집 제13권

죽음집 제14권

죽음집 제15권

기記

죽음집 제16권

묘갈명墓碣銘

묘지墓誌

행장行狀

죽음집 부록

죽음집

제11권

응제 應製

위성 공신 2등 진창군 강인에게 내리는 교서[1]
敎衛聖功臣二等晉昌君姜絪書

왕은 이르노라. 지극히 어려운 일이 닥쳤을 때 말고삐를 잡고 끝까지 따랐던 이가 누구였던가. 공로에 보답하지 않을 수 없으니, 함께 산하를 가리켜 맹세하노라.[2] 아, 너희 신료들은 나의 밝은 명을 들을지어다.

생각건대, 나라가 상란(喪亂)과 화패(禍敗)를 만났을 때는 바로 신민들의 존망과 생사가 달린 시기이다. 그런 만큼 이치에 밝아 경중의 차례를 통찰한 자가 아니라면, 반드시 어떤 것을 따르는 것이 옳은 지에 대해 어두워 거취의 타당함을 잃게 된다. 그 때문에 어지러운 시기라야 충성스

---

1 위성(衛聖)……교서 : 이 교서는 1612년(광해군4) 10월 강인(姜絪)을 위성 공신 2등에 책훈할 때 지은 것으로 보인다. 《光海君日記 4年 10月 5日》 강인(1555~1634)의 본관은 진주(晉州), 자는 인경(仁卿), 호는 시암(是庵)이다.

2 함께……맹세하노라 : 공신의 은공을 영원히 잊지 않겠다는 맹약을 이른다. 한 고조(漢高祖)가 천하를 통일한 뒤 공신에게 작위와 봉지(封地)를 정해 주고 맹세하기를 "황하가 띠처럼 되고 태산이 숫돌만큼 닳아도 나라와 함께 길이 보전하며 후손에게까지 미칠 것이다.〔使黃河如帶, 泰山若礪, 國以永寧, 爰及苗裔.〕"라고 하였다. 《漢書 高惠高后文功臣表》

런 신하를 알게 되고, 세찬 바람이 불 때라야 굳센 풀을 알게 되는 것인데,[3] 지금 세로에서 이런 절의를 갖춘 장부가 있으리라고는 생각지 못하였다.

생각건대, 경은 용모는 빼어나고 단정하며, 행동거지는 바르고 장중하여 함께 임금을 섬길 만한 인재라 하겠다. 법도 있는 집안의 충과 효와 우애의 가르침을 몸에 지녔으니, 어찌 정무를 봄에 무슨 어려움이 있었으랴. 성인(聖人) 문하의 과감함과 기예와 통달한 자질[4]을 앙모하여, 일찍이 유궁(儒宮)에서 이름을 날렸다. 이어 조정에서도 녕성을 떨쳐 세자시강원의 관원으로 뽑히자[5] 사람들이 이를 영예롭게 여겼다. 그렇지만 과거를 통해 등용되지 않아서 사람들은 나은(羅隱)처럼 억울하게 여기었고,[6] 비록 문벌로 초빙되었으나 왕연(王掾)처럼 어리석지는 않았다.[7]

---

3 어지러운⋯⋯것인데 : 당(唐)나라 태종(太宗)이 소우(蕭瑀)를 칭찬하면서 하사한 시에 "질풍 속에서 굳게 버티는 초목을 알 수 있고, 난리 속에서 충성스러운 신하를 알 수 있다.〔疾風知勁草, 板蕩識誠臣.〕"라고 한 데서 온 말이다.《舊唐書 蕭瑀列傳》

4 성인(聖人)⋯⋯자질 :《논어》〈옹야(雍也)〉에 노(魯)나라의 위정자인 계강자(季康子)가 공자(孔子)에게 제자들이 정사에 종사할 능력이 되는지 묻자 공자가 중유(仲由)는 과단성을 갖췄고 사(賜)는 사리에 통달했으며 구(求)는 다재다능하다고 답하였다.

5 세자시강원의 관원으로 뽑히자 : 강인(姜絪)이 천거되어 왕자사부에 제수되었음을 말한 것이다.《光海君日記 4年 10月 5日》

6 과거를⋯⋯여기었고 : 강인(姜絪)이 과거를 통하지 않고 유학의 행실로 등용된 것이 당(唐)나라 시인 나은(羅隱)과 같다는 말이다. 나은은 시명이 천하에 진동하였으며 특히 영사(詠史)에 뛰어났으나, 비판과 풍자의 색채가 짙어 종신토록 급제하지 못하였다. 난리를 피해 향리로 내려갔다가 절도사(節度使) 전류(錢鏐)에게 발탁되어 종사관으로 몸을 의탁하였다.《舊五代史 羅隱列傳》

7 왕연(王掾)처럼 어리석지는 않았다 : '왕연'은 왕술(王述)로, 사람들이 그를 어리석다

지난날 파천했을 때 매우 급작스런 상황에서도 과인을 호종하였다. 너도나도 험지로 달려가는 사슴 떼가 되었으니,[8] 누가 거처 잃은 용을 따랐던가. 경은 감읍하여 어버이와 하직하며 연기(燕奇)[9]처럼 드높은 의기를 보였고, 죽기를 맹세하여 군주를 호위하며 유간(惟簡)[10]처럼 당당한 충언을 아끼지 않았다. 발을 싸매고 가며[11] 험한 변새를 지났고,

---

고 하였으나 사도(司徒)인 왕도(王導)가 문벌(門閥)로 그를 불러 중병속(中兵屬)으로 삼았다. 그를 대면하고는 강동(江東)의 쌀값만을 물었다. 그런데 왕술이 눈만 부릅뜨고 대답을 하지 않자, 왕도가 "왕연은 어리석지 않다. 사람들이 어째서 그를 어리석다고 하는가."라고 하였다. 왕술이 눈만 부릅뜨고 대답하지 않은 것은, 알고 있다는 것을 증명했다는 뜻이다. 《晉書 王湛列傳》

8 험지로……되었으니 : 살길을 찾아 도모하는 것을 말한다. 《춘추좌씨전(春秋左氏傳)》 문공(文公) 17년 조에 "사슴이 죽게 되었을 때에는 그늘진 곳을 가릴 틈이 없다. 소국이 대국을 섬김에 있어서도, 대국이 덕을 베풀면 소국 역시 사람의 도리로 섬기겠지만, 덕을 베풀지 않으면 죽게 된 사슴처럼 행동할 것이다. 빨리 달려 험한 곳으로 달아날 적에, 급한 상황에서 무엇을 가릴 수 있겠는가.〔鹿死不擇音. 小國之事大國也, 德則其人也, 不德則其鹿也. 鋌而走險, 急何能擇?〕"라고 한 데서 온 말이다.

9 연기(燕奇) : 양연기(楊燕奇)를 말한다. 양연기는 안녹산(安祿山)이 난이 일어났을 때 안녹산을 토벌하기 위해 어버이에게 하직한 후 종군(從軍)하였다. 《唐大家韓文公文抄 卷11 淸邊郡王楊燕奇碑》

10 유간(惟簡) : 이유간(李惟簡)을 말한다. 이유간은 형 이유악(李惟岳)의 반란으로 경사(京師)에 갇혀 있었는데, 주자(朱泚)가 반란을 일으켜 덕종(德宗)이 봉천(奉天)에서 포위당하자, 관문을 부수고 일곱 차례 싸우면서 봉천으로 달려갔다. 이에 덕종이 가상하게 여기고 금장군(禁軍將)으로 삼았다고 한다. 《新唐書 李惟簡列傳》

11 발을 싸매고 가며 : 헌신적으로 일을 하는 것을 말한다. 《여씨춘추(呂氏春秋)》〈애류(愛類)〉에 "공수반(公輸般)이 높은 구름사다리를 만들어 송(宋)나라를 공격하고자 하였다. 그러자 묵자(墨子)가 이러한 소식을 듣고 노(魯)나라에서 출발하여 치마를 찢어 발을 싸매며 밤낮을 쉬지 않고 가서 열흘 만에 영(郢) 땅에 도착하였다.〔公輸般爲高雲梯, 欲以攻宋. 墨子聞之, 自魯往, 裂裳裹足, 日夜不休, 十日十夜而至於郢.〕"라는 내용이 보인다.

쉴 새 없이 계책을 자주 궁구하느라 조석으로 안개와 이슬을 맞기도 하였다. 황량한 산과 궁벽한 곳이라도 땅이 어찌 멀다 하여 가지 않았겠으며, 두려운 길과 위태로운 상황이라도 일이 어렵다 하여 피한 적은 없었다.

평소 충성과 신의를 지녔기에 위급한 상황에서도 명을 어김이 없었고, 험하고 평탄함을 똑같이 보았기에 곤궁한 처지에서도 변치 않았다. 나라에 충성을 바치려고만 하였으니 집안을 돌볼 틈이 있었겠는가. 그리하여 한두 해가 넘도록 나라를 방비하느라 동쪽과 서쪽으로 무릇 수천 리를 오고 갔었다. 과인의 전후좌우에는 모두 경과 같이 올바른 사람을 등용하였는데, 경이 바로 그런 사람으로 출입하고 기거함에 삼가지 않음이 없었도다. 경에게 이런 행실이 있었으니, 싫은 내색 없이 분주히 일한 수고¹²와 밤낮으로 부지런히 움직인 노고를 어찌 나만 알 뿐이었겠는가. 여러 사람의 논의에서도 증명되는 사실이다.

이에 선왕께서 경의 큰 공적을 가상히 여기시어 유사(有司)에게 명하여 공적을 기록하게 하신 다음 봉상시(奉常寺)의 3등의 반열에 두셨는데, 이제 과인이 여덟 글자의 칭호로 기리노라. 이것이 어찌 경의 공로가 전에는 소략하고 뒤에는 커졌기 때문이겠는가. 다만 나의 보답이 마음에 만족스럽지 못하여 은전을 더해주는 것일 뿐이다.

경의 훌륭한 모습은 단청(丹靑)에 그려지고 품계에 따른 관복은 붉은

---

12 싫은……수고 : 《시경》〈주송(周頌)〉에 "아, 심원하도다. 이 청정한 사당이여, 제사를 돕는 공후들이 공경하고 화락하도다. 많고 많은 선비들이 문왕의 덕을 잡아 하늘에 계신 분을 대하고 사당에 계신 신주를 매우 분주히 받들도다. 나타나지 않을까, 받들지 못할까, 사람들은 이에 싫어함 없다네.〔於穆淸廟, 肅雝顯相. 濟濟多士, 秉文之德, 對越在天, 駿奔走在廟. 不顯不承, 無射於人斯.〕"라는 내용이 보인다.

빛과 자줏빛의 옷과 인끈에 더욱 드러나리라. 편안함이 길이 지속되리니,[13] 경의 두터운 덕을 잊지 않겠노라.[14] 이에 경을 위성 공신 2등(衛聖功臣二等)에 책훈하는 바이다.

아아, 천지의 귀신은 위에서 이 마음 살필 테고, 죽백(竹帛)과 이정(彝鼎)[15]에는 경의 빛나는 공렬이 새겨져 영원토록 다함이 없으리라.

---

13 편안함이 길이 지속되리니 : 임금이 베푸는 은덕을 말한다. 《서경》〈여형(呂刑)〉에 "위로 임금 한 사람이 선정을 베풀어 경사가 있게 되면, 아래로 만백성이 그 은택을 받게 되어, 그 편안함이 영원히 지속될 것이다.〔一人有慶, 兆民賴之, 其寧惟永.〕"라는 내용이 보인다.

14 경의……않겠노라 : 공신(功臣)의 공로를 생각한다는 말이다. 《서경》〈미자지명(微子之命)〉에 "내가 그대의 덕을 가상히 여기고, 그대의 두터운 덕을 잊지 않겠노라.〔予嘉乃德, 曰篤不忘.〕"라고 한 데서 온 말이다.

15 이정(彝鼎) : 종묘(宗廟)에 쓰는 술그릇과 솥으로, 큰 공이 있는 신하의 이름을 새겨 오래도록 전하게 하는 용도로 쓰였다.

남해 현령에게 포상하며 내리는 교서
教褒南海縣令書

왕은 이르노라. 적을 막는 것은 요점이 적임자를 얻는 데 달려 있는데 방략을 변경 진영에서 오랫동안 시행하였고, 일을 잘 처리하기 위해서는 반드시 먼저 기물을 예리하게 해야 하는데[16] 배와 노를 해상의 방비하는 곳에서 즉각 마련하였다. 공로가 있는데 포상하지 않은 적이 없었으니, 이미 능력을 보였기 때문에 더욱 권면하는 바이다.

생각건대, 그대는 젊어서부터 기예를 지녀 군사를 조련하도록 하자 개인적인 일은 잊어버리고 공적인 이익에만 힘을 썼도다. 세상에서는 어리석은 이로 오해하기도 하였지만 일에 임해서는 회피하지 않아 그대의 충심을 아는 이들도 있었다.

돌이켜 보건대, 남해(南海)는 요충지이기에 동쪽의 미쳐 날뛰는 오랑캐로 인해 자주 경보가 울린다. 참으로 이들은 바다에서 쓸어버려야 하니, 어찌 뭍에 올라와 날뛰게 해서야 되겠는가. 이에 무기 체계를 수선할 때가 되자 선박을 건조하는 일을 맨 먼저 시행하였다. 가까이로는 한산도 대첩(閑山島大捷)의 예를 살펴서 구조는 거북이처럼 만들고, 멀리로는 회수(淮水) 일대의 좋은 방책을 본받아 기세는 송골매처럼 날래게 하였다.

---

16 일을……하는데 : 자공(子貢)이 인(仁)의 실천에 대해 묻자, 공자(孔子)가 "공인이 맡은 일을 잘하려면 반드시 먼저 그 기물을 예리하게 만들어야 한다.〔工欲善其事, 必先利其器.〕"라고 한 데서 온 말이다.《論語 衛靈公》

다만 물력이 상당히 부족했는데도 이에 직접 몹시 애를 써가며 이루었으니, 고을에 부임한 지 10개월 만에 공역을 마치고 세 척을 건조했다며 보고하였다. 이미 직분을 다한 공효가 있는데, 공로에 보답하는 표창이 없어서야 되겠는가. 이에 그대에게 통정대부 행 남해 현령을 더해 주니, 맡고 있던 직임은 전처럼 수행하라.

아아, 사나운 호랑이와 표범이 산속에 있어서 위세를 떨치듯 우리 강역을 굳건히 하고, 경예(鯨鯢)[17]가 바다를 뒤흔드는 근심을 끊듯 저들이 우리 강역을 엿보는 것을 막아야 할 것이다. 그러므로 이렇게 교시하니 마땅히 잘 알았으리라 생각한다. 현령의 이름[18]은 본고에 실려 있지 않다.

---

17 경예(鯨鯢) : 고래의 수컷과 암컷을 가리키는 말로, 소국(小國)을 병탄(幷呑)하려는 흉악무도한 자를 뜻하는데, 여기서는 왜적을 가리키는 말로 쓰였다. 《春秋左氏傳 宣公12年》

18 현령의 이름 : 임진왜란 때 충무공(忠武公) 이순신(李舜臣)의 휘하에서 활약했던 수군 장수인 나대용(羅大用, 1556~1612)을 말하는 것으로 보인다. 《광해군일기》 3년 6월 8일 기사에 나대용이 군기(軍器)를 정밀하게 마련하고 전선(戰船)을 장만하였다는 이유로 상전을 시행하는 것을 철회해 달라는 사헌부의 계사가 보인다.

경기도관찰사 겸 병마수군절도사 개성부유수 이경함에게 내리는 교서[19]
教京畿道觀察使兼兵馬水軍節度使開城府留守李慶涵書

왕은 이르노라. 도(道)마다 영문(營門)을 만들었으나 경기만큼 중요한 지역은 없고, 부월(斧鉞) 잡고 곤외(閫外) 다스릴 곳을 맡길 때는 반드시 재능 있는 이를 기다려야 한다. 따라서 어진 덕을 널리 펴며 군대의 규율을 감독하고 바로잡을 인재에 대해 뭇 사람들의 의견을 참고하여 내 마음에서 판단하였다.

생각건대, 경은 타고난 성품은 성실하고 기국과 식견은 심원하다. 부자가 모두 그 아름다운 자질을 갖추었으니[20] 충효는 본래 유래가 있고, 문무의 재주를 모두 지녔으니 위급할 때 모두가 의지할 만하였다. 일찍부터 조정의 반열에서 날개 폈고 이어 군직(軍職)에서도 당당히 걸었으며, 미원(薇垣)에서 군주의 과실을 바로잡았고[21] 백부(柏府)에서 국법을 엄숙하게 하였도다.[22]

---

19 경기도관찰사……교서 : 이경함(李慶涵)은 1610년(광해군2) 1월 4일 경기도 관찰사에 제수되었다. 《光海君日記 2年 1月 4日》

20 부자가……갖추었으니 : 이경함(李慶涵)의 부친은 이증(李增, 1525~1600)으로, 자는 가겸(可謙), 호는 북애(北崖), 시호는 의간(懿簡)이다. 이색(李穡)의 7세손이다. 문과에 급제하였고, 여러 도의 관찰사를 지냈다. 저서에 《북애집》이 있다.

21 미원(薇垣)에서……바로잡았고 : 미원은 사간원의 별칭이다. 이경함(李慶涵)은 1593년(선조26) 사간원 정원에 제수되었다. 《宣祖實錄 26年 4月 21日》《藥泉集 卷18 兵曹參判李公神道碑銘》

넉넉한 장자(長者)의 도량을 지녀서 올바름을 지키고 아부하지 않았으며, 아름다운 옛사람의 몸가짐을 지녀서 일에 임하여 구차스러움이 없었다. 후설(喉舌)을 맡아서는 왕명의 출납을 매우 합당하게 하였으며,[23] 주군(州郡)을 맡아서는 폐단을 모두 제거하였다.[24]

해서(海西)에서 관찰사를 맡았고[25] 국경에서 재차 조사(詔使)를 맞이하였다. 이때 아전들을 꾸짖어 책망하지 않았으나 부서기회(簿書期會)[26]에 어김이 없었으며, 백성들을 닦달하지 않았으나 쓰이는 데 들어가는 물품을 제때 갖추었다. 이는 실로 너그럽게 대하여 백성들의 마음을 얻은 것이고[27] 간결하게 하여 번다한 일을 처리한 것이다.[28] 이 때문

22 백부(柏府)에서……하였도다 : 백부는 사헌부의 별칭이다. 이경함(李慶涵)은 1593년(선조26) 사헌부 지평을 지냈고, 1594년 9월 3일에는 사헌부 장령에 제수되었다. 《宣祖實錄 26年 8月 21日, 27年 9月 3日》

23 후설(喉舌)을……하였으며 : 후설은 승정원의 별칭이다. 이경함(李慶涵)은 1600년(선조33) 10월 3일 동부승지에 제수된 다음, 승지의 여러 직임을 역임하였다.《宣祖實錄 33年 10月 3日》

24 주군(州郡)을……제거하였다 : 이경함(李慶涵)은 1603년(선조36) 10월 11일 성주 목사(星州牧使)에 제수되었으며, 이듬해 1월 28일에는 광주 목사(光州牧使)에 제수되었다. 《宣祖實錄 36年 10月 11日》

25 해서(海西)에서 관찰사를 맡았고 : 해서는 황해도이다. 이경함(李慶涵)은 1608년(광해군즉위년) 황해도 관찰사에 제수되었다. 《光海君日記 卽位年 8月 17日》

26 부서기회(簿書期會) : 1년의 회계(會計)를 장부에 기입해서 기일 안으로 조정에 보고하는 것을 말한다.

27 너그럽게……것이고 :《논어》〈양화(陽貨)〉에 "너그러우면 백성들의 마음을 얻고, 신실하면 사람들이 의지한다.〔寬則得衆, 信則人任焉.〕"라고 한 데서 온 말이다.

28 간결하게……것이다 :《논어》〈위정(爲政)〉1장 집주(集註)의 범씨(范氏) 설에 "지키는 것을 지극히 간이하게 하면서도 번거로움을 제어할 수 있다.〔所守者至簡而能御煩.〕"

에 매우 가상히 여겨 더욱 몹시 신경을 쓰고 있는 것이다.

생각건대, 나라의 심장부인 우리 경기 지역은 실로 도성의 지척에 자리한 땅이다. 수도를 둘러 지키는 것은 도성 안의 명을 받아 지방에 하달하기 위함이며, 왕화(王化)를 널리 펴는 것은 가까운 곳에서 시작하여 멀리까지 파급시키기 위함이다. 그러므로 반드시 일에 노련하고 다스림의 이치를 아는 양리(良吏)라야 나라를 안정시키고 다스리는 지역에 관찰사로 임명할 수 있는 것이다.

지난번 난리로 인해 나라가 피폐해졌다.[29] 그리하여 불타버리고 짓밟힌 뒤라서, 지금도 여전히 읍과 촌락은 적막하여 피폐함과 곤궁이 극에 달했다. 이런 상황에서 종묘와 대궐을 짓는 큰 공역이 일어나고 원릉(園陵)을 조성하며 무거운 세금이 부과되었다. 게다가 중국 사신이 자주 찾아오고 한재까지 몹시 심하며, 거듭되는 기근을 만나 양식이 부족해서 살아남은 가여운 백성들이 구렁을 메우고 있다. 백성들이 무슨 죄가 있겠는가. 나는 몹시 두려운 마음이 든다. 그러니 누구에게 근본을 굳건히 하고 나라를 안정시키는 책임을 맡겨야, 점진적으로 백성을 편안하게 하고 물화를 넉넉하게 하는 업적을 이룰 수 있으리오. 생각건대, 성과는 지난날에 이미 징험되었으므로 오늘날에 큰 공적을 거두기를 기다리노라.

경은 자애롭고 온화하며 너그럽고 신중하니 전란의 상처를 회복시키

라는 내용이 보인다.

29 난리로……피폐해졌다 : 《시경》〈사월(四月)〉에 "가을 날씨가 쌀쌀해지는지라, 온갖 초목이 모두 병들었도다. 난리를 만나서 피폐해졌으니, 어디로 돌아갈꼬.[秋日凄凄, 百卉俱腓. 亂離瘼矣, 奚其適歸?]"라고 한 데서 온 말로, 임진왜란과 정유재란을 가리킨다.

고 신음하는 백성들의 처지를 바꿀 수 있다고 보며, 경은 심지가 크고 군세며 방정하고 엄숙하니 악한 무리들을 사라지게 하고 화란을 잠재울 수 있다고 여긴다. 이에 교서를 반포하여 경기 지역을 총괄하게 하고, 또한 수레바퀴를 밀어주어[30] 장단(將壇)에 오르게 하여, 맑게 다스리는 권한을 부여하고 정토(征討)하는 직권까지 잡게 하노라. 휘장 두른 수레를 타며 비단 도포와 옥 부절을 차고서 방문하여 물어볼 곳이 서른 고을 남짓이고, 표범 꼬리 매단 사령기(司令旗)로 지휘할 땅이 수백 리에 이른다.

지금 경을 경기도관찰사 겸 병마수군절도사 개성부유수에 제수하니, 경은 은혜를 베푸는 데 힘쓰고 징수하는 것을 느슨히 하며, 방비를 우선시하고 부세를 뒤로 하며, 백성들에게 권하여 농상을 독려하고, 군대를 검열하여 군진을 익히게 하라. 장오(臟汚)에 관한 법을 엄하게 시행하여 탐욕스런 풍조를 뿌리 뽑고, 청렴하고 근면한 양리(良吏)를 살펴서 순리(循吏)를 표창하라. 의식을 풍족하게 하여 예절을 알게 하고, 학교를 정비하여 인재를 양성하라. 사형에 해당되는 죄는 내게 물어 재가를 받고, 통훈대부(通訓大夫) 이하의 관원에 대해서는 스스로 판단하라. 나의 이러한 명을 공경하여 그대는 가서 합당하게 처리하라.

아아, 팥배나무 그늘에서 머물며 베풀던 인정(仁政)[31]을 깊이 추념하

---

30 수레바퀴를 밀어주어 : 장수를 지방으로 보낼 때 임금이 수레바퀴를 밀어주는 의식이다. 《사기(史記)》〈풍당열전(馮唐列傳)〉에 "신이 듣건대 상고 시대에 군왕이 장수를 파견할 때는 무릎을 꿇고 수레를 밀면서 '곤내는 과인이 다스릴 테니 곤외는 장군이 다스리시오.'라고 하였습니다.〔臣聞上古王者之遣將也, 跪而推轂, 曰閫以內者, 寡人制之, 閫以外者, 將軍制之.〕"라는 내용이 보인다.

31 팥배나무……인정(仁政) : 주(周)나라 소공 석(召公奭)이 팥배나무 아래에서 쉬면서

여 큰 가르침을 빛내고, 고삐를 잡던 뜻[32]을 저버리지 말아서 큰 공훈을
세우는 데 노력하라. 그러므로 이렇게 교시하니 마땅히 잘 알았으리라
생각한다.

어진 정사를 하였기 때문에 그가 떠난 뒤에 백성들이 그를 사모하여 팥배나무를 차마
베지 못하고 아꼈다는 고사가 전한다. 《詩經 甘棠》
32 고삐를 잡던 뜻 : 부임하여 정치를 잘하겠다는 포부를 말한다. 후한(後漢) 때 범방(范
滂)은 청렴하고 지조 있는 관원으로 이름이 높았다. 기주(冀州)에 기황(饑荒)이 들어
도적떼가 일어났을 때, 조정에서는 범방이 적임자라고 하여 청조사(淸詔使)에 임명하
자, 수레에 올라 고삐를 잡으면서 천하를 맑게 하겠다는 뜻을 품었다고 한다. 《後漢書
黨錮列傳 范滂》

백령 첨사 김입신이 나랏일에 마음을 다하여 성과를 이미 드러낸 것에 대해 상을 내리는 교서[33]

教白翎僉使金立信盡心國事 成效已著 賞加書

왕은 이르노라. 정성을 다하고 힘을 다 쏟아 맡았던 일에서 이미 성과를 드러내었으니, 공적을 살펴 노고에 보답하기 위해서는 상으로 작질을 올려줌이 마땅하다. 앞서 정해진 논의가 있으니, 나는 식언하지 않겠다.

멀리 해서(海西) 지역을 생각하건대, 해적의 준동을 자주 걱정하던 곳이었다. 처음에는 슬며시 나타나서 어선과 상선을 약탈하더니, 결국에는 방자하게 행동하며 나라의 조세까지 노렸다. 이에 비단 돛을 단 배[34]들이 거침없이 활개 치는 종적을 찾아보았더니, 대체로 백령도(白翎島)를 왕래하는 문지방으로 삼고 있었다.[35] 그래서 관방(關防)을 설치

---

33 백령(白翎)……교서 : 이 교서는 광해군이 1610년(광해군2) 11월 23일 김입신(金立信)이 나랏일에 마음을 다하여 공적을 이룬 자취가 이미 현저하게 드러났다고 하며 가자(加資)하고 포장(褒獎)하라는 전교를 내렸는데, 이 때 지어진 것으로 보인다. 《光海君日記 2年 11月 23日》

34 비단……배 : 해적을 말한다. 삼국시대 오(吳)나라의 여몽(呂蒙)이 손권(孫權)에게 감녕(甘寧)을 소개할 때 "일찍이 도망친 자들을 불러 모아 강호를 휘젓고 다녔습니다.…… 또 일찍이 서천 비단으로 돛을 만들어서 그 때 사람들이 모두 비단 돛의 배를 타고 다니는 해적이라 하였습니다.〔嘗招合亡命, 縱橫於江湖之中.……又嘗以西川錦作帆幔, 時人皆稱爲錦帆賊.〕"라고 한 데서 온 말이다. 《三國演義 第38回》

35 백령도(白翎島)를……있었다 : 1609년(광해군1) 1월 18일에 백령도가 지리적으로 서해에 있어 해적들이 이 섬을 보급처로 삼아 순풍을 타고 내해(內海)로 들어와 해서(海西)를 노략질하고 충청도와 전라도까지 약탈하는 문지방으로 삼고 있다는 비변사의

하여 입구를 점거해, 한복판에서 배를 이용하여 소란스럽게 하려는 마음을 먹지 못하게 해야 한다고 모두 말하였다. 누가 그 직임에 적합한 사람이었나. 그대가 바로 적임자였다.

생각건대, 그대는 일찍부터 병법을 익혀 방략(方略)에 훤하였다. 일찍이 백 명의 수장이 되어 오랫동안 친병(親兵)을 관리하였으니,[36] 지난번 대신(大臣)의 말에 따라 자질이 예리한지 임용해서 판별해 본 것이다.[37]

한 조각 외로운 섬을 돌아보니, 사면이 망망대해로 둘러싸여서 변방의 장기(瘴氣)와 장무(瘴霧)가 자욱하고 큰 파도와 거센 풍랑이 넘실거리는 곳이었다. 그대는 가시덤불을 베어 집을 짓고 토지를 살펴 뽕과 삼을 심었다. 밤낮으로 노심초사하여, 마침내 백성들이 모여들어 인구가 늘었으며 또한 마른 양식이 비축되어 갑졸이 정예화 되었다. 망루를 세우고 목책과 해자를 만들 때는 그 규모를 즉시 갖추었으며, 봉화를 신중히 관리하고 적정(敵情)을 살필 때는 기율이 엄격하였다. 그리하여 결국 시랑(豺狼)이 틈을 엿보던 구역을 비휴(貔貅)[38]가 위엄을 떨치는 근거지로 엄연하게 만들어서, 돌발적인 환란이 귀에 들리지 않게 되었

보고가 있었다. 《白沙集別集 卷2 啓辭》

36 오랫동안 친병(親兵)을 관리하였으니 : 김입신(金立信)은 백령도 첨사에 제수되기 전에 훈련도감 천총(訓鍊都監千摠)을 지냈다. 《白沙集別集 卷2 啓辭》

37 대신(大臣)의……것이다 : 도체찰사(都體察使)를 맡고 있던 이항복(李恒福)이 김입신(金立信)이 적임자라고 하여 추천하였다. 《白沙集別集 卷2 啓辭》 후한(後漢)의 우후(虞詡)가 "반근착절의 상황을 만나지 않는다면 자질이 예리한지 분간할 수가 없으니, 지금이야말로 내가 공을 세울 기회이다.〔不遇盤根錯節, 無以別利器, 此乃吾立功之秋.〕"라는 내용이 보인다. 《後漢書 虞傳蓋臧列傳 虞詡》

38 비휴(貔貅) : 옛날에 길들여 전쟁에 썼다고 하는 맹수의 이름으로, 여기서는 용맹한 군대를 비유하는 말이다.

다. 이미 드러난 공을 보았는데, 감히 권면하는 일을 늦출 수 있겠는가.

이에 그대에게 절충장군을 더해주니, 맡고 있던 직임은 전처럼 수행하라. 아아, 공경히 내 총명(寵命)을 받들어 더욱 방어하는 대책을 강구하여 저 흉악한 무리를 막아 제멋대로 날뛰는 짓을 영구히 그치게 할지어다.

위성 공신 1등 의정부 우의정 정탁에게 내리는 교서[39]
教衛聖功臣一等議政府右議政鄭琢書

왕은 이르노라. 임금을 섬기면서 자기 몸을 바쳤으니 평소 쌓은 것은 평일에 이미 드러났고, 무거운 짐을 끌면서 그 힘을 헤아리지 않았으니[40] 간절한 정성은 혼란할 때 더욱 도타웠다. 그러니 보답하는 데 있어 어찌 존망에 차이를 두겠는가. 그래서 훈명(勳名)을 전후에 걸쳐 아울러 기록하는 바이다.

생각건대, 경은 반듯하고 분명하며 성품과 행실이 자애롭고 어질었다. 남의 위에 서려고 하지 않아 겸양하는 아름다운 덕에 힘썼으며, 깊은 골짝에 임한 듯 항상 조심하는 마음을 지녔다.[41] 거기에다 일찍부터 사우(師友)들의 도움에 힘입어 성대히 묘당(廟堂)의 그릇이 되었다.

선조(先朝)께서 서로(西路)로 파천하시고 내가 동궁(東宮)으로 있을

---

39 위성(衛聖)……교서 : 정탁(鄭琢) 사후인 1613년(광해군5) 3월 12일 광해군은 자신을 보위한 데 기여한 공신들에게 포상하였는데, 이때 정탁은 위성 공신(衛聖功臣) 1등에 녹훈되었고, 영의정에 추증되었다. 이 교서는 이 때 지어진 것으로 보인다. 당시 조희일은 이조 정랑으로 있었다. 《光海君日記 5年 3月 12日》《藥圃集 年譜》

40 무거운……않았으니 : 일을 할 때 유불리를 따지지 않고 전념하는 것을 말한다. 《예기(禮記)》〈유행(儒行)〉에 "사나운 금수를 움켜쥐고 공격할 적에는 자신의 용맹을 헤아리지 않으며, 무거운 솥을 끌 적에는 자신의 힘을 헤아리지 않는다.〔鷙虫攫搏不程勇者, 引重鼎不程其力.〕"라고 한 데서 온 말이다.

41 깊은……지녔다 : 매사에 신중히 처신함을 말한다. 《시경》〈소완(小宛)〉에 "두려워하여 조심함은 골짜기 절벽에 임한 듯, 전전긍긍함은 얇은 얼음 밟는 듯.〔惴惴小心, 如臨于谷; 戰戰兢兢, 如履薄氷.〕"라고 한 데서 온 말이다.

때를 생각해보니, 말할 수 없을 정도로 시사는 어수선하였고 유지하기 어려울 정도로 나라의 형세는 위태로웠다. 그리하여 선조께서는 공경히 묘사(廟社)를 받들어서 보잘것없는 이 몸에 맡기셨고, 이에 조정을 나눠 수복하려는 계책을 세우셨다. 성상께서는 나를 보호하는 일에 특히 진념하셨고, 여론은 한 목소리로 노성한 이를 추대하였다.

큰 재주와 무거운 명망을 지닌 경이기에 삼군(三軍)의 무리를 흥기하는 데 충분하다고 여겼고, 충성과 절의를 다한 경이기에 육척(六尺)의 어린 임금을 맡길 만하다고[42] 여기셨다. 그리하여 경으로 하여금 분주히 힘쓰도록 해서 지식이 보잘것없어 사리에 분명치 못한 나를 보필하게 하셨다. 그래서 경은 험난하고 가로막힌 산하를 돌아다녔고 바람과 서리치는 변경에서 시달렸으며, 이어서 내가 감국(監國)과 무군(撫軍)의 일을 수행할 때 곁에서 보좌하였고 오랫동안 호남과 충청도에서 고생하였다.[43]

생각건대, 바쁜 기무에도 늘 밤낮으로 보필하였으며, 왕사(王師)[44]가 남쪽으로 내려올 때는 책응하는 데 온 힘을 다하고자 하였고, 오랑캐로 인한 경보가 북쪽에서 보고될 때는 계책을 짜느라 노심초사하였다.

---

42 육척(六尺)의……만하다고 : 《논어》〈태백(泰伯)〉에 "육척의 어린 임금을 맡길 만하고, 제후국의 명을 부탁할 만하며, 큰 절개에 임해 지조를 빼앗을 수 없는 이라면 군자다운 사람인가, 군자다운 사람이다.〔可以託六尺之孤, 可以寄百里之命, 臨大節而不可奪也. 君子人與? 君子人也.〕"라는 내용이 보인다.

43 호남과 충청도에서 고생하였다 : 정탁(鄭琢)은 1594년(선조27) 봄부터 7월까지 동궁(東宮)이었던 광해군을 호종(扈從)하면서 전주(全州), 공주(公州), 홍주(洪州)를 왕래하였는데, 이를 말하는 듯하다. 《藥圃集 藥圃先生年譜》

44 왕사(王師) : 명(明)나라 군대를 말한다.

감히 집안일을 말했겠는가. 국가만을 생각했을 뿐이다.

돌이켜 생각건대, 환란을 잘 극복할 때 경의 커다란 보필에 의지한 게 많았으니, 어찌 정이(鼎彝)에 공훈을 새기고 충분히 예수(禮數)를 더해주지 않을 수 있겠는가. 3등에 녹훈한 것은[45] 당초에 공로가 부족해서 그랬던 것이 아니고, 원훈(元勳)에 둔 것도 지금 어찌 충분하다고 할 수 있겠는가.

일에는 대개 때를 기다려야만 공적이 비로소 더욱 드러나는 법이다. 사람들은 모두 이미 공로에 보답했다고 하나, 나는 경의 공로에 여전히 보답하려는 마음이 남아 있다. 남은 풍모 생각하니 곁에 있는 듯 하고, 맹세했던 자리에 임하니 감회가 이누나. 이에 위성 공신 1등에 책훈하노라.

아아, 단청(丹靑)을 보니 노신(老臣) 생각나는데, 저승에서 돌아올 수 없어 서글프도다. 죽백(竹帛)에 큰 공적이 드러났으니, 백년 뒤에도 더욱 빛을 발하리라.

---

45 3등에 녹훈한 것은 : 1604년(선조37) 7월에 정탁(鄭琢)을 호종훈(扈從勳) 3등에 녹훈하고, 충근정량 호성 공신(忠勤貞亮扈聖功臣)의 칭호를 하사하였다. 《藥圃集 年譜》

위성 공신 3등 동지중추부사에게 내리는 교서 이름은 본고에 실려 있지 않다

教衛聖功臣三等同知中樞府事書 姓名 不載本稿

왕은 이르노라. 의로우면서 임금을 버리는 사람은 있지 않으니,[46] 그대는 이미 나를 따라 환란을 함께 겪었다. 그러니 어찌 그대에게 은덕을 내리지 않겠는가. 이에 그대와 함께 맹약하며 찬란하게 포장(褒獎)을 시행하고 크게 교서를 내리는 바이다.

내가 생각건대, 매우 어렵고 위태로울 때는 거취를 정하기 어렵다는 것을 잘 알겠다. 만약 생사를 신경 쓰지 않고 험난함과 평탄함을 한결같이 보지 않았다면, 어찌 처자식을 뒤로하고 군부(君父)를 위해 목숨을 바칠 수 있었겠는가. 옛날에도 드문 일인데, 지금 다행히 그대를 통해 보게 되었다. 그렇지만 대저 어찌 보답을 바라고 이렇게 했겠는가. 다만 충성을 다했을 뿐이다.

생각건대, 경은 의용은 영특하고 기국은 방정하다. 천년 후에도 들려오는 위풍당당한 명성은 집안 대대로 이어진 충심의 결과요, 젊은 시절부터 드러났던 비범한 재능은 뭇 사람들이 입을 모아 칭송하였다. 참으로 기예를 겨룰 때 짝이 없어서, 일찍 수석으로 과거에 급제하였도다. 글을 지을 때 크게 힘을 쏟았는데, 항상 전적(典籍)에서 정미한 뜻을

---

46 의로우면서……않으니 : 《맹자》〈양혜왕 상(梁惠王上)〉에 "인하고서 그 어버이를 버리는 자는 있지 않으며, 의로우면서 그 군주를 뒤로하는 자는 있지 않습니다.〔未有仁而遺其親者也, 未有義而後其君者也.〕"라고 하였다.

완미하였다. 상주(商周)의 문장에서 호악(灝噩)함을 배워[47] 껄끄러운 진부한 말을 제거하였으며, 반고(班固)와 사마천(司馬遷)에 연원을 두고 거슬러 올라 대가(大家)의 풍모가 넘쳐났다. 글 짓는 것은 다만 여사로 여겼을 뿐, 송독(誦讀)에서 힘을 얻었다.

선왕께서 빈(邠) 땅을 떠나실 때[48] 말석의 사신으로 연경(燕京)에서 돌아왔으며, 선왕께서 눈물을 흘리면서 춘방(春坊)의 관원으로 임명하자 강개한 심정으로 국사가 위급한 것을 근심하였다. 석학을 즐거이 맞이하여 날마다 강연의 자리에서 만나, 들어보지 못했던 말을 듣게 된 것은 진실로 경의 박아한 학식 덕분이었고, 밝히지 못했던 은미함을 밝히게 된 것은 대체로 경이 자세히 깨우쳐 준 정성에 힘입은 결과이다. 경전(經傳)의 뜻을 토론하면 재상과 중신도 자세를 가다듬었고, 탄핵하는 글을 올리면 간악한 수괴도 간담을 떨었도다. 일심으로 공도(公道)와 나라만을 위할 뿐이었고, 몸과 마음을 다하여 나를 보필하였다.

서쪽 변경에서 바람과 서리를 맞은 데다 남관(南關)에서 추위와 더위에 시달리면서도 몸을 허여한 곳이 있었기에 노모(老母)를 돌볼 겨를이

---

47 상주(商周)의……배워 : '상주'는 은(殷)나라와 주(周)나라이고, '호악(灝噩)'은 이 시기 문장을 평론한 말로,《서경》을 뜻한다. 양웅(揚雄)의《법언(法言)》에 "우하 시대의 글은 혼혼하고, 상서는 호호하며, 주서는 악악하다.〔虞夏之書渾渾爾, 商書灝灝爾, 周書噩噩爾.〕"라고 하였는데, 혼혼은 밝고 엄숙한 모양이고, 호호는 끝없이 멀고 아득한 모양이고, 악악은 엄숙한 또는 밝고 곧은 모양이라고 한다.

48 선왕께서……때 : 침범하는 적을 피해 수도를 버리고 떠난다는 뜻으로, 여기서는 임진왜란 당시 선조(宣祖)가 파천한 것을 말한다.《맹자》〈양혜왕 하(梁惠王下)〉에 "옛날 태왕(太王)이 빈(邠)에 거주하였는데, 적인이 침범하자 갖은 재화를 바치고 섬겼으나 되지 않아 빈 땅을 버리고 양산(梁山)을 넘어 기산(岐山)의 밑에다 도읍을 정하였다."라고 한 데서 온 말이다.

없었도다. 사헌부와 사간원을 출입하였고 비록 더러 소명에 불려나갔으나, 전후 십수 년 간 대체로 궁료의 직임에서 떠난 적이 없었으니, 어찌 호위하는 직임만을 맡았을 뿐이겠는가. 그리고 오랫동안 보도하는 직임도 맡아서 결국 오늘날의 성과를 보게 되었으니, 어찌 지난날을 잊을 수 있겠는가.

　다섯 신하가 적(狄)과 진(秦) 땅까지 호종하여 진 문공(晉文公)이 부설(負紲)한 일에 대해 상을 내렸으며,[49] 열 명의 제자가 진(陳)과 채(蔡) 지역에서 함께 고생하여 공자(孔子)가 문하에 남아 있지 않은 이들을 그리워하였다.[50] 진 문공의 신하와 공자의 제자들의 행동이 참으로 직분상 당연히 해야 할 일이었듯, 진 문공의 행상(行賞)이나 공자의 추념 또한 정리상 필연적인 것이었다. 이에 구전(舊典)을 낱낱이 살펴서 경의 커다란 공로를 드러내노라. 하사품을 내리는 것으로는 부족하여 작질을 높이고, 이정(彝鼎)에 새기는 것으로도 부족하여 초상화로

---

49 다섯……내렸으며 : 진 헌공(晉獻公)이 여희(驪姬)에 빠져 태자 신생(申生)을 죽이고 공자 중이(重耳) 즉 문공을 공격하자 문공이 타국으로 망명하였는데, 이 때 문공을 다섯 신하가 수행하였다. 문공은 본국으로 돌아와서 지난날 함께 고생한 신하를 포상하였다. '부설(負紲)'은 말고삐를 잡고 수행한다는 뜻으로, 어려운 시절에 위험을 무릅쓰고 왕에게 충성을 다하는 것을 말한다. 《춘추좌씨전(春秋左氏傳)》 희공(僖公) 24년 조에 문공의 외삼촌인 자범(子犯)이 문공에게 "신이 말고삐를 잡고 주공을 따라 천하를 돌아다니는 동안 저지른 죄가 매우 많습니다.〔臣負羈紲, 從君巡於天下, 臣之罪甚多矣.〕"라고 하였다.

50 열……그리워하였다 : 공자(孔子)가 일찍이 진(陳)와 채(蔡) 지역에서 환란을 당했을 때 자신을 따르던 제자들이 많았는데, 이를 회고하던 때에는 그 제자들이 남아 있지 않음을 한탄하며 그리워한 말이다. 《논어》〈선진(先進)〉에 "진과 채에서 나를 따르던 자들이 모두 문하에 남아 있지 않구나.〔從我於陳蔡者, 皆不及門也.〕"라고 하였다.

남기노라. 경의 빛나는 충정을 가상히 여겨 이를 드러내 네 글자로 형용하고 이에 위성 공신 3등에 책훈하는 바이다.

아아, 의당 황하(黃河)가 띠처럼 가늘어지고 태산(泰山)이 숫돌처럼 닳도록 이 맹세는 산하와 함께 보존될 것이니, 아들과 손자에게 전해지고 후손에게도 미쳐 길이 이어질 것이다.[51]

---

51 황하(黃河)가……것이다 : 공신의 은공을 영원히 잊지 않겠다는 맹약을 이른다. 15쪽 주 2) 참조.

상량문 上樑文

신광사[52] 상량문
神光寺上樑文

일찍이 목은(牧隱)[53]이 이 글을 지었다는 것을 듣고 구해서 보려고 하였으나 얻지 못하였는데, 마침 이 절 가까이 오게 되었다. 이른바 신광이라고 하는 절은 한 번도 직접 본 적은 없었으나, 벗들에게 의탁하여 책 상자를 지고 이곳에 머물며 자세한 이야기를 들으니 마치 눈앞에서 직접 보는 듯 선명하였다. 또한 사원을 건립할 때의 일은 평소에 들은 적이 있었으니, 시험 삼아 글을 지어본다.

다음과 같이 서술한다. 백마(白馬)가 경전을 싣고 오자[54] 지혜의 횃불이

---

52 신광사(神光寺) : 황해도(黃海道) 해주(海州)의 북숭산(北嵩山)에 있던 절로, 패엽사(貝葉寺)의 말사(末寺)이다. 지정(至正) 2년에 원(元) 나라 황제가 원찰(願刹)이라 칭하고, 태감 송골아(宋骨兒)를 보내어 목공과 장인 37명을 거느리고 와서 고려 시중 김석견(金石堅), 밀직 부사 이수산(李守山) 등과 함께 감독하여 설계 건축하였다.《新增東國輿地勝覽 卷43 黃海道 海州牧》

53 목은(牧隱) : 이색(李穡, 1328~1396)으로, 목은은 그의 호이다. 본관은 한산(韓山), 자는 영숙(穎叔)이다. 저서에 《목은집》이 있다.

54 백마(白馬)가……오자 : 불교 전래의 시작을 말한다. 후한 명제(後漢明帝)가 일찍이 꿈에 1길 6자 되는 거구에 부처라 호칭하는 금신(金神)을 보고는 서역(西域)에 사자를 보내서 당시 서역의 고승이었던 가섭마등(迦葉摩騰), 축법란(竺法蘭)을 통하여 불경

어리석음의 땅을 밝혔고, 봉황이 기슭에 머무르자 보배의 뗏목[55]이 신령스런 언덕[56]에 이르게 되었네. 그러나 웅장한 건물을 짓지 않는다면, 어찌 널리 중생을 구제한다고 할 수 있으리오.

예부터 사찰과 사원의 승경지는 시 잘 짓고 일을 벌이기를 좋아하는 사람들을 통해 반드시 세상에 전해졌다네. 오봉(五峰)의 신령스러운 못은 국일(國一)[57]이 한적하게 쉬었던 곳이고, 십홀(十笏)의 돌로 된 방은 유마힐(維摩詰)이 고요히 세상 피해 은거하던 곳이라네.[58]

흰 구름 서린 한 언덕의 초가삼간에서 광엄원(廣嚴院)의 풍도를 다투어 묻고,[59] 천 그루 심어진 푸른 소나무 아래 두 상자의 불경을 읽으며

및 불상과 사리(舍利)를 구해서 백마에 싣고 돌아왔다는 고사가 전한다. 《洛陽伽藍記 卷41 白馬寺》

55 보배의 뗏목 : 세상이라는 미혹을 건너 깨달음의 피안으로 이르게 하는 불법(佛法)을 비유한 말이다. 이백(李白)의 시에 "황금 새끼줄로 깨달음의 길로 인도하고, 보배의 뗏목으로 미혹의 내를 건너도록 한다네.〔金繩開覺路, 寶筏渡迷川.〕"라고 하였다. 《李太白集 卷13 春日歸山寄孟浩然》

56 신령스런 언덕 : 사찰이 건립될 부지를 말한다.

57 국일(國一) : 경산(徑山)에 머물렀던 당(唐)나라의 도흠 선사(道欽禪師)를 말한다. 도흠이 당나라 대종(代宗) 때 궁궐에 나아가 황제를 배알하자, 황제가 국일 선사(國一禪師)라는 호를 내려 주었다.

58 십홀(十笏)의……곳이라네 : 《잠확유서(潛確類書)》에 "당(唐) 왕현책(王玄策)이 서역으로 사신을 갔는데, 유마힐 거사의 석실을 보게 되었다. 수판(手板)으로 재어 보니 십홀이 되었다."라는 내용이 보인다. 홀은 척(尺)과 같은 뜻으로, 즉 사방 일장(四方一丈) 정도 되는 면적을 말한다.

59 흰……묻고 : 항주(杭州) 영은산(靈隱山) 광엄원(廣嚴院)의 함택선사(咸澤禪師)는 유유자적하며 지냈다. 그러자 "어떤 승이 '어떤 것이 광엄원의 풍도입니까?'라고 물으니, 선사가 '흰 구름 서린 한 언덕의 초가삼간이라네.〔僧曰如何是廣嚴家風? 師曰一塢白雲, 三間茅屋.〕"라고 답했다는 고사가 전한다. 《景德傳燈錄 卷21》

약산(藥山)에서 물을 병에 담았다네.[60] 바로 이런 자연 그대로의 생명력이 넘치는 곳으로 나아가 승려들이 머물러 수행을 이어가면서 면벽공부(面壁工夫)를 하였다네.

이 때문에 신찬 선사(神贊禪師)는 벌이 창호지를 뚫는 것을 보고 깨달음을 얻었고,[61] 목처 화상(木處和尙)은 까치집에 머물렀다는 이름을 가지게 되었네.[62] 마음을 살피는 것은 그저 조용히 거처할 곳이면 적합하니, 머리만 가리면 되는데 어찌 큰 절간을 번거롭게 지을 필요가 있으랴.

금산(金山)의 눈 덮인 절벽의 얼음기둥을 소재로 공보(功父)는 기이함을 묘사했고[63], 영은사(靈隱寺)의 계수나무 꽃의 빼어난 향기를 소재

---

60 천……담았다네 : 당(唐)나라 때 고승(高僧)인 유엄 선사(惟儼禪師)와 유학자인 이고(李翶)는 친분이 있었다. 이고가 약산(藥山)의 유엄 선사에게 "도대체 무엇이 도(道)입니까?" 하고 묻자, 유엄 선사가 "구름은 하늘에 있고 물은 병에 있소."라고 하니, 이고가 게(偈)를 지어 "몸의 형체를 학의 형체처럼 단련했어라. 천 그루 소나무 아래 두 함의 불경 있네. 내가 와서 도 물으니 다른 말 하지 않고, 구름은 푸른 하늘에 있고 물은 병에 있다고만 하누나.〔鍊得身形似鶴形, 千株松下兩函經. 我來問道無餘話, 雲在靑天水在甁.〕"라고 하였다는 내용이 전한다. 《宋高僧傳 卷17 唐朗州藥山唯儼傳》 대본에는 '樂山'으로 되어 있는데, 《송고승전》에 의거하여 '樂'을 '藥'으로 바로잡아 번역하였다.
61 신찬 선사(神贊禪師)는……얻었고 : 신찬 선사가 창가에서 경전을 읽고 있다가, 벌이 창호지에 붙어서 뚫고 나가려 하는 것을 보고는 "세계가 이처럼 광활한데도 나가려 하지 않고, 창호지만 뚫으며 세월을 보내려 하는구나.〔世界如許廣闊不肯出, 鑽他故紙驢年去.〕"라고 탄식했다는 고사가 전한다. 《景德傳燈錄 古靈神贊禪師》 신찬 선사는 대본에는 '神瓚禪師'로 되어 있는데, 《경덕전등록》에 의거하여 '瓚'를 '贊'으로 바로잡아 번역하였다.
62 목처 화상(木處和尙)은……되었네 : 당(唐)나라 고승(高僧) 도림 선사(道林禪師)가 진망산(秦望山)의 장송(長松) 위에 둥지를 틀자 사람들이 조과 선사(鳥窠禪師)라고 칭했으며, 그 옆에 또 까치둥지가 있었으므로 작소 화상(鵲巢和尙)이라 불렀다는 고사가 전한다. 《景德傳燈錄 卷4》
63 금산(金山)의……묘사했고 : 공보(功父)는 북송(北宋) 곽상정(郭祥正)의 자이다.

로 낙빈왕(駱賓王)은 아름다움을 표현했다네.[64] 북두자루가 난간을 스치고 은하수의 바람이 귓가에 들린다는 말은 노직(魯直)이 자운사(慈雲寺)가 높은 곳에 있음을 표현한 것이고,[65] 파도가 섬돌을 때리고 강에 내리는 비가 등불에 뿌려댄다는 말은 주요(周繇)가 감로사(甘露寺)의 시원스러운 풍광을 묘사한 것이라네.[66]

이렇듯 사찰의 명성은 시인들이 풍경이나 읊는 감상거리로 맡겨진 것일 뿐, 절이 자리한 땅이 부처만을 숭상하기 위한 곳은 아니었다네. 옥으로 꾸민 방과 진주로 만든 감실(龕室)은 소량(蕭梁)[67] 태동사(泰洞寺)[68]의 지극한 사치를 보여주는 것이요, 붉은 옥으로 장식한 서까래와

그가 지은 〈금산행(金山行)〉에 "금산은 아스라이 큰 바다에 있으니, 눈 덮인 절벽의 얼음기둥에 신선 궁전이 떠 있구나.〔金山杳在滄溟中, 雪崖冰柱浮仙宮.〕"라고 한 데서 온 말이다.《詩人玉屑 卷18》

64 영은사(靈隱寺)의……표현했다네 : 초당사걸(初唐四傑) 가운데 한 사람인 낙빈왕(駱賓王)이 항주(杭州) 영은사에 머무를 때 지은 시에 "계수나무 꽃이 달빛 속에 떨어지니, 빼어난 향기가 구름 밖으로 풍기네.〔桂子月中落, 天香雲外飄.〕"라고 하였다.《瀛奎律髓 卷47 靈隱寺》이 작품의 저자에 대해《전당시(全唐詩)》의 편찬자들은 송지문(宋之問)으로 보았고,《당음(唐音)》,《당시품휘(唐詩品彙)》,《고금시산(古今詩刪)》에서는 낙빈왕의 작품으로 되어 있다.

65 북두자루가……것이고 : 황정견(黃庭堅)의 시에 "삼기성인 북두자루가 난간을 스칠 때, 고요히 앉아 있노라니 귓가에 은하수의 바람이 들리누나.〔參旗斗柄略欄楯, 清坐耳聞河漢風.〕"라고 한 데서 온 말이다.《山谷詩外集補 卷2 題虔州東禪圓照師新作禦書閣》

66 파도가……것이라네 : 주요(周繇)의 〈감로사를 오르며〔登甘露寺〕〉에 "파도는 섬돌과 난간을 세게 때리고, 산비는 창의 등불에 뿌려대네.〔海濤舂砌檻, 山雨灑窗燈.〕"라고 한 데서 온 말이다.《全唐詩 卷635》

67 소량(蕭梁) : 남조(南朝) 양(梁)나라를 말한다. 황실의 성이 소(蕭)씨였기 때문에 생긴 칭호이다.

68 태동사(泰洞寺) : 양 무제(梁武帝)가 지은 '동태사(同泰寺)'로 보인다.《梁書 武帝本紀下》

비단으로 치장한 두공(斗拱)은 북위(北魏) 영녕사(永寧寺)를 웅장하게 꾸민 것이라네.

그렇지만 시끄럽고 너절한 성시(城市)와 가까워 시내와 산골짝의 그윽하고 빼어난 풍광도 없었다네. 그렇다면 공경히 받듦에 반드시 웅장한 건축물이 있어야 하니 좌선하면서 의탁하는 곳과는 참으로 달라야 하고, 인연을 청정하게 하기 위해선 번다한 기심(機心)을 끊어야 하니 노니는 사람들이 유희하던 곳을 어찌 쓸 수 있겠는가. 하물며 이렇게 호리병 같은 진세에 사찰을 세우는 것에 있어서랴. 이는 설산(雪山)에서 자취를 감추었던[69] 고행의 참된 의미를 모르기 때문이라네.

삼가 생각건대, 노국대장공주왕비전하(魯國大長公主王妃殿下)[70]께서는 선근(善根)을 전생부터 닦아오셨고 참된 근원을 일찍이 밝히셨다네. 그리하여 청정한 불국토(佛國土)와 극락세계를 불가(佛家)의 가르침에서 길이 발원(發願)하셨고, 과거의 생과 미래의 생의 인연을 이미 영겁의 세월에서 초월하신 터라, 이에 사찰을 웅장하게 지어서 경건한 공양을 올리고자 하셨네. 그리하여 눈의 거울을 갈아 하늘의 뜻을 엿보시고 마음의 구슬을 맑게 하여 땅의 이치를 살피셨네.

고죽(孤竹)[71]의 특별한 지역을 돌아보니, 실로 불법을 펼 도량이라는

---

69 설산(雪山)에서 자취를 감추었던 : '설산'은 인도의 북부에 위치한 히말라야 산을 가리키는데, 여기에서 석가모니가 고행을 했다는 전설이 있다.

70 노국대장공주왕비전하(魯國大長公主王妃殿下) : 고려 제31대 공민왕(恭愍王)의 왕비이다. 원나라 공주로, 이름은 보탑실리(寶塔失里)이다. 1349년(충정왕1)에 공민왕과 혼인하여 승의공주(承懿公主)로 책봉되었고, 공민왕이 즉위하자 함께 고려로 돌아왔다. 1365년(공민왕14) 2월에 난산(難産)으로 사망하였다.《東史綱目 第15 上》

71 고죽(孤竹) : 황해도(黃海道) 해주(海州)의 이칭이다.

신령한 증표와 부합하는 곳이었네. 원기가 꽉 차고 아름답게 서린 것은 생기 있는 산맥인 묘향산(妙香山), 자비산(慈悲山)과 접해 있기 때문이고, 지세가 웅장하고 빼어난 것은 조산(祖山)이 되는 구월산(九月山), 우이산(牛耳山)과 인접해 있어서라네. 이는 마치 지약(智藥)[72]이 시냇물을 맛보기도 전에 신령한 교룡(蛟龍)이 자신의 소굴을 바친 것과 같은 명당(明堂)이었네.

천 겹의 푸른 비단을 펼친 듯한 산맥은 고래가 활보하고 바닷고기가 노니는 물결처럼 꿈틀대고, 한 떨기 푸른 연꽃 같은 봉우리는 범이 걸터앉고 용이 서린 형세[73]를 품고 있네. 흰 거북은 푸른 언덕에서 먹을 것을 청하고,[74] 땅 귀신은 신성한 터전에서 감격하여 흐느꼈으니, 정기가 맺히고 기운이 자라길 몇 해였던가. 귀신과 신령이 얄미울 만큼 숨기고 아껴두었던 곳이었네.

이에 불가의 승단(僧團)은 메아리처럼 화답하고, 검은 옷을 입은 무리는 그림자처럼 따랐다네. 욕계(慾界)의 중생들은 재물을 내어 죄로 인한 업장(業障)이 소멸되기를 바라고, 암흑세계의 뭇사람들은 집도

---

72 지약(智藥) : 양(梁)나라 때 스님 이름으로, 중국 광동성(廣東省) 남쪽에 있는 시내인 조계(曹溪)의 물맛을 보고는 상류에 훌륭한 터가 있을 것이라고 하면서 드디어 터를 잡아 보림사(寶林寺)라는 절을 세웠다고 한다.

73 범이……형세 : 길지(吉地)를 말한다. 《제갈충무서(諸葛忠武書)》 권9에 "무후가 일찍이 사명을 띠고 오나라에 갔다가 말릉산을 보고 감탄하기를 종산은 용처럼 서리었고 석두는 범처럼 걸터앉았으니, 제왕의 집터이다.〔鍾山龍蟠, 石頭虎踞, 帝王之宅也.〕"라고 하였다.

74 흰……청하고 : 영물(靈物)인 거북이 이곳에 깃들기를 청한다는 뜻으로, 매우 청정한 땅임을 상징한다.

바쳐 항상 복전(福田)을 일구고자 하였는데, 그 모습은 마치 물고기 떼가 비늘을 맞대며 앞을 다투는 듯하고 강물이 물결치며 뒤쳐질까 두려워하는 듯하였네.

　전하께서는 대중의 염원이 모두 도달되기를 신경 쓰시고 그들의 지극한 정성을 더욱 빛내고자, 굳이 나라 안에서 자재를 구하지 않고 비용을 들여 중국에서 구해오게 하셨네. 널리 기이한 식물을 구하다 보니 커다란 등림(鄧林)[75]에서도 베어내고, 큰 재목을 샅샅이 찾다보니 사당 앞의 거대한 상수리나무조차 남겨두지 않으셨네.

　자재들을 수로(水路)를 통해 운반하니 요동 바다에서 청작(靑雀)[76]이 날개를 편 듯하고, 구리 캐는 광산을 녹이니 오(吳)나라 분야에서 금성 (金星) 빛이 일렁이는 듯하였네.[77] 단청에 쓰이는 안료는 서촉(西蜀)의 좋은 것을 가져왔고,[78] 창문을 장식하는 비단은 남주(南州)[79]의 보배를

---

75 등림(鄧林) : 고대 신화 속에 나오는 신령스러운 숲 이름이다. 과보(夸父)가 태양과 경주를 하려고 해의 그림자를 쫓아다니다가 지친 나머지 쓰러져 죽었는데, 그가 내버린 지팡이가 나무로 변하여 사방 천리에 숲이 형성되어 등림이 되었다고 한다.《山海經 卷8 海外北經》

76 청작(靑雀) : 배를 말한다. 당(唐)나라 왕발(王勃)의 글에 "마을의 인가가 땅에 몰려 있으니, 종을 울리고 솥을 늘어놓고 먹는 대가집들이요, 큰 배가 나루에 어지러우니 청작과 황룡을 그린 배들이로다.〔閭閻撲地, 鍾鳴鼎食之家; 舸艦迷津, 靑雀黃龍之舳.〕"라는 내용이 보인다.《古文眞寶後集 卷2 滕王閣序》

77 구리……듯하였네 : 구리를 녹이는 용광로의 불빛을 형용한 것이다.

78 단청에……가져왔고 : 진(秦)나라 이사(李斯)의 글에 "강남의 금과 주석도 쓸 수가 없고, 서촉의 단청도 채색으로 쓰지 못하게 될 것입니다.〔江南金錫, 不爲用; 西蜀丹靑, 不爲采.〕"라고 하였다.《古文眞寶後集 卷1 上秦皇逐客書》

79 남주(南州) : 중국 남방을 가리킨다.

들여왔다네.

그런 다음 터를 닦고 새로 짓고자 좋은 날을 골랐다네. 언덕에 오르고 들판을 가로지르면서 땅의 높낮이와 넓이가 적당한지 헤아렸으며, 북두성을 보고 음양을 살펴 왼쪽과 오른쪽, 앞면과 뒷면의 형세를 주의 깊게 보았다네. 땅을 측량하고 재는 계획 단계가 이미 의도한 대로 마무리되자, 목수들은 톱질하며 계속 부지런히 작업에 임했다네.

육갑(六甲)[80]을 운용하여 무리를 부리니 삽날이 구름처럼 번뜩이고, 오정(五丁)[81]에게 명하여 동료를 부르니 망치 소리가 우레처럼 진동하였네. 풍사(風師)가 만 균의 돌부리를 옮기니 지축이 약해질까 염려되었고, 번개 일으키는 귀신이 천 층의 산 뼈를 쪼개니 하늘을 받친 기둥도 위용을 잃었다네. 그리하여 토지 신은 판축(版築)하는 흙을 바치고 천우(天虞)[82]는 샘물줄기에서 물을 끌어왔으니, 이는 온갖 신들의 도움을 크게 받은 것이요 삼령(三靈)이 앞뒤에서 도와준 결과라네.

사리불(舍利佛)이 규모를 전수한 듯 신묘한 작용이 마음속에서 묵묵히 일어났고, 반수(般倕)[83]가 지혜를 다한 듯 완전한 집의 모습을 흉중

---

80 육갑(六甲) : 도교(道敎)의 신(神) 이름으로, 천제(天帝)가 부리는 양신(陽神)을 말하는데, 도사(道士)가 부록(符籙)으로 불러와서 부린다고 한다. 음신(陰神)은 육정(六丁)이라고 한다.

81 오정(五丁) : 전설상에 나오는 다섯 명의 역사(力士)이다. 전국 시대 진(秦)나라 혜왕(惠王)이 촉(蜀)을 정벌할 목적으로 오석우(五石牛)를 만든 다음, 꼬리 밑에 황금 덩어리를 놔두고 황금 똥을 내놓는 소라고 선전하고 촉왕에게 가져가라고 하자, 촉왕이 오정역사(五丁力士)에게 끌고 오도록 명령을 하며 촉도(蜀道)를 뚫도록 하였으므로, 진나라가 그 길을 통하여 촉을 멸망시켰다고 한다. 《水經注 沔水》

82 천우(天虞) : 샘과 물줄기를 담당하는 귀신인 듯하다.

83 반수(般倕) : '반(般)'은 공수반(公輸般)을, '수(倕)'는 공수(工倕)를 가리키며, 이들

에서 정교히 구상하였네. 그리하여 먹줄과 자를 쓰자마자 두공과 박공이 장엄하게 세워졌다네.

푸른 소라가 기운을 토해내듯 노을 가에서 패궐(貝闕)이 솟구치고,[84] 하얀 신기루가 빛을 뿜어내듯 구름 끝에서 주옥으로 꾸민 전각이 모습을 드러낸다네. 붉은 용마루는 규룡이 쪼는 듯 높은 하늘까지 솟구쳐 날아오를 듯하고,[85] 자줏빛 기둥은 무지개가 버티는 듯 대지를 밟고 줄줄이 꽂혀 있다네.[86] 비단 창에는 유성(流星)의 그림자가 어리고 선제(璇題)[87]에는 상서로운 햇살이 눈부시게 빛나네. 크고 작은 구슬 기와는 옥룡의 비늘로 엮은 듯하고, 엇갈려 놓인 옥 섬돌은 줄지은 기러기의 이빨처럼 가지런히 겹쳐 있네.[88]

사찰 안에서는 흰 연꽃이 세존(世尊)의 자리를 받들고 있으며,[89] 푸른

은 모두 중국 고대의 전설적 기술자이다. 《孟子 離婁上》《莊子 達生》

84 푸른……솟구치고 : '패궐(貝闕)'은 자색(紫色)의 조개껍질로 장식한 궁궐이다. 수신(水神) 하백(河伯)이 산다는 곳으로, 용궁(龍宮)을 말한다. 《초사(楚辭)》〈구가(九歌) 하백(河伯)〉에 "물고기 비늘 집 용의 저택이요, 붉은 조개 누각 붉은 궁궐이로다.〔魚鱗屋兮龍堂, 紫貝闕兮朱宮.〕"라는 내용이 보인다.

85 붉은……듯하고 : 건물의 상부(上部)인 지붕에 대한 묘사로, '규룡이 쪼는 듯' 하다는 것은 용마루 양쪽 끝에 있는 장식을 비유한 것이다.

86 자줏빛……있다네 : 건물의 하부(下部)인 기둥에 대한 묘사로, '무지개가 버티는 듯' 하다는 것은 건물의 기둥과 기둥 사이를 연결하는 구조물이 무지개처럼 곡선미를 가지고 있음을 비유한 것이다.

87 선제(璇題) : 높고 화려한 누각의 서까래 머리 부분을 옥으로 장식한 것을 말한다.

88 엇갈려……있네 : 계단 돌의 모서리들이 만들어낸 규칙적이고 촘촘한 모양을 비유한 것이다.

89 흰……있으며 : 사찰 중심에 있는 주불(主佛)의 모습을 묘사한 것이다. 불상을 봉안하는 좌대를 연화대(蓮花臺)라고 한다.

사자가 진인(眞人)의 수레를 끌고 있다네.[90] 푸른 옥으로 만든 사만 개의 봉우리에는 천태산(天台山)의 나한들이 머무르고, 황금이 깔린 팔십경(頃)의 땅은 급고(給孤)가 희사한 기원(祇園)이라네.[91]

무지개 관을 쓰고 달의 치마 걸친[92] 사천왕(四天王)의 상은 찬란히 빛나고, 얼음 산과 불의 굴로 묘사된 지옥의 그림은 눈을 어지럽힐 만큼 기괴하구나. 장엄한 십층의 탑은 위용을 어찌 다 말할 수 있으랴. 불국토(佛國土)의 만호(萬戶) 사찰마저 압도할 듯하네. 삼신산(三神山)의 성스러운 궁전은 마치 여섯 마리 거대한 자라가 떠받쳐 솟아난 듯 황홀하고[93] 사해(四海)의 신령스런 영기가 모여드는 이곳은 한 마리 독수리가 날아와 머무는 듯 우러러 바라보게 하는구나.[94]

이에 장차 낙성(落成)을 알리는 자리를 마련하자, 차가운 산의 덕

90 푸른⋯⋯있다네 : 주불(主佛) 옆에 배치된 문수보살(文殊菩薩)을 묘사한 것이다.
91 황금이⋯⋯기원(祇園)이라네 : 인도(印度)의 급고독장자(給孤獨長者)가 세존(世尊)에게 사찰을 지어 기증하려고 기타 태자(祇陀太子)에게 찾아가 정원을 팔도록 종용하자, 태자가 농담으로 그 땅에다 황금을 깔아 놓으면 팔겠다고 하였다. 장자가 전 재산을 털어 그곳에 황금을 깔아 놓자, 태자가 감동하여 그곳에 정사를 짓고 세존으로 하여금 거주하게 했다는 고사가 전한다. 《佛國記》
92 무지개⋯⋯걸친 : 사찰 문에 자리한 사천왕(四天王)의 복식은 도교(道敎) 도사(道士)들의 차림이다. 무지개 관은 도사가 쓰는 모자를 말하고, 달의 치마는 도사가 입는 배자(褙子)를 말한다.
93 삼신산(三神山)의⋯⋯황홀하고 : 《열자(列子)》〈탕문(湯問)〉에 "동해 바다에 있는 삼신산(三神山)이 뿌리가 없어서 어디로 흘러갈지 알 수 없자 천제(天帝)가 거대한 자라 여섯 마리로 하여금 그 산을 머리로 떠받치게 했다."라는 고사를 활용하여 신광사(神光寺)를 둘러싼 봉우리의 모습을 형용한 것이다.
94 사해(四海)의⋯⋯하는구나 : 석가모니가 영취산(靈鷲山)에 머무르며 다년간 설법을 했다는 고사를 활용하여, 신광사(神光寺)가 자리한 산세(山勢)의 모습을 형용한 것이다.

높은 노승은 나막신을 벗어 둔 채 부지런히 선량한 마음을 실천할 것을 다짐하며, 주름진 이마에 수척한 수행승은 바랑 내려놓고 엄한 계율을 굳게 새겼다네.

정결한 제수를 마련하여 법연(法筵)에 공양하고서 널리 법어(法語)를 강설하니 세상의 수많은 혼들이 깨어났도다. 공손히 청문(請文)을 아뢰자 도솔 제천의 부처가 강림하고, 삼십의 불조(佛祖)가 모두 모이며 팔만의 관음(觀音)이 함께 임하였네. 그리하여 야차(夜叉)와 나찰(羅刹)은 소란스레 구름처럼 모여들고, 산의 요정과 나무 도깨비도 뛰고 손뼉 치며 서둘러 달려왔네.

그윽한 신령스런 기운은 만 개의 가지에 매달린 등불을 감돌고, 웅웅거리는 업풍(業風)은 중향(衆香)의 바리때95에 불어드네. 철꽃은 험준한 절벽에서 상서로움을 드러내고96 범종은 우매한 생각 깨우치는 소리로 넘쳐흐르누나. 온갖 짐승은 서성이며 상서로움을 기원하고 수많은 사람들은 어깨를 자르거나 살점을 도려내어 복을 빈다네.97 만 섬이나 나가는 금속여래(金粟如來)에서 나온 빛은 화성(化城)의 구름을 비추고,98 천 길의 흰 털에서 나온 기운은 푸른 바다에 뜬 달빛마저 삼킨다

---

95 중향(衆香)의 바리때 : 승려들의 공향 그릇을 말한다.

96 철꽃은……드러내고 : 소식(蘇軾)의 시에 "철꽃은 암벽에서 피어나고, 살기로 인해 개구리들도 울음을 멈추누나.〔鐵花秀巖壁, 殺氣噤蛙黽.〕"라고 하였다.《東坡全集 卷6 虎丘寺》

97 어깨를……빈다네 : 한유(韓愈)의 〈부처의 살에 대해 논한 표문〔論佛骨表〕〉에 "만약 이런 일을 즉시 금지하지 않고 부처의 뼈가 여러 사찰을 돌아다니게 한다면 반드시 어깨를 자르거나 살점을 도려내어 부처에게 공양하는 자가 있을 것입니다.〔若不卽加禁遏, 更歷諸寺, 必有斷臂臠身以爲供養者.〕"라고 한 데서 온 말이다.《唐大家韓文公文抄 卷1》

네.[99] 막 새로 보방(寶坊)을 지었으나, 채색 붓[100]으로 지은 웅장한 문장은 아직 없다네. 조서(詔書)에 성지(聖旨)를 펴시기에 반딧불 같은 미미한 빛을 애써 발하였다오.

신 이색(李穡)은 삼생(三生)의 업보에 얽매이고 반평생 속세의 더러움에 묶였다네. 치자의 향기는 그 향기를 맡을 수 없기에[101] 번뇌에서 벗어나지 못하였고, 보리수는 본래 나무로서의 실체가 없기에[102] 오랫동안 원통(圓通)[103]을 깨닫지 못하였네. 벽돌 하나를 갈려는 마음[104]은

98 만 섬이나……비추고 : 신광사(神光寺) 아래 구름이 깔린 모습을 형용한 것이다. 화성(化城)은 불타가 중생들이 대승(大乘)의 불과(佛果)가 너무도 요원한 데 두려움을 느낄까 염려하여 도중에 중생들이 쉴 수 있도록 환술(幻術)로 만들어 내었다는 성이다. 《法華經 化城喩品》

99 천 길의……삼킨다네 : 대웅전(大雄殿)의 본존불상(本尊佛像)이 바다를 마주하고 있는 모습을 형용한 것이다. 부처는 두 눈썹 사이에 있는 흰 털에서 광명이 난다고 한다.

100 채색 붓 : 오색필(五色筆)과 같은 말로, 문재(文才)가 뛰어남을 말한다. 남조(南朝) 양(梁)나라 강엄(江淹)이 만년에 꿈속에서 오색필을 곽박(郭璞)이라는 미장부(美丈夫)에게 돌려준 뒤로부터 미문(美文)이 나오지 않았다는 고사에서 유래한 것이다. 《南史 江淹列傳》

101 치자의……없기에 : 치자의 향기는 부처의 공덕을 의미한다. 《정명경(淨名經)》에 "치자나무 숲에서는 다른 향기를 맡지 못하나니, 이 방에 들어온 자는 오직 여러 부처 공덕의 향기만을 맡을 뿐이다.〔舊蔔林中, 不嗅餘香, 入此室者, 唯聞諸佛功德之香.〕"라고 하였다.

102 보리수는……없기에 : 보리수는 부처가 깨달음을 얻었다는 나무이다. 중국 선종의 5조 홍인(弘忍)이 법을 전할 때 제자들을 시험하였는데, 혜능(慧能)이 "보리의 나무는 본래 없고, 밝은 거울 또한 받침대가 있지 않다네. 본래 한 물건도 없었는데, 어디서 티끌이 일어나리.〔菩提本無樹, 明鏡亦非臺. 本來無一物, 何處惹塵埃?〕"라고 하자, 홍인이 혜능에게 불법을 전하였다고 한다. 《宗鏡錄 卷31》

있었기에 삼승(三乘)의 가르침을 힘써 구하였네.

　비록 석가의 가르침에 있어서는 나의 수준이 소승선(小乘禪)의 오과(五科)[105]에도 부끄럽지만, 감히 소선(蘇仙)의 대비각(大悲閣) 같은 기문(記文)[106] 짓는 일을 마다할 수 있으랴. 뛰어난 문장으로도 이 사찰의 절경을 압도한다 자부하지는 못하겠으나 구법(句法)이 맑고 아름다워서 성대한 일을 꾸미는 데에는 크게 손색이 없을 것이라네. 이에 견지(繭紙)[107]를 보고서 이를 적어 이미 무지개 모양의 들보에 붙이노라.

103 원통(圓通) : 치우치지 않고 장애(障碍)가 없음을 이르는 말로, 즉 법성(法性)을 뜻한다.

104 벽돌……마음 : 전심으로 정진하려는 뜻이 있다는 말이다. 당(唐)나라 마조(馬祖) 도일 선사(道一禪師)가 매일 좌선(坐禪)을 하고 있으므로, 남악(南嶽) 회양 선사(懷讓禪師)가 묻기를 "대덕께서는 좌선을 해서 무엇을 하시려는 겁니까?" 하자, 도일 선사가 "부처가 되고자 하느니라."라고 답하였다. 회양 선사가 벽돌 한 장을 가지고 돌에 갈고 있으므로, 도일 선사가 "스님은 무엇을 만드는고?"라고 묻자, 회양 선사가 "갈아서 거울을 만들려고 합니다."라고 답하니, 도일 선사가 "벽돌을 갈아서 어떻게 거울을 만들 수 있겠는가.〔磨甎豈得成鏡耶?〕"라고 하므로, 회양 선사가 "좌선을 한다 해서 어찌 부처가 될 수 있겠습니까."라고 한 고사가 전한다. 《景德傳燈錄》

105 오과(五科) : 오편(五篇)이라고도 한다. 비구와 비구니의 계(戒)를 오과로 분류한 것인데, 바라이(波羅夷), 승잔(僧殘), 바일제(波逸提), 바라제제사니(波羅提提舍尼), 돌길라(突吉羅)를 말한다.

106 소선(蘇仙)의……기문(記文) : 소선은 소식(蘇軾)을 말한다. 소식은 승려 민행(敏行)의 요청으로 성도(成都)에 소재한 대비각의 기문을 지었다. 《唐宋八大家文抄 蘇軾 大悲閣記》

107 견지(繭紙) : 닥나무로 비단처럼 얇고 질기게 만든 종이로, 중국에서는 우리나라에서 수입한 것이라 하여 고려지(高麗紙)·삼한지(三韓紙)라고도 불리었다. 《오주연문장전산고(五洲衍文長箋散稿)》〈지품변증설(紙品辨證說)〉에 "우리나라의 지품(紙品)은 옛날에 견지가 있어서 천하에 그 이름이 알려졌다. 예로부터 다른 원료는 쓰지 않고 오직

어영차 들보 동쪽에 떡을 던져라	兒郞偉抛梁東
보개는 높이 걸렸고 탑겁[108]은 장엄하다네	寶蓋高懸塔劫重
맑은 경쇠 소리 속에 붉은 해 솟아오르니	淸磬一聲紅日轉
천 송이 자줏빛 구름이 신선 궁궐[109] 감싸네	紫雲千朶擁仙宮

어영차 들보 서쪽에 떡을 던져라	西
만 리 하늘은 약목 아래로 낮게 이어졌네[110]	萬里天連若木低
그늘진 골짝 서늘한 바람에 찬 소리 일어나는데	陰壑風冷寒籟發
둥근 달빛 환히 비쳐 마니주에 어리누나[111]	玉輪交貫映摩尼

어영차 들보 남쪽에 떡을 던져라	南
푸른 이내에 젖은 운전[112]은 영롱하여라	雲篆玲瓏濕翠嵐

닥나무 껍질만을 가지고 만들었다. 그런데 견(繭)이라고 이름 붙인 것은 저지(楮紙)의 질기고 윤택한 것이 누에고치와 비슷해서이다."라는 내용이 보인다.

108 탑겁(塔劫) : 불탑(佛塔)을 말한다. 겁은 불탑 층(層)의 속어이다. 두보(杜甫)의 시에 "탑겁과 궁장은 웅장하고 화려함이 비슷하며, 향기로운 주방과 솔숲 길은 서늘함 같구나.〔塔劫宮牆壯麗敵, 香廚松道淸涼俱.〕"라고 하였다. 《杜少陵詩集 卷22 嶽麓山道林二寺行》

109 신선 궁궐 : 사찰을 말한다.

110 만 리……이어졌네 : 해가 지는 광경을 묘사한 것이다. '약목(若木)'은 서해의 해가 지는 곳에 있다는 신목(神木)이다. 《산해경(山海經)》〈대황북경(大荒北經)〉에 "대황 가운데 형석산과 구음산과 형야산이 있다. 그 위에 적색의 줄기와 청색의 잎과 적색의 꽃이 핀 나무가 있는데, 그 이름이 약목이다.〔大荒之中, 有衡石山九陰山泂野之山. 上有赤樹青葉赤華, 名曰若木.〕"라고 하였다.

111 둥근……어리누나 : 사찰의 처마 끝에 달린 장식, 가령 풍경(風磬) 등이 달빛을 받아 영롱하게 빛나는 모습을 비유한 것이다.

어깨에 까마귀 앉은 지도[113] 전혀 깨닫지 못했는데　　　　肩上棲烏殊未覺

온 하늘에서 꽃비가 흩날리며 내리누나[114]　　　　　　　一天花雨下氍氍

어영차 들보 북쪽에 떡을 던져라　　　　　　　　　　　　　　　北

난야는 하늘과 거리가 삼백 척이네[115]　　　　　　　　蘭若去天三百尺

굽어보니 대해에서 몸 뒤치는 고래 들어오고　　　　　俯看大海側鯨鱗

반쯤 닫힌 대나무 방엔 석장 비스듬히 걸려 있네　　半掩竹房斜挂錫

어영차 들보 위에 떡을 던져라　　　　　　　　　　　　　　　上

새벽빛이 오색 술 드리운 휘장에 스며드네　　　　　曉光暗結流蘇帳

일어나 〈좌망편〉[116]을 한 번 읽으니　　　　　　　起來一讀坐忘篇

---

112 운전(雲篆) : 전서체(篆書體) 고문자로 필획이 구름 같다고 해서 운서(雲書)라고도
한다.

113 어깨에……지도 : 수행하는 것을 말한다. 소식(蘇軾)의 시에 "서방 진인의 모습을
그 누가 보았던가. 칠보 장식 옷을 입고 쌍사자를 따르게 하였네. 당시에 도 닦느라
무척이나 고생스러웠는지, 두 팔엔 잣나무가 자라고 어깨에는 까마귀가 둥지를 틀었네.
〔西方眞人誰所見? 衣被七寶從雙狻. 當時修道頗辛苦, 柏生兩肘烏巢肩.〕"라고 하였다.《東坡
全集 卷1 記所見開元寺吳道子畫佛滅度以答子由》

114 온……내리누나 :《법화경(法華經)》에 "부처가 설법을 행하자 하늘에서 만다라
꽃비가 내렸다."라는 내용이 보인다.

115 난야(蘭若)는……척이네 : 신광사(神光寺)가 높은 곳에 자리하여, 인간 세상을 초
월한 신성한 공간임을 말한 것이다.

116 좌망편(坐忘篇) : '좌망'의 개념이 기술된《장자(莊子)》〈대종사(大宗師)〉를 말한
다. "육신을 잊어버리고 총명을 물리치며, 형체를 떠나 지각을 버려 대도와 동화됨을
가리켜 좌망이라 한다.〔墮肢體, 黜聰明, 離形去知, 同於大通, 此謂坐忘.〕"라는 내용이 보
인다.

풀밭엔 흰 소[117] 누워 있고 병 속엔 코끼리 담겼네 　草臥白牛瓶在象

어영차 들보 아래에 떡을 던져라 　　　　　　　　　　下
소매 속 신령한 구슬은 빛으로 밤을 비춘다네[118] 　袖裏靈珠光照夜
예불 마친 선상엔 향로 향기 서렸고 　　　　禮罷禪床寶鴨熏
원앙 기와에 떨어지는 빗소리 또렷이 들리네 　　雨聲滴滴鴛鴦瓦

　삼가 바랍니다. 들보를 올린 뒤에는 사은(四恩)[119]의 위력이 옹호하
고 시방의 신령이 지켜주어, 세상의 고통으로 신음하는 이들은 모두
의왕(醫王)[120]에게 구제되고 세상의 피폐한 이들은 두루 자애로운 아버

---

117 풀밭엔 흰 소 : 《전등록(傳燈錄)》에 "대안선사(大安禪師)가 말하기를 '내가 위산(潙
山)에서 30년 동안 지낼 때 한 마리 물소를 보았을 뿐이다. 그 놈이 풀밭으로 들어가면
끌어냈고, 남의 밭에 침범하면 즉시 채찍으로 길들였다. 이렇게 오랫동안 하자 물소가
사람의 말을 잘 들어서 지금은 맨땅의 흰 소로 변했다.'〔大安禪師曰: ‘安在潙山三十年,
只看一頭水牯牛. 若落路入草, 牽出; 若犯人苗稼, 卽鞭撻調伏. 旣久, 受人言語, 如今變作箇露
地白牛.’〕"라는 내용이 보인다.
118 소매……비춘다네 : 모든 중생의 마음속〔袖裏〕에는 본래 부처와 같은 신령한 불성
〔靈珠〕이 감추어져 있어, 스스로 깨닫기만 하면, 그 지혜의 빛이 어둠〔夜〕을 밝힌 것이라
는 비유로 쓰인 듯하다. 《법화경(法華經)》〈오백제자수기품(五百弟子授記品)〉에 "속옷
속에 값으로 따질 수 없는 보주가 있는데도 그것을 깨닫지 못한다.〔不覺內衣裏有無價寶
珠.〕"라는 말이 나온다.
119 사은(四恩) : 불교에서 말하는 네 가지의 중한 은혜를 말한다. 부모은(父母恩)·중생
은(衆生恩)·국왕은(國王恩)·삼보은(三寶恩)이라는 설과 사장은(師長恩)·부모은·국왕
은·시주은(施主恩)이라는 설과 천하은(天下恩)·국왕은·사장은·부모은이라는 설 등 여
러 가지 설이 있다.
120 의왕(醫王) : 불교에서 부처가 세상의 질병을 가장 잘 치료해 준다고 하여 붙은

지[121]의 보살핌을 받게 하소서. 만 개의 손과 만 개의 눈[122]으로 보살펴 지혜의 검을 일제히 휘둘러 생각도 깨달음도 없이 그릇됨만 더해가는 중생을 구하시고, 널리 자비(慈悲)의 배를 띄워 하계(下界)의 악마 병졸을 말끔히 쓸어버리고 고해(苦海)의 세찬 물결을 길이 잠재워 주소서.

헤어 나올 길 없는 세속의 골짝에서 막혔으니 오묘한 진리의 문이 열리게 하시고, 벗어 날 수 없는 속세의 들판에서 피폐해졌으니 깨달음의 길이 드러나게 하소서. 검은 옷 입은 이들이 함부로 재상이라[123] 일컫지 못하게 하고, 황금 띠 두른 자들이 머물러 강산을 차지하지 못하게 하소서. 그리하여 길이 청구(靑丘)를 안정시켜 깊은 은택이 무궁하게 흐르게 하소서.

이름이다.

121 자애로운 아버지 : 부처를 말한다.

122 만 개의……눈 : 부처를 가리키는 것으로 보인다. 관세음보살을 '천수천안(千手千眼)'이라 하는데, 부처는 더 월등한 존재이므로 이렇게 표현한 듯하다.

123 검은……재상이라 : 위진남북조 시대 송(宋)나라의 승려 혜림(慧琳)이 송나라 문제(文帝)에게 총애를 받아 정사에 참여하여 검은 옷을 걸친 재상이라는 말이 있었다.

서쪽 들판에 새로 지은 거처에 대한 상량문

西墅新居上樑文

고심 속에 알맞은 땅 헤아려서 청산 한 자락을 잘 점지하고, 눈으로
하늘 끝 엿보아[124] 정갈하게 하얀 띠풀로 세 칸의 집을 엮었네. 머리
부딪친들 어떠하리. 무릎을 들여놓을 정도면 충분하다네.

　생각건대 저 참으로 비둔[125]한 곳에 머무르려 한다면, 반드시 험한
곳에 오르고 기이한 곳을 찾아야만 한다네. 사공(謝公)은 나막신 한
쌍을 준비하여 첩첩산중을 두루 돌아다녔으며,[126] 소선(蘇仙)은 버선
한 켤레 마련하여 빽빽한 숲을 훌쩍 뛰어 넘었다네.[127] 이에 새가 공중을
날며 다리를 쭉 펴듯 곰이 나뭇가지에 매달리듯[128] 정신을 닦아 형체에

---

124 눈으로……엿보아 : 소식(蘇軾)의 시에 "장군의 시력은 하늘 끝도 살필 정도여서,
가시덤불을 집으로 바꿔놓았다네.〔張君眼力覷天奧, 能遣荊棘化堂宇.〕"라고 한 데서 온
말이다. 《東坡全集 卷3 越州張中舍壽樂堂》

125 비둔(肥遯) : 세상과 멀리 떨어진 곳을 말한다. 《주역》〈돈괘(遯卦) 상구(上九)〉에
"여유로운 은둔이니, 이롭지 않음이 없다.〔肥遯, 無不利.〕"라고 하였다.

126 사공(謝公)은……돌아다녔으며 : 사령운(謝靈運)을 가리킨다. 산수 유람을 좋아하
고 특히 험준한 산을 즐겨 올랐는데, 산에 오를 때는 늘 본인이 특별히 제작한 나막신을
신고 갔다고 한다. 《宋書 謝靈運列傳》

127 소선(蘇仙)은……넘었다네 : 소식(蘇軾)의 시에 "나는 난계와 청천사 찾아서 노닐
려고, 벌써 베로 만든 버선과 푸른 행전을 마련해 두었다오.〔我游蘭溪訪淸泉, 已辦布襪靑
行纏.〕"라고 한 데서 온 말이다. 《蘇東坡詩集 卷25 寄吳德仁兼簡陳季常》

128 새가……매달리듯 : 양생(養生)하는 것을 말한다. 《장자(莊子)》〈각의(刻意)〉에
"새로운 기운을 들이쉬고 탁한 공기를 내쉬며, 묵은 것을 토해 버리고 신선한 공기를
마시며, 곰이 나뭇가지에 매달리듯, 새가 공중을 날며 두 다리를 쭉 펴듯이 하는 것은

서 벗어났고, 이에 높은 하늘을 나는 기러기[129]와 산속에 숨은 표범처럼[130] 아름다운 자질을 감춘 채 스스로 산의 창문도 내려하지 않고 구름 빗장으로 영구히 닫으려 하였네.[131] 그러나 복숭아꽃 흐르는 물에 한 조각 무릉(武陵)의 봄빛이 새어 나오고,[132] 좋은 붓과 화려한 종이로 갖가지 종남산(終南山)의 풍경을 그려내고야 마니, 비록 별천지가 있더라도 병 속[133]에 다 감추지는 못한다네.

바로 장수를 위한 것이다.〔吹呴呼吸, 吐故納新, 熊經鳥申, 爲壽而已矣.〕"라고 한 데서 온 말이다.

129 높은……기러기 : 화란을 피해 은거하여 몸을 보존하는 것을 말한다. 양웅(揚雄)의 《법언(法言)》〈문명(問明)〉에 "기러기가 높은 하늘 속으로 날아가면, 사냥꾼이 어떻게 쏘아 맞출 수 있겠는가.〔鴻飛冥冥, 弋人何篡焉?〕"라고 한 데서 온 말이다.

130 산속에 숨은 표범처럼 : 남산(南山)의 검은 표범은 자신의 털 무늬를 아름답게 보존하기 위해서, 안개비가 계속된 7일 동안 먹을 것이 없어도 가만히 머물러 있기만 하고, 산 아래로 내려가서 먹을 것을 구하려 하지 않았다는 고사가 전한다.《列女傳 卷2 陶答子妻》

131 산의……하였네 : 강호에 길이 은둔함을 말한다. 공치규(孔稚圭)의 〈북산이문(北山移文)〉에 "의당 산의 창문을 닫고 구름의 문을 가리며, 가벼운 안개를 거두고 흐르는 여울물을 감추어서, 주옹의 수레 끌채를 골짝 어귀에서 차단하고, 망녕된 고삐를 교외 첫머리에서 막아야 한다.〔宜扃岫幌, 掩雲關, 斂輕霧, 藏鳴湍, 截來軒於谷口, 杜妄轡於郊端.〕"라고 한 데서 온 말이다.《古文眞寶後集 卷2》

132 복숭아꽃……나오고 : 동진(東晉) 때 한 어부가 시내를 따라 올라가다가 갑자기 도화림(桃花林)이 찬란한 선경을 만나 그곳에 들어가니, 난리를 피해 처자를 거느리고 그곳에 들어와 대대로 살고 있다는 사람들을 만났다. 그들로부터 극진한 대접을 받은 뒤 그곳을 떠나오면서 가는 길을 표시해 놓고 본군(本郡)의 태수에게 이 사실을 얘기하자, 태수가 사람을 보내서 가 보게 했으나, 도화림을 찾을 수 없었다고 한다.《陶淵明集 卷6 桃花源記》

133 병 속 : 별천지를 뜻한다. 호공(壺公)이란 신선이 저잣거리에서 약을 팔고 있었는데, 모두 그저 평범한 사람인 줄로만 알고 있었다. 하루는 비장방(費長房)이란 사람이

군평(君平)[134]이 주렴 내리면 세상에서는 그의 깊은 내면을 헤아릴 수 없고, 계주(季主)[135]가 점집 문 닫으면 그 누가 혹 아는 자가 있었겠는가. 새나 짐승과 함께 무리지어 살지 않더라도 해를 멀리 할 수 있고,[136] 풍진 속에서 섞여 살더라도 기심(機心)을 잠재울 수 있다네. 그렇다면 텅 빈 자연 속으로 달려가는 자[137]가 어찌 홀로 고상할 게 있겠으며, 성시(城市)에서 사는 자를 또한 어찌 폄하할 게 있겠는가.

호공이 천정에 걸어 둔 호로 속으로 들어가는 것을 보고는 비범한 인물인 줄 알고 매일같이 정성껏 그를 시봉하였다. 하루는 호공이 그를 데리고 호로 속으로 들어갔는데, 호로 속은 완전히 별천지로 해와 달이 있고 선궁(仙宮)이 있었다 한다. 《神仙傳 壺公》

134 군평(君平) : 은사(隱士)인 엄준(嚴遵)을 말하는데, 그의 자가 군평이다. 서한(西漢) 성제(成帝) 때 촉(蜀) 지방에서 점집을 차리고 거북과 시초(蓍草)로 점을 쳐서 사람들에게 길흉을 알려 주었는데, 하루 생계가 마련되면 발을 내리고 손님을 받지 않았다고 한다. 《揚子法言 卷5》《漢書 王貢兩龔鮑傳》

135 계주(季主) : 한(漢)나라 때 복술가(卜術家) 사마계주(司馬季主)이다. 장안(長安)의 동시(東市)에서 점을 치며 살았는데, 당시의 중대부(中大夫) 송충(宋忠)과 박사(博士) 가의(賈誼)가, "들으니, 옛날의 성인은 조정에 있지 않으면 복의(卜醫) 가운데에 있다고 하였다."라고 하면서, 가서 그와 토론을 해 보고 그의 해박함에 감탄해 마지않았다고 한다. 《史記 日者列傳》

136 새나……있고 : 《논어》〈미자(微子)〉에 천하가 어지러운데 헛되이 변역(變易)시키려고 한다는 장저(長沮)와 걸닉(桀溺)의 말을 듣고, 공자가 "조수와 무리지어 살 수는 없으니, 내가 이 사람의 무리와 함께 하지 않고 누구와 함께 하겠는가. 천하에 도가 있다면 내 더불어 변역시키고자 하지 않을 것이다.〔鳥獸不可與同群, 吾非斯人之徒與而誰與? 天下有道, 丘不與易也.〕"라고 하였는데, 이 고사를 응용한 것이다.

137 텅……자 : 세상과 관계를 끊고 자연 속에 은거하는 것을 말한다. 《장자(莊子)》〈서무귀(徐无鬼)〉에 "텅 빈 골짜기에 숨어 사는 사람은 명아주와 콩잎이 족제비가 오가는 길마저 막고 있는 터라, 빈 골짜기에서 홀로 걷다가 쉬다가 하노라면, 다른 사람의 걸어오는 발자국 소리만 들어도 기뻐하는 법이다.〔逃空虛者, 藜藿柱乎鼪鼬之逕, 跟位其空, 聞人足音跫然而喜.〕"라고 하였는데, 이를 응용한 것이다.

지난번 압도(鴨島)에서 이백 보 남짓 떨어진 곳에 우연히 태고의 이 끼 흔적을 만났는데, 도성에서 삼십여 리 거리라 몇 칸의 초가집을 지을 만 하였네. 수레와 말로 지척에 닿는 곳이니 단구(丹丘)[138]는 아니 고, 첩첩 산에 겹겹 물이 있는 그윽하고 외진 곳이니 자맥(紫陌)[139] 또한 아니라네. 한 번에 천시(天時)와 지리(地利)를 얻고 산은(山隱)의 흥취 와 시은(市隱)의 풍취를 둘 다 점한 곳이었네.

주인은 수행 중에 방황하다가 고되고 팍팍한 곳에 발을 멈추었네. 그런데 갈림 길 속에 또 갈림 길이 있어 일찌감치 허망함을 알았고, 시비 사이에서 시비를 가릴 수 없어 꿈속의 사슴[140] 같은 허상에 웃음 짓기도 하였네. 물가 언덕에 정박하여 홀로 머무를 뿐 물 위를 떠다닐 작은 배조차 없었고, 허름한 집에 세 들어 사느라 가슴 속에 그려온 온전한 집을 짓지 못했다네.

이제야 점지해 둔 땅에 이르러 비로소 규표(圭表)를 이용하여 음양을 살피고 별자리를 바라보았네. 그런 다음 썩은 흙을 쳐내고 얽혀 있는

---

138 단구(丹丘) : 밤이나 낮이나 항상 밝은 땅으로, 신선이 산다는 곳이다. 《초사(楚辭)》〈원유(遠遊)〉에 "신선을 따라 단구에서 노닒이여, 죽지 않는 옛 고장에 머물렀도 다.〔仍羽人於丹丘兮, 留不死之舊鄕.〕"라고 하였다.

139 자맥(紫陌) : 도성 근교의 큰길이다.

140 꿈속의 사슴 : 득실의 무상함을 말한다. 정(鄭)나라 사람이 땔나무를 하다가 사슴을 잡았는데, 누가 훔쳐 갈까 싶어 해자 속에 숨겨 놓았다. 그러나 장소를 잊고 찾지 못하자 꿈을 꾼 것이라 생각하고는 혼자 중얼거리며 길을 가는데, 우연히 그 말을 들은 사람이 그곳으로 가서 사슴을 찾아내어 가지고 가 버렸다. 그러고는 아내에게 "그 사람이 사슴 잡는 꿈을 꾸었으나 어디 있는지 알지 못하였는데, 이제 내가 사슴을 얻었으니, 그는 참으로 꿈을 꾼 사람일세."라고 하자 아내가 "어쩌면 당신이 그 나무꾼이 사슴을 잡은 꿈을 꾼 것인지도 모르지요."라고 하였다는 고사가 전한다. 《列子 周穆王》

뿌리를 제거하자, 좋은 나무가 모습 드러내고 아름다운 화초가 솟아났네. 머지않아 푸른 장막 같은 짙은 그늘을 드리우고 단 샘물이 솟아 활수가 고이리니, 정녕 흰 두레박줄로 파란 물결 가를 수 있으리.[141] 돌밭에는 차조를 열 이랑 심을 수 있고, 묵정밭에는 뽕나무 백 그루 가꿀 만하다네.

대로 엮은 들창 어찌 내리오.[142] 여우 갖옷을 뒤집어 입는 것을 미리 경계했네.[143] 솔 시렁을 올리지 않았으니 도리어 봉우리에 빛나는 달빛 가릴까 두려워서라네. 길가는 사람에게 집 짓는 방법을 묻지 않고, 온전히 내 뜻대로 했다오. 세속 사람들은 무늬 있는 가래나무로 들보를 만들고 푸른 잣나무로 문을 세우는데, 내가 어찌 그런 인위적인 것을 여기에 쓰겠는가. 푸른 산으로 울타리로 삼고 흰 구름으로 병풍을 삼으니, 신령의 공력이 절로 현란하게 이루어진 것이라네.

오교장(午橋莊)[144]의 기문(記文)을 읽는 듯하고 〈망천서도(輞川墅圖)〉[145]를 마주한 듯하구나. 누추한 집은 쓸쓸하니 오류선생(五柳先生)

---

141 흰……있으리 : 소식(蘇軾)의 시에 "대바구니에 나물 캐면 손톱 끝까지 향기롭고, 흰 두레박줄로 파란 물결 가르니 은두레박이 언 듯하다네.〔筠藍擷翠爪甲香, 素綆分碧銀缾凍.〕"라고 한 데서 온 말이다.《蘇東坡詩集 卷39 同正輔表兄遊白水山》

142 대로……내리오 : 구하기 쉬운 재료인 대나무로도 창을 내지 않겠다는 것은 창을 내는 것 자체가 외부를 의식하는 행위이기 때문에 그런 마음이 싹트는 것을 근본적으로 차단하겠다는 의지를 보여주는 것이다.

143 여우……경계했네 : 부유해도 부유함을 드러내지 않는 것을 말한다.《한서(漢書)》〈광형전(匡衡傳)〉에 "부귀가 있더라도 열사(列士)들이 칭찬해 주지 않는다면 이것은 좋은 호백구(狐白裘)를 뒤집어서 입고 있는 것과 같다."라는 내용이 보인다.

144 오교장(午橋莊) : 당(唐)나라 때 재상 배도(裵度)가 오교에 지은 별장 이름인데, 대단히 넓은 동산에 화목(花木)이 만여 그루나 되고 호화스럽기로 유명하였다.

의 집과 흡사하고,[146] 사립 닫은 집은 적막하니 칠송 처사(七松處士)의 집과 같다네.[147] 굴속에 살고 둥지에 깃든다 한들 어찌 전해지는 소옹(邵雍)의 이야기[148]에 부끄러우리오. 거적과 쑥대로 출입문을 엮더라도 나공(羅公)의 평소 회포와 들어맞는다네.

그 땅을 바라보니, 밭두둑은 북두칠성처럼 꺾이고 뱀이 기어가듯[149] 조화롭게 어우러졌고, 시내와 연못은 비단 자락을 매어놓고 비단 폭을 펼쳐놓은 듯[150] 널리 퍼져 있네. 적당히 그윽하면서도 트였고, 알맞게 넓으면서도 호젓하다네. 냇가 마을과 들판 주막은 그저 장정(長亭)과

---

145 망천서도(輞川墅圖) : 당(唐)나라 시인 왕유(王維)가 망천(輞川)에 별장을 짓고, 그곳의 십이승경(十二勝景)을 묘사한 그림을 말한다. 망천은 섬서성(陝西省) 남전현(藍田縣) 남쪽에 있는 계곡으로, 산수가 수려하기로 유명하였다.

146 누추한……흡사하고 : 도잠(陶潛)의 〈오류선생전(五柳先生傳)〉에 "집안은 쓸쓸하여 바람과 햇빛도 가리지 못했다.〔環堵蕭然 不蔽風日.〕"라고 하였다. 《古文眞寶後集 卷2》

147 사립……같다네 : 당나라 때 정훈(鄭薰)은 만년에 은퇴한 다음 정원에 소나무를 심고, 칠송거사(七松居士)라 자호(自號)하였다.

148 전해지는 소옹(邵雍)의 이야기 : 북송(北宋)의 학자인 소옹은 비바람도 가리지 못할 정도로 누추한 집에 살면서도 그곳을 안락와(安樂窩)라고 이름 짓고 안빈낙도의 삶을 즐겼다고 한다. 《宋史 邵雍列傳》

149 북두칠성처럼……기어가듯 : 유종원(柳宗元)의 〈소구 서쪽에 이르러 발견한 소석담을 유람한 기문〔至小丘西小石潭記〕〉에 "못물의 근원인 서남쪽을 바라보니, 한 줄기 작은 시내가 북두칠성같이 꺾여 있고 뱀이 기어가듯 구불구불한 모양이 보이다 말다 하고 시내의 기슭은 개 이빨처럼 나는데 물이 흘러나오는 근원을 알 수 없었다.〔潭西南而望, 斗折蛇行, 明滅可見, 其岸勢犬牙差互, 不可知其源.〕"라고 하였는데, 이를 응용한 것이다. 《唐大家柳柳州文抄 卷7》

150 비단……듯 : 유종원(柳宗元)의 〈옹주 마퇴산의 모정에 관한 기문〔邕州馬退山茅亭記〕〉에 "푸른 산의 기기묘묘한 형상은, 비단 자락으로 매어놓고 비단 폭을 이리저리 펼쳐놓은 듯하다네.〔蒼翠詭狀, 綺綯繡錯.〕"라고 하였다. 《唐大家柳柳州文抄 卷6》

단정(短亭)[151] 정도 떨어져 있고, 나무의 이내와 수풀의 안개는 오 리나
십 리도 분간할 수 없게 하네.

강은 요동 바다와 이어지니 배 한척으로 저물녘 구름을 갈랐을 유안
(幼安)[152]을 상상하고, 봉우리는 화산(華山)과 닿아있으니 불로장생약을
아홉 번 제련하였을 진단(陳搏)[153]을 떠올리네. 영원(靈原)과 단경(丹境)
이 인간 세상에 있음을 그 누가 믿겠는가. 반드시 낭풍(閬風)과 현포(玄
圃)[154]에만 모두 신선이 있는 것은 아니라네. 이 집은 이미 비바람 막고
새와 쥐 물리쳤으니,[155] 여기서 웃고 여기서 담소할 만하다네.[156]

붉은 인끈을 맨 좋은 관복(官服)도 나의 거적만 못하고, 대궐 같은
집도 어찌 나의 오두막집만 하겠는가. 유환(劉渙)은 송아지를 노래하
며[157] 실로 초심을 지켰고, 사안(謝安)은 창생을 구제하였으나 대저 어

---

151 장정(長亭)과 단정(短亭) : 큰 숙사(宿舍)와 작은 숙사를 가리킨다. 옛날에 10리마
다 장정을 두고, 5리마다 단정을 두었다.

152 유안(幼安) : 삼국 시대 위(魏)나라 관녕(管寧)으로, 유안은 그의 자이다. 한나라
영제(靈帝) 때 황건적(黃巾賊)의 난리를 피하여 요동(遼東)으로 건너가 은둔하였다.
《三國志 魏書 管寧傳》

153 진단(陳搏) : 오대(五代)와 송(宋) 초기의 도교 학자이자 은사(隱士)로, 화산(華山)
에 은거하면서 수행하였다. 《宋史 隱逸列傳上 陳搏》

154 낭풍(閬風)과 현포(玄圃) : 신선이 산다는 곤륜산(崑崙山)에 있는 전설상의 지명이다.

155 비바람……물리쳤으니 : 집을 완성하였다는 말이다. 《시경》〈사간(射干)〉에 "비바
람을 막고 새와 쥐들을 물리쳤으니, 군자의 거처로다.〔風雨攸除, 鳥鼠攸去, 君子攸芋.〕"
라고 하였다.

156 여기서……만하다네 : 《시경》〈사간(斯干)〉에 "여기에서 편안히 거하고 저기에서
도 편안히 있으며, 여기에서 즐거이 웃고 저기에서도 즐거이 말하도다.〔爰居爰處, 爰笑
爰語.〕"라고 하였다.

157 유환(劉渙)은 송아지를 노래하며 : 유환은 송(宋)나라 때 구양수(歐陽脩)와 동년

찌 평소의 뜻이었겠는가.[158] 때때로 한아한 정취에 이끌려 호젓한 곳 찾아 물과 구름과 함께 돌아오고, 날마다 시골 늙은이나 촌 노인과 지팡이 짚고 서로 왕래하니, 이 밖에는 구하는 게 없고 즐거움은 바로 그 안에 있다네.

굴이 나는 마을과 어촌이니 두공부(杜工部 두보(杜甫))처럼 붓을 들 수 있고, 솔바람 불고 덩굴에 달 비치니 수염 꼬며 시 읊은 적선(謫仙)의 경지에 들어갈 수 있다네.[159] 얼마나 마음속으로만 이런 집 그려왔던가. 어느덧 눈앞에 우뚝 서 있는 게 보이누나.[160] 길이 양호(羊祜)처럼 관이 나 넣을 터[161]에 머물고자 했을 뿐, 사마광(司馬光)의 독락원(獨樂園)[162]

(同年) 진사(進士) 출신으로 30년 동안 여산(廬山)에 은거하였다. 유환의 〈기우가(騎牛歌)〉에 "내가 소를 탄다고 그대는 비웃지 마소. 세상 만물은 자기 좋을 대로 하는 법이니.〔我騎牛君莫笑! 世間萬物從吾好.〕"라고 하였다. 유환(劉渙)은 대본에는 '劉澳'로 되어 있는데, 문맥을 고려하여 '澳'를 '渙'으로 바로잡아 번역하였다.

158 사안(謝安)은……뜻이었겠는가 : 동진(東晋) 때 사안이 회계(會稽)의 동산(東山)에 은거하면서 조정의 부름에 전혀 응하지 않자, 당시 사람들이 "안석(安石, 사안의 자)이 나오려 하지 않으니, 앞으로 백성들은 어이한단 말인가."라며 탄식하였다. 이후 사안은 출사하여 정토대도독(征討大都督)이 되어 전진(前秦) 부견(苻堅)의 100만 대군을 격파하여 동진을 안전하게 부지시켰다.《晉書 謝安列傳》

159 솔바람……있다네 : 이백(李白)의 시에 "등라덩굴에 비친 달빛 아침 거울에 걸린 듯 환하고, 솔바람은 한밤의 거문고 줄에서 울려나오는 듯하네.〔蘿月挂朝鏡, 松風鳴夜絃.〕"라고 하였다.《全唐詩 卷168 贈嵩山焦鍊師》적선(謫仙)은 하늘에서 인간 세상으로 귀양 온 신선이란 뜻으로, 이백을 가리킨다. 당 현종(唐玄宗) 때 하지장(賀知章)이 이백을 처음 만나 그의 글을 보고 붙여 준 이름이다.《古文眞寶前集 卷1 對酒憶賀監》

160 눈앞에……보이누나 : 두보(杜甫)의 시에 "아, 어느 때에나 눈앞에 우뚝 서 있는 이런 큰 집을 볼거나. 그렇게만 된다면 내 집만 유독 부서져서 얼어 죽는다 하더라도 만족하리라.〔嗚呼, 何時眼前突兀見此屋? 吾廬獨破受凍死亦足.〕"라고 하였는데, 여기서 표현을 가져왔다.《古文眞寶前集 卷8 茅屋爲秋風所破歌》

처럼 저자에 집 짓고 사는 건 바라지도 않네. 백 곳에 토란을 심으니
문산(文山)이 지은 집[163]이 어찌 부러우랴. 온 숲이 여윈 대나무로 둘러
있으니 소자(蘇子)의 도구(菟裘)보다 훨씬 낫구나.[164] 이제 잔치를 열어
축하하고 무지개 같은 들보를 올리기에, 애오라지 한 마디 말을 보태어
육위(六偉)를 짓노라.

어영차 들보 동쪽에 떡을 던져라   抛梁東
창 가득 새벽 햇살이 몽롱하다네   滿窓曉日朦朧
이어진 들녘은 연녹색으로 파릇한데   連野萋萋軟綠
바람 따라 붉은 꽃잎만 속절없이 흩날리네   隨風蔌蔌殘紅

161 양호(羊祜)처럼……터 : 서진(西晉) 때 양호가 그의 종제(從弟)인 양수(羊琇)에게
보낸 편지에 "변방의 일을 안정시키고 나면, 마땅히 각건을 쓰고 동쪽으로 고향에 돌아가
관 넣을 터를 마련하겠다.〔旣定邊事, 當角巾東路歸故里, 爲容棺之墟.〕"라고 하였다. 《晉書
羊祜列傳》

162 독락원(獨樂園) : 송(宋)나라 때 사마광(司馬光)이 재상에서 물러난 뒤에 낙양현
(洛陽縣) 남쪽에 세운 정원이다.

163 백 곳에……집 : 문산은 남송(南宋) 문천상(文天祥)의 자이다. 그의 글에 "밭을
휘감는 한 줄기 물이 있거니 두 산은 문을 밀치고 들어올 듯한 형세요, 백 곳에 토란을
심으니 물고기 기를 천리의 터로구나.〔有護田一水, 排闥兩山之勢; 得栽芋百區, 種魚千里
之基.〕"라는 내용이 보인다. 《文山集 卷12 山中堂屋上梁文》

164 소자(蘇子)의……낫구나 : 소자는 소식(蘇軾)을 말한다. 소식의 〈목산(木山)〉에
"성안의 옛 못물은 대지를 적실 정도이니, 온 숲이 여윈 대나무로 덮인 나의 도구로다.
〔城中古沼浸坤軸, 一林瘦竹吾菟裘.〕"라고 하였다. 《東坡全集 卷17》 도구(菟裘)는 늙어서
조정에서 물러나 은거하는 장소를 뜻한다. 노나라 은공(隱公)이 환공(桓公)에게 자리를
물려주고서 "내 장차 도구 땅에 집을 짓고 그곳에서 늙으리라."라고 하였다. 《春秋左氏傳
隱公11年》

어영차 들보 남쪽에 떡을 던져라 　　　　　　　　　　南

원림은 비취와 쪽빛으로 물들었네 　　　　　　　園林纈翠挼藍

하늘가엔 줄지은 기러기 떼 돌아가는데 　　　天際數行歸雁

산 앞엔 한 조각 이내가 떠 있구나 　　　　　山前一片浮嵐

어영차 들보 서쪽에 떡을 던져라 　　　　　　　　　　西

조수 소리는 모래 둑으로 어느새 스며드네 　　潮聲暗侵沙堤

가을 물가 갈대꽃에 기러기 내려앉을 제 　　秋渚蘆花雁落

석양 속 단풍잎에 까마귀 우는구나 　　　　　夕陽楓葉鴉啼

어영차 들보 북쪽에 떡을 던져라 　　　　　　　　　　北

한밤중 삭풍이 눈보라 몰아치네 　　　　　　　半夜朔風吹雪

사람은 십리의 눈밭 지나 돌아가고 　　　　　人歸十里瓊田

달빛은 천층의 패궐을 비추누나[165] 　　　　月映千層貝闕

어영차 들보 위쪽에 떡을 던져라 　　　　　　　　　　上

푸른 바다 굽어보고 푸른 하늘 올려보네 　　碧海靑天俯仰

화로의 단약은 솔가지로 직접 불을 지피고 　丹鑪自爇松梢

---

165 달빛은······비추누나 : 달이 바다를 비추는 모습을 형용한 것이다. '패궐(貝闕)'은
자색(紫色)의 조개껍질로 장식한 궁궐이다. 수신(水神) 하백(河伯)이 산다는 곳으로,
용궁(龍宮)을 말한다. 《초사(楚辭)》〈구가(九歌) 하백(河伯)〉에 "물고기 비늘 집 용의
저택이요, 붉은 조개 누각 붉은 궁궐이로다.〔魚鱗屋兮龍堂, 紫貝闕兮朱宮.〕"라고 하였다.

푸른 비탈길 이따금 명아주 지팡이 짚고 오르네　　　翠磴時携藜杖

어영차 들보 아래쪽에 떡을 던져라　　　　　　　　下
저물녘 호수와 산은 그림 같구나　　　　　　　　薄暮湖山堪畫
오경에 시 짓는 꿈꾸다 추위에 놀라 깨니　　　五更詩夢驚寒
한 줄기 맑은 향이 밤을 사르고 있네　　　　一縷清香燒夜

　삼가 바라건대, 들보를 올린 뒤에는 상서로운 바람은 시원하게 불고 따사로운 햇살은 오랫동안 퍼지게 하소서. 그리하여 봄에는 부추, 가을에는 배추가 해마다 주옹(周顒)의 채마밭에서처럼 자라고,[166] 외로운 소나무와 늦가을 국화를 벗 삼아 도령(陶令)의 정원[167] 같은 곳을 날마다 거닐게 하소서.

　떨어지는 꽃잎 자세히 헤아리고 향기로운 풀을 느긋이 찾노라면[168] 세상만사 이보다 나을 것이 없고, 저녁엔 밝은 달 맞이하고 아침엔 시원한 바람을 쐬노라면 두 가지 맑은 흥취 다함이 없을 것입니다.

---

166 봄에는……자라고 : 남제(南齊) 때 문혜태자(文惠太子)가 산사(山舍)에서 채식(菜食) 하고 지내던 주옹에게 한번은 "채식 중에는 어느 것이 가장 맛이 좋던가?"라고 묻자, 주옹이 "초봄의 이른 부추와 늦가을의 늦은 배추입니다.〔春初早韭, 秋末晚菘.〕"라고 하였다는 고사가 전한다. 《南齊書 周顒傳》

167 외로운……정원 : 도령(陶令)은 도잠(陶潛)을 말한다. 〈귀거래사(歸去來辭)〉에 "정원의 세 갈래 오솔길은 황폐해졌으나, 소나무와 국화는 그대로 남아 있구나.〔三徑就荒, 松菊猶存.〕"라고 하였다. 《古文眞寶後集 卷1》

168 떨어지는……찾노라면 : 왕안석(王安石)의 시에 "떨어지는 꽃 자세히 살피느라 오래 앉았고, 향기로운 풀 느긋이 찾다가 늦게 돌아오네.〔細數落花因坐久, 緩尋芳草得歸遲.〕"라고 하였는데, 여기서 가져왔다. 《千家詩 卷3 北山》

뱀과 이무기가 서리고 귀신들이 수호하여[169] 옥천자(玉川子)처럼 악한 소년들로 인한 근심이 없게 하시고,[170] 녹야당(綠野堂)에서처럼 시 짓는 손님들과 어울리게 하소서.[171]

혜초로 엮은 휘장 속에서 맑은 꿈을 꿀 때 군장(軍將)이 주공(周公)의 꿈을 깨우는 듯한 일이 없게 하시고,[172] 등나무 평상에서 책을 볼 때 사군(使君)이 임포(林逋)[173]를 방문하는 듯한 일이 없게 하소서. 그리하여 잠룡처럼 뜻을 견고히 지켜 흰 갈매기와의 맹약 변치 않게 하소서.

---

169 뱀과……수호하여 : 한유(韓愈)의 글에 "아! 반곡의 즐거움이여, 즐거움이 장차 다함이 없으리로다. 범과 표범이 자취를 멀리함이여, 교룡이 도망하여 숨고, 귀신들이 수호함이여, 불길한 것을 꾸짖어 금하도다.〔嗟! 盤之樂兮, 樂且無央. 虎豹遠跡兮, 蛟龍遁藏; 鬼神守護兮, 呵禁不祥.〕"라고 한 데서 온 말이다.《古文眞寶後集 卷4 送李愿歸盤谷序》

170 옥천자(玉川子)처럼……하시고 : '옥천자'는 당나라 시인 노동(盧仝)을 말한다. 한유(韓愈)가 낙양(洛陽)을 다스릴 때 노동에게 보낸 시에 "지난밤에 수염 긴 하인이 와서 선생의 글 전하는데, 이웃집 악한 소년들의 악행이 비길 데 없다 하셨네.〔昨夜長鬚來下狀, 隔墻惡少惡難似.〕"라고 하였다.《古文眞寶前集 卷6 寄盧仝》

171 녹야당(綠野堂)에서처럼……하소서 : 당 헌종(唐憲宗) 때 배도(裵度)가 벼슬에서 물러난 다음 낙양(洛陽)에 녹야당을 지어 놓고 백거이(白居易), 유우석(劉禹錫) 등과 함께 밤낮으로 시주(詩酒)를 즐기면서 세상일을 묻지 않았다는 고사가 전한다.《新唐書 裵度列傳》

172 혜초로……하시고 : 당나라 노동(盧仝)의 시에 "해가 높이 뜨도록 한창 자고 있었는데, 군장이 와서 문 두드려 주공의 꿈을 놀라 깨게 하였네.〔日高丈五睡正濃, 軍將叩門驚周公.〕"라고 하였다.《全唐詩 卷388 走筆謝孟諫議寄新茶》

173 임포(林逋) : 송(宋)나라 때의 은사(隱士)이다. 서호(西湖)의 고산(孤山)에 초막을 지어 살면서 20년 동안 저잣거리에 발을 들여놓지 않았다. 매화를 심고 학을 기르며 홀로 살았으므로 당시에 "매화를 아내로 삼고 학을 자식으로 삼았다."라고 하였다.《宋史 林逋列傳》

계 啓

남을 대신하여 지은, 말을 빌리기 위해 서 방백에게 올리는 글
代人上徐方伯乞馬啓

이 호소할 데 없는 사람을 가엾게 여김은 정치의 급선무이니 보답을
받지 못할 곳에 은택을 베풂은 인자(仁者)라야 가능합니다. 진실로 반
딧불로 글 읽는 사람[174]을 받아 줌이 아니라면 어찌 말을 구하겠습니까.

　삼가 생각건대, 저는 걸음이 느린 절뚝발이 자라요 소견이 좁은 단지
속 초파리[175]와 같습니다. 곡식알 하나를 쪼개어 자라를 낚을 계책[176]을

---

174 반딧불로……사람 : 자신이 미천한 신세임을 드러낸 말이다. 두보의 시에 "주인이
노마 같은 나를 염려하여, 반딧불로 글 읽는 이 몸을 관사에 받아 주었네.〔主人念老馬,
廨宇容秋螢.〕"라고 하였다. 《補注杜詩 卷2 橋陵詩十三韻因呈縣內諸官》
175 단지 속 초파리 : 식견이 좁음을 비유하는 말이다. 《장자(莊子)》〈전자방(田子方)〉
에, 공자(孔子)가 일찍이 노담(老聃)을 만난 뒤 나와서 안회(顔回)에게 이르기를 "나는
도에 대해서 마치 단지 속의 초파리와 같았도다.〔丘之於道也, 其猶醯雞與!〕"라고 하였다.
176 곡식알……계책 : 미미한 역량으로 큰일을 이루기 위해 세심하게 노력했다는 말이
다. 《열자(列子)》〈탕문(湯問)〉에 첨하(詹何)라는 사람이 볼품없는 낚시 도구와 곡식알
을 쪼개어 만든 미끼로 수레 가득 물고기를 낚았다는 고사가 보인다. '자라를 낚는다.〔釣
鰲〕'는 말은 《열자》〈탕문〉에 나오는 우화에서 온 말이다. 천제(天帝)가 자라 열다섯
마리로 하여금 교대로 머리를 쳐들어 떠다니는 다섯 산들을 떠받치게 하였는데, 용백국

세워 천만인 가운데 단지 비웃음만 받았고, 백금(百金)을 들여 용(龍) 잡는 기술을 배웠으나[177] 이십 년 동안 명성을 이룬 바가 없었습니다.

누린내를 다투는 땅강아지와 개미[178]를 어찌 본받겠습니까. 바다를 누비는 고래처럼 그럭저럭 살려고 하였습니다. 배우는 것만 못했으므로[179] 조문석사(朝聞夕死)[180]의 말씀을 명심하였고, 스스로 한계를 그음[181]이 없었으므로 일취월장(日就月將)의 공효를 기대하였습니다. 팔 뚝에 종기가 나더라도 어찌 싫어했겠습니까.[182] 정원 가운데 해바라기

(龍伯國)의 거인(巨人)이 한 번의 낚시질에 자라 여섯 마리를 연달아 낚아 올려 등에 지고 자기 나라로 돌아가는 바람에, 두 개의 산이 대해(大海)에 가라앉고 말았다고 한다.

177 백금(百金)을……배웠으나 : 실제에 아무런 도움이 되지 않는 재주를 배웠음을 비유한 말이다. 《장자(莊子)》〈열어구(列御寇)〉에 "주평만이 지리익에게서 용 잡는 기술을 배웠는데, 천금의 가산을 다 쏟으면서 삼 년 만에 그 기예를 완전히 익혔지만, 그 기교를 발휘해 볼 곳이 없었다.〔朱泙漫學屠龍於支離益, 單千金之家, 三年技成而無所用其巧.〕"라고 하였다.

178 누린내를……개미 : 분분하게 명리(名利)를 추구함을 비유한 말로, 《장자(莊子)》〈서무귀(徐無鬼)〉에 "개미가 양고기를 좋아하여 모여드니 양고기의 누린내 때문이다. 순 임금도 누린내 나는 행동이 있어서 백성이 좋아하는 것이다.〔蟻慕羊肉, 羊肉羶也. 舜有羶行, 百姓悅之.〕"라고 한 데서 온 말이다.

179 배우는 것만 못했으므로 : 《논어》〈위령공(衛靈公)〉에 나오는 공자의 말로, "내가 일찍이 종일토록 밥을 먹지 않으며 밤새도록 잠을 자지 않고서 생각하니, 유익함이 없었다. 배우는 것만 못하였다.〔吾嘗終日不食, 終夜不寢, 以思, 無益, 不如學也.〕"라고 하였다.

180 조문석사(朝聞夕死) : 학문의 성취를 간절히 구하는 학자의 자세를 나타내는 말이다. 《논어》〈이인(里仁)〉에 "아침에 도를 들으면 저녁에 죽어도 괜찮다.〔朝聞道, 夕死可也.〕"라고 하였다.

181 스스로 한계를 그음 : 반도자획(半途自畫)의 준말로, 스스로 자신의 한계를 그음으로써 더 이상 배움을 향상시키지 못함을 뜻한다. 《論語 雍也》

도 엿보지 않았습니다.[183]

호량(濠梁)의 오거서(五車書)[184]를 갖추고 있었으니 근엄하고 과장된 《춘추(春秋)》와 《좌씨전(左氏傳)》[185]도 있었고, 업후(鄴侯) 서가(書架)[186]의 만 권 책을 읊조렸으니, 난삽하고 껄끄러운 주고(周誥)와 은반(殷盤)[187]도 있었습니다. 우뚝하게 산처럼 높고 광활하게 물처럼 깊은 것은 위로 사마천(司馬遷)의 《사기(史記)》한 부였고, 높음이 산악(山

---

182 팔뚝에……싫어했겠습니까 : 학문에 힘을 쓰느라 일체의 다른 일에 관심을 두지 않았다는 말이다. '팔뚝에 나는 종기'는 건강을 크게 상한 것으로, 골개숙(滑介叔)이라는 사람이 왼쪽 팔꿈치에 종양이 생겼는데[柳生其左肘], 처음에는 어쩔 줄 몰라 하다가 '생명은 본디 빌린 것'이며 '생사는 낮과 밤이 교대함과 같은 것'이라고 하여 차츰 편안히 받아들였다는 고사에서 온 말이다. 《莊子 至樂》

183 정원……않았습니다 : 학문에 전념함을 말한다. 한(漢)나라 동중서(董仲舒)가 정원과 채소밭이 있어도 삼 년 동안을 방에서 나와 살펴본 적이 없을 정도로 학문에 매진했다고 한다. 《漢書 董仲舒傳》

184 호량(濠梁)의 오거서 : 호수(濠水)의 다리 위에서 장자(莊子)와 논쟁을 벌인 혜시(惠施)가 수많은 서적을 소장하였다는 의미로, 소식(蘇軾)의 시에 "호량의 혜시는 부질없이 책만 무려 다섯 수레인데, 흙다리 위의 책 한 권이면 원래 충분하다네.[濠梁空復五車多, 圯上從來一編足.]"라고 한 데서 온 말이다. 《蘇東坡詩集 卷45 張競辰永康所居萬卷堂》

185 근엄하고……좌씨전(左氏傳) : 《춘추》와 《좌씨전》에 대한 평가로, 한유(韓愈)의 글 〈진학해(進學解)〉에 보인다. 《古文眞寶後集 卷3》

186 업후(鄴侯) 서가(書架) : '업후'는 장서(藏書)가 매우 많은 것으로 유명한 당(唐)나라 이필(李泌)의 봉호이다. 한유(韓愈)의 시 〈수주로 글 읽으러 가는 제갈각을 전송하다[送諸葛覺往隨州讀書]〉에 "업후의 집에 책이 많으니, 서가에 삼만 축을 꽂았도다.[鄴侯家多書, 架挿三萬軸.]"라고 하였다. 《古文眞寶前集 卷3》

187 난삽하고……은반(殷盤) : '주고(周誥)'는 《서경》 〈주서(周書)〉의 고체(誥體)로 된 편들로, 〈대고(大誥)〉, 〈강고(康誥)〉, 〈주고(酒誥)〉, 〈소고(召誥)〉, 〈낙고(洛誥)〉를 가리키고, '은반'은 《서경》 〈상서(商書)〉의 〈반경(盤庚)〉을 가리킨다. 한유(韓愈)는 그의 글 〈진학해(進學解)〉에서 주고와 은반을 읽기가 어렵다고 토로하였다. 《古文眞寶後集 卷3》

岳)과 같고 큼이 하해(河海)와 같은 것은 아래로 창려(昌黎 한유(韓愈))의 문장 백 편이었습니다. 또한 자운(子雲 양웅(揚雄))과 상여(相如 사마상여(司馬相如))와 같은 제자(諸子)의 글을 두루 보았고, 부도(浮屠)와 노장(老莊)과 같은 외가(外家)의 설(說)을 널리 열람하였습니다.

뱃속에서는 서리와 이슬을 기르며 바람과 구름을 품었고, 붓 끝에서는 용과 범이 다투며 이무기와 용이 싸웠습니다. 시를 읊조림에 만상(萬象)을 망라하니, 온갖 물건이 창고에 모인 듯하였습니다. 오묘함은 포정(庖丁)의 경지에는 들어가지 못했기에 보이는 바가 비록 소가 아님이 없었지만,[188] 마음은 이미 칼끝에서 계란을 쌓는 듯 대담하여 스스로 보기에는 모든 것을 새 새끼처럼 하찮게 여겼습니다. 하지만 들인 힘은 많았지만 공효는 보잘 것 없었으니, 이는 대개 뜻은 크고 재주는 엉성했기 때문입니다. 보배로 장식한 비파를 가지고 제(齊)나라에서 벼슬을 구하였으나 되레 피리를 좋아하는 자와 기호가 달랐고,[189] 장보관(章甫

---

188 오묘함은……없었지만 : 대단한 공력을 들였지만 궁극적인 경지에는 이르지 못하였음을 비유한 것이다. '보이는 바가 소가 아님이 없다'라는 말은 아직 소라는 대상에 집착함을 면치 못하는 상태이다. '포정(庖丁)'은《장자(莊子)》의 우화에 등장하는 사람으로, 소를 잡으면서 터득한 이치를 문혜군(文惠君)에게 설파한 인물이다. 문혜군이 포정의 기술에 감탄하고 어떻게 이런 경지에 이르렀는지 묻자, 포정이 대답하기를, "신이 좋아하는 것은 도이니, 이것은 기술에서 더 나아간 것입니다. 처음에 신이 소를 잡을 때는 눈에 보이는 바가 소가 아님이 없었는데, 삼 년이 지난 후에는 온전한 소를 보지 못했습니다.〔臣之所好者道也, 進乎技矣. 始臣之解牛之時, 所見無非牛者, 三年之後, 未嘗見全牛也.〕"라고 하였다 한다.《莊子 養生主》

189 보배로……달랐고 : 세상에서 요구하는 능력과 자신이 소유한 재주에 괴리가 있음을 비유한 것이다. 한유(韓愈)의 〈진상에게 답한 편지〔答陳商書〕〉에 "제왕은 피리를 좋아하는데, 제나라에 벼슬을 구하는 자가 비파를 가지고 가서 제왕의 궁문 앞에서 삼 년 동안 기다렸으나 들어가지 못하였다.〔齊王好竽, 有求仕於齊者, 操瑟而往, 立王之門

冠)을 사서 월(越)나라에 갔지만 머리를 짧게 깎는 데 무슨 소용이겠습니까.[190]

봉황이 올빼미 소리에 위협을 당했으니 진실로 훌쩍 떠나갈 만하고,[191] 옥(玉)이 물고기 눈알에게 비웃음을 당했으니 궤에 넣어 보관함만 못하였습니다.[192] 환로(宦路)의 한 명성을 어찌 기약하겠습니까마는 책 속에 여러 현인은 나를 알아주었습니다. 귀신을 어찌 내쫓아 떠나게 할 수 있겠습니까. 오히려 한자(韓子)가 궁귀(窮鬼)를 떠나보내려 한 것[193]을 혐의하였습니다. 졸렬함은 기도하여 없앨 수 없으니, 유주(柳

三年, 不得入.〕"라고 한 데서 온 말이다. 《古文眞寶後集 卷2》

190 장보관(章甫冠)을……소용이겠습니까 : 재주가 있었으나 시의(時宜)에 벗어나 쓸데없이 취급됨을 비유한 말이다. '장보관'은 옛날 중원(中原)의 유자(儒者)들이 쓰던 관이다. 《장자(莊子)》〈소요유(逍遙遊)〉에, "송나라 사람 중에 장보관을 사 가지고 월나라로 팔러 간 사람이 있었는데, 월나라 사람들은 모두 단발을 하고 문신을 하였으므로 쓸 데가 없었다.〔宋人資章甫而適諸越, 越人斷髮文身, 無所用之.〕"라고 하였다.

191 봉황이……만하고 : 봉황으로 자신을, 올빼미로 자신을 싫어하는 사람을 비유하여 세속과 화합하지 못하였음을 나타낸 것이다. 가의(賈誼)의 〈조굴원부(弔屈原賦)〉에 군자는 쫓겨나고 소인이 득세하는 것을 표현하여, "난새와 봉황은 몸을 숨기고, 올빼미는 활개를 치도다.〔鸞鳳伏竄兮, 鴟梟翶翔.〕"라고 하였다. 《古文眞寶後集 卷1》

192 옥(玉)이……못하였습니다 : 남들이 알아주지 않는 것에 실의(失意)하여 물러남을 비유한 것이다. '옥'은 자신을, '물고기 눈알'은 세속의 사람을 가리키는 것으로, 당(唐)나라 이백(李白)의 〈국가행(鞠歌行)〉에 "옥이 복숭아나무와 오얏나무처럼 스스로 자랑하지 않으니, 물고기 눈알이 비웃고 변화가 치욕을 당하였네.〔玉不自言如桃李, 魚目笑之卞和恥.〕"라고 하였다. 《李太白文集 卷3》'궤에 넣어 보관한다.'는 말은 자신의 재능을 감추고 물러나 때를 기다린다는 말이다. 자공(子貢)이 공자에게 묻기를 "여기에 아름다운 옥이 있다면, 상자에 넣어 두시겠습니까, 아니면 좋은 값을 구하여 파시겠습니까?〔有美玉於斯, 韞櫝而藏諸? 求善賈而沽諸?〕"라고 물어 본 데서 온 말이다. 《論語 子罕》

193 한자(韓子)가……것 : '한자'는 한유(韓愈)이다. 한유가 지은 〈송궁문(送窮文)〉에,

州)가 공교함을 빌었던 것[194]을 배우려 했겠습니까.

    천명(天命)을 알 따름이니, 하늘을 어찌 원망하겠습니까. 완적(阮籍)은 길이 막힘에 부질없이 울고 이광(李廣)은 운수가 기구하여 스스로 탄식합니다.[195] 슬픔이 풍수(風樹)에 휘감기니 종신토록 고어(皐魚)가 애통해 하고,[196] 봄날에 훤화(萱花)가 시드니[197] 증삼(曾參)의 봉양에

곤궁한 나머지 의식(儀式)을 거행하여 자신을 괴롭히는 다섯 궁귀(窮鬼)인 지궁(智窮), 학궁(學窮), 문궁(文窮), 명궁(命窮), 교궁(交窮)을 떠나보내려고 한 내용이 보인다. 《古文眞寶後集 卷3》

194 유주(柳州)가……것 : '유주'는 좌천되어 유주 자사(幽州刺史)를 지낸 유종원(柳宗元)이다. 유종원이 지은 《걸교문(乞巧文)》에, 칠월 칠석 밤에 마을 사람들이 천녀(天女)에게 바느질 솜씨를 구하는 걸교제(乞巧祭)를 지내는 것을 보고, 자신의 졸렬함을 없애고 공교함을 구걸하는 내용이 보인다. 《柳河東集 卷18》

195 완적(阮籍)은……탄식합니다 ; 완적과 이광(李廣)을 들어 자신의 불우함을 표현한 것이다. '완적'은 진(晉)나라 때 죽림칠현(竹林七賢)의 한 사람으로, 성격이 활달하여 일반적인 예식(禮式)에 구애받지 않았는데, 마음에 답답한 일이 있으면 때때로 혼자 수레를 타고 마음 내키는 대로 길을 가다가, 길이 막혀 더 이상 갈 수 없는 곳에 이르러서는 한바탕 크게 통곡하고 돌아왔다고 한다. 《晉書 阮籍列傳》 '이광(李廣)'은 한(漢)나라의 장군으로, 그는 한 무제(漢武帝) 때에 흉노와의 전투에서 여러 번에 걸쳐 공을 세워 명성을 떨쳤다. 하지만 그의 부하 장수들은 제후로 봉해진 반면, 그는 운이 없어서 끝내 높은 관작에 봉해지지 못했다고 한다. 《史記 李將軍列傳》

196 슬픔이……하고 : 어버이의 생전에 효도를 하지 못한 비통한 심정을 고어(皐魚)와 공자(孔子) 사이의 고사를 들어 표현한 것이다. 공자가 길을 가다가 고어라는 사람이 낫을 끼고 슬피 우는 것을 보고 그 까닭을 물으니, 고어가 답하기를, "나무는 고요하고자 하여도 바람이 그치지 않고, 자식은 봉양하고자 하나 어버이는 기다려 주지 않는다.〔樹欲靜而風不止, 子欲養而親不待.〕"라고 하였다. 《韓詩外傳 卷9》

197 봄날에 훤화(萱花)가 시드니 : 모친이 노쇠함을 말한다. '훤화'의 훤(萱)은 훤(諼)과 통하니, 원추리꽃이다. 《시경》〈백혜(伯兮)〉에 "어이하면 훤초를 얻어, 이것을 북당(北堂)에 심을꼬.〔焉得諼草, 言樹之背?〕"라고 하였는데, 북당은 모친의 처소를 가리키므로

시일이 부족합니다. 붕우(朋友)가 없으니 어찌 나의 벗을 기다릴 수 있겠습니까. 길게 탄식하는 시(詩)가 절로 나옵니다. 형제(兄弟)가 적어 남을 형이라 일렀더니 기꺼이 돌아보려 한다는 말에 대해 공연히 슬픕니다.[198] 외로운 그림자는 쓸쓸해 보이고 슬픈 정은 애절하기만 합니다. 쌀은 항아리를 채우지 못하니 사면에 벽만 한갓 서 있는 장경(長卿)과 같고,[199] 집은 경쇠를 매달아 놓은 듯하니 한 표주박 음료를 먹고 끼니를 자주 굶은 안씨(顔氏)와 같습니다.[200]

훤화를 후세에 모친을 뜻하는 말로 쓰게 되었다.

198 형제(兄弟)가……슬픕니다 : 객지에서 떠돌며 다른 사람을 식구처럼 의지했으나 끝내 자신을 위해 주지 않음을 한탄한 것이다. 《시경》〈갈류(葛藟)〉에 "마침내 형제를 멀리한지라, 타인을 형이라 이르노라. 타인을 형이라 이르나, 또한 나에게 소식을 알리지 않도다.〔終遠兄弟, 謂他人昆. 謂他人昆, 亦莫我聞.〕"라고 한 데서 온 말이다.

199 사면에……같고 : '장경(長卿)'은 한(漢)나라 사마상여(司馬相如)이고, '사면에 벽만 있다.'는 것은 매우 가난함을 말한다. 사마상여는 임공(臨邛)의 부호(富戶) 탁왕손(卓王孫)의 딸 탁문군(卓文君)을 좋아하였는데, 탁문군이 밤에 도망 나와 사마상여와 함께 성도(成都)에 있는 사마상여의 집에 갔더니, 집에는 물건 하나 없고 사면에 벽만 서 있었을 뿐이었다고 한다. 《史記 司馬相如列傳》

200 집은……같습니다. : '경쇠를 매달아 놓았다.'는 것은, 마치 경쇠만 휑하니 매달려 있는 듯 집안이 가난하여 아무것도 없다는 말이다. 《국어(國語)》〈노어 상(魯語上)〉에 "집은 경쇠를 매단 것 같고 들에는 푸른 풀이 없으니, 무엇을 믿고서 두려워하지 않으랴.〔室如懸磬, 野無靑草, 何恃而不恐.〕"라고 한 데서 온 말이다. '한 표주박 음료를 먹고 끼니를 자주 굶었다.'라는 말은 공자(孔子)의 수제자 안연(顔淵)의 고사에서 온 말이다. 《논어》〈옹야(雍也)〉에 "어질구나, 안회여! 한 소쿠리의 밥과 한 표주박의 물로 누추한 시골에서 지내는 것을, 남들은 그 곤궁한 근심을 감당치 못하거늘, 안회는 도를 즐기는 마음을 바꾸지 않으니, 어질구나, 안회여!〔賢哉, 回也! 一簞食一瓢飮, 在陋巷, 人不堪其憂, 回也, 不改其樂, 賢哉, 回也!〕"라고 하였고, 《논어》〈선진(先進)〉에 "안회는 도(道)에 가까웠고 자주 끼니를 굶었다.〔回也, 其庶乎, 屢空.〕"라고 하였다.

부평초와 쑥대²⁰¹에 의지한 생애에 오직 마소유(馬少遊)의 관단마(款
段馬)²⁰²만이 있었습니다. 땔감 수레에 멍에를 메는 데에 어찌 유량(庚
亮)의 적로(的盧)²⁰³인들 꺼렸겠습니까. 이에 털을 태우고 깎으며 굴레
를 씌우고 다리를 묶었습니다.²⁰⁴ 황금으로 된 재갈을 물어뜯어 천자의
수레 앞의 줄에 감히 다가갈 수 없고,²⁰⁵ 벽옥(碧玉) 같은 발굽을 번득인
다는 한림(翰林)의 시어(詩語)는 또한 걸맞지 않았습니다.²⁰⁶

201 부평초와 쑥대 : 여기저기 떠돌아다녀 거처가 일정하지 않은 사람이나 그러한 처지
를 비유한 것이다.

202 마소유(馬少遊)의 관단마(款段馬) : 평소 타고 다니는 말이 평범함을 뜻한다. '마소
유'는 한(漢)나라 마원(馬援)의 동생이고, '관단마'는 느리고 굼뜬 말을 일컫는다. 마원
이 교지(交趾)에 출정(出征)하여 군중(軍中)에서 병을 얻자, 아우 마소유가 "관단마를
몰며 고을의 아전이나 되어 무덤을 지키면 좋을 겁니다.[御款段馬, 爲郡吏守墳, 斯可矣.]"
라고 탄식한 고사가 전한다. 《後漢書 馬援列傳》

203 유량(庚亮)의 적로(的盧) : '유량'은 진(晉)나라 때 재상을 지낸 사람이다. '적로'는
적로마(的顱馬)로 이마에 반점이 있는 말인데, 주인에게 해를 끼친다고 한다. 유량이
적로마를 타자, 그의 좌리(佐吏)인 은호(殷浩)가 주인에게 이롭지 못한 말이라는 이유로
팔기를 권하였다. 이에 유량이 "나에게 안전하지 않은 것을 어찌 남에게 옮겨 주겠는가."
라고 하였다고 한다. 《晉書 庚亮列傳》

204 털을……묶었습니다 : 말을 있는 그대로 두지 않고 가혹하게 인위(人爲)를 가하여
길들이는 것이다. 《장자》〈마제(馬蹄)〉에 "백락이 '나는 말을 잘 다룬다.'라고 하며 털을
태우고 깎으며 굽을 깎고 낙인을 찍으며 연이어 굴레를 씌우고 다리를 묶으며 구유와
마판에 줄줄이 묶어 놓음에 이르러서는 죽는 말이 열에 두세 마리가 된다.[及至伯樂, 曰我
善治馬, 燒之剔之, 刻之雒之, 連之以羈馽, 編之以皁棧, 馬之死者十二三矣.]"라고 하였다.

205 황금으로……없고 : 말의 재질이 천자(天子)의 수레를 몰 정도로 훌륭하지는 못하
다는 말이다. 두보(杜甫)의 〈애강두(哀江頭)〉에 "어가 앞엔 여관들이 활과 화살을 들고
섰으며, 흰말은 황금 재갈을 질근질근 씹고 있구나.[輦前才人帶弓箭, 白馬嚼齧黃金勒.]"
라고 하였다. 《杜詩詳註 卷4》

206 벽옥(碧玉)……않았습니다 : 말의 재질이 신속하게 잘 달리지는 못하여 칭송되기에

잠깐 동곽(東郭)의 폐리(弊履) 신세를 면하고,[207] 때로는 북리(北里)의 짧은 채찍을 가지고 다녔습니다. 물 하나 사이에 막힌 것은 말다래를 벗겨 준 왕제(王濟)의 마벽(馬癖)이 있는 게 아니었고,[208] 백 리 밖으로 나갈 때에는 쌀을 짊어지는 자로(子路)의 어깨가 편안하였습니다.[209] 나귀를 사랑한 황지명(黃知命)[210]에 스스로 견주니, 낙마(駱馬)를 판 백낙천(白樂天)[211]을 어찌 배웠겠습니까.

는 부족하다는 말이다. '한림(翰林)'은 당 현종(唐玄宗) 천보(天寶) 연간에 한림학사(翰林學士)의 하나인 한림 공봉(翰林供奉)에 제수된 적이 있는 이백(李白)을 가리킨다. 이백이 지은 〈자류마(紫騮馬)〉에 "자류마가 달리면서 울어대니, 벽옥 같은 발굽이 나란히 번득이네.〔紫騮行且嘶, 雙翻碧玉蹄.〕"라고 하였다. 《古文眞寶前集 卷1》

207 잠깐……면하고 : 극심한 가난에서 잠시 벗어난다는 말이다. '폐리(弊履)'는 '의폐리불완(衣敝履不完)'의 준말로, 옷이 해지고 신발이 온전치 못하다는 의미이다. '동곽(東郭)'은 동곽 선생(東郭先生)으로 한 무제(漢武帝) 때 사람인데, 집이 가난하여 해진 옷을 입고 온전치 못한 신발을 신고 다녔으므로 사람들이 모두 비웃었다고 한다. 《史記 滑稽列傳》

208 물……아니었고 : 말을 아꼈으나 괴벽(怪癖)에는 이르지 않았음을 말한다. '왕제(王濟)'는 진(晉)나라 사람으로, 말을 애호하여 마벽(馬癖)이 있다는 평을 들었다. 왕제가 말을 타고 물을 건너려 하는데 말이 움직이지 않으므로, 말다래가 더럽혀지는 것을 싫어함을 간파하고는 그것을 제거해 주어 물을 건너도록 하였다 한다. 《古今事文類聚 後集 卷38 毛蟲部 馬癖》

209 백……편안하였습니다 : 어버이를 봉양하는 데 말의 힘을 빌렸음을 말한다. 자로(子路)가 현달한 뒤에 스승 공자(孔子)를 뵙고 올린 말에, 이전에 몹시 가난하여 어버이를 봉양하기 위해 백 리 밖에서 쌀을 등에 지고 날랐다고 술회하였다. 《孔子家語 致思》

210 나귀를 사랑한 황지명(黃知命) : '황지명'은 황정견(黃庭堅)의 동생인 황숙달(黃叔達)인데, 나귀를 타고 다닌 것으로 알려져 있다. 이백시(李伯時)가 황숙달이 흰 적삼을 입고 나귀를 타고 길을 따라 가는 그림을 그렸다. 이에 형돈부(邢敦夫)가 그 그림을 보고 시를 짓기를, "그대는 홀로 나귀 타고 어느 곳으로 향하는가. 머리 위에 흰 접리 뒤집어 쓰고 있네.〔君獨騎驢向何處, 頭上倒著白接䍦.〕"라고 하였다. 《古文眞寶前集 卷6 李伯時畫圖》

얼마 전 형제가 급난(急難)에 달려갈 때에 차마 형제간에 따로 갈 수가 없었습니다. 생각건대, 가지가 연결되고 기운을 함께 받은 혈육은 의리상 조차전패(造次顚沛)에도 잊지 못하였습니다. 야밤을 무릅쓰고 새벽녘에 떠나는 일을 생각해 봄에, 인정상 감히 보호하고 돌보는 일에 소홀히 할 수 있겠습니까. 이에 형과 아우가 말에 멍에를 매어 길을 떠났습니다. 장사현(長社縣)에 부임할 때 한억(韓億)이 번갈아 걸으면서 서로 말을 타던 일과 같았고, 백수산(白水山)을 오를 때 소선(蘇仙)이 말고삐와 재갈을 나란히 하던 것과 달랐습니다.[212]

굶주리고 목마른 상태에서 한수(漢水) 북쪽을 떠난 지는 이십 일이 지났고, 말을 달리고 몰아 천리 밖 강남(江南)으로 갔습니다. 겹겹의 얼음에 무쇠발굽의 말이 고꾸라지고, 쌓인 눈에 얼룩말의 살집이 줄었습니다. 산골짜기를 드나들고 원습(原隰)을 달리느라 사나운 채찍질을 견디지 못하고, 우로(雨露)를 무릅쓰고 험로(險路)를 지나느라 갑자기

---

211 낙마(駱馬)를 판 백낙천(白樂天) : 백낙천이 만년에 병이 들어 양류지(楊柳枝)라고 불리던 애첩 번소(樊素)를 내보냈는데, 이때 그가 아끼던 말까지 팔았다고 한다. 백거이의 〈불능망정음(不能忘情吟)〉 시에 "낙마를 팔고 양류지를 놓아주매, 검은 눈 가리고 울며 말고삐를 멈추누나.〔鬻駱馬兮放楊柳枝, 掩翠黛兮頓金鑣.〕"라고 하였다.《白香山詩集 卷38》

212 장사현(長社縣)에……달랐습니다 : 말 한 마리를 교대로 타고 가느라 여행길이 괴로웠다는 말이다. 북송(北宋) 때 참지정사(參知政事)를 지낸 한억(韓億)은 이약곡(李若谷)과 벗이었는데, 두 사람 모두 가난하였다. 이약곡이 먼저 급제하여 아내의 나귀 한 마리를 타고 장사현 주부(長社縣主簿)로 부임하게 되었는데, 그때 한억이 상자 하나를 지고 이약곡과 동행하였다.《古今事文類聚 前集 卷23 人道部 出謁更僕》'소선(蘇仙)'은 소식(蘇軾)으로, 그는 일찍이 그의 외형 정보(正輔)와 함께 말을 타고 백수산(白水山)을 유람하며 그 승경을 시로 읊은 바가 있다.《蘇東坡詩集 卷39 同正輔表兄遊白水山》

현황(玄黃)[213]의 병고에 걸렸습니다. 이처럼 먼길을 가느라 여력이 고 갈되었습니다. 그리하여 대나무를 깎은 듯한 날카로운 귀[214]가 처지니 지난날 개밋둑을 꺾어 돌던 때와는 다르고[215], 거울을 매단 듯한 방동 (方瞳)[216]이 감기니 지난날 용매(龍媒 준마(駿馬))의 시원스러움과 달랐 습니다. 미련한 하인은 여물을 씹지 못한다고 알리고, 훌륭한 마의(馬 醫)는 고황(膏肓)에 든 병을 치료하기 어렵다고 일렀습니다.[217] 누가 장대[竹竿]를 가지고 호흡을 불어넣게 한 곽박(郭璞)의 술법을 시험하 겠습니까.[218] 어떻게 하면 초왕(楚王)의 조포(棗脯 말려 건조한 대추)를

---

213 현황(玄黃) : 검은 털색이 누렇게 바뀌는 것으로 말이 병들었음을 일컫는 말이다. 《시경》〈권이(卷耳)〉에 "저 높은 산마루에 오르려 하나, 내 검은 말이 누렇게 되었다.〔陟 彼高岡, 我馬玄黃.〕"라고 하였다.

214 대나무를……귀 : 말이 준수하고 튼튼함을 뜻한다. 두보(杜甫)의 시에 "머리 위의 뾰족한 귀는 가을 대나무를 깎은 듯하고, 다리 아래 높은 굽은 차가운 옥을 깎아 놓은 듯하여라.〔頭上銳耳批秋竹, 脚下高蹄削寒玉.〕"라고 한 데서 온 표현이다.《古文眞寶前集 卷10 李鄂縣丈人胡馬行》

215 개밋둑을……다르고 : 말이 힘이 좋고 튼튼하다가 병약해졌음을 말한다. 왕담(王 湛)이 조카 왕제(王濟)에게 날쌘 말이 있어 자랑을 하였는데, 왕담이 시키는 대로 평지가 아닌 개밋둑에서 그 말을 시험해 보니 힘이 부족하여 넘어졌다고 한다.《晉書 王湛列傳》 '꺾어 도는 것'은 개밋둑 사이의 구불구불하고 협소한 통로를 말이 절도 있게 꺾어 돌면서 잘 걷는 것이니, 역시 말이 건강하고 훌륭함을 말한다.

216 거울을……방동(方瞳) : 말의 눈이 커다랗고 눈동자가 방형(方形)이라는 말이다. 예로부터 눈동자가 네모난 것을 장수의 징표로 여겼다고 한다.

217 미련한……일렀습니다 : 말의 건강 상태가 몹시 좋지 않음을 말한다. '고황(膏肓)'은 원래 고대 의학에서 심장 가까이에 위치한 기관으로 이곳에 병이 침범하면 고치기 어렵 다 하여, 불치병을 일컫는 말로 쓰인다.

218 누가……시험하겠습니까 : 말의 병이 깊기 때문에 치료하여 살리기 힘들다는 말이 다. 곽박(郭璞)은 진(晉)나라 때의 학자로 박학다식하여 점술과 술법에도 능했는데,

얻어서[219] 말을 제대로 잘 먹이겠습니까. 목을 빼고 처량히 우는 소리를 듣노라면 고향을 떠난 나그네의 회포가 더합니다.

지난날 저는 부평초 같은 발자취로 외로이 더부살이를 했는데, 지금 보니 명엽(蓂葉)이 재차 시들었습니다.[220] 섣달 눈이 녹자마자 봄철 장기(瘴氣)가 일어나려 하는데 떠나가는 기러기는 편편(翩翩)히 깃을 떨치고, 단비가 갓 그치자 꽃샘추위가 잠깐 움츠려드는데 향기로운 풀은 계단에 수북이 자라납니다.

늙으신 모친이 마을 문에 기대어 계심[221]을 생각하니, 망운(望雲)의 그리움[222]을 어찌 견딜 수 있겠습니까. 까마귀의 반포(反哺)[223]에 감동

장군 조고(趙固)가 타던 양마(良馬)를 살린 이야기가 전한다. 곽박이 조고로 하여금 건장한 사내 2, 30명에게 장대[竹竿]를 가지고 사묘(社廟)로 가게 한 뒤, 장대로 몰아 원숭이처럼 생긴 짐승을 사로잡게 하였다. 그러자 그 짐승이 죽은 말을 보고는 코에 숨을 불어넣었고, 이에 말이 얼마 뒤에 소생하였다고 한다. 《晉書 郭璞列傳》

219 초왕(楚王)의 조포(棗脯)를 얻어서 : 말을 먹이는 데에 지극한 정성을 쏟는 것을 말한다. 초 장왕(楚莊王)은 말을 너무나 사랑한 나머지, 비단을 입히고 화려한 집에 두며, 시원한 대나무 자리를 깔아 주고 조포를 먹였다고 한다. 《史記 滑稽列傳》

220 명엽(蓂葉)이 재차 시들었습니다 : 시간이 꽤 흘러갔음을 말한다. '명엽'은 '명협(蓂莢)'이라고도 하니, 옛날 요(堯) 임금 때 궁궐 뜰에 난 상서로운 풀이다. 초하루부터 하루에 한 잎씩 피다가 16일이 되면 매일 한 잎씩 떨어지므로, 요 임금이 이것을 보고 달력을 만들었다고 한다. 《古今事文類聚 後集 卷32 花卉部 蓂莢草》

221 늙으신……계심 : 어머니가 자식이 무사히 돌아오기를 간절히 바라는 것으로, 전국 시대 제(齊)나라 왕손가(王孫賈)와 그 모친의 고사에서 온 표현이다. 왕손가가, 주군으로 섬기던 민왕(閔王)이 달아나 그 소재를 알지 못한 채 귀가하자, 왕손가의 어머니가 "네가 아침에 나가 늦게 돌아올 때면 나는 대문에 기대어 있으면서 네가 돌아오는지 바라보았고, 네가 저녁에 나가 돌아오지 않으면 나는 마을 문 앞에 기대어 있으면서 네가 돌아오기를 기다렸다.〔女朝出而晚來, 則吾倚門而望. 女暮出而不還, 則吾倚閭而望.〕" 라고 하며 책망했다고 한다. 《戰國策 齊策6》

하니, 시옹(尸饔)의 탄식224이 부질없이 절절합니다. 한식(寒食)이 이미 다가온 것을 생각해 봄에 고향을 그리워하는 마음이 더욱 깊어집니다. 여우 언덕225이 아득하니 어찌 돌아갈 수 없는 회포를 표현할 수 있겠습니까. 선영(先塋)이 황량하니 여제(如祭)의 정성에 부응하지 못할까 두렵습니다.226

　저 민둥산에 올라 발돋움하여 바라보니, 벽해(碧海)는 아득한데 한

222 망운(望雲)의 그리움 : '망운'은 구름을 우러러 바라본다는 뜻으로, 고향의 어버이를 그리워하는 심정을 비유한 것이다. 적인걸(狄仁傑)은 당(唐)나라 때의 명신(名臣)으로, 그가 병주도독부 법조(幷州都督府法曹)에 제수되어 하양(河陽)에 사는 부친과 떨어져 지내게 되었다. 적인걸이 병주로 부임하여 태항산(太行山)에 올라가 남쪽을 바라보다가 흰 구름이 떠가는 것을 보고 "나의 부친이 저 흰 구름 아래 계신다.〔吾親所居, 在此雲下.〕"라고 하고, 한참 동안 우두커니 서서 바라보다 구름이 옮겨 가자 자리를 떴다고 한다. 《舊唐書 狄仁傑列傳》

223 까마귀의 반포(反哺) : 자식이 장성한 후에 어버이에게 은혜를 되갚는다는 뜻으로, 까마귀를 반포조(反哺鳥) 또는 효조(孝鳥)라고 한 데서 온 말이다. 《본초강목(本草綱目)》〈자오(慈烏)〉에 "까마귀가 처음 태어나면 60일 동안은 어미가 먹이를 물어다 먹이고, 자라나면 새끼가 어미에게 먹이를 60일 동안 물어다 먹인다.〔此鳥初生, 母哺六十日, 長則反哺六十日.〕"라고 하였다.

224 시옹(尸饔)의 탄식 : 모친이 집에서 고생하는 상황을 개탄하는 것이다. '시옹'은 밥 짓는 것을 주관한다는 뜻으로, 《시경(詩經)》〈기보(祈父)〉에 "기보여, 진실로 총명하지 못하도다. 어찌하여 나를 근심으로 몰아넣어, 모친이 집에서 밥을 짓게 하는가.〔祈父, 亶不聰. 胡轉予于恤, 有母之尸饔.〕"라고 한 데서 온 말이다.

225 여우 언덕 : 자신의 고향을 비유한 것이다. 원래 '호사수구(狐死首丘)'에서 온 말로, 여우는 죽을 때에 자기가 태어나 자란 장소를 향해 머리를 둔다고 한다.

226 선영(先塋)이……두렵습니다 : 제사에 참석하지 못하여 조상을 받드는 정성이 미진할까 걱정하는 것이다. '여제(如祭)'는 조상님이 계신 듯 정성스럽게 제사를 올리는 것으로, 《논어》〈팔일(八佾)〉에 "제사를 지낼 때에는 조상이 계신 듯이 하였고, 신을 제사 지낼 때에는 신이 계신 듯이 하였다.〔祭如在, 祭神如神在.〕"라고 하였다.

점의 낭연(狼煙)²²⁷이 비껴 날고, 청산(靑山)은 들쭉날쭉한데 천 봉우리의 나계(螺髻)²²⁸가 우뚝이 솟아 있습니다. 뜬구름은 부여잡지 못하는데, 고향은 어디쯤에 있습니까. 마음이 낙사(洛社)에 걸려 있지만²²⁹ 어느 달 어느 날에나 돌아가겠습니까. 눈길이 진관(秦關)²³⁰을 뚫어져라 바라보니 아무 물과 아무 언덕이 아른거립니다.²³¹

나의 행장을 꾸리고 저 마부를 불렀는데, 마부가 병들어 근심이 생긴 게 아니라 말이 이렇게 이전처럼 비루먹었으니 어찌하겠습니까. 절뚝거리다가 마구간에 누워 까마귀에게 부스럼을 쪼임을 면치 못하니, 서둘러 길에 오르게 한들 감히 신부(晨鳧)처럼 그림자를 따돌리기 바라겠습니까.²³² 말이 힘을 내어 일어나지를 못하니 저는 장차 누구를 따른

227 낭연(狼煙) : 이리의 배설물을 태워 나는 연기인데, 고대 변방에서 군사에 관련한 일을 알리는 신호로 사용하였다.

228 나계(螺髻) : 원래는 소라 조개 모양의 상투를 가리키는데, 여기서는 청산을 비유하는 말로 쓴 것이다. 당(唐)나라 피일휴(皮日休)의 시에 "흡사 푸른 소라고둥을 밝은 달빛 중에 흩뿌려 놓은 듯해라.〔似將靑螺髻, 撒在明月中.〕"라고 하였다.《松陵集 卷3 太湖寺縹緲峯》

229 마음이……있지만 : 고향 사람과의 교유를 그리워하는 것이다. '낙사(洛社)'는 송(宋)나라의 문언박(文彦博)이 낙양(洛陽)에 있을 적에 당(唐)의 백거이(白居易)의 구로회(九老會)를 본떠서 부필(富弼) 등과 노인의 모임을 만든 낙양 기영회(洛陽耆英會)를 말한다.

230 진관(秦關) : 중국 진(秦)나라의 수도인 함양(咸陽)의 관문인데, 보통 수도인 한양(漢陽)을 지칭한다.

231 아무……아른거립니다 : 고향의 산천을 그리워하는 것이다. '아무 물과 아무 언덕'은 한유(韓愈)의 〈소윤 양거원을 전송하는 서〔送楊巨源少尹序〕〉에 보이는 표현으로, "아무 나무는 내 선인께서 심으신 것이고, 아무 물과 아무 언덕은 내가 어릴 적에 낚시질하고 노닐던 곳이다.〔某樹, 吾先人之所種也, 某水某丘, 吾童子時所釣遊也.〕"라고 하였다.

단 말입니까. 봄풀이 난 땅에서 한번 시험해 보지도 못했는데, 해진 휘장에 싸일까[233] 걱정스럽습니다.

유공(柳公)에게 철주장(鐵柱杖)이 있었지만 동파(東坡 소식(蘇軾))는 뱀을 찌르는 용도로 거침없이 사용하였습니다.[234] 사군(使君)이 도죽(桃竹) 줄기를 주었으나 자미(子美 두보(杜甫))의 부르튼 발에 무슨 도움이 되었겠습니까.[235] 하물며 저는 병이 많고 너무 야위어 갈기 난 짐승으로 걸음을 대신하지 않는다면 길을 가기가 곤란합니다. 누가 능히 타인에게 탈 것을 빌려줄 수 있겠습니까. 사방을 둘러보니 위축되어 나아갈 수 없습니다. 내 준마에게 멍에를 할 수가 없으니 큰 길을

---

232 서둘러……바라겠습니까 : 말이 병들어 빨리 걷지 못한다는 말이다. '신부(晨鳧)'은 진시황(秦始皇)이 소유했다는 7마리의 명마(名馬) 중의 하나이다. 《太平御覽 卷897 獸部 馬五》

233 해진 휘장에 싸일까 : 말이 죽는 것을 완곡하게 이르는 말이다. 공자(孔子)가 집에서 기르던 개가 죽자, "해진 휘장을 버리지 않는 것은 말을 파묻기 위해서이며, 해진 차일을 버리지 않는 것은 개를 묻기 위해서이다.〔敝帷不棄, 爲埋馬也, 敝蓋不棄, 爲埋狗也.〕"라고 하였다 한다. 《禮記 檀弓下》

234 유공(柳公)에게……사용하였습니다. : 소식(蘇軾)의 고사를 끌어와 자기에게 필요한 것은 지팡이가 아니라 탈것인 말이라고 하는 것이다. '유공'은 유진령(柳眞齡)이라는 인물로 소식과 친분이 있었는데, 가보로 소장하고 있던 철주장, 즉 쇠지팡이를 소식에게 희사하였다. 하지만 소식은 아직 다리에 힘이 있었으므로 산천을 유람하며 약초를 캐거나 뱀을 찌르는 용도로 철주장을 사용하였다. 《東坡詩集註 卷30 鐵柱杖》

235 사군(使君)이……되었겠습니까 : 두보(杜甫)의 고사를 끌어 지팡이가 아니라 타는 말이 필요하다고 한 것이다. '도죽(桃竹)'은 파주(巴州)와 유주(渝州)에서 생산되는 대나무의 일종인데, 그 줄기로 만든 지팡이가 도죽장(桃竹杖)이다. 두보는 광덕(廣德) 연간에 사군 장이(章彝)에게 선물로 도죽장 두 개를 받고 시를 지어 사례하였다. 《杜詩詳註 卷12 桃竹杖引贈章留後》

돌아봄에 막막한 생각이 듭니다. 바람이 나를 타고 내가 바람을 탔으나[236] 시원스레 상쾌한 바람을 타는 경지로 아직 화(化)하지 못하였고, 나비가 장주(莊周)가 되고 장주가 나비가 되었지만[237] 훨훨 날며 돌아가는 혼(魂)만을 공연히 허비하였습니다.

이에 다른 사람을 향해 소리쳐 내가 이루려는 바를 구하려는 것입니다. 이 사공(李司空)은 바람을 쫓는 준마가 있었으니 북쪽을 정벌하는 수고로움에 거의 위로가 되었습니다. 공 절도(孔節度)는 살려 주기를 좋아하는 인(仁)을 미루었으니[238] 남쪽에 유락(流落)한 선비를 차마 외면했겠습니까. 진실로 이런 힘을 가지고 계시다면 어찌 생각해 주지

---

236 바람이……탔으나 : 수양이 깊어져 물아일체의 경지에 도달하였음을 표현하는 말이다.《열자(列子)》〈황제(黃帝)〉에 "마음은 응결되고 몸은 모두 풀리며, 뼈와 살이 모두 융화되어, 몸이 의지하고 있는 것과 발이 밟고 있는 것을 깨닫지 못하고, 바람 부는 대로 동쪽으로 갔다 서쪽으로 갔다 하는 것이 마치 나뭇잎이나 매미 껍질처럼 가벼워졌네. 마침내 내가 바람이 나를 탄 것인지 내가 바람을 탄 것이지 모르게 되었네.〔心凝形釋, 骨肉都融, 不覺形之所倚, 足之所履, 隨風東西, 猶木葉幹殼, 竟不知風乘我邪我乘風乎.〕"라고 하였다.

237 나비가……되었지만 :《장자(莊子)》호접몽(胡蝶夢) 이야기이다.《장자》〈제물론(齊物論)〉에 "이전에 장주가 꿈속에서 나비가 되었다. 훨훨 나는 나비는 스스로 유쾌하고 만족스러웠지만 장주인 것을 알지 못하였다. 조금 뒤에 깨고 보니 엄연히 장주였다. 장주의 꿈속에서 나비가 된 것인지 나비의 꿈속에서 장주가 된 것인지 모를 일이다.〔昔者, 莊周夢爲胡蝶. 栩栩然胡蝶也, 自喩適志與, 不知周也. 俄然覺, 則蘧蘧然周也 不知周之夢爲胡蝶與, 胡蝶之夢爲周與.〕"라고 하였다.

238 공 절도(孔節度)는……미루었으니 : '공 절도'는 당 헌종(唐憲宗) 때 영남 절도사(嶺南節度使)를 지낸 공규(孔戣)이다. 공규가 화주 자사(華州刺史)를 지낼 적에, 그 지방의 공물인 담채(淡菜)와 감합(蚶蛤)을 경사(京師)까지 실어 나르느라 명주(明州) 백성들이 해마다 막심한 고통을 겪었다. 이에 공규가 자사로서 이 일을 상주(上奏)하여 해당 세공(歲貢)을 폐지시켰다고 한다.《新唐書 孔戣列傳》

않겠습니까.

합하(閤下)께서는 옥연(玉燕)의 기재(奇才)²³⁹요 금대(金臺)의 준골(駿骨)²⁴⁰입니다. 하늘이 이성(李晟)을 내어 사직(社稷)을 위하니 호랑이의 아가리에 먹힐 위기를 잠깐 만에 벗어났고,²⁴¹ 임금께서 위공(魏公)을 간성(干城)처럼 의지하여 근래에 외곤(外閫)의 지위에서 병략(兵略)을 주관하고 있습니다.²⁴² 일찍부터 서경(徐卿)의 적선(積善)을 차지하니²⁴³ 난옥(蘭玉)이 순씨(荀氏)의 여덟 용(龍)처럼 빼어났고,²⁴⁴ 늦게

---

239 옥연(玉燕)의 기재(奇才) : 태어날 때부터 고귀한 사람이 될 조짐이 있었다는 말이다. '옥연'은 귀한 자식을 낳을 것임을 미리 알려준다고 하는 하얀 제비이다. 당(唐)나라 때의 명재상 장열(張說)의 모친이 자신의 품속에 옥연이 들어오는 꿈을 꾸고 마침내 그를 낳았다고 한다.《古今事文類聚 後集 卷5 人倫部 夢燕投懷》
240 금대(金臺)의 준골(駿骨) : '금대'는 '황금대(黃金臺)'로, 전국 시대 연(燕)나라 소왕(昭王)이 천하의 현사(賢士)들을 초빙하기 위해 지은 건물인데, 대(臺) 위에 천금(千金)을 올려놓았다고 한다. '준골'은 준마의 뼈로 걸출한 인재를 뜻한다. 곽외(郭隗)가 연나라 소왕에게 자신을 추천한 뒤 천하의 인재를 모으라고 유세할 때에, 천리마를 구하기 위해서는 우선 죽은 말의 뼈라도 비싼 값을 주고 사들이는 법이라고 말한 데서 온 말이다.《戰國策 燕策》
241 하늘이……벗어났고 : '이성(李晟)'은 당(唐)나라 덕종(德宗) 때의 명장이다. 요영언(姚令言)과 주자(朱泚)가 장안(長安)을 함락하고 덕종이 봉천성(奉天城)으로 파천하였을 때, 이성이 이들을 토벌하여 장안을 수복하는 데에 큰 공을 세웠다.《舊唐書 李晟列傳》
242 임금께서……있습니다 : 서공(徐公)을 위공(魏公)에 빗댄 것으로, 서공이 근래에 외직으로 나가 중요한 임무를 담당하였음을 의미한다. '위공'은 남송(南宋)의 고종(高宗)과 효종(孝宗) 때의 명신(名臣)인 장준(張浚)으로, 금(金)나라에 빼앗긴 국토를 회복하는 데에 뜻을 두고, 여러 차례 전공을 세움으로써 위국공(魏國公)에 봉해졌다. 효종은 그를 크게 신임하여 "짐은 위공을 장성처럼 믿고 의지하니, 근거 없는 말로 요란시키는 것을 용납하지 않겠다.〔朕倚魏公如長城, 不容浮言搖奪.〕"라고 하였다 한다.《宋史 張浚列傳》
243 일찍부터……차지하니 : 어려서부터 훌륭한 자질로 인정을 받았다는 말이다. '서경

한원(翰苑)의 요직에 선발되니 풍도(風度)가 송(宋)나라 조정의 다섯 봉황과 같았습니다.[245] 뒤에 나왔음에도 윗자리를 차지하는 장작더미와 같았고[246] 먼저 나왔는데도 아래에 있는 씨에 붙은 살이 아니었습니다.[247] 지조를 지킴이 더욱 견고하니 사람들이 모두 사림(士林)의 대나

(徐卿)'은 이름을 알 수 없는 인물로, 두보(杜甫)가 그에 관한 시를 지어 그 아들들을 칭찬한 일이 있다. 두보의 시 〈서경의 두 아들을 읊은 노래[徐卿二子歌]〉에 "그대는 보지 못하였는가, 서경의 두 아들 뛰어나니, 길몽에 감응되어 연이어 태어났네. 꿈속에 공자와 석씨가 아이를 친히 안아 건네주니, 모두 천상의 기린아라오.[君不見徐卿二子生絶奇, 感應吉夢相追隨. 孔子釋氏親抱送, 竝是天上麒麟兒.]"라고 하였다. 《古文眞寶前集 卷8》

244 난옥(蘭玉)이……빼어났고 : 서 방백(徐方伯)의 출신이 고귀하고 또 자질이 훌륭함을 말한다. '난옥'은 남의 집안의 우수한 자제를 뜻하는 지란옥수(芝蘭玉樹)의 준말로, 진(晉)나라 사람 사현(謝玄)이 숙부인 사안(謝安)에게 말하기를 "비유하자면 지란과 옥수가 집안 섬돌에 피어나 향기를 내뿜는 것과 같게 하겠습니다.[譬如芝蘭玉樹, 欲使其生於階庭耳.]"라고 자신의 소망을 밝힌 고사에서 온 표현이다. 《晉書 謝安列傳》 '순씨(荀氏)'는 후한(後漢)의 순숙(荀淑)을 가리키고, '여덟 용(龍)'은 명망이 모두 뛰어났던 그의 여덟 아들 검(儉), 곤(緄), 정(靖), 도(燾), 왕(汪), 상(爽), 숙(肅), 부(敷)를 칭하는 말이다. 후세에 남의 훌륭한 자제들을 칭찬할 때 '순씨팔룡(荀氏八龍)'이라 부르게 되었다. 《後漢書 荀淑列傳》

245 늦게……같았습니다 : 서 방백(徐方伯)이 늦었지만 청요직(淸要職)에 당당하게 선발된 것을 송 태종(宋太宗) 때의 고사를 들어 설명한 것이다. '다섯 봉황'은 송 태종 때 한림학사에 동시에 제수된 가황중(賈黃中), 송백(宋白), 이지(李至), 여몽정(呂蒙正), 소이간(蘇易簡) 다섯 인물인데, 그 당시 승지(承旨) 호몽(扈蒙)이 시를 지어 주며 "다섯 봉황이 함께 날아 한림에 들어섰네.[五鳳同飛入翰林]"라고 한 데서 나온 말이다. 《古今事文類聚 新集 卷20 諸院部 五鳳齊飛》

246 뒤에……같았고 : 서 방백(徐方伯)이 선배들보다 높은 지위에 올랐음을 말한다. 한(漢)나라 때 급암(汲黯)이 무제(武帝)에게 "폐하께서 신하들을 등용하는 것이 마치 장작을 쌓는 것과 같아서 뒤에 온 것이 윗자리를 차지하고 있습니다.[陛下用群臣, 如積薪耳, 後來者居上.]"라고 한 데서 온 말이다. 《史記 汲黯列傳》

무라고 합니다. 겸손함을 울림[248]에 스스로 낮추니 누가 재상(宰相) 가운데 포의(布衣)라고 하지 않겠습니까.

우리 선군(先君)도 지우(知遇)를 입었다고 하니, 대개 앞 세대부터 평소의 교분이 있었습니다. 장원(壯元)의 의발(衣鉢)을 전해 받아 용문(龍門)에서 옛 사업을 일찍부터 이었고,[249] 조정에서 나란히 벼슬하여 원열(鵷列)[250]에서 높은 명예를 아울러 드날렸습니다. 예형(禰衡)이 공융(孔融)을 천거한 것은 십 년의 사귐이 망년지교(忘年之交)를 스스로 허여함이요, 도간(陶侃)이 양탁(楊晫)과 함께한 것은 같은 성(城)의 교분이 수레를 함께 탐에 더욱 깊은 것입니다.[251]

---

247 먼저……아니었습니다 : 서 방백(徐方伯)이 벼슬길에서 적체되지 않고 승진하였다는 말이다. '씨에 붙음[粘核]'은 요직을 차지하고 있는 것으로, 《고금사문유취신집(古今事文類聚新集)》〈승지두건(勝枝頭乾)〉에 북송(北宋)의 소철(蘇轍)이 요직에 제수된 것을 두고 조무구(晁無咎)가 '씨에서 벗어나지 않았다.〔不離核〕'라고 말하고, 이어 부연하여 설명하는 말에 '과실에서 씨에 붙은 것과 같음을 이른다.〔謂如果之粘核者〕'라고 한 데서 온 말이다. 《古今事文類聚 新集 卷29 諸監部》

248 겸손함을 울림 : 겸손한 덕이 세상에 알려지는 것이다. 《주역》〈겸괘(謙卦)〉 육이(六二)〉에 "육이는 겸손함을 울림이니, 정하고 길하다.〔六二, 鳴謙, 貞吉.〕"라고 하였다.

249 용문(龍門)에서……이었고 : 선대를 이어 과거에 급제하여 출세함을 말한다. '용문'은 황하(黃河) 상류의 급류를 이루는 곳으로 이곳의 폭포에 잉어가 뛰어오르면 용이 된다고 하는 전설이 있다. 후한(後漢) 때의 고사(高士) 이응(李膺)이 사람을 인정할 때 꼭 사적으로 먼저 그 사람을 집으로 불러 만나보므로 이응의 집에 어떤 사람이 불려가면 세인들이 '용문에 올랐다.'라고 하였다 한다. 《後漢書 李膺列傳》

250 원열(鵷列) : 문무백관이 품계에 따라 늘어선 반열을 뜻한다.

251 예형(禰衡)이……것입니다 : 서 방백(徐方伯)이 자신의 선대(先代)를 관로(官路)에서 잘 이끌어 주었음을 말한다. 후한(後漢) 때 공융(孔融)은 예형의 문재(文才)를 대단히 아낀 나머지, 자신은 40세이고 예형은 겨우 20여 세였지만 마침내 교유하며 친하게 지냈으며, 또 표문(表文)을 올려 예형을 천거하였다. 《後漢書 文苑列傳 禰衡》 도간(陶侃)

겉으로 드러난 모습이 이미 소탈하셨으니 누가 모피(毛皮)가 제거되지 않았다고 하겠습니까.[252] 당시 초츤(髫齔)의 어린 나이였는데 수레 타고 자주 방문하심을 보았습니다. 매양 의관의 성대함을 엿보았으니 몇 번씩이나 죽마(竹馬)를 탄 무리를 놀라게 하셨으며, 기침하는 소리를 익숙히 들었는데[253] 때로는 번거롭게 밤을 달라고 청하기도 하였습니다.[254]

유자(遊子)가 고향을 떠났던 날은 마침 고을을 순시하시던 때였습니다. 쑥대와 잡초 사이에 거처하느라 오래도록 발자국 소리를 듣지 못했는데, 강해(江海)의 밖으로 유락(流落)하다가 기쁘게도 만나 뵐 기약이

과 양탁(楊晫)은 진(晉)나라 때 사람으로, 일찍이 도간은 사람들이 소속되기 싫어하는 복파장군(伏波將軍) 손수(孫秀)의 사인(舍人)이 되었는데, 도간의 동향 사람인 양탁은 예장국(豫章國) 낭중령(郎中令)으로 있으면서 그가 오자 함께 수레에 올라 중서랑(中書郎) 고영(顧榮)을 같이 만났다. 이후에도 사람들이 의아하게 여겼으나 양탁은 도간이 비범한 인재라고 변호해 주었다고 한다. 《晉書 陶侃列傳》

252 누가……하겠습니까 : 서 방백(徐方伯)이 허례(虛禮)에 얽매이지 않았다는 말이다. 모피(毛皮)를 제거한다는 말은, 한유(韓愈)의 〈귀팽성(歸彭城)〉에 "모피를 제거하지 못하였다.[未能去毛皮]"라고 한 데서 온 말로, 그 주석에 "모피는 허례이다.[虛禮也.]"라고 하였다. 《五百家注昌黎文集 卷2》

253 기침하는……들었는데 : 서 방백(徐方伯)의 말을 직접 여러 번 들었다는 말이다. 《장자(莊子)》 〈어부(漁父)〉에 공자(孔子)가 어부에게 "가만히 선생을 기다려서, 부디 선생의 기침소리를 듣게 하시어 마침내 저를 도와주시기 바랍니다.[竊待於下風, 幸聞咳唾之音, 以卒相丘也.]"라고 한 데서 온 말이다.

254 때로는……하였습니다 : 어린 나이에 서 방백(徐方伯)에게 철없이 굴었다는 말이다. '밤을 구한다.[覓栗]'라는 말은 도잠(陶潛)의 〈책자(責子)〉에 보이는 표현으로, "통은 아홉 살이 되었지만 오직 배와 밤만 찾는구나.[通子垂九齡, 但覓梨與栗.]"라고 하였다. 《古文眞寶前集 卷2》

있었습니다. 이에 공경히 청당(靑幢)을 두드려[255] 평소의 속마음을 펼쳤습니다. 등을 쓰다듬고 길게 통곡하며 옛 우의를 생각해 봄에 어찌 잊을 수 있겠습니까. 손을 잡고 놀라며 이렇듯 줄곧 빈한함을 애통해 하셨습니다. 말뜻이 지난날과 다름이 없었으니 교칠(膠漆)과 같은 정[256]을 고치지 않으신 것이요, 간담(肝膽)[257]의 교유가 유명(幽明) 간에 차이가 없었으니 단금지계(斷金之契)를 넉넉히 볼 수 있는 것입니다. 칼에 베이는 듯 마음이 아팠고 좌중이 모두 슬퍼하였습니다.

이에 스스로 혜소(嵇紹)처럼 외롭지 않다고 여겼으니,[258] 어찌 장감(張堪)처럼 벗이 없다고 하겠습니까.[259] 초상(楚相)의 후손을 말하지

255 공경히 청당(靑幢)을 두드려 : 서 방백(徐方伯)의 거처를 방문한 것을 말한다. '청당'은 고관(高官)들의 의장(儀仗)에 쓰이는 푸른 깃대 또는 푸른 거개(車蓋)인데, 여기서는 상대방의 처소를 의미한다.

256 교칠(膠漆)과 같은 정 : 대단히 교분이 깊은 것으로, 〈고악부(古樂府)〉에 "아교를 칠 가운데 넣으면 누가 이를 떼어 낼 수 있으랴.[以膠投漆中, 誰能別離此?]"라고 하였다. 《古文眞寶後集 卷1》

257 간담(肝膽) : 간과 쓸개로, 매우 가까운 사이를 비유하는 말이다. 여기서는 선대(先代)부터 밀접하게 이어진 교분을 비유하는 말로 쓴 것이다.

258 스스로……여겼으니 : 혜강(嵇康)의 벗 산도(山濤)가 혜강의 아들인 혜소(嵇紹)를 도운 것처럼, 서 방백(徐方伯)이 선대(先代)의 우의로 자신을 돌보아 주었다는 말이다. 혜강과 산도는 죽림칠현(竹林七賢)으로 서로 절친한 사이였는데, 혜강이 사형을 당할 무렵에 아들 혜소에게 "산도가 생존해 있으니 너는 외롭지 않을 것이다."라고 하였다. 그 후에 과연 산도가 혜소를 천거하여 비서승(秘書丞)이 될 수 있도록 하였다 한다. 《蒙求 嵇紹不孤》

259 어찌……하겠습니까 : 서 방백(徐方伯)이 자신을 돌보아 준 우의를 칭양하는 말이다. '장감(張堪)'은 후한(後漢) 때 인물이다. 장감은 주휘(朱暉)란 사람과 아는 사이였으나 교분이 깊지 않았는데, 장감이 자신의 처자식을 돌보아 달라고 주휘에게 청했으나 확답을 듣지는 못하였다. 장감이 죽고 그의 처자식이 빈곤에 시달리자, 주휘가 물자를

말 것이니, 자손이 땔나무를 지는 것이 가련합니다.[260] 선인(先人)을 욕되게 함은 어찌하겠습니까. 부끄럽게도 진우(陳祐)가 돼지를 기른 일에 가깝습니다.[261] 너무도 곤궁하므로 바람이 깊으니, 이에 감히 두꺼운 얼굴로 말씀을 올려 맨발로 걷는 괴로움에서 벗어나기를 빕니다.

생각건대, 마구간에 있는 것을 어찌 숲속에서 구할 수 있겠습니까. 목을 대고 비비는 것들은 모두 비대한 사마(駟馬)요, 발을 높이 들고 뛰어 다니는 것들은 잘 길들여진 여마(驪馬)가 아님이 없습니다.

범중엄(范仲淹)이 신책(神策)을 휘둘러 견고한 진지를 함락하니 노획한 말들이 200마리이고, 이광필(李光弼)이 의마(意馬)를 내달려 적을 유인하니 위수(渭水)를 건너온 수말이 3000마리입니다.[262] 발길질하고 물어뜯는 것들은 달빛 아래 물을 마시고 바람을 향해 울며, 잠을 자기도 하고 움직이기도 하는 것들은 까마귀 머리를 하고 오리 가슴을 한 것들

주어 구호했다고 한다. 《後漢書 朱暉傳》

260 초상(楚相)의……가련합니다 : 자손으로서 훌륭한 선대의 업을 잇지 못한 채 곤궁하게 사는 것이 부끄럽다는 말이다. '초상'은 춘추 시대 초(楚)나라를 패자(霸者)로 만든 현상(賢相)인 손숙오(孫叔敖)를 가리킨다. 손숙오는 매우 청렴하여, 그가 죽자 아들이 몹시 곤궁한 나머지 몸소 땔나무를 해서 생활을 꾸렸다고 한다. 《史記 滑稽列傳 優孟》

261 진우(陳祐)가……가깝습니다 : 자식으로서 선대의 가업을 유지하지 못해 부끄럽다는 말이다. 진우는 부친이 이천 석의 벼슬을 하였는데, 20세의 나이에 고아가 되어 가난 때문에 돼지를 길렀다. 이에 그 아버지의 친구가 "2000석의 아들이 돼지를 기르니, 자식은 비록 부끄러움이 없다지만 선군은 어찌하겠는가.〔二千石子而牧豕, 縱子無恥, 奈何先君?〕"라고 하였다 한다. 《古今事文類聚 前集 卷24 人道部 憐其牧豕》

262 범중엄(范仲淹)이……마리입니다 : 범중엄과 이광필(李光弼)이 혁혁한 승리를 거두어 전리품으로 많은 말들을 취했다고 가탁함으로써, 서 방백(徐方伯)이 소유한 말이 대단히 많음을 표현한 것이다. '신책(神策)을 휘두름'과 '의마(意馬)를 내달림'은 모두 대단한 지략을 내었다는 뜻이다. '의마'는 정신 또는 뜻을 의미한다.

입니다.[263] 이에 말을 내려 주는 데에 무슨 문제가 있겠습니까. 베푸는 것이 어렵지 않습니다.

형낭(螢囊)[264] 하나에 행장을 꾸림에 타고 실음을 감당하기에 충분합니다. 만인의 피가 흐르는 전쟁터를 나간다면 어찌 저 털 나고 갈기 난 말을 쓰겠습니까.[265] 그 집안을 부유하게 하느라 군사를 굶주리게 하지 말라는 선유(先儒)의 경계[266]를 들어 아실 것입니다. 곤궁한 사람을 불쌍히 여기고 억울한 사람을 가엾게 여기시니,[267] 어찌 군자의 인(仁)에 혐의가 되겠습니까.

옛사람에게서 찾아보더라도 또한 이런 일이 있었습니다. 장안도(張安道)가 한혈마(汗血馬)를 주어 자유(子由)의 부서진 수레를 빛나도록 했고,[268] 배진공(裵晉公)은 섭운마(躡雲馬 구름을 밟는 명마)를 주어 수

---

263 발길질하고……것들입니다 : 서 방백(徐方伯)이 소유한 말이 각양각색으로 많음을 말한다. '까마귀 머리'와 '오리 가슴'은 말의 털색이 까맣고 하얀 것을 비유한 말이다.

264 형낭(螢囊) : 반딧불을 담는 주머니로, 원래는 반딧불을 모아 책을 볼 정도로 고생스럽게 학문에 매진함을 뜻하는 말이다. 여기서는 작은 주머니의 의미로 간소한 짐을 가리킨다.

265 만인의……쓰겠습니까 : 자신이 얻으려는 말은 전쟁터를 누비는 준마가 아니라도 상관이 없다는 말이다.

266 그……경계 : 한유(韓愈)의 〈송석홍처사서(送石洪處士序)〉에서 석홍 처사를 전별하며 축원한 말로, "대부로 하여금 마음이 떳떳하여 그 처음을 변치 말아서, 자기 집안을 부유하게 하기를 힘쓰느라 그 군사를 굶주리게 하지 말라.〔使大夫恒, 無變其初, 無務富其家而飢其師.〕"라고 한 데서 온 말이다. 《古文眞寶後集 卷3》

267 곤궁한……여기시니 : 한유(韓愈)의 〈병부시랑 이손에게 올린 편지〔上兵部李侍郎書〕〉에 "삼가 생각건대 합하께서는 내심이 인자하고 외행이 의로우시며,……곤궁한 사람을 불쌍히 여기고 억울한 사람을 가엾게 여기십니다.〔伏以閤下內仁而外義,……哀窮而悼屈.〕"라고 하였다. 《唐宋八大家文鈔 卷142》

부(水部 장적(張籍))의 아름다운 시작(詩作)을 짓도록 하였으니,[269] 단지 때를 만난 사람의 다행이었을 뿐만 아니라 또한 일을 좋아하는 자가 전하기까지 하였습니다.[270]

지난번 매우 급박했을 때에 또한 말을 잃고 탄식한 적이 있었습니다. 관서(關西)의 부절(符節)을 잡고 있던 이 방어사(李防禦使)는 곁마를 벗겨 내주었고, 기전(畿甸)에서 군대를 모으고 있던 심 경력(沈經歷 심사현(沈思賢))은 안장을 갖추어 내주었습니다. 마음속으로 가엾게 여겨 살리고자 한 것이니, 이는 바로 곁에 끼어 있었기 때문입니다. 이처럼 상황이 똑같으니 부디 고려해 주소서.

삼가 바라건대 한 마리 기북(冀北)의 말[271]을 내어 주시어 강남(江南)의 외로운 나그네를 전송해 주소서. 이에 적안(赤岸)[272]의 마구간을 열어 뜰 앞에서 마부에게 백마(白馬)를 솔질하라고 명하시고, 녹종(綠

268 장안도(張安道)가……했고 : '장안도'는 북송(北宋)의 장방평(張方平)이고, '자유(子由)'는 소철(蘇轍)이다. 소철이 장방평에게 말을 선물 받고 시를 지어 사례한 일이 있었다. 《欒城集 卷8 謝張安道惠馬》

269 배진공(裴晉公)은……하였으니 : '배진공'은 당(唐)나라 현상(賢相) 배도(裴度)이고, '수부(水部)'는 수조랑(水曹郎)을 지낸 장적(張籍)이다. 장적이 배도에게서 한 필의 말을 선물 받고는 시를 지어 사례한 일이 있었다. 《張司業集 卷5 謝裴司空寄馬》

270 일을……하였습니다 : 장적(張籍)이 배도(裴度)에게 한 필의 말을 선물 받은 일을 두고 한유(韓愈)가 장적을 부러워하여 하례(賀禮)하는 시를 지어 사람들에게 회자된 일을 말한다. 《韓昌黎集 卷10 賀張十八秘書得裴司空馬》

271 기북(冀北)의 말 : 기북은 준마(駿馬)가 많이 생산되는 지역으로, 훌륭한 말을 의미한다.

272 적안(赤岸) : 말을 기르던 수택(水澤)으로, 말이 많이 있는 곳을 의미한다. 당(唐)나라 때 3000필의 암말과 수말을 구해 이곳에서 새로 목축을 하였는데, 40년 만에 70만 6000필로 불어났다고 한다. 《古今事文類聚 後集 卷38 毛蟲部 唐置牧坊》

駿)²⁷³의 공골마를 끌어 계단 아래에서 방성(房星)으로 하여금 늙은 정기(精氣)를 움직이게 해 주소서.²⁷⁴ 그렇게 해 주신다면 원만하고 빛나며 쟁쟁거리고 날렵한 모습²⁷⁵은 우석(禹錫)의 글²⁷⁶에 추후에 화답하고, 정돈되고 가지런하며 달리고 질주하는 모습은 남화(南華)의 이야기를 가만히 시험할 것입니다.²⁷⁷ 푸르고 푸른 마당의 싹을 먹이면서 깨끗하고 깨끗한 흰 망아지라고 불러 볼 것입니다. 물은 멀고 산은 아득하니 소인(騷人)이 '떠날까, 떠나지 말까.〔去不去〕'라고 한 글귀를 읊조리고,

273 녹종(綠駿) : 갈기가 푸른 말로 명마를 뜻한다.

274 방성(房星)으로……하소서 : 말을 내주어 길을 가게 한다는 말이다. '방성'은 말을 상징하는 별자리로 천사성(天駟星)이라고도 하는데, 여기서는 말을 상징한다. '늙은 정기가 움직임'은 방성의 기운이 동(動)하는 것으로 말이 움직여 길을 떠남을 비유한 것이다.

275 원만하고……모습 : 당(唐)나라 유우석(劉禹錫)의 〈설기(說驥)〉에 나오는, 말의 훌륭한 능력을 칭찬한 표현을 차용한 것이다. 작자(作者)가 백씨(伯氏)에게 말을 선물로 받고 소홀히 취급하다가, 말을 취급하는 가게를 통해 배씨(裵氏)에게 넘겼다. 말의 관상을 잘 보는 배씨의 지인인 이생(李生)이 그 말을 보고 "오래되었구나, 내가 이러한 말을 본 지가. 어쩌면 이리도 마음이 온순하고 근골이 튼튼하며, 정기가 기이하고 자태가 아름다운가. 원만하고 쟁쟁거리며 빛나고 날렵함을 갖추고 있구나!〔久矣, 吾之不覩于是也! 是何柔心勁骨, 奇精姸態, 宛如鏘如, 曄如翔如之備邪!〕"라고 하였다 한다. 《劉賓客文集 卷30》

276 우석(禹錫)의 글 : 유우석(劉禹錫)의 작품 〈설기(說驥)〉를 가리킨다. 대본에는 '禹陽之文'으로 되어 있는데 문맥에 근거하여 '陽'을 '錫'으로 바로잡아 번역하였다.

277 정돈되고……것입니다 : 얻은 말의 조련된 상태가 《장자(莊子)》에서 언급하고 있는 말의 성질에 비추어 어떠한지를 살펴보겠다는 말이다. 《장자》 〈마제(馬蹄)〉에, "굶기고 목마르게 하며 달리고 질주하게 하며, 정돈시키고 가지런히 해서, 앞에서는 재갈이나 가슴받이 장식으로 끌어대는 괴로움이 있고, 뒤로는 가죽 채찍이나 대나무 채찍의 위협이 있게 되면, 죽는 말이 이미 절반을 넘게 된다.〔飢之渴之, 馳之驟之, 整之齊之, 前有橛飾之患, 而後有鞭筴之威, 而馬之死者, 已過半矣.〕"라고 하였다.

봄이 깊고 풀빛이 짙어지니 왕손(王孫)이 '돌아올까, 돌아오지 않을까 〔歸未歸〕'라고 한 회포[278]를 위로할 것입니다.

노래자(老萊子)처럼 당중(堂中)에서 색동옷을 입고 새 새끼를 희롱하며,[279] 허자(許孜)처럼 선영(先塋)에 향불을 올리고 소나무를 어루만질 것입니다.[280] 이웃집 개가 검은 말로 떠나서 흰 말로 온 것을 보고 짓고,[281] 변방 노인이 말을 잃어버렸다가 이내 얻게 됨을 축하할 것입니다.[282] 내려주신 큰 은혜를 어찌 잊을 수 있겠습니까. 마땅히 후한 은혜

---

278 왕손(王孫)이……회포 : 《초사장구(楚辭章句)》권12 〈초은사(招隱士)〉에 "왕손(王孫)은 떠나가 돌아오지 않는데, 봄풀은 자라서 무성하네.〔王孫遊兮不歸, 春草生兮萋萋.〕"라고 하였고, 당(唐)나라 왕유(王維)의 시 〈송별(送別)〉에 "봄풀은 해마다 푸르건만, 왕손은 돌아올지 안 돌아올지.〔春草年年綠, 王孫歸不歸.〕"라고 하였다. 《王右丞集 卷13》

279 노래자(老萊子)처럼……희롱하며 : 서 방백(徐方伯)이 말을 주면, 말 타고 돌아가 효도를 할 수 있다는 말이다. 노래자는 춘추 시대의 은사(隱士)로, 나이 70에 부모를 즐겁게 해 드리기 위해서 색동옷을 입고 재롱을 떨며, 새를 희롱하며 장난치기도 하였다고 한다. 《小學 稽古》

280 허자(許孜)처럼……것입니다 : 서 방백(徐方伯)이 말을 주면, 말 타고 돌아가 선영을 돌볼 수 있다는 말이다. 진(晉)나라 때 허자는 몸소 부모의 묘소에 송백(松栢)을 심었는데, 그 송백을 사슴이 들이받아 슬퍼하였다. 이에 호랑이가 사슴을 잡아 묘소의 송백 아래에 두었다 한다. 《晉書 孝友列傳 許孜》

281 이웃집……짓고 : 《한비자(韓非子)》 〈설림 하(說林下)〉의 고사를 빌린 것이다. 양주(楊朱)의 아우 양포(楊布)가 흰옷을 입고 외출하여 비 때문에 검은 옷으로 바꿔 입고 귀가하였더니 개가 양포를 몰라보고 짖었다. 이에 노하여 개를 때리려고 하자 양주가 때리지 말라고 타이르며 "이전에 만약 너의 개가 흰색으로 나갔다가 검은색으로 돌아오면 네가 어찌 이상하게 여기지 않겠는가.〔曩者使女狗白而往, 黑而來, 子豈能毋怪哉!〕"라고 하였다 한다.

282 변방……것입니다 : 새옹지마(塞翁之馬)의 고사를 끌어 새 말을 얻어 귀가(歸家)하고픈 마음을 드러낸 것이다. 《회남자(淮南子)》 〈인간훈(人間訓)〉에 변방의 한 노인이

에 목숨을 바칠 것이요, 국사(國士)께 몸을 맡기고자 합니다. 그 은혜를 생각하고 그 물건을 은덕으로 여기니 배씨(裵氏)의 시리(市利)를 배우지 않을 것이고,[283] 말의 힘을 아끼고 말의 몸을 거둘 것이니, 전자방(田子方)의 속백(束帛)에 뜻을 둘 것입니다.[284]

키우던 말이 오랑캐 땅으로 들어갔다가, 몇 달 뒤에 그 말이 오랑캐의 준마 여러 마리를 데리고 돌아온 고사가 있다.

283 배씨(裵氏)의……것이고 : 말[馬]의 값어치에 대해서는 고려하지 말아 달라는 뜻이다. 유우석(劉禹錫)의 작품 〈설기(說驥)〉에 다음과 같은 이야기가 있다. 배씨라는 인물이 말 가게에서 돈을 더 얹어 주어 말 한 마리를 샀는데, 그의 지인인 이생(李生)이 이 말은 대단히 훌륭한 재목이라서 잘 키우기만 한다면 가장 좋게는 황제에게 헌상할 수도 있고 그 다음으로는 천금(千金)을 받고 팔 수도 있다고 하였다. 그러자 배씨는 욕심이 생겨 명마(名馬)로 키우기 위해 온갖 노력을 다하였다고 한다.《劉賓客文集 卷30》

284 전자방(田子方)의……것입니다 : 새 말을 내주고, 대신에 자신의 비루먹은 말을 거두어 달라는 말이다. '전자방'은 전국 시대 위(魏)나라 사람으로, 위 문후(魏文侯)의 스승이다. 일찍이 들판에 버려지려고 하는 늙은 말을 보고는 말하기를 "힘 있을 때 마구 부려먹으려고는 늙고 병들자 내팽개치는 것은 인자(仁者)가 차마 할 수 없는 일이다."라고 하며 속백(束帛)을 주고 그 말을 데려오니, 이에 궁사(窮士)들이 심복하여 귀의하였다고 한다.《韓詩外傳 卷8》

오 상사 첨경[285]이 분매를 준 것에 대해 사례한 글 정묘년(1627, 인조5)

謝吳上舍添慶贈盆梅啓 丁卯年

별도의 세계를 빚어 만든 것은 불가마로부터 나왔고, 하나의 봄빛을 담아 화려한 집에 올려 놓았으니, 네가 아름다워서가 아니라 사람을 그리워했기 때문이라네.

족하(足下)는 금옥(金玉) 같은 바탕에 빙설(氷雪) 같은 지조를 가졌다네. 부(賦)는 〈장양(長楊)〉과 〈우렵(羽獵)〉[286]처럼 넉넉하니 법도 있는 대국(大國)의 풍모가 있고, 사(詞)는 춘초(春草)와 계지(桂枝)처럼 고우니 빈빈(彬彬)한 소산(小山)의 고아함이 있다네.[287] 한가한 정취는

---

285 오 상사 첨경(吳上舍添慶) : 오첨경(吳添慶, 1603~?)이다. '상사'는 생원시에 합격한 사람을 뜻한다. 오첨경의 본관은 함양(咸陽)이고, 부친은 오전(吳腆)이다. 조희일(趙希逸)보다 28살이 어리다. 1624년(인조2)에 생원시를, 1645년(인조23)에 별시 병과(別試丙科)에 합격하였다. 《天啓四年甲子增廣司馬榜目》《國朝文科榜目》

286 장양(長楊)과 우렵(羽獵) : 모두 서한(西漢) 말기 사람인 양웅(揚雄)이 지은 부(賦)의 이름으로, 한 성제(漢成帝)를 풍간하는 뜻이 있다고 한다.

287 춘초(春草)와……있다네 : '춘초'와 '계지(桂枝)'는 〈초은사(招隱士)〉에 나오는 글귀를 취한 것이고, '소산(小山)'은 한(漢)나라 때 회남왕(淮南王) 유안(劉安)이 문사(文士)를 두 부류로 나누어 사부(辭賦)를 짓게 할 때 '대산(大山)'에 짝하는 부류를 말한다. 소산에 속하는 문사가 지은 〈초은사(招隱士)〉에 "계수나무 숲 우거져 산이 그윽하니, 구불텅 뻗은 줄기 가지 서로 얽혔어라.〔桂樹叢生兮山之幽, 偃蹇連蜷兮枝相繚.〕"라고 하였고, "왕손이 떠나가 돌아오지 않음이여, 봄풀은 자라서 무성하도다.〔王孫遊兮不歸, 春草生兮萋萋.〕"라고 하였다.

꽃의 아름다움에 넋이 빠졌고, 평소의 바람은 사물의 아름다움에 걸맞게 하는 것이라네.

어느 화초인들 아름답지 않으랴마는 매화나무가 가장 아름답지. 맑은 의표(儀表)와 굳은 절개는 뒤늦게 시드는 자태와 짝하고,[288] 섣달과 한겨울에도 봄에 앞서 소식을 곧바로 알리네. 산반화(山礬花)는 막내요 수선화(水仙花)는 가운데이니,[289] 어찌 차이가 없겠는가. 어른의 항렬인지 소년의 무리인지 응당 가릴 바가 있으리.

겹겹의 주렴과 깊숙한 집으로 한바탕 추위를 막고자 했지만, 들판의 물과 성긴 울타리는 한스럽게도 삼양(三陽)의 따뜻함이 멀기만 하다네.[290] 이에 작은 언덕에서 한 치의 뿌리를 파서 둥근 화분에 늙은 등걸을 옮겨 심으니, 흡사 한두 가지에 새로 꽃을 피우기를 기다리듯 한데 멀리 30여 리 땅에서 보냈구나.

마음으로 아껴서 연연하며 주니, 옥천자(玉川子)는 하룻밤 사이에 창 앞에 미인(美人)이 홀연히 이르렀다고 의심하고,[291] 나부산(羅浮山)

---

288 맑은……짝하고 : 매화나무의 지조가 송백(松柏)의 지조에 버금간다는 말이다. 《논어》〈자한(子罕)〉에 공자가 "날씨가 추워진 뒤에야 송백이 뒤늦게 시듦을 알 수 있다.〔歲寒, 然後知松柏之後凋也.〕"라고 하였다.

289 산반화(山礬花)는……가운데이니 : 매화는 꽃이 가장 일찍 피므로 형(兄)이 되고, 다음으로 일찍 피는 것은 수선화이므로 가운데가 되며, 산반화는 가장 늦게 피므로 막내가 된다는 말이다. 황정견(黃庭堅)의 시에 "향기 머금은 흰 꽃잎은 성을 기울일 자태이니, 산반화는 아우이고 매화는 형이라오.〔含香體素欲傾城, 山礬是弟梅是兄.〕"라고 하였다. 《山谷集 卷7 王充道送水仙花五十支欣然會心爲之作詠》

290 삼양(三陽)의……하다네 : 꽃피는 봄이 되려면 아직 멀었다는 말이다. '삼양'은 1월의 상(象)으로 봄이 옴을 상징한다. 《주역》에서 1월을 뜻하는 태괘(泰卦)는, 3개의 나란한 음효(陰爻) 아래에 3개의 양효(陽爻)가 자리한 형상이다.

의 오경(五更) 숲속에서 선녀(仙女)의 꿈을 갓 깨어난 듯하네.[292] 서호(西湖)의 처사는 은은한 향기와 성긴 그림자의 짝이 된 것을 생각하고,[293] 동각(東閣)의 사군(使君)[294]은 세모의 향수(鄕愁)를 견디기 어려웠네.

291 옥천자(玉川子)는……의심하고 : 매화를 감상하는 기쁨을 표현한 것이다. '옥천자'는 당(唐)나라 시인 노동(盧仝)의 호이다. '미인'은 매화를 가리킨다. 노동의 〈유소사(有所思)〉에 "그리워한 하룻밤 사이에 매화가 피었나니, 홀연히 창 앞에 이른 모습이 그대가 아닌가 하오.[相思一夜梅花發, 忽到窓前疑是君.]"라고 하였다.《御定全唐詩 卷17》

292 나부산(羅浮山)의……듯하네 : 조사웅(趙師雄)이라는 사람의 고사를 들어 매화를 감상하는 정취를 표현한 것이다. '선녀(仙女)'는 조사웅이 만난 미인으로, 매화를 의미한다. 수(隋)나라 개황(開皇) 연간에 조사웅이란 사람이 나부산 송림(松林) 사이의 술집에 들렀는데, 소복(素服)으로 단장한 미인이 그를 맞이해 주었다. 이에 그녀와 함께 취하도록 술을 마시고는 그대로 쓰러져 잤는데, 새벽에 일어나 보니 사람은 온데간데없고 큰 매화나무만 있었다고 한다.《古今事文類聚 後集 卷28 花卉部 飮梅花下》

293 서호(西湖)의……생각하고 : 매화를 오래도록 옆에 두고 아끼겠다는 말이다. '서호의 처사'는 송(宋)나라 때 서호에 은거하며 매화와 학을 가까이한 것으로 유명한 임포(林逋)이고, '은은한 향기와 성긴 그림자'는 임포의 시에서 매화를 가리켜 쓴 표현이다. 임포의 〈동산의 작은 매화[山園小梅]〉에 "성긴 그림자는 맑고 얕은 물 위에 비껴 있고, 은은한 향기는 황혼의 달빛 아래 퍼지네.[疏影橫斜水淸淺, 暗香浮動月黃昏.]"라고 하였다.《古今事文類聚 後集 卷28 花卉部 山園小梅》

294 동각(東閣)의 사군(使君) : 남조(南朝) 양(梁)나라 하손(何遜)을 가리킨다. 하손이 건안왕(建安王)의 수조관(水曹官)으로 양주(楊州)에 있었는데, 관청 뜰에 매화 한 그루가 있으므로 매일 그 나무 아래에서 시를 읊곤 하였다. 뒤에 낙양(洛陽)에 돌아갔다가 그 매화가 그리워서 다시 양주로 발령해 주길 청하여 다시 양주에 도착했는데, 마침 매화가 한창 피었기에 매화나무 아래서 종일토록 서성거렸다고 한다. '동각'은 이 고사를 차용한 두보(杜甫)의 시에서 나온 말로, 그 시에 "동각의 관매가 시흥을 돋우니, 또한 하손이 양주에 있을 때와 같구나.[東閣官梅動詩興, 還如何遜在楊州.]"라고 하였다.《杜詩詳註 卷9 和裵迪登蜀州東亭送客逢早梅相憶見寄》

눈발이 사납고 바람이 세차도 아랑곳하지 않으며, 삼성(參星)이 비끼고 달이 지는 것을 홀로 마주한다네.²⁹⁵ 금로(金爐)에 구불구불 연기 오르니 은은하게 뒤섞인 향기가 나고, 옥정(玉井)에 꽃잎이 날리니²⁹⁶ 부슬부슬 안개비 뿜어 적시네.

처마를 따라다니며 매화와 함께 웃음 구하기를 좋아하니,²⁹⁷ 피리를 불도록 재촉하지 말지어다.²⁹⁸ 자리 위의 보배로 삼고자 하니²⁹⁹ 술동이

---

295 삼성(參星)이……마주한다네 : 새벽녘에 매화를 감상하는 정취를 나타낸 것이다. 수(隋)나라 개황(開皇) 연간에 조사웅(趙師雄)이라는 사람이 나부산(羅浮山)의 숲속 술집에서 미인을 만나 술에 크게 취해 잤는데, 새벽에 일어나 보니 그곳에 아무 것도 없이 매화나무만 있었고, 달이 지고 삼성이 비끼는[月落參橫] 정경에 슬퍼했다고 한다. 《古今事文類聚 後集 卷28 花卉部 飲梅花下》

296 옥정(玉井)에 꽃잎이 날리니 : 분매한 매화를 묘사한 것이다. '옥정'은 화산(華山) 꼭대기에 있다는 옥같이 맑은 연못으로, 한유(韓愈)의 시 〈고의(古意)〉에 "태화산 꼭대기 옥정에 있는 연은, 꽃이 피면 열 길이요 뿌리는 배와 같다오.[太華峯頭玉井蓮, 開花十丈藕如船.]"라고 하였다. 《古文眞寶前集 卷4》

297 처마를……좋아하니 : 매화를 감상하는 모습을 표현한 것이다. 두보의 시에 "처마를 따라다니며 매화와 함께 웃고자 하니, 찬 꽃술 성근 가지가 반은 꽃망울 터뜨렸도다.[巡簷索共梅花笑, 冷蘂疎枝半不禁.]"라고 하였다. 《杜詩詳註 卷21 舍弟觀赴藍田取妻子到江陵喜寄三首》

298 피리를……말지어다 : 매화가 오래도록 떨어지지 않기를 바란 것이다. 이백(李白)의 시에 "황학루에서 옥피리 부니, 오월 강성에 매화가 지네.[黃鶴樓中吹玉笛, 江城五月落梅花.]"라고 하였다. 《李太白集 卷22 與史郎中欽聽黃鶴樓上吹笛》

299 자리……하니 : 매화를 친구처럼 늘 가까이 두고 싶다는 말이다. '자리 위의 보배'는 뛰어난 재주와 학문을 지닌 선비를 비유한 말이다. 노(魯)나라 애공(哀公)이 공자에게 자리를 권하자, 공자가 모시고 앉아서 "유자는 자리 위의 진귀한 보배처럼 자신의 덕을 갈고 닦으면서 임금이 불러 주기를 기다리는 사람입니다.[儒有席上之珍以待聘]"라고 하였다. 《禮記 儒行》

앞의 완구(翫具)와 바꾸지 않으리라.

출처는 동일하지 않으나 기미(氣味)는 서로 같으니 옛 시에도 이 말이 있었네.[300] 초목은 비록 미물(微物)이지만 기호(嗜好)를 알 수 있으니, 그대의 생각은 어떠한가.

뿌리에 물을 대어 열매를 먹으니 비록 국을 조리하는 데 쓰기에는 부족하지만,[301] 나무를 가리키면 침이 생기니 해갈(解渴)의 지혜를 본받으리라.[302]

---

300 출처는……있었네 : '옛 시'는 황정견(黃庭堅)의 시이다. 황정견은 소식(蘇軾)이 벼슬길에서 부침하며 은사(隱士)인 도연명(陶淵明)의 시에 세세히 화운한 것을 두고, "연명은 천년의 인물이고, 동파는 백세의 선비라네. 출처는 비록 동일하지 않으나, 기미는 서로 같다네.[淵明千載人, 東坡百世士, 出處雖不同, 氣味乃相似.]"라고 하였다.《古文眞寶前集 卷1 子瞻謫海南》

301 뿌리에……부족하지만 : 매화나무를 가꾸어서 과실을 생산하더라도 국을 조리하는 데에는 넉넉하지 않다는 말이다.《서경》〈열명 하(說命下)〉에 "내가 만일 국을 조리하려 하거든 그대는 소금과 매실이 되어라.[若作和羹, 爾惟鹽梅.]"라고 하였다.

302 나무를……본받으리라 : 매화나무를 연상시켜 갈증을 그치게 하는 것이다.《세설신어(世說新語)〈가휼(假譎)〉에, 조조(曹操)가 행군하는 군사의 갈증을 해소시키기 위해 "앞에 큰 매화나무 숲이 있다. 열매가 풍부하고 달고 시큼하니 갈증을 해소할 수 있을 것이다.[前有大梅林, 饒子甘酸, 可以解渴.]"라고 하자, 군사들이 그 말을 듣고는 입에 침이 돌아 갈증을 그쳤다고 한다.

표 表

송나라 지담주남악묘 주희가 본원에 뜻을 두어 천하의 일에 응하도록 청한 것[303]을 본떠서 지은 표문
擬宋知潭州南岳廟朱熹請加意本源之地 以應天下之務表

성인(聖人)은 만물을 이루어 주고 다스려 바야흐로 운화(運化)[304]의 법칙을 드러내고, 일심(一心)은 만기(萬機)에 응대(應對)하여 의당 단본(端本)[305]의 효험을 거둬야 합니다. 다른 데에서 구할 것이 없으니 어찌

---

303 지담주남악묘(知潭州南岳廟)……것 : '지담주남악묘'는 관직명으로 감담주남악묘(監潭州南岳廟)와 같다. 주자(朱子)가 33세에 감장주남악묘의 직책에 있을 때 새로 즉위한 효종(孝宗)에게 〈임오년 조칙에 응하여 올린 봉사[壬午應詔封事]〉를 올렸는데, 조희일(趙希逸)이 주자 봉사의 내용 중 핵심적인 주제를 뽑아 제목으로 취한 것이다. 즉 주자의 해당 봉사에 "천하의 이해와 휴척이 비록 상소로 두루 열거할 수 없으나 본원에 뜻을 두지 않아서는 안 됩니다.[利害休戚, 雖不可偏以疏擧, 然本原之地, 不可以不加意也.]"라고 하였고, "자연히 뜻이 성실해지고 마음이 바루어져 천하의 일에 응하는 것이 마치 하나와 둘을 세고 흑과 백을 분별하는 것과 같아질 것입니다.[自然意誠心正, 而所以應天下之務者, 若數一二辨黑白矣.]"라고 한 말이 보인다. 《朱子大全 卷11 壬午應詔封事》
304 운화(運化) : 우주가 만물을 운행하고 변화시키는 것을 말한다.
305 단본(端本) : 근본을 바르게 함이다. 《근사록(近思錄)》 권8에 나오는 주돈이(周敦頤)의 말로, "근본은 반드시 바루어야 하니 근본을 바르게 함은 마음을 성실하게 하는

스스로를 돌이켜보지 않겠습니까. 삼가 생각건대, 무왕(武王)은 문왕(文王)의 가르침을 계승하였고 순(舜) 임금은 요(堯) 임금에게 선양을 받으셨으니, 황상(皇上)께서는 절치부심하여 큰 치욕을 씻음으로써 신(神)과 사람의 거의 끊어진 기대를 위로하였고, 옛 강역을 수복하는 데에 뜻을 두어 호걸의 동아줄을 드리우는 기개[306]를 격발하셨습니다. 이에 사람들의 이목이 마침내 오늘날에 새로워지고, 다스림의 공효가 장차 이전의 공로보다 많아질 것입니다.

다만 생각건대, 사업(事業) 상에 시행하는 일은 실로 마음에서 흘러나옵니다. 일상적으로 처리하는 기무(機務)는 너무도 많으니 진실로 적절히 제어하기가 어렵습니다. 천하의 사변(事變)은 다함이 없으니 어찌 사리에 맞게 응대할 수 있겠습니까. 아득히 은미한 즈음에 공평함과 사사로움에 따라 치란(治亂)이 갈리고, 흐리멍덩하게 변화하는 사이 마음을 잡음과 놓음[307]에 따라 안위(安危)가 결판나니, 만일 근본을 바

것일 뿐이요, 법칙은 반드시 좋아야 하니 법칙을 좋게 함은 친척을 화목하게 하는 것일 뿐이다.〔本必端, 端本, 誠心而已矣, 則必善, 善則, 和親而已矣.〕"라고 하였다.

306 동아줄을 드리우는 기개 : 천 길 낭떠러지에서 동아줄을 매달아 목적지로 나아가는 것으로, 대단히 사납고 용맹함을 뜻한다. 소식(蘇軾)과 장돈(章惇)이 일찍이 남산(南山)에 노닐어 선유담(仙遊潭)의 천길 절벽에 이르렀는데, 소식은 겁을 내고 나아가지 못하여 절벽에 글을 쓰지 못한 반면에, 장돈은 동아줄을 드리우고 나무를 당겨 가며 목적지에 이른 뒤에 큰 글씨를 적고 돌아왔다고 한다. 《宋史 章惇列傳》

307 마음을 잡음과 놓음 : 선(善)한 마음을 지키는 것과 그것을 지키지 못하여 주의(注意)를 잃는 것이다. 《맹자》〈고자 상(告子上)〉에 공자(孔子)의 말을 인용하여 "잡으면 보존되고 놓으면 달아나서 출입이 일정한 때가 없어 그것이 향할 곳을 알 수 없는 것은 오직 마음을 두고 말한 것일 것이다.〔操則存, 舍則亡, 出入無時, 莫知其鄕, 惟心之謂與!〕"라고 하였다.

로잡는 데에 뜻을 두지 않는다면 어찌 본원(本源)을 깨끗이 하고 말류(末流)를 맑게 할 수 있겠습니까.

옛날의 다스림에서 그 예를 한번 찾아보더라도, 이는 급선무를 아는 것에서 벗어나지 않습니다. 〈우서(虞書)〉에 정일(精一)의 법이 실려 있으니 주고받을 때에 신신당부하셨고,[308] 중니(仲尼)께서 치평(治平)의 요점을 말씀하셨으니 격치(格致)에 대해 간곡히 설파하셨습니다.[309] 만물을 기름은 근독(謹獨)에서 시작하니 그 정미함을 지극히 하여 그 화(和)를 이루는 것이요,[310] 천하를 태평하게 함은 독공(篤恭)에서 비롯하니[311] 잡음은 간략하지만 미침은 넓은 것입니다.[312] 공효를 이룸이

---

308 우서(虞書)에……신신당부하셨고 : '우서'는 《서경》의 편명이다. '정일(精一)'은 순(舜) 임금이 우(禹)에게 전수한 심법으로 정밀하게 이치를 살피고 전일(專一)하게 실행하라는 뜻이다. 《서경》〈대우모(大禹謨)〉에 "인심은 위태롭고 도심은 은미하니 오직 정밀하게 살피고 한결같이 지켜야만 참으로 그 중을 잡을 수 있다.〔人心惟危, 道心惟微, 惟精惟一, 允執厥中.〕"라고 하였다.

309 중니(仲尼)께서……설파하셨습니다 : '중니'는 공자(孔子)의 자(字)이다. '치평(治平)'과 '격치(格致)'는 《대학》 경문(經文)에 나오는 치국평천하(治國平天下)와 격물치지(格物致知)의 준말이다. 《대학》은 크게 경문과 전문(傳文)으로 나누어져 있는데, 종래 경문은 증자(曾子)가 스승 공자의 말을 기술한 것이라고 받아들여졌으므로 이렇게 말한 것이다. 《大學章句 經1章》

310 만물을……것이요 : '근독(謹獨)'은 '신독(愼獨)'과 같은 말로, 홀로 있을 때도 몸가짐을 신중히 하는 것이다. 《중용》 첫 장을 끌어 성왕(聖王)의 업적이 신독(愼獨)이라는 내면의 수양에 있음을 말한 것이다. 《중용장구》 제1장에 "어두운 곳보다 잘 드러나는 곳이 없으며 작은 일보다 잘 나타나는 일이 없으니, 그러므로 군자는 그 홀로를 삼가는 것이다.〔莫見乎隱, 莫顯乎微, 故君子愼其獨也.〕"라고 하였고, 같은 장에 "중과 화를 이루면 천지가 제자리에 위치하고 만물이 잘 길러질 것이다.〔致中和, 天地位焉, 萬物育焉.〕"라고 하였다.

311 천하를……비롯하니 : 천하를 다스림이 군주의 일신(一身)에 달려 있음을 말한

이처럼 넓지만 이 마음을 버리고는 어디에서도 구할 데가 없거늘, 하물며 국사(國事)는 수습하기가 어렵고 성궁(聖躬)은 부탁(付託) 받음이 무거운 경우이겠습니까.

이적(夷狄)을 물리치고 강토를 넓히는 큰 책임을 누가 주관하겠습니까. 군대를 훈련하고 민생(民生)을 돌보는 여러 일은 어떻게 처리하겠습니까. 정무(政務)에 응하는 이 대도(大道)는 본원(本源)에 힘쓰는 것만 한 것이 없습니다. 정밀하고 적절하여 어긋나지 않으면 나에게 있는 권도(權度)를 우선 살필 수 있고, 깨끗하고 환하여 얽매임이 없으면 외물과 접하는 기관(機關)을 제대로 닦을 수 있습니다. 그리하여 성(誠)으로써 마음을 보존하고 경(敬)으로써 몸을 지켜서 시종(始終) 간에 끊어짐을 경계하고, 안으로 온축하고 밖으로 드러내어 체(體)와 용(用)을 겸비해야 합니다.

하지만 성취의 계제를 궁구해 보면 이는 반드시 학문의 절차탁마에서 비롯합니다. 삼가 바라건대 선정(先正)의 밝은 가르침을 우러러 체득하고 노유(老儒)의 우언(迂言)[313]을 굽어 살피시어, 찌꺼기를 녹여

것이다. 《중용장구》 제33장에 "《시경》에 이르기를 '드러나지 않는 덕을 여러 제후들이 본받는다.'라고 하였다. 이 때문에 군자는 공손함을 돈독히 함에 천하가 태평해지는 것이다.〔詩曰, 不顯惟德, 百辟其刑之, 是故君子篤恭而天下平.〕"라고 하였다.

312 잡음은⋯⋯것입니다 : 경(敬)을 지킨 수양의 공효를 말한 것이다. 정자(程子)의 말에 "잡음이 간략한 것은 경일 뿐이다.〔操約者, 敬而已矣.〕"라고 하였고, 진덕수(眞德秀)의 〈심경찬(心經贊)〉에 "옛날 선민들을 살펴보건대 경으로써 서로 전수하였으니, 잡은 것은 간략하나 베풂은 넓은 것으로 무엇이 이보다 더하겠는가.〔相古先民, 以敬相傳, 操約施博, 孰此爲先.〕"라고 하였다. 《心經附註 卷3 牛山之木章》

313 우언(迂言) : 시세나 사정에 밝지 못한 말을 의미하나, 여기서는 겸사(謙辭)로 쓴 것이다.

없애어 일신(日新)의 성공(聖功)[314]을 확고히 하시고, 본원을 깨끗하고 맑게 하여 때로 민첩하게 함으로써 그 닦여짐을 이루도록[315] 하소서. 그렇게 하신다면, 거행하여 일에 시행함에 널리 응하고 곡진히 들어맞지 않음이 없고, 행하기만 하면 반드시 그 방정함에 합하여 위에서 바라는 바를 따르고 임금의 뜻에 호응하게 할 수 있을 것입니다. 삼가 신은 마땅히 "영원히 한 마음에 맡기도록 하라.〔永肩一心.〕"라는 네 글자[316]를 저버리지 않을 것이니, 천하 사람들보다 뒤에 즐거워하고 천하 사람들보다 앞서 근심하느라[317] 나라에 보답하고자 하는 소원을 갑절로 다하고, 성인(聖人)의 글을 읽고 성인의 도를 배웠으므로 왕을 바로잡고자 하는 정성이 더욱 간절합니다.

---

314 성공(聖功) : 성인(聖人)이 되고자 하는 공부이다. 《주역》〈몽괘(蒙卦) 단(彖)〉에 "어릴 때에 바름을 기름이 성인이 되는 공부이다.〔蒙以養正, 聖功也.〕"라고 하였다.

315 때로……이루도록 : 《서경》〈열명 하(說命下)〉에 "배움은 뜻을 겸손하게 해야 하니, 힘써서 때로 민첩하게 하면 그 닦여짐이 올 것이니, 독실하게 믿어 이것을 생각하면 도가 그 몸에 쌓일 것입니다.〔惟學遜志, 務時敏, 厥修乃來, 允懷于兹, 道積于厥躬.〕"라고 하였다.

316 길이……글자 : 《서경》〈반경 하(盤庚下)〉에 보이는 말로, "백성들을 위하는 덕을 공경히 펴서, 영원히 한 마음에 맡기도록 하라.〔式敷民德, 永肩一心.〕"라고 하였다.

317 천하……근심하느라 : 북송(北宋)의 명재상인 범중엄(范仲淹)의 〈악양루기(岳陽樓記)〉에 "천하 사람들이 근심하기에 앞서 근심하고, 천하 사람들이 즐거워한 뒤에 즐거워할 것이다.〔先天下之憂而憂, 後天下之樂而樂歟.〕"라고 하였다. 《古文眞寶後集 卷6 岳陽樓記》

예조에서 《동문선》³¹⁸을 찬집하여 문헌을 징험하도록 청한 것을 본떠서 지은 전

의례조청찬집동문선이징문헌전

擬禮曹請撰集東文選以徵文獻箋

성인(聖人)이 일어남에 만인(萬人)이 다 우러러보니 바야흐로 찬란히 빛나는 아름다운 상서가 열렸습니다. 치교(治敎)가 밝아짐에 제가(諸家)가 아울러 일어나니 감히 찬집(纂集)하는 일을 늦추겠습니까. 이에 문(文)을 숭상하는 때를 만나 문헌을 넉넉히 징험할 수 있도록 하는 계책을 돕고자 합니다.

삼가 생각건대, 주상전하께서는 집희(緝熙)³¹⁹에 마음을 다하시고, 시종일관 학문에 뜻을 두셨습니다. 바른 도를 높이고 삿된 설을 물리쳐 상고(上古)의 지치(至治)가 이르기를 기대하셨고, 고아한 말을 구하고 음탕한 말을 내치어 쇠한 세상의 습속을 변화시키고자 하셨으니, 무릇 이렇게 처음 시작하는 정치가 세도를 진작(振作)하는 방도가 아님이 없습니다.

삼가 생각건대, 서계(書契)의 이전³²⁰에 문장(文章)의 조짐이 이미

---

318 동문선(東文選) : 우리나라의 역대 시문(詩文)을 모아 편찬한 선집(選集)으로, 조선 전기 문신이자 학자인 서거정(徐居正), 노사신(盧思愼) 등이 1478년(성종9)에 왕명으로 편찬하였다.

319 집희(緝熙) : 계속하여 밝힌다는 뜻으로, 임금의 학문이 성현의 경지에 접근해 가는 것을 가리킨다. 《대학장구》전 3장에, 문왕(文王)의 덕을 찬양하여 "거룩하신 문왕이여, 아, 계속하여 밝혀서 공경하여 그치셨다.[穆穆文王, 於緝熙敬止.]"라고 하였다.

320 서계(書契)의 이전 : 문자가 발명되기 이전의 시대를 말한다. '서계'는 상고시대의

드러나 있었습니다. 악독(嶽瀆)이 땅에 실려 있어 그 기운이 한 덩어리로 엉겨 있었고, 일월(日月)이 하늘에 걸려 있어 그 형상이 밝게 드러났습니다. 충만하고 순수한 것은 도덕(道德)이 되고, 찬란하고 화려한 것은 문사(文詞)가 되었는데, 잘 우는 이를 얻어 빌려 울리고[321] 지난 시대를 이어 오는 시대를 열었습니다.[322] 성인(聖人)은 창작(創作)하고 현인은 전술(傳述)하니, 이에 전(傳)은 전이 되고, 경(經)은 경이 되었습니다. 체(體)가 확립됨에 용(用)이 행해지니 어찌 문(文)은 문에 그치고 도(道)는 도에 그치겠습니까. 풍아(風雅)[323]는 정사(政事)에 통하니 치란(治亂)이 징험되고, 음영(吟詠 시를 읊조림)은 성정(性情)에서 나오니 사정(邪正)은 가리기 어렵습니다. 그러므로 옛날의 문서에 기록된 것을 살펴보면 대부분 세교(世教)를 붙드는 가르침입니다.

문자적 기록이니, 《주역》〈계사전 하(繫辭傳下)〉에 "상고에는 노끈을 묶어 뜻을 전하여 다스렸는데, 후세에 성인이 서계로 바꾸었다.〔上古結繩而治, 後世聖人易之以書契.〕"라고 하였다.

321 잘……울리고 : 각각의 시대 상황에 맞는 문장가가 계속 이어져 치도(治道)와 교화(教化)을 이룬다는 말이다. 한유(韓愈)의 〈송맹동야서(送孟東野序)〉에 "사람의 소리 중에 정한 것은 말이 되며, 문장은 말 중에서도 더욱 정한 것이기에 더욱 잘 우는 자를 가려서 그를 빌려 운다.〔人聲之精者爲言, 文辭之於言, 又其精也, 尤擇其善鳴者而假之鳴.〕"라고 하였다. 《古文眞寶後集 卷3》

322 지난……열었습니다 : 전대(前代)의 사업을 계승하여 후대의 미래를 열어 준다는 의미이다. 《근사록(近思錄)》 권2에 실린 장재(張載)의 말에 "옛 성인을 위하여 끊어진 학문을 잇고, 만세를 위하여 태평을 연다.〔爲去聖繼絶學, 爲萬世開太平.〕"라고 하였고, 주자가 이 말을 받아 〈중용장구서(中庸章句序)〉에서 "옛 성인을 계승하고 후대의 학자를 열어 줌은 그 공이 도리어 요순보다도 나으시다.〔繼往聖, 開來學, 其功反有賢於堯舜者.〕"라고 하였다.

323 풍아(風雅) : 국풍(國風)과 대아(大雅)·소아(小雅)의 병칭으로, 《시경》을 가리킨다.

해 뜨는 우리나라는 오래도록 동점(東漸)의 교화[324]를 입었습니다. 수천 년을 거치면서 문운(文運)이 고려조(高麗朝)에서 처음으로 크게 일어났고, 이백 년을 북돋아 길러 많은 인재가 본조(本朝)에서 성대히 나왔습니다. 도(道)를 중시하는 성종조(成宗朝)에 이르러서는 유신(儒臣)에게 글을 뽑아 반포하라고 명하시니, 소명태자(昭明太子)가 찬집(纂輯)한 《문선(文選)》에 의거하여[325] 여러 문체를 모두 갖추었고, 진덕수(陳德秀)가 수집(蒐集)한 것을 본받아[326] 여러 문집을 모두 거두었습니다. 하지만 작자(作者)가 시대마다 나와 인물이 끊이지 않았기에 중종조(中宗朝)에 이르러 이내 속편(續編)이 있게 되었습니다.[327] 그 사이의 시대가 멀지 않았는데 오히려 많은 선비들이 나왔으니, 만일 계속해서 나온다면 비록 백세(百世)라도 모두 이러할 것입니다.

지금까지 여러 선조(先朝) 이후로 세상에 이름난 인재들이 배출되었으니, 밝고 환하게 도(道)를 수호하는 데에 마음을 쏟았고, 빈빈하고 성대하게 경위(經緯)의 문(文)[328]에 정력(精力)을 쏟았습니다. 여항의

---

324 동점(東漸)의 교화 : 은(殷)나라 유민인 기자(箕子)가 동쪽으로 온 이래로, 중화(中華)의 문화가 전파됨을 말한다.

325 소명태자(昭明太子)가……의거하여 : 남조(南朝) 양(梁)의 소명태자 소통(蕭統)이 편찬한 《문선(文選)》의 체재를 따랐음을 말한다.

326 진덕수(陳德秀)가……본받아 : 진덕수가 《대학연의(大學衍義)》를 지어 《대학》의 격물(格物)에서 제가(齊家)까지의 설을 부연하여 설명을 붙일 때 여러 학자의 저작을 참고한 것처럼, 제가(諸家)의 작품을 망라했다는 의미이다.

327 중종조(中宗朝)에……되었습니다 : 1518년(중종13)에 신용개(申用漑), 김전(金銓) 등에 의해 속편(續編) 《동문선》이 편찬되었는데, 이를 《속동문선(續東文選)》이라고 부르기도 한다.

328 경위(經緯)의 문(文) : 나라를 경영하는 데 도움이 되는 문장을 말한다. '경위'는

시가(詩歌)에는 풍자하고 기롱하는 뜻이 담겨 있고, 관각(館閣)[329]의 윤음에는 선양하고 찬미해야 할 내용이 극진하니, 비록 격식(格式)은 때에 따라 같지는 않지만 법도는 빈번히 변하는 것 때문에 무너지지 않았습니다.

지난번 우리 도(道)가 거의 종식될 뻔한 때를 당하여 거센 화염에 불타는 지경이 되었습니다. 애통하게도 석거각(石渠閣)[330]에 비장(秘藏)하였음에도 오히려 자못 산실(散失)되었거늘, 하물며 초야(草野)에 전하는 책들이 어찌 어지러워짐을 면했겠습니까. 끝내 민멸하여 전하지 못할까 두려우니, 서둘러 수습하는 것보다 중요한 일이 없습니다. 선대(先代)의 조정에서 또한 편찬국(編纂局)을 개설한 적이 있으니, 오늘날 이를 따라 시행해야 합니다.

신은 삼가 바라건대, 도를 보위(保衛)하려는 신의 정성을 불쌍히 여기고 교화를 도우려는 신의 마음을 살피시어, 선대(先代)의 뜻을 계승하여 수집의 문로(門路)를 널리 열어 주시며 옛 규례를 이어받아 찬집하여 간행하라는 명을 속히 내리소서. 그렇게 하신다면 후생(後生)의 전범(典範)이 더욱 완비되고 한 시대의 제작(制作)이 더욱 새로워질 것입니다. 그리하여 시에 정교하고 문장에 뛰어나게 될 것이니, 어찌

씨줄과 날줄로 천지(天地)를 구획한다는 의미인데, 전하여 국가를 경영함을 가리킨다. 《춘추좌씨전(春秋左氏傳)》 소공(昭公) 28년 기사에 "천지를 경위하는 것을 문이라고 한다.〔經緯天地, 曰文.〕"라고 하였다.

329 관각(館閣) : 조선 시대에 홍문관(弘文館), 예문관(藝文館) 등 학문과 문장을 담당하던 관청을 통틀어 이르는 말이다.

330 석거각(石渠閣) : 한(漢)나라 때의 궁중 건물로, 황실의 장서각(藏書閣)이다. 여기서는 조선 궁중의 서적을 관리하는 곳을 의미한다.

단지 왕명을 빛나게 하고 국가를 영광스럽게 할 뿐이겠습니까. 덕을 굳게 지키고 예(藝)에 노닌다면 말을 토해 냄에 경전이 됨을 보게 될 것입니다.[331] 신은 삼가 마땅히 이른 아침부터 늦은 밤까지 공소(公所)에 있으면서 조석(朝夕)으로 일을 할 것입니다. 꽃다운 작품을 취하고 금옥(金玉) 같은 글을 가리는 일은 그 책임이 대제학(大提學)에게 있고, 윗사람과 아랫사람을 조화시키고 신(神)과 사람을 화합시키는 일은 그 직무가 종백(宗伯 예조 판서)에게 맡겨지는 것입니다.

---

331 덕을……것입니다 : 《동문선(東文選)》의 간행으로 선비들의 덕성과 문예(文藝)가 크게 신장될 것이라는 말이다. '덕을 굳게 지키고 예(藝)에 노닌다.'라는 말은 《논어》〈술이(述而)〉에 "도에 뜻을 두며, 덕을 굳게 지키며, 인에 의지하며, 예에 노닌다.〔志於道, 據於德, 依於仁, 游於藝.〕"라고 한 데서 온 말이다. '말을 뱉기만 하면 경전이 된다.'라는 말은 한유(韓愈)의 〈진학해(進學解)〉에 "말을 뱉기만 하면 경전이 되고 발을 들면 법도가 되었다.〔吐辭爲經, 擧足爲法.〕"라고 한 데서 온 말이다. 《古文眞寶後集 卷3》

전 箋

황태자에게 올리는 동지 전문
皇太子冬至箋文

율(律)이 황종(黃鍾)에 맞으니 이에 첫 양(陽)이 발동함을 만났고,[332] 상서로움이 황태자궁에 열리니 큰 경사가 옴을 다 하례합니다. 기뻐하는 기색이 구름처럼 솟구치고 환호하는 소리가 우레처럼 울립니다.

공손히 생각건대, 황태자는 황상(皇上)의 체통을 계승하고 종묘의 보기(寶器)를 지킵니다. 인효(仁孝)가 두루 융성하여 하루 세 번 문안하는 예를 다하시고,[333] 구가(謳歌)가 진실로 쏠리어[334] 사해(四海) 만백성

---

332 율(律)이……만났고 : 동짓달이 되었다는 말이다. '율'은 중국 고대 음계인 12율이고, '황종(黃鍾)'은 12율 가운데 첫 번째인 11월, 즉 동지에 해당한다. '양(陽)이 발동한다'는 것은 주역의 순음(純陰)인 곤괘(坤卦)에서 초효(初爻)에 양효 하나가 새로 아래에서 생겨나는 복괘(復卦)를 가리키니, 역시 동짓달인 11월에 해당한다.

333 하루……다하시고 : 황태자의 효성이 지극하여 하루에 아침·점심·저녁 세 차례로 문후(問候)함이다. 《예기(禮記)》〈문왕세자(文王世子)〉에 "문왕이 세자로 있을 때에 왕계에게 매일 세 차례 문후했다.〔文王之爲世子, 朝於王季曰三.〕"라고 하였다.

334 구가(謳歌)가 진실로 쏠리어 : 만백성의 성원 속에 자연스럽게 황태자의 지위에 올랐음을 말한다. 《맹자》〈만장 상(萬章上)〉에 "조근하고 송옥하는 자들이 익에게로 가지 않고 계에게로 가서 '우리 임금의 아들이다.' 하고, 구가하는 자도 익을 구가하지

의 여망(輿望)에 부합하셨으니, 이에 아름다운 때를 맞아 큰 복을 더욱 받으실 것입니다.

　삼가 생각건대, 몸은 접역(鰈域)[335]에 매어 있지만 간절한 마음은 계장(鷄障)[336]에 향해 있습니다. 달과 별이 거듭 빛나니 한(漢)나라 신하의 찬(贊)을 본받기를 원하고,[337] 본손(本孫)과 지손(支孫)이 백세토록 전해지니 주아(周雅)의 시(詩)를 다시 이어서 부릅니다.[338]

않고 계를 구가하면서 '우리 임금의 아들이다.' 하였다.〔朝觀訟獄者不之益而之啓, 曰, 吾君之子也, 謳歌者, 不謳歌益而謳歌啓, 曰, 吾君之子也.〕"라고 하였다.

335 접역(鰈域) : 가자미가 나는 지역이란 뜻으로, 우리나라의 별칭이다.

336 계장(鷄障) : 금계(金鷄)를 그려서 꾸민 좌장(坐障)으로, 황제의 지근거리를 뜻한다. 당 현종(唐玄宗)이 안녹산(安祿山)을 예우(禮遇)하여 금계장(金鷄障)과 의자를 설치하여 은총을 보였다고 한다.《通鑑節要 唐紀 綜明皇帝下》

337 달과……원하고 : 황태자의 성덕(盛德)을 찬미하는 말이다. 후한(後漢)의 명제(明帝)가 태자로 있을 때에 악공(樂工)이 〈일중광(日重光)〉, 〈월중륜(月重輪)〉, 〈성중휘(星重輝)〉, 〈해중윤(海重潤)〉이라는 4장(章)의 시가(詩歌)를 지어 찬양한 데서 온 표현이다.《古今注 卷中 音樂3》

338 본손(本孫)과……부릅니다 : 황실(皇室)이 오래도록 번성하기를 축원하는 것이다. '주아(周雅)'는《시경》가운데 〈소아(小雅)〉와 〈대아(大雅)〉를 가리키고, '주아의 시'는 본문의 '본손(本孫)과 지손(支孫)이 백세토록 전해지리라.〔本支百世〕'라는 내용이 있는 〈대아〉의 〈문왕(文王)〉 시를 가리킨다.

황태자에게 사례하는 전(箋)

謝皇太子箋

당인(唐人 중국인)을 압해(押解)하여[339] 상을 하사 받은 뒤에 사은(謝恩)한 것이다.

사해(四海)의 만백성들이 모두 이극(貳極)[340]의 존귀함을 우러렀는데, 하늘로부터 특별한 은수(恩數)가 외람되이 한 편의 글로 내려왔습니다.[341] 스스로 돌이켜 봄에 두려워 은혜를 뼈에 새기더라도 보답하기 어렵습니다.

신은 삼가 생각건대, 외람되이 용렬한 자질로 보배로운 명(命)을 받았습니다. 제후의 법도를 공경히 지켜 다만 황상의 명을 급하게 여기지 않는 죄를 면하였고, 은총과 복록에 의지하여 단지 선인(先人)의 사업을 지켰습니다.

지금 표류한 백성을 호송해 보낸 것은 곧 번방(藩邦)의 구례(舊例)인데, 공(功)이 없는 몸으로 도리어 분반(匪頒)[342]의 은택에 무젖을 줄

---

339 당인(唐人)을 압해(押解)하여 : 1609년(광해군1) 무렵 중국 상인(商人) 진성(陳成) 등이 조선 바다에 표류하였는데, 이들을 구조하여 접대한 뒤에 중국으로 돌려보내 주었다.《光海君日記 1年 1月 13日》《月沙集 卷57 漂流人陳成等發解降勅謝恩表》 '압해'는 죄인(罪人)이나 유랑민 등을 호송하여 보내는 것을 말한다.

340 이극(貳極) : 두 번째로 높은 자리란 뜻으로, 황태자를 가리킨다. 임금의 자리를 극(極)이라 하고, 이(貳)는 부(副)의 뜻이다.

341 외람되이……내려왔습니다 : 중국 상인 진성(陳成) 등을 무사히 보내 준 데 대해 조칙(詔勅)이 내려온 것을 말한다.《月沙集 卷57 漂流人陳成等發解降勅謝恩表》

어찌 생각이나 했겠습니까. 찬란한 금(金)과 폐백은 내부(內府)의 창고에 있는 것을 나누어 주셨고, 온화하고 순박한 윤음은 진심을 담은 것으로 하유하셨습니다. 어찌 단지 백붕(百朋)³⁴³을 하사하신 것에 그치겠습니까. 실로 세상에 드문 은혜입니다.

삼가 황태자로서 종묘(宗廟)를 받들고 원량(元良)으로서 체통을 계승하시는 때를 만나, 사해의 만국(萬國)은 한저(漢儲)의 인(仁)에 귀의하였고,³⁴⁴ 하루 세 번 문안하심은 능히 주 문왕(周文王)의 효를 다하셨습니다.³⁴⁵ 마침내 접역(鰈域)에 은총이 두루 미치도록 하셨으니, 신이 감히 특별한 지우(知遇)를 저버리지 않고 만절(晚節)을 더욱 가다듬지 않겠습니까. 이에 부로(父老)와 더불어 화숭(華嵩)³⁴⁶처럼 장수하시기를 축원하고, 자손(子孫)과 함께 규곽(葵藿)³⁴⁷처럼 미천한 정성을 바칩

---

342 분반(匪頒) : 《주례(周禮)》〈천관 대재(天官大宰)〉에 나오는 말로, 왕이 신하들에게 물건을 나누어 주는 것을 말한다. 분(匪)은 분(分)과 같고, 반(頒)은 반포(班布)의 반(班)과 같다.

343 백붕(百朋) : 매우 많은 재물을 뜻하는 말이다. 옛날에는 패각(貝殼)을 화폐로 사용했는데, 5패를 1관(串)이라 하고 2관을 1붕(朋)이라 했다 한다. 《시경》〈청청자아(菁菁者莪)〉에 "군자를 만나 뵌 이 기쁨이여, 마치 백붕을 나에게 내려 주신 듯하도다. 〔既見君子, 錫我百朋.〕"라고 하였다.

344 사해의……귀의하였고 : 사해의 백성들이 황태자의 인덕(仁德)을 사랑한다는 말이다. '한저(漢儲)'는 한(漢)나라 태자로, 여기서는 명(明)나라의 황태자를 가리킨다.

345 하루……다하셨습니다 : 황태자의 효성이 지극함을 칭찬하는 말이다. 108쪽 주 333) 참조.

346 화숭(華嵩) : 중국의 화산(華山)과 숭산(嵩山)으로, 각각 오악(五嶽)의 하나이다.

347 규곽(葵藿) : 해바라기로, 항상 태양을 향하기 때문에 임금에 대한 신하의 일편단심을 비유하는 말로 쓰인다.

니다.[348]

348 바칩니다 : 저본에는 이 작품이 끝난 뒷부분에 '下■趙希逸製'라는 부기(附記)된
글자가 있으나 번역하지 않았다.

대전의 탄신일을 축하드리는 전[349]

大殿誕日賀箋

11월 건자(建子)[350]에 초도(初度)의 기일이 돌아오고,[351] 팔천 년을 봄으로 삼음에[352] 다시 긴 수명을 헤아립니다. 이에 신(神)과 사람이 서로 즐거워하고 조야(朝野)가 함께 기뻐합니다.

공경히 생각건대, 예지(睿知)는 군림하기에 충분하고 강건(剛健)함은 뭇사람의 으뜸이십니다. 화란(禍亂)을 평정(平定)하여 종묘사직을 멸망의 위기에서 안정시켰고, 인륜을 붙들어 이미 어두워진 가운데 해와 달을 드러냈으니, 전요(電繞)[353]의 절기를 맞아 더욱 천지(川至)[354]

---

349 대전(大殿)의⋯⋯전(箋) : 조희일(趙希逸)이 지방관으로 있던 관력(官歷)과 이 작품 속에 인륜을 붙들었다는 표현으로 추리할 때 인조(仁祖)의 탄신일을 맞아 올린 글로 보인다. 또한 인조가 음력 11월에 출생한 것도 작품의 내용과 부합한다. 《璿源譜略 下》

350 11월 건자(建子) : 음력 11월은 북두칠성의 자루가 초저녁에 정북방(正北方)인 자방(子方)을 가리키므로, 같은 달을 연이어 쓴 것이다.

351 11월⋯⋯돌아오고 : 초저녁 북두성의 자루가 자방(子方)을 가리키는 11월에 대전(大殿)의 탄신일이 있다는 말이다. '초도(初度)'는 처음 태어난 날로, 곧 생일을 이른다.

352 팔천⋯⋯삼음에 : 장수를 기원하는 말로 쓴 것이다. 《장자》 〈소요유(逍遙遊)〉에 "상고 시대의 대춘은 팔천 년을 봄으로 삼고 팔천 년을 가을로 삼는다.〔上古有大椿者, 以八千歲爲春, 以八千歲爲秋.〕"라고 하였다. '대춘'은 매우 장수하는 나무의 이름이다.

353 전요(電繞) : 번개가 치고 별을 휘감는다는 뜻으로, 임금의 생일을 비유할 때 쓰는 표현이다. 《사기(史記)》 〈오제본기(五帝本紀)〉에 "황제의 어머니인 부보(附寶)가 기(祁)의 들판에 갔을 적에, 번개가 크게 쳐서 북두칠성의 첫째 별을 휘감는 것〔大電繞北斗樞星〕을 보고는 감응하여 잉태한 뒤, 24개월 후에 수구(壽丘)에서 황제를 낳았다."라고 한 말에서 유래하였다.

의 아름다운 복을 받으실 것입니다.

　삼가 생각건대, 직책은 외람되이 분우(分憂)에 있고 재주는 공리(共理)에 부끄럽습니다.[355] 안위(安危)는 경계할 만하기에 금감(金鑑)의 글을 올리고자 하고[356] 송축(頌祝)하는 마음은 간절하지만 대궐에서 절하지 못하는 것이 한스럽습니다.

354 천지(川至) : 복록이 흥성함을 비유하는 말이다. 《시경》〈천보(天保)〉에 "냇물이 막 이르는 것과 같아, 불어나지 않음이 없도다.〔如川之方至, 以莫不增.〕"라고 하였다.

355 외람되이……부끄럽습니다 : 외직으로 나가 수령으로 있음을 의미한다. '분우(分憂)'는 임금의 근심을 나눈다는 뜻이고 '공리(共理)'는 임금이 다스리는 곳을 나누어 함께 다스린다는 뜻으로, 모두 지방관으로 재직함을 말한다.

356 금감(金鑑)의……하고 : 임금의 생일을 맞아 오히려 화란의 경계를 올린다는 말이다. '금감의 글'은 《천추금감록(千秋金鑑錄)》으로, 당 현종(唐玄宗)의 생일에 장구령(張九齡)이 전세(前世)의 흥폐의 원인을 기술한 책자 5권을 만들어 올리면서 "거울로는 모습을 비추어 보시고, 사람으로는 길흉을 비추어 보소서."라고 하였다. 《新唐書 張九齡列傳》

죽음집

제
12
권

차 箚

임자년(1612, 광해군4) 봄에 올리려고 한 차자

壬子春擬上箚

사헌부(司憲府)에서 차자를 밀봉하고 올리기 전에 장관(長官)이 사직하여 체차되었고 동료가 이어 피혐하여 함께 면직되었다.

신들은 삼가 아룁니다. 재해를 만나 구언(求言)하는 것은 하늘의 명에 순응하는 한 가지 일이지만 말세에 행함은 으레 형식적인 것이 되었으니, 이는 대개 말을 구하는 것이 어려운 것이 아니라 그 말을 쓰는 것이 쉽지 않고, 말을 하는 것이 어려운 것이 아니라 합당한 말을 얻기가 쉽지 않아서입니다. 만일 합당한 말을 하여 그 병통에 들어맞고, 그 말을 써서 일에 시행할 수 있다면 하늘의 명에 순응하는 도리에 있어 거의 형식적이지 않고 실상에 맞게 할 수 있을 것입니다.

옛날에 조기(祖己)가 무정(武丁 고종(高宗))을 경계하여 먼저 그 마음을 바로잡았고,[357] 중종(中宗)이 이척(伊陟)의 간언을 받아들이자 요망함

---

357 조기(祖己)가……바로잡았고 : 은(殷)나라 고종(高宗)이 융제(肜祭)를 지내던 날에 꿩이 날아와 우는 이변이 생기자, 조기가 고종에게 덕을 닦아 이변을 없애도록 하라고 경계를 올리며 "먼저 왕을 바로잡고서 이 일을 바로잡겠다.〔惟先格王, 正厥事.〕"라고

이 덕을 이기지 못했으니[358] 비록 혹 두 신하가 어질었기 때문에 직언을 올릴 수 있었던 것이었지만 만약 그 직언을 들어주었던 두 임금의 밝음이 아니었다면 또한 어찌 성탕(成湯)의 구업(舊業)을 회복하여 중흥의 성대한 다스림에 도달할 수 있었겠습니까. 생각건대 우리 주상전하께서 황천이 견책을 내리는 때를 당해, 신하들에게 조언을 구하는 마음이 간절하시어 특별히 윤음을 내리고 마음을 비워 두루 물으셨습니다. 이것이 어찌 말만 구하신 것일 뿐이겠습니까. 실로 그 말을 쓰려고 한 것입니다. 그 뜻이 매우 성대하니 감히 저버릴 수 있겠습니까. 신들은 비록 조기와 이척 같은 말을 올릴 수는 없지만, 바라건대 성상께서는 무정과 중종이 간언을 받아들인 것에서 더 나아가, 천심(天心)을 환하게 이르게 하는 기틀로 삼으소서. 그렇게 해 주신다면 매우 다행이겠습니다.

아, 지금의 사세는 비유하자면 큰 병을 앓는 사람이 원기가 쇠폐(衰廢)하고 혈맥이 꽉 막혀 사지와 온몸에 힘이 빠져 수습할 수 없는 것과 같습니다. 풍사(風邪)로 인한 여러 병증이 번갈아 일어나고 교대로 공격하는 것으로 말하자면 한두 가지로 말할 수가 없으니, 이에 다만 중차대한 것만을 말씀드리겠습니다.

하늘이 위에서 노함에 재이(災異)가 거듭 나타나 위망(危亡)의 조짐

하였다. 《書經 高宗肜日》

358 중종(中宗)이……못했으니 : 은(殷)나라의 수도인 박읍(亳邑)에 뽕나무와 닥나무가 함께 붙은 채로 하루아침에 크게 자라나는 변고가 생기자, 중종이 두려움을 품고 재상 이척(伊陟)에게 물으니, 이척이 "요망함은 덕을 이기지 못하는 법이니, 아마도 군주의 정사에 잘못이 있어서 이러한 변괴가 나타났나 봅니다. 임금께서는 더욱 덕을 닦으소서."라고 하였다. 중종이 그의 말을 따라 덕을 닦고 훌륭한 정사를 펴자 그 나무가 곧 말라 죽었다고 한다. 《史記 殷本紀》

이 불 보듯 명백하니, 두려워하지 않고 즐겁게 지낼 수 있겠습니까. 백성들이 아래에서 원망함에 괴로움이 한창 일어나 곤궁에서 허덕이는 고통이 참혹하여 차마 말할 수 없으니, 돌아보지 않고 모질게 할 수 있겠습니까. 구차하게 영합하기만을 다투듯 생각하여 직언이 들리지 않으니, 직언을 수용하지 않을 수 있겠습니까. 요행을 바라는 풍조가 크게 열려 공도(公道)가 행해지지 않으니, 공도를 확장하지 않을 수 있겠습니까. 기강이 서지 않아 조정의 법도가 날로 문란해지니, 정돈할 방도를 생각해야 합니다. 궁중을 엄히 하지 못하여 청탁이 함부로 행해지니, 엄격히 할 방도를 생각해야 합니다. 세력을 믿고 사치를 부리는 일이 풍속을 이루어 그 습속(習俗)이 이미 고질병이 되었으니, 검약을 숭상하여 바로잡아야 합니다. 법을 적용함이 적절함을 잃어 징계하고 권면함에 방법이 어그러졌으니, 상벌을 신중히 하여 가지런하게 해야 합니다. 아아, 무릇 이 여덟 조목이 하나의 벼리에 관계되니 이른바 벼리는 근본을 바로잡고 근원을 맑게 하는 것에서 벗어나지 않습니다. 이에 감히 그 말을 펴서 아래에 조목별로 아뢰니, 삼가 바라건대 밝으신 성상께서는 유념하소서.

1. 천재를 두려워해야 함〔畏天災〕

《서경》에 이르기를 "하늘의 봄이 우리 백성들의 봄으로부터 하며, 하늘의 들음이 우리 백성들의 들음으로부터 한다.〔天視自我民視, 天聽自我民聽.〕"라고 하였습니다. 하늘과 사람이 함께함에 털끝만큼의 괴리도 용납하지 않으므로 정치가 아래에서 잘못되면 견책이 위에서 나타나 길흉의 징조가 환하게 드러나 속일 수 없으니, 사람의 마음이 기뻐하는 데도 하늘의 뜻이 노하는 경우는 있지 않습니다.

전하께서는 즉위한 이래로 조심하고 두려워하며 편안히 지낼 틈도 없이 이른 새벽부터 밤늦게까지 근심하고 근로하신 지가 지금 4년이 되었지만, 화기(和氣)가 부족하여 재얼(災孼)이 거듭 이르렀습니다. 섣달에 우레가 치고 정월 초하루에는 별이 떨어졌으며, 무지개가 해를 관통하였는데 또한 백색(白色)이었고, 그 이외에도 태백성(太白星)이 낮에 보이며 볕이 나고 비가 내림이 절기에 어긋났으니, 요사한 기운이 해괴하게 일어남을 이루 다 기록할 수 없습니다. 신들은 어떤 변고가 일어난 것이 어떤 일에 대한 감응임을 감히 알지는 못합니다. 하지만 양(陽)이 꽉 막힌 때인데 불령불녕(不令不寧)한 위엄이 드러나고, 뭇 양(陽)의 으뜸을 음예(淫穢)한 기운이 범한 일³⁵⁹로 말하자면, 천재(天災)의 참혹함이 이보다 심함이 없습니다. 지난 역사를 헤아려 보건대 밝은 징험이 뚜렷하니, 선화(宣和)의 일은 말할 수 없는 것이지만³⁶⁰ 연(燕)나라 사람의 두려움³⁶¹과 불행히도 유사합니다.

신들이 삼가 생각건대, 목전의 인사(人事)를 다하지 못하고 있거늘

---

359 양(陽)의……일 : 섣달에 우레가 진동하고 무지개가 태양을 관통한 이변을 다시 언급한 것이다. '불령불녕(不令不寧)'은 편안하지 못하고 좋지 못하다는 뜻으로, 나라의 정치가 불안하여 백성들이 불안함을 나타내는 말이다. 《시경》〈시월지교(十月之交)〉에 "번쩍번쩍 천둥 번개, 편안하지 못하고 좋지 못하다.〔燁燁震電, 不寧不令.〕"라고 하였다.
360 선화(宣和)의……것이지만 : 송 휘종(宋徽宗) 선화(宣和) 원년 여름에 아주 많은 비가 내려 송나라의 서울인 변경(汴京)이 온통 물에 잠기는 홍수가 일어났다. 이강(李綱)이 이를 이적(夷狄)이 침입해 와 병란(兵亂)이 일어날 조짐이라고 하면서 상소하여 극언하였는데, 그 뒤에 과연 정강(靖康)의 화(禍)가 있었다.
361 연(燕)나라 사람의 두려움 : 연(燕)나라 태자 단(丹)이 형가(荊軻)를 시켜 진 시황(秦始皇)을 암살하기 위해 그를 떠나보낸 뒤, 흰 무지개가 계속 해를 관통해 있는 것을 보고 실패를 예견하며 두려워한 일을 가리킨다. 《史記 鄒陽列傳》

하늘을 공경하는 도리를 어찌 말하겠습니까. 필부가 원통함을 품더라도 오히려 그 영향으로 화기(和氣)를 손상시키기에 충분합니다. 게다가 안으로는 조정이 편안하지 않아 시기하고 의심하는 기색(氣色)이 있고 온갖 역사(役事)가 함께 일어나 백성들이 고통을 겪으며, 밖으로는 변방이 허술한데도 방비할 책략이 없어서 적국이 틈을 엿보아 요구가 다단(多端)하니, 갖가지의 위태로움과 의심이 한두 가지가 아닙니다. 그러니 마땅히 군신과 상하가 오싹하게 두려워하며 각각 그 직분을 닦아서 오로지 하늘의 견책을 받들어 답하는 데에 힘을 쏟아야 합니다.

신들은 지금이 어떤 때인지 감히 알지를 못합니다만, 수세(守歲)[362]하는 밤에는 나례(儺禮)의 음악이 하늘에 울리고 정조(正朝 원단(元旦))의 하례에는 백관이 호숭(呼嵩)[363]을 행하는 법인데, 근신(近臣)은 말하지 않으며 유사(有司)는 일을 하지 않고 태연히 평상시와 다름없이 지냅니다. 이에 재앙을 조심하는 형식과 절차 또한 행할 수가 없으니 재변이 나날이 발생하여 끝이 나지 않더라도 괴이할 게 없습니다. 비록 그렇지만 천심(天心)은 자애로워 본래 백성을 보전하여 편안케 하고자 합니다. 인군이 하늘을 섬기는 것은 자식이 어버이를 섬기는 것과 같으니, 어버이의 마음이 기쁘지 않을 때에 뜻을 잘 받들어 순종하면 노여움을 그치고 기뻐하실 것이요, 천심이 경계를 보일 때 자신을 돌이켜 닦고 살핀다면 재앙이 바뀌어 복이 됩니다. 그런데 만약 그 뜻을 어기고 안일함에

---

362 수세(守歲) : 섣달 그믐날 밤에 밤새도록 잠을 자지 않고 새해 아침이 밝아 오는 것을 기다렸다 맞이하는 일을 말한다.

363 호숭(呼嵩) : 만세를 불러 축수함이다. 한(漢)나라 무제(武帝)가 친히 숭산(嵩山) 위에서 제사를 지낼 때 신민이 만세 삼창을 한 데서 유래하였다. 《漢書 武帝紀》

빠진다면 끝내는 필시 노여움을 더하고 재앙을 무겁게 하는 데에 이르게
됩니다. 《서경》〈태갑(太甲)〉에 이르기를 "하늘이 지은 재앙은 오히려
피할 수 있으나, 스스로 지은 재앙은 살 길이 없다.〔天作孼, 猶可違, 自作
孼, 不可逭.〕"라고 하였습니다. 그렇다면 스스로 하늘과 단절함[364]이 지
금에 달려 있고 천명을 맞이하여 잇는 것[365] 또한 지금에 달려 있으니,
두 가지의 나뉨은 단지 전하의 한 마음이 경(敬)을 하느냐 경을 하지
않느냐의 사이에 달려 있을 뿐입니다. 삼가 바라건대 전하께서는 요(堯)
임금께서 공경히 따랐던 것을 체행하고 순(舜) 임금께서 하늘의 명을
삼가신 것[366]을 본받으소서. 그리하여 각성하고 각성하여 태만하고 방사
한 생각을 끊으시며 조심하고 조심하여 경계하고 두려워하는 마음을
지키시어, 호령을 발하고 시행하는 즈음과 움직이고 고요하며 먹고 쉬
는 때에 내 마음의 천리(天理)가 상천(上天)의 마음과 둘이 되지 않게

---

364 스스로 하늘과 단절함 : 《서경》〈태서 하(泰誓下)〉의 주 무왕(周武王)의 말을 빌려
쓴 것으로 "스스로 하늘과 단절하여 백성들에게 원망을 맺고 있다.〔自絶于天, 結怨于
民.〕"라고 하였다.

365 천명을……것 : 《서경》〈반경 중(盤庚中)〉의 글귀를 변용한 말로, "나는 너희들의
명을 하늘에서 맞이하여 이어 주려 한다.〔予迓續乃命于天.〕"라고 하였다.

366 요(堯)……것 : 요 임금과 순(舜) 임금이 훌륭한 정치를 이룬 것은 하늘의 질서와
명령을 잘 받들었기 때문이라는 말이다. 《서경》〈요전(堯典)〉에 "이에 역관(曆官) 희씨
(羲氏)와 화씨(和氏)에게 명하여 하늘을 공경히 따라서 해와 달과 별자리를 기록하고
관찰하여 백성의 농사철을 공경히 내려 주게 하셨다.〔乃命羲和, 欽若昊天, 曆象日月星辰,
敬授人時.〕"라고 하였고, 《서경》〈익직(益稷)〉에 "제순(帝舜)이 노래를 지어 말씀하기를
'하늘의 명을 삼간다면 때마다 삼가고 기미마다 삼가야 한다.' 하고, 마침내 노래하기를
'고굉 같은 신하가 기뻐하여 일하면 원수인 임금의 다스림이 흥하여 백공이 기뻐할 것이
다' 하였다.〔帝庸作歌曰, 勅天之命, 惟時惟幾, 乃歌曰, 股肱喜哉, 元首起哉, 百工熙哉.〕"라
고 하였다.

하소서. 그렇게 하신다면 저 하늘의 혁연(赫然)한 분노는 차분히 기도하고 묵묵히 제사지내는 데에서 절로 말끔히 사라지게 될 것입니다. 《시경》에 이르기를 "하늘이 바야흐로 전복하려 하시니 그렇게 느긋해 하지 말지어다.〔天之方蹶, 無然泄泄.〕"라고 하였고 사마광(司馬光)이 말하기를 "인주(人主)가 하늘을 두려워하지 않는다면 다시 무엇을 두려워하겠는가."라고 하였으니, 삼가 바라건대 전하께서는 유념하소서.

신들이 삼가 듣건대 정성스러우면 감동한다고 하였고, 또 이르기를 "지극한 정성은 신명(神明)도 감동시킨다."라고 하였습니다. 그런데 지금 정성이 사람을 감동시키기에도 부족한데 또한 어찌 신명을 감동시킬 수 있겠습니까. 대신(大臣)은 국가의 주석(柱石)이자 인주의 고굉(股肱)이니, 주석이 무너지면 가옥은 반드시 기울어지고 고굉이 병들면 몸은 반드시 위태로워집니다. 옛날의 임금은 이러함을 알았기 때문에 그 지위를 높여 예우하고 그 마음을 붙들어 두어 의지하고 신임한 것입니다. 이에 서로 접하는 사이에 성의(誠意)로 신뢰하면 치화(治化)가 행해지며 국가가 편안하여 민생(民生)이 힘입으니, 이런 까닭에 《중용》의 구경(九經)[367]에 대신(大臣)을 공경함이 제후(諸侯)들을 은혜로 품어주는 것의 근본이 되는 것입니다. 진실로 대신이 없다면 백관이 모범으로 삼을 곳이 없어서 온갖 직무가 무너지고 말 것이니, 예로부터 하루라도 정승이 없는 나라가 어디에 있었습니까.

---

367 중용의 구경(九經) : 《중용》에 제시되어 있는 천하를 다스리는 아홉 가지 방법으로, 몸을 닦는 것〔修身〕, 어진 이를 높이는 것〔尊賢〕, 친척을 친히 하는 것〔親親〕, 대신을 공경하는 것〔敬大臣〕, 여러 신하들의 마음을 잘 헤아리는 것〔體群臣〕, 백성들을 자식처럼 사랑하는 것〔子庶民〕, 백공들을 오게 하는 것〔來百工〕, 먼 지방의 사람을 회유하는 것〔柔遠人〕, 제후들을 은혜롭게 하는 것〔懷諸侯〕이다. 《中庸章句 第20章》

그런데 지금 삼정승의 자리가 모두 비어 달을 넘기고 때를 지나 해가 바뀌기에 이르렀습니다. 그리하여 백관이 해체되고 온 나라가 허둥대어 나랏일이 더 이상 어찌할 수 없는 지경이 되었으니, 오늘날의 형세가 참으로 위태롭습니다. 대저 임금을 만나 도를 행함은 사람이라면 원하는 바이고, 높은 관직과 후한 녹봉은 사람이라면 마음에 품는 것인데, 저들은 인혐하여 물러나는 일에 오히려 제때 미치지 못할까 두려워하니 이것이 어찌 본래의 마음이겠습니까. 대신의 진퇴는 백관들과는 달라서 국가의 안위가 달려 있고 온갖 책임이 모이게 되니, 만약 상하가 소통하여 논의가 통하지 않는다면 진실로 비방을 무릅쓰면서 여유롭게 내정(內庭)과 외구(外廐)에서 호창(呼唱)[368]을 행할 수 없습니다.

지금의 대신은, 정의(情意)는 임금에게 신임을 얻지 못하고 언론은 아래의 여론에 막혀서, 조금이라도 착오가 있으면 공공연히 함부로 흔들어 대므로 필요에 따라 내는 것이라고는 비국에서의 문서 처리와 합좌(合坐)에서의 사대(査對)에 관한 일에 불과합니다. 저 대신이 뜻을 이미 펼 수가 없고 몸을 장차 보전할 수 없으니, 어찌 모든 사람이 우러러보는 자리를 차지하여 나라를 담당한다는 이름을 받고 싶겠습니까. 그렇다면 물러나기를 간절히 구함은 형세가 진실로 그러한 것입니다. 삼가 바라건대 전하께서는 정성을 미루어 대우하고 마음을 다해 돈유(敦諭)하시며, 붙잡아 두고 속박하는 것을 급히 하지 말고 호오(好惡)를 밝게 분별하는 것을 우선으로 삼으소서. 그리하여 간절한 말뜻으로 감동하게 한다면 저 대신이 어찌 선뜻 몸을 일으켜 그 책임을 다하기 위해 목숨을 바쳐 일하지 않겠습니까. 지금 전하의 정성이 고굉의 신하

---

368 호창(呼唱) : 고관(高官)이 외출할 때 시종이 길을 비키라고 소리를 외치는 것이다.

에게 미덥지 못하시니, 높고 먼 하늘을 감동시키기를 바라는 일 또한 어렵지 않겠습니까. 신들이 듣건대 천도(天道)는 멀고 인도는 가깝다고 하였으니, 삼가 바라건대 전하께서는 힘써 유념하소서.

2. 백성의 고통을 돌아보아야 함[恤民隱]

《서경》에 이르기를 "사람들은 원후(元后)가 아니면 누구를 추대하겠는가. 원후는 백성이 아니면 더불어 나라를 지킬 사람이 없다.[衆非元后, 何戴, 后非民, 罔與守邦.]"라고 하였고, 또 이르기를 "나를 어루만져 주면 임금이고, 나를 학대하면 원수이다.[撫我則后, 虐我則讐.]"라고 하였습니다. 그러니 백성은 진실로 하루도 임금이 없을 수 없고 임금은 백성이 아니면 또한 하루도 나라를 다스릴 수 없으니, 이것이 군민(君民)이 일체를 이루고 상하가 서로를 필요로 하는 까닭입니다. 비록 그렇지만 얻기는 어렵고 잃기가 쉬운 것은 백성의 마음이고, 보존하기는 어렵고 동요되기 쉬운 것 또한 백성의 마음이니, 이 마음이 하루라도 떠나지 않는다면 합하여 군민(君民)이 될 것이지만, 하루라도 떠나간다면 반목하여 원수가 될 것입니다. 마음이 떠나고 합함은 단지 어루만짐과 학대함의 사이에 달려 있는데, 끝내 백성의 임금이 되기도 하고 백성의 원수가 되기도 하는, 크게 상반되는 경우에 이르니, 이는 매우 두려워할 만한 일이 아니겠습니까. 옛날의 성대한 시절에는 살 곳을 얻지 못한 백성이 있는 게 아니었고, 또한 돌아볼 만한 고통이 있었던 것은 아니었습니다. 하지만 대우(大禹)가 백성에게 곡식을 먹이고, 성탕(成湯)이 소민(小民)을 품어 보호하며, 문왕이 백성을 보기를 다칠 듯이 여기신 것은 한결같이 백성을 돌봄을 책무로 여기지 않음이 없어서니, 자애롭고 다칠 듯 여기며 측은해 하고 슬피 여기는 뜻을 천년 뒤에도 성대하게 볼 수가 있습니다.

신들이 삼가 살펴건대 전하께서는 즉위한 이래로 백성들을 염려하시어 감히 편히 계시지 못하고, 이에 여러 차례 은혜로운 비지를 내려 백성의 질고(疾苦)에 대해 물으셨습니다. 하지만 성상의 은택은 아래로 내려가지 않으며 실질적인 은혜는 다하지 않으니, 오늘날 백성들의 삶이 슬프다 할 만합니다. 아, 예전의 병화(兵禍)는 천고에 없었던 일입니다. 흉적의 칼끝이 미치는 곳이면 거의 다 도륙을 당하였으니, 지금 그 생존한 자들은 모두 적에게 죽은 사람들의 고아입니다. 백성은 늘어나지 않으며 적폐는 혁파되지 못했는데 근년 이래로 궁궐을 영건(營建)하고 조사(詔使)를 대접하며 거기에다 인산(因山)과 봉릉(封陵 능묘를 축조함)의 공역(工役)이 있어 무거운 세금과 큰 역사(役事)가 전후로 서로 이어졌습니다. 비록 태평성대 이백 년 동안 편안히 기른 백성으로 담당하게 하더라도 오히려 견디지 못할 것인데 하물며 이렇게 상처를 입고 굶주려 야윈 나머지이겠습니까.

재목을 벌채하고 나무를 운반하는 자는 벼랑과 골짝에서 쓰러지고, 어깨에 메고 등에 지는 자는 말발굽과 수레바퀴 아래에서 짓밟히며, 부유한 자는 물자를 실어 보내느라 생업이 무너지고 가난한 자는 품팔이하느라 힘이 다하였으니, 한 가닥의 실처럼 겨우 보존한 목숨이 끊어지지 않은 자가 얼마 되지 않습니다. 아, 더없이 어리석은 자는 백성이요 지극히 신령한 자 또한 백성이니, 이미 치른 역사(役事)가 비록 극도로 수고로웠으나 오히려 부득이한 일이었음을 압니다. 하지만 지금 법궁(法宮)은 이미 완성되었고 공해(公廨)는 대략 갖추어졌는데도, 여러 곳에서의 영선(營繕)이 계속 이어지고 있으니, 예컨대 열무정(閱武亭)과 영화당(暎花堂)과 같은 부류를 짓는 일과 그 밖의 온갖 수리(修

理)하는 일로서 그칠 만한데도 그치지 않는 것과 같은 것들은 모두 백성을 학대하는 정사입니다.

　그 중에서도 가장 폐해가 심한 것은, 나라의 저축이 이미 고갈된 상황에서 이어나갈 수 없게 되자 상공(常貢)[369] 외에 별도로 지정(卜定)[370]하는 것입니다. 그리하여 번갈아 만든 명목(名目)은 나오면 나올수록 더욱 새로워 앞에 징수한 것이 실려 나가지도 않았는데 뒤에 요구하는 것은 더욱 급합니다. 주현(州縣)에서는 이때를 틈타 고혈(膏血)을 더욱 심하게 짜내는데, 터무니없이 공물을 요구하는 부류가 모두 독사를 잡아다 바치는 일[371]과 같은 것들에 비할 바가 아니니, 곤궁한 백성이 산골짜기에서 목매어 죽어 나감을 형세상 면하기 어렵습니다. 아아, 백성이 거꾸로 매달림이 이때가 가장 위급하니, 항산(恒産)이 이미 없거늘 어찌 항심(恒心)이 있겠습니까.

　신들은 소란스럽게 반란을 생각하는 무리가 도당(徒黨)을 불러모아 일어난다면 극악한 간인(奸人)이 창도하고 바깥의 오랑캐가 편승하여, 토붕와해(土崩瓦解)의 형세가 아침저녁 사이에 닥쳐 구제할 수 없을까 두렵습니다. 삼가 바라건대 전하께서는 과도한 염려를 요망한 말이라고 여기지 마시고 깊은 근심을 과격한 언사라고 여기지 마시어 척연(惕

---

369 상공(常貢) : 정기적으로 바치는 공물(貢物)이다.

370 지정(卜定) : 부역이나 공물(貢物) 이외의 필요한 물품 등을 하급 관청에 책임 지워 납입하도록 하는 것을 말한다.

371 독사를……일 : 세금과 부역이 너무나 가혹하여, 백성들이 차라리 한때의 휴식을 위해 맹독을 가진 뱀을 잡는 것과 같은 위험한 일로 부세의 면제를 구하는 것이다. 유종원(柳宗元)의 〈포사자설(捕蛇者說)〉에 위험을 무릅쓰고 한 해에 바칠 독사를 잡아서 항아리에 보관하는 장씨(蔣氏)의 이야기에서 온 말이다. 《古文眞寶後集 卷5》

然)히 마음을 움직이고 획연(劃然)히 훌륭한 생각을 내어서, 긴요하지 않은 영작(營作)을 속히 중지하고 과목(科目) 외의 침징(侵徵)을 속히 제거하소서. 그렇게 하신다면 백성들에게 해를 끼치는 모든 일들이 한 번에 쓸려 제거될 것입니다.

또 백성을 다스리는 관리를 가려 보낼 때에는 인대(引對)하여 하직 인사를 받는 날에 친히 계획을 물어보시되 은혜를 베풀고 어루만져 길러주는 일로 권면하시며, 어사(御使)를 나누어 보내 탐장(貪贓)을 규찰하고 염근(廉謹)을 기리게 하되 마음을 다하여 근심을 품도록 하신다면, 불쌍한 우리 백성들이 거의 그 어미에게 젖을 얻어먹을 수 있듯이 될 것입니다. 신들이 또 듣건대, 옛날에 그 백성을 아끼고 기르는 것은, 손으로 쓰다듬어 어루만지며 음식을 집어서 먹이는 것처럼 하는 것이 아니요, 다만 재물을 손상하는 일로 백성을 해치지 않으며 농사철을 빼앗는 일로 힘을 낭비하지 않게 함으로써 그 전택에서 편안히 살고 그 생업을 이루게 하였으니, 이와 같이 하였을 뿐이었습니다. 《시경》에 이르기를 "즐거우신 군자여, 백성의 부모로다.〔愷悌君子, 民之父母.〕"라고 하였으니, 삼가 바라건대 전하께서는 유념하소서.

3. 직언을 받아들여야 함〔容直言〕

《주역》에 이르기를 "왕의 신하가 어렵고 어려운 것은 자신 때문이 아니다.〔王臣蹇蹇, 匪躬之故.〕"라고 하였고, 송유(宋儒)의 말에 이르기를 "신하가 할 말을 다함은 국가의 복이요 일신의 복이 아니다.〔人臣盡言, 國家之福, 非身之福也.〕"라고 하였으니, 몸을 잊고 나라를 위해 목숨을 바치는 것은 곧은 선비의 아름다운 절개이고, 일을 당하여 구차히 피함은 비루한 사내의 못난 행실입니다. 저 직언(直言)을 하는 선비는 우물

쭈물 미루는 것이 녹봉을 지키고 몸을 보전하는 계책이 되기에 충분함을 모르는 것이 아니라, 진실로 나라를 위하는 마음을 절로 그칠 수 없어, 우리 임금으로 하여금 허물이 있는 곳에 차마 빠지게 할 수 없기 때문에 이에 감히 면전에서 힘써 간쟁하여 위태로움과 욕됨을 무릅쓰면서도 후회하지 않는 것이니, 그 뜻은 진실로 가상하고 그 마음은 진실로 애처롭습니다. 이 때문에 옛날의 인군은 우대하여 포용하고 권유하여 나아오게 하여 오직 직언이 올라오지 않을까 두려워하였으니, 직언이 올라올 경우에는 나라가 반드시 다스려졌습니다. 하지만 더러는 사사로운 지혜를 써서 사람들이 자기의 뜻에 영합함을 기뻐하여 오직 아첨하는 말이 들리지 않을까 두려워하였으니, 아첨하는 말이 들릴 경우에는 나라가 반드시 어지러워졌습니다. 이는 필연의 이치인 것입니다.

삼가 생각건대 전하께서는, 총명(聰明)은 고금에 으뜸이요 예지(叡智)는 하늘에서 타고난 것이라서 여유를 가지며 단독으로 국정을 운용하더라도 오히려 한 시대의 일을 완수하기에 충분하니, 저 구구한 언설은 유익한 바가 없을 듯합니다. 하지만 우순(虞舜)은 신하들에게 도리에 어긋남이 있으면 잘못을 바로잡아 보필해 주기를 요구하였고, 고종(高宗)은 부열(傅說)에게 가르침을 들이라고 권면하였습니다. 이는 대개 덕이 성대할수록 뜻이 더욱 겸손해져 끝내 감히 스스로 성군(聖君)이라고 여기지 않으면서 규잠(規箴)을 폐하지 않은 것이니, 임금의 덕에 있어 언책(言責)의 역할이 큽니다.

신들이 삼가 살피건대 근래 조정에는 과감하게 바른 말을 하는 기풍이 없으며 대각(臺閣)에는 약석(藥石)으로 삼을 만한 간언이 부족하여, 대간의 소장이 사대문(四大門)에서 끊기고 문견(聞見)이 지척의 거리에 묶여 있어서, 바른 기운이 텅 비어 전혀 성세(盛世)의 기상이 없으니, 진실로 한심합니다. 아아, 입장마(立仗馬)가 한 번 쫓겨나 돌아오지 못하고,[372] 아침에 봉장(封章)을 올렸다가 저녁에 폄척을 당하기도 하니,[373] 비록 실상을 잃어 지나치고 주제넘은 말이라 성인(聖人)께서 채택하기에 부족하다면, 의견을 들어주지 않아도 괜찮고 구석으로 내던져도 또한 괜찮습니다. 그런데 우레와 번개처럼 노하심에 원근의 사람이 놀라 온 세상의 사람들이 모두 입을 닫고 혀를 묶게 하시는 것으로 말하자면 다시는 임금님께 말이 미치지 않게 되니, 신들은 한갓 천지 같은 성상의 큰 도량에 유감이 없을 수 없을 뿐 아니라 국가가 불행하여 간흉이 요로(要路)를 장악할까 두렵습니다. 그렇게 된다면 누가 화패(禍敗)를 신경 쓰지 않고 기력을 내어 직언을 하려고 하겠습니까.

옛사람이 말하기를 "직언에서 사절(死節)하는 신하를 구한다."라고

---

372 입장마(立仗馬)가……못하고 : 신하 중에 직언을 하는 자가 화를 면하지 못하는 현실을 이임보(李林甫)의 고사를 빌려 지적한 것이다. '입장마'는 천자의 의장(儀仗)으로 세운 말로, 전하여 봉록만 축내고 감히 바른말을 하지 못하는 신하를 비유하는 말로 쓰인다. 당(唐)나라 때 간신 이임보가 재상 자리에 있으면서 권력을 농단하였는데, 두진(杜進)이 정사를 논하는 상소를 재차 올리자 이임보가 그를 좌천시킨 다음, 나머지 간관들에게 "그대들은 입장마를 보지 못했는가. 종일토록 아무 소리 없이 서 있으면 3품의 꼴과 콩을 실컷 먹지만, 한 번 울었다 하면 바로 쫓겨나니 뒤에는 비록 울지 않으려 한들 되겠는가.〔君等獨不見立仗馬乎? 終日無聲, 而飫三品芻豆, 一鳴則黜之矣, 後雖欲不鳴, 得乎?〕"라고 한 데서 온 말이다. 《新唐書 李林甫傳》

373 아침에……하니 : 한유(韓愈)가 〈논불골표(論佛骨表)〉를 올렸다가 헌종(憲宗)의 분노를 사서 조주 자사(潮州刺史)로 폄척된 일을 빌려, 직언을 행할 수 없는 조정의 분위기를 비판한 것이다. 한유가 좌천되어 가는 길에 질손(姪孫) 한상(韓湘)에게 준 시에 "아침에 표문 한 장 구중궁궐에 올렸다가, 저녁에 조주로 폄척되니 길은 팔천 리로다.〔一封朝奏九重天, 夕貶潮州路八千.〕"라고 하였다. 《五百家注韓昌黎集 卷10 左遷至藍關示姪孫湘》

하였으니, 이는 빈말이 아닙니다. 삼가 바라건대 전하께서는 겸허히 받아들이는 도량을 다시 넓히고 묻기를 좋아하는 정성을 더욱 돈독히 하시어, 말이 마음에 순하거든 반드시 나의 과실을 이룬다고 하시고 말이 귀에 거슬리면 반드시 나의 덕을 도운다고 하소서. 그리하여 밝게 듣고 아울러 살피시어 덕(德)을 모아 받아들이고 펴서 베푸시어 나무꾼의 말이라도 성상의 귀에 모두 도달하게 하소서. 그렇게 하신다면 종묘 사직이 매우 다행일 것입니다. 맹자가 말하기를 "오만한 얼굴빛이 천리 밖에서 사람을 막는다."[374]라고 하였고 공자께서 말씀하시기를 "'오직 내가 말을 하면 아무도 어기지 않는 것이 즐겁다.' 하니, 한마디 말로 나라를 망하게 함을 기약할 수 있지 않겠습니까."[375]라고 하였으니, 삼가 바라건대 전하께서는 이 두 가지를 경계로 삼으소서.

4. 공도를 넓혀야 함〔恢公道〕

신들이 듣건대, 하늘은 사사로이 덮어 줌이 없기 때문에 팔황(八荒)

---

374 오만한……막는다 : 자기의 지혜를 스스로 만족스럽게 여겨 남의 선언(善言)을 받아들이지 않는 거만한 태도를 말한다. 《맹자》〈고자 하〔告子下〕〉에 "오만한 음성과 안색이 천리 밖에서 사람을 막을 것이다.〔訑訑之聲音顔色, 距人於千里之外.〕"라고 하였다.

375 오직……않겠습니까 : 노(魯)나라 정공(定公)이 한마디 말로 나라를 잃는 경우가 있느냐고 공자에게 물었는데, 이에 대한 공자의 대답 중 일부만을 취하여 인용한 것이다. 그 전문(全文)에 "말은 이와 같이 기필할 수는 없지만, 사람들의 말에 '나는 임금된 것은 즐거울 것이 없고, 오직 내가 말을 하면 아무도 어기지 않는 것이 즐겁다.'라고 하니, 만약 임금의 말이 선하여 아무도 어기는 이가 없다면 또한 좋지 않겠습니까. 만약 임금의 말이 선하지 않은데도 어기는 이가 없다면 한 마디 말로 나라를 망하게 함을 기약할 수 있지 않겠습니까.〔言不可以若是其幾也, 人之言曰, 予無樂乎爲君, 唯其言而莫予違也. 如其善而莫之違也, 不亦善乎? 如不善而莫之違也, 不幾乎一言而喪邦乎?〕"라고 하였다. 《論語 子路》

이 일정하고, 땅은 사사로이 실어 줌이 없기 때문에 만물이 번식하며, 해와 달은 사사로이 비춰 줌이 없기 때문에 빛을 받아들이는 곳이라면 비추지 않음이 없으니, 임금은 세 가지의 사사로움이 없음을 체득하여 공업과 교화를 성취합니다.[376] 공도(公道)란 천리의 올바름을 따라 평탄하게 행함이 이것입니다. 이 때문에 국가를 소유한 자는 공도를 붙들어 세워 세도(世道)를 유지하는 도구로 삼지 않음이 없으니, 어찌 하루라도 공도가 행해지지 않는데 나라를 제대로 다스릴 수 있는 경우가 있겠습니까.

신들이 삼가 살피건대, 오늘날의 공도는 거의 무너졌으니 무엇을 말함입니까? 왕자가 자기의 사사로움을 제거하고 솔선하여 스스로 광명정대한 곳에 몸을 둔다면, 신하들이 보고 감동하여 체행(體行)하지 않음이 없을 것입니다. 이런 까닭에 곧은 모양의 아래에는 그 그림자가 굽음이 없고 바람결을 따라 소리치면 그 형세가 반드시 격동하니, 이는 이치가 진실로 그러한 것입니다. 신들이 삼가 보건대, 이전 법사(法司)에 내린 하교에 이르기를 "관절(關節)[377]은 오늘날 법이 무너지는 빌미가 된다."라고 하셨으니, 아, 오늘날에 사사로움으로 공도(公道)를 무너뜨리는 것이 모두 여기에서 비롯합니다. 위대한 왕의 말씀을 벽에 걸어 놓고서, 신들은 매번 와서 우러러 볼 때마다 성상께서 오늘날의 큰 폐해를 환히 아심을 우러러 공경하였습니다. 비록 그렇지만 몸으로

---

376 하늘은……성취합니다 : 《예기(禮記)》〈공자한거(孔子閑居)〉에 "하늘은 사사로이 덮어 줌이 없고, 땅은 사사로이 실어 줌이 없고, 해와 달은 사사로이 비춰 줌이 없다. 임금은 이 세 가지 사사로움이 없는 것을 본받아 천하를 다스린다.〔天無私覆, 地無私載, 日月無私照, 王者奉三無私, 以臨天下.〕"라고 하였다.

377 관절(關節) : 뇌물을 주고 청탁하는 일을 말한다.

가르치면 따라오지만 말로 가르치면 송사(訟事)를 하니,[378] 전하께서
진실로 능히 몸소 행한 실질이 있을 수 있다면 사람들은 명령하지 않아
도 따를 것이지만, 다 극복되지 못한 사사로운 뜻이 조금이라도 남아
있으면 비록 여러 차례 수고롭게 하교하시더라도 또한 오늘날의 폐단
에 무슨 도움이 있겠습니까.

신들이 삼가 살피건대, 전하께서는 취사(取捨)에 있어 더러 애증(愛
憎)을 따르는 자취가 있으시며 조치할 때에 편벽되고 치우친 잘못을
면치 못하십니다. 이에 무지한 무리들이 망녕되이 엿보아, 왕의 말이
한번 나오기만 하면 무리로 지어 거리에서 의론하고 제수된 관원의
명단이 내려질 때마다 이서(吏胥)들이 손가락질하니, 공도가 행해지지
않음은 오로지 아랫사람만을 책망할 수 없습니다. 사류(士類)가 대치하
고 당여(黨與)가 나뉘어져, 뜻이 자기와 같은 자는 곡진히 보호해 주고
자기와 다른 자는 버젓이 배척하니, 공도가 행해지지 않음은 벼슬아치
에게서 비롯하는 것입니다. 멋대로 일을 담당하여 사람들의 말을 돌아
보지 않고서 오직 논의의 향배만을 살피고 사람의 기국(器局)이 직임에
합당한지를 따지지 않으니, 사람을 씀에 공도가 없는 것입니다. 법령이
지엄한데도 뇌물에 마음이 흔들리며 법규가 분명함에도 청탁에 기강이
해이해지니, 법을 받듦에 공도가 없는 것입니다.

아, 위로 조정에서부터 아래로 주현(州縣)에 이르기까지 크고 작은
일의 시행에 하나같이 사사로움을 따르는 문제가 있지 않음이 없으니,

---

378 몸으로……하니 : 후한(後漢)의 명재상인 제오륜(第五倫)이 당시 관리들의 가혹한
행정에 대해 아뢴 상소에 "몸으로 가르치면 따라오지만, 말로 가르치면 송사합니다.〔以
身教者從, 以言教者訟.〕"라고 한 데서 온 말이다. 《後漢書 第五倫列傳》

오늘날의 일은 아마도 해 볼 만한 것이라고는 없을 듯합니다. 비록 그렇더라도 하지 않으면 그만이거니와 하고자 한다면 또한 어찌 해 볼 만한 방도가 없겠습니까. 지금부터 계속해서 군신과 상하가 분연히 생각을 고쳐 이전의 관습을 따르지 말고, 한 개의 '사(私)' 자를 타파해서 함께 조심하고 한마음으로 공경하여 서로 경계하고 힘쓴다면, 공도는 나에게 달려 있으니, 또한 어찌 주장하여 행하는 것이 어렵겠습니까.

삼가 바라건대, 전하께서는 깨끗하고 밝은 마음을 분발하고 시원스레 결단하심으로써 요행의 문호를 영원히 막고 삿된 길을 굳게 막으소서. 그리고 마음을 중정(中正)하게 지키고 치우친 것을 통렬히 경계하시되, 국가의 큰 계책은 낭묘(廊廟)에 맡기며 조정의 청의(淸議)는 대각(臺閣)에 부치시고, 면류관을 안정되게 쓰며 옷을 늘어뜨리고 팔짱을 낀 채[379] 성대하게 정치를 행하소서. 그렇게 하신다면 신하들 중에 누가 감히 성상의 뜻을 알지 못해 허물을 자초하겠습니까. 《서경》에 이르기를 "편벽됨이 없고 편당함이 없으면,[380] 왕의 도가 탕탕하다.〔無偏無黨, 王道蕩蕩.〕"라고 하였고, 《시경》에 이르기를 "주나라 도로가 숫돌과 같으니 그 곧음이 화살과 같다. 군자가 행하는 바요, 소인이 보는 바이다.〔周道如砥, 其直如矢. 君子所履, 小人所視.〕"라고 하였으니, 삼가 바라건대 전하께서는 이 두 가지를 법으로 삼으소서.

사람을 등용함이 공정하지 않은 폐단에 대해서는 신들이 앞에서 낱낱

---

379 옷을……채 : 임금이 무위지치(無爲之治)를 행하는 것을 형용하는 말이다. 《서경》〈무성(武成)〉에 "옷을 드리우고 팔짱을 끼고도 천하가 다스려졌다.〔垂拱而天下治.〕"라고 하였다.

380 편당함이 없으면 : 대본에는 '無偶'로 되어 있는데, 《서경》〈홍범(洪範)〉에 근거하여 '偶'을 '黨'으로 바로잡아 번역하였다.

이 아뢰었습니다. 오늘날 무사(武士)를 대우함은 더욱 공도가 없으니, 이는 어째서입니까. 우리나라의 무직(武職)은 정원이 적어서 조종(祖宗) 이래로 육조(六曹) 및 각 관사와 주군(州郡)의 벼슬에 절반씩을 교대로 차임하는데, 그중 뛰어난 사람을 뽑아서 병조(兵曹)의 당상관과 승정원의 근신 반열에 제수하여 장신(將臣)의 후보로 모아 기르기까지 하였습니다. 이에 이들은 이 선발에 뽑히는 것을 영예로 여겼으므로 모두가 능력을 갈고닦을 것을 생각할 뿐 스스로를 경시하지 않았습니다.

그런데 난리를 겪은 이래로 국가에서는 정역(征役)에 급급하여 무과 시험을 널리 설행한 것이 그동안 헤아릴 수 없는데 벼슬자리는 증가하지 않고 출신자(出身者)[381]만 점점 늘어났으니, 군읍(郡邑)의 수령은 힘을 가진 음사(蔭仕) 출신과 젖비린내 나는 자제(子弟)가 열에 일곱, 여덟을 차지하고 있습니다. 또한 내삼청(內三廳), 군기시(軍器寺), 훈련원(訓鍊院)의 참하(參下)는 규례대로 사일(仕日)을 계산하여 승진하는 자리임에도 한 해에 승진하는 사람 수가 많지 않고, 삭수(朔數)를 채운 자 또한 규례대로 승진할 수 없으니, 적체되어 천전하지 못한 자가 비일비재합니다.

이른바 출신자는 발 하나 디딜 땅도 없어서 과명(科名)만 헛되이 껴안고 있을 뿐 실제로는 백도(白徒)[382]가 되어서 어쩔 수 없이 전택(田宅)을 팔아 연줄로 뇌물을 바쳐서 포진(浦鎭)의 변장(邊將) 자리를 차지하려고 합니다. 그러므로 사람들의 말에 변장에게는 일정한 빚이 있다고 합니다. 빚을 내어 관직을 얻은 자는 다시는 돌아보거나 거리끼지 않고 군민

---

381 출신자(出身者) : 무과에 급제하고 관직에 임용되지 못한 사람을 가리킨다.
382 백도(白徒) : 과거에 합격한 적이 없거나 벼슬을 하지 못하고 있는 사람을 말한다.

(軍民)에게 가혹하게 긁어모아, 끌어 쓴 빚을 갚느라 못하는 짓이 없으니, 이 또한 어찌 그들의 본래 마음이겠습니까. 조정이 이들을 대함에 너무 의지할 바가 없게 만들었기 때문에 자기를 대하는 것도 자중(自重)하지 않는 것입니다. 이러한 길을 통해 벼슬에 나아간 자는 대저 논할 가치도 없지만, 그 가운데 걸출한 무리는 침묵을 지키며 아랫자리에 침체되어 마음으로 원망하고 속으로 욕하니, 곳곳이 모두 그렇습니다.

아, 평소에 이미 그 마음을 어루만져 주지 못했는데, 위급한 때에 어찌 그 사력(死力)을 얻을 수 있겠습니까. 인주(人主)가 온 세상을 망라하여 호걸들을 부리는 것은 단지 작록(爵祿)에 의지할 뿐인데, 재능을 품고 기개를 가진 선비로 하여금 울적하게 뜻을 얻지 못하게 한다면, 이는 국가에 대단히 이롭지 않습니다. 원위(元魏)의 말엽에는 오로지 문벌(門閥)과 연자(年資)로 사람을 등용하였는데도[383] 오히려 합당함을 잃어 불순한 자질을 가진 자들이 끝내 천하를 혼란하게 함에 이르렀는데, 하물며 청탁과 뇌물로 사람을 취사하는 경우이겠습니까. 소식(蘇軾)이 말하기를 "백만 마리의 맹수를 산림에 풀어놓아 굶주리게 한다면 사람을 물지 않는 경우가 거의 없다."[384]라고 하였으니, 오늘날의

---

383 원위(元魏)의……등용하였는데도 : '원위'는 남북조 시대(南北朝時代) 북위(北魏)를 가리키는 것으로, 북위의 효문제(孝文帝)인 탁발굉(拓跋宏)이 낙양(洛陽)으로 천도한 뒤에 탁발씨를 원씨(元氏)로 바꿨기 때문에 붙은 칭호이다. 연자(年資)는 관리의 재능과 무관한, 임직(任職)의 연한과 경력(經歷)으로, 북위(北魏)의 최량(崔亮)이 고안한 관리 선발 제도인 정년격(停年格)에서의 핵심 승진 조건이다. 《魏書 崔亮列傳》

384 백만……없다 : 소식(蘇軾)의 원래 글과 다소의 차이가 있다. 〈전국임협론(戰國任俠論)〉에서 "백만 마리의 호랑이와 이리를 산림에 풀어놓아 굶주리고 목마르게 하고서 이들이 장차 사람을 물어 죽일 줄을 알지 못했으니, 세상에서 시황제를 지혜롭다고 말하는 것을, 나는 믿지 못하겠다.〔縱百萬虎狼於山林而饑渴之, 不知其將噬人, 世以始皇爲

일은 그야말로 이와 같은지라 이것이 매우 근심스럽습니다. 삼가 바라
건대 전하께서는 특별히 전관(銓官)에게 명하여 음사(蔭仕)의 길을 말
끔히 없애고 약간의 빈자리를 내어 이들 무리를 포용하여 길러서 훗날
힘을 얻는 바탕으로 삼으소서. 그렇게 하신다면 매우 다행이겠습니다.

5. 기강을 바로잡아야 함〔整紀綱〕

신들이 듣건대, 윗사람이 잡아 지키는 바를 아랫사람이 따른다고
하였습니다. 인주(人主)는 반드시 윗사람이 잡아 지키는 바를 신중히
하여 아랫사람이 따를 바를 인도해야 하니, 잡아 지키는 사람이 근엄하
고 우뚝한 체모가 있다면 따르는 사람 또한 참람하고 주제넘게 구는
문제가 없을 것입니다. 한자(韓子 한유(韓愈))가 말하기를 "천하를 잘
계획하는 자는 천하의 안위를 보지 않고 기강의 치란(治亂)만을 볼 뿐
이다.〔善計天下者, 不視天下之安危, 視紀綱之理亂而已.〕"라고 하였습니
다. 나라에 있어 기강이란 몸에 있어 혈맥과 같아서, 혈맥이 끊기고도
몸이 죽지 않는 경우란 있지 않으며, 또한 기강이 무너지고도 나라가
망하지 않는 경우란 있지 않습니다.

아, 오늘날 기강이 무너진 지가 오래되었습니다. 전하의 명령이 조정
에서 행해지지 않고 조정의 명령이 주군(州郡)에서 행해지지 않아서,
주군에서도 그 아래로 명령을 내릴 수가 없습니다. 비유컨대 혈맥이
병든 사람은 혈기가 통하지 않는지라 맥박이 있는 듯도 하고 없는 듯도
하며 혹은 가라앉았다 혹은 떠올랐다 하니, 만일 훌륭한 의원과 좋은
처방을 얻어 제때에 치료하여 엉기고 막힌 기운을 통하게 하지 못한다

智, 吾不信也.〕"라고 하였다. 《唐宋八大家文鈔 卷130》

면, 금방 죽음을 맞게 되는 것과 같습니다. 예로부터 쇠퇴한 나라라면 어찌 일찍이 기강이 확립되지 않음을 공통된 병통으로 여기지 않았겠습니까마는, 또한 오늘날처럼 심한 경우는 없었습니다.

지금 대소 신료(大小臣僚)가 마음이 해이해지고 맥이 풀려, 느긋하게 어울려 다니고 대충대충 시일을 보내면서 직사(職事)를 게을리하고 방기(放棄)함을 보통의 일처럼 편안히 여깁니다. 심지어 의관을 갖추어 반열에 나아감이 그다지 어려운 일이 아닌데도 참석하지 않는 일이 끊이지 않고, 이불을 챙겨 입직(入直)함이 전혀 괴로운 일이 아닌데도 번(番)을 거르는 일이 잇달아 생깁니다. 이는 비록 사소한 일이라 하더라도 때가 변한 것은 크니, 다른 일에 미루어 보면 똑같지 않음이 없습니다. 아, 이러한 폐습(弊習)으로 어찌 감히 부지런히 직임을 수행하도록 책려하여 군부(君父)의 어려움에 급히 달려가 그 직사에 목숨을 바치기를 바랄 수 있겠습니까. 이 때문에 완악한 아전과 사나운 노복이 본받아, 급하게 부르는데도 더욱 느긋하게 걷고 다급하게 묻는데도 더욱 작게 소리를 내고서는 걸핏하면 '오늘날 기강이 있단 말인가.'라고 하니, 이 말이 진실로 가슴을 아프게 합니다.

아아, 윗사람이 잡아 지키는 것에 무너지고 해이해지는 문제가 있음을 면치 못한다면 아랫사람이 따르는 것을 어떻게 가지런하게 하여 통일할 수 있겠습니까. 지금 공도(公道)는 행해지지 않고 형법(刑法)은 법도가 없는데, 각자 사사로움을 품고 단지 자기를 이롭게 할 줄만 알아서 나랏일을 짊어지고 자임(自任)하는 사람이 한 명도 없으니, 기강이 무너져 내려 탕연(蕩然)히 물결처럼 흘러가 버리더라도 족히 괴이할 것이 없습니다.

삼가 바라건대 전하께서는 먼저 신칙하여 면려하시고 권병(權柄)의

벼리를 총괄하며 선왕께서 이루어 놓은 법(法)을 살펴 감히 실추하지
마시어, 금석(金石)처럼 견고하게 지키고 사시(四時)처럼 미덥게 행하
소서. 명분을 어지럽히고 분수를 범하는 자는 권귀(權貴)라도 용서하지
마시며, 기강을 해이하게 하고 금법(禁法)을 저촉하는 자는 친밀한 이
라도 덮어 주지 마소서. 그렇게 하신다면 군심(群心)이 두려워 복종하
며 백관이 스승처럼 섬기어 자연히 마치 팔이 올라감에 손가락이 사역
당하고 바퀴가 돎에 바퀴통에 바퀴살이 한곳으로 모이듯 할 것이므로,
정신이 만기(萬機)에 집중되고 맥락(脈絡)이 온갖 일에 통하여, 기강이
바루어지지 않음이 없고 품절(品節)이 펼쳐지지 않음이 없을 것입니다.
《시경》에 이르기를 "힘쓰고 힘쓰는 우리 왕이시여, 사방의 기강이 되시
도다.〔勉勉我王, 綱紀四方.〕"라고 하였으니, 삼가 바라건대 전하께서는
유념하소서.

6. 궁중을 엄숙히 해야 함〔嚴宮禁〕

신들이 듣건대, 나라의 근본은 집안에 있으니 나라를 다스리고자
하는 인군(人君)은 집안을 가지런히 하는 것을 우선시하지 않은 적이
없다고 합니다. 이는 대개 집안에서 행하는 것에 법을 취할 실상이
없다면 집안을 가지런히 함으로부터 나라를 다스리는 일에까지 그 근
본이 없기 때문입니다. 집안을 가지런히 하는 법은 한 가지가 아니지만
내외의 구분을 엄숙하게 하고 연줄을 대는 길을 끊는 것이야말로 지금
의 첫 번째 급선무입니다.

아, 전하의 궁중은 엄숙하다고 이를 수 없습니다. 저 도로에 전파하
는 말과 근거 없이 떠도는 이야기는 신들 또한 감히 신뢰하지 않지만,
우선 들은 바를 말씀드리겠습니다. 근래에 삿된 도(道)가 성행하고 요

망한 설이 크게 일어나, "내가 땅을 잘 본다.", "내가 점을 잘 친다.", "내가 기도를 잘 한다."라고 하면서 어지럽게 섞여 나아와 조금도 거리 낌 없이 대궐을 사가(私家)처럼 출입하고, 심지어는 나인(內人)이 사원 (寺院)에서 향을 올리며 요사한 무당이 명산(名山)에서 복을 빕니다.

그 풍속을 좀먹어 망치며 이목(耳目)을 홀려 어지럽히는 일이 갖가지 로 놀라운데, 더구나 매달리고 의탁하며 은혜를 구하고 바라는 폐해는 이미 이루 다 말할 수 없는 지경입니다. 《시경》에 이르기를 "화락한 군자여, 복을 구하는 것이 삿되지 않도다.〔愷悌君子, 求福不回.〕"라고 하였으니, 성인(聖人)이 행하는 바가 신명(神明)에게 합한다면 기도를 일삼을 것이 없습니다. 한자(韓子 한유(韓愈))가 말하기를 "선을 행하 고 악을 행함에 따라 재앙과 경사가 각각 종류대로 이른다.〔作善作惡, 殃慶各以其類至.〕"라고 하였으니, 길흉과 화복은 사람에게 달려 있지 않 음이 없습니다. 맹자(孟子)께서 말하기를 "지리(地利)는 인화만 못하 다."[385]라고 하였으니, 풍수(風水)에 관한 말은 군자가 믿을 바가 아닙니 다. 게다가 일 가운데 정도에 해가 되는 일이라면 모두 이단(異端)의 황당하고 괴이한 술법이라서 통렬히 물리치기에도 겨를이 없어야 하는 데, 어찌 성상이 계신 곳에 출입하게 함으로써 너무도 지나칠 정도로 방금(防禁)함이 없게 하겠습니까.

전하께서는 학문의 고명함이 고금을 통틀어 탁월하시어 이치의 삿됨 과 바름을 환하게 알지 못함이 없으시니, 신들 또한 사설(邪說)에 결코 미혹되지 않으실 것임을 압니다. 하지만 유언비어가 매우 성행하여

---

385 지리(地利)는 인화만 못하다 : 《맹자》〈공손추 하(公孫丑下)〉에 "천시는 지리만 못하고 지리는 인화만 못하다.〔天時不如地利, 地利不如人和.〕"라고 하였다.

중외(中外)가 시끄러우니, 신들의 지나친 염려로는 아마 궁액(宮掖)의 사이에 있는 무식한 복첩(僕妾)이 혹시 이런 것들에 대해 운운한 일이 있는데 전하께서 들어 알지 못하신 듯합니다.

게다가 경운궁(慶運宮)은 멀리 협소한 거리에 있는데, 여염집이 바짝 붙어 있고 담장이 서로 이어져 있으므로 나인의 친척들이 그 곁에 빙 둘러 살면서 질병을 물어보고 음식을 보내니, 이는 깊숙이 떨어져 있어 서로 통하기 쉽지 않은 법궁(法宮)에 비할 바가 못 됩니다. 이 때문에 안의 말이 밖으로 나가고 밖의 말이 안에 들리게 되어, 조정이 존엄하지 못하고 체모가 매우 잡스러우니, 이것으로 보건대 법궁으로 환어(還御)하심을 더욱 조금도 지체할 수 없습니다. 삼가 바라건대 전하께서는 속히 환어하는 조처를 행하심으로써 중심에 위치하여 큰일을 도모함[386] 을 길이 공고히 하소서. 그리하여 한가하게 휴식할 때에는 늘 예법을 스스로 지키시며, 환관과 궁첩을 대할 때에는 단지 은혜로 품어 주려고 만 마시고 또한 장엄하게 대하시어, 자잘한 청을 들어주지 말며 허탄한 말을 통렬히 미워하소서. 그리하여 규문(閨門)의 가르침을 바로잡고 출입의 방금(防禁)을 엄히 하여 내외가 완전히 끊긴 듯 아득하여 서로 간섭하지 못하도록 하소서. 그렇게 하신다면 공도(公道)가 행해지고 기강이 바로잡혀서 유언비어가 절로 그칠 수 있을 것입니다. 《시경》에 이르기를 "화락하고 엄숙하게, 궁궐 안에 계시며 사당에 계시도다.[雍

---

386 중심에……도모함 : 중심에 자리를 잡아 지세(地勢)의 편리함을 획득한다는 말이다. 장형(張衡)의 〈동경부(東京賦)〉에 "저 치우친 곳에 위치하여 규모가 작은 것이 어찌 중심에 위치하여 큰일을 도모함만 같으랴.〔彼偏居而規小, 豈如宅中而圖大.〕"라고 하였다. 《六臣註文選 卷3》

雍肅肅, 在宮在廟.〕"387라고 하였고, 제갈무후(諸葛武侯)가 아뢰기를, "궁중과 부중이 모두 일체가 되어야 합니다.〔宮中府中, 俱爲一體.〕"388라고 하였으니, 이는 묘조(廟朝 종묘와 조정)와 궁궐에 계실 때에 공경이 행해지지 않음이 없으며 정사가 동일하지 않음이 없음을 말한 것입니다. 삼가 바라건대 전하께서는 유념하소서.

7. 검약을 숭상해야 함〔崇儉約〕

신들이 듣건대, 인주는 한 사람으로 천하를 기르고 천하로써 한 사람을 받들지 않는다389고 하였으니, 검약을 숭상함이 군덕(君德)에 있어서 중대한 일입니다. 대개 검약하면 사치하는 마음이 없고 사치하는 마음이 없으면 욕구가 절제되며, 검약하면 낭비가 없고 낭비가 없으면 쓰임이 절약되는 법이니, 인주가 그 욕구를 절제하여 그 쓰임을 절약한다면 나라가 충실해지고 백성들이 풍족하여 복(福)이 창대할 것입니다.

옛날의 인군은 비록 풍형예대(豐亨豫大)390의 운수를 만났을 때라도

---

387 화락하고……계시도다 : 원문과는 차이가 있다. 《시경》〈사제(思齊)〉에는 "화락하게 궁궐에 계시며, 엄숙하게 사당에 계시도다.〔離離在宮, 肅肅在廟.〕"라고 되어 있다.

388 궁중(宮中)과……합니다 : 제갈량(諸葛亮)의 〈출사표(出師表)〉에 나오는 말로, '궁중(宮中)'은 임금 주변을 가리키고, '부중(府中)'은 실제 정사가 이루어지는 조정의 관청을 가리킨다. 《古文眞寶後集 卷1》

389 인주(人主)는……않는다 : 장온고(張蘊古)의 〈대보잠(大寶箴)〉에 "한 사람으로 천하를 다스리는 것이요, 천하로써 한 사람을 받드는 것이 아닙니다.〔以一人治天下, 不以天下奉一人.〕"라고 하였다. 《古文眞寶後集 卷2》

390 풍형예대(豐亨豫大) : 재정(財政)이 풍부하여 모든 일이 막힘없이 통하고 천하가 안락함을 뜻한다. '풍형'은 《주역》〈풍괘(豐卦)〉의 괘사(卦辭)에 "풍은 형통하니, 왕이어

오히려 검약하지 못할까 두려워하였습니다. 한(漢)나라 문제(文帝) 때에는 창고에 묵은 곡식이 넘쳐났어도 십 금(十金)을 허비하지 않았으며, 송 태조(宋太祖 조광윤(趙匡胤))는 후주(後周)의 부유함을 이어받았지만 항상 옷을 세탁하여 입었습니다. 하물며 재력이 탕진(蕩盡)된 때를 당했는데 어찌 검약을 숭상하지 않고 낭비를 줄이지 않아서 백성들의 삶을 거듭 곤궁하게 할 수 있겠습니까.

우리나라는 전란을 겪은 뒤 전제(田制)가 무너져 세입(稅入)이 축나고 줄었으므로, 정공(正供)[391]에 십만(十萬)의 수량이 부족하여 나라의 재정(財政)에 한 해의 비축도 없습니다. 그 나머지 창고의 재물은 비록 그 수목(數目)이 얼마나 되는지 다 알지는 못하지만 대개는 거두는 대로 지급하는 탓에 현재 내탕고(內帑庫)에 보관된 재물이 없으니, 예로부터 천승(千乘)으로 불리는 나라치고 우리나라처럼 피폐한 경우는 없었습니다. 신들이 듣건대, 유사(有司)가 밤낮으로 헤아리고 생각하여 온 힘을 다해 세금을 거둔다고 하는데, 과거 일은 지나갔다지만 앞으로 처리할 일은 이어 나가기 어려운 실정입니다. 장래에 다행히 홍수나 가뭄, 전쟁의 재앙이 없더라도 부족한 재용(財用)으로 끝없이 소요되는 잡비를 헤아려 보면, 좋은 방책이 전혀 없습니다. 유사가 이미 고려(高麗) 말의 신하들처럼 머리를 깎고 산에 들어갈 수 없다면, 어쩔 수 없이 사직(辭職)을 청하여 면직(免職)을 구할 것이고, 면직을 구하여 허락을

야 이를 수 있으니, 근심하지 않으려면 해가 중천에 있어 비추듯이 하여야 한다.〔豐亨, 王, 假之, 勿憂, 宜日中.〕"라고 한 데서 온 말이고, '예대'는 〈예괘(豫卦)〉의 단사(彖辭)로 "예의 때와 뜻이 크다.〔豫之時義, 大矣哉.〕"라고 한 데서 온 말이다.

391 정공(正供) : 법에 정해진 세금을 뜻하는 말이다.

받지 못한다면 어쩔 수 없이 공공연하게 백성을 학대하는 일을 행할 것이니, 앞에서 아뢴 상공(常貢) 외에 별도로 지정(卜定)을 하는 따위가 이런 일입니다.

지정하는 일이 그치지 않아 백성들이 명(命)을 감당하지 못하는데도 줄일 수 있는 갖가지 잡비를 줄이지 않으니, 지금 줄일 수 있는 것으로 말씀드리겠습니다. 달뿌리풀로 엮은 발에 명주로 가선을 두르는 것은 조종(祖宗)의 검소한 덕인데 어찌 사단(紗段)으로 바뀌었단 말입니까. 홍전(紅氈)으로 문을 장식하는 것은 등록(謄錄)에 없는데 어찌 중국에서 사서 쓰는 지경이 되었단 말입니까.

심지어 궁중의 온돌을 무려 50여 곳이나 설치하였는데, 이는 모두 새로 만든 규례입니다. 온돌이 있으면 반드시 땔나무를 마련하여 태우는데, 땔나무 또한 민력(民力)에서 나오는 것입니다. 신들이 삼가 듣건대 이른바 그 사람들이 형세상 지탱하기 어려워 원망과 한탄이 길에 가득하다고 합니다. 만약 그 사람들의 가액(價額)을 더 배정해 주고자 한다면 오늘날 백성의 힘은 이에 불과하고, 더 배정하지 않고서 그 사람들에게 전적으로 책임을 지운다면 저들 또한 백성이라 필시 뿔뿔이 흩어지게 될 것이니, 신들은 전하께서 또한 여기까지 생각하셨는지 감히 알지 못하겠습니다.

궐내에 의련(衣練)을 바치는 것으로 말하자면, 비록 이전의 규례라고 하더라도 당장 다급하고 여유가 없는 때에는 마땅히 줄이고 또 줄여야 하니, 어찌 한결같이 태평한 시대의 규례로 돌아갈 수 있겠습니까. 무릇 이 몇 가지 일은 사치의 조짐이 아님이 없으니, 남상(濫觴)의 우환[392]이 이러한 정도로 그치지 않을까 두렵습니다.

근래에 민간의 풍속이 너무 사치스러운데 시정(市井)은 더욱 심하여, 화려한 옷을 입고 좋은 음식을 먹는 일을 더욱 힘껏 숭상하여 분수를 넘고 제도를 벗어나는 것을 구제할 수 없는 지경에 이르렀으니, 성중(城中)에서 비단 한 필을 쓰는 일[393]이 반드시 궁중에서 소매를 넓게 하는 데에서 비롯하지 않았다고는 못할 것입니다. 삼가 바라건대, 전하께서는 문왕(文王)의 허름한 옷[394]을 본받고 한(漢) 궁실의 익제(弋綈)[395]를 본보기로 삼아 질박함을 돈독히 숭상하고 검약을 힘써 행하소서. 그리하여 기이하고 화려한 물건과 착용하고 희롱하는 기호품(嗜好品)을 절대 마음에 머물러 두지 마시고 쓸데없는 낭비와 시급하지 않은 일을 전부 정감(停減)[396]하시되, 유사(有司)에게 거듭 명하여 한 해의

---

392 남상(濫觴)의 우환 : 예상되는 문젯거리보다 훨씬 더 일이 잘못될까 걱정된다는 말이다. 공자(孔子)가 화려한 복장을 하고 오만한 낯빛을 한 제자 자로(子路)를 나무라면서 "장강(長江)이 처음 민산에서 시작될 때, 그 근원은 잔에 넘치는 정도였다.〔江始出於岷山, 其源可以濫觴.〕"라고 한 데서 온 말이다. 《孔子家語 卷2 三恕》

393 성중(城中)에서……일 : 민간에서 유행하는 복식(服飾)이 매우 화려하고 사치스러움을 지적하는 말이다. 후한(後漢) 시대에 사치하는 풍조가 유행하여 당시 장안(長安)에 떠도는 말에, "성중에서 높은 상투를 좋아하니, 사방에서는 한 자씩이나 높아지고,…… 성중에서 넓은 소매를 좋아하니, 사방에서는 비단 한 필을 쓴다.〔城中好高髻, 四方高一尺,……城中好大袖, 四方全匹帛.〕"라고 하였다 한다. 《後漢書 馬廖列傳》

394 문왕(文王)의 허름한 옷 : 문왕이 검약을 실천하였음을 나타내는 말이다. 《서경》〈무일(無逸)〉에 "문왕이 허름한 옷을 입고서 백성을 편안하게 하고 길러 주는 일을 행하였다.〔文王卑服, 卽康功田功.〕"라고 한 데서 온 말이다.

395 한(漢) 궁실의 익제(弋綈) : 한 문제(漢文帝)가 검약을 실천하였음을 나타내는 말이다. 문제는 항상 검은 색의 올이 굵고 거친 명주인 익제로 만든 옷을 입었다고 한다. 《漢書 文帝紀》

396 정감(停減) : 백성이 조세(租稅)나 환곡(還穀) 따위를 제대로 내기 어려울 때, 나라에서 그 정도에 따라서 받지 않거나 또는 감하여 주는 일을 말한다.

조도(調度)는 모두 수입을 헤아려 지출하게 하소서. 그렇게 하신다면 거의 씀씀이를 사치스럽게 하고 재물을 손상시키는 문제가 없을 것입니다. 《서경》에 이르기를 "검약의 덕을 삼가 실천하여 영구한 계책을 생각하소서.[愼乃儉德, 惟懷永圖.]"라고 하였으니, 삼가 바라건대 전하께서는 유념하소서.

8. 상벌을 신중히 해야 함[愼賞罰]

신들이 듣건대 상을 내려 선을 권면하고 벌을 내려 악을 징계한다고 하였습니다. 인군(人君)은 하늘을 대신하여 도를 행하기 때문에, 덕이 있는 자에게 벼슬을 명하고 죄가 있는 자를 토벌하는 일은 한결같이 지극히 공평해야 하고 감히 조금이라도 사사로운 마음으로 흔들어서는 안 됩니다. 이에 상은 덕이 없는 자에게 내리지 않고 벌은 반드시 죄가 있는 자에게 가해집니다. 이런 까닭에 한 사람에게 상을 내림에 천하가 권면되고 한 사람을 주벌함에 만인이 두려워하니, 이는 상벌이 그 합당한 도를 얻은 것입니다. 진실로 합당한 도를 얻지 못한다면 어찌 인심을 외복(畏服)시키겠으며, 영웅호걸의 선비들은 그 제재를 받아들이겠습니까.

신들이 삼가 생각건대, 지금의 폐단에 대해서는 비록 상만 있고 벌은 없다고 말하더라도 괜찮으니, 무엇을 말하는 것이겠습니까. 난리가 난 뒤, 수급(首級)을 사서 군공(軍功)을 모록(冒錄)함으로써 차례를 뛰어넘어 자급(資級)을 얻은 자가 진실로 이미 많았습니다. 게다가 근래 국가에 일이 많고 대례(大禮)가 겹쳐, 관(官)의 일이 아직 마치지도 않았는데 상격(賞格)이 먼저 고려되고, 구은(舊恩)이 아직 사례되지도 않았는데 새로운 명(命)이 이어서 내려옵니다. 이에 높은 자리에 오른

자가 전후로 이어져, 고관(高官)의 반열과 초승(超陞)³⁹⁷의 작질(爵秩)을 창졸간에 일일이 셀 수가 없고, 그 밖에 하사한 물건 가운데 명수(名數)³⁹⁸가 문란하여 은혜가 이졸(吏卒)에게까지 미친 것은 진실로 이루다 말할 수 없습니다. 옛사람이 말하기를 "부유하게 하는 것은 괜찮지만 존귀하게 하는 것은 안 됩니다."³⁹⁹라고 하였으니, 이는 진실로 재신(宰臣)의 체모는 서관(庶官)의 부류와는 달라서입니다. 이에 덕 있는 자에게 명하는 벼슬은 일을 맡아 수고로움을 바치는 자리와 뒤섞어 내려서는 안 되는데, 우리 성상께서 복을 함께 누리려는 뜻 때문에 작록을 신중히 하는 선왕의 도에 혹 어긋남이 있는 듯합니다. 그리하여 명기(名器)가 날로 가벼워지고 조정이 존엄하지 못하여 분수 밖의 은혜를 희구하는 무리가 목을 늘이고 발자취를 잇게 되었으니, 진실로 사소한 일이 아닙니다.

　벌(罰)이 없다고 말한 것은 어째서입니까. 지난번 전쟁이 일어나 적군과 대치할 때에, 규율을 어긴 장수가 모두 목숨을 보전하였고 성(城)을 버린 수령이 그대로 고을의 인신(印信)을 차고 있으니, 형률(刑律)이 무너짐이 이에 이르러 지극합니다. 지난번에 혹은 어사(御史)의 탄핵으로, 혹은 대신(臺臣)의 논척으로 인해 절진(節鎭)과 수령(守令)이 의금부에 잡혀 와 갇혔는데, 그들이 저지른 죄가 모두 만장(滿贓)⁴⁰⁰에 해당

---

397 초승(超陞) : 벼슬의 차례를 건너뛰어 승진함을 말한다.

398 명수(名數) : 관직을 뜻하는 명위(名位)와 관직의 등급에 따른 예수(禮數)를 아울러 칭하는 말이다.

399 부유하게……됩니다 : 전국 시대 조(趙)나라의 열후(烈侯)가 음악을 좋아하여 자신이 총애하는 사람을 존귀하게 하려고 하는 뜻을 내비치자, 상국(相國) 공중련(公仲連)이 이를 말리며 올린 말이다. 《史記 趙世家》

하였음에도 이내 즉시 용서받아 풀려났고 복주(伏誅)된 사람은 한 명도 없었습니다. 또한 삼성추국(三省推鞫)을 받은 죄인 가운데 더러 강상죄(綱常罪)로 사형을 당해야 하는데도 해당 조(曹)에서 녹수(錄囚)할 때에 대부분 뇌물을 써서 벗어나고, 심지어 효자(孝子)가 복수(復讐)를 행한 일에 대한 옥사(獄事)를 3년이나 판결하지 않고 있습니다. 이는 대개 사정(私情)이 우세하고 공도(公道)가 상실되어 점차 형벌이 없는 시대에 이르게 된 것이니, 매우 통탄스럽습니다.

옛날 성주(成周)의 시대에는 백성들 모두가 선(善)을 행하여 집집마다 봉작(封爵)을 줄 수 있었으니,[401] 형벌을 내버려두고 쓰지 않았던 것은 진실로 당연합니다. 지금 왕자(王者)의 기강이 해이해져 간사한 아전이 법을 농락하고 있으니, 마땅히 엄격하게 다스려야 함에도 형벌을 폐하고 쓰지 않는다면 완악한 백성을 어떻게 징계하겠습니까. 아, 제(齊)나라는 공적(功績)을 숭상하는 나라이고[402] 위왕(威王)은 패자(霸

---

400 만장(滿贓) : 관리가 장물로 취득한 액수가, 장오죄(贓汚罪)의 규정상 극형에 해당하는 데에까지 이른 것을 말한다.

401 성주(成周)의……있었으니 : 교화가 사해에 두루 미쳐 온 백성들이 훌륭하였음을 말한다. '성주의 시대'는 주(周)나라 무왕(武王)의 아들 성왕(成王)이 호경(鎬京)의 동쪽인 낙읍(洛邑)에 또 하나의 도읍을 건설하여 다스린 시기로, 성왕의 숙부 주공(周公)이 조카인 왕을 잘 보필하여 주나라의 태평을 열었다고 한다. '집집마다 봉작(封爵)을 준다.'는 말은, 《한서》〈왕망열전(王莽列傳)〉에 "요순의 시대는 집집마다 다 봉할 만하였다.〔堯舜之世, 比屋可封.〕"라고 한 데에 그 표현이 보인다.

402 제(齊)나라는……나라이고 : 제나라에 봉해진 태공망 여상(呂尙)이 주공(周公)에게 한 말이다. 소철(蘇轍)의 〈상론(商論)〉에, 주공이 제나라를 어떻게 다스릴지에 대해 묻자, 태공망이 "어진 이를 높이고, 공적을 앞세우겠다.〔尊賢而尙功.〕"라고 대답한 말이 보인다. 《唐宋八家文抄 卷150》

者)의 부류입니다. 하지만 즉묵 대부(卽墨大夫)를 봉해 주고 아 대부(阿大夫)를 삶아 죽이는 조치[403]를 3년 동안 침묵하던 중에 분연히 결단하여 끝내 군신(君臣)이 외복(畏服)하게 만들었으니, 국세가 부강한 경우에는 능히 상벌의 권병을 잡아서 쇠퇴한 운을 진작시킬 수 있습니다.

지금 당당한 성조(聖朝)가 어찌 춘추 시대(春秋時代)의 일국(一國)만 못하여 줄곧 인순고식(因循姑息)하여, 세상 사람들을 장려하고 우둔한 자들을 연마하는 도구가 점차 극도로 무너져 가는데도 염려하지 않는 지경에 이르렀단 말입니까. 삼가 바라건대 전하께서는 해처럼 밝게 통촉하고 망설임 없이 시원하게 결단하시어 상을 쓰고 벌을 시행하기를 미덥게 하시고, 또 반드시 덕(德)에 있어서는 작더라도 포장하지 않음이 없게 하시며 악(惡)에 있어서는 크건 작건 위엄을 베풀지 않음이 없게 하시어,[404] 사사로운 은혜로 용서하지 마시어 한결같이 공의(公議)로 결단하소서. 그렇게 하신다면 징권(懲勸)의 권병이 마땅함을 얻지 않음이 없고, 기강의 행사가 도리에 맞지 않음이 없을 것입니다. 옛사람이 말하기를 "향기로운 미끼를 드리우면 반드시 죽으러 오는 물

---

403 즉묵(卽墨)……조치 : 제(齊)나라 위왕(威王)이, 헐뜯는 말이 있었지만 전야(田野)를 잘 개간하여 백성들의 생활을 넉넉하게 한 즉묵 대부(卽墨大夫)에게는 상으로 만가(萬家)를 봉해 주고, 반대로 왕의 측근에게 뇌물을 바쳐 칭찬하는 말이 있었지만 전야는 개간되지 않고 백성들의 생활을 가난하게 한 아 대부(阿大夫)는 가마에 삶아 죽인 고사를 말한다. 《史記 田敬仲完世家》

404 덕(德)에……하시어 : 작은 덕행이라도 표창하고 작은 악행이라도 징계하라는 말이다. 《서경》〈이훈(伊訓)〉에 나오는 말을 변용한 표현으로, "당신은 덕에 있어서는 작다고 여기지 마소서. 만방의 경사입니다. 당신은 덕이 아닌 것에 있어서는 큰 것이 아닌 작은 것이라도 행하지 마소서. 그 종사를 실추할 것입니다.〔爾惟德, 罔小. 萬邦惟慶. 爾惟不德, 罔大. 墜厥宗.〕"라고 하였다.

고기가 있다."405라고 하고 "목욕을 하면 머리털이 줄어들지만 또한 머리털이 늘어나는 유익함이 있다."라고 하였으니, 삼가 바라건대 전하께서는 유념하소서.

아아, 신들이 아뢴 것은 그 조목이 여덟 개입니다. 많은 말을 누누이 올림을 여전히 절로 그치지 못하는 것은, 진실로 나라를 다스리는 근본이 학문을 강마함에 있고 학문의 근본은 마음을 바르게 하는 데에 있으므로, 학문을 버리고 다스림을 논하며 마음을 버리고 학문을 논한다면 모두 구차하게 되기 때문입니다. 삼가 바라건대 전하께서는 자주 경연(經筵)에 나와 유신(儒臣)들을 인접하시고, 토론하고 강마(講磨)하는 일을 날마다 부지런히 하소서. 그리하여《대학(大學)》의 격치수정(格治修正)406의 방법과,《중용(中庸)》의 근독(謹獨)407의 가르침과,〈우서(虞書)〉의 정일집중(精一執中)408의 지취(旨趣)와, 선유(先儒)의 천덕왕

---

405 향기로운……있다 : 상전(賞典)을 시행하여 사람들을 권면함을 비유하는 말이다.《황석공삼략(黃石公三略)》권상(卷上)에 "향기로운 미끼를 드리우면 아래에는 반드시 죽으러 오는 물고기가 있고, 후한 상을 내리면 밑에는 반드시 용맹한 장수가 있다.〔香餌之下, 必有死魚, 重賞之下, 必有勇夫.〕"라고 하였다.

406 격치수정(格治修正) :《대학(大學)》의 8조목 가운데 4가지로, 격물(格物), 치지(致知), 수신(修身), 정심(正心)을 줄여 말한 것이다.

407 중용(中庸)의 근독(謹獨) : 신독(愼獨)과 같은 말로, 홀로 있을 때 몸가짐을 바르게 하는 것이다.《중용장구》제1장에 "숨겨진 것보다 드러남이 없고 작은 것보다 나타남이 없으니, 그러므로 군자는 그 홀로 있을 때를 삼간다.〔莫見乎隱, 莫顯乎微, 故君子愼其獨也.〕"라고 하였다.

408 우서(虞書)의 정일집중(精一執中) : 성리학(性理學)에서 말하는, 도통(道統)으로 전해진 심법(心法)이다.《서경》〈대우모(大禹謨)〉에 "인심은 위태롭고 도심은 은미하니, 오직 정밀하게 살피고 전일하게 지켜야 진실로 그 중도를 잡으리라.〔人心惟危, 道心惟微, 惟精惟一, 允執厥中.〕"라고 하였다.

도(天德王道)의 설[409]에 대해 깊은 이치를 열어 밝히고 정미하고 상세함을 체인(體認)하지 않음이 없게 하소서. 그리하여 학문을 강마하여 일심(一心)에 있는 것을 채우고 나라를 다스려 학문을 한 바의 공효를 징험하여 내외(內外)가 서로 닦이고 본말(本末)이 함께 갖추어지도록 하소서. 그렇게 하신다면 학문을 하고 다스림을 행하는 도가 극진하지 않음이 없을 것입니다.

무릇 태만한 마음보다 이기기 어려운 것은 없으니, 경(敬)으로써 태만함을 이긴다면 하늘의 재앙을 그치게 할 수 있습니다. 인자한 마음보다 확장시키기 어려운 것은 없으니, 정성[誠]으로써 그 인자함을 확장시킨다면 백성의 고통을 이에 돌보게 될 것입니다. 분노하는 마음보다 평정하기 어려운 것은 없으니, 화(和)함으로써 그 분노를 평정한다면 직언을 용납할 수 있습니다. 사사로운 마음보다 제거하기 어려운 것은 없으니, 이치로써 사사로운 마음을 제거한다면 공도(公道)를 행할 수 있습니다. 해이한 마음보다 경계하기 어려운 것은 없으니, 장엄함으로써 해이한 마음을 경계한다면 기강이 확립될 것입니다. 치우친 마음보다 바로잡기 어려운 것은 없으니, 중(中)으로써 그 치우침을 바로잡는다면 궁궐이 엄숙해질 것입니다. 공평한 마음보다 행하기 어려운 것은 없으니, 의로움으로써 공평함을 행한다면 상벌(賞罰)에 있어 합당함을

---

409 선유(先儒)의 천덕왕도(天德王道)의 설 : '선유'는 정호(程顥)이고, '천덕왕도의 설'은 임금이 사욕(私欲)이 없어야만 왕도 정치를 함께 논할 수 있다는 뜻이다. 《이정유서(二程遺書)》 권14에 "이는 성인의 마음이 순수함이 또한 그치지 않음을 볼 수 있으니, 순수함이 또한 그치지 않음은 천덕이다.……천덕이 있어야 곧 왕도를 말할 수 있으니, 그 요점은 다만 신독에 달려 있다.[此見聖人之心, 純亦不已也. 純亦不已, 天德也.……有天德, 便可語王道, 其要只在愼獨.]"라고 하였다.

이에 얻을 수 있을 것입니다. 사치하는 마음보다 제어하기 어려운 것은 없으니, 절약으로써 그 사치스러운 마음을 제어한다면 검약이 이에 숭상될 것입니다.

이는 만화(萬化)가 일심(一心)에서 근원하여 그 공효가 이와 같음에 도달한 것인데, 잡는 바는 간약하지만 미치는 바가 넓지 않음이 없습니다. 그러므로 시종일관 본원(本原)에 공(功)을 들이는 것으로 말하였습니다. 삼가 바라건대 성상께서는 사람이 엉성하고 미천하다는 이유로 그 말까지 소홀하게 여기지 마시고, 말이 진부하고 비루하다는 이유로 그 정성을 변변치 못하다고 여기지 마시어 조금이나마 받아들여 주소서.

신들은 또 드릴 말씀이 있습니다. 지난번 유신(儒臣)이 차자를 올렸을 때에 전하께서는 특별히 가납(嘉納)하시는 뜻을 보이시고 또 권면하는 조치가 있으셨으니, 이에 신들은 전하께서 언론을 좋아하고 간언을 받아들이는 성대한 뜻에 모두 감복하였습니다. 비록 그렇더라도 간언에 상(賞)을 내림이 어려운 게 아니라 간언을 따름이 귀한 것입니다. 전하께서 그 말을 쓰지도 않으면서 먼저 그 사람에게 상을 내리신다면 이는 한갓 간언에 상을 내린다는 이름만 있고 간언을 따르는 실상이 없는 것이니, 이것이 신들이 유감이 없을 수 없는 점입니다. 신들이 직임은 언관의 자리에 있고, 또 구언(求言)하는 때를 만나 어리석음을 무릅쓰고 말씀을 올림에 성상을 거스른 것이 많습니다. 하지만 구구한 정성이 충성을 바치고자 하는 마음에서 나왔으니, 죽음 또한 그 직책이거늘 어찌 감히 화를 입더라도 마다하겠습니까. 삼가 바라건대 전하께서는 살펴 주소서.

죽음집

제 13권

策 책

책 策

문(問) 천지(天地)의 이(理)라는 측면에서 본다면, 공자(孔子)께서 말한 "역(易)에 태극(太極)이 있다."라는 말[410]이 지극하다고 여겨진다. 그런데 주자(周子)는 굳이 무극(無極)이라는 말을 사용하여[411] 여기에 덧붙였는데, 이렇게 하지 않으면 오히려 미진(未盡)한 점이 있다고 여긴 것인가?

사람의 성(性)이라는 측면에서 본다면, 맹자(孟子)가 말한 "사람의 성은 선(善)하다."라는 말[412]이 지극하다고 여겨진다. 그런데 장자

---

410 공자(孔子)께서……말 : 《주역》〈계사전 상(繫辭傳上)〉에 "그러므로 역에 태극이 있으니, 태극이 양의를 낳고 양의가 사상을 낳고 사상이 팔괘를 낳는다.〔是故, 易有太極, 是生兩儀, 兩儀生四象, 四象生八卦.〕"라고 하였는데, 종래에는 《주역》의 경문에 해당하는 괘사(卦辭)와 효사(爻辭)에 대한 주석인 〈계사전〉 등 십익(十翼)이 공자에 의해 지어졌다고 여겼으므로 이렇게 말한 것이다.

411 주자(周子)는……사용하여 : '주자(周子)'는 북송(北宋)의 학자 주돈이(周敦頤, 1017~1073)로, 그의 자는 무숙(茂叔), 호는 염계(濂溪), 시호는 원공(元公)이며, 저서에 《태극도설(太極圖說)》, 《통서(通書)》 등이 있다. 특히 《태극도설》은 성리학(性理學) 우주론의 기초를 제공한 저작인데, 그 첫머리에 "무극이면서 태극이다.〔無極而太極〕"라고 언표함으로써 이전에 유학에서는 쓰지 않았던 '무극(無極)'이라는 말을 도입하였다.

412 맹자(孟子)가……말 : 맹자가 일찍이 성선설(性善說)을 강하게 주장하였는데, 송(宋)나라 성리학에서 인성(人性)을 규정하는 체계로 수용되었다. 이와 관련한 언설로, 《맹자》〈등문공 상(滕文公上)〉에 "맹자가 성은 선하다고 말하면서 그때마다 요순을 일컬었다.〔孟子道性善 言必稱堯舜〕"라고 하였고, 또 〈고자 상(告子上)〉에 "사람의 성이 선한 것은 물이

(張子)는 굳이 기질지성(氣質之性)이라는 말[413]을 사용하여 이를 충
족시키고 있는데, 이렇게 하지 않으면 오히려 미진한 점이 있다고
여긴 것인가?

무릇 대성(大聖)과 아성(亞聖)이 성(性)과 천도(天道)를 말하였거
늘, 송유(宋儒)의 말을 필요로 하는 것은 어째서인가? 아니면 후학
(後學)을 계발시키기 위해서 다시 설명하는 노력을 기울인 것일 뿐
이니, 그렇다면 실제로는 굳이 그들의 말을 필요로 하는 것은 아닌
것인가?

주자(朱子)와 육상산(陸象山)[414]이 무극(無極)의 차이점을 논한
것[415]과 순자(荀子)의 성악설(性惡說),[416] 양웅(揚雄)의 선악혼재설

아래로 내려가는 것과 같으니, 사람은 선하지 않은 자가 없으며 물은 아래로 내려가지
않는 것이 없다.〔人性之善也, 猶水之就下也, 人無有不善, 水無有不下.〕"라고 하였다.

413 장자(張子)는……말 : '장자'는 북송(北宋)의 유학자 장재(張載, 1020~1077)로,
그의 자는 자후(子厚), 호는 횡거(橫渠)이며, 저서에《정몽(正蒙)》,《역설(易說)》등이
있다. 기질지성(氣質之性)은 장재에게서 나온 말로 맹자가 주장한 성선설(性善說)에서
의 성(性)을 지칭하는 본연지성(本然之性)과 대비되는 개념인데, 다양하고 복잡한 현실
세계에서도 성의 선함을 관철시키기 위한 방편으로 도입된 것이다. 장재는 그의《정몽
(正蒙)》〈성명편(誠明篇)〉에서 "형체가 있은 뒤에 기질지성이 있으니, 이것을 잘 회복시
키면 천지의 성이 그대로 보존된다. 그러므로 기질지성을 군자는 성으로 여기지 않는
다.〔形而後, 有氣質之性, 善反之, 則天地之性, 存焉, 故氣質之性, 君子有弗性者焉.〕"라고
하여 본연지성과 구별하였다.

414 육상산(陸象山) : 남송(南宋)의 유학자인 육구연(陸九淵, 1139~1193)으로, '상산'
은 그의 호이다.

415 주자(朱子)와……것 : 주자와 육구연(陸九淵)은 일찍이 주돈이(周敦頤)의 〈태극도
설(太極圖說)〉에 나오는 무극(無極)과 관련하여, 그 말의 출처와 태극(太極), 도(道),
음양(陰陽) 등과의 위상에 관한 문제 등에 대해서 심각하게 논변한 일이 있다.《朱子大全

(善惡混在說),[417] 한퇴지(韓退之 한유(韓愈))의 성삼품설(性三品說)[418]의 주장은, 성현(聖賢)의 취지에 비추어 볼 때 어느 것이 맞고 어느 것이 그른지 가려내어서 반드시 그중에서 취사선택을 할 것인가? 아니면 그 설을 둘 다 두는 것이 서로 보완이 될 수 있는가? 학문하는 방법론의 측면에서 말한다면, 그 절목에 네 가지가 있으니, 존양(存養)과 성찰(省察),[419] 치지(致知)와 역행(力行)[420]이 그

卷36 答陸子靜〉

416 순자(荀子)의 성악설(性惡說) : 성(性)에 대한 맹자의 주장과 완전히 상반되는 것으로,《순자(荀子)》〈성악편(性惡篇)〉에 "인간의 본성은 악하다. 인간이 선하게 됨은 인위[僞]의 덕분이다.〔人之性惡, 其善者僞也.〕"라고 하였다.

417 양웅(揚雄)의 선악혼재설(善惡混在說) : 맹자와 순자의 견해를 절충한 인성(人性)에 관한 주장으로, 그의 저서《법언(法言)》〈수신〉에 "사람의 성이란 선악이 뒤섞여 있다. 선한 부분을 연마하면 선한 사람이 되고, 악한 부분을 연마하면 악한 사람이 된다.〔人之性也善惡混. 修其善則爲善人, 修其惡則爲惡人.〕"라고 하였다.

418 한퇴지(韓退之)의 성삼품설(性三品說) : 한유는 인성(人性)에 관해〈원성(原性)〉에서, "성의 품등에는 상·중·하 세 등급이 있다. 상품은 선할 뿐이고, 중품은 인도하여 위나 아래가 될 수가 있으며, 하품은 악할 뿐이다.〔性之品有上中下三, 上焉者善焉而已矣, 中焉者可導而上下也, 下焉者惡焉而已矣.〕"라고 하였다.《昌黎文集 卷11》

419 존양(存養)과 성찰(省察) : '존양'은 마음을 보존하여 성을 기르는 것〔存心養性〕을 이르며 '성찰'은 자신의 사욕을 살펴 이를 막는 것을 이른다.《중용장구(中庸章句)》제1장 주석의 말미에,《중용》본문의 "군자는 보지 않는 데에도 삼가며 듣지 않는 데에 두려워한다.〔君子戒愼乎其所不睹, 恐懼乎其所不聞.〕"라는 말과 "숨겨진 것보다 드러남이 없으며 작은 일보다 나타남이 없으니, 그러므로 군자는 그 홀로를 삼가는 것이다.〔莫見乎隱, 莫顯乎微, 故君子愼其獨也.〕"라는 말을 가리켜 "존양과 성찰의 요점〔存養省察之要〕"이라고 주하였다.

420 치지(致知)와 역행(力行) : 앎을 지극히 하는 것과 힘써 행하는 것을 말한다.《주역》〈건괘(乾卦) 문언(文言) 구삼(九三)〉에 관한 정이(程頤)의 주에서 지(知)와 행(行)의 문제를 언급하며, "이르러 갈 데를 알고 이르러 가는 것이 '치지'이다.〔知至至之, 致知

것이다. 이것을 실행하는 일이 어찌 혹시라도 성리(性理)의 밖에 있겠는가. 그 단서와 순서를 상세히 말할 수 있겠는가?

가령 제생(諸生)이 조정에 진출하여 왕의 신하가 된 뒤에 성의(誠意)와 정심(正心)의 설을 우리 임금에게 바친다면 또한 어떤 내용으로 하겠는가? 바라건대 아울러 아뢸지어다.

임인년(1602, 선조35) 별시 초시(別試初試)에 수석하였다.

답(答) 저는 듣건대 작은 언덕에 머무르는 자는 함께 산에 오를 수 없고, 단절된 웅덩이에 배를 띄우는 자와는 함께 바다에 도달할 수 없으며, 자잘한 기술을 다루는 자와는 함께 도(道)를 말할 수 없다고 하였습니다. 저는 장구(章句)나 따지는 선비로 말예(末藝)에 정신을 쓰느라 원대한 경지에 이르는 것이 막혔으니, 성(性)과 천도(天道)는 진실로 들을 수 없었습니다.[421] 지금 예위(禮闈)[422]에 나아와 밝은 물음을 받들 수 있었으니, 현미(玄微)한 이치로 가르쳐 주시고 학문(學問)의 공효(功效)로 인도해 주셨습니다. 아, 이는 자상하게 잘 이끄시려는 뜻이니 올바름을 취하지 않는다면 어찌 발명(發明)하는 바

也.]"라고 하고, 이어 "끝날 데를 알아서 끝을 내는 것이 '역행'이다.〔知終終之, 力行也.〕"라고 하였다. 《伊川易傳 卷1》

421 성(性)과……없었습니다 : 학문을 성취하지 못했다는 겸사이다. 《논어》〈공야장(公冶長)〉에 "자공이 말하기를 '선생의 문장은 들을 수 있으나, 선생께서 성과 천도를 말하는 것은 들을 수 없다.' 하였다.〔子貢曰 : 夫子之文章, 可得而聞也, 夫子之言性與天道, 不可得而聞也.〕"라고 하였다.

422 예위(禮闈) : 과거(科擧)의 회시(會試) 또는 그 회시를 치르는 장소를 지칭하며, 예조(禮曹)에서 주관하기 때문에 붙여진 이름이다. '예위(禮圍)'라고도 한다.

가 있겠습니까. 이에 고루함을 잊고 경솔히 대답합니다.

삼가 생각건대, 위와 아래에서 형상을 이루고 있는 것은 천지(天地)이지만 형상을 이루게 하는 것은 바로 천지의 이(理)이고, 천지 사이에서 명(命)을 받은 것은 사람이지만 명을 받게 하는 것은 곧 사람의 성(性)입니다. 이(理)는 물(物)이 아직 판별되지 않았을 때에도 구비되어 있어서 물에게 갖추어지지 않음이 없고, 성(性)은 태어나는 시초에 부여되어서 사람이 똑같이 얻은 바이니, 하늘에 있어서는 이(理)이고 사람에 있어서는 성인 것인데, 모두 절로 그러하여 그렇게 된 것입니다. 이런 까닭에 삼재(三才)[423]에 온축(蘊蓄)되어 충만하고 유통(流通)하며, 사단(四端)[424]에 발하여 순정(純正)하고 섞이지 않으니, 천리(天理)가 지극히 드러남과 인성이 본래 선함을 볼 수 있습니다. 비록 그렇더라도 이(理)는 은미하여 궁구하기 어렵기 때문에 그 작용이 지극하게 드러남을 볼 수가 없고, 성(性)은 선하지만 가려지기 쉽기 때문에 본체가 본래 선함을 알 수가 없습니다. 그러니 선성(先聖)께서 말씀해 주지 않았다면 어찌 그 심오한 이치를 계발할 수 있었겠으며 후현(後賢)이 설명을 하지 않았다면 누가 다시 그 은미한 뜻을 드러낼 수 있었겠습니까.

아, 선하지 않음이 없는 것은 사람의 성(性)이지만 같지 않음이 있는 것은 기질(氣質)입니다. 그러므로 아는 것에는 정밀함과 거칢의 차이가

---

423 삼재(三才) : 세 가지 근본, 기본이라는 뜻으로 천(天), 지(地), 인(人)을 말한다.

424 사단(四端) : 인의예지(仁義禮智)의 성(性)에 뿌리를 둔 인간의 순선한 정(情)으로, 측은지심(惻隱之心), 수오지심(羞惡之心), 사양지심(辭讓之心), 시비지심(是非之心)을 이른다. 《孟子 公孫丑上》

있고 익힌 것에는 순수함과 잡박함의 차이가 있으니, 그 종자(宗子)와 얼자(蘗子)의 구분이 여기에서 갈라지는 것입니다. 대저 이(理)를 궁구하고 성(性)을 극진히 함⁴²⁵은 진실로 미루어 밝히고 강학하여 연구하는 공부가 아니라면 어찌 아래로 인간의 일을 배우면서 위로 천리를 통달하는 경지에 이를 수 있겠습니까. 반드시 행해야 할 단서를 알고서 나아가야 할 차례를 밝힌다면 성리(性理)의 학문에 있어 모두 극진하게 될 것이니, 청컨대 밝게 하문하신 것을 계기로 아뢰도록 하겠습니다.

일원(一元)⁴²⁶이 아직 열리지 않아 텅 비어 어떤 조짐도 없을 때에는 태극(太極)의 이치가 미묘(微妙)하여 보기가 어려운데, 부자(夫子)께서 맨 처음 그윽하고 오묘한 이치를 넓혀 전성(前聖)이 드러내지 않은 것을 말씀하셨으니 이는 이미 지극한 일입니다. 그런데 염계(濂溪 주돈이(周敦頤))가 '무극(無極)'이라는 말로 뒤를 이은 것은 미진한 부분이 있어서 그렇게 한 것이겠습니까.

'사람들이 떳떳한 본성을 가진지라, 이 아름다운 덕을 좋아하도다.〔民之秉彝, 好是懿德.〕'⁴²⁷라고 하였고, 인간의 성(性)이 선함은 밖으로부터 나에게 녹아 들어오는 것이 아닌 법입니다. 이에 맹씨(孟氏 맹자)가 삿된 설을 물리치고 배척하여⁴²⁸ 이전에 말하지 않았던

---

425 이(理)를……함 : 《주역》〈설괘전(說卦傳)〉에 "도와 덕에 조화롭고 순조로우며 의에 맞게 하고, 이를 궁구하고 성을 극진히 하여 명에 이른다.〔和順於道德, 而理於義, 窮理盡性, 以至於命.〕"라고 하였다.

426 일원(一元) : 만물이 처음 열릴 때의 혼돈한 기운으로, 동중서(董仲舒)의 《춘추번로(春秋繁露)》〈옥영(玉英)〉에 "일원이라고 하는 것은 대시이다.〔謂一元者, 大始也.〕"라고 하였다.

427 사람들이……좋아하도다 : 《시경》〈증민(烝民)〉에 나오는 구절인데, 이는 유학(儒學)에서 인간의 본성이 선하다는 주장의 전거로 자주 인용되는 것이다.

말을 한 것이 또한 지극하다고 할 만한데도 횡거(橫渠 장재(張載))
가 기질(氣質)이라는 말을 거기에 더하였으니, 이는 불비한 점이
있어서 그렇게 한 것이겠습니까.

아, 무극(無極)과 태극(太極)은 이(理) 하나일 따름입니다. 전성(前
聖)과 후현(後賢)의 말에 비록 상세함과 소략함이 있지만 태극과 무극
의 이치는 동일하지 않은 적이 없었으니, 말하지 않았다 해도 부족한
것이 아니고 말했다 해도 많음이 되지 않습니다. 천리(天理)에 근본하
여 말하자면 성(性)이란 선하지 않음이 없고 기질을 품수한 것으로
말하자면 미악(美惡)은 같지 않으니, 이런 까닭에 형체가 있게 된 뒤에
기질지성(氣質之性)이 있는 것으로, 장자(張子 장재)의 설은 단지 나
누어 명백하게 말했을 뿐입니다. 대저 공자(孔子)는 태극의 이치를
밝혔을 뿐 남의 말을 필요로 한 적은 없으며, 맹자(孟子)는 성이 선하
다는 말을 하였을 뿐 또한 남의 말을 필요로 한 적은 없습니다. 하지만
두 사람[429]의 의론을 얻어 그 설이 더욱 드러나 후세의 학자로 하여금
모두 적확한 문견을 가지도록 하였으니, 그렇다면 애초에 필요로 한
것은 아니나 또한 필요로 하지 않았다고 할 수도 없습니다.

육씨(陸氏 육구연(陸九淵))에 이르러서는 만 가지 이치가 모두 공

---

428 맹씨(孟氏)가……배척하여 : 인(仁)과 의(義)를 둘러싼 맹자(孟子)와 고자(告子)
의 논쟁과 관련된 것으로, 고자는 인은 내적인 것인 반면 의는 외적인 것이라고 주장한
것에 대해, 맹자는 인의예지(仁義禮智)라는 인간의 성(性)은 모두가 사람에게 내재된
것이어서 "밖으로부터 나에게 녹아 들어오는 것이 아니다.[非由外鑠我也.]"라고 하였다.
《孟子 告子上》

429 두 사람 : 무극(無極)을 말한 주돈이(周敦頤)와 기질지성(氣質之性)을 논한 장재(張
載)를 말한다.

(空)이라고 하는 학문430을 가지고 구차하게 억지스런 견해를 고집하느라 혼미하여 태극과 무극의 설로 되돌아갈 줄 몰라 마침내 서로 모순(矛盾)되니, 회암(晦庵 주희(朱熹))이 어찌 변론을 그만둘 수 있었겠습니까. 또 순자(荀子)의 성(性)이 악하다는 말과 양자(揚子 양웅(揚雄))의 선과 악이 뒤섞여 있다는 논의와 한자(韓子 한유(韓愈))의 성에는 세 가지 품등(品等)이 있다는 설은 모두 흠결이 있는 것으로 천착함이 더욱 심합니다. 선유(先儒)가 이른바 신을 신고 가려운 곳을 긁는다는 격이고 너무 애매모호하다고 한 말431이 그야말로 그 병통을 꿰뚫은 것인데, 본령(本領)을 잃어 모두 성현의 뜻과 합치하지 않으니, 비록 이치에 조금 근사한 점이 있더라도 또 어찌 사람의 성(性)을 논하기에 족하겠습니까.

아, 하늘의 도(道)는 크고 성(性)의 이치는 은미하니, 크기 때문에 근본이 없는 견해로는 엿볼 수가 없고, 은미하기 때문에 비천한 식견으로는 알 수가 없습니다. 진실로 그것을 배워서 구하지 않는다면 '큰 것'은 더욱 멀어져 흐릿한 가운데에서 궁구하기가 어렵게 되고,

---

430 육씨(陸氏)에……학문 : 육상산의 학문에 대해 선학(禪學) 등의 이단에 경도되었다고 판단한 것이다. 하지만 본문의 이 말은 인성론(人性論)에 관한 비판으로 타당하지 무극(無極)·태극(太極)의 논쟁에 있어서는 적당하지 않은 지적이다. 실제로 육상산은 주돈이(周敦頤)의 무극(無極)이라는 말은 단지 노장(老莊)에서 나온 것일 뿐이라고 하며 주자(朱子)를 공박하였다.《象山全集 卷2 與朱元晦書》《朱子大全 卷36 答陸子靜》

431 선유(先儒)가……말 : 선유는 주자(朱子)를 말한다.《어찬주자전서(御纂朱子全書)》권42〈성리 일(性理一)〉에, "성인은 다만 성만 알았으니, 백가가 어지럽게 말한 것은 단지 '성' 자를 몰랐기 때문이다. 양자는 너무 애매모호하고, 순자는 또 이른바 신을 신고 가려운 곳을 긁는 겪이다.〔聖人只是識得性, 百家紛紛, 只是不識性字. 揚子鶻鶻突突, 荀子又所謂隔靴爬痒.〕"라고 하였다.

'은미한 것'은 드러나지 않아 어두운 데에서 밝히기 어렵게 됩니다. 이것이 옛날의 학자가 반드시 실지(實地)에서 공력을 쏟아 차근차근 나아가고 등급을 뛰어넘는 문제가 없었던 이유입니다.

무릇 이른바 배움이라는 것에는 그 조목에 네 가지가 있는데,[432] 네 가지에는 반드시 단서가 있고 차례가 있습니다. 진실로 먼저 그 앎을 지극히 하여 학문하는 계제(階梯)와 도에 나아가는 준칙을 삼을 수 있다면[433] 홀로 처할 때를 삼감에 안으로 잡는 공부가 더욱 엄격해지고,[434] 발하는 것을 성찰함에 밖으로 살피는 것이 더욱 자세해질 것입니다.[435] 그리하여 이미 아는 것을 통하여 더욱 궁구하되 나의 앎이 이미 이르렀다고 여기고서 그만두지 않으며, 선한 일을 보면 반드시 행하되 나의 행실이 이미 힘을 썼다고 여기고서 멈추지 않음으로써, 근본과 말엽을 아울러 갖추고 안과 밖을 서로 길러 실천을 독실하게 하여 광휘(光輝)가 밖으로 드러나도록 할 수 있다면,[436] 공력을 씀이 커져서 하루아침에 활연(豁然)히 관통하는 경지에 올라 내 마음의 앎이 극진하지 않음이 없고 성리(性理)의 오묘한 이치가 내 마음속에

---

432 배움이라는……있는데 : 위의 책문(策問)에서 언급한 존양(存養), 성찰(省察), 치지(致知), 역행(力行)을 가리킨다.

433 먼저……있다면 : 책문에서 언급한 학문의 네 조목 중에 치지(致知)의 일을 말한 것이다.

434 홀로……엄격해지고 : 책문에서 언급한 학문의 네 조목 중에 존양(存養)의 일을 말한 것이다.

435 발하는……것입니다 : 책문에서 언급한 학문의 네 조목 중에 성찰(省察)의 일을 말한 것이다.

436 그리하여……있다면 : 책문에서 언급한 학문의 네 조목 중에 역행(力行)을 말한 것이다.

포괄되지 않음이 없을 것이니, 그렇게 된다면 학문을 하는 도가 극진하게 됩니다. 그리되면 학문을 구하는 방법이 어찌 또한 먼저 행할 단서를 안 뒤에 그 나아갈 차례를 또 밝히는 것이 아니겠습니까. 글을 마치려고 함에, 집사의 말에 다시 느낌이 있어 다하지 못한 말을 덧붙여 바칩니다. 아, 선비가 천지에 태어났으니 책임이 중대합니다. 영달하여 위에 있게 되면 그 임금과 백성을 요순(堯舜) 시절의 임금과 백성으로 만들고 곤궁하여 아래에 있게 되면 의리를 강명(講明)할 수 있으니, 선비의 진퇴(進退)는 우리 도의 흥폐와 관계가 있고 그 출처(出處)는 사문(斯文)의 성쇠와 연계되어 있습니다. 짊어진 책임의 무거움이 이미 저와 같다면, 부지런히 힘을 쓰고 착실하게 공부를 하는 데에 어찌 잠깐이라도 단절이 있게 하여 성현의 경지에 도달하지 않았는데 그만둘 수가 있겠습니까. 무릇 그렇게 한 뒤에야 조정에 서서 임금을 보필하는 것이 성의(誠意)와 정심(正心)의 학문이 아님이 없고, 신하된 자의 마음을 열어 임금의 마음을 적시는 것이 모두 지극한 이치가 되어, 바야흐로 선비로서의 책임을 완수할 것입니다. 맹자가 말하기를, "내가 왕(王)을 공경하는 것처럼 하는 이가 없다."[437]라고 하였으니 이 말에 종사하여 가슴속에 새겨 두고 잃지 말아야 할 것입니다. 집사께서는 무엇으로 가르쳐 주시겠습니까? 생각건대 아마 여기에 있을 것입니다. 삼가 대답합니다.

---

437 내가……없다 : 임금이 왕도(王道)를 행하도록 충언을 올리는 것이다. 《맹자》〈공손추 하(公孫丑下)〉에, "나는 요순의 도가 아니면 감히 왕의 앞에서 말씀드리지 않았으니, 따라서 제나라 사람 가운데 나보다 왕을 더 공경하는 사람은 없을 것이오.〔我非堯舜之道, 不敢以陳於王前, 故齊人莫如我敬王也.〕"라고 하였다.

왕(王)이 다음과 같이 말씀하셨다.

치국(治國)과 평천하(平天下)를 이루는 방도는 그 요체를 얻는 데에 달려 있으니, 《중용》의 구경(九經)[438]과 《대학》의 팔조목(八條目)[439]이 서로 표리가 되어 여기에 그 규모가 갖추어져 있다. 하지만 구경은 경세(經世)의 절목에 대해서는 자세하지만 진수(進修)[440]에 대해서는 소략한데, 성의(誠意)와 정심(正心)에 관한 말은 '위정(爲政)'에 대해 대답한 장(章)[441]의 안에는 갖춰져 있지 않은 것인가? 팔조목은 진수의 공부에 대해서는 상세하지만 치국과 평천하에 대해서는 소략한데, 노인을 노인으로 대우하고 어른을 어른으로 대우하고 고아(孤兒)를 보살피는 것으로 치국과 평천하를 이루는 방도를 다하기에 충분한가?

진서산(眞西山)[442]이 《대학》의 뜻을 부연하되, 오히려 치국(治國)과

---

438 중용의 구경(九經) : 《중용》에 나오는 천하를 다스리는 아홉 가지 방법으로, 몸을 닦는 것(修身), 어진 이를 높이는 것(尊賢), 친척을 친히 하는 것(親親), 대신을 공경하는 것(敬大臣), 여러 신하들의 마음을 잘 헤아리는 것(體群臣), 백성들을 자식처럼 사랑하는 것(子庶民), 백공들을 오게 하는 것(來百工), 먼 지방의 사람을 회유하는 것(柔遠人), 제후들을 은혜롭게 하는 것(懷諸侯)이다. 《中庸章句 第20章》

439 대학의 팔조목(八條目) : 《대학》에 나오는 수신(修身)과 치세(治世)의 여러 방법으로 격물(格物), 치지(致知), 성의(誠意), 정심(正心), 수신(修身), 제가(齊家), 치국(治國), 평천하(平天下)의 여덟 가지 일을 말한다.

440 진수(進修) : '진덕수업(進德修業)'의 준말로, 덕을 향상시키고 업을 닦는 것을 말한다. 《주역》〈건괘(乾卦) 문언(文言)〉에 "군자는 덕을 진전시키고 업을 닦나니, 충신은 덕을 진전시키는 것이요, 말을 함에 그 성실함을 세우는 것은 업을 보유하는 것이다.(君子, 進德修業, 忠信, 所以進德也, 修辭立其誠, 所以居業也.)"라고 하였다.

441 위정(爲政)에……장(章) : 《중용장구》의 제20장을 일컫는 말로, 노(魯)나라 애공(哀公)이 공자(孔子)에게 정사에 관해 묻고 공자가 대답한 내용을 기록한 부분이다.

442 진서산(眞西山) : 남송(南宋)의 학자 진덕수(眞德秀, 1178~1235)로, '서산'은 그의

평천하(平天下) 두 조목을 빠뜨렸고, 구문장(丘文莊)[443]이 《대학연의(大學衍義)》에서 빠진 것을 보충하되, 또 '천덕(天德)에 짝함[配天德]'과 '천명을 두려워함[畏天命]'에 관한 설에 대해서는 언급하지 않았으니[444] 이는 무슨 소견으로 그렇게 한 것인가? 구경의 차서는 집안으로부터 국가에 이르는 것인데 '친척을 친히 함[親親]'이 당연히 먼저가 됨에도 '어진 이를 높임[尊賢]'이 그보다 앞에 있고, 친척을 친히 하는 것이 이미 '대신을 공경하는 것[敬大臣]'보다 앞에 있는데 유독 일을 맡기는 것에 대해 말하지 않은 것은 어째서인가?[445] 대신을 공경하면 현혹되지 않지만 그에 합당한 사람을 얻지 못하면 그가 혼자 일을 도맡음으로써

호이다. 자는 경원(景元), 시호는 문충(文忠)이다. 저서에 《대학연의(大學衍義)》, 《심경(心經)》 등이 있다.

443 구문장(丘文莊) : 명(明)나라 학자 구준(丘濬)으로, 자는 중심(仲深), 호는 경산(瓊山)이고, 문장은 시호이다. 진덕수(陳德秀)가 《대학》 8조목의 체제에 따라 부연하고 해설하여 《대학연의(大學衍義)》를 지었는데, 이 책에서 빠진 부분을 보충하여 《대학연의보(大學衍義補)》를 저술하였다.

444 천덕(天德)에……않았으니 : 구준(丘濬)이 《대학연의보(大學衍義補)》를 지어 《대학연의(大學衍義)》에 빠진 치국(治國)과 평천하(平天下)를 보충하였지만, 거기에도 중요한 주제가 누락되었다는 말이다. 즉 《대학연의보》에서 《대학장구》 전(傳) 10장의 "은나라가 민중을 잃지 않았을 때에는 능히 상제에게 짝했었다.[殷之未喪師, 克配上帝.]"라고 한 부분은 '배천덕(配天德)'으로, "〈강고〉에 이르기를, '천명은 일정한 곳에 하지 않는다.[康誥曰: 惟命, 不于常.]'라고 하였다."라고 한 부분은 '외천명(畏天命)'으로 하여, 별도의 제목을 달아 언설을 달았어야 했다는 의미이다. 《晦齋集 卷11 中庸九經衍義序》

445 친척을……어째서인가 : 《중용장구》 제20장의 구경(九經) 중 '친척을 친히 함[親親]'과 '대신을 공경함[敬大臣]'을 이루게 하는 방도에 있어 대신을 공경하는 방도로 제시하고 있는 '관속을 많이 두어 부릴 사람을 마음대로 맡기게 함.[官盛任使]'이 친척을 친히 하는 것의 내용으로 먼저 들어가 있어야 하지 않느냐고 설문한 것이다.

난을 일으키는 폐단을 거의 면치 못하고, 만약 이것을 염려하느라 미리 방비하는 데에 신경을 쓰다 보면 의심을 틈타 참소를 행할까[446] 하는 우려를 면치 못하니 어떻게 하는 것이 좋겠는가?

공자(孔子)께서 구경에 대해 차례를 짓고서 "이것을 행하는 것은 하나입니다."라고 말씀하였는데, 주자(朱子)는 그 하나를 '성실[誠]'이라고 해석하였으니 이는 어째서인가? 《통서(通書)》에 이르기를, "마음을 순일하게 하는 것이 요체이고 현인을 등용하는 것이 급선무이다.[純心要矣, 用賢急矣.]"[447]라고 한 것에 대해 논설하는 자가 "구경의 뜻을 깊이 얻었다."라고 하였는데, 그 뜻은 무엇인가? 만약 하나로써 행하여 구경이 모두 차서가 맞도록 하고자 한다면 장차 무엇에서부터 공부에 착수하여야 하는가?

나는 덕이 없는 사람으로 국가의 불행을 만났으니 잘 다스려지기를 원하는 마음이 절실하다. 하지만 하늘의 재해가 거듭 이르러 백성의 원망이 날로 심해지므로 위태롭고 패망하는 재앙이 아침저녁 사이에 닥칠 듯한데, 마음을 보존하고 다스림을 낼 때에 구경의 도리에 부끄러운 점이 한두 가지 일에 그치지가 않는다. 그대 대부(大夫)들은 각자이에 대해서 숨김없이 말하라. 맹자께서 말하기를, "오직 대인만이 임금의 잘못된 마음을 바로잡을 수 있다. 임금이 어질면 어질지 않은

---

446 의심을……행할까 : 한(漢)나라 소망지(蕭望之)가 자결한 뒤에 유향(劉向)이 원제(元帝)에게 상소를 올려 "임금이 의심하는 마음을 품으면 참소하는 무리가 모함을 하게 됩니다.〔執狐疑之心者, 來讒賊之口.〕"라고 하였다. 《漢書 楚元王傳》

447 통서(通書)에……급선무이다 : 《통서》는 주돈이(周敦頤)가 지은 것이고, 해당 내용은 《통서 치(治)》에 나오는 말이다.

사람이 없고, 임금이 의로우면 의롭지 않은 사람이 없고, 임금이 바르면 바르지 않은 사람이 없으니, 한번 임금의 마음을 바르게 하면 나라가 안정되는 것이다."라고 하였으니, 나는 실로 기대하는 마음이 있다.

임인년(1602, 선조35) 별시 문과(別試文科)에 병과(丙科)로 급제하였다.

신(臣)은 대답합니다.

신은 남겨진 경전을 보았고 지금 시대를 깊이 걱정하였습니다. 그리하여 심오한 뜻을 탐구하여 치란(治亂)의 근원을 거슬러 올라가고 은미한 의미를 수습하여 본말의 구분을 궁구했으니, 천하를 다스리는 대경대법(大經大法)에 있어서 대략 일찍이 그 요체를 알게 되었습니다. 이에 터득한 한 가지를 성상께 우러러 아뢰기를 늘 생각하였습니다.

삼가 생각건대 우리 정륜입극 성덕홍열(正倫立極盛德洪烈)[448] 주상 전하께서는 충년(沖年) 때부터 경술(經術)에 이미 밝으셨고, 새로 환난을 겪고서는 학문의 힘이 더욱 늘어 성인의 가르침을 마음에 보존하며 치국의 도에 정신(精神)을 쏟고 계십니다. 그래서 하늘의 위엄을 두려워하여 이에 보존하는 의리[449]를 생각하셨고 백성의 일에 힘써 공경하는 마음으로써 신중히 처분을 내리는 인자함[450]을 다하셨습니다. 그러

---

448 정륜입극 성덕홍열(正倫立極盛德洪烈) : 선조가 생시에 받은 2개의 존호(尊號) 중 첫 번째의 것으로, 1590년(선조23)에 받은 것이다.

449 하늘의……의리 :《시경》〈아장(我將)〉에 "하늘의 위엄을 두려워하여, 이에 보전한다.〔畏天之威, 于時保之.〕"라고 하였다.

450 백성의……인자함 :《서경》〈순전(舜典)〉에 "공경하고 또 공경하는 마음으로, 불쌍히 여기며 신중하게 형벌을 행한다.〔欽哉欽哉, 惟刑之恤哉.〕"라고 한 데서 온 말로, 원래는 형벌을 신중하게 내리는 것을 의미한다.

나 잘못된 정사가 제거되지 않는 것을 여전히 근심하시고 한 마디 말이라도 혹시나 빠뜨릴까 오히려 두려워하셨으므로, 옛 말씀을 상고하여 지금에 징험하시고 윤음(綸音)을 내려 많은 선비들에게 하문하셨습니다. 아, 도를 보고도 보지 못한 듯이 하심이 주(周)나라 무왕(武王)과 같으며[451] 남에게서 취하여 선을 행하심은 대순(大舜)과 같으십니다.[452] 신은 청컨대 절하고 머리를 조아려 소리를 높여 아뢰겠습니다.

신은 삼가 성상께서 내려주신 책문(策問)에, '치국(治國)과 평천하(平天下)를 이루는 방도[治平之道]'에서부터 '무엇에서부터 공부에 착수하여야 하는가?[何自而下功歟]'까지 읽었습니다. 신은 몇 번씩 반복하여 읽어 보니 몹시 황공하였습니다.

신은 듣건대 나라를 다스리는 근본은 한 사람에게 달려 있고 잘 다스리기를 도모하는 법에는 반드시 요체가 있다고 하였습니다. 대개 자그마한 하나의 몸이 억조창생(億兆蒼生)의 위에 있으니, 온갖 정무에 수응하는 것은 끝이 없고 국가의 치란(治亂)은 이에 달려 있습니다. 진실로 그 요체를 얻으면 힘은 절약되고 공효는 더욱 클 것이지만, 그 요체를 얻지 못하면 마음은 수고스럽고 공효는 날로 졸렬해질 것입니다. 이런 까닭에 천하가 잘 다스려지기를 도모하는 자는 반드시 그 강령을

---

451 도를……같으며 : '무왕(武王)'이라고 한 것은 착오인 듯하다. 《맹자》〈이루 하(離婁下)〉에 "문왕은 백성 보기를 다친 사람 보듯이 하였고, 도를 보고서도 보지 못한 듯이 여겼다.[文王視民如傷, 望道而未之見.]"라고 하였다.

452 남에게서……같으십니다 : 《맹자》〈공손추 상(公孫丑上)〉에 "대순은 이보다도 더 위대함이 있었으니, 선을 남과 함께 하시어 자신을 버리고 남을 따르시며, 남에게서 취하여 선을 행함을 좋아하셨다.[大舜有大焉, 善與人同, 舍己從人, 樂取於人, 以爲善.]"라고 하였다.

잡아야 하고 천하의 일을 이루려고 하는 자는 먼저 그 요점을 취해야 하니, 이것이 《중용》에서 구경(九經)의 법을 말하고 《대학》에서 팔조목(八條目)을 차례로 제시한 이유입니다.

그 규모(規模)가 완전히 갖추어졌으며 그 절목(節目)이 극도로 상세하니 두 책은 서로 표리(表裏)가 됩니다. 그러므로 다스려짐에 이르도록 하는 요체로 이보다 더 나은 것이 어디에 있겠습니까. 비록 그렇더라도 이를 행하는 것에는 또한 반드시 근본이 있는데, 그것은 성실[誠]과 공경[敬]에서 벗어나지 않을 따름이니, 인군(人君)이 된 자라면 어찌 힘쓰지 않겠습니까.

신은 일찍이 두 책의 뜻을 살피고 연구하였습니다. '몸을 닦음[修身]'은 구경의 근본이 되는데 '어진 이를 높임[尊賢]'으로 이었으니 《중용》의 진수(進修 진덕수업(進德修業))의 공(功)이 소략하다고 할 수 없고, 혈구지도(絜矩之道)453는 자기 자신으로부터 미루어 가는 것인데 노인을 노인으로 대우하는 데에 미쳤으니 《대학》의 정사를 다스리는 조목이 상세하지 않다고 할 수 없습니다. 이는 두 책의 뜻이 두루 갖추어져 있어 빠짐이 없는 까닭입니다.

수신(修身)과 제가(齊家)의 실질은 이를 그대로 들어서 천하(天下)에

___

453 혈구지도(絜矩之道) : 유학에서 치국평천하를 이루는 원리로 제시한 방법이다. '혈(絜)'은 헤아리는 것이고 '구(矩)'는 곡척(曲尺)으로, 자신의 마음을 미루어 남의 마음을 헤아리는 도를 말한다. 《대학장구》 전 10장에 "군자는 혈구의 도(道)가 있다. 윗사람에게서 싫었던 점을 가지고 아랫사람을 부리지 말며,……왼쪽 사람에게서 싫었던 점을 가지고 오른쪽 사람과 사귀지 말 것이니, 이것을 일러 혈구의 도라고 하는 것이다.〔君子有絜矩之道也. 所惡於上, 毋以使下,……所惡於左, 毋以交於右, 此之謂絜矩之道.〕"라고 하였다.

적용할 수 있는 것이기 때문에 진덕수(陳德秀)가 치국과 평천하를 이루는 방도를 뺀 것이니 이는 그 공효(功效)를 취하여 말한 것입니다. 성실〔誠〕과 공경〔敬〕의 설은 이미 《대학연의(大學衍義)》에 상세하기 때문에 문장(文莊 구준〔丘濬〕)이 '하늘에 짝함〔配天〕'과 '하늘을 두려워함〔畏天〕'을 말하지 않은 것은 여기에서 살필 수 있습니다.

도(道)를 진전시키는 것이 비록 집안보다 우선하는 일이지만 수신(修身)의 공(功)은 반드시 사우(師友)의 도움에 의지하는 만큼 '어진 이를 높임〔尊賢〕'이 '친척을 친히 함〔親親〕'보다 앞의 일이 되는 것입니다. 그리고 집안을 다스리는 것에서부터 조정에까지 미치는 법입니다. 친척을 친히 하는 것이 '대신을 공경하는 것〔敬大臣〕'보다 앞에 있는데 지위를 높여 주고 녹(祿)을 많이 주어 이미 친척을 권면하는 도를 다한 만큼 굳이 일을 맡기는 것은 말할 필요가 없는 것입니다.[454]

등용한 대신이 반드시 모두 어진 이가 아닌 경우에는 더러 전적으로 맡긴 데에 따른 화란이 초래되어 일을 망치는 폐단이 있습니다. 하지만 미리 그럴까 억측하여 신밀(愼密)하게 처리하고자 한다면 참소하는 무리가 모함을 일으켜 현인의 진출을 막을 우려가 있게 됨을 면치 못합니다. 만약 나에게 있는 권도(權度)를 정밀하고 적절하게 발휘하여 어긋나지 않게 한다면, 어질고 사특한 자를 분별함에 재탁(裁度)하는 일에 섞여 들지 못할 것이고, 믿고 맡기는 것을 전적으로 함에 남들이 이간하지 못할 것이니, 무릇 이른바 "현혹되지 않고 의심하지 않는"[455] 공효가

---

454 친척을……것입니다 : 166쪽 주 445) 참조.

455 현혹되지……않는 : 《중용장구》 제20장의 구경(九經) 중 '대신을 공경함〔敬大臣〕'과 '어진 이를 높임〔尊賢〕'의 공효로 제시된 것으로, "몸을 닦으면 도가 확립되고, 어진

어찌 수신(修身)의 밖에 있는 것이겠습니까.

아, 떳떳한 법의 조목이 아홉 가지이지만 이것을 행하는 것은 하나입니다.[456] 이른바 '하나〔一〕'라고 하는 것은 '변치 않고 뒤섞이지 않음〔不貳不雜〕'을 일컬음이니 주자가 '성실〔誠〕'로 해석한 것이 마땅합니다. 또 마음이 순일하지 않으면 어진 이를 등용하지 못하고 어진 이를 등용하지 못하면 교화를 펼 수가 없으니, 이것이 《통서(通書)》에 대해 구경의 뜻을 깊이 얻었다고 말한 까닭입니다.

아, 몸을 성실하게 하는 근본은 선(善)을 밝히는 데에 있으니, 선을 밝히지 못하면 성실을 행하는 일에 발을 붙이고 착수할 수가 없습니다. 여기에 공력을 써서 이른바 변치 않고 뒤섞이지 않는 이치를 순일하게 한다면, 하나로써 행하는 일이 오로지 여기에 달려 있을 것이고 구경(九經)의 차례 또한 조리가 있어 어지럽지 않게 될 것입니다. 삼가 바라건대 전하께서는 힘써 유념하소서.

신은 삼가 성상께서 내려 주신 책문에 '나는 덕이 없는 사람으로〔予以否德〕'에서부터 '한두 가지의 일에 그치지 않는다.〔不一其事〕'까지 읽었습니다. 신은 몇 번씩 반복하여 읽어 보니 몹시 황공하였습니다.

신이 삼가 살펴보건대 전하께서는 성스럽고 지혜로운 자질로 어렵고 큰 왕업을 이어받아, 위태로운 운수(運數)를 능히 안정시키시고 유신

이를 높이면 의혹되지 않고, 친척을 친히 하면 숙부와 형제들이 원망하지 않고, 대신을 공경하면 현혹되지 않게 된다.〔修身則道立, 尊賢則不惑, 親親則諸父昆弟不怨, 敬大臣則不眩.〕"라고 하였다.

456 떳떳한……하나입니다 : 《중용장구》 제20장에, "무릇 천하 국가를 다스림에 구경이 있으니, 이를 행하는 것은 하나이다.〔凡爲天下國家有九經, 所以行之者一也.〕"라고 하였다.

(維新)457의 이치를 천명하고자 하시어, 신고(辛苦)한 처지에 있으면서 편히 쉴 겨를도 없으십니다. 〈요전(堯典)〉의 공경히 따른다는 가르침458을 잘 아시므로 하늘을 공경하는 것이 지극하시고, 〈주고(周誥)〉의 갓난아이 보호하듯 한다는 가르침459을 생각하시므로 백성을 보살피는 것이 깊으십니다. 이에 하늘의 마음에 능히 합당하여 서징(庶徵)460이 각각 때에 따라 이르며 생민이 안정되어 필부(匹夫)가 모두 제 살 곳을 얻어야 마땅한데, 근년 이래로 괴이한 기운이 이변을 초래하여 백성들의 원한이 떼로 일어나는 것은 어째서입니까.

하늘의 변고로 말하자면, 순음(純陰)은 불어나 줄어들지 않고 태양(太陽)은 어두워 빛이 없어서, 시월의 일월(日月)이 서로 만나는 때에 천둥 번개가 번쩍번쩍 치고 열흘 사이에 우박(雨雹)이 이틀이나 발생하였습니다.461 그 밖에 수한(水旱 수재와 한재)과 풍뢰(風雷 바람과 우레)

---

457 유신(維新) : 옛 제도나 법을 혁신하여 새로운 정치를 여는 것이다. 《시경》〈문왕(文王)〉에, "문왕이 위에 계시어, 아, 하늘에 밝게 계시니, 주나라가 비록 오래된 나라이나, 천명은 새롭도다.〔文王在上, 於昭于天. 周雖舊邦, 其命維新.〕"라고 한 데서 온 말이다.

458 요전(堯典)의⋯⋯가르침 : 《서경》〈요전(堯典)〉에 나오는 경구를 취한 것으로, "이에 희씨(羲氏)와 화씨(和氏)에게 명하여 하늘의 뜻을 경건하게 따라 일월성신의 운행을 관측하여 백성에게 농사철을 경건하게 알려주게 하였다.〔乃命羲和, 欽若昊天, 曆象日月星辰, 敬授民時.〕"라고 한 말이 보인다.

459 주고(周誥)의⋯⋯가르침 : '주고'는 《서경》〈강고(康誥)〉를 말하는 것으로, "마치 갓난아기를 보호하듯이 하면 백성들이 편안히 다스려질 것이다.〔若保赤子, 惟民其康乂.〕"라고 한 것을 말한다.

460 서징(庶徵) : 홍범구주(洪範九疇) 가운데 여덟 번째 조목으로, '비오는 것〔雨〕', '햇빛 나는 것〔暘〕', '더운 것〔燠〕', '추운 것〔寒〕', '바람 부는 것〔風〕'을 말한다. 《書經 洪範》

의 변고 및 초목과 곤충의 요사스러움이 발생하지 않은 날이 거의 없을 정도로 거듭 나타나고 있습니다. 그리고 백성의 고통으로 말하자면, 은택은 꽉 막혀 밑으로 내려가지 못하고 지극한 생각은 백성들을 보기를 다친 사람 보는 것처럼 아끼시는 마음[462]에 드러나지 못하였습니다. 그래서 백성들은 대동(大東)에서는 북과 바디가 비었다[463]고 읊조리며 골짜기에는 이산(離散)하여 철철 우는 상황[464]이 벌어져, 이마를 찌푸리며 서로 말하고 골치를 아파하며 서로 원망하는 지경이 되었으니, 곤궁하여 스스로 보존하지 못하여 이리저리 전전하며 도적이 되었습니다.

아, 하늘의 도를 공경하고 높이는 때에 경책(警責)하는 이변이 생겨나고, 불쌍한 사람에게 은혜를 입혀 생기를 북돋아 주는 시기에 생업에 즐거운 백성이 없는 것은 어째서입니까. 모르겠습니다만, 공경하고 높이는 도리에 미진한 점이 있으며 은혜를 입혀 생기를 북돋아 주는 실상

---

461 시월의……발생하였습니다 : 인군을 경계해야 할 여러 기상이변(氣象異變)이 발생한 것이다. 《시경》〈시월지교(十月之交)〉에 "천둥 번개가 번쩍번쩍 치니, 편안하지 못하며 좋지 못하도다.〔爗爗震電, 不寧不令.〕"라고 하였다.

462 백성들을……마음 : 《맹자》〈이루 하(離婁下)〉에 "문왕은 백성들 보기를 다친 사람 보는 것처럼 하였다.〔文王, 視民如傷.〕"라고 하였다.

463 대동(大東)에서는……비었다 : 백성의 비참한 현실을 비유한 것이다. '대동'은 동방에 있는 큰 나라라는 의미로 제후국을 가리키는데, 제후국의 백성들이 부역에 시달리느라 길쌈할 시간도 없음을 말한다. 《시경》〈대동(大東)〉에 "소동과 대동에, 북과 바디가 모두 비었도다. 썰렁한 칡신이여, 서리를 밟을 수 있도다.〔小東大東, 杼柚其空. 糾糾葛屨, 可以履霜.〕"라고 하였다.

464 골짜기에는……상황 : 흉년이 심하게 들어 서로 헤어져서 울고 탄식하는 것이다. 《시경》〈중곡유퇴(中谷有蓷)〉에 "골짜기 속에 익모초가 있는데, 습지에 있는 것도 말랐도다. 여자가 이별하여서, 철철 우노라. 철철 우는데, 슬퍼한들 무슨 소용이 있으리.〔中谷有蓷, 暵其濕矣. 有女仳離, 啜其泣矣. 啜其泣矣, 何嗟及矣.〕"라고 하였다.

에 지극하지 못한 점이 있는 것입니까. 신은 소원한 처지로 초야에서 몸을 움츠리고 사느라 임금께 다가갈 문이 막혀 있어, 이것을 초래한 연유와 구제할 책략에 대해 감히 망녕되이 아뢸 수 없습니다. 하지만 물결을 따라 근원으로 거슬러 가고 단서를 잡아 근본을 구한다면, 또한 어찌 한두 가지 말할 만한 것이 없겠습니까.

신은 듣건대, "황천(皇天)은 특별히 친한 사람이 없으니 덕이 있는 사람을 친하게 여긴다. 민심은 항상 그리워하는 사람이 없이 인자한 자를 그리워한다."465라고 하였으니, 만약 전하의 덕이 위로 황천과 짝하기에 충분하고 전하의 인자함이 아래로 민심을 결속하기에 충분하다면 괜찮을 것입니다. 하지만 안으로 반성하여 조금이라도 마음에 부족하게 여기시는 것이 있다면, 하늘을 공경하더라도 하늘이 전하의 성심(誠心)을 받아주지 않고 백성의 일에 힘을 쓰시더라도 백성이 그 은택을 입지 못함이 이상할 것이 없습니다.

신은 듣건대, 옛날에 수신하고 반성하는 도는 "실속으로 하고 겉치레로 하지 않는다."466라고 하였으니, 한번이라도 경계하고 두렵게 하는

---

465 황천(皇天)은……그리워한다 : 《서경》에 나오는 말들을 섞어서 인용한 것이다. 〈채중지명(蔡仲之命)〉에 "황천은 특별히 친한 사람이 없다. 덕이 있는 사람을 도와줄 뿐이다. 민심은 일정하지 않다. 은혜를 베푸는 자를 사모할 뿐이다.〔皇天無親, 惟德是輔. 民心無常, 惟惠之懷.〕"라고 하였고, 〈태갑 하(太甲下)〉에 "하늘은 친히 하는 사람이 없이 능히 공경하는 자를 친히 하시며, 백성들은 항상 그리워하는 사람이 없이 인자한 자를 그리워합니다.〔惟天無親, 克敬惟親, 民罔常懷, 懷于有仁.〕"라고 하였다.

466 실속으로……않는다 : 《한서(漢書)》〈괴통전(蒯通傳)〉에 나오는 표현으로, "백성을 감동시키는 데에는 행동으로 하고 말로 하지 않으며, 하늘에 응답하는 데에는 실속으로 하고 겉치레로 하지 않는다.〔動民以行不以言, 應天以實不以文.〕"라고 하였다.

일이 발생하면 반드시 직언을 널리 구함으로써 선(善)을 보충하여 잘못을 바로잡으며, 자신을 엄하게 질책함으로써 허물을 고치기를 힘써 스스로 새롭게 해야 합니다. 지금 전하께서 하늘에 응답하는 도가 여기에서 나오지 않으니 덕이 황천에 짝한다고 말할 수는 없습니다. 옛날에 백성을 보전하는 방도는 자식처럼 돌보는 것이었으니, 혹독한 추위와 무더운 장마가 생기면 탄식하는 일이 있을까 걱정하였으며, 위로해 주고 이르게 하며 어루만지고 사랑해 주는 데도 오히려 백성들이 상할까 두려워하였습니다. 그래서 그들을 부릴 때에는 반드시 때에 맞게 하였고 일을 시킬 때에는 반드시 잘 따르는지를 살폈습니다. 지금 전하께서 백성을 품어 주고 보호하는 도리에 있어 혹시 여기에 부끄러운 점이 있다면 전하의 인자함이 민심을 결속한다고 말할 수는 없습니다. 그렇다면 또한 어찌 스스로 반성하여 자신에게서 구하지 않겠습니까.

아, 구경(九經)의 실질은 성실[誠]에서 벗어나지 않으니, 성실을 쓰는 방도를 다할 수 있다면 이로써 하늘을 섬기며 이로써 백성에 임하여 어떤 상황에서든 그 도를 얻을 것입니다. 지금 전하께서 근심하는 것이 이러하시니, 신은 성실을 쓰는 것이 부족하여 구경의 뜻에 부끄러움이 있는 것이 아닌가 합니다. 삼가 바라건대 전하께서는 성실에 힘을 붙여 진실을 행하고 거짓됨이 없게 하시며 안으로 흡족하게 하여 밖으로 미루어 가소서. 하늘에 응답하는 때에는 털끝만큼의 사사로운 잘못도 더하지 말아 벌벌 떨듯이 두려워하시고, 정사를 시행하실 때에는 한 생각이라도 행여 게을러지게 하지 말아 또렷이 각성한 듯이 잡아 지키시어, 나의 마음으로 하여금 천지의 도에 합하여 순수함이 또한 그치지 않게 하며, 나의 마음으로 하여금 만백성의 마음과 하나가 되어 피차가

융화되게 하소서. 그리하여 성실하고 또 성실하게 하여 한 호흡의 사이
에서도 중단됨이 없고 하루나 이틀 사이에 혹시라도 외물에 얽매이지
않도록 한다면, 조화로운 기운이 상서로움을 불러와 재이(災異)가 이에
끊어질 것이고 민생(民生)이 다 이루어져서 백성들이 편안히 살게 될
것입니다. 삼가 바라건대 전하께서는 이 점을 살피시어 더욱 성인(聖
人)의 공업에 힘쓰소서.

신은 삼가 성상께서 내려주신 책문에 '그대 대부들〔子大夫〕'에서부터
'나는 실로 기대하는 마음이 있다.〔實有望焉〕'까지 읽었습니다. 신은 몇
번씩 반복하여 읽어 보니 몹시 황공하였습니다.

신은 학술(學術)은 거칠고 졸렬하며 문견(聞見)은 짧고 천박하여,
버선을 풀어 헤친 실오라기처럼467 하나의 장기(長技)도 없고 광인이
떠벌리는 말처럼 천 가지 생각 중에서 하나도 들어맞는 것이 없으니,
속에 쌓아둔 것을 다 쏟아내 본들 어찌 성화(聖化)에 조금이라도 도움
이 되겠습니까. 하지만 말씀이 이르렀는데 말씀을 올리지 않는 것은
예(禮)가 아니고, 말씀을 올리되 다 말하지 않는 것은 충성이 아니므로
문득 절로 그치지 못하겠기에 다시 말씀을 아룁니다.

신은 듣건대, 성실을 쓰는 방도에 있어서 학문을 하는 공(功)보다
절실한 것이 없다고 하였습니다. 배움에 있어 나아갈 방향을 알지 못하
면 선을 밝히는 공에 있어서도 행할 단서를 알지 못할 것이니, 또 어찌

---

467 버선을……실오라기처럼 : 자신의 재주가 하찮음을 나타내는 겸사로 쓴 말이다.
오대(五代) 시대 한소(韓昭)란 인물을 두고 조사(朝士) 이태하(李台瑕)가 평하기를, "한
팔좌(韓八座)의 기예는 마치 버선의 실오라기를 헤쳐 놓음에 한 가닥도 긴 것이 없는
것과 같다.〔韓八座事藝, 如拆襪線, 無一條長.〕"라고 하였다. 《類說 卷43》

천리와 인욕의 나눔을 살펴서 변치 않고 뒤섞이지 않는 도를 행할 수 있겠습니까. 대개 나의 한 생각에서부터 북돋아 주고 함양하며 이루어 주고 도와줌으로써 천지와 더불어 공(功)을 함께하는 효험을 거두는 것이니, 어찌 말미암아 시작할 바를 몰라서야 되겠습니까. 그러므로 주자(朱子)는 《중용》에서 화육(化育)의 공을 찬미하여 "이는 학문의 지극한 공효이다."라고 하였고[468] 또 그 묘함으로 공손함을 돈독히 함에 천하가 태평해지는 데에 이르는 성대함을 찬미하였으니,[469] 이는 학문이 성실히 함의 근본이 되는 까닭일 것입니다.

지금 전하께서는 배움을 이어 밝혀 광명함에 이르렀으니, 어리석은 신이 말씀드린 것을 급하게 여기시지는 않을 것이 당연합니다. 하지만 이렇게 구구하게 말씀을 드리는 것은 임금을 사랑하는 신의 정성으로 볼 때에, 임금의 덕이 이미 지극하다고 여기지는 못하기에 간절히 아뢰기를 그치지 않는 것입니다. 삼가 바라건대 전하께서는 이것을 살펴주소서. 신은 삼가 백번 절하고 대책(對策)을 올립니다.

---

468 주자(朱子)는……하였고 : 《중용집주(中庸集註)》제1장에, "중화를 이루면 천지가 제자리에 위치하고, 만물이 길러진다.〔致中和, 天地位焉, 萬物育焉.〕"라고 하였는데, 주자는 이에 대해 "이는 학문의 지극한 공효이고 성인의 능한 일이다.〔此學問之極功, 聖人之能事.〕"라고 주를 내었다.

469 그……찬미하였으니 : 《중용집주(中庸集註)》제33장에 "《시경》에 이르기를 '드러나지 않는 덕을 여러 제후들이 본받는다.'라고 하였다. 이 때문에 군자가 공손함을 돈독히 하면 천하가 태평해지는 것이다.〔詩曰, 不顯惟德, 百辟其刑之. 是故君子篤恭而天下平.〕"라는 하였는데, 주자는 이에 대해 "공손함을 돈독히 함에 천하가 태평해짐은, 바로 성인의 지극한 덕이 깊고 은미하여 자연히 나타나는 효응이니, 중용의 지극한 공효이다.〔篤恭而天下平, 乃聖人至德淵微自然之應, 中庸之極功也.〕"라고 하였다.

죽음집

제14권

제문
祭文

제문 祭文

하교에 의해 지은 기우제 제문
教祈雨祭文

종묘 구실 宗廟九室

훌륭한 군주이신 선왕께서는	先后烝哉
아 하늘에 밝게 계시니	於昭于天
상제의 좌우에 계시며	在帝左右
우리 백성을 보우하시네	佑我民焉
백성이 지금 가뭄에 고통 받아	民今罹旱
죽음이 가까이 왔거늘	大命近止
어찌하여 내게 차마 이렇게 하며	胡寧忍予
정결한 제사를 흠향하지 않으시는가	不享禋祀
가여운 우리 백성은	哀我民斯
선왕께서 남겨 두어 기르셨으니	先后遺育
바라건대 이들을 불쌍히 여기시어	庶幾憫斯
속히 은택 내려 땅을 적셔 주소서	亟需玄澤

종묘 십실 宗廟十室

밝고 밝으신 우리 선조께서	明明我祖
뜰을 오르내리시니	陟降庭止
남겨 주신 은택 다 끊기지 않아	遺澤不斬
백성이 그 복을 받았네	民受其賜
나는 덕이 없어	惟予否德
하늘에서 죄를 얻었기에	獲戾于天
절기에 어긋나게 항상 볕이 내리쬐어	恒暘愆候
산천이 바싹 말랐네	滌滌山川
죄가 내 몸에 있으니	罪在予躬
지금 사람에게 무슨 죄가 있는가	何辜今人
언제쯤 편안함을 내려 주시어	曷惠其寧
은혜로운 비가 고르게 내릴 것인가	霈澤斯勻

동방 동해 東方東海[470]

신은 동쪽에 자리하여	神宅于東
만물을 생장시킴을 맡았으니	生物是職
그 은택이 두루 미쳐	厥施斯普
만물을 모두 잘 이루어 주네	咸遂蠢植
봄부터 여름까지	自春徂夏
어찌하여 그 은택을 아끼시는가	胡嗇其澤

---

470 동방 동해(東方東海) : 조선시대 바다의 신에게 제사 지내는 세 곳 중의 하나인데, 양양(襄陽)에서 동해의 신에게 제사를 지냈다.《新增東國輿地勝覽 卷2 備考編 京都》

씨가 땅에 박히지 못하니	種不入土
밭을 갈지도 못하는데 어찌 거둘 수 있으리오	弗耕寧獲
속히 단비를 흠뻑 내려	亟需甘澍
우리 농사에 은택을 베푸소서	膏我稼穡
신의 수치가 될 일을 하지 말고	無作神羞
나의 서직⁴⁷¹을 흠향하소서	享我黍稷

남방 악해독 南方岳海瀆⁴⁷²

산과 바다는	維岳與海
신명이 머무는 곳이니	神明攸舍
이 화유⁴⁷³를 진무하여	鎭玆火維
이 여름을 다스린다네	載理時夏
여름철 농사지을 때인데	屬當南訛
극심한 더위가 심해져	愆暘歊赫

---

471 서직(黍稷) : 찰기장과 메기장으로 널리 오곡(五穀)을 가리키는데, 또한 제물(祭物)을 일컫는 말이다. 《서경》〈군진(君陳)〉에 "지극한 정치는 향기로워 신명을 감동시키니, 서직이 향기로운 것이 아니라 밝은 덕이 향기로운 것이다.〔至治馨香, 感于神明. 黍稷非馨, 明德惟馨.〕"라고 하였다.

472 남방 악해독(南方岳海瀆) : '악해독'은 큰 산과 바다와 큰 강을 말하는데, 조선시대 때 국가에서 중사(中祀)로 지정하여 이들 신에게 제사지냈다. 즉 우리나라에 소재한 큰 산 네 곳과 바다 세 곳과 큰 강 네 곳에 제사를 지냈는데, 남방의 악해독 제사는 각각 지리산(智異山), 나주(羅州), 웅진(熊津), 가야진(伽倻津)에서 사당 또는 단을 설치하여 거행하였다. 《經國大典 禮典 祭禮》《新增東國輿地勝覽 卷2 備考編 京都》

473 화유(火維) : 남방(南方)을 뜻하는 말로, 오행설(五行說)에 남방은 화(火)에 속하므로 이렇게 부르는 것이다.

길러 주는 공이 없으니　　　　　　　　　　功罔長養

천리 땅 온통 황폐하게 되었네　　　　　　千里一赤

규벽(奎璧)을 다 올렸는데도　　　　　　　靡璧不卒

어찌 나의 정성을 흠향하지 않으시는가　胡莫予歆

세차게 퍼붓는 비를　　　　　　　　　　沛然下雨

지금 당장 내려주소서　　　　　　　　　庶其迨今

중앙 악독 中央岳瀆[474]

더없이 높은 산이요　　　　　　　　　　莫高維岳

더없이 깊은 물이니　　　　　　　　　　莫濬維瀆

나라 한가운데 자리잡아　　　　　　　　中國而位

이 만물을 윤택하게 하네　　　　　　　　潤玆品物

그런데 어찌 한발이　　　　　　　　　　胡令旱魃

포악과 해악을 부리도록 하여　　　　　　肆厥虐害

농사철이 다 지나도록　　　　　　　　　月彌三農

한 번 비 내리는 은택을 아끼는가　　　　澤靳一霈

우리 백성은 죄가 없으니　　　　　　　　我民無辜

어찌 비통하지 않겠는가　　　　　　　　寧不盡傷

바라건대 주룩주룩 비를 내려　　　　　　庶俾滂沱

우리 사방을 두루 적시게 하소서　　　　遍我四方

---

474 중앙 악독(中央岳瀆) : 중앙의 큰 산과 큰 물로, 이곳의 신에게 제사를 지낸다.
중악(中岳)은 삼각산(三角山), 중독(中瀆)은 한강을 가리킨다.《新增東國輿地勝覽 卷2
備考編 京都》

이 장령[475] 흡 에 대한 제문 무신년(1608, 선조41)

祭李掌令文 洽 戊申年

만력(萬曆) 모년 모삭 모일에 봉직랑(奉直郎) 겸 삼도해운판관(兼三道海運判官) 조모(趙某)가 삼가 변변찮은 제수로 고(故) 통훈대부(通訓大夫) 행 사헌부장령(行司憲府掌令) 이공(李公)의 영전에 경건히 제사드립니다.

아아, 애통합니다. 부자(夫子)께서는 지금 돌아가셨습니다. 옛날에 제가 부자를 뵙지 못했을 때에는 부자와 친한 사람을 통하여 그 사람됨을 들었고, 이윽고 또 그 모습을 보며 그 말씀을 듣고서는 그 마음을 알았으며, 또 서로 함께 가까이 있으면서는 그 행실을 믿었습니다. 무릇 아직 보지 않았을 때에는 사모하였고, 이미 보고난 뒤에는 기뻐하였으니, 기뻐하게 되자 친하고 소중히 여기며 아끼고 공경하기에 이르렀습니다. 이는 그 앎이 점차로 이뤄져 갑작스럽지 않았고, 함께 지냄이 실상이 있어 공허하지 않은 것이니, 제가 부자를 사귐은 깊고 친했다고 이를 만합니다. 모르겠습니다만 부자께서 저를 보심이 어떠하셨는지요.

아, 저는 부자보다 스물여섯 해 뒤에 태어났고, 벼슬살이 또한 이십 년이 늦었으니, 그 차이가 아득하여 서로 가깝게 이어질 사이가 못

---

475 이 장령(李掌令) : 이흡(李洽, 1549~1608)으로, 이흡의 본관은 한산(韓山), 자는 화보(和甫), 호는 취암(醉菴)이다. 1582년(선조15) 식년 문과에 급제한 후 정언, 헌납 등의 요직을 지냈는데, 최영경(崔永慶) 옥사사건으로 인하여 관직을 삭탈당하고 귀양을 갔다가 6년 만에 풀려난 뒤 이듬해 죽었다. 저서에《취암이공실기(醉菴李公實記)》가 전한다.

됩니다. 그런데도 지우로 대접해 주신 예(禮)가 친구나 동료와 차이가 없었으니 이것이 어찌 인척간의 의리[476]로 이룰 수 있는 일이겠습니까. 하지만 저를 하찮게 여기지 않고 힘써 장려해 주셨으니 나이를 잊고 세력을 잊음이 바로 옛사람의 교제와 같았습니다. 이는 실로 부자께서 마음을 비우고 남을 대하여 격식을 따지지 않은 까닭에 사람들로 하여금 자연히 성심으로 서로 신뢰하게 만든 것이니, 저는 단지 그 범위 안에 있는 사람일 뿐이었습니다.

이 때문에 뒤따라 다닐 때마다 즐겁고 화락하였으니, 입을 열어 웃으면서 담소하였고 마음을 펼쳐 속에 있는 것을 다 드러내었습니다. 술을 마시기만 하면 다 마셔, 술잔을 주거니 받거니 낮과 밤을 이어 마시고 하루 또 이틀을 연이어 마셨으니, 비록 숙(叔)이나 백(伯)이 부르면 화답하며,[477] 백씨(伯氏)와 중씨(仲氏)가 질나발 불고 젓대로 화답하는 일[478]로도 기뻐하고 좋아함을 비유하기에 충분치 않은 것이었습니다.

아아, 부자는 기운이 온화하고 행실이 방정하며 지킴이 확고하고

---

476 인척간의 의리 : 조희일(趙希逸)의 작품에 이흡(李洽)의 동생인 이위(李湋)에 대한 만사와 제문이 있는데, 이위에 대한 제문에도 역시 인척임을 나타내는 글귀가 있고 만사에는 '인숙(姻叔)'이라고 칭하였다. 하지만 정확하게 어떤 혼인 관계로 얽혀 있는지는 자세하지 않다. 《竹陰集 卷9 姻叔李上舍挽 湋, 卷14 祭李進士文 湋》

477 숙(叔)이나……화답하며 : '숙(叔)', '백(伯)'은 남자의 자(字)로, 원래는 남녀가 서로 그리워하고 화합하는 것을 노래한 시에 나오는 말이다. 여기서는 조희일(趙希逸)과 이흡(李洽)이 아주 친함을 비유한 말이다. 《시경》〈탁혜(蘀兮)〉에 "숙이여, 백이여, 나를 부르면 내 너에게 화답하리라.〔叔兮伯兮, 倡予和女.〕"라고 하였다.

478 백씨(伯氏)와……일 : 화목하게 지내는 형제 혹은 형제처럼 친하게 지내는 관계를 뜻한다. 《시경》〈하인사(何人斯)〉에 "백씨는 질나발을 불고 중씨는 젓대를 부네.〔伯氏吹壎, 仲氏吹篪.〕"라고 하였다.

의론이 바르셨는데, 당세에 거슬러 가까스로 죽음에서 살아나 먼 남쪽의 연우(煙雨)와 장기(瘴氣) 속에서 귀신과 무리지어 사셨습니다. 남들은 그 근심을 견디지 못하는데 부자께서는 담박하게 처신하여 마치 그 마음이 얽매이지 않은 듯하셨으니, 진실로 고궁(固窮)[479]의 의리를 깊이 터득하지 못했다면 이렇게 할 수 있었겠습니까.

아아, 부자께서 귀양 가게 되었을 때 대인과 대부인이 춘추가 높았으므로 사람들이 모두 측은해 하며 말하기를, "하늘은 지각이 없나 보다. 부자(父子)의 이번 이별은 영영 서로 헤어지는 것이니, 다시는 마을 문에 기대서서 기다릴 가망[480]이 없고 또한 다시는 슬하에서 모실 생각을 가지지 못할 것이다."라고 하였습니다. 그 뒤 여섯 해 만에 부자께서 용서 받고 돌아와 당에 올라가 절할 때 학발의 노친께서는 무탈하셨습니다. 이에 종당(宗黨)이 이웃을 불러 함께하며 잔치하여 즐기니, 사람들이 모두 술잔을 들고 경축하여 말하기를 "하늘은 지각이 있나 보다. 오늘 일은 자못 예전에 기약했던 바와 매우 다름을 이에 알게 되었다. 하늘이란 속일 수 없으니, 성효(誠孝)가 하늘을 감동시킨 것이다."라고

---

479 고궁(固窮) : 곤궁함을 굳게 지킨다는 말로, 《논어》〈위령공(衛靈公)〉에, '군자는 진실로 궁한 것이니, 소인은 궁하면 멋대로 굴기 마련이다.〔君子固窮, 小人窮斯濫矣.〕"라고 한 데서 온 말이다.

480 마을……가망 : 어머니가 출타한 자식이 무사히 돌아오기를 간절히 염원하는 마음을 나타내는 말로, 전국 시대 제(齊)나라 왕손가(王孫賈)와 그 모친의 고사에서 비롯하였다. 왕손가가 그가 섬기던 민왕(閔王)이 달아나 그 소재를 알지 못한 채 귀가하자, 왕손가의 어머니가 "네가 아침에 나가 늦게 돌아올 때면 나는 대문에 기대서서 네가 돌아오는지 바라보았고, 네가 저녁에 나가 돌아오지 않으면 나는 마을 문 앞에 기대서서 네가 돌아오기를 기다렸다.〔女朝出而晚來, 則吾倚門而望. 女暮出而不還, 則吾倚閭而望.〕" 라고 하였다고 한다. 《戰國策 齊策6》

하였습니다.

부자께서 고향으로 돌아온 이듬해 봄에 상(喪)을 만나 예제(禮制)를 지켰는데, 피눈물이 흐르고 가슴이 아파 너무도 야위고 지치셨으니, 저는 진실로 걱정스러웠습니다. 얼마 후 공무로 남쪽에 갔다가 돌아오지 못하고 있을 때 부자께서 종기를 앓아 위독해졌다는 소식을 듣고는 서둘러 돌아오는데, 도착을 앞둔 하루 전날에 부자의 부고를 들었습니다. 친상(親喪)을 마치지도 못하고 전날 저녁에 떠나가시니 남은 숨이 아직 끊어지지 않았을 때에 어떤 마음이 드셨습니까. 아아, 애통합니다. 아아, 애통합니다.

부자께서는 대현(大賢)의 후예[481]로 쌓은 덕이 두텁고 이어진 경사가 장구하므로 당연히 대대로 그 업(業)이 이어져야 하는데, 어찌하여 멀리까지 복이 미치지 못한 것입니까. 바르고 곧은 기운을 타고났으며 겸손하고 공손한 조행(操行)을 가졌으므로 당연히 그 보답을 누려야 하는데, 어찌하여 오래도록 수(壽)를 누리지 못한 것입니까. 충효의 대절을 지키고 은택이 남에게 미칠 것을 생각하였으므로 당연히 포부를 펼쳐야 하는데, 어찌하여 지위가 높지 못한 것입니까.

아아, 하늘이 사람을 냄이 오래되었지만 선한 자가 복을 받고 악한 자가 화를 입는 이치가 어긋났습니다. 선한 자가 반드시 복을 받지는 못하고 악한 자가 반드시 화를 입지는 않으니, 한결같이 그 사생(死生)과 수요(壽夭)에 내맡겨 놓고서는 알지 못하는 것입니까. 아니면 뜻이 따로 있어 거꾸로 베푸느라 선한 자가 화를 입고 악한 자가 복을 받는

---

481 대현(大賢)의 후예 : 취암(醉菴) 이흡(李洽)은 한산 이씨(韓山李氏)로, 목은(牧隱) 이색(李穡)의 후손에 해당하므로 한 말이다.

것입니까. 그런 것이 아니라면 부자(夫子)의 바르고 순수한 덕과 독실하고 두터운 행실로, 하루아침에 슬픔을 품고 재앙에 걸려 병이 들어 거의 죽게 되었는데도, 하늘은 보우하고 지켜 주며 온전히 하고 편안하게 해 주려 하지 않아, 마침내 복과 수(壽)와 지위를 주지 않았으니, 이는 어째서입니까. 반역을 저지르는 자들로 말하자면 그 수가 얼마나 많겠습니까마는 도리어 영화와 고귀함을 누리며 오랫동안 장수하기를 마치 장차 그들을 붙들어 주어 온전히 하고 편안하게 해주는 것처럼 하니, 이는 또한 어째서입니까. 이를 알 수 없습니다.

하늘이 지각이 없을 때는 부자(夫子)를 어린애에게 곤액을 당하게 하여, 엎어지고 낭패를 겪게 함이 극심한 지경까지 이르렀고, 하늘이 지각이 있게 되어서는 부자를 죄적(罪籍)에서 빼내어서, 돌아가 부모님을 뵙게 하여 하루의 봉양을 할 수 있게 하였습니다. 그런데 하늘이 또 지각이 없어서 부자로 하여금 뜻을 펼칠 수 없게 하고 죽음으로 거두었습니다. 저 푸른 하늘은 지각이 없습니까, 있습니까? 지각이 있든 지각이 없든 다시 어찌 말하겠습니까.

아아, 슬픕니다. 세상의 도는 점점 어긋나고 속세의 그물은 날마다 촘촘해지는데, 시끄럽고 소란스러워 시비가 정해짐이 없으니 마음은 어지럽고 귀는 거슬려 차라리 잠들어 일어나고 싶지 않습니다. 부자께서는 한 번 누워 길이 잠들어 다시 지각이 없으니 도리어 즐겁지 않겠습니까.

천하에 전쟁이 일어나고 요사한 역병이 마구 일어나 친구와 골육이 반은 지하에 있으니, 부자께서 그곳에 가서 그들과 어울리기를 마치 세상에 있을 때처럼 한다면 또한 다시 무슨 한이 있겠습니까. 아아, 만일 죽은 자가 지각이 있다면 이미 한스러울 바가 없을 것이고 만약 지각이 없더라도 즐겁다고 할 것이니, 부자께서는 필시 이 중의 하나에는 해당될 것입니다.

아아, 제가 한 번 북쪽으로 가면 호서(湖西)와 멀리 떨어져 있으므로 바다 가까운 곳에 무덤을 새로 쓰는 일에 상여 끈을 잡을 길이 없습니다. 하지만 믿는 바가 있으니, 감응하는 것은 정성이요 어둡지 않은 것은 영령입니다. 애사(哀詞)를 짓고 술을 올리며 길게 부르짖어 영결을 고하니, 영령께서는 나를 아시겠습니까, 모르시겠습니까. 아아, 애통합니다. 부디 흠향하소서.

소자실[482] 광진 에 대한 제문

祭蘇子實文 光震

기운이 온화하고 두터워   氣和而厚

부녀처럼 처신한 것은   處之若婦

덕이 빛나서라네   惟德之光

행실이 단정하고 깨끗하여   行端而皦

지킴이 흔들리지 않은 것은   守之不撓

바로 뜻이 강해서라네   乃志之剛

명리(名利)의 득실은   名場利害

사람들이 달려가는 바라서   衆所趨背

마음을 허비하여 골몰하는데   費心商量

그대는 유독 차분하여   君獨雍容

어수선하다고 해서   不以洶洶

그 떳떳함을 바꾸지 않았다네   變易其常

험난함과 평안함을 함께하니   爲共險夷

이 때문에 훌륭히 여겨   是用多之

특별히 잊지 못하네[483]   曰篤不忘

---

482 소자실(蘇子實) : 소광진(蘇光震, 1566~1611)으로, '자실'은 그의 자이다. 본관은 진주(晉州), 호는 후천(后泉) 또는 후계(后溪)로, 소세양(蘇世讓)의 손자이다. 광해군 때 홍문관 교리와 사간원 헌납을 역임하였다.

483 특별히 잊지 못하네 : 《서경》〈미자지명(微子之命)〉에서 온 말로, "내 너의 덕을 가상히 여겨 후하게 여겨 잊지 못하노라.〔予嘉乃德, 曰篤不忘.〕"라고 하였다.

옛날에 말이 있었는데	惟古有語
소군이 앉은 자리에는	蘇君坐處
삼일 동안 향기가 있었네[484]	三日有香
만나면 번번이 기뻐하며	見輒以悅
하루 또 하루를 지내면서	日復一日
이리저리 노닐었었지	將翱將翔
앞길이 만리나 남았는데	前途萬里
반도 못 와 그쳐	未半而止
갑자기 죽고 말았네	奄忽存亡
선한 이가 반드시 복을 누리는 것은 아니고	善不必福
재주 있는 이가 반드시 녹을 받는 것은 아니니	才不必祿
이 이치가 무상(無常)하네	斯理蒼黃
어린 아이는 잠들지 못하고	弱稚不眠
한밤중에 하늘에 호곡하니	中夜號天
듣는 사람 가슴이 찢어지네	聞者摧傷
세상의 변고는 다단하여	世故多端
실로 지음을 얻기 어려우니	知音實難
내 눈물 비 오듯 쏟아지네	我涕其滂
선영은 어디에 있는가	舊兆何所

---

484 옛날에……있었네 : 후한(後漢)의 순욱(荀彧)과 관련한 말을 빌려 소광진(蘇光震)
의 깨끗한 기상을 칭찬한 것이다. 순욱의 조부 순숙(荀淑)이 말하기를, "순령군이 다른
사람의 집에 가면 앉은 자리에 사흘 동안 향기가 났다.〔荀令君至人家, 坐處三日香.〕"라고
하였다. 순령군은 순욱을 일컫는 말이다. 《藝文類聚 卷70 襄陽記》

영구가 멀리 떠나는데	靈轜遠去
남쪽 길 아득히 멀다네	南路阻長
생각건대 그대와 영영 이별하면	念子永辭
다시 올 기약이 없으니	無復來期
애통함이 간장에 사무치네	痛結中腸
이 몸은 병이 있어	有疾在身
남을 빌려 술잔을 올리니	薦酌須人
영령께서는 나의 제수를 맛보소서	靈其我嘗
아아 애통합니다	嗚呼哀哉
부디 흠향하소서	尚饗

이 진사[485] 위 에 대한 제문

祭李進士文 偉

남아(男兒)가 세상에 태어나서는 해야 할 자기의 책임을 다할 뿐입니다. 부귀(富貴)는 하늘에 달려 있으니 운명에 기구함이 많은 것을 어찌 논하겠습니까. 예로부터 이와 같았으니 지금만 그런 것이 아닙니다. 백이(伯夷)는 빈곤한데 걸왕(桀王)은 풍족한 것을 보십시오. 누가 도척(盜跖)은 장수하게 하고 안회(顏回)는 요절하게 하는 것입니까. 처음부터 잘못 베풀어 놓았는데도 저 신명은 알지 못하니, 내 이것을 질정해 보기를 원하지만 누가 능히 분변하겠습니까.

생각건대 영령께서는 궤범(軌範)이 방정하고 순수하며 성행(性行)이 단정하고 선량하셨습니다. 효성과 우애는 천성에서 나왔으므로 부모와 형제의 칭찬하는 말에 대해 트집 잡지 못하였고,[486] 겸양과 공손함은 이에 여사(餘事)였으므로 향당(鄕黨)과 주려(州閭)에 아름다운 명성이 있었습니다. 상자에 감추어 둔 옥은 좋은 값을 기다리는 보배와는 다르고,[487] 시장 문에 기대어 장사하는 여인은 나라를 기울게 하는 여색이

---

485 이 진사 : 이위(李偉, 1551~1614)로, 본관은 한산(韓山), 호는 성암(醒菴)이다. 조희일(趙希逸)과 인숙(姻叔 인척 숙항(姻戚叔行)) 관계로, 《죽음집》 권9에 〈인숙이상사만 위(姻叔李上舍挽 偉)〉라는 작품이 보인다.

486 부모와……못하였고 : 이위(李偉)의 효성과 우애를 누구나 인정함이다. 《논어》 〈선진(先進)〉에 "효성스럽다. 민자건이여! 사람들이 그 부모와 형제의 칭찬하는 말에 트집 잡지 못하는구나![孝哉閔子騫! 人不間於其父母昆弟之言!]"라고 하였다.

487 상자에……다르고 : 《논어》 〈자한(子罕)〉에 "자공(子貢)이 말하기를 '아름다운 옥

아닙니다.[488] 구졸(鳩拙)을 지킬 뿐 무엇을 사모할 것입니까.[489] 확굴(蠖屈)을 고수하면서도 오히려 달게 여겼습니다.[490] 잇속의 길에 모여드는 것을 비웃고 한가한 곳에서 팔을 베고 눕는 것[491]을 즐거워하였습니다. 맛있고 정갈한 음식을 갖추니 효자(孝子)가 힘써 아욱을 가꾼 정성[492]을

이 여기에 있으니, 이것을 궤 속에 넣어 감추어 두시겠습니까? 좋은 값을 구하여 파시겠습니까?'라고 하자, 공자가 대답하시기를 '팔아야지, 팔아야지. 그러나 나는 좋은 값을 기다리는 자이다.'라고 하셨다.〔子貢曰: '有美玉於斯, 韞匵而藏諸? 求善賈而沽諸?' 子曰: '沽之哉沽之哉! 我待賈者也.'〕라고 하였다.

488 시장……여인 : 《사기(史記)》〈화식열전(貨殖列傳)〉에 나오는 표현으로, "가난한 사람이 부자가 되려면 농업은 공업만 못하고, 공업은 상업만 못하며, 수를 놓는 일은 시장 문에 의지하는 것만 못하다.〔夫用貧求富, 農不如工, 工不如商, 刺繡文不如倚市門.〕"라고 한 데서 온 말이다.

489 구졸(鳩拙)을……것입니까 : 명리를 탐하지 않고 자신의 분수를 굳게 지키며 사는 것이다. '구졸'은 비둘기처럼 졸렬하다는 말로, 《시경》〈작소(鵲巢)〉에 "까치가 지은 집에 비둘기 사는도다.〔維鵲有巢, 維鳩居之.〕"라고 하였고, 《금경(禽經)》에, "비둘기는 졸해도 편안하다.〔鳩拙而安.〕"라고 하였는데, 주로 겸사로 쓰는 표현이다.

490 확굴(蠖屈)을……여겼습니다 : 진퇴를 신중히 하여 기꺼이 은둔함을 말한다. '확굴'은 자벌레처럼 몸을 굽혀 움츠리는 것으로 은거함을 일컫는다. 《주역》〈계사전 하(繫辭傳下)〉에 "자벌레가 몸을 굽혀 움츠리는 것은 장차 몸을 펴기 위함이요, 용과 뱀이 숨는 것은 자신의 몸을 보전하기 위함이다.〔尺蠖之屈, 以求信也; 龍蛇之蟄, 以存身也.〕"라고 하였다.

491 팔을……것 : 안빈낙도(安貧樂道)하는 삶을 말한다. 《논어》〈술이(述而)〉에 "거친 밥을 먹고 물을 마시며 팔을 굽혀 베더라도 즐거움은 또한 그 가운데 있으니, 의롭지 못하고서 부유하고 귀한 것은 나에게 있어 뜬구름과 같다.〔飯疏食飮水, 曲肱而枕之, 樂亦在其中矣, 不義而富且貴, 於我如浮雲.〕"라고 한 데서 온 말이다.

492 아욱을 가꾼 정성 : 열심히 농사를 지어 노친을 봉양했다는 말이다. 《시경》〈칠월(七月)〉에 "칠월에는 아욱과 콩을 삶는다.〔七月亨葵及菽.〕"라고 하였는데, 이 구절에 대해 《시전(詩傳)》의 주희(朱熹) 주에 "맛 좋은 채소로 연로하여 병든 사람을 봉양하고

다투어 말했고, 사시사철 제사를 받드니 자손이 풍족하다는 칭송[493]을 다투어 전하였습니다.

애오라지 물러나 자취를 감추고 유유자적하며 평생을 마치려고 하셨거늘, 운명하셨다는 소식이 갑자기 작별한 날에 이를지 어찌 생각이나 했겠습니까. 이런 분도 이러한 질병이 있었으니 누가 질병을 조심하는 분이었다는 것을 알겠습니까. 훌륭한 선비인데도 겨우 생(生)을 좋게 마쳤으니 천수를 길게 누리지는 못하였습니다. 내 마음은 애처로움으로 고통스럽고 천리(天理)의 무상함이 답답합니다.

봉분(封墳)이 갑자기 이루어지니 아침 이슬이 쉽사리 사라짐을 탄식하고,[494] 백발의 노친이 아직 계신데 저녁에 나가 돌아오지 않음을 슬퍼합니다.[495] 생각건대 난실(蘭室)에서 남은 향기를 쐬었고[496] 외람되이

손님을 접대하거나 제사를 받든다.〔嘉蔬, 以供老疾, 奉賓祭.〕"라고 하였다.

493 자손이 풍족하다는 칭송 : 자손이 부지런히 농사지어 많은 수확을 하고 복록을 누린다는 뜻이다. 《시경》〈대전(大田)〉에 "큰 밭에 심어야 할 벼가 많은지라,……이미 싹이 곧고 또 크게 자라므로, 후손의 마음이 이에 흡족하네.〔大田多稼,……旣庭且碩, 曾孫是若.〕"라고 하였다.

494 아침……탄식하고 : 한 고조(漢高祖)에게 반기를 들다 전횡(田橫)이 패망하였는데, 그의 문인들이 죽음을 애도하여 지은 만가(輓歌)인〈해로가(薤露歌)〉의 "부추 위의 아침 이슬이여, 어이 그리 쉽사리 마르는가. 이슬은 말라도 내일 아침이면 다시 적셔주지만, 사람은 죽어 한 번 가면 언제 다시 돌아오랴.〔薤上朝露何易晞? 露晞明朝更復落, 人死一去何時歸?〕"라고 한 데서 온 말이다. 《古今注 音樂》

495 저녁에……슬퍼합니다 : 자식이 죽어 외출한 자식을 기다릴 일이 없어진 노친의 심정이 안타깝다는 말이다. 187쪽 주 480) 참조.

496 난실(蘭室)에서……쐬었고 : 친하게 지내며 감화를 받았다는 말이다. '난실'은 난초 향기가 가득한 방으로 현사(賢士)가 거처하는 곳을 비유한다. 《공자가어(孔子家語)》〈육본(六本)〉에 "선한 사람과 함께 거처하는 것은 마치 지란의 방에 들어간 것과 같아서,

인척(姻戚)의 후한 뜻을 입었습니다. 온갖 일에 마음이 맞아서 마치 술잔을 주고받는 듯했고 전후 8, 9년 동안에 헤어지고 만나기를 반복하였습니다. 지난해 오셔서 배알한 것은 죽을 뻔 하다가 살아난 것이었는데, 애환(哀歡)의 막혔던 회포를 풀었고 성령(性靈)의 기름을 위로하였습니다. 비록 사소한 병이 우연히 들었지만 당시에는 저절로 쾌차하리라 생각하였습니다. 2월에 만나기로 약속하고는 한마디 말로 이별하였는데, 얼굴을 보고 영결하지 못한 것이 애통하여 문득 이렇게 울음을 삼킵니다. 아아, 애통합니다.

원방(元方)과 계방(季方)은 준전(尊前)의 모습이 뚜렷합니다.[497] 오늘 밤은 무슨 밤이기에 지하의 음성과 모습은 아득하기만 합니다. 묵은 풀에는 연기가 차갑고 옛 슬픔은 한스러움이 새롭습니다. 아아, 애통합니다.

후사를 의탁할 아들이 있으니 오히려 세대를 잇는 장구함을 바랄 수 있으며, 관직을 영예로 삼음이 없었으니 명정(銘旌)이 짧음을 어찌 싫어하겠습니까. 다만 이렇게 죽어도 눈을 감지 못하는 것은 오로지 노모께서 의지할 데가 없어서입니다. 아아, 애통합니다. 백마(白馬)가

오랫동안 향기를 맡으면 그 향기를 느끼지 못하나, 더불어 동화된다.〔與善人居, 如入芝蘭之室, 久聞而不知其香, 卽與之化矣.〕"라고 하였다.

497 원방(元方)과……뚜렷합니다 : 준전(尊前)은 망자의 영전(靈前)을 가리키니, 죽은 이위(李湋)의 두 아들의 외모를 통해 망자의 생전 모습이 뚜렷하게 생각난다는 말이다. '원방'과 '계방(季方)'은 후한(後漢)의 청백리인 진식(陳寔)의 두 아들 자(字)로, 원방은 형 진기(陳紀)를, 계방은 아우 진심(陳諶)을 가리킨다. 두 사람이 서로의 우열을 가릴 수 없을 정도로 모두 총명하고 효성스러워 당시 사람들이 난형난제(難兄難弟)라고 일컬었는데, 여기서는 이위의 두 아들이 매우 훌륭함을 드러내는 말이다. 《世說新語 德行》

끄는 하얀 수레를 타고 와 장차 거경(巨卿)의 영구를 잡을 것이니,[498] 구운 닭과 뭉친 밥으로 우선 유자(孺子)의 생추(生芻)를 올립니다.[499] 평소에 하신 말씀을 차분히 생각해 봄에 장부(丈夫)의 눈물을 금치 못하겠습니다. 감동하면 통하는 법인데 영령께서는 아시겠습니까? 아아, 애통합니다. 부디 흠향하소서.

---

498 백마(白馬)가……것이니 : 죽은 이위(李湋)의 상에 꼭 참여할 것임을 말한다. '거경 (巨卿)'은 후한(後漢) 때 사람인 범식(范式)의 자로, 그의 절친한 벗인 장소(張劭)의 상에 백마가 끄는 흰 수레로 찾아와 조문하였는데 꿈쩍하지 않던 장소의 영구를 움직이게 했다는 이야기가 전한다. 《後漢書 范式列傳》

499 유자(孺子)의 생추(生芻)를 올립니다 : 박한 제수로 정성을 다해 조문함을 말한다. '유자'는 후한(後漢) 서치(徐穉)의 자(字)이다. '생추'는 여물로 쓰는 싱싱한 풀로 변변찮은 제수를 의미하는데, 《시경(詩經)》〈백구(白駒)〉에 "생추 한 묶음이여, 그 사람 옥과 같다.〔生芻一束, 其人如玉.〕"라고 한 데서 온 말이다. 서치는 남주(南州)의 고사(高士)라 일컬어졌는데, 너무 가난하여 제물을 장만할 수 없어 곽임종(郭林宗)의 어머니 상(喪)에 조문하러 가서 풀 한 묶음을 집 앞에 두고 상주(喪主)를 보지 않은 채 돌아갔다고 한다. 《後漢書 徐穉列傳》

재종형 한 참판[500] 술에 대한 제문

祭再從兄韓參判文 述

모년 모월 모일에 죽음거사(竹陰居士) 재종 표제(再從表弟) 모(某)가 삼가 맑은 술과 여러 음식을 차려 감히 모관 모공(某官某公)의 영전에 제사드립니다.

아아, 우리 선대부(先大夫)는 공과 구생(舅甥)이 되는데,[501] 나이가 공보다 세 살이 어립니다. 어려서부터 장성할 때까지, 장성하고 나서 늙고 또 죽을 때까지 시종 서로 어루만지고 아끼며 서로 떠나지 않았습니다. 선대부께서 돌아가시자 공이 집안을 돌보아 주시니 선대부가 살아계실 때와 거의 다름이 없었습니다. 공이 매번 나에게 일러 말하기를, "구씨(舅氏)의 재주와 덕으로도 수명을 다하지 못하고 벼슬이 높지 못하였는데, 유독 나만이 이러한 복을 누리는가. 그 후사를 염려함이 바로 그 선세(先世)를 잊지 않는 것이다."라고 하셨습니다. 그러므로 내가 공을 뵐 때마다 일찍이 서글피 감회를 일으키지 않은 적이 없었으니, 또한 공이 선세를 매우 사랑했기 때문입니다.

아아, 공이 지금 돌아가셨으니, 나와 같은 사람은 응당 어떤 마음이 들겠습니까. 공의 벼슬로 말하자면 소경(少卿)이니 귀한 것이고, 공의

---

500 한 참판(韓參判) : 한술(韓述, 1541~1616)로, 본관은 청주(淸州), 자는 자선(子善), 호는 도곡(陶谷)이다.

501 우리……되는데 : 구생(舅甥)은 외숙(外叔)과 생질(甥姪) 관계를 말한다. 조희일의 부(父) 조원(趙瑗)의 사위에 한사득(韓師德)과 한순(韓恂)이 있지만 한술(韓述)과의 관계는 자세하지 않다.

연세로 말하자면 일흔여섯이니 장수한 것이라, 거의 유감이 없습니다. 문장을 지을 때에 은미한 것을 지적하고 기이한 것을 말했으니 재예(才藝)가 있었고, 관직에 있을 때에는 직분이 거행되었으며 고을을 다스릴 때에는 백성들이 사랑하였으니 재주가 있고 은혜를 베푼 것이었습니다. 무릇 이 몇 가지는 사람들이 아는 바이니 내가 무슨 말을 덧붙이겠습니까. 하지만 일가(一家)를 화목하게 한 것으로 말하자면 궁달과 사생의 사이에서 변치 않으셨는데, 이는 사람들이 안다고 기필하지 못하는 것으로서 제가 직접 보아 아는 것만 못합니다.

아, 세도는 나날이 어긋나고 인심은 나날이 그릇되어 가니, 평소 속마음을 토로하는 사이로, 서로 대하여 즉시 응낙하기를 진실로 믿을 수 있는 것처럼 하다가, 이해(利害)를 당하게 되어서는 앞의 일과 뒤의 일이 크게 어긋나 확연히 서로 비슷하지 않은 경우가 많습니다. 이런 까닭에 소자(小子)가 공을 깊이 애석해하고 공을 슬피 곡하여 저도 모르게 곡소리와 눈물이 함께 터져 나오는 것입니다.

깊이 애통해할 만한 점은, 연래(年來)에 자취가 얽매여 칩거한 탓에 병을 여쭙기만 하고 몸소 인사드리지 못하였고 편지만 올리고 직접 뵙고 말씀을 듣지 못하다가 갑자기 오늘에 이르고 만 것이니, 영령께서 지각이 있으시다면 무어라고 하시겠습니까. 바라건대 정성에 감응해 주시어 이 변변찮은 술을 흠향하소서. 아아, 애통합니다. 부디 흠향하소서.

해평부원군 월정 선생[502]에 대한 제문
祭海平府院君月汀先生文

나라의 역사를 살펴보면	若稽國乘
문헌이 증험이 되기에 충분하니	文獻足徵
작자[503]가 차례로 일어났네	作者代興
고려와 신라 시대가	麗羅之際
위아래로 천년 동안	上下千載
찬란하게 이어졌네	彬彬相繼
운이 바뀌어 쇠하였는데	運迭而衰
공이 태어나 때에 부응하여	公生應期
넓히고 진작했네	廓而振之
맹렬한 기상이 뿜어나	猛氣噴薄
탁약을 부니	鼓之橐籥
만상이 녹아들 듯하였네[504]	萬象融鑠

---

502 해평부원군 월정 선생(海平府院君月汀先生) : 윤근수(尹根壽, 1537~1616)로, 해평부원군은 봉호(封號)이고 월정은 그의 호이다. 본관은 해평(海平), 자는 자고(子固), 시호는 문정(文貞)이며 영의정 윤두수(尹斗壽)의 아우이다. 저서에 《월정집》, 《월정만필(月汀漫筆)》 등이 있다.

503 작자(作者) : 문예(文藝)가 출중하여 탁월한 업적을 이룩한 사람을 말한다.

504 맹렬한……듯하였네 : 윤근수의 문장이 신묘한 경지에 다다랐음을 칭찬하는 말이다. '탁약'은 대장간에서 불을 피울 적에 바람을 일으키는 풀무로, 《노자(老子)》 5장에 "하늘과 땅 사이는 마치 풀무와도 같다.〔天地之間, 其猶橐籥乎!〕"라고 한 데서 온 말이다.

광염이 백 길이나 치솟아	光焰百丈
우뚝하게 위에서 빛나니	突兀燭上
보는 자가 기가 꺾였네	觀者沮喪
위나라와 진나라는 화려하고	魏晉綺麗
원나라와 송나라는 위미하니	元宋萎靡
한나라의 글만이 볼만했지	其唯漢氏
이에 태사공을	惟太史公
숭상하고 높였으니505	是尙是宗
거대한 종이 울리는 듯했네	鴻鍾舂容
그 쌓은 것이 두텁기에	厚其蓄也
드러난 것이 위대하니	發之則大
어디에 쓰인들 불가하리오	奚用不可
문형을 담당하여	秉文之衡
이에 크게 울리니	于以大鳴
태평성대를 노래하였네	笙簧太平
황조에 달려가 하소연하여	赴愬皇朝
종계(宗系)에 대한 무함을 씻었으니506	滌訛宗祧

이후 도(道)나 대자연(大自然)을 상징하는 것으로도 쓰였다.

505 태사공(太史公)을 숭상하고 높였으니 : '태사공'은 《사기(史記)》를 저술한 사마천(司馬遷)으로, 윤근수(尹根壽)의 문장이 사마천에게 많은 영향을 받았음을 말한다.

506 황조(皇朝)에……씻었으니 : 이른바 종계변무(宗系辨誣)의 일을 마무리한 것을 말한다. 종계변무란 고려조 이성계(李成桂)의 정적이었던 윤이(尹彛)와 이초(李初)가 명(明)나라로 도망가 이성계를 무함하여, 명나라의 《태조실록(太祖實錄)》과 《대명회전(大明會典)》에 태조(太祖) 이성계가 이인임(李仁任)의 아들이라는 등의 내용으로 잘못

해와 별처럼 빛나게 되었네	星日載昭
난리가 일어나 서쪽으로 파천할 적에는	從亂西遷
무릎이 드러나고 신발이 닳도록	膝暴蹠穿
명을 받들어 주선하였네507	奉以周旋
공은 높고 업적은 많아	功高績懋
앞뒤로 총애를 받았으니	寵錫先後
분주히 힘씀이 있어서였네	日有奔走
지위가 오르고 나이가 많아질수록	位躋齒耄
지킴이 더욱 겸손하니	謙謙其操

기록되게 됨으로써, 조선에서 태종(太宗) 때부터 그것을 바로잡아 줄 것을 지속적으로 요구한 것이다. 이에 대해 명나라가 미온적인 태도로 일관하여 장기간 성과를 보지 못하다가, 1584년(선조17) 11월에 변무 주청사(辨誣奏請使) 황정욱(黃廷彧)과 서장관 한응인(韓應寅) 등이 칙서(勅書)와 함께 《대명회전》 중에 개정한 부분을 가지고 왔고, 1589년에 성절사(聖節使) 윤근수(尹根壽)가 수정된 《대명회전》 전질(全帙)과 칙서를 받아 가지고 옴으로써 200여 년 동안이나 끌었던 이 문제가 일단락되었다. 《宣祖實錄 22年 11月 22日》

507 난리가……주선하였네 : 임진왜란(壬辰倭亂) 당시에 선조(宣祖)가 의주(義州)까지 파천하는 상황에서, 윤근수(尹根壽)가 예조 판서로 있으면서 뛰어난 중국어 실력으로 명(明)나라에 파병을 요청하고, 또 명나라 관리를 잘 응대하여 구원병을 끌어들이는 데 몹시 힘을 쓴 것을 말한다. '무릎이 드러나고 신발이 닳았다'는 말은 위기에 처한 나라를 구하기 위하여 대국(大國)에 사신으로 가서 구원해 주기를 간절하게 요청함을 의미한다. 초(楚)나라가 오(吳)나라의 공격을 받아 수도 영(郢)이 함락되자, 대부 분모 발소(棼冒勃蘇)가 진(秦)나라에게 구원을 요청하기 위하여 신고(辛苦)를 겪었는데, 이를 묘사한 기록에, "말린 식량을 짊어지고 몰래 빠져나가, 험한 산을 넘고 깊은 계곡을 건너 신발이 닳고 무릎이 드러나도록 고생한 끝에 칠 일 만에 진나라 조정에 이르렀다. 〔嬴糧潛行, 上峥山, 蹠深谿, 蹠穿膝暴, 七日而薄秦王之朝.〕"라고 한 데서 온 말이다. 《戰國策 楚策》

덕이 높아서라네	惟德之邵
대하를 세울 때에	大廈之建
심인을 잡으리라 생각했는데[508]	謂執尋引
하늘은 어찌하여 억지로라도 남겨두지 않으셨는가[509]	天胡不憖
시채[510]가 사라지고	蓍蔡云亡
국가의 기둥과 들보가 없어지니	屋去棟梁
성상의 마음이 애통하시네	宸心盡傷
나는 외람되이 문하에 있으면서	余忝登門
남은 훈도를 오래도록 입어	久襲餘薰
귀한 가르침을 받들었네	聞所未聞
어두운 길을 더듬거리며 가다가	迷塗摘埴
지금 따를 바를 잃었으니	今失啓迪
어디에서 법도를 취하겠는가	于何取則
남기신 글이 빛나	遺篇煌煌
후세에 더욱 드러날 것이니	後乃益章

---

508 대하(大廈)를……생각했는데 : 대신(大臣)의 지위에 올라 큰일을 하리라고 기대한 것이다. '대하'는 큰 집으로, 여기서는 조정이나 종묘사직을 비유하는 말로 쓰인 것이고, '심인(尋引)'은 길이를 재는 도구로, 8척을 심(尋), 1장을 인(引)이라 하여 긴 자와 짧은 자를 나타낸다.

509 하늘은……않으셨는가 : 나라의 원로(元老)가 죽은 것을 한탄하는 말로, 주로 대신 (大臣)의 죽음을 애도하는 말로 많이 쓰인다. 《시경》〈시월지교(十月之交)〉에 "억지로라 도 한 분의 원로를 남겨두어, 우리 임금을 지키게 하지 않는구나.〔不憖遺一老, 俾守我 王.〕"라고 한 데서 온 말이다.

510 시채(蓍蔡) : 시초점을 칠 때에 쓰는 시초(蓍草)와 거북점을 칠 때 쓰는 거북 껍질을 말하는 것으로, 국가의 중요한 일에 자문을 할 만한 학자나 신하를 의미한다.

사문의 영광이네	斯文之光
선영은 어디쯤인가	故兆何許
새벽에 붉은 명정이 떠나니	丹旌晨擧
눈물을 훔치며 우두커니 서있네	攬涕延佇
나의 제수 이미 벌여 있고	我肴旣列
나의 술 이미 차려졌으니	我酒旣設
나의 정성스럽고 정결한 제수를 흠향하소서	歆我誠潔
아아 애통합니다	嗚呼哀哉
부디 흠향하소서	尙饗

수침리 토지신에게 올리는 제문

祭水沈里土地神文

유년월일(維年月日)에 모(某)가 삼가 변변찮은 제수를 차려 대덕산(大德山) 수침리(水沈里) 산림의 토지신에게 제사드려 고합니다.

아아, 음과 양은 둘이 아니고 인(人)과 귀(鬼)는 하나입니다. 밝고 어두운 것으로 말해 보면 길은 비록 다르지만, 감(感)하고 응(應)하는 것으로 말해 보면 그 이치가 분명하니, 나의 진심을 생각하고 느끼면 듣는 사람이 어긋나지 않는 것입니다.

모는 운명이 기구한 탓에 맑은 시대에 죄를 얻어 서쪽 구석에서 두 해를 보내고 남쪽 모퉁이에서 한 해를 보냈습니다.[511] 풍상(風霜)이 뒤덮고 장기(瘴氣)가 침범하는 곳에서 가느다란 목숨이 끊어질 듯 근근이 이어진 것은, 진실로 스스로 지은 재앙[512]이 아니어서 신명이 붙들고 보호해 주어서입니다.

옛집으로 돌아올 수 있게 되어 우거할 집을 새로 짓느라 어쩔 수 없이 잡초를 베고 잡목을 자르며 분삽(畚鍤 삼태기와 삽)을 찌르고 흙

---

511 서쪽……보냈습니다 : 조희일(趙希逸)이 1617년(광해군9)에서 1619년까지 유배된 것을 말한다. 평안도 이산(理山)에 위리안치되었다가 경상도 하동(河東)으로 이배되었고, 유배된 지 3년이 되는 해에 방귀전리(放歸田里)에 처해져 돌아왔다. 《光海君日記 9年 1月 28日, 11年 5月 14日》

512 스스로 지은 재앙 : 어떤 사람이 잘못을 의도적으로 저질러 용서 받기 어려운 경우에 쓰는 말이다. 《서경(書經)》〈태갑(太甲)〉에 "하늘이 지은 재앙은 그래도 피할 수 있지만, 스스로 지은 재앙은 도망하기 어렵다.〔天作孼猶可違, 自作孼不可逭.〕"라고 하였다.

손을 다루었지만 여전히 바람과 비를 피하기에 부족합니다. 그런데 이는 모두 그대로 보수하여 지었고 별도로 영건(營建)한 것은 아니니, 진실로 신(神)에게 해를 끼칠 뜻은 없었습니다. 더구나 또 동산에 심긴 나무는 가지런하게 줄지어 있고, 뜰의 수목은 모두 썩고 또 쓰러지는 대로 내버려두고서 한 번도 땔감이나 목재의 용도로 쓰지 않았으니, 이는 단지 해를 끼친 것이 아닐 뿐만이 아니라 공경함을 지극히 한 것이었습니다. 하물며 애초에 구릉을 파헤치거나 분연(墳衍 물가와 평지)을 헤집으며 토지신의 상수리나무를 베거나 사당을 옮겨 감히 자기를 이롭게 하고 신(神)을 방해한 일을 하지 않은 경우이겠습니까.

어리숙한 백성으로 김씨(金氏) 성을 가진 자가 이 땅에서 생활한 지 지금 삼대(三代)에 이르렀는데, 신께서 또 포용하고 보호해 주시어 허물하거나 재앙을 내리지 않았습니다. 모(某)가 그 집을 사들여 대신 거처한 것으로 인해 신에게 해를 끼친 일이 없고 또 신을 방해한 일도 없으며 또 공경하기까지 하였는데, 어찌하여 거의 비는 달도 없이 현혹시키고 놀라 떨게 만든단 말입니까. 사람은 물(物) 가운데 가장 신령하거늘 도리어 감히 머리채를 잡고 때리며 속박하여 그 입을 다물고 말하지 못하도록 하며, 닭은 가축 중에 덕을 기리는 것인데[513] 도리어 아무 때나 울게 하고 병도 없이 뛰어다니며 두리번거리다가 죽게 하였습니다. 그 외로 꿈꾸는 사이에 두렵고 경악할 만한 것들을 이루 다 들 수가 없으니, 무슨 죄가 있어 이렇게 많이 신의 노여움을 불러왔는지

---

513 닭은……것인데 : 닭은 가축 가운데 사람에게 유익하여 칭찬할 만한 덕성이 있다는 말이다. 두보(杜甫)의 시 〈닭[鷄]〉에서 "덕을 기리어 다섯 가지로 표명하니, 처음 울면 반드시 세 번을 헤아려 우네.〔紀德名標五, 初鳴度必三.〕"라고 하였다. 《杜詩詳註 卷17》

모르겠습니다. 돌이켜 스스로 살펴보더라도 이미 허물을 초래할 이유가 없는데 바르고 곧은 신께서 어찌 책임을 잘못 지우신단 말입니까.

생각건대 이는 필시 미친 마귀와 흉한 도깨비가 신(神)과의 약속을 따르지 않은 것입니다. 문호(門戶)의 신령과 아랫목 신과 부엌 신의 높고 낮은 지위로도 모두 꾸짖고 지휘하며 금지하고 막을 수가 없었으므로, 요사한 근심거리를 만들 수 있었습니다. 이에 무당의 무리가 덩달아 구실로 삼고는 우리 온 가족을 흩어지게 함으로써 병약한 자손이 서로 바라만 보고 함께 살지 못하게 하니, 아침밥은 한낮까지 그대로 있고 뜨거운 국물은 차갑게 식기가 일쑤였습니다. 그리하여 여러 번 집을 옮긴 탓에 이웃들이 싫어하고 괴롭게 여기니, 신께서 만약 근심해 주지 않는다면 그 총명함이 어디에 있단 말입니까. 신이 이미 돌보아 주지 않아 나로 하여금 원망을 돌리게 하는데, 신이 만약 힘써 주지 않는다면 제가 누구에게 덕을 돌리겠습니까. 혹 재앙을 내림이 저 헤아린 바와 같다면 신께서는 매우 부끄럽지 않겠습니까.

무릇 하늘이 신에게 권병(權柄)을 빌려 준 것이 어찌 실로 이렇게 하려고 한 것이겠습니까. 호령을 내어 흉악한 것들을 몰아내는 것이 무엇이 불가하겠습니까. 붉은 먹과 검은 먹을 교대로 휘갈기며 칼과 차꼬를 벌여 놓고서 다 멸하고 죽여 그 화근을 잘라 내거나 혹은 제 발로 떠나가도록 내버려 두면서, 지체하지 못하도록 급급하게 법대로 할 줄 모르는 것이 아닙니다. 돌아보건대 신(神)으로서 이 땅을 주관하는데 권병을 쥐고 간악하고 포악한 것들을 위협하지 않는다면, 이는 내가 한 명의 술사(術士)에게 귀중함을 돌리는 것이지 신명을 높이는 것이 아니게 됩니다. 삼가 바라건대 존엄한 신은 혁연(赫然)히 결단하여 기허(蘷魖)와 휼광(獝狂)[514]을 때리고 매질하여 살 곳을 편안하게

해 주시고 그 덕을 베풀어 그 보답을 누리게 하소서. 그렇게 해 주신다
면 매우 다행이겠습니다.

---

514 기허(夔魖)와 휼광(獝狂) : '기허'는 산에 사는 귀신이고, '휼광'은 악한 귀신이다.
《문선(文選)》에 실린 양웅(揚雄)의 〈감천부(甘泉賦)〉에 "감여와 벽루에게 부탁하여, 기
허를 때리고 휼광을 매질하네.〔屬堪輿以壁壘兮, 捎夔魖而抶獝狂.〕"라고 하였다. '감여'는
신(神)의 이름이고, '벽루'는 별자리 이름이다

무등산 신령에게 올리는 제문 갑자년(1624, 인조2)

祭無等山神文 甲子年

천계(天啓) 4년 갑자년 갑인삭(甲寅朔) 기사일(己巳日)에 모(某)가 무등산의 신령께 감히 밝게 고합니다.

무등산은	無等之山
높기가 견줄 데가 없으니	峻莫與齊
장대하고 구불구불하여	磅礴蜿蟺
동서로 지나며 걸쳐 있네	經亘東西
산기슭을 임한 백리에	枕麓百里
네 개의 고을이 있는데	邑者四兮
광주가 가장 가까워	惟光最比
보호 받고 복을 받네	獲廕承禔
기도하면 그때마다 응하여	有禱輒應
우리 많은 백성[515]에게 은택을 내리니	澤我蒸藜
신께서는 바르고 곧아	神之正直
어그러지지도 미혹되지도 않았네	不爽不迷
하지만 근세에는 어찌하여	如何近歲
음양의 조화가 무너져	陰錯陽乖

515 많은 백성 : 대본에는 '蒸藜'로 되어 있는데, 문맥을 고려하여 '藜'를 '黎'로 바로잡아 번역하였다.

큰물이 져서 흉년이 들고 　　　　　　　　潦歉秋稑

메말라 한여름 농사일을 괴롭게 하는가 　　枯病夏畦

지금 이에 큰 가뭄이 들어 　　　　　　　今玆亢旱

더운 기가 치성함이 땔감을 때는 듯하네 　氣赫燔柴

들에는 먼지가 날리고 　　　　　　　　　田有揚埃

샘에는 조금의 진흙도 없네 　　　　　　　泉無寸泥

보리 이삭에는 낟알이 없고 　　　　　　　麥秀損實

벼는 잡초에 덮였으며 　　　　　　　　　禾沒蒿藜

삽앙[516]한 것은 나누지 못하고 　　　　　揷秧未分

땅에는 쟁기도 들이지 못하네 　　　　　　土不入犁

가여운 우리 백성은 　　　　　　　　　　哀我民斯

호미를 껴안고 우는데 　　　　　　　　　抱鋤而啼

농사철 점점 늦어져 　　　　　　　　　　節序漸晚

매미가 굼벵이에서 바뀌는 듯하네 　　　　蜩化蝽蠐

만약 속히 적셔 주기를 아낀다면 　　　　若靳亟霈

뒷날을 어찌 기다리겠는가 　　　　　　　後時何傒

백성이 무슨 죄가 있기에 　　　　　　　民有何辜

차마 쓰러지게 하는가 　　　　　　　　忍其顚隮

삼가 바라건대 밝으신 신께서는 　　　　伏願明神

내 말을 들어주고 어기지 마시어 　　　　聽我莫暌

우레를 채찍질하고 번개를 몰아 　　　　鞭雷駕電

운예[517]를 이루어 주소서 　　　　　　　滃渤雲霓

---

516 삽앙(揷秧) : 논에 볏모를 심는 것을 말한다.

수관과 음속은	水官陰屬
좌우에서 당겨 주고 끌어 주며	左挈右提
불볕더위를 말끔히 제거하여	蕩除蘊隆
시종 비를 내려 윤택하게 하소서	霶潤端倪
구구(嘔窶)든 오야든[518]	溝婁汚邪
높은 곳이든 낮은 곳이든 가리지 말고	不擇高低
단비를 널리 내려 주시어	普施甘霈
가라지와 돌피까지 두루 젖는다면	遍及莠荑
온갖 아름다움이 퍼져 나가	百嘉蕃止
젊은이와 늙은이가 손뼉 치고 춤을 추리	抃舞髫齯
내가 고을의 수령이라서	余吏于土
옛일을 상고해 보았네	古事是稽
엄숙하게 그 제사를 받듦에	肅將厥祀
제단에 올라	有墠攸躋
정성으로 재계하고	有誠以齋
향기로운 제수를 갖추었네	有香以齏

---

517 운예(雲霓) : 구름과 무지개로, 구름이 끼면 비가 오고 비가 그치면 무지개가 뜨는 데서 흔히 비를 뜻하는 말로도 쓰인다. 《맹자》〈양혜왕 하(梁惠王下)〉에 "《서경》에 '탕임금이 처음 정벌을 갈나라로부터 시작하시니, 천하가 탕 임금을 믿어서,……백성들이 기대하기를 마치 큰 가뭄에 운예를 바라듯이 했다.' 하였다.〔書曰: '湯―征, 自葛始, 天下信之,……民望之, 若大旱之望雲霓也.'〕"라고 하였다.

518 구구(嘔窶)든 오야(汚邪)든 : '구구'는 대본에는 '溝婁'로 되어 있는데, 문맥을 고려하여 '嘔窶'로 바로잡아 번역하였다. '구구'는 높은 지대에 위치한 협소한 땅이고, '오야'는 낮은 지대의 땅이다.

술을 올리고	有酒攸酌
희생을 잡으니	有牲攸刲
천관(薦祼)[519]에 흠이 없고	薦祼不愆
감응함에 계제가 있네	感應有階
신은 속히 고쳐서	神其倏改
비구름 뭉게뭉게 일으켜 주소서	有渰萋萋
우리가 보새[520]를 잊는다면	我忘報賽
수레에 월예[521]가 없다 하리	車無軏輗

---

519 천관(薦祼) : '천(薦)'은 제물을 바치는 것이고, '관(祼)'은 강신(降神)을 위하여 향기 좋은 술을 땅에 붓는 것이다.

520 보새(報賽) : 해마다 가을에 농사를 마치고, 신(神)의 공덕과 은혜에 보답하기 위해 지내는 제사이다.

521 월예(軏輗) : 신의(信義), 또는 인사(人事)의 도리를 뜻한다. '월(軏)'은 멍에막이로, 멍에 끝에 위쪽으로 구부러져 나무에 멍에를 묶어서 말과 수레를 연결하는 것이고, '예(輗)'는 수레채마구리로, 멍에 끝에 나무를 가로질러 멍에를 묶어 소를 수레에 연결시키는 것이다. 《논어》〈위정(爲政)〉에 "사람으로서 신실함이 없으면 그 가함을 알지 못하겠다. 큰 수레에 수레채마구리가 없고 작은 수레에 멍에막이가 없으면, 어떻게 길을 갈 수 있겠는가.〔人而無信, 不知其可也. 大車無輗, 小車無軏, 其何以行之哉!〕"라고 한 데서 온 말이다.

후토씨 신과 후직씨 신에게 올리는 기우제 제문
祭后土后稷祈雨文

유년월일(維年月日)에 모(某)가 감히 후토씨 신과 후직씨 신에게 고합니다. 삼가 생각건대 사람이 고통과 슬픔을 겪게 되면 부모와 천지를 불러 호소하지 않는 이가 없으니, 이는 부모가 혈육을 사랑하고 기르지 않음이 없고 천지가 만물을 낳고 이루어 주지 않음이 없기 때문입니다. 하나의 이치가 관통하고 지극한 정성이 감응하는 까닭에 그 하소연을 듣고는 깜짝 놀라 감동하고 측연한 마음에 비통하여 그 재앙을 구제하고 그 곤액을 구원할 방도를 생각하게 됩니다. 이는 진실로 부모가 되고 천지가 되는 도리로서 갓난아이는 이에 그 젖을 얻고 초목은 이에 그 은택을 입습니다.

지금 큰 가뭄이 한 달이나 계속되고 흉악한 한발이 기승을 부려, 연못과 저수지가 말라 물을 댈 수가 없고 벼와 보리가 메말라 장차 말라 죽게 생겼습니다. 매우 걱정스러운 것은, 심은 볏모를 옮겨 심지도 못하고 대부분 때를 넘겨 줄기와 잎이 거칠어지고 커져서 끝내 검게 썩고 마는 것입니다. 만약 며칠의 기한을 조금이라도 넘긴다면 비록 우택(雨澤)이 혹 내리더라도 이미 손상된 것들을 옮겨 심어 잘 자라나기를 기대할 수 없으니, 농부는 황망하고 근심하여 어찌할 바를 몰라 가슴을 치며 하늘에 호소합니다.

스스로 헤아려 보건대 죽음이 가까이 왔음을 천지의 신명께서는 필시 환하게 임하여 밝게 살피실 것인데 어찌 우리 백성들로 하여금 이런 극한 지경에 이르게 하고도 돌보지 않는단 말입니까. 게다가 이 고을은 명산(名山)의 기슭에 궁벽하게 있으니 무로(霧露)의 배어듦과 보슬비의 적셔 줌이 진실로 다른 곳과는 다릅니다. 그런데 어찌하여 근래에 음양이 어긋나서 수해(水害)와 한재(旱災)가 서로 이어져 굶주려 죽은 시체가 계속 나와 그 거처에서 편안히 살지 못하고, 집안은 텅 비어서 공사(公私) 간에 아무 것도 없게 되었단 말입니까. 지금 만약 서둘러 단비를 내려 서성(西成)[522]의 희망을 갖도록 하지 않는다면 《시경》에서 말한 "주나라에 남아 있는 백성이라곤 한 명도 없다.〔周餘黎民, 靡有孑遺.〕"라고 한 상황과 불행히도 가깝게 될 것이니, 신명은 이에 대해 차마 감동하고 비통해 하지 않으신단 말입니까.

또 생각건대, 관리가 된 자가 호령(號令)을 잘못 내고 형정(刑政)을 남용한다면 견책이 위에서 내려와 재앙을 초래함이 당연하니, 모든 재앙과 허물이 그 자신에게 가해져야 마땅합니다. 저 어리숙한 백성이 무슨 죄가 있기에 타는 듯한 참화에 혹독하게 걸렸단 말입니까.

삼가 바라건대, 후토씨는 만물을 내고 후직씨는 백성의 곡식을 주관하시니, 마음을 선뜻 고쳐 다친 사람 보듯 백성들을 진념하소서. 그리하여 뇌정(雷霆)을 채찍질하고 풍백을 벌하여, 구름이 모이기도 기다리지 말고 세차게 은택을 내리되 높은 땅이든 낮은 땅이든 두루 적시며 먼 곳이든 가까운 곳이든 두루 베풀어, 한 지방을 소생시켜 길이 그 보답을 누리게 하소서. 간절히 기도하고 마음으로 축원하는 지극한 정을 가누지 못하여 삼가 생폐(牲幣 희생과 폐백)와 단술, 자성(粢盛)과 여러 음식으로 정결히 제수를 차려 올립니다. 부디 흠향하소서.

---

522 서성(西成) : 가을에 성취하는 일로, 가을 수확을 뜻한다. 《서경》〈요전(堯典)〉에 "들어가는 해를 공경히 전송하여, 가을에 수확하는 일을 고르게 차례대로 하였다.〔寅餞納日, 平秩西成.〕"라고 한 데서 온 말이다.

여제에 올리는 기우제 제문

厲祭祈雨文

삼가 아룁니다. 사나운 양기가 더위를 부추겨 단비가 오래도록 내리지 않으니, 가여운 우리 백성은 학철부어(涸轍鮒魚)[523]처럼 신음하여 신명(神明)에게 우러러 하소연하지 않을 수 없습니다. 이에 날을 점치고 때를 가려 단유(壇壝 제단(祭壇))에서 제사를 지내려고 하였습니다.

그런데 정결한 제사를 드리기도 전에 신령스러운 비가 먼저 베풀어졌으니, 이는 은혜로이 구휼함을 급하게 여기느라 제사를 기다리지 않은 것이요, 감응(感應)을 재빨리 하느라 의식(儀式)이 따라가지 못한 것입니다. 그리하여 메말라 시든 것들로 하여금 소생하여 잘 자라는 징후가 있게 하고, 딱딱하게 굳어진 것들로 하여금 윤택하여 호미질을 감당할 힘이 생기게 하였습니다. 보리는 이미 수확되어 그 뿌리를 엎어 파종할 만하고, 도랑은 소통(疏通)시킬 만하여 그 싹을 나누어 심을 수 있게 되었습니다.

농부는 울음을 그치고 경축하며 만물은 모두 화락하고 그윽이 여기며 신명이 내린 은덕을 기뻐합니다. 참으로 백성이란 하늘의 백성이라 하늘이 걱정하여 구휼해 주었으니 또 어찌 구구한 사례를 하겠습니까.

다만 생각건대 고을의 땅이 대부분 산기슭에 가까워 거친 땅은 충분히 젖지 못하였고 높은 지대는 두루 적시지 못하였습니다. 만약 이미 모인

---

523 학철부어(涸轍鮒魚) : 수레바퀴 자국에 고인 얕은 물속에서 숨을 헐떡이는 붕어로, 몹시 곤궁하고 위급한 지경에 처했음을 표현하는 말이다. 《莊子 外物》

구름과 뭉친 음기를 통하되 풍백(風伯)에 의해 흩어지고 뒤섞이지 말게 하여 석 자나 되는 비를 다시 퍼부어 준다면 가을의 풍작을 십중팔구는 기대할 수 있을 것입니다. 마음을 오로지하고 재계(齋戒)를 극진히 하는 일은 유숙(留宿)한다는 이유로 폐할 수 없기에, 가득 담긴 묵은 음식은 새것으로 바꾸고 생폐(牲幣 희생과 폐백)는 옛것을 그대로 씁니다. 삼가 바라건대 신명께서는 소원을 들어주어 은덕을 온전히 해 주소서.

임 광주[524]회에 대한 제문

祭林廣州文 檜

공직(公直)이 광주(廣州) 지역에서 의병을 모집하다가 갑자기 적병을 만났는데, 말을 채찍질하였으나 나아가지 않아 그대로 잡혔다. 적을 꾸짖으며 굽히지 않다가 죽음을 맞았다.

기운은 넓고 시원스러우며	氣曠而爽
이치에는 통달하고 화창하니	理達而暢
자질과 식견이 맑고도 밝았네	資識淸明
행동은 과감하고 민첩하며	行果而敏
언사는 쾌활하고 미더웠으니	言快而信
논의가 진실하고 공평하였네	論議允平
일에 임할 때 강개하여	臨事慷慨
이해에 얽매이지 않고	不拘利害
오직 의를 떳떳이 지켰네	惟義是經
번거롭고 급한 일을 처리함에	剗煩割劇
획획 칼날을 잘도 놀리니[525]	游刃恚恚

---

524 임 광주(任廣州) : 임회(林檜, 1562~1624)로, '광주'는 그가 벼슬한 광주 목사(廣州 牧使)로 그를 일컬은 것이다. 임회의 본관은 평택, 자는 공직(公直), 호는 관해(觀海)이다. 1611년(광해군3) 50세에 별시 문과에 병과로 급제하여, 성균관 전적이 되었다가 곧 사직하였고, 1613년에는 양산(梁山)에 유배되었다. 인조반정 후 복직된 뒤 1623년 광주 목사로 제수되어 나갔다가 이듬해 이괄(李适)의 난 때에 경안역(慶安驛)에서 반란 군에게 붙잡혀 살해되었다. 《承政院日記 仁祖 1年 7月 6日》《仁祖實錄 2年 2月 23日》

그야말로 유능하다는 명성이 있었네	政有能聲
옛날 내가 약관일 적에	余昔弱冠
자상하게 아껴 주셨으니	見愛款款
속마음을 서로 털어놓았네	肝膽相傾
농담을 잘하시되 지나치지 않고[526]	善謔不虐
혹은 노래하고 혹은 북을 울리며	或歌或咢
종횡으로 옳고 그름을 따졌다네	辨難縱橫
세속의 친밀한 사귐이란	俗交之密
달기가 꿀과 같다가도	其甘如蜜
긍지를 가져 도리어 싸우지만	矜而乃爭
군의 마음은 한결같아	君心如一
궁박할 때나 영달할 때나 잃지 않고	窮達不失
어려운 때에도 처음의 맹세와 같았네	歲寒初盟
우리들은 그를 귀중히 여겨	吾儕是重
크게 쓰일 것이어서	謂大厥用
당연히 늦게 뜻을 이루리라 생각했네	當晚其成
성주께서 세상을 다스려[527]	聖主御世

---

525 획획……놀리니 : 능수능란하게 일을 잘 처리한다는 뜻이다. 《장자》〈양생주(養生主)〉에 포정(庖丁)이 소를 잡는 것을 묘사하면서 "두께가 없는 칼을 두께가 있는 틈새에 넣으니, 널찍하여 칼날을 놀리는 데에 있어 반드시 여유가 있네.〔以無厚入有間, 恢恢乎其於遊刃, 必有餘地矣.〕"라고 한 데서 온 말이다.

526 농담을……않아 : 임회(林檜)의 성품이 화락하면서도 절도가 있음을 말한다. 《시경》〈기욱(淇奧)〉에, "농담을 잘하시되, 지나치지 않도다.〔善戲謔兮, 不爲虐兮.〕"라고 하였다.

막히고 버려진 인재를 진작하고 일으키시니	振滯起廢
훌륭한 선비들 조정에서 뜻을 드날렸네	群彦揚庭
군께서는 적소에서 용서 받아	君自譴赦
대각 자리에 있을 만하였으니	臺閣可處
벼슬길이 바야흐로 형통하였네	雲路方亨
광주는 경기 지역이니	廣陵三輔
그 지역을 가려서 맡긴 것은	簡尸其土
군의 재주가 대단해서라네	以君材宏
아아 역적이	噫噫逆竪
패배하여 동쪽으로 달아나다가	敗衄東走
의병을 모으고 있던 군을 만났네	値君蒐兵
말을 채찍질해도 나아가지 않은 것은	策馬不進
하늘이 도와주지 않은 것이니	天不助順
어찌 살기를 도모했겠는가	何計圖生
예리한 칼날이 목에 닿아도	利刃接頸
혀뿌리가 몹시 강경했으니	舌本太勁
고경528처럼 꿋꿋하였다네	有凜杲卿
의병을 모아 근왕하려다가	勤王義旅
거사에 임박하여 일이 잘못됐지만	事廢臨擧

527 성주께서 세상을 다스려 : 인조반정(仁祖反正)으로 인조가 등극한 것을 말한다.

528 고경(杲卿) : 안고경(顔杲卿)으로, 안녹산(安祿山)의 난 때 계책을 써서 안녹산의 양자인 이흠주(李欽湊)를 죽이고 부하인 고막(高邈) 등을 체포하는 등 공을 세운 인물이다. 그는 안녹산과의 싸움에서 중과부적으로 사로잡혀 사지(四肢)가 찢기는 고통을 당하면서도 안녹산을 크게 꾸짖다가 죽었다. 《新唐書 顔杲卿列傳》

자신을 희생하여 명예를 이루었네	殺身成名
군께서 죽은 다음날에	君亡日翌
추악한 무리가 주륙된 것은	群醜就戮
장순529의 영령 덕분이네	張巡有靈
내가 맡은 남쪽 고을이	余典南郡
군께서 살던 곳과 곧 가까워	君居卽近
글을 지어 정성을 바친다네	綴辭陳誠
길게 호곡하고 술잔을 올림에	長號薦斝
쏟아지듯 눈물이 흐르니	有賈如瀉
응당 구천(九泉)에 닿으리라	應徹九京

---

529 장순(張順) : 당(唐)나라 현종(玄宗) 때의 충신으로, 안녹산의 난이 일어났을 때 수양성(睢陽城)에서 고립되어 사력을 다해 성을 지켜 싸우다가 순절하였다.《舊唐書 張巡列傳》여기서는 순절한 임회(林檜)를 비유한 것이다.

고제봉[530] 경명 선생에 대한 제문

祭高霽峯先生文 敬命

천계(天啓) 4년 갑자년(1624, 인조2) 12월 신사삭(辛巳朔) 16일 병신(丙申)에 가선대부(嘉善大夫) 전 행 광주 목사(前行光州牧使) 모(某)가 삼가 맑은 술과 여러 음식을 차려 이조 판서에 추증된 고(故) 제봉(霽峯) 선생 고공(高公)의 영전에 경건히 제사드립니다.

천지간에 지극히 바른 기(氣)가 두루 흐르고 가득 차서 오행(五行)이 교대로 운행하니, 그 묘용(妙用)이 일정한 방향이 없음을 이루 다 기록할 수 없습니다. 그 환하게 드러나 가릴 수 없는 것으로 말하자면, 응집하여 일월(日月)과 성신(星辰)이 되고 흩어져서 경운(景雲)과 감로(甘露)가 되고 분격하여 뇌정(雷霆)과 벽력(霹靂)이 되며, 모여서 산악(山岳)이 되고 흘러서 강하(江河)가 됩니다. 사람에게 부여된 것으로 말하자면, 행함에 충신(忠信)과 효제(孝悌)가 되고, 표출함에 문장(文章)과 사령(辭令)이 되고, 베풂에 경세제민의 사업이 되고, 격동함에 강개한 절의(節義)가 되니, 이는 모두 기(氣)의 바름이 아님이 없습니다.

그런데 유독 우리 제봉 선생은 가장 바른 기운을 얻으셔서, 살아서는 그것을 북돋고 잘 길렀기 때문에 죽어서는 그 수립한 바가 탁월하여

---

530 고제봉(高霽峯) : 고경명(高敬命 1533~1592)으로, '제봉'은 그의 호이다. 본관은 장흥(長興)이며, 자는 이순(而順)이다. 1552년(명종7) 식년 문과에 장원급제하고, 이조 판서 이량(李樑)의 전횡을 논핵하였다가 울산 군수(蔚山郡守)로 좌천되는 등 벼슬살이에 부침이 있었다. 1592년(선조25) 임진왜란이 일어나자 전라좌도 의병대장에 추대되고, 그해 7월 왜적에 맞서 싸우다 아들 고인후(高因厚) 등과 금산(錦山)에서 순절하였다.

미칠 수 없습니다. 처음에 공(公)은 어릴 때부터 총명이 일찌감치 이루어졌으므로 노사(老師)와 숙유(宿儒)가 칭찬하고 끌어 주어 높은 지위에 일찍 올랐습니다. 이에 한결같이 사문을 일으키는 것을 자기의 임무로 삼아 울연(蔚然)히 광란(狂瀾)을 되돌려 세도(世道)를 붙들고자 하는 뜻을 두었습니다.

아, 덕은 성대하였으나 비방이 모여들었고 재주는 높았으나 운명이 어긋나, 뜻을 펼쳐 보지도 못한 채 향리에 비둔(肥遯)[531]한 지가 여러 해였습니다. 판탕(板蕩)에 이르러서는[532] 의로움에 분격하여 격문을 지었는데, 따르는 자가 구름처럼 모여들어 호남(湖南) 수십 주(州)의 땅이 우뚝히 강회(江淮) 지역의 보장(保障)[533]이 되도록 하였습니다. 이에 국가의 부세(賦稅)와 군병이 실로 이 지역에 의지하였으니, 중흥(中興)의 업적을 끝내 이룬 것이 공(公)이 아니면 누구 덕분이었겠습니까.

무릇 사군자(士君子)가 위태로움을 보고 목숨을 바치며 나라를 위해

---

531 비둔(肥遯) : 은둔하여 사는 삶을 말한다. 《주역(周易)》〈돈괘(遯卦) 상구(上九)〉에 "상구는 여유 있는 은둔이니, 이롭지 않음이 없다.〔上九肥遯, 無不利.〕"라고 하였다.

532 판탕(板蕩)에 이르러서는 : 임진왜란이 발발함을 말한다. 판탕은 본래 정치를 잘못하여 나라가 어지러워짐을 이르는 것으로,《시경》의 〈판(板)〉과 〈탕(蕩)〉두 편(篇)이 모두 문란한 정사(政事)를 읊은 데서 그 의미가 유래하였다.

533 강회(江淮) 지역의 보장(保障) : 하남성(河南省) 상구현(商丘縣) 남쪽에 있던 성인 수양성(睢陽城)을 말하는 것으로, 여기서는 호남(湖南)을 의미한다. 당 현종(唐玄宗) 천보(天寶) 연간에 안녹산(安祿山)의 반란이 일어났을 당시 수양성은 원군(援軍)이 단절되었는데, 진원 영(眞源令) 장순(張巡)이 수양 태수(睢陽太守) 허원(許遠)과 함께 의논하기를 "수양성은 강회 지역의 보루이니, 이곳을 버리고 떠난다면 적이 승승장구하여 남쪽으로 내려갈 것이고, 그렇게 되면 강회 지역은 반드시 망하게 될 것이다.〔睢陽江淮保障也, 若棄之, 賊乘勝鼓而南, 江淮必亡.〕"라고 하였다 한다.《舊唐書 忠義列傳下 張巡》

삶을 버림은 진실로 자신이 당연히 해야 하는 바를 다하는 것일 뿐입니다. 투지를 일으키고 주먹을 휘둘러 적과 싸워 힘이 고갈되어 죽게됨에 이르러서는 몸은 비록 잃었지만 절의는 온전히 지킨 것입니다. 내던진 것은 비록 홍모(鴻毛)처럼 가볍지만 보존한 것은 태산(泰山)처럼 무거운 뒤에야, 바른 기가 이분에게 있어 땅에 떨어지지 않았음을 바야흐로 알게 된 것이니, 어찌 위대하지 않겠습니까.

아아, 정대(正大)한 기(氣)를 가진 선생으로 하여금 묘당에서 관복을 입고 경세제민의 사업을 베풀게 하지 못하게 하며, 문형(文衡)으로서 맹주가 되어 태평한 정치를 빛나게 하지 못하게 하고서, 너무도 위급한 때를 만나 몸을 희생하여 명예를 이루게 하였으니, 하늘에서 그것을 찾아보자면 융화(融和)하는 경운(景雲)과 감로(甘露)가 아니고 바로 분격(奮擊)하는 뇌정과 벽력입니다. 당시에 흉도를 삼키기를 뜻하여 깨문 어금니가 모두 닳았으니, 열렬(烈烈)한 기가 모여 흩어지지 않고 지금에 이르렀습니다. 난신(亂神)과 역적(逆賊)이 기모(機謀)가 무너져 크게 기승을 떨치지 못한 것이 어찌 공의 민멸하지 않은 영령이 혹 그렇게 만든 것이 아니라고 장담하겠습니까.

소자(小子)가 일찍부터 듣기로 선세(先世)는 공과 사제(師弟)의 분의가 있다고 하였습니다. 매번 공의 문집 가운데 있는 '판향심재(瓣香心齋)'의 구절을 외울 때마다 정성스럽게 그리워하시는 뜻을 더욱 믿게 되었고,[534] 또한 스승에게 얻은 바가 없지 않았음을 상상하게 되니, 인

---

534 매번……되었고 : 고경명(高敬命)의 시를 통해 조희일의 선세(先世)가 고경명에게 스승이 됨을 더욱 믿게 되었다는 말이다. 《제봉집(霽峯集)》 3권의 김행(金行)에게 보인 시에 "머리를 긁고 한밤중에 마음 가득 눈물이 흐르고, 향을 사르고 공연히 다시 심재를

심을 드러내고 윤기(倫紀)를 부지(扶持)할 수 있는 우리 선생님의 순수한 충정과 위대한 절의를, 감히 펼쳐 드러내어 기꺼이 말하지 않을 수 있겠습니까.

아아, 소자의 보잘것없는 글이, 유유히 흐르는 물과 우뚝 솟은 산과 같이, 씩씩하고 환한 해와 반짝이는 별과 같이, 찬란한 선생의 덕에 어찌 조금이라도 보탬이 있겠습니까. 하지만 외람되이 이 땅을 맡았다가 교대하여 돌아갈 때에 자연히 사당을 바라보고는 개연히 느낌이 일지 않을 수 없었습니다. 이에 공경히 정성을 펴노니 흠향해 주시기를 바랍니다. 아아, 부디 흠향하소서.

다하네.〔搔首中宵淚滿懷, 辦香空復馨心齋.〕"라고 한 것이 보이며, 또 이 시의 소주에 "이때 선사 조 좌랑을 꿈에서 보고 느낌이 있었다.〔時夢見先師趙佐郎, 有感.〕"라고 하였다. 여기서 조 좌랑은 나이를 고려할 때 조희일의 부친 조원(曺瑗)은 아닌 듯하다.《霽峯集卷3 夢起有感復用前韻示周道》

현옹535에 대한 제문

祭玄翁文

오로지 '직(職)'자 운을 씀.

우리 대동은	惟我大東
태사가 세운 나라이니536	太師攸國
비로소 문교를 펴서	肇宣文教
한 지역을 교화하였네	化囿一域
작자가 교대로 일어나	作者代興
이에 모범이 되었는데	于以矜式
천 년의 뛰어난 정기를	千年間氣
공은 실로 품부받았네	公實稟得
젊은 나이에 학문에 뜻을 두어	妙齡志學
함양하는 공부에 힘을 쏟았네	涵養着力
단서를 밟아 깊은 경지에 이르렀고	履端詣深

---

535 현옹(玄翁) : 신흠(申欽, 1566~1628)으로, '현옹'은 그의 호이다. 본관은 평산(平山), 자는 경숙(敬叔), 또 다른 호는 현헌(玄軒), 상촌(象村), 방옹(放翁) 등이 있다. 1586년(선조19) 별시 문과에 급제하여 벼슬이 영의정에 이르렀다. 저서에 《상촌집》, 《야언(野言)》 등이 있다.

536 태사(太師)가 세운 나라이니 : '태사'는 은(殷)나라 삼공(三公) 가운데 가장 높은 직위로, 부사(父師)라고도 한다. 여기서는 기자(箕子)를 가리킨다. 기자는 은나라를 정벌한 무왕(武王)에 의해 조선(朝鮮)에 봉(封)해져서 예의(禮義)와 전잠(田蠶) 등을 가르쳐 다스렸다고 한다. 《書經集傳 微子》 《漢書 地理志》

심고 가꾸어 결실을 보았네   能稼而穡

온윤(溫潤)하고 단단하여   溫然栗然

그 덕이 옥과 같았고   如玉其德

법도는 근엄하고   有規整整

위의(威儀)는 치밀했네[537]   有儀抑抑

집안에 있음을 살펴보면   相爾在家

그 몸을 닦고 삼가고   其躬修飭

임금을 섬김을 살펴보면   相爾事君

그 뜻을 숨기지 않았네   其指不匿

사람들 간혹 흠잡는 말을 하나   人或有言

성대한 명성을 막기 어려웠고   盛名難塞

공의 재주가 마침 쓰이자   公才適用

행실이 식견에 부응하였네   行副於識

용기와 지혜와 재주를   勇與智藝

능히 겸한 자 뉘 있으랴   兼之誰克

거의 예악까지 갖추어   庶幾禮樂

성인[538]의 본보기가 되었네   成人之則

---

537 위의(威儀)는 치밀했네 : 《시경》〈가락(假樂)〉에 "위의는 치밀하고 덕음은 떳떳하
다.〔威儀抑抑, 德音秩秩.〕"라고 하였다.

538 성인(成人) : 완성된 사람이란 뜻으로, '성인'이 어떤 것인지에 대한 자로(子路)의
질문에 공자가 대답하기를 "만일 장무중의 지혜와 공작의 탐욕하지 않음과 변장자의
용기와 염구의 재예에 예악으로 문채를 내면 또한 성인이 될 수 있을 것이다.〔若臧武仲之
知, 公綽之不欲, 卞莊子之勇, 冉求之藝, 文之以禮樂, 亦可以爲成人矣.〕"라고 하였고, 이어
"지금의 성인은 어찌 굳이 그러할 것이 있겠는가. 이익을 보고 이로움을 생각하며, 위태

문질이 빈빈하였고[539]	文質彬彬
독서하는 고직이었네[540]	讀書皐稷
자신이 무거운 짐을 지고자 할 때면	我欲任重
수레에 형(衡)과 식(軾)[541]을 갖춘 듯하였고	車備衡軾
자신이 먼 곳에 이르고자 할 때면	我欲致遠
말에 재갈과 굴레를 갖춘 듯하였네	馬具銜勒
자신이 큰 의심을 헤아리고자 할 때면	我稽大疑
거북 껍질과 시초(蓍草)로 점을 친 듯하였고	龜灼蓍扐
자신이 큰 집을 지을 때에는	我搆廣廈
들보를 쓰지 말뚝은 쓰지 않는 듯이 하였네	伊棟匪杙
밭갈이에 비유하면	譬如耕垡
좋은 보습이 날카로움이요	良耜畟畟
장사에 비유하면	譬如化居

로움을 보고 목숨을 바치며, 오래된 언약에 평소의 말을 잊지 않는다면 이 또한 성인이
될 수 있을 것이다.〔今之成人者, 何必然? 見利思義, 見危授命, 久要不忘平生之言, 亦可以爲
成人矣.〕"라고 하였다. 《論語 憲問》

539 문질(文質)이 빈빈(彬彬)하였고 : 문채와 바탕이 조화를 이루고 있음을 말한다.
《논어》〈옹야(雍也)〉에 "바탕이 문채보다 지나치면 촌스럽게 되고, 문채가 바탕보다
지나치면 겉치레에 흐르게 되나니, 문질이 빈빈하게 된 뒤에야 군자라고 할 수 있다.〔質
勝文則野, 文勝質則史, 文質彬彬然後君子.〕"라고 하였다.

540 독서하는 고직(皐稷)이었네 : '고직'은 순 임금의 어진 신하인 고요(皐陶)와 후직(后
稷)을 아울러 칭한 것으로, 신흠(申欽)이 신하로 있으면서 학문을 게을리하지 않았음을
뜻한다.

541 형(衡)과 식(軾) : '형'은 소가 들이받는 것을 저지하기 위해 소뿔에 가로 댄 나무이
고, '식'은 수레 앞턱에 가로 댄 나무이다.

그 재화가 매우 불어남이네	其財孔殖
선조에서 벼슬할 때에도	身際先朝
이미 높은 자리에 응하였는데[542]	已膺巍陟
반정에 미쳐서는	逮于反正
발탁되어 괴극에 처하였네[543]	擢處槐棘
형세를 살피고 마땅함을 헤아림에	審勢酌宜
느리지도 급하지도 않았고	匪徐匪亟
원흉(元兇)을 주벌하고	誅翦兇渠
간악한 자를 내쫓았네	屛黜奸慝
나라의 위태로움을	邦之杌陧
한 손으로 부식하니	隻手扶植
임금은 근심하고 신하는 초췌하여	君憂臣瘁
몸을 쪼개어 정사에 힘썼다네	劃體旰食
병이 누구 때문에	病緣誰故
이렇게 심해지게 되었나	而至此極
침석은 효과가 없고	鍼石不良
요사한 별은 불길함이 다가옴을 알렸네	星妖告逼

---

542 선조(先朝)에서……응하였는데 : '선조'는 선조(宣祖)가 재위할 당시를 말한다. 이 때에 이미 신흠(申欽)은 예조 판서, 사헌부 대사헌 등의 높은 관직을 두루 역임하였음을 의미한다.

543 반정(反正)에……처하였네 : 인조반정(仁祖反正) 직후에 신흠(申欽)이 고관(高官)에 올랐음을 뜻한다. '괴극(槐棘)'은 삼괴구극(三槐九棘)의 준말로, 삼공(三公)과 구경(九卿)을 말하는데 여기서는 신흠이 정승의 지위를 차지한 일을 두고 말한 것이다. 《仁祖實錄 1年 7月 29日》

기재가 일찍 쓰러지니[544]	材夭杞梓
번식하는 이치가 어긋났네	理爽蕃植
아아 애통하도다	嗚呼哀哉
지난날 혼조는	往在昏朝
윤리와 강상이 어두웠네[545]	倫紀晦蝕
어지러운 옥사가 늘어나	亂獄滋豐
충성스럽고 선량한 이를 원수라고 하여	忠良讎賊
삼목[546]이 몸에 있어	三木在身
서로 바라만 보고 침묵하였네	相視而默
공께서는 궁벽한 산골짝에 갇히고[547]	公囚窮峽
나는 북쪽에 던져졌네[548]	我投于北
공은 시를 주고 나는 서찰을 보냈는데	公詩我札

544 기재(杞梓)가 일찍 쓰러지니 : '기재'는 대들보로 쓰일 수 있는 크고 반듯하게 자라는 기나무와 가래나무로, 훌륭한 인재를 뜻한다. 여기서는 신흠(申欽)을 비유한 것으로 훌륭함을 갖췄으나 기대만큼 수(壽)를 누리지 못했음을 말한다.

545 지난날……어두웠네 : 혼조(昏朝)는 광해조(光海朝)를 가리킨다. 1613년(광해군5)에 일어난 계축옥사(癸丑獄事)를 통해, 인목대비(仁穆大妃) 소생의 영창대군(永昌大君)을 강화(江華)에 위리안치(圍籬安置)한 뒤 살해하고 인목대비를 서궁(西宮)에 유폐한 일 등을 가리킨다.

546 삼목(三木) : 죄인의 목과 손과 발에 각각 채우던 세 가지 형구이다.

547 공께서는……갇히고 : 인목대비의 유폐 및 김제남(金悌男)의 가죄(加罪) 문제와 관련하여 양사(兩司)에서 논계하였는데, 이 당시 신흠(申欽)이 춘천(春川)에 유배되게 된다. 《光海君日記 8年 9月 24日, 9年 1月 6日》

548 나는 북쪽에 던져졌네 : 김제남(金悌男)의 역모 사건과 관련하여, 정협(鄭浹)의 초사(招辭)에 조희일(趙希逸)이 나왔기 때문에 조희일은 평안도 이산(理山)에 위리안치(圍籬安置) 되었다. 《光海君日記 9年 1月 27日, 28日》

간담은 떨리고 마음은 서글펐네 膽悸心惻

잘 보존하기를 권면하며 勖之善保

모진 고초를 받아 들였네 任受困殛

유묵이 눈앞에서 빛나니 遺墨照眼

흐르는 눈물을 끝없이 훔치네 涕不禁拭

아아 애통하도다 嗚呼哀哉

내가 사간원에 재직할 때라 余忝諫垣

일을 논하는 것이 직분이었네 言事其職

공에게 경세제민하시기를 요구하여 責公經濟

경책하고 신칙하였으니 以警以勑

자신을 헤아리지 못한 것이었지만 雖不自量

실로 지성(至誠)에서 나온 것이었네[549] 實出悃愊

공께서 어찌 헤아리지 못하셨겠는가마는 公豈不諒

듣는 자들은 지나치게 의혹하였네 聞者過惑

느닷없는 화란이 갑자기 일어나 駭機卒發

어긋난 자취는 궁박해졌네 乖蹤偪側

말을 잘못한 것을 言之涉枉

공께서 도리어 풀어 주셨고 公乃直之

스스로 자초한 근심을 我自貽慼

---

549 공에게……것이었네 : 1623년(인조1) 정언 박정(朴炡)이 올린 계사에서 해당 내용을 유추해 볼 수 있다. 그 계사에, 박정이 전에 대사간 정엽(鄭曄)에게 한 말 가운데 조희일(趙希逸)이 언관을 거쳐 정상적인 절차로 논열(論列)하지 않고 재신(宰臣)의 집에 가서 대신(大臣)을 침해하는 말을 함으로써, 남을 이용하여 대신을 흔들었다고 공박하는 내용이 보인다. 여기서 대신은 신흠(申欽)이다. 《仁祖實錄 1年 12月 11日》

공께서 도리어 부끄러워하셨네	公乃愧之
책시에서 비방을 불러들여[550]	策試招謗
흑백이 현혹되고 어지러웠는데	眩亂白黑
황당무계하고 근거도 없는 말을	無稽不根
억측으로 주거니 받거니 하였네	唱和以臆
풍파가 일어나	波洶風動
순식간에 두루 퍼졌는데	遍行瞬息
나는 공을 돕다가	我貳于公
함께 탄핵을 당하였네	同被擧劾
비록 혹 흐리게 보이지만	雖或濁之
그 물가는 맑고 맑으며	其沚湜湜
비록 혹 물들여도	雖或涅之
그 색깔은 깨끗하고 깨끗하였네[551]	皎皎其色
아아 애통하도다	嗚呼哀哉

---

550 책시(策試)에서 비방을 불러들여 : 1626년(인조4)에 신흠(申欽)이 별시(別試)의 전시(殿試)에 독권관(讀券官)을 맡았을 때, 고관(考官) 조박(趙璞)의 아들 조전소(趙全素)가 답안지 제출 시한을 어기고 답안지를 제출하여 합격하는 일이 발생한 데다, 시관(試官) 중에 직접 계사(啓辭)를 기초해서 승지에게 입계(入啓)하기를 권하는 등의 사정(私情)을 쓴 정황이 있었다. 그리고 마침 합격자의 명단에 신흠의 아들 신익전(申翊全)과 손자 신면(申冕)이 포함된 것까지 문제시되어 간원에서 파방(罷榜)을 청하기에 이르렀다. 《仁祖實錄 4年 8月 28日》《象村稿 附錄2中 墓誌銘幷序》

551 비록……깨끗하였네 : 신흠(申欽) 인품의 고결함을 사물을 빌어 칭송한 것이다. 《시경》〈곡풍(谷風)〉에 "경수가 위수 때문에 흐려 보이지만, 그 물가는 맑고 맑으니라.〔涇以渭濁, 湜湜其沚.〕라고 하고, 《논어》〈양화(陽貨)〉에 "희다고 말하지 않겠는가. 물들여도 검어지지 않는다.〔不曰白乎? 涅而不緇.〕"라고 하였다.

나는 옛 전적을 연구하고　　　　　　　　　我業墳籍

겸하여 문장을 일삼았는데　　　　　　　　兼事翰墨

공에게 나아가 질문하여　　　　　　　　　就公以問

외람되이 칭찬을 받았으니　　　　　　　　猥蒙獎飭

사랑방까지 감히 올랐고　　　　　　　　　敢躋堂奧

울타리를 지나 문지방을 드나들었네　　　　涉藩踰閾

혼미한 길에서 앞길을 인도하여　　　　　　啓迪迷塗

더듬더듬 헤매는 것을 면하게 해 주셨으니　俾免摘埴

지금 지남을 잃음에　　　　　　　　　　　今失指南

나는 엎어지고 넘어지네　　　　　　　　　我其顚踣

아아 애통하도다　　　　　　　　　　　　嗚呼哀哉

오늘날 풍속은 날로 구차해져　　　　　　　時風日偸

백성들은 참람하고 사특하네　　　　　　　民用僭忒

큰길은 험하고 가파르며　　　　　　　　　周行險巇

나라의 운명은 기울어졌네　　　　　　　　皇路傾側

해는 흉년이 들고 오랑캐는 미쳐 날뛰어　　歲飢虜猘

백성들이 가여운데　　　　　　　　　　　哀哉兆億

철인이 시들고 태산이 무너지니[552]　　　　哲痿山頹

사람은 없어지고 도는 사라졌네　　　　　　人亡道熄

---

552 철인이……무너지니 : 스승의 죽음을 슬퍼하는 말로, 신흠(申欽)의 사망을 비유한
것이다. 공자(孔子)가 세상을 떠나기 일주일 전에 "태산이 무너지려 하는구나. 들보가
쓰러지려 하는구나. 철인이 시들려 하는구나.〔泰山其頹乎, 梁木其壞乎, 哲人其萎乎.〕"라
고 읊조린 데서 나온 말이다. 《禮記 檀弓上》

아름다운 시호와 후한 부의(賻儀)를 내리시며	美諡厚賻
성상께서 매우 애통해 하시네	宸情慟盡
고아한 명망과 영준한 자질을 갖춘 자가	雅望英姿
광중(壙中)에 나아가네	窀穸之卽
아아 애통하도다	嗚呼哀哉
벼슬길이 활짝 열려	有亨者衢
끝까지 다 올라갔는데	飛盡其翼
일갑만을 겨우 돌았으니	一甲纔周
어찌하여 오래 살도록 하지 않았단 말인가	胡壽之嗇
옛날 모시고 담소할 때에	昔陪言笑
한밤이 되고 해가 기울도록 모셨는데	宵分日昃
지금 영원히 이별하면서	今來永訣
겨우 잠깐의 시간만을 머무네	僅淹晷刻
보잘것없는 술553로 정성을 드러내고	攄誠泂酌
짧은 제문으로 애통함을 펴니	述哀片幅
영령께서 혹 어둡지 않으시면	靈或不昧
기억해 주소서	庶其省憶
아아 애통하도다	嗚呼哀哉
부디 흠향하소서	尚饗

---

553 보잘것없는 술 : 대본에는 '洞酌'으로 되어 있는데, 문맥에 근거하여 '洞'을 '泂'으로 바로잡아 번역하였다. 형작은 제사에 쓰는 맛이 좋지 못한 술로, 《시경》〈형작(泂酌)〉에 "멀리 저 길가의 빗물을 떠서, 저것을 떠다가 여기에 붓더라도 선밥과 술밥을 만들 수 있도다.〔泂酌彼行潦, 挹彼注玆, 可以饋饎.〕"라고 하였다.

인형 한 감찰에 대한 제문 무진년(1628, 인조6)

祭姻兄韓監察文 戊辰年

유년월일(維年月日)에 인제(姻弟) 죽음거사(竹陰居士) 모(某)가 병들어 자력으로 조문하지 못하므로 이에 감히 슬픔을 품고 정성을 다하여 종자(宗子) 시형(時馨)으로 하여금 삼가 맑은 술과 여러 음식을 차려 고(故) 통훈대부(通訓大夫) 행 사헌부 감찰(行司憲府監察) 한공(韓公)의 영전에 섭제(攝祭 대신 지내는 제사)를 올리게 합니다.

아아, 아우가 오히려 차마 우리 형님을 제사지낼 수 있겠습니까. 형님은 아우와 나이가 같고 태어난 달이 저보다 조금 앞서는데, 약관의 나이에 우리 집에 장가왔습니다. 모두 젊은 나이로 태평한 시대에 태어나 부모님이 모두 생존해 계시고 형제가 무고하였습니다. 날마다 즐겁게 어울려 지내면서 살갗을 부비고 음식을 함께 먹으며 잠시도 서로 떨어진 적이 없었습니다.

중년에는 어려움이 많아서, 우리 집은 재앙에 걸렸고 형은 만 번 죽을 뻔한 고비를 벗어났으니, 서로 마주함에 슬프기도 기쁘기도 하였습니다. 그 뒤 30여 년 동안 헤어지고 만남에 일정함은 없었으나 대부분 거처는 서로 가깝고 발길은 서로 이어졌습니다. 만약 하루이틀이라도 만나 보지 못하면 번번이 서로 안부를 물었으니 비록 풍우와 한서(寒暑)가 심하더라도 막혀 있고 떨어져 있던 날이 드물었습니다. 이는 대개 젊은 나이부터 함께 살아 정의와 사랑이 매우 돈독하였기에, 마음을 토로하는 것에 아무 문제가 없어 화락하고 기쁜 마음으로 흔쾌히 진심을 쏟아 내는 일에 뜻을 꾸며 애써 억지로 행할 겨를이 없었기 때문입니다.

지난날 형님이 해서(海西)에 계실 때에 불행히도 풍토병에 걸려 병근

(病根)이 생겼으니, 매양 고질병으로 바뀔까 하는 근심이 있었습니다. 아, 그런데 마침내 이것 때문에 어찌할 수 없는 지경에 점차 이르게 된 것입니까. 지난해 가을에 저 또한 병든 몸으로 명을 받아 서쪽 변방으로 원역(遠役)을 갔는데 황급히 작별하느라 서로 서글피 바라보고 한마디 말도 건네지 못하였습니다. 돌아옴에 미쳐서는 형의 병세가 위중하다는 말을 듣고는 급히 가서 문후하였는데, 손을 만지고 팔을 잡으며 눈물을 삼키고 영결하였습니다. 아아, 오십에 세상을 떠난 것은 천수를 누린 것이 아닙니다. 하지만 아들 두 명이 가업(家業)을 이을 것이고 앞에는 자손들이 가득하니, 비록 장성하여 입신양명(立身揚名)하는 것을 눈으로 보지는 못하더라도 또한 능히 돌아가신 뒤에는 풍족함이 있을 것입니다.

형님의 입장에서 말하자면 아마 유감스러운 점이 없을 것이지만 몹시 그리워하는 아우의 입장에서 한번 말해 보겠습니다. 두 성씨의 우호가 사람이라면 그 누가 없겠습니까. 인형(姻兄)과 인제(姻弟)를 사람들 모두 다 가지고 있습니다. 웃으며 얘기하고 기뻐하며 화합함이 세속이 다 똑같았는데 우환을 당해 돌보아 주지 않음이 없고 병에 걸려 가엽게 여기지 않음이 없습니다. 하지만 죽고 사는 처지에 놓이면 비록 골육의 지친이라도 더러 등을 돌리고 떠나감을 면치 못하거늘 유독 형님은 자기의 근심처럼 여기고 시종 변치 않으셨으니, 이는 진실로 옛사람도 어렵게 여겼던 바이고 지금 세상에서도 쉽게 보기 힘든 일입니다.

아아, 아우가 깊이 병들어 몸이 병석을 떠나지 못하기에 빈소에 조문하지 못하고 조전(祖奠)에 상여 끈을 잡지도 못하며 하관(下棺)할 때에 광중(壙中)에 임하지도 못합니다. 이에 보잘것없는 술을 따라 사람을 시켜 올리게 하니 병석에서 오열하며 비 오듯 눈물을 흘립니다. 아아, 애통합니다. 부디 흠향하소서.

성황사에 올리는 기우제 제문

城隍祠祈雨文

신미년(1631, 인조9) 5월에 대구 감영(大邱監營)에 머물렀다.

…… 감히 성황신(城隍神)께 밝게 고합니다. 삼가 아룁니다. 성황신은 진실로 한 고을 땅의 주인으로 온갖 신들을 관할하여 분주하게 호령을 따르게 하는 자입니다. 이번 가뭄이 겨울에서부터 봄과 여름까지 이어진 탓에 대지(大地)는 적지(赤地)[554]로 바뀌고 깊은 못은 메말랐습니다. 보리는 이삭이 났지만 말라 버렸고, 벼는 볏모가 나지도 않아 말라붙었으며, 목면(木綿)은 이미 씨를 뿌렸지만 뿌리가 땅에 자리잡지 못하여 광풍에 거의 다 뽑혔으니, 신께서는 어찌 전혀 관심도 두지 않고 생각하지 않으신단 말입니까.

아아, 백성들이 의지하여 입고 먹을 방도가 끊어졌습니다. 이 때문에 후토씨(后土氏) 신과 후직씨(后稷氏) 신에게 제사를 올려 한 번 비를 내려 주어 썩어 문드러지는 만물을 구제해 주기를 감히 호소하였는데, 정성이 위에까지 이르지 못하여 쨍쨍한 햇볕은 더욱 맹렬해지고 뜨거운 열기는 한층 사나워졌습니다. 이에 또 죄 없는 백성들이 절로 다 죽어 가는 지경으로 나아가는 것을 차마 좌시할 수 없어 문득 감히 재계(齋戒)를 극진히 하고 정성을 다하여 신명께서 보우해 주시기를

---

554 적지(赤地) : 한재(旱災)를 입어 전혀 수확할 것이 없는 땅이다. 《한비자(韓非子)》 〈십과(十過)〉에 "진나라가 큰 가뭄이 들어서 적지가 된 지 3년이 된다.〔晉國大旱, 赤地三年.〕"라고 하였다.

기도하는 것입니다.

　삼가 바라건대 밝은 신께서는 신령들을 불러들여 흉포한 한발(旱魃)을 속히 죽이소서. 또한 좋게 죽음을 맞이하지 못한 탓에 억울해 하고 원한을 품어서 화기를 해치고 사나움을 일으키는, 제사를 받지 못하고 있는 여귀(厲鬼)를 모은 다음, 취(醉)하고 배부르게 제사를 받게 하여 억울함이 풀리게 함으로써 뜨거운 열기를 시원하게 제거해 주소서. 그리고 뇌정(雷霆)을 채찍질하고 일으켜 운무(雲霧)를 이루게 하되, 세차게 내리는 비를 막지 못하게 하소서. 그리하여 한 번 두루 적시도록 지휘하시어 한 고을에 사는 우리 수많은 생령의 목숨을 살려 주시기를 빌고 또 빕니다. 부디 흠향하소서.

기우제 제문

祈雨祭文

백성은 하늘에서 나왔으니	民生於天
하늘은 실로 부모와 같으므로	實惟父母
백성이 비통한 일을 당하면	民有慘怛
반드시 부르짖고 하소연하네	必號必籲
하늘은 이를 불쌍히 여겨	天應悶斯
돌아보고 보호해 주니	以顧以護
하늘과 백성이 서로 함께하는 것이	天民相與
이치에 어긋나지 않는데	理不差互
어찌 한발로 하여금	胡令旱魃
진노를 혹독히 부리게 하는가	酷肆威怒
겨울에 얼음과 눈이 생기지 않아	冬無氷雪
땅은 얼지 않았고	地不凝冱
봄은 추위가 절서를 빼앗아	春寒奪序
못에는 단비가 내리지 않았다네	澤靳時雨
지금 한여름이 되어서	徂兹盛夏
극성한 양기가 땅을 태우니	亢陽焦土
산 빛은 싹 가신 듯하고	山光若滌
물길은 실오라기 같네	水脈如縷
저 보리의 이삭은	彼麥之穗
메말라 묵은 풀이 되었으며	槁爲宿莽

심은 목면(木綿)은 뿌리를 내리지 못하고	綿種不着
볏모는 아직 움트지 않았네	稻秧未吐
백곡(百穀)이 싹 사라졌네	百嘉蕩然
저 농토에서 채마밭에서	伊農伊圃
가여운 우리 생령은	哀我生靈
학철부어(涸轍鮒魚)처럼 헐떡이네555	喁喁涸鮒
헐벗은 몸에는 무엇을 걸칠 것이며	體露何蓋
굶주린 배는 무엇으로 채우겠는가	口飢焉哺
스스로 먹고살기도 참으로 어려운데	自養寔艱
어느 겨를에 조세를 신경 쓰겠는가	遑恤租賦
가여운 우리 백성은	哀我赤子
살기를 바라나 방법이 없네	覓生無路
하늘이시여 어머니시여	天乎母乎
그 젖을 차마 끊으시는가	忍絶其乳
직은 곡식 먹이는 일을 맡았고	稷司乃粒
사는 토지의 주인이시니	社土之主
우리가 제향하여	我享我祀
의지하고 믿는데	是依是怙
어찌 멀다고 여겨서	胡寧邈邈
하소연하지 않겠는가	靡控靡訴
삼가 바라건대 밝은 신께서는	伏願明神

---

555 학철부어(涸轍鮒魚)처럼……헐떡이네 : 수레바퀴 자국에 고인 물속에서 숨을 헐떡
이는 붕어처럼, 몹시 곤궁하고 위급한 지경에 처했음을 표현하는 말이다.《莊子 外物》

우리 소원을 들어주고 어기지 말아   聽我毋忤

비렴[556]을 주벌하고   殄戮飛廉

운무를 일으키소서   噓呵雲霧

음관과 수속[557]을   陰官水屬

한 번 부절을 내어 불러 모으고   一符召聚

우레를 울리고 번개를 내리쳐   轟雷燦電

신속하게 몰아치소서   揮霍旁午

불볕더위를 속히 쓸어버리고   迅掃蘊隆

단비를 서둘러 내려서   亟霈甘澍

메마른 것들을 되살리고 윤택하게 하여   蘇枯潤燥

그 은택을 널리 베풀어 주소서   厥施斯普

그렇게 해 주신다면 아마도 가을에는   庶幾有秋

농작물이 밭이랑에 가득하고 들판에 펼쳐질 것이니   疇盈原布

우리들 농사일에   我稼我穡

예전처럼 보새[558]를 지내리라   報賽如故

이에 내 깨끗이 재계하고   爰潔我齋

정결함을 다해 공경히 고하며   專精虔告

이 희생을 가르고   有臠斯牲

---

556 비렴(飛廉) : 바람을 일으키는 풍신(風神)이다. 초(楚)나라 굴원(屈原)의 〈이소(離騷)〉에 "앞에는 망서로 길잡이를 삼고, 뒤에는 비렴이 따라오게 하네.〔前望舒使先驅兮, 後飛廉使奔屬.〕"라고 하였다.《楚辭 離騷》

557 음관(陰官)과 수속(水屬) : 비와 물을 관장하는 신들을 일컫는다.

558 보새(報賽) : 해마다 가을에 농사를 마치고, 신(神)의 공덕과 은혜에 보답하기 위해 지내는 제사이다.

제수를 올리네   于簋于簠

변변찮은 술을 따르고   有酌斯洞

한 가닥 향불을 사르니   有瓣斯炷

신께서는 와서 흠향하고   神其歆格

우리 백성들에게 복을 주소서   我民是祚

기청제 제문

祈晴祭文

신미년(1631, 인조9) 6월에 호변(胡變)[559]으로 상주(尙州)로 나아가 머물렀다.

나라가 운이 막혀	邦家運否
바깥의 미친 오랑캐가 능멸하니	外猘憑陵
유월에 허둥지둥	六月棲棲
군대를 일으켰네	師旅其興
오래도록 가물다가 큰 비가 내려	久旱大霈
백곡이 겨우 소생하였지만	百穀纔蘇
극비의 재해는	極備之災
극무보다 흉하였네[560]	凶於極無
도랑이 차고 넘쳐서	川渠沸騰

---

559 호변(胡變) : 1631년(인조9) 6월에 호차(胡差) 박중남(朴仲男)과 아지호(阿之戶) 등이 군사 1만여 명을 거느리고 가산(嘉山) 서쪽을 막은 뒤, 노략질을 일삼는 가도(椵島) 의 명(明)나라 군대를 조선의 배를 빌려 치고자 한다는 후금(後金) 왕의 뜻을 관철하려 한 사건을 말한다. 이에 조정에서는 부원수 정충신(鄭忠信)으로 하여금 훈련도감 군사 수백 명을 거느리고 평양(平壤)에 가서 머물면서 책응(策應)하게 하는 한편, 해서(海西) 의 병력을 징발하는 조치를 취하였다. 《仁祖實錄 9年 6月 8日》

560 극비의……흉하였네 : 장마로 인한 피해가 가뭄보다 심하다는 뜻이다. 극비는 너무 많은 것이고 극무는 너무 없는 것으로, 여기서는 각각 장마와 가뭄을 가리킨다. 《서경》 〈홍범(洪範)〉에 "한 가지가 지극히 구비되어도 흉하고, 한 가지가 지극히 없어도 흉하 다.〔一極備, 凶, 一極無, 凶.〕"라고 한 데서 온 말이다.

행로(行路)가 막히고 지체되니	行李阻滯
걸음을 멈추고 방황하면서	頓步彷徨
아무 데도 이르거나 도착하지 못하였네	靡至靡屆
일이 시기(時機)에 늦어진다면	事後於機
어찌 재앙을 막을 수 있겠는가	惡能式遏
내 다급하게 기도하느라	我祈孔亟
길일을 가릴 겨를도 없었네	不遑蠲吉
신은 장마를 그치게 하여	神其霽霪
나의 가는 바를 순조롭게 해 주소서	利余攸往
희생을 갈라 제수를 올리니	刲牲奠齊
바라건대 정결한 제사를 흠향하소서	庶厥精享

또 짓다
又

음양의 이치가 어긋나고	陰陽理錯
우리 제사가 때에 맞지 않아	我祀不時
신에게 복을 구했으나	徼福于神
도리어 위엄을 보이셨네	反示以威
가물고 가물다가	曰暘曰暘
비가 세차게 쏟아졌네	其雨淋漓
군법에는 일정이 있으므로	軍法有程
군사들은 기한을 어길까 두려워한다네	師恐爽期
우리 농사가 망가지는 것을	我稼之瘁
근심할 겨를도 없으니	不遑憂思
저 갑작스런 큰비를	彼突如者
어떻게 막겠는가	何以遏之
신은 소원을 들어 주시어	神之聽之
장마를 그치고 햇빛을 비추어	豁霪開曦
큰비와 불어난 물을 없애 준다면	蹴潦殺漲
우리 갈 길이 매우 편안하리라	我途孔夷
우리 희생과 우리 제수를	我牲我羞
보잘것없다고 싫어하지 마시고	莫嫌酉菲
밝은 우리 정성을	我誠炳然
바라건대 흠향하소서	庶幾歆斯

월사 이 상공[561]에 대한 제문
祭月沙李相公文

지난날 진사의 해[562]에	往際辰巳
왕실이 곤란에 처했는데	王室在難
아득한 행궁이	逖矣行宮
용만(龍彎 의주(義州))에 있었지	于灣之畔
공은 당시 장년(壯年)이었고	公方盛歲
나는 곧 약관의 나이였는데	余乃弱冠
공은 말고삐 잡고 호종하고	公執羈靮
나는 도탄에 빠져 있었네	余羅塗炭
우연히 요동(遼東)에서 만나	邂逅遼山
후관[563]에서 공에게 절하였는데	拜公候館
빛나고 아름다운 풍채	瓊林玉樹
찬란히 눈에 가득 들어왔네	燦然溢眼
드넓은 덕량과	恢恢德宇
늠름한 풍모를	凜凜風岸

---

561 월사(月沙) 이 상공(李相公) : 이정귀(李廷龜, 1564~1635)로, '월사'는 그의 호이다. 본관은 연안(延安), 자는 성징(聖徵), 시호는 문충(文忠)이다.

562 진사(辰巳)의 해 : 임진왜란이 발발한 해인 임진년(1592, 선조25)과 그 이듬해인 계사년이다.

563 후관(候館) : 지나가는 관원이나 외국의 사신을 접대하는 역관(驛館)이다.

어찌 한마디 말로	寧有片言
먼저 기리고 예찬함이 있었으랴만	先之譽讚
너그러운 안색으로	便加顔色
다정하고 정성스레 대해 주셨지	懃懃灌灌
어찌 감히 소무에 비길 수 있겠는가[564]	敢比小巫
무안함을 품고서 도리어 달아났다네[565]	反走懷板
속마음은 문득 경도되고	肝膽忽傾
비루하고 인색함이 모두 흩어졌으니	鄙吝都散
깊은 연못을 표주박으로 헤아리고	深淵測蠡
표범의 무늬 하나를 대롱으로 보는 듯했네[566]	一斑窺管

---

564 어찌……있겠는가 : 조희일(趙希逸)이 이정귀(李廷龜)에게 도저히 미치지 못함을 '소무(小巫)'와 '대무(大巫)'의 고사를 끌어와 나타낸 것으로, 소무 즉 작은 무당은 조희일 자신을 비유한 말이다. 삼국 시대 오(吳)나라 장굉(張紘)이 위(魏)나라 진림(陳琳)의 글을 보고서 칭찬하자, 진림이 "이른바, 소무가 대무를 보면 신기가 완전히 빠져 버리고 만다.〔所謂小巫見大巫, 神氣盡矣.〕"라고 한 데서 온 말이다. 《三國志 吳志 張紘傳》

565 도리어 달아났다네 : 자신이 남에게 도저히 미치지 못한다는 말이다. 《장자(莊子)》 〈달생(達生)〉에, 기성자(紀渻子)라는 사람이 닭을 키운 지 40일이 되어서 왕이 이제는 싸움을 시킬 수 있는지 묻자, 대답하기를, "거의 되었습니다. 다른 닭이 울며 덤벼도 태도에 아무 변화가 없습니다. 멀리서 바라보면 마치 나무를 깎아 만든 닭과 같습니다. 닭의 덕이 온전해진 것입니다. 다른 닭이 감히 덤비지 못하고 도리어 달아납니다.〔幾矣, 雞雖有鳴者, 已無變矣. 望之似木雞矣, 其德全矣. 異雞無敢應, 見者反走矣.〕"라고 한 우화에서 온 말이다.

566 깊은……듯했네 : 이정귀(李廷龜)의 기국을 조희일(趙希逸)이 도저히 헤아릴 수 없음을 나타낸 말이다. '표주박으로 헤아린다'는 말은, 한(漢)나라 동방삭(東方朔)의 〈답객난(答客難)〉에 "대롱 구멍으로 하늘을 엿보고, 표주박으로 바닷물을 재며, 풀줄기로 종을 치는 격이다.〔以筳窺天, 以蠡測海, 以筳撞鍾.〕"라고 한 데서 온 말이다. 《文選

충만하게 얻음이 있어서	充然有得
심취하여 뜻이 흡족하니	心醉意滿
구름 속의 붕새인 양 공을 우러르고	仰瞻雲鵬
울타리 곁의 메추라기인 양 부끄러웠네[567]	俯媿藩鷃
임금님 이에 중시하시어	王庸器之
"그대는 보배로운 인재로다."라고 하셨네	曰爾瑰玩
아름답기는 호련[568]과 같고	美如瑚璉
곱기로는 저 규찬[569]과 같았네	瑟彼圭瓚
형구[570]로 나아가	蹻足亨衢

卷45》'표범의 무늬 하나를 대롱으로 본다'는 말은 '규표일반(窺豹一斑)'에서 온 것인데, 대롱으로 표범을 엿보면 겨우 무늬 하나만을 볼 수 있을 뿐이라는 뜻으로 자신의 좁은 소견으로 상대방의 학문이나 식견 등을 헤아리지 못한다는 겸사이다. 《晉書 王獻之列傳》

567 구름……부끄러웠네 : 이정귀(李廷龜)를 붕새에, 죽음(竹陰) 자신을 메추라기에 비유하여 이정귀를 높이고 자신을 낮춘 것이다. 《장자》〈소요유(逍遙遊)〉에, 거대한 붕새가 9만 리나 솟구쳐 남쪽 바다에 이르는데, 이를 두고 메추라기가 비웃으며 "저 새는 장차 어디로 가겠다는 것인가. 우리는 뛰어올라 두어 길도 올라가지 못하고 내려와 쑥대밭 사이에서 파닥거리니, 이것이 가장 높이 나는 것이다. 그런데 저 새는 어디로 가는 것인가."라고 하였다.

568 호련(瑚璉) : 호(瑚)와 연(璉)은 모두 종묘 제사에서 서직(黍稷)을 담는 귀한 그릇으로, 훌륭한 인재를 의미한다. 《논어》〈공야장(公冶長)〉에 공자가 자공(子貢)을 호련에 비유한 말이 보인다.

569 규찬(圭瓚) : 옥찬(玉瓚)과 같다. 옥과 황금으로 만든 제사에 쓰이는 국자로, 이정귀(李廷龜)를 비유한 것이다. 《시경》〈한록(旱麓)〉에 "고운 저 옥찬에, 울창주가 담겨 있도다.〔瑟彼玉瓚, 黃流在中.〕"라고 하였다.

570 형구(亨衢) : 사통팔달의 큰길인데, 여기서는 탁 트인 벼슬길을 뜻한다. 《주역》〈대축(大畜)〉에 "상구는 하늘의 거리이니, 형통하다.〔上九, 何天之衢, 亨.〕"라고 한 데서 온 말이다

높은 관직에서 이름을 드날리며	敭名巍宦
사명을 도맡아 짓고[571]	草潤辭命
중국 사신을 맞이하여 대접했는데	周旋儐伴
중국 조정의 큰 벼슬아치들	中朝大官
우러러보고 경탄하였네	聳覩驚歎
당시에 군사가 피로하여	于時師老
교활한 오랑캐가 허풍을 떨며 기만하니	黠虜夸嫚
전쟁을 할지 화친을 할지	曰戰曰和
정벌하는 계책이 상반되었네	征謀相反
간교한 혀를 함부로 놀리고	巧舌橫掉
유언비어를 현란하게 지어내어	訛言變幻
명예를 얻으려 우리를 무함하니[572]	搆我干名
듣고서는 기운이 빠졌네	聞之氣短
스스로 지은 재앙은 아니지만	孼非自作

---

571 사명(辭命)을 도맡아 짓고 : '사명'은 외교 문서로, 외교 문서를 작성하는 일에 크게 관여했음을 말한다. 《논어》〈헌문(憲問)〉에 공자가 춘추 시대(春秋時代) 정(鄭)나라가 사명을 만드는 것에 대해 "비침이 초고를 만들고, 세숙이 토론하여 수정하고, 행인 자우가 수식하여 다듬고, 동리 자산이 마지막으로 윤색하였다.〔裨諶草創之, 世叔討論之, 行人子羽修飾之, 東里子産潤色之.〕"라고 하였다.

572 간교한……무함하니 : 1598년(선조31)에 명(明)나라 찬획 주사(贊畫主事) 정응태(丁應泰)가, 정유재란(丁酉再亂) 때 명나라 장수인 경리사(經理使) 양호(楊鎬)를 탄핵하는 일이 있었는데, 조선 조정에서는 양호가 왜적을 물리치는 데에 공로가 있다고 비호하였다. 이에 정응태가 앙심을 품고서, '왜노(倭奴)와 함께 천조(天朝)를 침략하려 했다.', '천조와 존호를 함께 사용했다.'라는 등의 말로 조선을 무함하였다.《宣祖實錄 31年 9月 21日》

죄를 어찌 피할 수 있으랴573	罪何能逭
장차 닥칠 화 헤아릴 수 없어	禍將不測
계책으로 누그러뜨리기도 어려웠네	難以計緩
믿는 바는 정성뿐이니	所恃者誠
쇠나 바위도 뚫을 수 있다네	金石可貫
피눈물로 억울함을 호소하려	瀝血號冤
공에게 주문(奏文)을 짓게 하니	章俾公撰
은미한 뜻을 밝혀 혐의를 소명함에	明微晢嫌
이치는 곧고 말은 완곡했네574	理直辭婉
조정에 가득한 사람들 자세히 보고는	盈庭熟視
누구도 한마디를 감히 덧붙일 수 없었고	疇敢一贊
노련한 문장가는 위축되어	老手縮袖
얼굴에 땀만 흘렸다네	厥顔有汗
부사(副使)가 되어 사신의 일을 맡았으니	价貳專對
산 넘고 물 건너는 고초를 어찌 꺼리랴575	跋涉奚憚

573 스스로……있으랴 : 정응태(丁應泰)의 무함이 터무니없으나 이로 인해 어쩔 수 없이 닥치는 재앙이 두렵다는 말이다. 《서경》〈태갑(太甲)〉에 "하늘이 지은 재앙은 그래도 피할 수 있지만, 스스로 지은 재앙은 도망하기 어렵다.〔天作孼猶可違, 自作孼不可逭.〕"라고 하였다.

574 공(公)에게……완곡했네 : 조선을 무함한 정응태(丁應泰)의 주본(奏本)에 대해서 이정귀(李廷龜)가 주문(奏文)을 지어 반박한 것을 말한다. 《宣祖實錄 31年 10月 21日》

575 부사(副使)……꺼리랴 : 1598년(선조31) 10월에 이정귀(李廷龜)는 부사(副使) 직함을 가지고, 진주사(陳奏使) 이항복(李恒福)과 함께 연경으로 출발하였다. 《宣祖實錄 31年 10月 21日》

호소하는 목소리 위에까지 올라가니	九皐徹音
황제께서 빙그레 웃으셨네	天笑爲莞
교활한 토끼가 개를 만나 잡히듯[576]	毚兎遇獲
거짓의 진상이 드러나니	眞現於贗
황은을 융성하게 베푸시고	皇恩有加
노하심 없이 정성스레 대우해 주셨네	匪怒而款
자상한 칙유가 내려와	勅諭諄諄
시원스레 의심이 풀리니	疑釋之渙
우리 예의의 나라에	禮義吾邦
칭찬하는 말은 있고 우환은 사라졌네	有辭無患
공의 문장이 아니었다면	匪公之文
우리의 무함을 누가 씻었겠으며	我誣誰浣
공의 충정이 아니었다면	匪公之忠
저들의 참소를 누가 막았겠는가	彼讒誰按
문장에다가 충정도 있어	旣文且忠
공의 공적이 드러났으니	公功收俴
중흥의 특별한 업적을	中興殊績
도운 것이 아니라 주관한 것이었네	匪贊伊辦
왕께서 이에 훌륭하고 가상하게 여기시어	王庸懋嘉
매우 특별히 은혜를 베푸셨네	恩遇最罕

---

576 교활한……잡히듯 : 무함하는 말이 남에게 간파됨을 비유한 것이다. 《시경》〈교언
(巧言)〉에 "빠르고 빠른 교활한 토끼가 개를 만나면 잡히느니라.〔躍躍毚兎, 遇犬獲之.〕"
라고 하였다.

시귀[577]에 의심을 묻는 듯   疑稽著龜

동량(棟梁)에 크게 의지하는 듯했네   重倚楨幹

양전[578]을 맡아 인재를 전형할 때에는   持衡兩銓

무능한 자를 내치고 유능한 자를 뽑았으며   宂汰能揀

문단의 맹주가 되었을 때에는   主盟詞壇

문과 질이 환히 빛났네[579]   文質炳煥

정승의 지위에 오르자   曁登台司

백관의 면모가 일신되었으니   百僚改觀

이에 큰 집의 마룻대가 되고   乃棟于廈

이에 가뭄에 임우(霖雨)가 되었네[580]   乃霖于旱

보필하고 인도하여   方期棐迪

혼란하지 않을 때에 잘 다스리길[581] 기대했는데   制治未亂

---

577 시귀(蓍龜) : 시초(蓍草)와 거북껍질로, 고대에 점복(占卜) 때 쓰는 도구이다. 여기서는 이정귀(李廷龜)를 비유하는 말로 쓰였다.

578 양전(兩銓) : 문관과 무관의 인사권을 행사하는 두 전조(銓曹)인 이조(吏曹)와 병조(兵曹)를 말한다.

579 문단의……빛났네 : 이정귀(李廷龜)가 대제학으로 있을 때 문풍(文風)이 쇄신되어, 글의 형식인 '문(文)'과 글의 본질인 '질(質)'이 조화를 이루어 볼만했다는 말이다. 《논어》〈옹야(雍也)〉에 "문과 질이 조화를 이룬 뒤에야 군자라고 할 수 있다.〔質勝文則野, 文勝質則史, 文質彬彬, 然後君子.〕"라고 하였다.

580 가뭄에 임우(霖雨)가 되었네 : '임우'는 사흘 동안 연이어 내리는 비인데, 이정귀(李廷龜)가 훌륭한 대신(大臣)임을 칭송하는 말이다. 상(商)나라 임금 무정(武丁)이 부열(傅說)을 얻어 재상으로 임명하고 "만약 큰 가뭄이 든다면 너를 임우로 삼을 것이다.〔若歲大旱, 用汝作霖雨.〕"라고 한 데서 온 말이다. 《書經 說命上》

581 혼란하지……다스리길 : 《서경》〈주관(周官)〉에 "옛날 대도(大道)가 행해지던 세상에는 혼란하지 않을 때 잘 다스리고, 위태하지 않을 때 나라를 보전했다.〔若昔大猷,

병들었다는 소식 들리자	有疾以聞
의원을 보내 살피도록 급히 명하셨네	亟命醫覷
하지만 어찌 알았으랴 영명한 정신이	那知英爽
갑자기 육신을 떠나갈 줄을	倏離恒幹
임금님은 애통해 하시고	宸情震悼
나라 사람들은 슬퍼 눈물을 흘렸네	國人悲潸
아아 애통하도다	嗚呼哀哉
공의 덕량은	公之德量
늦게 태어났지만 옛사람을 뛰어넘었다네	邁古生晚
청하면서도 남들을 포용하고	淸而容物
화하면서도 허탄한 데로 흐르지 않았네582	和不流誕
격식을 차리지 않았으며	絶去畦畛
내면은 넉넉하고 외면은 평탄했으니	內裕外坦
사소한 은혜나 원망에 대해	絲恩髮怨
보답하거나 앙갚음하지 않았네583	略其睚飯

制治于未亂, 保邦于未危.]"라고 하였다.

582 청(淸)하면서도……않았네 : '청(淸)'은 인품이 굳고 깨끗한 것이고, '화(和)'는 너그러워 남과 잘 화합하는 것이다. 《맹자》〈만장 하(萬章下)〉에, "백이는 성인 중에 청한 자요, 이윤은 성인 중에 자임(自任)한 자요, 유하혜는 성인 중에 화한 자요, 공자는 성인 중에 시중(時中)인 자이시다.〔伯夷, 聖之淸者也, 伊尹, 聖之任者也, 柳下惠, 聖之和者也, 孔子, 聖之時者也.〕"라고 하였다.

583 사소한……않았네 : 《사기(史記)》〈범수열전(范睢列傳)〉에 "밥 한 끼 먹여 준 은덕도 반드시 갚고, 눈 한 번 흘긴 원한도 반드시 보복했다.〔一飯之德必償, 睚眦之怨必報.〕"라고 하였다.

미천한 사람에게 엄하게 대하지 않고 　　　　不嚴于賤

친한 사람에게 함부로 굴지 않았으며 　　　　不狃于翫

말은 가릴 것도 없이 훌륭하고 　　　　言無可擇

허물은 굳이 간할 것도 없었네 　　　　過無必諫

사람들 사랑하고 공경했으니 　　　　人愛而敬

어찌 업신여김을 받았겠으며 　　　　豈受其慢

사람들 기뻐하고 사모했으니 　　　　人悅而慕

어찌 비방을 받았겠는가 　　　　曷由致訕

오복584을 갖추었으니 　　　　五福之具

하늘의 베풂이 거짓되지 않았고 　　　　天施非謾

해로한 부인이 계시니 　　　　有室偕老

세상에 더욱 보기 어려운 일이네 　　　　世尤罕看

더구나 이 자손들이 　　　　矧玆兒孫

대대로 계승하리니 　　　　克世而纘

내가 그 집안을 살피건대 　　　　我眷其庭

자손들 아름다운 보옥과 같다네 　　　　璵璠璀璨

형제가 이미 현달하여 　　　　弟兄旣顯

관복과 옥관자(玉貫子)가 찬란하고 　　　　緋玉有爛

아이들은 기운이 충만하여 　　　　諸稚氣鬱

값어치가 만금이나 되는 물건이네585 　　　　萬金之産

---

584 오복(五福) : 《서경》〈홍범(洪範)〉에 제시된 다섯 가지 복으로, 수(壽), 부(富), 강녕(康寧), 유호덕(攸好德), 고종명(考終命)이다.

585 값어치가……물건이네 : 귀중한 자손을 비유한 말이다. 한유(韓愈)의 〈증장적(贈張

아아 애통하도다	嗚呼哀哉
아득한 저 넓은 하늘로	邈彼長空
훨훨 날아가셨으니	飛盡其翰
장수라고 할 수 있는	曰耄曰耋
고령(高齡)의 수명을 하늘이 주지 않았도다	唯靳遐算
아아 애통하도다	嗚呼哀哉
공은 문장에 있어	公之於文
스스로 우뚝한 경지에 도달하여	自得嵳峩
씀에 다함이 없고	用之無竭
취함에 끝이 없었네	取之不限
그 광휘를 살펴보면	相其光輝
환히 빛나며 감도는 은하수와 같고	昭回之漢
그 이장586을 살펴보면	相其弛張
음양의 율관(律管)587과 같았네	陰陽之琯

籍)〉에 "그를 가리켜 축하하기를, 이는 만금이나 나가는 물건이라네.〔指渠相賀言, 此是萬金産.〕"라고 하였다. 《韓昌黎集 卷5》

586 이장(弛張) : 활줄을 풀어 놓아 느슨해진 상태와 활줄을 당겨 팽팽해진 상태를 병칭하는 것으로, 처사(處事)에 있어 이완과 긴장을 조화롭게 씀을 비유하는 말이다. 《예기》〈잡기(雜記)〉에 "당기기만 하고 풀어 놓지 않으면 아무리 문왕, 무왕의 다스림이라 할지라도 백성들이 따를 수가 없고, 풀어 놓기만 하고 당기지 않으면 아무리 문왕, 무왕의 다스림이라 할지라도 백성들이 행하지 않으니, 한 번 당기고 한 번 풀어 놓는 것이 바로 문왕, 무왕의 도이다.〔張而不弛, 文武不能也, 弛而不張, 文武不爲也, 一張一弛, 文武之道也.〕"라고 하였다.

587 음양(陰陽)의 율관(律管) : '율관'은 옛 음악에서 대나무나 금속을 써서 음계를 정할 수 있도록 만든 기물인데, 모두 십이율(十二律)로 각각에는 해당 율관이 있었고

깊은 경지는 하해를 머금은 듯하고	深涵河海
장쾌한 기상은 제방을 틔운 듯했네	壯決堤埄
그 심오함은 어떠한가	其奧伊何
〈상전(象傳)〉과 〈단전(彖傳)〉에 참여하였네[588]	參諸象彖
그 자유로움은 어떠한가	其放伊何
얽어맨 굴레를 벗어던졌네	脫之羈絆
삼엄하여 얼음처럼 차고	栗然而冱
온화하여 햇볕처럼 따뜻하여	煦然而煖
제철에 핀 꽃은 농염함을 잃고	時花失艶
아리따운 여인은 미모를 부끄러워하였네	姹女羞妧
귀신은 놀라고 두려워하니	神驚鬼讋
아름다운 비단에 수를 놓은 듯하였네	繡錯綺綰
정이[589]에 실려 널리 퍼지고	春容鼎彝
비석에 새겨져 환히 빛나네	焜耀碑版
집안의 전범이 될	乃家典刑
스스로 편찬한 원고가 있으니	自有編纂

이를 또 음양으로 나누었다. 여기서는 이정귀(李廷龜)의 일 처리가 조화를 이루었음을 비유한 말이다.

588 상전(象傳)과 단전(彖傳)에 참여하였네 : 월사의 문장이 《주역》의 〈상전〉과 〈단전〉처럼 심오한 경지에 이르렀다는 말이다. 한유(韓愈)의 〈송영사(送靈師)〉에 "예스런 기상은 〈단전〉과 〈계사전(繫辭傳)〉에 참여했고, 드높은 풍모는 《태현경(太玄經)》을 꺾었네.〔古氣參彖繫, 高標摧太玄.〕"라고 하였다. 《韓昌黎集 卷2》

589 정이(鼎彝) : 고대(古代)의 제기(祭器) 이름인데, 그 표면에 공훈이 있는 사람의 각종 업적을 새겼다.

후세에 전해짐에	傳之來許
누가 감히 산삭하겠는가	孰敢刪剟
아아 애통하도다	嗚呼哀哉
정사와 문장은	政事文章
원래 두 가지가 아니지만	元非兩段
비록 높은 재주가 있는 사람이라도	縱有高才
능히 겸하여 통달한 사람 드물다네	鮮能該慣
오직 공만은 넉넉하여	唯公優優
그 핵심을 장악하였기에	撮其要簡
손에는 놀리는 칼날590이 있고	手有游刃
상자에는 지체된 공문서가 없었네	箱無停案
간사한 자는 잔꾀 부리기를 그치고	奸寢舞智
서리(書吏)는 팔이 빠질까 두려워하였으며591	書畏脫腕
신뢰가 말하기 전부터 있었기에	信在言前
사람들은 그 결정에 복종하였네	人服其判
아아 애통하도다	嗚呼哀哉
나는 재주와 식견이 없어서	我蔑才識

---

590 놀리는 칼날 : 능수능란하게 일을 잘 처리한다는 뜻이다. 219쪽 주 525) 참조.

591 서리(書吏)는……두려워하였으며 : 이정귀(李廷龜)의 일처리가 매우 신속하고 뛰어남을 말한 것이다. 당 현종(唐玄宗)이 내란을 평정한 뒤에, 작성하여 반포할 조서(詔書)가 산적하였는데, 재상 소정(蘇頲)이 혼자 태극전(太極殿) 뒤의 전각에서 입으로 조서의 내용을 서리에게 불러 주었다. 서리가 많은 내용을 주의하여 적다가 말하기를 "공께서는 천천히 불러 주십시오. 그렇지 않으면 저의 팔이 빠질 것입니다.〔丐公徐之. 不然, 手腕脫矣.〕"라고 하였다 한다. 《新唐書 蘇頲列傳》

관례를 치른 나이에도 　　　　　　　　　雖弁而卯

공께서는 어리석음과 몽매함을 깨우쳐 주시어 　論迷發蒙

날개로 알을 품듯 살펴 주셨네 　　　　　　翼之于卵

뿌리에 물을 대주어 열매를 먹게 해 주시고[592] 　溉根食實

터진 곳을 꿰매어 주셨으니 　　　　　　　彌縫破綻

공의 부지런한 가르침을 음미함이 　　　　味公勤誨

마치 추환을 기뻐하는 듯하였네[593] 　　　如悅芻豢

하루라도 뵙지 못하면 　　　　　　　　一日不見

빨지 않은 옷을 입은 것 같았네[594] 　　　如衣匪澣

도성의 동쪽과 거리의 북쪽이라[595] 　　　城東巷北

마을을 같이하여 살지 않았지만 　　　　處非同閈

흥취가 일어나 문득 찾아가면 　　　　　興到輒往

---

592 뿌리에……주시고 : 이정귀(李廷龜)가 후진인 조희일(趙希逸)을 잘 인도해 주었다
는 말이다. 한유(韓愈)의 글에, "뿌리에 물을 주어서 열매를 먹게 한다.〔溉其根, 將食其
實.〕"라고 하였다. 《古文眞寶後集 卷2 重答張籍書》

593 마치……듯하였네 : '추환(芻豢)'은 풀을 먹는 짐승인 '추'의 고기와 곡식을 먹는
짐승인 '환'의 고기를 함께 칭하는 것으로, 맛있는 음식을 뜻한다. 맛있는 음식을 기뻐하
듯 이정귀(李廷龜)의 가르침에 진정으로 열복하였음을 말한다.《맹자》〈고자 상(告子
上)〉에 "이와 의가 우리 마음에 기쁨은 추환이 우리 입에 좋음과 같은 것이다.〔理義之悅
我心, 猶芻豢之悅我口.〕"라고 하였다.

594 빨지……같았네 : 마음속에 번민과 우울함이 가득함을 비유한 것이다.《시경》〈백
주(柏舟)〉에 "마음의 근심함이여, 마치 빨지 않은 옷을 입은 것 같네.〔心之憂矣, 如匪澣
衣.〕"라고 하였다

595 거리의 북쪽이라 : 대본에는 '北巷'으로 되어 있는데, 문맥 및 《월사집(月沙集)》
부록1 〈동궁치제문 상호군 조희일(東宮致祭文 上護軍 趙希逸)〉에 근거하여 '巷北'으로
바로잡아 번역하였다.

일찍이 싫증낼 줄도 모른 채	曾未知懶
마음과 몸이 어울리고 통하여	心融形釋
찾아간 뒤에는 돌아오는 것도 잊었네	有來忘返
술동이의 술을 흠뻑 마시고	尊湑于醢
소반의 밥을 배불리 먹으며	盤飫于饌
흥미진진하게 토론하고	討論亹亹
화락하게 웃으며 말하였네	言笑晏晏
밤이 다하여 새벽에 이르고	殘更逮曉
날이 저물어 저녁까지 모셨으니	脩晷抵旰
수십 년 동안에	數十年間
기쁜 흥취가 가득하였네	歡意爛熳
아아 애통하도다	嗚呼哀哉
혼조에서는 옥사를 함부로 만듦이	昏朝獄監
마치 베를 짜는 듯 쇠를 불리는 듯하였네	如織如鍛
공과 나는 환난을 함께 겪어	公我同患
형구를 차고서 감옥에 갇혔는데	于械于犴
공은 이에 죄에서 벗어나고	公乃高脫
나는 유배에 처해졌다네	余被流竄
간악한 신하가 인륜을 무너뜨려[596]	孼臣廢倫
바른 기운이 상하고 위축될 때	直氣疲懦
누가 바른 의론을 붙들었던가	孰扶正論
공께서 좌단(左袒)을 하셨다네[597]	公左其祖

---

596 간악한······무너뜨려 : 230쪽 주 545) 참조.

우뚝이 서서 절개를 굳세게 지키며 | 特立抗節
끝내 두려워하지 않았네 | 終不悚懅
몸이 예구598에서 노닐었으니 | 身遊羿彀
어찌 공격을 면하겠는가 | 那免射彈
공은 비록 조정에 있었지만 | 公雖在朝
썩은 잔도를 밟는 듯하였고 | 如履朽棧
나는 향리로 쫓겨 돌아왔으니 | 我歸于田
마치 허공에서 추락한 기러기 같았네 | 如虛墜雁
성조가 들어서서 죄에서 풀려났을 때 | 聖朝解網
병든 몸을 서둘러 움직여 찾아뵙고는 | 病翼斯搬
한바탕 웃으며 서로 축하하고 | 一笑相慶
흉금을 펴고 답답한 마음을 풀었네 | 披襟舒懑
공께서는 나를 세상에 쓰일 만하다고 잘못 여겨 | 謬謂可需
보잘것없는 재주가 버려짐을 애석해 하셨네 | 惜棄栚簴
거친 칼날을 가지고 | 思將澀刃
담금질하여 숫돌에 갈려고 생각하였는데599 | 淬以之碬

---

597 공께서 좌단(左袒)을 하셨다네 : '좌단'은 왼쪽 소매를 벗어 왼쪽 어깨를 노출시키는 행위인데, 이정귀(李廷龜)가 정도(正道)를 굳게 지켰다는 말이다. 《사기(史記)》〈여후본기(呂后本紀)〉에 주발(周勃)이 여씨(呂氏) 일당을 제거하기 위해 군중(軍中)을 다니며 "여씨를 위할 작정이면 우단(右袒)을 하고 유씨(劉氏)를 위하려면 좌단을 하라."라고 한 데서 온 말이다.

598 예구(羿彀) : '예(羿)'는 옛날에 활을 잘 쏘기로 이름 높았던 사람이고, '구(彀)'는 활시위를 당기는 것을 말하니, 적의 공격에 노출되어 매우 위험한 상황에 처했음을 비유하는 표현이다. 《莊子 德充符》

알아주신 분이 사라지니	賞識已矣
서까래가 불탐이 슬프기만 하구나	徒悲椽爨
아아 애통하도다	嗚呼哀哉
아아 근년에	嗟嗟近歲
나의 병이 매우 심했다네	余病孔癉
지난봄에야 겨우 일어나	前春强起
억지로 머리 빗고 세수하고서는	力櫛而盥
공에게 나아가 절하러	造拜床前
문을 열고 휘장을 걷었다네	拓戶褰幔
그런데 봄바람 같던 옛 용모가	春風舊面
쇠했음을 문득 깨달았고	頓覺衰換
내게 팔을 잡아 보게 하셨는데	臂令余握
살집이 야위어 반이나 줄었다네	羸減其半
술을 마시는데	酌酾而酢
잔을 가득 채우지 못하고	飮未盈盞
소년 시절 행락하던 일에 대해서는	少年行樂
말씀을 하시다 애통해 하셨네	語及悽惋
재차 인사를 드려	方思再候
깨끗한 용모를 다시 뵐까 생각하고 있었는데	更覿淸盼
공께서는 갑자기 어디로 돌아가셨는가	公遽何歸
지붕에 올라가 공을 불러 보네[600]	升霤而喚

---

599 거친……생각하였는데 : 조희일(趙希逸)이 이정귀(李廷龜)에게 다시 가르침을 받아 덕업을 더욱 진전시키려고 하였다는 말이다.

아아 애통하도다	嗚呼哀哉
공은 좁은 세상이 염증 나	公厭世隘
정신이 한만[601]으로 날아올랐으니	神騰汗漫
홀홀 떨치고 참됨으로 돌아감에	超然反眞
기쁘고 즐거우시리라	有樂斯術
새 무덤을 이미 마련하고	新阡旣闢
길한 날 미리 잡았으며	吉辰先諫
상여도 잘 만들고	輿輴貴飾
장삽[602]도 엄연히 갖추었네	墙翣儼攢
이 행차 먼 곳으로 떠나가면	茲行卽遠
기나긴 밤[603]은 언제나 밝아올까	長夜何旦
술과 제수를 경쟁하듯 올리고	酹奠競設

600 지붕에……보네 : 상례(喪禮)의 한 절차인 고복(皐復)을 들어 월사(月沙)의 죽음을 표현한 것이다. 고복은 지붕 위에 올라가 망자의 이름을 불러 돌아오기를 바라는 것을 나타내는 의식으로, 생시에 입던 저고리를 손에 들고 "아무개 복〔某復〕"이라 외치는 것이다.

601 한만(汗漫) : 광대무변한 세계를 가리킨다. 《회남자(淮南子)》〈숙진훈(俶眞訓)〉에 "지극한 덕의 세상에서는 혼한의 강역에서 단잠을 자고 한만의 땅으로 옮겨와 의지한다.〔至德之世, 甘暝于溷瀾之域, 而徙倚于汗漫之宇.〕"라고 하였다.

602 장삽(墻翣) : 발인(發引)하는 데에 갖추는 상구(喪具)로, '장(墻)'은 널을 장식하기 위해 덮는 휘장이고 '삽(翣)'은 상여의 앞뒤에서 들고 가는 부채 모양의 여러 물건이다.

603 기나긴 밤 : 죽음을 비유하는 말이다. 삼국 시대 조식(曹植)의 〈삼량(三良)〉에 "눈물을 훔치며 군의 무덤에 올라 무덤가에서 하늘을 우러러 탄식하네. 기나긴 밤은 그 얼마나 어두운가, 한 번 가면 다시는 돌아오지 않네.〔攬涕登君墓, 臨穴仰天嘆, 長夜何冥冥, 一往不復還.〕"라고 하였다. 《曹子建集 卷5》

애사를 지어 다투듯 애도하네 哀詞爭挽

동궁께서 친히 조문함에 儲宮臨弔

일산을 갖춘 의장 행렬이 있고 有儀仗繐

예관이 제사를 지내려 함에 禮官將祀

여러 제기가 질서정연하네 有踐豆簋

장례를 돌보아 부의(賻儀)을 내리심에 庀葬愍錫

성상의 권우(眷佑)가 차례로 이어지네 次第宸眷

내가 와서 공을 곡함에 我來哭公

공의 음성은 사라지고 형적은 끊겼지만 聲沈影斷

여전히 사라지지 않은 것은 猶有不泯

우주에 충만한 큰 기운이라네 大氣縵縵

저승과 이승이 비록 다르지만 幽顯雖殊

정신은 통하여 간격이 없으니 精通無間

나의 마음을 재계하여 我心于齋

음악을 끊고 비름을 먹으며 絶音茹莧

채소를 경옥(瓊玉) 가루[604]처럼 대하고 蔬對瓊糜

과일로 빛나는 옥을 대신하네 果替玉粲

내 경건히 술잔을 올리고 我齊于罍

내 구운 산적을 올리니 我炙于串

내 눈물은 흘러내리고 我涕之霣

---

604 경옥(瓊玉) 가루 : 먹으면 수명을 늘일 수 있게 하는 것으로, 진귀한 식량을 뜻한다. 《초사(楚辭)》 〈이소(離騷)〉에 "경옥 가지를 꺾어 음식을 만들고, 경옥 가루를 빻아서 양식을 만들리라.[折瓊枝以爲羞兮, 精瓊爢以爲粮]"라고 하였다

내 향은 피어오른다네　　　　　　　　　　我香之瓣

애통한 마음 가시지 않아　　　　　　　　　痛有餘懷

내가 정성으로 아뢰니　　　　　　　　　　余言用亶

영령께서 잘 알아주신다면　　　　　　　　靈如鑑悉

어찌 속된 말이라고 싫어하시랴　　　　　曷嫌俚諺

아아 애통하도다　　　　　　　　　　　　嗚呼哀哉

공은 저를 아시겠습니까　　　　　　　　公其知我耶

저를 모르시겠습니까　　　　　　　　　　不知我耶

아아 애통합니다　　　　　　　　　　　　嗚呼哀哉

부디 흠향하소서　　　　　　　　　　　　尙饗

구씨 정 판관[605]에 대한 제문
祭舅氏鄭判官文

유년월일(維年月日)에 사위 모(某)가 삼가 맑은 술과 여러 음식을 차려 감히 고(故) 통훈대부(通訓大夫) 행 돈녕부 판관(敦寧府判官) 장인어른 독송(獨松) 정공(鄭公)의 영전에 제사드립니다.

아아 애통하도다	嗚呼哀哉
생각건대 공은	惟公
성행이 순박하고 독실하며	性行淳篤
효성과 우애를 모두 갖추셨네	孝友兼備
부귀한 집안에서 나고 자랐으나	生長綺紈
화려함과 사치를 일삼지 않았네	不事華侈
삼가고 조심하여	惟飭惟謹
향사를 경건히 받들었고	虔奉享祀
즐거움과 화합함이	惟歡惟洽
이웃에게까지 미치니	以及隣里
선조가 복을 내리며	祖考降祇
벗들이 아름다움을 칭찬했네	朋友稱美
대가를 잘 계승하여	克世大家

---

605 정 판관(鄭判官) : 조희일(趙希逸)의 장인인 정흠(鄭欽)이다. 《竹陰集 附錄 神道碑銘》이 작품에 보이는 '독송(獨松)'은 그의 호(號)인 듯하다.

선대의 가업을 실추하지 않았네　　　　　　先業弗墜

관직에 임해서는 직임을 잘 수행하였으며　居官職擧

고을을 맡아서는 정사를 잘 다스렸네　　　莅邑政理

하늘이 장수하게 한 것은　　　　　　　　畀以遐壽

겸손으로 받은 복인데　　　　　　　　　　福謙之致

시대와 운명이 어긋났으므로　　　　　　　時與命乖

지위는 수명에 걸맞지 못했네　　　　　　　位不配齒

마음가짐이 순리를 따라　　　　　　　　　處心委順

영화와 잇속을 멀리하였으니　　　　　　　絶慕榮利

오품의 관함이　　　　　　　　　　　　　　五品官銜

자신에게 부끄러울 것이 없었네　　　　　　於我無媿

아아 애통하도다　　　　　　　　　　　　　嗚呼哀哉

아, 나 소자는　　　　　　　　　　　　　　嗟余小子

약관에 공의 사위가 되었으니　　　　　　　弱冠贅寄

사랑하고 애쓰시며606　　　　　　　　　　 恩斯勤斯

거기에다 예로 대우해 주셨네　　　　　　　禮遇兼至

나를 입혀 주고 먹여 주시며　　　　　　　　衣我食我

경사를 궁구하도록 힘쓰게 하셨으니　　　　業究經史

과거에 응시하여 조정에 서서　　　　　　　應擧立朝

과분한 관직과 지위에 올랐네　　　　　　　忝竊名位

사생과 우환을　　　　　　　　　　　　　　死生憂患

---

606 사랑하고 애쓰시며 :《시경》〈치효(鴟鴞)〉에 "사랑하고 애쓰면서 자식을 기르느라
매우 근심하였노라.〔恩斯勤斯, 鬻子之閔斯.〕"라고 하였다.

시종일관 함께하였고 　與同終始

가까운 자손들과 　子姓之親

차별한 적이 없으셨네 　曾無異視

길한 때와 경사스러운 날에 　吉辰慶節

술과 안주를 늘어놓고서 　羅列酒羞

술에 취하고 흥취가 다하도록 　沈酣盡興

마음껏 먹고 마시며 　唉喫恣意

노래를 부르고 춤을 춰 가면서 　式歌且舞

즐겁게 잔치하고 기쁘게 모셨네 　歡燕娛侍

그런데 어찌하여 근년에 　夫何近歲

음양이 어그러져 병의 빌미가 되었단 말인가 　二氣爲崇

밥상의 음식을 줄이고 　減損盤膳

오직 약물만을 드셨으며 　唯事藥餌

말을 해도 응대하지 못한 채 　語不能酬

눈물만 흘리셨네 　應之以淚

문안하면 번번이 슬피 우시며 　拜輒悲泣

소리 없이 가만히 계실 뿐이었는데 　泯默而已

원기가 고갈되어 　元眞漸爍

차츰 이 지경에 이르게 되었네 　馴至於此

아아 애통하도다 　嗚呼哀哉

복에는 다섯이 있는데[607] 　惟福有五

---

607 복에는 다섯이 있는데 : 《서경》〈홍범(洪範)〉의 오복(五福)으로, 수(壽), 부(富), 강녕(康寧), 유호덕(攸好德), 고종명(考終命)이다.

사람이 능히 몇 가지를 소유하겠는가마는　　　　人有能幾

장수하고 부유하셨으니　　　　曰壽曰富

공께서는 그 두 가지는 누리셨네　　　　公享其二

더구나 자손들이　　　　況子若孫

앞에 가득하다네　　　　滿前累累

좋던 운수가 끝내 어긋났으나　　　　始泰終蹇

재물을 마련함은 어렵지 않아　　　　資用餘事

염빈은 예를 따랐고　　　　殯殮遵禮

상여는 아름답게 꾸몄으니　　　　輿輴致美

선영으로 나아가 합장함에　　　　往祔先兆

한스러운 뜻이 없으시리　　　　無憾於志

경건하고 정성스럽게 술과 제수를 올리니　　　　虔誠酹奠

눈물이 물처럼 흐르네　　　　有霣如水

공은 필시 영령이 있을 것이니　　　　公必有靈

생각건대 또한 흠향하시리라　　　　想亦歆只

아아 애통하도다　　　　嗚呼哀哉

부디 흠향하소서　　　　尙饗

선원 김 상공608에 대한 제문
祭仙源金相公文

바르고 곧은 성품 타고나	夙稟正氣
행실이 단정하고 흉금이 깨끗하였네	履端襟皎
배운 바는 무엇인가	所學伊何
충과 효라네	曰忠曰孝
지위가 태정에 올랐는데609	位躋台鼎
시종일관 절개를 꿋꿋이 지켰네	終始一節
환난에 임하여도 두려워하지 않는 기상	臨難不懾
열렬하고 우뚝하였네	烈烈揭揭
어찌 옷깃을 왼쪽으로 하고서610	孰左其衽
구차히 살며 욕됨을 참겠는가	偸生忍辱

608 선원(仙源) 김 상공(金相公) : 김상용(金尙容, 1561~1637)으로, '선원'은 그의 호이다. 본관은 안동(安東), 자는 경택(景擇), 또 다른 호는 풍계(楓溪), 계옹(溪翁)이다. 1636년(인조14) 병자호란 때 묘사(廟社)의 신주를 받들고 빈궁(嬪宮)과 원손(元孫)을 수행해 강화도에 피난했다가, 이듬해 성이 함락되었을 때 성의 남문루(南門樓)에 있던 화약에 불을 지르고 순절하였다.

609 지위가 태정(台鼎)에 올랐는데 : '태정'은 세 의정(議政) 자리로, 김상용(金尙容)이 우의정을 역임한 것을 두고 한 말이다.

610 옷깃을 왼쪽으로 하고서 : 중화(中華)의 제도를 따르지 않고 오랑캐의 풍속을 따른다는 말로, 청(淸)나라에게 굴종한다는 의미이다. 《논어》 〈헌문(憲問)〉에, 공자(孔子)가 관중을 찬양하면서 "관중이 없었더라면, 우리들은 머리를 풀고 옷깃을 왼쪽으로 하게 되었을 것이다.〔微管仲, 吾其被髮左衽矣.〕"라고 하였다.

우리 죽음에는 마땅한 장소가 있으니	我死有所
바로 저 회록이었네[611]	維彼回祿
몸을 던져 용감하게 죽음으로 달려가기를	投身勇赴
마치 집으로 돌아가는 것처럼 하였으니	視之如歸
빼어나고 굳센 혼백이	英魂毅魄
홀연히 연기와 함께 날아갔네	倏逐煙飛
명예는 온전하고 몸은 잃었으니	名全身喪
무엇을 얻고 무엇을 잃었는가	孰得孰失
의를 취하고 인을 이룩하는 일	取義成仁
온 세상에서 유일하였네	擧世唯一
태고정[612] 앞에	太古亭前
봄빛이 서글프고	春色堪傷
숲의 꽃은 그대로인데	林花依舊
사람은 없다네	人也則亡
잡을 상여 끈도 없고	無紼可執
부질없이 빈 무덤만 있으나	有冢虛營
시복[613]보다는 나으니	勝於矢復

---

611 우리……회록(回祿)이었네 : '회록'은 불귀신의 이름으로 화재(火災)를 의미한다. 김상용(金尙容)이 강도(江都)가 함락될 때 성(城)의 남문루(南門樓)에 올라 화약에 불을 질러 스스로 소사(燒死)한 상황을 두고 한 말이다. 《仁祖實錄 15年 1月 22日》

612 태고정(太古亭) : 김상용(金尙容)의 정자로, 김상용이 인왕산 동쪽 기슭의 청풍계(靑楓溪)에 들어와 살면서 청풍각(淸風閣)과 와유암(臥遊菴)을 지을 때 같이 지었다고 한다. 《仙源遺稿 仙源先生年譜》

613 시복(矢復) : 전사자(戰死者)를 초혼(招魂)하는 의식이다.

남긴 옷으로 형체를 대신했네   遺衣襯形

향을 피우고 변변찮은 술을 올리며   瓣香泂酌

제문을 지어 흠향하기를 권하니   文以侑之

눈물이 구천까지 이른다면   淚徹九泉

영령께서는 내 마음을 아시리라   靈其我知

고 평안도병마절도사 겸 순변사 남공 이흥[614]에 대한 제문

祭故平安道兵馬節度使兼巡邊使南公以興文

무진년((1628, 인조6))에 있어야 한다.

생각건대 공은	惟公
특출한 자질을 가지고 태어나	生挺傑特
지혜는 넉넉하고 재질은 건실하였으므로	智裕才健
기예를 담당하여 윗사람을 섬김에	執技事人
너도나도 걸출한 인재로 추중(推重)하였네	爭推魁彦
일찌감치 사원에 올라[615]	早登師垣
융곤으로 여러 곳을 절제(節制)하였는데[616]	歷制戎閫
서쪽 변방의 곤수(閫帥 평안 병사)로 발탁되어	擢帥西鄙
요해처를 지키게 되었네	俾主關鍵
위태로운 성가퀴에 몸이 얽매어	身嬰危堞

---

614 남공 이흥(南公以興) : 남이흥(南以興, 1540~1627))으로, 본관은 의령(宜寧), 자는 사호(士豪), 호는 성은(城隱)이며, 시호는 충장(忠壯)이다. 1602년(선조35) 무과에 급제하였고, 1627년 정묘호란이 일어났을 때 평안도 병마절도사로 안주(安州)에서 후금 군대와 맞서 싸우다가 성이 함락될 무렵 중영(中營)에서 화약에 불을 질러 스스로 소사(燒死)하였다. 《仁祖實錄 5年 1月 25日》

615 일찌감치 사원(師垣)에 올라 : 이른 나이에 무과에 급제하여 무관을 지낸 것을 말한다. '사원'은 군영(軍營)이다.

616 융곤(戎閫)으로……절제(節制)하였는데 : '융곤'은 병마절도사(兵馬節度使)로, 남이흥(南以興)이 평안도 병마절도사를 지내기 전에 공홍 병사(公洪兵使)와 경상 병사(慶尙兵使) 등을 역임하였다. 《光海君日記 8年 9月 9日, 9年 3月 27日》

요진을 힘써 지킬 때	力守要鎭
적의 기세가 바람처럼 몰아쳐	賊勢騰風
여러 고을이 유린되었네	累郡蹂躪
삼군은 사기가 꺾여	三軍氣沮
북을 올려도 진작되지 않았으니	鼓而不振
남은 용맹을 떨치지도 못했는데[617]	餘勇未賈
일은 틀어지고 운은 다하였네	事去運盡
땔감처럼 쌓여 있는 화약에	有堆者蘇
불을 질렀으니	鬱攸斯引
신하의 죽음은 마땅한 곳이 있기에	臣死有所
그 본분을 얻은 것이네	獲厥分願
칠 척의 당당한 몸이	堂堂七尺
모두 사라져 재가 되었으니	共消灰燼
삼공의 작질(爵秩)로 추증되었지만[618]	贈有台秩
장사(葬事)에 돌아갈 널은 없었네	葬無歸櫬
아아 애통하도다	嗚呼哀哉
옛날 나와 당신은	昔我與君
오래된 데다 미더운 사이였다네	旣舊且信

---

617 남은……못했는데 : 넉넉한 무용(武勇)을 제대로 써 보지도 못함을 의미한다. 춘추
시대 제(齊)나라 고고(高固)가 진(晉)나라 군진(軍陣)으로 돌진하여 기세를 떨치고 자
기 진영으로 돌아와 소리치기를 "용기가 필요하다면 나의 남은 용기를 사 가라.〔欲勇者,
賈余餘勇.〕"라고 한 데서 온 표현이다. 《春秋左氏傳 成公2年》

618 삼공의 작질(爵秩)로 추증되었지만 : 남이흥(南以興)의 상(喪)에 인조(仁祖)가 부
의를 내리고 좌의정(左議政)에 추증하였다. 《記言別集 卷22 宜春君碑》

궁하거나 영달함에 한결같았고 　　　　　　　窮達一致

의기가 마음 가득 차 있었지 　　　　　　　意氣方寸

지금 외로운 성을 지나며 　　　　　　　今過孤城

달무리 보고 그대 떠올리는데 　　　　　　　想像月暈

음풍과 소나기가 　　　　　　　陰風驟雨

소슬(蕭瑟)하게 군진(軍陣)을 이룬 듯하네 　　　　　　　颯然成陣

변변찮은 술을 　　　　　　　有洞斯酌

병 때문에 대신 올리게 하니 　　　　　　　緣病攝進

슬픔을 머금고 진정을 토로함에 　　　　　　　銜哀瀝悰

줄줄 흐르는 눈물을 금치 못하네 　　　　　　　涕不禁隕

기 記

법련암기 을사년(1629, 인조7)
法蓮庵記 乙巳年

호서(湖西)의 바닷가에 인접한 고을이 '덕산(德山)'이니, 덕산에서 조금 북쪽으로 30리를 가다 보면 바다는 더욱 가깝고 땅은 더욱 깊숙하며, 산은 더욱 깊어서 울창하고 무성하다. 내가 남촌(南村)으로부터 벗을 방문하고, 이어서 산중의 고요한 집에 함께 가서 유숙하게 되었는데, 재목을 날라 건물을 짓기 시작하여 공사가 아직 끝나지 않은 곳이었다. 초연(超然)히 자리 잡은 절간의 방에는 승려 여러 명이 바리때를 놓아 두고 기거하고 있었고, 벽에 여래(如來)의 초상 3폭이 드리워져 있는데 그림이 아주 오래되었으며, 앞에는 밝은 등불 하나가 반짝반짝 외롭게 빛나고 있었다.

내가 도착한 시간이 마침 깊은 밤이라서 밝은 달이 허공에 떠 있었고 바람소리가 쏴아 울렸으니, 기운은 시원스레 숙연하였고 마음은 근심스레 슬퍼하여 사람을 새벽까지 잠들 수 없게 하였다. 날이 밝으려 할 때에 편안하게 길게 휘파람불고 문을 열어 주위를 둘러보니 산봉우리가 감싸고 있었고 소나무와 회나무가 빽빽이 들어차 있는데, 황홀하여 어느 곳으로부터 왔는지 스스로 알지 못하였다.

시각이 정오를 향해 갈 때, 마부가 멍에를 얹었다고 고하므로 돌아간다고 알리려는데, 승려들이 나에게 청하여 말하기를, "암자가 장차 완성될 것인데 이름을 붙일 수가 없습니다. 어찌 이곳의 이름을 게시해 두어 후세에 전하게 하지 않으십니까."라고 하고, 또 말하기를 "나무를 파내어 샘물을 끌어들이고 못을 파서 웅덩이를 만든 것은 바로 연(蓮)을 심으려고 한 것입니다."라고 하였다.

　내가 말하기를, "그대는 일찍이 불가(佛家)에서 말하는 경전인 《법화경(法華經)》[619]을 읽어 보았는가? 불가에서 사물을 가지고 도(道)에 비유한 것으로 연꽃만한 것이 없으니 비록 여기에 심지 않더라도 오히려 일컬을 수 있다. 더구나 그것을 심어서 뜰에 채운다면, 이를 취하여 이 암자의 이름으로 삼은 것이 실로 공연히 그런 것이 아니고 실제를 따른 것이 아니겠는가. '법련(法蓮)'이라고 이름을 붙이는 것이 과연 불가의 뜻에 부합하지 않겠는가. 이름이 이러하다면 오히려 가리켜 가며 일컬을 수 있을 것이니 후세에 전할 수 있겠는가, 없겠는가."라고 하니, 승려들이 모두 합장을 하고 사례하여 말하기를, "알겠습니다."라고 하였다.

　함께 와서 유람한 자는 한산(韓山)의 이덕여(李德餘)와 그 막내 아우 선여(善餘)와 그 동족 성백(惺伯)과 나인데, 모두 남에서 북으로 가는 사람들이고, 때는 만력(萬曆) 병오년(1606, 선조39) 정월 기망(旣望)이었다.

---

619 법화경(法華經) : 《묘법연화경(妙法蓮華經)》의 줄인 말이다. 천태종(天台宗)의 근본 경전으로, 《화엄경(華嚴經)》과 함께 한국 대승불교에 가장 큰 영향을 끼쳤다. 이 기문에서 연꽃을 《법화경》과 연결시키는 근거는, 부처님이 영취산(靈鷲山)에서 설법할 때에 연꽃을 들어 보이자 마하가섭(摩訶迦葉)만이 그 이유를 알고 미소를 지었다고 하는 이야기가 있어서이다.

완산정[620]에 대한 기문

完山亭記

정산(定山)을 둘러싸고 있는 땅 수십 리는 모두 산이다. 그 모습은 솟구쳐 빼어난 것이 있고 그 기세는 씩씩하여 맹렬한 것이 있으며, 또 중첩하여 모인 것이 있고 구불구불하여 얽힌 것이 있다. 그 기운은 마치 일제히 분기(奮起)하여 서로 돕는 듯하고 노함은 마치 등을 돌리고 세차게 뛰어가는 듯한데, 모두 고을의 사면(四面)에 모여들어 빙 두르고 있다.

  산의 서북쪽에 험준하고 오므라진 작은 기슭이 있는데, 뭇 봉우리를 거느리고 여러 승경을 모으는 형국으로 정자가 바로 그곳에 위치하였다. 띠풀로 지붕을 덮었고 소나무로 처마를 질렀는데 집은 몇 칸이다. 헌창(軒窓)은 동남쪽으로 냈는데 밝고도 고요하고, 나무를 쪼개어 샘물을 끌어온 것은 정자의 뒤에서부터 뜰 가운데에 물을 댄 것인데, 뜰에 네모난 못을 파서 돌을 쌓아 웅덩이를 만들었다.

---

620 완산정(完山亭) : 정자에 대한 구체적인 기록이 보이지 않지만, 심광세(沈光世)가 완산정(完山亭)을 읊은 시의 소주(小注)에 정산(定山)에 위치하고 있다고 하였다. 정산은 지금의 충청남도 청양(靑陽) 지역인데, 그 시는 다음과 같다. "오만한 관리는 참된 은자가 아니니, 관아의 거처가 녹문과 같다네. 작은 못은 곡수와 통하고, 늙은 나무는 외로운 마을을 안고 있네. 봉우리 모인 곳에는 운무가 일어나고, 빈 뜰에는 달빛이 비치네. 나그네는 한 가지 일도 없어, 내키는 대로 맑은 술잔 비운다네.〔傲吏非眞隱, 官居似鹿門. 小塘通曲水, 老樹擁孤邨. 嶂合雲蒸氣, 庭空月印痕. 客來無一事, 隨意倒淸尊.〕"《休翁集 卷1 完山亭次趙竹陰韻》

내가 여기에 온 것은 마침 늦은 봄이었는데, 금방 비가 내렸으므로 여울을 울리는 소리가 잔잔하여 들을 만하였다. 못에는 잉어와 붕어 수십 마리가 파닥파닥 그 가운데에 뛰어오르고, 뜰의 경계에는 울타리를 둘렀는데 울타리 아래에는 돌을 날라 계단을 만들었다.

방초(芳草)를 섞어서 심었으니, 작은 매화는 키가 울타리만한 한 그루와 울타리의 반만한 한 그루가 있고, 대나무는 한 무더기에 세 그루로 된 것이 또한 하나인데 모두 줄기가 까맣고 마디가 짧으며 작은 그늘을 만들며 너울거리면서 바람이 불어올 때면 쏴아 소리를 낸다. 작약(芍藥)은 붉은 꽃이 아직 어리고 빽빽한 잎은 푸르고 무성하여 그 뿌리를 덮고 있다. 그 나머지 방초로 산반(山礬), 사계화(四季花), 단풍, 철쭉, 복사꽃 등과 같은 것은 여기에 헤아리지 않았으니, 이것들은 모두 가지런하게 심긴 것이 어여쁘다.

아, 고을의 관아에 일을 보고 편하게 머물 장소가 없게 된 지가 오래되었다. 전임자(前任者)가 또한 적지 않았으니, 이 땅이 기이함을 머금고 팔리기를 기다린 것이 무릇 여러 해이다. 그러다가 능히 오늘날 가시나무가 베어 지고 당우(堂宇)로 바뀌게 됨을 만났다. 누가 알았으랴. 우리 원님이 고을을 다스림에 유독 이 백성들만 내모(來暮)의 노랫소리[621]를 울리게 할 뿐만 아니라, 또한 이 정자도 행운을 만난 것임을.

---

621 내모(來暮)의 노랫소리 : 백성들이 수령의 선정(善政)을 칭송하여 부르는 노래이다. '내모'는 내하모(來何暮)의 준말이다. 《후한서(後漢書)》〈염범전(廉范傳)〉에, 동한(東漢)의 염범이 촉군 태수(蜀郡太守)로 부임하여, 금화(禁火)와 야간 통행금지 등의 옛 법규를 고쳐 선정을 펼치자, 백성이 "우리 염숙도여, 왜 이리 늦게 오셨는가. 불을 금하지 않으시어 백성이 편하게 되었나니, 평생토록 저고리 하나 없다가 지금은 바지가 다섯 벌이라네.[廉叔度, 來何暮? 不禁火, 民安作, 平生無襦, 今五袴.]"라는 찬가를 지어

원님의 성은 구씨(具氏)이고 이름은 아무개로, 내가 일찍이 왕래하면서 매우 사이좋게 지낸 사람이다. 정사가 거행되자 잘 다스려진다는 명성이 있었으며 백성에게 일을 시키되 백성이 번거롭게 여기지 않았다. 매양 공무의 여가에 문득 이곳에 올라와 유유자적 노닐 때면 흔연히 기뻐하여 마치 저 산의 그윽한 흥취를 얻을 것처럼 하였다. 그가 하룻밤 묵도록 나를 만류하고 술을 권하여 말하기를, "나를 위해 편액을 내걸고 또 기문을 지어 주시게."라고 하므로, 내가 웃으며 사양하지 못하고 이에 이 정자 위에서 즐기고 의취를 기탁한 바를 취하여 '완산(翫山)'이라고 편액하고 이어서 붓을 적셔 글을 지었다.

불렀다고 한다. 숙도(叔度)는 염범의 자(字)이다.

퇴우정기[622]

退憂亭記

한강(漢江)을 낀 남쪽과 북쪽은 대개 모두 경치가 빼어나다. 그러나 강물은 남쪽과 북쪽이 함께하지만, 산은 수도 한양을 껴안고 가파르게 치솟았는데 범처럼 웅크리고 용처럼 서려 있는 것이 남쪽을 향하고 북쪽을 등지고 있는 형국이다. 그러므로 북쪽에 있는 이 승경(勝景)은 볼 수가 없으니 이는 아마도 남쪽에 있는 경치의 산과 물의 승경을 겸한 것만 못한 것이다.

　한강의 물은 동쪽으로부터 비스듬하게 남쪽으로 흐르다가 꺾어 돌아 서쪽으로 달려가는데, 물살이 느려지는 곳을 만나 부두(埠頭)로 삼은 것이 동작나루〔銅雀渡〕이다. 강의 남안(南岸)에 일어나는 듯, 엎드린 듯한 지형은 언덕이고, 깎아지른 듯 서 있는 지형은 암벽인데, 천 길 우뚝하게 강바닥에 꽂혀 있으면서 강의 물결을 막고 떠내려가지 않으니, 이는 바위의 힘이다. 바위에서 조금 서쪽으로 산기슭에 자리 잡고 있는 언덕 하나가 나온다. 골짜기는 호젓하고 소나무와 삼나무는 울창

---

622 퇴우정기(退憂亭記) : '퇴우정'은 박승종(朴承宗, 1562~1623)이 지은 정자 이름이자 박승종의 호이다. 박승종의 본관은 밀양(密陽), 자는 효백(孝伯)이다. 1586년(선조 19)에 문과에 급제하여 여러 관직을 거쳐 영의정에 올랐으며, 밀양부원군(密陽府院君)에 봉해졌다. 인조반정 뒤에는 광해군의 세자빈을 딸로 둔 아들 박자흥(朴子興)과 함께 자책하여 목매어 자결하였고, 관작이 삭탈되고 가산이 적몰되었으나 훗날 신원되었다. 박승종 부자의 신원에 관한 자료 및 퇴우정에 관한 여타의 기문들이 실려 있는 《기문잡록(記文雜錄)》이 현존하고 있어 참고할 만하다.

한데, 깊숙한데도 충분히 트여있고 그윽한데도 충분히 넓다.

빙 둘러 바라보면, 환한 모래와 비단 같은 돌이 있어 찬연히 그림을 그린 듯한 곳은 겹겹으로 감아 도는 모래톱이요, 푸른빛과 흰빛을 얽어 놓아 아름다운 비단을 짜 놓은 듯한 곳은 높고 낮은 구롱(丘隴)이다.

비스듬하게 보면, 안개 낀 숲과 고기 잡는 마을이 보일 듯 말 듯 아스라한 곳은 저자도(楮子島)요, 마을이 이어지고 돛단배가 오고가는 곳은 용산(龍山)과 노량(鷺梁)이다. 푸른 물결이 아득하여 끝없이 바라보이고 노을 속 따오기가 아득한 허공으로 사라지는 곳은 양화(楊花)의 나루터와 파릉(巴陵)[623]의 굽이이다.

똑바로 바라보면, 한양의 상서로운 기운이 울창하고 무성하며, 성곽(城郭)은 에워싸고 산봉우리는 껴안고 있다. 삼엄하게 늘어선 칼과 창처럼 뾰족하게 솟아 하늘을 찌르고 있는 곳은 삼각산(三角山)과 도봉산(道峯山)이요, 목멱산(木覓山)은 돌아서 나는 모양이고, 인왕산(仁王山)과 무악산(毋岳山)은 첩첩하고 겹쳐 있으니, 많기도 하다. 이에 모든 한강 동쪽과 서쪽, 남쪽의 아름다운 경치와 특별한 모습으로, 맑고도 빼어나며 기이하고도 오묘한 곳을 한 눈에 다 거두어 볼 수 있다.

내가 일찍이 배를 타고 지나다가 손으로 가리켜 가며 즐거워서 마음에 묵묵히 새겨 둔 지가 오래되었다. 하루는 어떤 객이 서찰을 소매에 넣고 와서 보여 주며 말하기를, "이것은 바로 모관 모공(某官某公)의 새집인데, 정자를 완성할 것입니다. 그대에게 기문을 부탁하니 그대는 거절하지 마십시오."라고 하므로, 내가 놀라면서 말하기를, "물(物)이

---

623 파릉(巴陵) : 경기도 양천(陽川)의 옛 이름이다. 《新增東國興地勝覽 卷10 京畿 陽川縣》

란 참으로 가려진 뒤에야 드러나는 법이니, 강산(江山)이 지금 주인이 있게 되었습니다."라고 하였다. 이윽고 또 그 편액을 보고서는 탄식하여 말하기를, "공(公)은 왕실의 주석(柱石)이자 당세(當世)의 폐부(肺腑)[624]입니다. 바야흐로 조정에 나아가 즐겨야 하는데, 어찌하여 물러나 근심한다고 말하는 것입니까."라고 하였고, 잠시 뒤에 또 스스로 다음과 같이 풀이하였다.

"공이 근심하는 것은 당연합니다. 무릇 큰 직임을 맡은 자는 책임이 더욱 크고, 책임이 큰 자는 근심이 더욱 깊습니다. 저 높은 관직과 무거운 녹봉이 영화롭지 않은 것이 아니고 늘어뜨린 자색 인끈[625]과 허리에 두른 금띠[626]가 화려하지 않은 것이 아닙니다만, 시기에 불가함이 있고 형세에 곤란함이 있다면 어쩔 수 없이 자취를 거두어 물러나야 합니다. 간곡한 정성만은 임금을 사랑하는 데에 쇠하지 않아, 감히 갑자기 고상하게 처신할 수 없었으므로 애오라지 편히 거처할 곳을 지어 한가히 지내며 휘파람 불고 노래함으로써 그 회포를 붙이는 것입니다. 공을 알지 못하는 자는 편하게 즐긴다고 생각하겠지만 공을 아는 자는 공의 마음에 근심이 있다고 할 것이니, 그렇다면 공이 정자에 이름을 붙인 까닭을 대강 알 만합니다.

---

624 폐부(肺腑) : 왕실의 가까운 인척을 가리킨다. 박승종(朴承宗)의 아들 자흥(子興)의 딸이 광해군의 세자빈(世子嬪)이므로 이렇게 칭한 것이다.

625 늘어뜨린 자색 인끈 : 고관대작(高官大爵)을 가리킨다. 한(漢)나라 제도에, 제후는 자색 인끈을 차고, 공경(公卿)은 청색 인끈을 찼다고 한다.

626 허리에 두른 금띠 : 송(宋)나라 때 관직의 고하를 나타내기 위해 패용(佩用)하던 여러 복식 중의 하나이다. 어패(魚佩) 없이 금어선화대(金御仙花帶)만 허리에 차는 것으로, 고관을 뜻한다.

아, 한갓 조정에 나아가는 것이 즐길 만한 것인 줄만을 아는 자가 어찌 물러나 근심한 적이 있었습니까. 오직 물러나서도 또한 근심한 뒤에야 바야흐로 나아가 즐길 수 있는 것입니다. 이것이 옛사람이 나아가기를 어려워하고 물러나기를 쉽게 여기며, 근심을 먼저 하고 즐기기를 뒤에 한[627] 까닭입니다. 아, 진실로 이런 근심이 있다면 초야에 있든 조정에서 벼슬하든 처지가 바뀌더라도 모두 마찬가지일 것입니다. 지척의 거리에서 성상을 바라보면 계옥(啓沃 임금을 깨우치고 보필함)할 것을 생각하고, 중류(中流)에 있는 지주(砥柱)[628]를 보면 흔들리지 않을 것을 생각하며, 뱃사공이 물을 잘 건너는 것에서는 세상을 구제할 방법을 생각하고, 풍파(風波)가 요동치는 것에서는 백성을 진정시킬 방법을 생각하며, 양(陽)이 펴지고 음(陰)이 움츠러드는 것에서는 음양이 열리고 닫히는 묘한 기틀을 생각하고, 비가 내리고 구름이 흘러가는 것에서는 은택이 물(物)에게 미칠 것을 생각하니, 물(物)에 감촉하여 감흥을 일으키는 모든 것들은 전부 자기의 근심을 위한 것이 아니고 바로 나라의 근심을 근심하는 것입니다.

그렇다면 우리 공으로 하여금 아침저녁으로 이 정자에서 나라에 대해 근심할 것을 부질없이 근심하게 함은 이 정자의 행운이 아니며 이 백성의 불행이니, 어찌 공으로 하여금 현재 근심하는 것을 크게 포부를

---

627 근심을……한 : 범중엄(范仲淹)의 〈악양루기(岳陽樓紀)〉에 "천하가 근심하기에 앞서서 근심하고, 천하가 즐거워한 뒤에 즐거워한다.〔先天下之憂而憂, 後天下之樂而樂.〕"라고 하였다. 《古文眞寶後集 卷6》

628 지주(砥柱) : 황하(黃河) 중류(中流)에 우뚝 서 있는 바위산이다. 황하의 물결 가운데서 꼼짝하지 않고 서 있으므로, 세속에 휩쓸리지 않고 꿋꿋하게 자신의 절조를 지키는 사람을 비유하는 말로 쓰인다.

펼쳐야 하는 때에 시행되도록 할 수 있겠습니까. 공무를 마치고 물러난 여가에 가벼운 갓옷과 느슨한 허리띠 차림으로[629] 외로운 배를 저어 때때로 와서, 난간에 기대어 물새를 웃음으로 대하고 또 소인(騷人)과 묵객(墨客)을 그 사이에 끼어 앉게 하여 술잔을 들어 축하하고 붓을 잡아 글을 짓게 한다면 바야흐로 공의 근심을 풀 수 있을 것이니, 이는 단지 이 정자의 행운일 뿐만이 아니라 또한 이 백성에게도 다행스런 일입니다."

나는 일찍이 삼가 공의 뜻을 사모하여 개연(慨然)히 회포가 들었기에 이에 말을 하노라.

---

629 가벼운……차림으로 : 매우 엄중하고 급박한 상황에서도 한가함과 여유로움을 잃지 않음을 나타내는 표현이다. 진(晉)나라 양호(羊祜)가 정남대장군(征南大將軍)으로 대군을 거느릴 적에, 갑옷 대신에 가벼운 갓옷을 입고 허리띠를 느슨하게 하고 다녔으며 시위(侍衛) 군사도 10여 명이 넘지 않았다는 고사에서 유래한 말이다.《晉書 羊祜列傳》

삼매당기

三梅堂記

혹자가 나에게 묻기를 "삼매당(三梅堂)에 관한 설을 그대는 아는가?"라고 하기에, 말하기를, "너무나 알기 쉬운 것인데 어찌하여 물어보는가? 이는 당(堂)에 매화가 세 그루 있어 그대로 그 당에 편액한 것에 불과한 것이다."라고 하였다. 혹자가 말하기를, "진실로 매화에서 취한다면 어찌 셋이라는 숫자에 구애되겠는가."라고 하므로, 말하기를, "이는 마침 세 그루가 있어서 그렇게 부른 것이니 만일 그 지취(旨趣)를 얻는다면 어찌 셋에 구애되겠는가. 가령 매화를 감상하여 그 지취를 얻은 것이 비록 셋에 미치지 못하고 둘이나 하나이더라도 어찌 내가 얻는 바의 지취에 줄어듦이 있겠으며, 반대로 셋을 넘어 넷이나 다섯이 되고 수십, 수백, 수천에 이르더라도 또한 어찌 내가 얻는 바의 지취에 더함이 있겠는가. 진실로 '삼매(三梅 매화 세 그루)'라는 이유로 다소(多少)의 숫자를 억측으로 설시(說示)하여 함부로 매화를 감상하는 참된 흥취에 더하거나 줄어듦이 있게 해서는 안 된다."라고 하였다.

그러자 혹자가 말하기를, "이것은 옳지만 옛날 '삼괴(三槐)'[630]의 뜻이

---

630 삼괴(三槐) : '삼괴'는 세 그루의 홰나무로, 삼공(三公)을 지칭하는 말로 쓰인다. 송(宋)나라 진국공(晉國公) 왕호(王祜)가 일찍이 자기 뜰에 홰나무 세 그루를 심으면서 "내 자손 가운데 반드시 삼공(三公)이 되는 자가 있을 것이다."라고 하였으니, 홰나무 세 그루를 심음으로써 삼공의 지위에 오르는 후손이 있기를 기대한 것이다. 그 뒤에 그의 아들 왕단(王旦)이 진종(眞宗) 때 오랜 기간 재상(宰相)을 하였는데, 이에 소식(蘇軾)이 〈삼괴당명(三槐堂銘)〉을 지어 그 전말을 소상히 전하였다.《古文眞寶後集 卷8 三槐

'삼매'와 비견되지 않는가?"라고 하므로, 말하기를, "그대가 매화로 인하여 홰나무〔槐〕에까지 미친 것은 셋이라는 말에 의혹됨을 면치 못한 것이니, 만약 고금의 사람들이 숭상한 것의 차이점을 알고자 한다면 어찌 말이 없을 수 있겠는가. 저 홰나무는 괴극(槐棘)631의 뜻을 취한 것이니, 셋은 실로 태공(台公)의 숫자이다. 매화 세 그루는 뜻이 없고 홰나무 세 그루는 뜻이 있으며, 매화 세 그루는 단지 흥취를 부쳤을 뿐이고 홰나무 세 그루는 후세에 흥기(興起)하는 자가 나오기를 기필함을 취한 것이다. 요행히 기대한 것에 들어맞은 것 또한 우연일 뿐이니, 이것이 어찌 매화 세 그루가 의도함이 없고 기필함이 없으며 후세에 기대한 것이 없는 것만 하겠는가. 그리고 뜰에다 심은 것은 깨끗하고 담박한 지조와 향기롭고 고결(孤潔 의롭고 결백함)한 완상(玩賞)을 위한 것이니, 어찌 홰나무와 나란히 논할 것이겠는가."라고 하였다.

이에 혹자가 말하기를, "그대의 말이 옳다. 다만, 모르겠다마는 매화의 주인이 된 자는 매화를 감상하는 지취는 얻더라도 사물에 걸맞은 아름다움을 저버린 것이 아닌가."라고 하기에, 말하기를 "자태가 풍만하고 아름답기로는 부귀화(富貴花)632만한 것이 없고, 깨끗하여 물들지

堂銘》

631 괴극(槐棘) : 홰〔槐〕나무와 가시나무〔棘〕이다. 주(周)나라 때 조정에 세 그루의 홰나무를 심고 삼공(三公)이 여기를 향하여 마주 앉고, 또 좌우에 각각 아홉 그루의 가시나무를 심고 구경(九卿)이 그 앞에 앉았다는 데서 온 말로, 삼공과 구경, 곧 고관(高官)을 의미한다.

632 부귀화(富貴花) : 모란(牡丹)을 가리킨다. 북송(北宋)의 주돈이(周敦頤)의 〈애련설(愛蓮說)〉에 "나는 생각건대, 국화는 꽃 가운데 은자(隱者)이고, 모란은 꽃 가운데 부귀한 자이고, 연꽃은 꽃 가운데 군자라고 여긴다.〔予謂菊花之隱逸者也, 牡丹花之富貴者也.

않기로는 군자화(君子花)[633]만한 것이 없으며, 봄 난초와 가을 국화는 모두 그것들을 끼고 사랑하며 노래하고 읊은 자가 있으니, 깊이 좋아하는 것을 가지고 그 사람의 심사를 살핀다면 대개 열에 여덟아홉은 파악할 것이다. 나는 일찍이 삼매당의 주인에 대해 들은 것이 있다. 한 뙈기의 땅에 거처하며 두어 칸의 오두막을 짓고는 명리(名利)를 탐하는 길에서 자취를 끊고 한가한 곳에 은거하였는데, 반평생 동안 남에게서 구하는 것이 없었다. 그러면서 오직 세 그루의 매화를 직접 심어 아침저녁으로 스스로 즐거워하니, 마음에 얻어 흥취를 기탁한 것은 돌아보건대 내가 말한 바[634] 깨끗하며 고결(孤潔)하다고 한 비유에 부끄러울 것이 없다. 이미 그 지취를 얻었다면 비록 셋에서 더하여 백에 이르거나 셋에서 덜어서 하나만 남더라도 삼매의 뜻에 무슨 문제가 있겠는가."라고 하였다. 이에 혹자가 말하기를, "그렇다."라고 하였다.

주인은 성이 정씨(丁氏)이고 이름은 일(鎰)이며, 중보(重甫)는 그의 자이다. 살펴보건대 그 사람됨은 멋스럽고 고아하며 그 모습은 맑고 수척한데, 사랑스러운 사람이다. 이에 사람과 매화가 서로 어울리기에 적당하다.

갑자년(1624, 인조2) 12월 임천(林川) 죽음자(竹陰子)가 쓰다.

蓮花之君子者也.)"라고 하였다. 《古文眞寶後集 卷10 愛蓮說》

633 군자화(君子花) : 연꽃을 가리킨다.

634 내가 말한 바 : 대본에는 '子所謂'로 되어 있는데, 문맥에 근거하여 '子'를 '予'로 바로잡아 번역하였다.

서 序

진위사 정 참판 두원 에게 준 시의 서문[635]
贈進慰使鄭參判 斗源 詩序

나는 병오년(1606, 선조39)에 빈막(儐幕)의 연리(掾吏)로서 학사(學
士) 주난우(朱蘭嵎 주지번(朱之蕃))와 급사(給事) 양극봉(梁極峯 양유
년(梁有年))을 의주(義州)에서 맞이하였고,[636] 기유년(1609, 광해군1)
에 다시 행인(行人) 옹 대인(熊大人 웅화(熊化))을 맞이하였으며,[637] 병

---

635 진위사(進慰使)……서문 : '진위사'는 정두원(鄭斗源, 1581~?)으로, 그의 본관은
광주(光州), 자는 정숙(丁叔), 호는 호정(壺亭)이다. 용천 부사(龍川府使), 지중추부사
(知中樞府事) 등의 관직을 역임하였다. 이 글은 정두원이 1630년(인조8)에 진위사로
사신의 행차를 준비하다가, 출발에 앞서 그를 전별하기 위해 지은 시의 서문이다.《仁祖
實錄 8年 7月 2日》

636 병오년에……맞이하였고 : 1606년(선조39)에 명(明)나라 신종(神宗)이 황손의 탄
생을 알리기 위해 파견한 사신인 정사(正使) 주지번(朱之蕃)과 부사(副使) 양유년(梁有
年)이 조선에 왔을 때, 조희일은 원접사 유근(柳根)의 종사관 신분으로 의주(義州)에
나아가 그들을 영접하였다.《竹陰集 附錄 神道碑銘》

637 기유년에……맞이하였으며 : 1609년(광해군1)에 명나라의 사시 조사(賜諡詔使)
웅화(熊化)가 조선에 왔을 때 조희일은 원접사(遠接使) 유근(柳根)과 함께 그를 영접하
였다.《竹陰集 附錄 神道碑銘》

인년(1626, 인조4)에 강 한림(姜翰林 강왈광(姜曰廣))과 왕 급사(王給事 왕몽윤(王夢尹))를 송경(松京 개성(開城))에서 맞이하여 위로하였으니,[638] 전후로 선조(仙曹)[639]를 배종(陪從)하여 주선하며 시문(詩文)을 수창(酬唱)할 때 외람되이 칭찬을 받은 적이 한두 번이 아니었다.

군자가 의(儀) 땅에 이르렀을 때에, 그곳의 봉인(封人 국경 관리인)이 그를 만나볼 수 있었던 것을 다행으로 여겼으니[640] 이는 진실로 현인을 좋아하는 양심(良心)이었다. 나는 몇 명의 군자에게 거절을 당하지 않았을 뿐만 아니라 외람되게도 《황화집(皇華集)》[641] 가운데에 미천한

---

638 병인년에……위로하였으니 : 1626년(인조4) 6월에 명나라의 황자(皇子)의 탄생을 알리는 조서(詔書)를 반포하기 위해 정사(正使) 강왈광(姜曰廣)과 부사(副使) 왕몽윤(王夢尹)이 조선에 왔을 때, 조희일은 명을 받아 안주(安州)에서 그들을 맞아 위로하였다. 《竹陰集 附錄 神道碑銘》

639 선조(仙曹) : 신선의 행렬이라는 뜻으로, 여기서는 중국 조정의 사신(使臣) 일행을 말한다.

640 군자가……여겼으니 : '군자'는 공자를 의미한다. 《논어》〈팔일(八佾)〉에, 그 이야기가 나온다. 의(儀) 땅의 봉인(封人)이 공자를 만나 보기를 종자(從者)에게 요청하면서 "군자가 이곳에 이르면 내 일찍이 만나보지 않은 적이 없었다.〔君子之至於斯也, 吾未嘗不得見也.〕"라고 하였고, 만나 보고 나와서 종자에게 말하기를, "그대들은 어찌 부자(夫子)께서 벼슬을 잃음을 걱정할 것이 있겠는가. 천하에 도가 없어진 지 오래되었다. 하늘이 장차 부자를 목탁으로 삼으실 것이다.〔二三子何患於喪乎? 天下之無道也久矣, 天將以夫子爲木鐸.〕"라고 하였다.

641 황화집(皇華集) : 명(明)나라 사신과 조선의 원접사(遠接使), 접반관(接伴官) 등이 서로 창화한 시문집으로, 《시경》의 〈황황자화(皇皇者華)〉에서 따온 이름이다. 중국의 사신이 오면 원접사를 의주(義州)까지 보내서 맞이한 뒤에 이들과 동반하여 서울에 들어오게 하고, 사신이 돌아갈 때에는 원접사를 반송사(伴送使)로 고쳐 다시 의주까지 전송하게 하는데, 이때 읊은 시부(詩賦) 등을 문집으로 만들어 놓았다가 우리나라에서 중국으로 사신 갈 때에 가지고 갔다. 《황화집》은 1450년(세종32)부터 1633년(인조

이름이 끼어들게 하였으니, 황조(皇朝)의 진신 선생(縉紳先生) 가운데 반드시 나를 아는 분이 계실 것이다. 그러니 어찌 그 때문에 자부하지 않을 수 있겠는가마는, 화풍(華風)을 사모하고 덕음(德音)을 그리워함은 진실로 이미 보통을 훨씬 뛰어넘는다.

아, 요동(遼東)이 수복되지 못한 지가 지금 10년이 되었는데,[642] 지난 겨울에 적의 기병(騎兵)이 관문(關門)을 침범하였고, 불행히도 동강(東江 가도(椵島))의 군중에서 창을 거꾸로 드는 변란이 있었다.[643] 그리고 바닷길이 또 막혀 진위사의 행차가 돛을 엮고 노를 수리하여 해안에 배를 대어 놓고도 출발하지 못한 지가 이미 반년이나 되었다. 이에 항상 마음이 너무 아파 머리를 들어 서쪽을 돌아보면 나도 모르게 머리털이 불쑥 위로 곤두선다. 그대는 재주가 높고 기질이 맑으며, 풍채가 크고 담력이 대단하여, 만부(萬夫)가 있는 곳을 압도하기에 충분하다. 지금 일엽의 작은 배를 타고 큰 파도를 무릅써 가며 몸소 사신(使臣)의 책임을 맡아 하방(下邦)의 뜻을 펴서 아뢸 것인데, 익숙하게 사령(辭令)

11)까지 23회에 걸쳐 간행되었으며, 1773년(영조49)에 한 질로 모아 간행하였다.

642 요동(遼東)이……되었는데 : 건주여진(建州女眞)의 추장 누르하치〔奴兒哈赤〕가 후금(後金)을 세운 뒤 1621년(광해군13)에 요동(遼東)을 공략하여 지배하고 이듬해 요양(遼陽)으로 천도하여 새 수도를 건설하였다. 이에 명(明)나라가 이전 요양에 요동도사(遼東都司)를 두어 요동을 지배하던 때처럼 하지 못하고 있음을 말한 것이다.

643 동강(東江)의……있었다 : 가도(椵島)의 모문룡(毛文龍)이 처단된 뒤 그곳에서 반란이 일어난 일을 말한다. 1629년(인조7) 요동 경략(遼東經略) 원숭환(袁崇煥)이 영원(寧遠) 앞바다에서 모문룡을 죽이고 그를 대신해서 진계성(陳繼盛)으로 하여금 동강, 즉 가도를 이끌게 하였는데, 이듬해 독부 도사(督府都司) 유흥치(劉興治)가 진계성과 뜻이 맞지 않아 진계성과 유응학(劉應鶴) 등을 살해하고 가도를 차지하는 일이 발생하였다. 《仁祖實錄 8年 4月 19日》

에 응대하며 민첩하게 사정을 전달하는 것은 진실로 능숙한 일이다.

그런데 가는 도중에 유숙하고 주야로 쉬거나 즐기는 곳에 필시 대화를 하다 보면 마음이 맞는 자가 있을 것이다. 나는 이를 계기로 느끼는 바가 있다. 삼가 듣건대 옛말에 "연(燕)나라와 조(趙)나라 지역에는 강개(慷慨)하고 슬픈 노래를 부르는 선비가 많았다."[644]라고 하였다. 그 영웅스런 풍모와 맹렬한 기상이 충의(忠義)의 마음을 고동(鼓動)시키는 것을 생각해 볼 때, 위태로움을 당해 난리에 달려감이 떠밀리기를 기다린 뒤에야 나아가지는 않을 것이니, 어찌 오랑캐로 하여금 관보(關輔)[645]의 사이에서 제멋대로 날뛰게 내버려 두겠는가. 마침내 황령(皇靈)의 도움으로 그들을 섬멸하여, 임시로 숨이 붙어 있는 떠도는 무리로 하여금 헐떡이며 달아나게 할 수 있을 것이다. 진실로 그렇게 된다면, 이 행차가 위로할 일이 아니고 축하할 일이라서, 축하와 조의를 신속하게 함이 옛사람이 말한 것[646]처럼 될지를 어찌 알았으랴. 애오라

---

644 연(燕)나라와……많았다 : 당(唐)나라의 한유(韓愈)는 〈송동소남서(送董邵南序)〉에서 "연나라와 조나라에는 예로부터 감개하고 슬픈 노래를 부르는 선비가 많았다.〔燕趙, 古稱多感慨悲歌之士.〕"라고 하였고, 《사기(史記)》〈화식열전(貨殖列傳)〉이나 《수서(隋書)》〈지리지(地理志)〉에도 유연(幽燕) 지방의 사회적 분위기를 '비가강개(悲歌慷慨)'라고 표현한 것이 보인다. 이러한 풍조를 상징하는 대표적인 인물로 진 시황(秦始皇)을 암살하려다 실패했던 자객인 형가(荊軻)가 유명하다.

645 관보(關輔) : 관중(關中)과 삼보(三輔)의 합칭으로 수도 근방의 지역을 말하는데, 여기서는 요충지를 가리킨다.

646 축하와……것 : 전국시대(戰國時代) 제(齊)나라 선왕(宣王)과 무안군(武安君) 소진(蘇秦)의 고사에서 온 표현이다. 소진이 연(燕)나라를 위하여 선왕에게 유세하면서 먼저 재배하여 축하하고는 즉시 하늘을 우러러 조의를 표하자, 선왕이 이상히 여겨 묻기를, "이 어찌 축하와 조의를 이렇게 신속하게 하는가?〔此一何慶弔相隨之速也?〕"라고 하

지 그대의 행차로 기대해 본다.

　떠나기에 앞서 전별하는 말은 단지 울분(鬱憤)을 펼칠 뿐이고, 선비가 천리를 사이에 두고서도 서로 감응함이 있는 것은 진실로 안과 밖, 하늘과 땅의 간격이 없어서이다. 하물며 같은 원수에게 적개심을 불태우는 것이 바로 연나라와 조나라 호걸들의 천성(天性)에서 나온 것임은 말할 것이 있겠는가. 만일 그들을 비루하게 여기지 않아 그 말이 엉성함을 개의치 않고 혹 대략 읊조리고 칭찬해 줌으로써, 그대를 통하여 그 서론을 전하게 할 수 있게 한다면, 계자(季子)처럼 음악을 듣기를 기다리지 않아도 대국(大國)의 성음(聲音)과 기상에 관해 만에 하나라도 방불함을 얻을 것이다.[647] 그리되면 도리어 다행스런 일이 아니겠는가. 그대의 행차를 통해 가늠해 보았으니 그대는 힘쓸지어다.

였다. 《戰國策 卷29 燕策1》

647 계자(季子)처럼……것이다 : 직접 사행에 참여하지 않았어도 사신이 얻어 온 비분강개한 연(燕)나라와 조(趙)나라 지역 사람의 시문을 통해 그들의 정서를 알 수 있다는 말이다. '계자'는 계찰(季札)로, 춘추 시대 오(吳)나라 귀족으로 오왕(吳王) 수몽(壽夢)의 넷째 아들인데, 연릉계자(延陵季子)라고도 불린다. 그는 고상한 인품으로 왕위를 사양하고 각국에 사신으로 가서 당세의 현자들과 널리 사귀었는데, 일찍이 노(魯)나라에 갔을 때 주(周)나라 악무(樂舞)를 청하여 관람하고는 각 국풍(國風)에 대해 평가를 내린 적이 있다. 《春秋左氏傳 襄公29年》

발 跋

《졸옹집》[648]에 대한 발
拙翁集跋

성인(聖人)께서 말씀하기를, "덕(德)이 있는 자는 반드시 훌륭한 말을 한다."[649]라고 하셨으니, 말도 오히려 그렇거늘, 더구나 문사(文辭)는 말의 정화(精華)이니 더욱 그 덕의 두터움과 박함을 살펴 그 글의 수준을 징험하지 않을 수 없다. 《졸옹집》이 판각을 마치고 간행될 때에 제공(諸公)이 서문과 발문을 지었는데, 과장하여 꾸미는 경우가 또한 많았다.

　내가 생각건대 선생은 바르고 곧은 성품을 타고났고 효도와 공경의 도리를 몸소 실천하였다. 임금을 섬겨서는 속이지 않는 정성을 극진히 하였고 조정에 나아가서는 범접하기 어려운 용색이 있었으니, 첨렴한 절

---

648 졸옹집(拙翁集) : 홍성민(洪聖民, 1536~1594)의 문집이다. 홍성민의 자는 시가(時可), 호는 졸옹(拙翁), 본관은 남양(南陽)이다. 이황의 문인이며 1564년 문과에 급제한 뒤 대제학, 호조 판서 등의 여러 관직을 역임하였다.

649 덕(德)이……한다 : 《논어》〈헌문(憲問)〉에 "덕이 있는 자는 반드시 훌륭한 말을 하거니와, 훌륭한 말을 하는 자가 반드시 덕이 있지는 못하다.〔有德者, 必有言, 有言者, 不必有德.〕"라고 하였다.

행과 깨끗한 지조는 신명(神明)에게 질정해 보아도 부끄러움이 없었다.

대저 그런 까닭에 마음속에서 흘러나와 문장에 드러난 것은 단지 축적한 것의 나머지일 뿐이다. 그런데도 문장을 살펴보면 마치 맑고 큰 울림은 귀뚜라미의 울음처럼 우렁차고 세찬 기운은 견고한 금석을 꿰뚫는 듯하다. 또한 드넓고 호탕하며 우뚝하고 빼어난 점과 여유롭고 통창(通暢)하며 아름답고 고운 점이 있는데, 이는 모두가 한결같이 깊은 경지에서 나와 정묘(精妙)해지기를 구하지는 않았으나 저절로 문장의 타당한 법도를 벗어나지 않은 것이다. 그러니 진실로 내외가 합치되고 본말이 갖춰지지 않았다면 "덕이 있는 자는 반드시 훌륭한 말을 한다."라는 말에 비추어 보면 어떻게 되겠는가. 〈대아(大雅)〉에 이르기를, "금옥같은 그 바탕이요, 잘 다듬은 그 문장이로다."[650]라고 한 말이 선생을 일컫는 것에 가깝지 않겠는가.

나의 선대부(先大夫) 운강공(雲江公)[651]은 선생과 뜻이 맞고 도(道)가 같아서 토론하고 강마(講磨)할 때면 그 덕을 칭찬하고 그 문장을 칭송하지 않은 적이 없으셨다. 나는 어렸을 때부터 부친의 가르침을 익숙히 받들었는데, 증서(曾西)의 "우리 선친이 경외했던 분이다."라고 한 말을 삼가 되뇐 적이 있었다.[652] 이에 감히 주제넘게 말을 하니, 세상의 식견이

---

650 대아(大雅)에……문장이로다 : 《시경》〈역복(棫樸)〉에 나오는 구절을 순서를 바꾸어 인용한 것으로, "잘 다듬은 그 문장이요, 금옥같은 그 바탕이로다.〔追琢其章, 金玉其相.〕"라고 하였다.

651 선대부(先大夫) 운강공(雲江公) : 조희일의 부친 조원(趙瑗, 1544~1595)으로, 자는 백옥(伯玉)이고, '운강'은 그의 호이다. 조식(曺植)의 문인이며, 1572년(선조5) 별시 문과에 급제하여, 이조 좌랑, 삼척 부사, 승지 등의 관직을 역임하였다.

652 나는……있었다 : 부친의 칭송하는 말로 인해 홍성민(洪聖民)에 대한 경외심(敬畏

있는 군자 가운데 반드시 이에 대해 분변할 수 있는 자가 있을 것이다.

心)이 일찍부터 있었다는 말이다.《맹자》〈공손추 상(公孫丑上)〉에, 어떤 사람이 증자
(曾子)의 손자인 증서(曾西)에게 "그대와 자로는 누가 더 나은가?〔吾子與子路, 孰賢?〕"
라고 물은 데 대해, 증서가 불안해하면서 "나의 선자께서 두려워하셨던 분이다.〔吾先子
之所畏也.〕"라고 한 고사를 끌어 홍성민에 대한 공경심을 드러낸 것이다.

잡저 雜著

학어초독
學語初讀

하늘의 푸르고 푸름은 바로 기가 쌓여 색깔을 이룬 것이다.

땅의 넓고 두터움은 흙이 모여 바탕이 된 것이다.

해[日]는 뭇 양(陽)의 으뜸이니 불[火]의 정화이다.

달[月]은 뭇 음(陰)이 모인 것이니 물[水]이 응결된 것이다.

별[星]은 일월(日月)의 남은 빛이다.

은하는 하늘의 찌꺼기이다. 혹자는 강하(江河)의 기운이 위로 올라가 응결된 것이라고 말하기도 한다.

달 가운데 나풀거리는 빛을 사람들은 계수나무와 옥토끼라고 하는데 이는 잘못으로, 바로 대지(大地)와 산하(山河)의 그림자이다.

구름은 산천(山川)의 기가 올라가 맺혀 이뤄진 것이니 그 오색(五色)이 서리는 것은 성세(聖世)의 상서로운 조짐이다.

안개는 수택(水澤)에서 나온 증기이니 색깔이 누렇고 사방에 가득하면 요사스러운 것이다.

바람은 천지가 내뿜는 기이니, 빈 구멍에서 바람이 일어나며 골짝 어귀에서 바람이 불어오며 수초 끝에서 바람이 일어난다.

우레〔雷霆〕는 음과 양이 서로 부딪치는 것으로 양이 안에 있고 음이 바깥에 있는 것이다. 부딪쳐 소리가 나고 요동쳐서 빛이 생기니, 때리고 울리는 것은 어그러진 기운이 붙어서이다.

비는 천지의 기운이 서로 통하여 은택을 내리는 것이니, 산천이 구름을 내면 단비가 내리고, 이에 만물이 발생하여 자라난다.

이슬은 비가 되지 못하고 물방울이 진 것이거나 초목이 무성하여 생긴 기운이다.

서리는 찬이슬이 응결된 것이다.

눈은 서리와 싸락눈과 비와 이슬이 응결되어 언 것이다.

산은 엉겨서 형체를 이룬 것이고, 물은 녹아서 바탕이 된 것인데, 한 번 탁해졌다 한 번 맑아지며 한 번 고요했다 한 번 움직인다.

초목은 흙이 옷을 걸친 것이다. 푸르고 윤택이 나는 것은 그 색깔이고, 사랑스럽고 아름다우며 농염하여 빨갛고 누렇고 붉고 하얀 것은 그 꽃이고, 굽고 곧고 굳고 부드러운 것은 그 성질이다.

금수(禽獸 날짐승과 길짐승)는 생동(生動)하는 부류이니 날짐승은 날아다니고 길짐승은 뛰어다닌다. 털과 날개로 추위를 막을 수 있으며 마시고 먹어 배를 채울 수 있다. 봉새〔鳳〕는 날짐승의 임금이요 기린〔麟〕은 길짐승의 우두머리이다. 호표(虎豹 범과 표범)와 시랑(豺狼 승냥이와 이리)은 이빨과 발톱이 있어 사람과 가축을 삼키고 무니, 길짐승 중에 사나운 것들이다. 소는 뿔이 있어 들이받는데 밭을 갈 수 있고, 말은 힘센 다리가 있고 발굽이 있어 사람이 탈 수가 있다. 나귀〔驢〕와 노새〔騾〕는 짐을 실을 수 있고, 개는 도둑에게 짖고 닭은 새벽을 알린다. 호리(狐貍 여우와 삵)와 고양(羔羊 염소와 양)은 그 털로 옷을 지을 수 있고 그 고기는 먹을 수 있다. 쥐는 훔치고 물어뜯는 것을 좋아하고,

파리는 악취 쫓기를 좋아하고 오물을 묻히는 성질이 있으니, 이로움은 없고 해로움만 있다.

하늘은 높고 땅은 두터운데 말이 없다. 해와 달, 바람과 구름, 비와 이슬은 단지 볼 수만 있고 찾을 수 있는 자취는 없다. 초목은 형체가 있고 생명이 있으나 혈기(血氣)는 없고, 금수는 형체와 생명과 혈기가 있으나 지식(知識)은 없다. 오직 사람만이 둘 사이에 명(命)을 받아 형체와 생명과 혈기가 있고 또 지식까지 있으니 이것이 사람이 만물 중에 가장 신령한 이유이다.

사람은 하늘을 이고 땅을 밟고 있으니, 나를 낳아 준 사람은 아버지〔父〕이고 나를 길러 준 사람은 어머니〔母〕이다. 임금은 옷과 식량을 채워 주고 직분을 주시며, 스승은 도의(道義)를 가르쳐 그 성(性)을 이루게 하신다. 이 때문에 백성들은 부모와 임금과 스승에 대해 섬기기를 똑같이 하여 그 계신 곳에서 각각 그분들을 위해 목숨을 바치는 것이다. 사람이 만약 부모에게 효도하지 않고 임금에게 충성하지 않으며 스승을 공경하지 않는다면 초목이나 금수와 무엇이 다르겠는가.

형제는 같은 기운으로 태어나고 한 몸에서 나뉜 자이다. 다만 그 몸이 둘일 뿐 그 근본은 하나이니, 가까움이 비할 데 없어 수족과 같다.

지아비〔夫〕는 부인〔婦〕이 우러러 바라보며 평생을 마치는 자이고, 부인은 자기와 짝이 되어 조종(祖宗)의 제사를 함께 받드는 자이다.

자식은 나의 대신(代身)으로 선대(先代)를 잇는 자이다. 그러므로 불효(不孝) 중에서는 후손이 없는 것이 가장 크고, 모든 죄 중에서는 불효가 가장 크다고 하는 것이다.[653]

---

653 불효(不孝)……것이다 : 《맹자》〈이루 상(離婁上)〉에 "불효에 세 가지가 있으니,

백성의 생업(生業)에는 네 가지가 있으니 선비〔士〕와 농민〔農〕과 공인〔工〕과 상인〔商〕을 말한다. 선비는 도의(道義)를 배워서 임금을 보좌하고 정치를 펼치는 자이고, 농민은 힘써 농사를 지어 부세(賦稅)를 바치는 자이고, 공인은 기계(器械)를 만들고 기물을 다루는 자이고, 상인은 재화를 불려서 유통시키는 자이다. 사민(四民) 가운데 오직 선비가 귀한 것은 도의에 힘을 쏟기 때문이니, 충신(忠信)과 효제(孝悌)는 선비의 행실이고 정직(正直)과 염결(廉潔)은 선비의 지조이고 문학(文學)과 정사(政事)는 선비의 재능이고 언어와 사장(詞章)은 선비의 정화(精華)이다.

형제 외에 장유(長幼)의 차서가 있으니, 어른을 공경하고 노인을 편안하게 하고 젊은이를 감싸 준다.

지친(至親) 외에 붕우(朋友)의 사귐이 있으니, 뜻이 같고 도(道)가 합하는 사람이 '붕(朋)'이 되고 서로 친하고 서로 공경하는 사람이 '우(友)'가 된다. 피부를 갈고 뼈를 부수며 쓸개를 토하고 간(肝)을 쏟는 상황에서라도 생사와 화복(禍福)을 달리함이 없어야 사귐이라고 이를 수 있다.

자식은 태어나 삼 년이 된 뒤에야 부모의 품에서 벗어난다.[654] 살아 계실 때에는 삼생(三牲)의 봉양[655]을 지극히 하더라도 지나친 것이 아니

후손이 없는 것이 가장 크다.〔不孝有三, 無後爲大.〕"라고 하였고, 《효경(孝經)》〈기효행(紀孝行)〉에 "오형의 종류가 삼천 가지인데, 불효보다 큰 죄는 없다.〔五刑之屬三千, 而罪莫大於不孝.〕"라고 하였다.

654 자식은……벗어난다 : 《논어》〈양화(陽貨)〉에 "자식이 태어나 삼 년이 된 뒤에 부모의 품에서 벗어난다.〔子生三年, 然後免於父母之懷.〕"라고 하였다.

655 삼생(三牲)의 봉양 : '삼생'은 세 가지 희생(犧牲)으로 소, 양, 돼지를 말하니 성대한

고, 돌아가셨을 때에는 삼 년의 상복을 입더라도 극진한 것이 아니니, 그 은덕에 보답하고자 한다면 하늘처럼 다함이 없다.

모든 생민(生民)은 누구나 인의예지(仁義禮智)와 효제충신(孝悌忠信)의 도리를 지니고 있다. 태어날 때부터 그것을 갖추고 있지만 지식(知識)이 점점 생겨나면 이욕에 빠지고 기질(氣質)에 구속되어 타고난 성(性)이 깎이게 된다. 그러므로 상지(上智)의 재질을 가진 사람은 이성을 지켜 잃지 않고, 보통의 재질을 가진 사람은 배워서 그 본성을 회복하지만, 하우(下愚)는 끝내 아무 것도 얻는 바가 없어서 자포자기(自暴自棄)하여 초목이나 금수처럼 되고 마니, 천지의 높음과 두터움, 일월의 빛남과 밝음, 산하(山河)의 물결과 우뚝함에 비추어 부끄럽지 않을 수 있겠는가.

아, 소자(小子)야, 이 책을 공경히 읽어 조금도 태만하지 말고 조심할지어다.

만력(萬曆) 44년 병진년(1616, 광해군8) 6월 24일에 죽음거사(竹陰居士)가 질아(姪兒)를 위해 쓰다.

음식을 마련하여 부모를 모시는 것이다. 《효경(孝經)》〈기효행(紀孝行)〉에 "윗자리에 있으면서 교만하면 망하고, 아랫자리에 있으면서 난을 일으키면 형벌을 받고, 동료 간에 있어서 다투면 병기로써 해치게 되니, 이 세 가지를 제거하지 않으면 비록 날마다 세 가지 희생의 봉양을 쓰더라도 오히려 불효가 된다.〔居上而驕則亡, 爲下而亂則刑, 在醜而爭則兵, 三者不除, 雖日用三牲之養, 猶爲不孝也.〕"라고 하였다.

죽음집

제16권

묘갈명 墓碣銘

고 현감 양공 묘갈명 병서
故縣監梁公墓碣銘 并序

양씨(梁氏)의 선조(先祖) 중에 어떤 이인(異人)이 있어, 탐라(耽羅)에서 북쪽으로 왔을 때에 천상(天象)이 움직였으므로 '성주(星主)'의 칭호를 얻었는데,[656] 대대로 호남(湖南)의 명족(名族)이 되었다. 우리 조정에 들어와 휘(諱) 석재(碩材)는 전직(殿直)과 사서(司書)를 지냈다.

그 뒤에 휘 산보(山甫)는 재능과 행실이 당대의 으뜸이었는데, 17세에 정시(廷試)에 선발되었으나 유사(有司)가 고과(考課)를 잘못하는 바람에 결국 낙방하였다. 기묘년(1519, 중종14)에 사화(士禍)가 일어나자 서석산(瑞石山) 기슭에 돌을 깎아 원정(園亭)을 짓고는 덕(德)을 숨긴 채 묻혀 지내며 스스로 '소쇄처사(瀟洒處士)'라고 불렀다.

가정(嘉靖) 계미년(1523, 중종18)에 공을 낳았다. 공의 휘는 자징(子

---

656 양씨(梁氏)의……얻었는데 : 《서하집(西河集)》에 따르면, 양씨(梁氏)의 본관은 탐라(耽羅)로, 고려(高麗) 때에 양준(梁峻)이 바다를 건너와 벼슬을 했는데, 그가 올 적에 상서로운 별의 징조가 있었기 때문에 '성주(星主)'라고 칭하였다고 한다. 《西河集 卷16 瀟洒園梁公行》

澂)이고 자(字)는 중명(仲明)이며 고암(鼓巖)은 그의 별호(別號)이다.

공은 효성이 하늘로부터 나와, 젖니를 갈기도 전에 외간(外艱)[657]을 당했으나 집상(執喪)하기를 한결같이 어른처럼 하였다. 그로 인해 몸이 상하여 병에 걸리자, 소쇄공(瀟洒公)이 새고기를 구워 약(藥)으로 썼으나 먹으려고 하지 않았다. 이에 매를 들어 책망하고 다방면으로 꾀기도 하며 권하기도 했으나 끝내 먹지 않았다. 심지어 주머니에 수저를 갖고 다니며 사람들과 섞여서 식사를 하지 않으니, 부친 또한 그 지극한 정성을 알고 그 뒤로는 먹기를 강요하지 않았다. 상제(喪制)를 마친 뒤에 조모의 상을 당하자, 사람들이 어린 나이에 또 소식(蔬食)을 한다면 필시 죽게 될 것이라고 하니, 곧바로 말하기를, "우리 부친이 상을 당하였는데 그 자식이 맛있는 음식에 대해 무슨 마음이 있겠습니까."라고 하며 기거와 음식을 상주(喪主)와 다름없이 하였다.

무릇 글을 읽을 때에는 번거롭게 가르칠 것도 없이 대부분 마음으로 이해하였다. 장성해서는 하서(河西) 김 선생(金先生 김인후(金麟厚))이 스스로 공(公)의 아버지와 벗이라고 하여 사위로 택하고는 그 딸을 시집보냈다. 가정에서 일찍부터 배운 것이 스승의 도움으로 크게 발휘되어, 깊고 오묘한 경지를 탐구하고 계발함에 꿰뚫지 않은 것이 없었고 남들과 말을 할 때에는 부족한 듯 겸손하게 처신하니, 남들이 이런 점 때문에 그를 더욱 공경하였다. 소쇄공이 세상을 떠나자 그 아우 자정(子淳)과 함께 묘소 아래의 여막(廬幕)에서 지냈는데, 성묘하고 곡하는 일을 바람이 불고 눈이 내려도 그만두지 않았으며 제전(祭奠)을

---

657 외간(外艱) : 일반적으로 부친상을 '외간' 또는 '외우(外憂)'라 하고, 모친상을 '내간(內艱)' 또는 '내우(內憂)'라고 하지만 바꿔서 일컫기도 한다. 여기서는 모친상을 말한다.

올릴 때에는 반드시 직접 조리하였다.

조정에서 그의 효성을 듣고는 처음에 사관(祠官)에 제수하였다가 거창 현감(居昌縣監)으로 옮겨 승진시켰다. 임금께서 공을 보고 다스리는 방법에 대해 하문하니, 대답하기를, "학교를 일으키고 교화에 힘쓰소서."라고 하였다. 부임해서는 학도(學徒)를 권면하여 《소학(小學)》을 익히게 하고 삼강(三綱)[658]의 행실을 신칙하였으며, 양로(養老)와 향사(鄕射)의 예(禮)를 거행하였다. 이에 백성들이 흠뻑 감복하여 지금까지도 칭송이 자자하다. 뒤에는 석성 현감(石城縣監)에 제수되었으나 얼마 뒤에 파직되어 돌아왔다.

공의 두 아들 천경(千頃)과 천회(千會)는 기개와 절의를 품고 약속한 말을 잘 지켰으며 악인을 미워하기를 마치 원수를 대하듯 하였으므로, 평소 우계(牛溪) 성 선생(成先生 성혼(成渾))과 송강(松江) 정 상공(鄭相公 정철(鄭澈))에게 칭찬을 받았다.

기축년(1589, 선조22)에 전(前) 수찬(修撰) 정여립(鄭汝立)이 반역을 꾀하여 벼슬아치들이 연루되었는데, 천경 등이 상소하여 역적을 성토할 때에 그 말뜻이 격렬하고 준엄하였다. 그 당시 송강 정 상공이 역옥(逆獄)을 다스렸으므로 한 무리의 사람들이 몹시 증오하여 함정에 밀어 넣으려고 하다가, 천경 형제에게 터무니없이 분노를 옮겨 사실을 날조하여 형리(刑吏)에게 보냈다. 이에 지나친 형신(刑訊)을 가하고는 혼절한 틈을 이용하여 억지로 원사(爰辭)[659]에 서명하게 함으로써 죄를

---

658 삼강(三綱) : 유교 윤리의 근본이 되는 큰 규범으로, '임금은 신하의 벼리가 되고[君爲臣綱]', '아버지는 아들의 벼리가 되고[父爲子綱]', '지아비는 아내의 벼리가 됨[夫爲婦綱]' 세 가지이다.

자복한 것처럼 만들어 마침내 원통함을 품고 죽게 하였다.[660] 아아 슬프고 또한 참혹하다.

영의정(領議政)에 추증된 피구(披裘) 선생 김공(金公)[661]은 의기(意氣)를 갖춘 장부인데, 또한 어떤 일[662]로 인해 감옥에 갇혀 있으면서 양씨 집안의 사람이 원통하게 죽은 상황을 자세히 알았다. 이에 친구에게 편지를 보내어 매우 분명하게 증거를 대 가며 논하였지만, 지금껏 한마디라도 말을 하여 억울함을 풀어 준 사람이 있다는 것을 들어 보지 못했으니, 저승에서도 눈을 감을 수 있겠는가.

임진년(1592, 선조25) 왜란에 임금께서 파월(播越)하고 있을 때, 제봉(霽峰) 고경명(高敬命)과 수원(水原) 김천일(金千鎰)[663] 두 의병장(義兵將)이 군사를 일으켰는데, 공이 벌써 그것을 권유한 데다 또 직접 편지를 써 보냈으니, 거기에는 아비와 자식이 한마음으로 저승과 이승

---

659 원사(爰辭) : 죄인의 범죄 사실을 조사한 내용을 기록한 글이다.

660 지나친……하였다 : 양천경(梁千頃)과 양천회(梁千會)가 기축옥사(己丑獄事) 때의 일로 형신(刑訊)을 받고는 정철(鄭澈)의 뜻에 영합하여 최영경(崔永慶)을 길삼봉(吉三峯)이라고 하는 근거 없는 말을 지어내었다는 내용으로 자복을 하고 장독(杖毒)으로 죽었다는 기록이 보인다. 《宣祖實錄 24年 8月 13日》

661 피구(披裘) 선생 김공(金公) : 김여물(金汝岉, 1548~1592)로, 본관은 순천(順天), 자는 사수(士秀), 호는 피구자(披裘子)·외암(畏菴)이다. 1577년(선조10)에 알성 문과에 급제하여 담양 부사(潭陽府使), 의주 목사(義州牧使) 등을 지내다가 임진왜란 때 신립(申砬)의 휘하에 소속되어 탄금대 전투(彈琴臺戰鬪)에서 순국하였다.

662 어떤 일 : 김여물(金汝岉)이 의주 목사(義州牧使)로 있을 때, 기축옥사(己丑獄事) 당시에 정철(鄭澈)을 떠받들면서 최영경(崔永慶)을 무고하여 죽게 만든 일에 호응하였다는 사유로 탄핵을 받아 파직되었다. 《宣祖實錄 24年 9月 16日》

663 수원(水原) 김천일(金千鎰) : 김천일이 수원 부사(水原府使)를 역임하였으므로 이렇게 칭한 것이다.

에서 힘을 모으겠다는 말이 있었다. 아, 충성과 효도 두 가지가 온전하고 생사 간에 차이가 없다고 일컬을 만하다.

　공은 향년 72세로 창평(昌平)의 집에서 천수를 마쳤다. 막내아들 천운(千運)이 공을 중산(中山)의 신좌을향(辛坐乙向) 언덕에 장사지냈다. 천운은 자질이 순박하고 행실이 돈독한 선인(善人)으로, 경학(經學)에 밝다고 알려졌고 관직이 주부(主簿)이다. 아아, 덕을 쌓아 보답을 받음은 그 이치가 분명하니, 속일 수 있겠는가. 끝내 속일 수 없으리라. 우선 다음과 같이 명(銘)을 쓴다.

시와 예의 가르침은	詩禮之訓
어려서부터 부친의 말씀을 받든 것이라네[664]	鯉庭之承
사우의 도움으로	師友之益
용문에 올랐다네[665]	龍門之登
하늘이 자신에게 내려준 성품을	性稟於己

664 시(詩)와……것이라네 : 양자징(梁子澂)이 부친 양산보(梁山甫)에게 가정교육을 잘 받았음을 말한다. '시와 예[詩禮]'는 공자(孔子)가 아들 이(鯉)에게 시와 예를 반드시 배워야 한다고 훈계하였던 고사에서 온 말로, 자식이 어려서부터 가정에서 훌륭한 가르침을 받은 것을 의미한다. 《論語 季氏》

665 사우(師友)의……올랐다네 : 양자징(梁子澂)이 김인후(金麟厚)의 사위가 됨으로써 명망이 더욱 높아지고 입신하게 되었다는 말이다. '용문(龍門)에 오른다'는 것은 후한(後漢)의 이응(李膺)에 관한 고사에서 온 말로, 당시 선비들은 이응에게 인정을 받아 개인적으로 그의 집에 초대받는 것을 명예롭게 여기고 출세하는 것이라고 생각했는데, 이에 세인들은 이응에게 초대를 받은 선비를 두고 '용문에 올랐다'라고 칭했다고 한다. 《後漢書 李膺傳》 원래 용문은 황하의 폭포 이름으로, 이곳을 거슬러 올라온 물고기는 용이 된다고 하는 말이 있다. 《說略 卷30 蟲注下》

스스로 다할 뿐 다른 것이 없다네	自盡靡他
등용됨은 남에게 달려 있으니	用在於人
운명을 어찌 하겠는가	命如之何
효를 정사에 시행하였으니[666]	孝施於政
이것을 들어서 저기에 가할 뿐이라네	擧斯加諸
여유롭고 한가롭게	優哉游哉
들판과 산림에서 노닒이여	皋壤歟山林歟
자식이 공(公)을 현양하고자	有子思顯
묘소에 비석을 세웠네	豎碣于塋
말이 지나치지 않았으니	有辭不溢
내가 비석에 새겼노라	我銘之貞

---

666 효(孝)를 정사에 시행하였으니 : 《서경》〈군진(君陳)〉에 "효도하고 형제에게 우애하여 능히 정사에 시행한다.〔惟孝友于兄弟, 克施有政.〕"라고 한 데서 온 말이다.

증 예조 참판 이공⁶⁶⁷ 묘갈명 병서

贈禮曹參判李公墓碣銘 幷序

광해(光海)가 즉위한 지 5년째 되던 해인 계축년(1613)에 적신(賊臣) 이이첨(李爾瞻)이 국정을 장악하여 권세를 부리며 자주 큰 옥사(獄事)를 일으켰다. 심지어는 모후(母后 인목대비(仁穆大妃))를 폐(廢)하려고 하여, 조정 신료(臣僚)들에게 널리 물어 여러 사람의 뜻을 먼저 시험하였는데, 한두 명의 신하 외에는 모두 그쪽으로 휩쓸려 감히 이의를 제기하는 자가 없었다. 당시 공(公)이 호부 낭중(戶部郞中)으로 조정의 반열에 끼어 있었는데, 이에 말하기를, "이는 곧 중대한 일이므로 소관(小官)이 관여할 수 있는 것이 아닙니다."라고 하니, 사람들은 이미 공이 맞서려는 것임을 알고는 마침내 크게 놀랐다.

무오년(1618, 광해군10) 봄에 공이 사헌부 지평(司憲府持平)에 제수되자 공은 허균(許筠)이 이이첨에게 아첨하고 붙어 그 논의에 호응하는 것을 미워하여, 허균이 남몰래 임금을 업신여기는 마음을 쌓고 있다고 극렬히 말하니, 그 당여(黨與)가 진실로 이미 호시탐탐(虎視眈眈) 공을 노리고 있었다.

얼마 지나지 않아 논의가 더욱 준열해졌으므로 모후를 곧바로 폐할 수 있다고 여겨, 하인준(河仁俊)이 그들의 사주를 받아 상소하였다. 공이 마침 병으로 이고(移告)⁶⁶⁸하였는데, 대간(臺諫) 윤인(尹訒)과 서

---

667 증……이공(李公) : 이중계(李重繼, 1566~1619)로, 본관은 전주(全州), 자는 술부(述夫), 호는 송파(松坡)이다.

국정(徐國楨) 등이 글을 보내기도 하고 만나서 회유하기도 하면서 이익으로 꾀고 재앙으로 위협해 가며 그들과 일을 같이하기를 요구하였다. 이에 공은 정색(正色)하며 그들을 나무랐는데, 그 답한 글에 이르기를, "모후를 곧바로 폐하자는 논의는 죽어도 감히 따르지 못하겠다."라고 하였다. 공이 집안사람에게 말하기를, "신하가 되어 임금의 어머니를 폐한다면 그보다 심한 악행이 어디에 있단 말인가. 나는 끝내 한 번 죽는 것이 두렵다고 천하의 악명(惡名)을 취하여 자손에게 누가 되게 할 수는 없다."라고 하였다.

이에 시의(時議)가 떠들썩하게 일어나 반드시 이런 무리를 죽인 뒤에야 대론(大論)을 정할 수 있다고 하고, 양사(兩司)에서 교대로 글을 올려 먼 변방으로 찬배하기를 청하니, 광해(光海)가 이르기를 "이처럼 우단(右袒)[669]하는 무리를 어찌 다 치죄(治罪)할 수 있겠는가."라고 하였다. 이는 대개 그를 매우 미워한 것인데, 사람들이 모두 공을 위하여 두려워하였으나 공은 태연자약하였다. 공이 석고대죄(席藁待罪)를 함에 앞으로의 일이 예측할 수 없게 되었는데, 당시 광해가 심신을 정양(靜養)한다는 이유로 소장과 차자(箚子)를 들이지 말라고 명을 내렸기 때문에 아뢴 것을 평정(評定)하는 일이 중지되었다. 이에 공은 사실(私室)에 물러나 있으면서 시사(時事)를 통념(痛念)하느라 잠시도 편히 지내지 못하고, 근심은 더하고 울분은 쌓여 점점 병을 이룬 탓에 끝내는

668 이고(移告) : 이문(移文)으로 휴가를 청하는 것이다.
669 우단(右袒) : 오른쪽 어깨를 드러낸다는 뜻으로, 여기서는 광해군(光海君) 자신의 의중과 어긋남을 나타내는 표현이다. 《사기(史記)》〈여후본기(呂后本紀)〉에 주발(周勃)이 여씨(呂氏) 일당을 제거하기 위해 군중(軍中)을 다니며 "여씨를 위할 생각이면 우단을 하고, 유씨(劉氏)를 위하려면 좌단(左袒)을 하라."라고 한 데서 온 말이다.

피를 토하여 일어날 수 없는 지경에 이르렀다. 아아, 애석하도다.

그 당시에 들판에 타오르는 불길을 끄지 못하여[670] 바른말을 내면 재앙이 뒤따랐기 때문에 한목소리로 호응하지 않는 이가 없었으니, 사람이라면 어찌 구차히 동조하는 것이 옳지 않음을 몰랐겠는가. 다만 죽음이 두려워 감히 바른말을 하지 못했을 뿐이다. 만약 소장과 차자를 들이기를 정지하지 않았더라면 모발(毛髮)이 흉한 불길에 타고 무른 살점이 날카로운 칼날에 찔렸으리라는 것은 굳이 말할 필요도 없으니, 공이 기막힌 재앙에 이르지 않은 것은 다만 천만다행일 따름이었다.

아, 바른말을 하여 결국 쫓겨난 사람이나 근심하다가 결국 죽음에 이른 사람은 그 자취는 다르지만 마음은 똑같으니 내가 어찌 다르게 보겠는가. 살피건대, 회유를 받아 흔들리지 않았고 협박을 당해 두려워하지 않았으며 의로움과 이익의 구분에 대해 분명하게 처신하여 끝내 이것을 저것과 바꾸지 않았으니, 공(公)은 도(道)를 믿음이 독실하고 정도를 지킴이 흔들리지 않은 자라고 이를 수 있지 않겠는가.

나는 누차 공을 종유(從遊)하였는데, 갑자기 물어보아도 말이 빨라진 적이 없었고 다급하게 말을 건네도 얼굴에 당황하는 기색을 지은 적이 없었으므로 내가 남몰래 흠모하였다. 그러다 이제서야 지금 수립(樹立)한 바가 예전에 수양한 것으로 인한 결과임을 알겠으니, 숭상할 만하다.

---

670 그……못하여 : 인목대비(仁穆大妃)를 폐하려는 논의를 종식시키지 못하였음을 비유적으로 쓴 말이다. 《서경》〈반경 상(盤庚上)〉에 "마치 불길이 들판에 타올라 그쪽으로 가까이 다가갈 수는 없으나 그래도 끌 수는 있음과 같다.〔若火之燎於原, 不可向邇, 其猶可撲滅.〕"라고 하였다.

공의 휘(諱)는 중계(重繼)이고 자(字)는 모(某)이며 송파(松坡)는 도호(道號 호(號))인데, 우리나라 효령대군(孝寧大君)[671] 보(補)의 6세손이다. 대군의 후손으로, 보성군(寶城君) 합(岺), 동양정(東陽正) 서(徐), 강성 부정(江城副正) 견손(堅孫)이 있는데, 견손이 바로 공의 증조(曾祖)이다. 부사직(副司直)을 지낸 휘 효순(孝舜)은 공의 조부이고, 휘 경림(景霖)은 공의 부친인데 또한 부사직을 지냈다. 모친 안씨(安氏)는 사헌부 집의 사언(士彦)의 딸이다.

공은 가정(嘉靖) 병인년(1566, 명종21)에 태어나, 신묘년(1591, 선조24)에 사마시(司馬試)에 합격하였다. 대부인(大夫人)이 세상을 떠나고 사직공(司直公)이 늙고 병들자, 공은 정성을 다해 봉양하였고, 세상을 떠남에 이르러서는 제사에 그 효성을 다하였다. 조정에 행실이 독실하다고 알려져 의금부 도사에 보임되었고, 제용감 직장(濟用監直長)으로 옮겼다가 군기시 주부(軍器寺主簿)로 승진하였다. 외직으로 횡성(橫城) 수령에 제수되었다가 부임하기 전에 삼가 현감(三嘉縣監)으로 자리가 바뀌었는데, 부임하여 강포한 자를 제거하고 약한 자에게 은택을 베푸니 아전은 두려워하고 백성들은 그를 사랑하였다.

정인홍(鄭仁弘)이 합천(陜川)에 살면서 군읍(郡邑) 관리의 장단(長短)을 틀어쥐고 친한 자를 칭찬하고 소원한 자를 비방하니, 영욕(榮辱)이 그에게 달려 있었다. 그런데 공은, 다스리는 지역이 합천과 가까운데도 그의 집에 발길을 들이지 않았고 정인홍이 만나 보기를 요구했으나 또한 거절하였다. 그러자 정인홍이 공에게 분노한 나머지 그 당여를

---

671 효령대군(孝寧大君) : 대본에는 '孝靈大君'으로 되어 있는데, 《선원보략(璿源譜略)》에 근거하여 '靈'을 '寧'으로 바로잡아 번역하였다.

시켜 공에게 해를 가하게 함으로써 공을 공격해 떠나가게 하니, 백성들이 공의 옷깃을 잡고 울부짖었으나 머물게 할 수 없었다. 뒤에 개령(開寧) 수령이 되었다가 얼마 못 가 그만두었는데, 백성들이 공을 사랑함이 삼가를 다스릴 때와 똑같았다.

을묘년(1615, 광해군7)에 병과(丙科)로 급제하고, 얼마 뒤 공조좌랑 겸 춘추관기주관(工曹佐郎兼春秋館記注官)에 제수되었다가 호조 정랑(戶曹正郎)으로 승진하였는데, 기주관의 직임은 그대로 지녔다. 기미년(1619, 광해군11) 7월 집에서 세상을 떠나니, 향년 54세였다.

부인은 부평 부사(富平府使) 증(贈) 홍문관 전한(弘文館典翰) 김시회(金時晦)의 딸이자 증 의정부 찬성(議政府贊成) 충갑(忠甲)의 손녀로, 시부모를 섬기고 남편을 받듦에 부도(婦道)를 온전히 다하였다. 자제(子弟)를 성취시킨 것으로 말하자면 마침내 수립한 바가 있었으니, 이는 또한 어머니의 가르침에 힘입은 것이었다.

장남 극달(克達)은 선공감 감역(繕工監監役)인데 공이 세상을 떠나고 5년 뒤에 죽었다. 차남 필달(必達)은 병진년(1616, 광해군8)에 문과(文科)에 급제하여 예문관 검열(藝文館檢閱)과 첨지중추부사(僉知中樞府事)를 지냈고, 삼남 석달(碩達)은 갑자년(1624, 인조2) 정시(廷試)에 급제하여 방어사(防禦使)와 광주 목사(廣州牧使)를 지냈으니, 형제가 모두 젊은 나이에 정옥(頂玉)[672]의 작질에 올랐다. 장녀는 사자(士子) 심정양(沈廷揚)에게 시집갔고, 차녀는 박지태(朴之泰)에게 시집갔다.

선공감 감역은 김상(金鎬)의 딸에게 장가들어 1남 2녀를 낳았다. 아들은 명익(明翼)이고, 장녀는 낙흥군(洛興君) 김자점(金自點)에게 시집

---

672 정옥(頂玉) : 망건에 다는 옥관자(玉貫子)로, 당상관의 높은 벼슬을 의미한다.

가 진(鎭)이라는 아들 하나를 두었고, 차녀는 부사(府使) 민응건(閔應騫)에게 시집가서 1남 1녀를 낳았다.

첨지중추부사는 학정(學正) 홍신민(洪信民)의 딸에게 장가들어 2녀를 두었다. 장녀는 허석(許釋)에게 시집가서 1남 1녀를 낳았고, 차녀는 윤동형(尹東衡)에게 시집갔다. 또 서자(庶子) 4인이 있다.

광주 목사는 처음에 동평군(東平君) 신경유(申景裕)의 딸에게 장가들었다. 1녀를 두었는데, 박수허(朴守虛)에게 시집보냈다. 그리고 뒤에 진사(進士) 김집(金墤)의 딸에게 장가들어 4남 1녀를 낳았는데 장남은 성익(成翼)이고 나머지는 어리다.

심정양의 딸 하나는 사자(士子) 조시형(趙時馨)에게 시집가 2남 1녀를 두었다. 박지태는 1녀 3남을 두었는데, 딸은 서필하(徐弼夏)에게 시집갔으며 아들은 모두 어리다. 명익은 현감(縣監) 김자강(金自剛)의 딸에게 장가들어 1남 1녀를 낳았는데, 또한 어리다.

금상(今上 인조(仁祖))께서 반정(反正)할 때에 필달과 석달이 정사원종공신(靖社原從功臣) 1등에 녹훈되었으므로 은전을 미루어 공(公)을 예조참판 겸 동지경연춘추관성균관의금부사 세자 좌부빈객(禮曹參判兼同知經筵春秋館成均館義禁府事世子左副賓客)에 추증하고, 김씨(金氏)를 정부인(貞夫人)에 추증하였다.

아, 재주는 있었으나 포부를 펴 보지 못했고 높이 날 수 있었으나 날개를 다 펼치지 못하여, 자신이 누린 복은 부족하였지만 후손(後孫)이 보답을 받았으니, 밝고 밝은 이치는 속일 수가 없도다. 다음과 같이 명(銘)을 쓴다.

내가 당신을 만나 보니   我觀之子

규(圭)와 같고 장(璋)과 같았네[673]	如圭如璋
온화하면서도 엄숙함은	溫然栗然
덕이 빛나서라네	維德之光
화함과 담박함을 쌓았다가	蘊和蓄恬
드러낼 때에는 강직하였네	發之也剛
환난에 임하여 구차하지 않았으니	臨難不苟
용감함을 당할 자 없었네	勇莫之當
신이 위로하시어	神之勞之
재앙이 없도록 도와주었고	以佑匪殃
재앙이 없도록 할 뿐만 아니라	不唯不殃
복을 내려 후손을 창성하게 하였네	垂裕以昌
많은 효자가	蒸蒸孝子
입신양명하였으니	于立于揚
부절을 나누고 깃발을 잡은 이들이	分符秉旄
아우와 형들이었네	弟兄之行
광주의 동쪽	廣州之東
장의의 언덕에	壯義之岡
빗돌을 세워 업적을 새기니	竪珉載蹟
훌륭한 명성 영원히 전해지리라	千載流芳

---

673 규(圭)와……같았네 : '규'와 '장(璋)'은 옛날 조빙(朝聘)에 쓰던 매우 귀중한 예기(禮器)로, 모두 귀한 옥으로 만든 것인데, 여기서는 이중계(李重繼)의 인품이 매우 고아함을 비유한 것이다. 《시경》〈권아(卷阿)〉에 "옹옹하고 앙앙하며, 규와 같고 장과 같네. 훌륭한 명예가 있고, 훌륭한 위의가 있는지라, 개제한 군자를 사방에서 기강으로 삼으리라.〔顒顒卬卬, 如圭如璋. 令聞令望, 豈弟君子, 四方爲綱.〕"라고 하였다.

증 자헌대부 의정부우참찬 겸 지의금부사 이공 묘갈명 병서
贈資憲大夫議政府右參贊兼知義禁府事李公墓碣銘 幷序

전 태복시 정(太僕寺正) 이군 배원(李君培元)이 가장(家狀)을 가지고
와서 나에게 부탁하며 말하기를, "선군(先君)께서 돌아가신 지 오래되
었으나 묘도(墓道)에 명문(銘文)이 없네. 나는 오직 아름다운 덕이 날
로 민멸하여 전함이 없게 될까 두렵다네. 하지만 나는 감히 그 아름다움
을 과장하여 한편으로는 돌아가신 분을 기만하고 한편으로는 입언(立
言)하는 군자를 기만할 수 없으니 그대는 사실대로 힘써 드러내어 주시
게."라고 하였다. 내가 그 말에 감동하여 삼가 살펴보고서 다음과 같이
기술한다.

공의 휘(諱)는 염(琰)이고, 자는 사헌(士獻)이며, 함평(咸平) 사람이
다. 그 선조 가운데, 광묘조(光廟朝 세조대(世祖代)) 때 적개 공신(敵愾
功臣)에 책훈되어 한성 좌윤(漢城左尹)을 지냈다가 함성군(咸城君)에
봉해지고 장양공(莊襄公)의 시호를 받은 휘 종생(從生)은 곧 고조(高祖)
이다. 함경북도 병마절도사(咸鏡北道兵馬節度使)를 지내고 함천군(咸川
君)에 습봉(襲封)된 휘 량(良)은 곧 증조(曾祖)이다. 휘 세성(世成)은
함경 우후(咸鏡虞候)를 지냈고 형조 참의에 추증되었는데, 곧 조부(祖
父)이다.

부친 휘 윤탕(允宕)은 갑산 부사(甲山府使)를 지냈고 통례원 좌통례
(通禮院左通禮)에 추증되었는데, 사과(司果) 최련(崔連)의 딸에게 장가
들어 가정(嘉靖) 병오년(1546, 명종1)에 공을 낳았다.

공은 태어났을 때에 기이한 재질이 있어 기개와 도량이 범상치 않았

다. 을묘년(1555, 명종10) 해구(海寇)가 호남(湖南)의 여러 고을을 유린했을 때[674] 주장(主將)이 패하여 죽었다고 알려져 중외(中外)가 경악하였다. 이때 공은 겨우 젖니를 간 나이였는데, 곧바로 승정원(承政院)에 나아가 울면서 묻기를, "아비 모(某)가 당시 호수(湖帥 전라 병사(全羅兵使)) 원적(元績)의 휘하(麾下)에 있었으니 감히 그 생사를 여쭙습니다."라고 하니, 제공(諸公) 중에 경탄하지 않는 이가 없었다.

장성하자 통례공(通禮公)이 일찍이 가르쳐 말하기를, "이름을 드날려 부모를 현양하는 것은 진실로 자식의 직분이지만,[675] 내 생각으로는 고단하고 허약한 네가 설령 과거에 급제하지 못하더라도 입고 먹을 수 있는 가업(家業)이 본래부터 있으니, 망녕되이 교유(交遊)하여 부모에게 근심을 끼치지 말거라."라고 하였다. 이는 대개 징계할 일이 있어서 그런 것이었는데, 공은 이에 일찌감치 과거 공부를 그만두고 출세하려는 뜻을 접었다.

경오년(1570, 선조3)에 통례공이 관사에서 세상을 떠났는데, 상(喪)을 받들어 선영(先塋)에 반장(返葬)하고, 여막에 살며 상제(喪制)를 마쳤다.

---

674 을묘년……때 : 을묘왜변(乙卯倭變)을 가리킨다. 1510년(중종5) 삼포왜란(三浦倭亂)이 일어난 이후 조선의 세견선(歲遣船) 통제에 불만을 품고 있던 왜구들이 1555년(명종10)에 전라남도 연안을 습격하여, 응전하러 온 전라 병사 원적(元績)을 영암(靈巖)의 달량성(達梁城)에서 포위하여 살해한 뒤, 어란포(於蘭浦)·장흥(長興)·강진(康津)·진도(珍島) 등의 지역을 유린하였다.

675 이름을……직분이지만 : 《효경》〈개종명의장(開宗明義章)〉에 "신체와 머리털과 살은 부모에게서 받은 것이니 감히 훼손하지 않는 것이 효도의 시작이고, 입신하여 도를 행함으로써 후세에 이름을 드날려 부모를 현양하는 것이 효도의 마침이다.〔身體髮膚, 受之父母, 不敢毀傷, 孝之始也. 立身行道, 揚名於後世, 以顯父母, 孝之終也.〕"라고 하였다.

공이 모친을 받들 때 색양(色養)과 지양(志養)[676]으로 기쁘시도록 하는 일에 극진하지 않음이 없었다. 여러 여종에게 날마다 가무를 익히도록 신칙하였다가 명절마다 잔치를 벌여 축수하였고, 물과 뭍에서 나는 달고 맛 좋은 음식이 빠진 것이 없었다.

선묘조(宣廟朝) 때 향리에서 공을 행실로 천거하였는데, 개탄하여 말하기를 "벼슬에 녹봉을 가리지 않음은 집이 가난해서이고,[677] 격문(檄文)을 받들고 기뻐함은 모친이 연로했기 때문이다.[678] 하지만 지금 나는 선대의 업(業)을 지켜 가며, 콩죽을 먹으면서 행하는 봉양[679]이 다행히

---

676 색양(色養)과 지양(志養) : '색양'은 자식이 부모를 봉양할 때 얼굴빛을 온화하게 하는 것을 뜻한다. 다른 견해로는 부모의 얼굴빛을 잘 살펴 가며 봉양하는 것이라고도 한다. 자하(子夏)가 효(孝)에 대해서 물었을 때, 공자(孔子)가 '얼굴빛을 온화하게 하는 것이 어렵다.〔色難.〕'라고 대답해 준 데서 유래한 말이다.《論語 爲政》 '지양'은 어버이의 뜻을 잘 헤아려 따르는 것으로, '구체만을 봉양하는 것〔養口體〕'과 대비해서 쓰는 말이다. 증자(曾子)가 부친 증석(曾晳)을 봉양한 일을 두고 '뜻을 봉양한다.〔養志〕'라고 한 데서 온 말이다.《孟子 離婁上》

677 벼슬에……가난해서이고 : 공자(孔子)의 제자 자로(子路)에 관한 고사로,《공자가어(孔子家語)》 권2 〈치사(致思)〉에 "집안이 가난하고 어버이가 늙으시면, 녹봉을 가리지 말고 벼슬해야 한다.〔家貧親老, 不擇祿而仕.〕"라고 하였다.

678 격문(檄文)을……때문이다 : 동한(東漢)의 모의(毛義)와 관련한 고사이다. 모의가 안양 영(安陽令)에 제수하는 격문을 받들고 매우 기뻐하였다. 마침 장봉(張奉)이 이를 보고 비루하게 여겼는데, 나중에 모의의 노모가 죽고 벼슬에 나아가지 않는 것을 보고는, 어버이의 봉양을 위해 뜻을 굽힌 것임을 깨닫고 감탄하였다고 한다.《後漢書 劉平列傳》

679 콩죽을……봉양 : 가난한 중에서도 부모를 봉양하며 기쁘게 해 드리는 것을 말한다.《예기(禮記)》 〈단궁 하(檀弓下)〉에, 공자의 제자 자로(子路)가 말하기를 "슬프다! 가난이여. 어버이가 살아 계실 때는 제대로 봉양할 수 없고, 돌아가신 뒤에는 예를 제대로 행할 수 없도다."라고 하자, 공자가 말하기를 "콩죽을 먹고 물을 마시더라도 어버이를

그치지 않았으니, 만약 자신을 굽히고 마음을 수고롭게 하여 남에게 사역을 당한다면 어찌 아침저녁으로 기거가 편안하도록 모실 수 있겠는가."라고 하였다. 이에 음주(飲酒)에 뜻을 의탁하고 유유자적하면서 마음을 풀다가 사람들이 놀기를 청하면 곧 기뻐하며 사양하지 않았다. 여러 종형제 가운데 의지할 곳이 없는 자에게는 옷과 음식을 반드시 주었고 혼수(婚需)를 함께 장만하여 제때에 시집보내 주었으니, 우애가 지극하여 남들이 친가(親家)와 외가(外家)의 차이에 대해 알지 못할 정도였다.

공은 뜻이 크고 기개가 있어 남에게 얽매이지 않는 사람이었다. 이 상국 항복(李相國恒福)이 일찍이 태복군(大僕君 이배원(李培元))에게 이르기를, "존공(尊公)을 아는 사람으로 나만한 이가 없네. 이제는 벼슬 하려는 뜻이 있으신가?"라고 하니, 대답하기를, "조모(祖母 이염(李琰) 의 모친)께서 살아 계실 때에도 관직을 구할 뜻이 없었는데 하물며 지금이겠습니까."라고 하였다. 이 상국이 이르기를, "그렇다, 그렇다." 라고 하였다.

경인년(1590, 선조23)에 외간(外艱 모친상)을 당하였고, 임진년 (1592) 난리 때에는 함평(咸平) 객지에서 살았다.

을미년(1595, 선조28) 겨울에 종기를 앓아 끝내 일어나지 못하였으니, 이듬해 봄에 양주(楊州) 치소(治所)의 백양동(白羊洞) 인좌신향(寅坐申向)의 언덕에 부장(祔葬)하였다. 원종 공신(原從功臣) 두 아들과 정사 공신(靖社功臣) 손자 항(沆)으로 인해 누차 추증되어 의정부 우참

기쁘게 해 드리는 일을 극진히 한다면 그것을 효라고 한다.〔啜菽飲水, 盡其歡, 斯謂之孝.〕"라고 하였다.

찬(議政府右參贊)에 추증되었다. 최씨(崔氏)는 정부인(貞夫人)에 봉해졌으니, 곧 강원도 관찰사 개국(盖國)의 따님인데 아직도 강녕하다. 이에 나는 복록이 바야흐로 다하지 않음을 알겠다.

장남 수원(樹元)은 현재 현감(縣監)인데, 그 장남이 바로 항(沆)으로 북도 절도사(北道節度使)이고 차남 침(沉) 또한 현재 현감이며, 장녀는 유시중(柳時中)에게 시집갔으나 자식이 없이 모두 죽었고, 차녀는 유학(幼學) 이성익(李聖翼)에게 시집갔다.

차남 배원(培元)은 바로 태복시 정으로, 금상(今上 인조(仁祖))이 반정(反正)한 초기에 정언(正言)으로 발탁하였는데, 논사(論事)가 매우 힘찼으므로 영의정 이공 원익(李公元翼)이 간쟁하는 신하의 풍도가 있다고 칭찬하였다. 아들이 없어 형의 아들 침(沉)을 후사로 삼았다. 다섯 딸이 있는데 세 명은 사인(士人) 김숙(金埱), 이거원(李巨源), 송유효(宋孺孝)에게 각각 시집갔고, 나머지는 어리다.

딸은 한춘(韓櫄)에게 시집갔는데, 독자(獨子)는 시영(蓍英)이다. 그의 두 명의 딸 중 하나는 심무(沈戊)에게 시집갔으며 하나는 이신갑(李信甲)에게 시집갔는데 모두 사인이다.

항(沆)은 2남을 두었는데 생원인 상현(尙賢)과, 계현(繼賢)이다.

출계(出繼)한 침(沉)은 3남 3녀를 두었으니, 아들은 정현(靖賢), 익현(翊賢), 개현(蓋賢)이고, 딸은 모두 어리다.

김숙(金埱)은 1녀 4남을 낳았고, 이거원(李巨源)은 1녀를 두었고, 송유효(宋孺孝)는 2녀를 두었다. 한시영(韓蓍英)은 아들 하나와 딸 하나를 두었고 심무(沈戊)는 아들 둘을 두었으며 이신갑(李信甲)은 아들과 딸이 모두 한 명인데, 모두 어리다. 아, 덕을 쌓으면 반드시 그 보답을 받으니 아마 후손이 창대하지 않겠는가. 명(銘)은 다음과 같다.

관리로 은거하는 것680은   隱於吏者

그 자취가 어긋난 것이고   其跡也乖

음주로 도피하는 것681은   逃於酒者

그 뜻이 넓은 것이라네   其志也恢

불평한 마음은 마찬가지나   均之不平

얽매임과 자유로움이 갈리니   拘縱有岐

수레를 뒤엎는 말과 같은 인재   覂駕之材

하늘이 그 굴레를 벗겨 주었네   天脫其羈

콩죽 먹고 물 마시더라도 극진히 기쁘게 해 드리니682   菽水盡歡

삼정683의 봉양이 어찌 이보다 더하겠는가   三鼎何加

그 뜻을 봉양하였으니   厥養伊志

만종의 녹이라도 많은 것이 아니네   萬鍾非多

마음이 근심할지 몸이 즐거울지   心憂身樂

어찌 미리 가리지 않으랴   盍擇乎前

---

680 관리로 은거하는 것 : 한(漢)나라의 개국 공신 소하(蕭何)에 관한 평어(評語)에서 온 말이다. 송(宋)나라 석개(石介)의 《조래집(徂徠集)》권9 〈잡문(雜文) 명은(明隱)〉에 "기자는 노예로 은거하고, 여망은 낚시로 은거하고, 사호선생은 산에 은거하고, 소하는 관리로 은거하였다.〔箕子隱於奴, 呂望隱於釣, 四皓先生隱於山, 蕭何隱於吏.〕"라고 하였다.

681 음주로 도피하는 것 : 당(唐)나라 곽상정(郭祥正)의 글에, "진나라 죽림칠현은 음주로 도피하였다.〔晉竹林七賢, 逃於酒而避〕"라고 하였다. 《靑山集 卷4 竹間記》

682 콩죽……드리니 : 320쪽 주 679) 참조.

683 삼정(三鼎) : 사(士)의 제사에 희생물을 담아 올리는 세 솥을 말하는데, 여기서는 부모를 봉양하는 음식을 뜻한다. 《맹자》〈양혜왕 하(梁惠王下)〉에 "전에는 사의 예를 쓰고, 후에는 대부의 예를 썼으며, 전에는 삼정을 썼고, 후에는 오정을 썼다.〔前以士, 後以大夫, 前以三鼎, 後以五鼎.〕"라고 하였다.

구차히 나아갈 것인지 용감히 물러날지를   苟進勇退

미리 살펴야 한다네   宜審其先

쌓은 덕이 드러나   積德之發

후손에게 넉넉한 복이 있다네   於後有裕

내가 명으로 징험하여   我銘證之

길이 환하게 보여 주노라   昭示永久

처사 권공 묘갈명 병서

處士權公墓碣銘 幷序

고려(高麗) 벽상공신 삼중대광태사(壁上功臣三重大匡太師) 휘(諱) 행(幸)의 후손 중에 휘가 절(節)이고 호(號)가 율정(栗亭)인 분이 있었는데, 문무(文武)의 큰 재주가 있었다. 광묘(光廟 세조(世祖))가 잠저(潛邸) 시절에 그 명성을 듣고 집을 방문하였는데, 여러 차례 만나 술잔을 기울이며 즐겁게 지냈다. 이어 사이가 친밀해지자 대사(大事)를 부탁하였는데, 곧바로 짐짓 취한 체하고 답하지 않았다. 광묘가 등극(登極)하여서는 그 기국(器局)을 아까워하여 당상관(堂上官) 자리에 발탁하여 제수하였는데, 광질(狂疾)에 걸렸다고 핑계 대며 벼슬하지 않고 평생을 마쳤다. 휘 절이 휘 자균(自均)을 낳았으니 관직이 통정대부(通政大夫)에 이르렀고 익산 군수(益山郡守)를 지냈다. 휘 자균이 휘 세헌(世憲)을 낳았으니 직장(直長)을 지냈다. 휘 세헌이 휘 윤희(胤禧)를 낳았으니, 일찍 세상을 떠났는데 바로 공의 아버지이다.

공의 휘는 결(潔)이고, 자는 유청(幼淸)이다. 가정(嘉靖) 갑오년(1534, 중종29) 8월 21일에 태어나 만력(萬曆) 을사년(1605, 선조38) 3월 8일에 세상을 떠났으니, 향년 72세였다. 양주(楊州) 내화석(乃火石) 자좌오향(子坐午向)의 언덕에 장사지냈다.

공은 일찍 아버지를 여의었는데, 집상(執喪)에 그 예를 다하느라 몹시 애훼(哀毀)하여 거의 목숨을 잃을 뻔하였다. 어머니를 섬김에 효성과 공경이 극진하여, 기거가 편안하도록 모시는 일을 아침저녁으로 폐하지 않았고, 맛있는 음식을 올릴 때에는 반드시 손수 장만하였다.

성품이 학문을 좋아하여 경서(經書)를 깊이 연구하였지만 과거 시험의
격식에는 연연하지 않아 속상(俗尙)과는 잘 맞지 않았기 때문에 급제하
지 못하였다. 율곡 이 선생(栗谷李先生 이이(李珥)), 우계 성 선생(牛溪
成先生 성혼(成渾))과 교분이 깊었는데, 율곡이 전형(銓衡)을 담당했을
때 그의 현명함을 알고 벼슬하라고 권하였다. 하지만 따르려 하지 않으
면서 편지를 보내 자신의 뜻을 보이고는 죽을 때까지 벼슬을 부러워하
거나 사모하는 일이 없었다.

공의 부인 김씨(金氏)는 명망 있는 가문 출신으로, 이조 참의(吏曹參
議) 인후(麟厚)의 손녀이자 호조 정랑 사근(思謹)의 따님인데, 갑오년
(1534, 중종29) 11월에 태어나 을묘년(1615, 광해군7) 9월 6일에 세상
을 떠났다. 공을 섬긴 50여 년 동안 부도(婦道)를 매우 잘 지켜 성심으로
어버이를 봉양하고 은혜로 아랫사람을 대하여 모두에게 환심(歡心)을
얻었고, 비록 궁핍함을 겪더라도 말과 낯빛에 드러내어 공에게 누를
끼친 적이 없었으니, 이 또한 어려운 일이다. 향년은 82세였으며 공의
묘에 부장(祔葬)하였다. 모두 3남 4녀를 낳았는데, 일(鎰)은 후사(後嗣)
가 없고, 확(鑊)은 곧 승지(承旨)이고, 석(錫)은 장가가지 못하고 요절
하였다. 장녀는 생원(生員) 신철(愼哲)에게, 차녀는 유학(幼學) 신응송
(申應松)에게 시집갔는데 모두 후사가 없고, 삼녀는 현감(縣監) 조형생
(趙亨生)에게, 사녀는 유학 최극해(崔克諧)에게 시집갔다.

확은 군수(郡守) 안사흠(安士欽)의 딸에게 장가들어 4남을 두었다.
장남 게(垍)는 재주가 있었으나 요절하였고, 차남 영(坽)은 사간원 정
언이고, 삼남 후(垕)는 진사(進士)로 1남 1녀를 두었는데 모두 어리고,
사남 우(堣)는 홍문관 수찬으로 3녀를 두었는데 또한 모두 어리다.

조형생은 1녀를 두었는데 유학 권해(權諧)에게 시집갔다. 최극해의

장남 시우(時遇)는 문과에 급제해 정랑(正郎)이 되었고, 차남 시진(時進)과 삼남 시달(時達)은 모두 사인(士人)이다. 외증손(外曾孫)이 몇 명 있는데, 권해의 맏사위 이유창(李有淐)은 문과에 급제해 정자(正字)가 되었다.

아아, 사람으로서 덕을 쌓고 경복(慶福)을 길러 당시에 쓰이지 못하고 뜻을 품은 채 죽는 경우는, 운명을 관장하는 자가 천리(天理)를 어긴 것에 대하여 탓하는 것이 당연하다. 하지만 더러 자신은 복을 누리지 못했지만 그 후손은 이를 누리어, 두터이 쌓았던 것이 크게 드러나는 경우가 있으니, 나 또한 어찌 운명을 관장하는 자가 혹 천리를 어긴 것을 허물하겠는가. 권씨(權氏)의 복록이 다함이 없을 줄을 내 알겠노라. 삼가 다음과 같이 명(銘)을 쓴다.

자신은 간약함을 지키고	守約於身
남에게는 구함이 없었으니	無求於人
군자의 선함이로다	君子之臧
겸손함으로 복을 받고[684] 장수를 누렸으며	福謙以壽
후손에게 넉넉한 복을 끼쳤으니	克裕于後
천리의 떳떳함이네	維理之常
아들과 손자들이	有子有孫
조상의 제사를 받드니	宗祀式尊

---

684 겸손함으로 복을 받고 : 《주역》〈겸괘(謙卦) 단(彖)〉에 "귀신은 차고 넘치는 것에 재앙을 내리고 겸손한 것에 복을 주며, 인도는 차고 넘치는 것을 싫어하고 겸손한 것을 좋아한다.〔鬼神害盈而福謙, 人道惡盈而好謙.〕"라고 하였다.

바로 효가 빛난 것이네   乃孝之光

비석에 글을 기록하니   載書于石

오래도록 마멸되지 않고   久而不泐

숨겨진 덕이 드러나리라   潛德之章

증 자헌대부 병조 판서 행 승문원 정자 임공685 묘갈명 병서
贈資憲大夫兵曹判書行承文院正字林公墓碣銘 幷序

천계(天啓) 갑자년(1624, 인조2) 여름 4월, 내가 광주 목사(光州牧使)
로 있을 적에 해서 방백(海西方伯) 임공 자신(林公子愼 임서(林㥠))이
편지와 그 선대부(先大夫)의 행장(行狀)을 가지고 와서 나에게 명(銘)
을 지어 달라고 부탁하였다. 나는 본래 임공과 안 지 오래된 데다 서로
믿고 지내는 사이라서 그 즉시 승낙하고 감히 문장이 졸렬하다는 이유
로 사양하지 않았는데, 이미 정중히 승낙하기는 하였으나 즉시 착수하
지는 못하였다. 계추(季秋)에 임공이 휴가를 얻어 성묘를 하고는 임소
(任所)로 다시 나를 방문하였는데, 그대로 이틀 밤을 묵으면서 전에
요청한 일을 거듭 이야기하였다. 그런데 한 달이 지났을 때에 임공이
병에 걸려 마침내 서울 집에서 일어나지 못하였다.

아들 직강군(直講君)686이 상(喪)을 받들어 광주 경내를 지나가므로
내가 제문(祭文)을 지어 곡(哭)하기를, "아, 인사(人事)는 이렇듯 헤아
릴 수 없는 것이로다. 한마디 말에 즉시 부응하지 못하다가 한스럽게도
유명을 달리하기에 이르렀으니, 이는 나의 죄이다. 공이 살아계실 때에
는 내가 약속을 실천하지 못하였지만 공이 돌아가심에 어찌 감히 정성

---

685 증……임공(林公) : 임복(林復, 1521~1576)으로, 본관은 나주(羅州), 자는 희인
(希仁), 호는 풍암(楓巖)이다.

686 직강군(直講君) : 임서(林㥠)의 장남 임연(林堜)인데, 성균관 직강(成均館直講)으
로 있었기 때문에 이렇게 칭한 것이다.

을 기울이지 않겠는가. 그 선세(先世)의 실제 사적을 이야기하여 길이
전해지도록 도모하리라."라고 하였다. 이에 눈물을 훔치고 다음과 같이
기술한다.

공의 휘(諱)는 복(復)이고, 자는 희인(希仁)이며, 풍암(楓巖)은 그의
호이다. 나주(羅州)의 회진현(會津縣)에 세거(世居)가 있으니, 임씨는
실로 나주의 대성(大姓)이다. 고려조의 휘 비(庇)는 판사재시사(判司宰
寺事)로서 충렬왕(忠烈王)을 섬겨, 시종(侍從)하여 보좌한 공로로 철권
(鐵券)[687]을 하사받은 분이니, 공에게 시조(始祖)가 된다. 이후로 벼슬
길이 대대로 이어졌는데, 휘 귀연(貴椽)에 이르러 처사로 지내며 벼슬
하지 않았고 호조 참의(戶曹參議)에 추증되었으니, 공에게 증조(曾祖)
가 된다. 휘 평(枰)은 전라도 병마우후(全羅道兵馬虞候)를 지내고 병조
참판에 추증되었는데, 공에게 조부(祖父)가 된다. 이분이 낳은 휘 붕
(鵬)은 벼슬이 승정원 좌승지(承政院左承旨)에 이르렀고 외직으로는 경
주 부윤(慶州府尹)을 지냈으며 호남(湖南)과 호서(湖西)의 절도사(節度
使)를 역임하였으니, 추은(推恩)으로 작질(爵秩)이 추증된 것은 모두
공의 관작에 따른 것이다. 휘 붕이 함평군(咸平君) 이종의(李宗義)의
딸에게 장가들어 공(公 임복(林復))을 낳았다.

공은 어린 나이임에도 큰 도량이 있어 장난치는 것 또한 범상치 않았
다. 겨우 약관의 나이였을 때 문의(文義)에 정통(精通)하며 시문(詩文)
에 넉넉함이 여러 선비들보다 뛰어났고, 9척의 신장에 풍채가 늠름하였

---

687 철권(鐵券) : 옛날에 임금이 공신에게 하사하여 면책 등의 특권을 누리게 한 철제
(鐵制)의 계권(契券)으로, '단서철권(丹書鐵券)'이라고도 한다. 여기서는 공신에 책봉되
어 영예를 얻었음을 비유한 말이다.

다. 경자년(1540, 중종35)에 사마시(司馬試)에 합격하고 병오년(1546, 명종1)에 별시(別試)에 급제하였으니, 7, 8년 동안에 문예를 겨루어 과거에 급제하기를 마치 땅 위의 지푸라기를 줍듯이 하여 영예를 떨쳤으므로, 승문원(承文院)에 가장 먼저 뽑혀 정자(正字)에 보임되었다.

공은 재주가 높고 기상이 호방하여 세속의 무리와 함께 나아가 벼슬길을 취하는 것을 달갑게 여기지 않았고, 서로 교유하는 사람들이 전부 당대의 명망 있는 준걸들이었다. 이에 윤결(尹潔), 이운손(李雲孫) 등과 망형지교(忘形之交)[688]를 맺고는 스스럼없이 우스개 얘기를 하며 격식을 차리지 않았고, 논의가 과격하여 조금도 권귀(權貴)를 봐주지 않았다. 윤결과 더불어 마음속으로 안명세(安名世)가 억울하게 죽은 것[689]을 늘 원통하게 여겼는데, 마침 능원위(綾原尉) 구사안(具思顔)의 처소에서 술을 마시다가 그 일을 언급하게 되었다. 당시는 진복창(陳復昌)이 권세를 부릴 때였는데, 진복창이 그 말을 듣고는 세력으로 위협하자 구사안이 궁지에 몰려 실토하고 말았다. 이에 윤결은 고신(拷訊)을 받

688 망형지교(忘形之交) : 외면적인 조건에 구애되지 않고 허물없이 친한 벗을 말한다. 당(唐)나라 백거이(白居易)의 시에 "나에게 망형우가 있는데, 이모(李某)와 원모(元某)는 아득히 멀리 있네.〔我有忘形友, 迢迢李與元.〕"라고 하였다.《白香山詩集 卷5 效陶潛詩體十六首》

689 안명세(安名世)가……것 : 이기(李芑), 정순붕(鄭順朋)이 을사사화(乙巳士禍)를 일으켜 많은 현신(賢臣)들을 숙청하였는데, 당시 사관(史官)이었던 안명세(安名世)가 이를 시정기(時政記)에 상세히 기록하였다. 그 뒤 1548년(명종3)《무정보감(武定寶鑑)》을 찬집할 때, 윤인경(尹仁鏡), 이기, 정순붕 등 찬집청(撰集廳) 당상들이 을사년의 일을 참조한다는 명목으로 시정기를 열람한 뒤, 그 내용을 문제 삼아 안명세의 죄상을 임금에게 보고하였다. 이에 안명세는 국청(鞫廳)에서 형추를 당한 끝에 당현(唐峴)에서 참수되었다.《明宗實錄 3年 2月 12日, 13日, 14日》

다가 죽고, 공과 이운손은 먼 곳으로 유배를 갔다. 공은 삭주(朔州)로 귀양 갔는데 그해는 무신년(1548, 명종3)이었고, 3년이 지난 신해년에 순회세자(順懷世子)가 탄생하자 공은 사면을 받고 풀려나 고향으로 돌아왔다. 임자년(1552, 명종7)에 승지공(承旨公 임붕(林鵬)) 또한 외직으로 나가 광주 목사(光州牧使)가 되었는데, 광주는 나주(羅州)와 가까운 고을이라서 승지공을 가까운 곳에서 모시면서 혼정신성(昏定晨省)하며 잠시도 곁을 떠나지 않고 화락하게 지냈다.

선묘(宣廟)께서 즉위하였을 때에는 서용되어 박사(博士)로 천전(遷轉)되었지만 공이 사치하다고 논핵하는 자가 있어 성명(成命)이 중지되었다. 공은 비록 물러나 한가한 곳에 처했지만 조금도 개의치 않고 오직 강산(江山)에 흥취를 의탁하고 술과 시로 유유자적하면서 마치 속세를 잊으려는 듯하였다. 거처에 소나무 한 그루를 마주하여 심고는 인하여 당호(堂號)로 삼아 세한(歲寒)의 생각[690]을 담았다.

공은 어려서부터 재상감이라고 기대를 모아 몸가짐을 삼가지 않은 적이 없었다. 복상(服喪)할 때에는 그 아우 절도공(節度公) 진(晉)과 함께 시묘(侍墓)하며 울부짖고 슬퍼하였는데, 예제(禮制)를 지킴에 있어 내용과 형식을 극진히 하였고 삼년상을 끝마친 뒤에도 여전히 안절부절 못하며 무언가를 찾는 듯하였다. 이에 선친이 일찍이 노닐며 휴식하던 곳에 집을 짓고는 '영모(永慕)'라고 편액(扁額)하여 갱장(羹墻)의 마음[691]을 독실히 하였다.

---

690 세한(歲寒)의 생각 : 물러나 선비로서의 절개를 굳게 지키고자 했다는 말이다. 《논어》〈자한(子罕)〉에 "날씨가 추워진 뒤에야 소나무와 측백나무가 뒤늦게 시듦을 알 수 있다.〔歲寒, 然後知松柏之後凋也.〕"라고 하였다.

공이 집안에 거처할 때에는 가지런하게 법도가 있었다. 첩을 거느릴 때에는 은혜롭게 대하되 공경의 도리에 어긋나지 않았고, 자제(子弟)를 가르칠 때에는 사랑으로 대하되 태만함에 빠지지 않았으므로 즐겁게 잔치를 벌여 술에 취하더라도 감히 시끄럽게 떠들어 위의를 잃는 일이 없었다. 그래서 절도공이 공과 나이가 그다지 차이가 나지 않았으나 형 섬기기를 엄한 아버지를 섬기듯이 하였다. 족친(族親)들에게 사랑을 베풀 때에는 남은 재물을 두루 나누어 주었는데, 궁핍하기만 하면 소원한지를 따지지 않고 제때에 시집과 장가를 보내 주며 장례(葬禮)와 제례(祭禮)에 유감이 없도록 하니, 공을 훌륭하게 여기지 않는 사람이 없었다.

공은 문무(文武)의 재질을 겸비하였는데 병법(兵法)에 특히 뜻을 두었다. 갑술년(1574, 선조7) 여름 오랑캐 섬나라에 반란이 일어나[692] 중외(中外)가 경계를 강화하였다. 이에 공은 10여 가지의 사안을 조목으로 정리하여 진언하였는데, 내용이 매우 적절하여 당시의 병폐를 잘 지적하였다. 임금께서는, 몸이 초야(草野)에 있으면서도 우국(憂國)의 마음을 잊지 않는다고 하시며 매우 가상히 여겨 칭찬하시고는 비국

---

691 갱장(羹墻)의 마음 : 죽은 사람을 간절히 추모하는 것으로, 여기서는 선친을 그리워하는 것이다. 《후한서(後漢書)》〈이고열전(李固列傳)〉에 "옛날 요 임금이 붕어한 뒤 순 임금이 3년 동안 요 임금을 앙모하여, 자리에 앉으면 담장에 요 임금이 보이고, 밥을 먹으면 국그릇 속에 요 임금이 보였다.〔昔堯殂之後, 舜仰慕三年, 坐則見堯於牆, 食則睹堯於羹.〕"라고 한 데서 온 말이다.

692 오랑캐……일어나 : 1573년(선조6)에 일본의 무로마치 막부가 15대 쇼군 족리의소(足利義昭 아시카가 요시아키)를 끝으로 직전신장(織田信長 오다 노부나가)에게 멸망한 것을 일컫는 듯하다.

(備局)에 명하여 조목으로 아뢴 것 중 검선(劍船) 및 공전(攻戰) 기계(機械)에 대한 부분을 취하되 여러 도(道)에 반포하여 이를 본떠서 만들도록 하셨다. 임진년(1592, 선조25) 해전(海戰)의 승리로 말하자면 그 제도를 사용하여 현저히 공로가 드러났으니, 사람들 모두 공의 명민한 지혜에 탄복하였다.

공의 전후(前後) 부인은 죽산 박씨(竹山朴氏)와 남평 서씨(南平徐氏)인데 모두 자식이 없이 일찍 세상을 떠났다. 삼취(三娶)는 진사(進士) 서열(徐說)의 딸로, 서씨(徐氏)는 덕이 공과 짝하여 부도(婦道)를 어김이 없었고 집안을 꾸리는 데에 법도가 있었는데, 아들 둘을 낳았다.

장남은 서(惜)인데, 그의 나이 겨우 7세에 공이 세상을 떠났다. 그 뒤 경인년(1590, 선조23)에 사마시(司馬試)에 합격하고, 기해년(1599, 선조32)에 문과(文科)에 급제하였는데 시종(侍從)에 발탁되어 대각(臺閣)의 자리를 두루 역임하였다. 금상(今上 인조(仁祖))께서 반정(反正)하여, 서가 재략(才略)이 있다 하여 황해도 관찰사(黃海道觀察使)에 제수하였으므로 공은 추은(推恩)으로 이조 참판(吏曹參判)에 추증되었고, 서가 진무 원종공신(振武原從功臣)이 되었으므로 공은 다시 병조 판서(兵曹判書)에 추증되었다. 서는 구성 부사(龜城府使) 임식(林植)의 딸에게 장가들어 2남 1녀를 낳았다. 장남 연(堜) 또한 문과에 급제하여 성균관 직강(成均館直講)으로 있는데, 현재 후사가 없다. 차남 담(墰)은 생원이고 1남 2녀를 낳았다. 딸은 예조 정랑 이제(李穧)에게 시집가 1남 3녀를 낳았다.

공(公)의 차남 협(恔)은 요절하였는데, 사헌부 지평 박광옥(朴光玉)의 딸에게 장가들어 2남을 낳았다. 장남 타(埵)는 태인 현감(泰仁縣監)인데 3남 1녀를 낳았고, 차남 위(堭)는 1남 2녀를 낳았다.

공은 또 2남 1녀를 두었는데, 아들은 계(愾)와 오(懊)이고, 딸은 훈련원 봉사(訓鍊院奉事) 홍전(洪澱)에게 시집갔다. 모두 측실(側室)에게서 낳은 자식이다.

공이 병자년(1576, 선조9) 4월 18일에 정침(正寢)에서 세상을 떠나니, 향년 56세였다. 금성산(錦城山) 선영 옆 경좌갑향(庚坐甲向)의 언덕에 장사지냈다. 그 뒤 42년이 지난 정사년(1617, 광해군9)에 부인이 세상을 떠났는데 그곳에 부장(祔葬)하였다. 명(銘)은 다음과 같다.

뜻과 행실은	維志維行
다름이 아니라 자신에게 말미암네	匪他由己
운명인 것을 어찌하랴	奈何乎命
영욕이란 밖에서 오는 것이라네	榮辱外至
덕이 남만 못함은	德不人若
자신의 수치이지만	爲己之恥
남이 나를 써 주지 않는 것을	人不我以
어찌 내가 관여하겠는가	曷我與是
큰 재주를 지녔고	有宏其材
훌륭한 능력을 가졌어도	有利其器
세상에 쓰이지 않아	不需於世
산림에 은거했네	山林而已
외로운 소나무를 어루만지고	撫有孤松
헤엄치는 잉어를 낚시하며	釣有游鯉
애오라지 한 해를 마치고	聊以卒歲
또 평생을 마쳤네	而又沒齒

비록 자신이 누린 복은 부족했지만	雖嗇于身
자손에게는 넉넉한 복이 있으니	克裕於嗣
어찌 이 이치를 무시하고서	孰罔是理
다투다가 낭패를 취하겠는가	競而取躓
묘소에 비석이 있으니	維墓有石
일을 기록하지 않겠는가	可闕載事
내가 비석에 명을 새겨	我銘貞之
어린 후손에게 일러 주리라	以詔昧稚

수재 권군 묘표명 병서

秀才權君墓表銘 幷序

우승지 권공 확(權公鑊)이 영달하지 않았을 시절에 아들을 두었는데, 이름은 게(垍)이고 자는 정견(貞堅)이다. 어려서 재주가 있어 일찍부터 경전과 역사서를 익혔고, 필법(筆法)은 진(晉)나라 사람을 배웠는데[693] 굳세어서 완미할 만하였다. 14세에 진사시 초시(初試)에 합격하자, 공(公)은 이미 마음속으로는 그릇이라고 여기면서도, 또 이름을 세움은 너무 이른 것을 꺼리는 것이라고 하며 복시(覆試)에 응시하게 못하게 하였다.

내가 하루는 공을 방문하여 그를 불러냈는데, 그 자태를 보니 정신이 맑았고, 함께 말을 해 보니 응대함이 자상하고 고아하여 사랑스러웠다. 나에게 딸이 있었으므로 이에 혼례(婚禮)를 허락하였는데, 딸의 성품 또한 지혜로워 무척 시부모의 마음에 들었으므로 양가(兩家)의 기쁨과 우호가 날로 두터워졌다.

그런데 이듬해에 군(君)이 불행히도 병에 걸렸는데, 약물을 많이 쓰는데도 병세는 더욱 깊어졌다. 위중한 지경이 되어서는 공(公)과 내가 서로 돌보면서 치료하였지만 끝내 일어나지 못하였다. 이때 나이가 17세였으니, 애통하다.

군에게는 어린아이가 있었으니, 이름이 익형(翼逈)으로 그 아비가

---

693 진(晉)나라 사람을 배웠는데: 동진(東晉)의 명필가 왕희지(王羲之, 307~365)의 서법(書法)을 익혔다는 말이다.

죽었을 때에 아이는 강보(襁褓)에 싸여 있었다. 그 어미는 차마 목숨을 버리지 못하고 단지 고고(呱呱)하게 우는 남은 혈육 하나만을 의지하였다. 아이가 점점 커 감에 따라 배우기를 너무 좋아하여 하루라도 가르쳐 주지 않으면 번번이 울면서 가르쳐 주기를 간청하였다. 젖을 떼고 난 뒤에는 할아버지에게 나아갔는데 공(公)[694]이 아이를 껴안고 잠을 잤다. 성동(成童)이 되어서는 또 나를 찾아와 배웠는데 구두를 떼기도 전에 이미 그 뜻을 이해하였다. 7, 8세 무렵부터 시부(詩賦)를 습작(習作)할 때에는 반드시 시편(詩篇)을 이루었는데, 문사(文詞)는 넉넉하고 필봉(筆鋒)은 엄격하였다. 아, 기이하도다.

을축년(1625, 인조3) 여름에 내가 서로(西路)에서 명을 받들었는데, 꿈에 그 어미가 몸을 치장(治粧)한 채 땅에 누워 있었다. 놀랍고 괴이한 마음에 어쩔 줄 모르고 있었는데, 과연 어린아이 익형이 두창(痘瘡)에 걸려 함복(陷伏)[695]으로 죽고 말았다는 소식을 들었다. 이에 이틀 갈 길을 하루에 가면서 서둘러 돌아왔는데, 그 할아버지 또한 사명(使命)을 받드느라 아직 돌아오지 못하고 있었다.

아아, 그 아비는 아버지와 장인이 함께 있었지만 그 품안에서 목숨이 끊어지고 끝내 의지할 데가 없었다. 또 그 자식은 할아버지와 외할아버지가 모두 밖에 나가 있었으니 목숨이 끊어질 때에 또한 다시 무엇을 의지할 수가 있었겠는가. 이에 아이를 군(君)의 묘 아래에 장사지냈다.

그 어미가 지금도 매양 크게 애통해 하며 말하기를 "아아, 하늘이시

---

694 공(公) : 바로 앞의 할아버지 승지공(承旨公) 권확(權鑊)을 지칭한다.

695 함복(陷伏) : 두창(痘瘡)의 병독(病毒)이 몸 밖으로 발산하지 못하고 안으로 꺼져 들어가서 병세가 위중해지는 것을 말한다.

여! 지아비의 집안은 모두 복록을 누리는데, 유독 우리 지아비와 아들만이 복록과 장수를 누리지 못하고 이렇게 요절하였습니다. 제가 무슨 죄를 지었기에 제 한 몸에만 혹독하게 벌을 내리십니까."라고 하므로, 내가 타일러 말하기를 "하늘이 권씨(權氏)와 조씨(趙氏)[696]에 대해 어찌 사사로이 후하고 박하게 하겠느냐. 운명이니 애통해 하지 말거라."라고 하였다. 승지공(承旨公)이 그 아들과 손자를 추념하는 데 있어 시간이 오래되었지만 한결같으니 앞으로 군을 위하여 후사(後嗣)를 세우는 일이 결국 어떻게 될지는 모르겠다. 군의 세계(世系)는 선세(先世)의 묘갈명에 자세히 적었으므로[697] 감히 생략한다. 이에 눈물을 훔치고 다음과 같이 명(銘)을 쓴다.

재주는 있으나 수명은 없었으니	有才無命
하늘의 뜻인 것을 어이하리오	奈何乎天
한 번도 심한 일이거늘	一之甚矣
어째서 두 번이나 이런 일이 생기는가[698]	烏可再焉
내가 비석에 명을 새겨	我銘其石
구천(九泉)에 있는 너를 위로하노라	慰爾重泉

---

696 권씨(權氏)와 조씨(趙氏) : 시집간 조희일(趙希逸) 딸의 입장에서 시가(媤家)와 친정을 아울러 든 것이다.

697 선세(先世)의……적었으므로 : 조희일(趙希逸)은 권게(權垍)의 조부인 권결(權絜)에 대한 묘갈명에서 권게의 집안 내력을 상세히 기록한 바가 있다. 《竹陰集 卷16 處士權公墓碣銘》

698 한……생기는가 : 조희일(趙希逸)의 사위 권게(權垍)와 외손자 권익형(權翼逈)이 연이어 요절한 것을 두고 한 말이다.

묘지 墓誌

증 통정대부 승정원 좌승지 김공[699] 묘지명 병서
贈通政大夫承政院左承旨金公墓誌銘 并序

김씨(金氏)는 신라(新羅)의 고귀한 성씨(姓氏)이니, 직언(直言)을 한 일로 죄를 얻어 연안(延安)에 귀양 간 이가 있었는데, 후세에 그곳에서 그대로 세거(世居)하였다.[700] 사문박사(四門博士)를 지낸 분이 있는데 휘(諱)가 섬한(暹漢)[701]이고, 4대가 지나 밀직제학(密直提學)을 지낸 분이 있는데 휘 도(濤)이다.

휘 도는 목은(牧隱 이색(李穡))의 문인으로 명(明)나라 조정의 제과(制科)에 합격하여 안구현(安丘縣)의 승(丞)에 제수되었는데,[702] 나복

---

699 증······김공(金公) : 김내(金珠, 1576~1613)로, 선조(宣祖)의 계비 인목왕후(仁穆王后)의 오빠이자, 부친 김제남(金悌男)의 장남이다.

700 김씨(金氏)는······세거(世居)하였다 : 연안 김씨(延安金氏)의 내력에 대한 간략한 설명이다. 신라의 김알지(金閼智)가 시조가 되며, 김알지의 후예인 두 왕자가 왕에게 직간을 하다가 모두 쫓겨났는데 그 아우가 지금의 연안인 시염성(豉鹽城)으로 유배되어 연안 김씨의 조상이 되었다. 《顏樂堂集 卷3 世系》

701 휘(諱)가 섬한(暹漢) : 대본에는 '諱暹'으로 되어 있는데, 《안락당집(顏樂堂集)》〈세계(世系)〉 등에 의거하여 '漢'을 보충하여 번역하였다.

산인(蘿菖山人)이라고 자호(字號)하였다. 공민왕(恭愍王)이 손수 대자(大字)로 여덟 글자를 써서 하사하니[703] 사람들이 영예롭게 여겼고, 그 죽음에 미쳐서는 선비들의 공론이 모두 죄 없이 그리된 것을 애석히 여겼다. 휘 도가 개성 유후(開城留後)로 시호가 문정공(文正公)인 휘 자지(自知)를 낳았고, 휘 자지가 내자시 윤(內資寺尹)으로 찬성(贊成)에 추증된 휘 해(侅)를 낳았으며, 휘 해가 지중추부사(知中樞府事)로 영의정에 추증된 시호가 호간공(胡簡公)인 휘 우신(友臣)을 낳았다.

휘 전(詮)은 문과(文科)에 급제하였고 의정부 영의정을 지냈으며 시호가 충정공(忠貞公)인데 공의 고조(高祖)이고, 휘 안도(安道)는 현령을 지냈고 찬성에 추증되었는데 공의 증조(曾祖)이며, 휘 오(禔)는 사정(司正)을 지냈고 영의정에 추증되었는데 공의 조부이다. 공의 선친은 곧 영돈녕부사 연흥부원군(領敦寧府事延興府院君)으로, 영의정에 추증되고 시호가 의민공(懿愍公)인 휘 제남(悌男)이다. 장사랑(將仕郞) 계(垍)의 딸인 노씨(盧氏)에게 장가들었는데, 노씨는 뒤에 광산부부인(光山府夫人)에 봉해졌다. 만력(萬曆) 병자년(1576, 선조9) 12월에 공을

---

702 명(明)나라……제수되었는데 : '명(明)나라 조정'은 대본에는 '元朝'로 되어 있는데, 《동사강목(東史綱目)》에 의거하여 '元'을 '明'으로로 바로잡아 번역하였다. 1370년(공민왕19) 9월 김도(金濤)는 향시(鄕試)의 합격자 자격으로 명(明)나라 조정의 회시(會試)에 참여하게 되어, 이듬해 제과(制科)에 급제하여 동창부(東昌府) 구현(丘縣)의 승(丞)에 제수된 바가 있었다. 《東史綱目 卷15》

703 공민왕(恭愍王)이……하사하니 : 김도(金濤)가 명(明)나라에서 관직에 제수되었지만 중국어에 서툴고 고향에 노친이 있다는 이유로 사직하고 귀국하자, 공민왕(恭愍王)이 좌우 신하들에게 김도가 제과(制科)에 합격한 것을 칭찬하고는 손수 큰 글씨로 '김도 장원 나복산인(金濤長源蘿菖山人)'이란 여덟 글자를 써서 하사하였다. 《東史綱目 卷15》 '장원(長源)'은 김도의 자(字)이다.

낳았다.

공의 휘는 내(琜)이고 자는 자옥(子玉)인데, 타고난 성품이 온량(溫良)하여 어려서부터 특이한 행동을 하지 않았다. 의민공이 존귀한 국구(國舅)[704]로서 작록이 높고 두터워지자, 사람들이 모두 부러워하고 달라붙었으니, 대부분 음관(蔭官)에 제수되고 집안을 일으키며 관리에 보임되는 데에 혹시라도 뒤쳐질까 두려워해서였다. 하지만 공은 대가(大家)의 후예로 겸허함을 견지하는 것에 뜻을 두어 진취(進取)하는 데에 담담하였고 오직 부지런히 필연(筆硯)을 일삼아 거자(擧子)의 업(業)을 도모하였다.

병오년(1606, 선조39)에 생원시와 진사시 두 시험에 합격하여 비로소 사포서 별제(司圃署別提)에 제수되었고, 익위사 부솔(翊衛司副率)에 선발되었다. 익위사 위솔(翊衛司衛率)로 옮겼다가 군기시 주부(軍器寺主簿)와 공조 좌랑에 천전(遷轉)하였고, 의빈 도사(儀賓都事)와 익위사 익위(翊衛司翊衛)로 승진하였는데 얼마 뒤 용강 현령(龍岡縣令)에 제수되었다. 용강 현령을 거쳐 김포 현령(金浦縣令)으로 옮겼고, 얼마 되지 않아 안산 군수(安山郡守)로 승진하였다. 안산 군수를 거쳐 또 부평 부사(富平府使)로 승진하였는데 병으로 체차되었다. 그리고 또 청주 목사(淸州牧使)로 승진하였다가 이내 안악 군수(安岳郡守)에 제수되었으니, 이해가 계축년(1613, 광해군5) 4월이었다.

당초에 적신(賊臣) 이이첨(李爾瞻)이 선조(宣祖)에게 얻은 죄로 오래

---

704 존귀한 국구(國舅) : 의민공 김제남(金悌男)은 1602년(선조35) 이조 좌랑으로 있을 때, 딸이 선조(宣祖)의 계비(繼妃), 즉 인목왕후(仁穆王后)로 책봉되어 선조의 장인이 되었다.

도록 내쫓겨 있어 원한을 쌓았으므로, 틈을 엿보고 계책을 부리는 일이라면 하지 않는 것이 없었다. 그러다가 광해조(光海朝)에 이르러 연줄을 타고 총애를 취하게 되자 묵은 원한을 통쾌히 풀려고 하였다. 이에 사형수를 꾀어 영창대군(永昌大君)을 끌어대 화(禍)의 장본(張本)으로 삼고는 큰 옥사를 날조하니, 모후(母后)는 핍박을 당하기에 이르렀고,[705] 의민공(懿愍公)은 자진(自盡)을 강요당하였으며, 노씨 부인은 제주(齊州)에 찬배(竄配)되었다.

공(公)은 군(郡 안악군(安岳郡))에 부임한 지 겨우 열흘 만에 잡혀와, 고문을 당해 혹독한 매질을 심하게 겪은 끝에 아우 규(珪)·선(瑄)과 함께 모두 죽음을 맞이하였다. 집안사람들은 두려워 감히 장사 지내지 못하고 고양(高陽)의 선영 곁에 임시로 묻어 두었다.

계해년(1623, 인조1) 3월에 금상(今上)이 반정(反正)을 하자, 대비(大妃)를 받들어 위호(位號)를 회복하고는, 가장 먼저 선부군(先府君)[706]에게 증시(贈諡)하고, 즉시 근신(近臣)을 보내어 대부인(大夫人)을 돌아오게 하였다. 그리고 공(公)을 승정원 좌승지에 추증하는 한편 아울러 제관을 보내어 치제(致祭)하고 관(官)에서 장사(葬事)에 관한 일을 돕게 하니, 인륜을 부지하고 원통함을 풀어 위로가 황천에까지 미친 것이 아아, 지극하도다.

당초 영창대군이 탄생했을 때에 모든 사람이 축하하였지만 공이 홀로 근심하여 사람들에게 사사로이 한 말이 끝내 징험이 되었으니, 일이

---

705 모후(母后)는……이르렀고 : 계축옥사(癸丑獄事)를 계기로 이이첨(李爾瞻) 등의 권신이 인목대비(仁穆大妃)에 대한 폐모론(廢母論)을 전개한 것을 말한다.
706 선부군(先府君) : 김래(金瑊)의 부친인 김제남(金悌男)을 가리킨다.

이에 이르러서는 사람들이 그 선견지명에 탄복하였다.

공이 용강(龍岡)과 부평(富平)을 다스릴 때에 인산(因山)을 당해 역사(役事)가 크게 일어났었고 또 연이어 조사(詔使)의 행차가 있었기 때문에 수응(酬應)하는 일이 너무나 번다하였다. 공의 나이가 아직 어렸으므로 혹자가 제대로 일을 처리하지 못할까 근심하였는데, 공이 계책을 내고 일을 꾸려 가며 다른 고을보다 뒤처지지 않도록 솔선하였다. 이에 쉽게 장만할 수 없는 물자를 제때에 빠짐없이 공급하였는데 마치 미리 갖춘 듯하였다. 이 때문에 백성들은 힘이 절약되어 소생할 수 있었다.

청주(淸州)는 암읍(嚴邑)[707]으로 호족(豪族)이 많아, 조정의 권귀(權貴)와 결탁하여 관리의 장단점을 쥐고는 이를 통해 중상(中傷)을 일삼으니, 이에 강한 자는 꺾이고 약한 자는 치욕을 당하여 전전긍긍하였다. 공은 위세로 핍박하지 않고 은정(恩情)에 얽매이지 않으며, 완급을 적절히 하고 강함과 부드러움으로 아울러 다스리니 사람들이 모두 열복(悅服)하였다. 무릇 중죄(重罪)를 지은 죄수가 탈출하여 체포되지 않은 채로 기한을 넘기면 법에 의할 때 의당 관리가 파직되어야 하는데, 이에 원근의 사람들이 서로 고지해 주고 두루 분주히 달려가 찾아내어 끝내 문제가 없게 되었다.

공은 효우(孝友)를 돈독히 행하여, 신중함과 삼감으로 몸을 지키고 청렴함과 간약함으로 일을 이루었으니, 행실에 근본을 두어 정사(政事)에까지 이르렀기 때문에 백성들이 그 은택 입음을 즐거워하여 떠나감에 또한 그리워함이 있었다.

---

707 암읍(嚴邑) : 험준하고 중요한 지역에 위치한 고을을 말한다.

부인 정씨(鄭氏)는 초계(草溪)가 본관인데, 군수(郡守) 묵(默)이 그 부친이고 팔계군(八溪君) 종영(宗榮)이 그 조부이다. 덕성이 공(公)과 짝하여 부도(婦道)를 어김이 없어서 종당(宗黨)이 그 어짊을 칭찬하였다. 장남은 천석(天錫)이고, 차남은 군석(君錫)이다. 장녀는 글공부를 하고 재행(才行)을 갖춘 김광찬(金光燦)에게 시집갔고, 차녀는 최극량(崔克良)에게 시집갔으며, 삼녀는 이후연(李後淵)에게 시집갔는데 또한 사인(士人)이다. 천석은 집의 이형원(李馨遠)의 딸에게 장가들어 1남 3녀를 두었고 최극량은 1녀를 두었는데, 모두 어리다.

천석에게 성상께서 관직을 명하셨으니 그 벼슬은 곧 돈녕 참봉(敦寧參奉)이다. 이는 대개 공(公)이 억울하게 죽었고 또 자모(慈母)를 위로하고자 한 것이었다. 당시에 천석이 거의 화를 면치 못할 뻔했으나 어렸기 때문에 그 종적을 숨길 수 있었는데, 다행히도 마침내 장성하여, 집안에 재앙을 안겨 준 적신(賊臣)이 주살되어 저자에 내걸리고 그 집이 파헤쳐져 웅덩이로 바뀌며 지당(支黨)까지 아울러 진멸(殄滅)되는 것을 목도하였다. 이미 봉록(俸祿)을 받아 의관(衣冠)을 갖춘 뒤에 구업(舊業)을 수습하여 노친을 봉양하고 누이를 시집보냈다. 그리고 석공(石工)을 고용하여 묘도(墓道)를 꾸밈에 그 일이 매우 정돈되었으며, 또 누차 수고롭게 나를 찾아와 명(銘)을 지어줄 것을 요청하였다.

아, 하늘이 선악(善惡)에 대해 보답을 내림이 비록 간혹 어두울 때가 있지만 그 이치가 환하여 이처럼 끝내 속일 수가 없으니, 천석과 같은 자는 자식의 도리에 있어 또한 유감이 없다고 이를 만하다. 그러므로 나는 매번 천석을 볼 때마다 마음이 측연(惻然)히 동하여 눈물을 줄줄 흘리지 않은 적이 없었으니, 한갓 감히 글솜씨가 변변찮다는 이유로 책임을 면하지 않을 뿐 아니라, 오직 공(公)의 일을 말함에 있어 진실하고도 자세하게 서술하지 못하여 그 정성을 저버릴까 두렵다. 이에 삼가 가장(家狀)을 살피고 대사헌 김공 상헌(金公尙憲)의 묘갈명 서문을 참조한 뒤 약간의 말을 덧붙여 그 무덤에 나열한다. 명(銘)은 다음과 같다.

공의 선대는	維公之先
계통(系統)이 신명에게서 나왔는데[708]	胄出神明
직언한 일로 죄를 얻어	以言獲罪
연안(延安)에 귀양 갔다네	遷于延城
덕을 쌓아 보답을 누려	種德食報
공경(公卿)이 거듭 나왔는데	累公累卿
황고께서 넓히어	皇考廓之
존귀하고 영화로웠네	旣貴而榮
군은 약관의 나이에	君在弱冠
성대하게 아름다운 명성이 있었으니	藹有令名
내직으로 여러 벼슬을 맡아서는	內莅庶官
직임을 잘 수행하며 유능함으로 이름났고	職著能聲
외직으로 일 많은 고을을 맡아서는	外典劇郡
은택이 두루 미치고 위엄이 행해졌다네	惠洽威行
적신이 유감을 풀어	賊臣逞憾

---

708 계통(系統)이 신명에게서 나왔는데 : 시조(始祖)에 관해 신이(神異)한 이야기가 전해지기 때문에 한 말이다. 연안 김씨(延安金氏)의 먼 시조는 김알지(金閼智)로, 김알지는 빛이 나는 황금 궤짝에서 사내아이로 발견되었는데, 그를 궁궐로 데려오자 새와 짐승들이 기뻐서 춤을 추며 뒤따랐다고 한다. 《三國遺事 紀異 第1 金閼智》

모후(母后)께서 화를 당할 때	宮闈禍嬰
둥지가 엎어져 알이 깨진 듯	巢覆卵殈
부자와 형제가 재앙을 입었네	父子弟兄
죽음에 이르러서도 어지럽지 않아	之死不亂
지독한 형벌을 참고 받았네	忍受淫刑
성주께서 난을 다스림에	聖主撥亂
시운이 다시 뒤바뀌니	時運互更
원통함을 씻어 주고 은총을 내리어	雪冤寵贈
저승에 있는 이를 빛나게 하였네	賁茲九京
낳아 준 이가 없어져	有生無之
두 고아(孤兒)709가 외로웠지만	二孤筄筄
쓰러진 나무에 움이 텄으니	木顚而蘗
하늘의 복을 받은 것이라네	荷天之靈
가업이 실추되지 않아	緖業不墜
의관이 의젓한데	有儼冠纓
영구히 전해지기를 바라	蘄傳不朽
무덤에 묻으려고 하네	掩諸玄扃
사실을 뽑고 업적을 기록하여	撫實紀績
내가 돌에 새기니	我銘之貞
감히 훼손하지 말라	毋敢毀傷
이는 김공이 묻힌 곳이라네	金公是塋

---

709 두 고아(孤兒) : 김래(金琜)의 두 아들 천석(天錫)과 군석(君錫)을 가리킨다.

증 대광보국숭록대부 의정부영의정 겸
영경연홍문관예문관춘추관관상감사 세자사 행 숭록대부
판중추부사 겸 판의금부사 지경연춘추관사 동지성균관사
오위도총부도총관 증시 충숙공 서공[710] 묘지명 병서

贈大匡輔國崇祿大夫議政府領議政兼領經筵弘文館藝文館春秋館觀象
監事世子師行崇祿大夫判中樞府事兼判義禁府事知經筵春秋館事同知
成均館事五衛都摠府都摠管贈諡忠肅公徐公墓誌銘 幷序

판중추부사 서공(徐公)이 세상을 떠난 지 일 년이 지났을 때 맏아들
승지공(承旨公)[711]이 판서 김청음(金淸陰 김상헌(金尙憲))이 지은 행장
을 가지고 와서 나에게 보여 주면서 말하기를, "선공께서 돌아가신 지
이미 오래되었는데 묘지(墓誌)가 없어서 무덤에 묘지명을 묻을 수가
없습니다. 하지만 이는 아무나 지을 수 있는 것이 아닙니다. 그대만이
우리 집안의 일에 대해 오래전부터 잘 알고 있기 때문에 감히 부탁드리
니 사양하지 마십시오."라고 하였다. 나는 이미 그 말이 절실함에 감동
하여 감히 글솜씨가 변변찮다는 이유로 사양하지 못하고 공경히 승낙
하여 다음과 같이 기술한다.

공의 휘(諱)는 성(渻)이고, 자는 현기(玄紀)이며, 호는 약봉(藥峰)이

---

710 증……서공(徐公) : 서성(徐渻, 1558~1631)으로, 본관은 대구(大丘), 자는 현기
(玄紀), 호는 약봉(藥峯)이다.

711 승지공(承旨公) : 서성(徐渻)의 장남인 서경우(徐景雨, 1573~1645)이다. 이 묘지
명에는 관력이 누락되어 있으나 1625년(인조3)에 승지에 제수된 기록이 보인다. 《仁祖
實錄 3年 3月 11日》

다. 먼 선조 한(閈)이 낭장(郞將)으로 고려조(高麗朝)에 현달하였다. 6대가 지나 휘 익진(益進)은 판전객시사(判典客寺事)를 지냈고, 휘 의(義)는 호조 전서(戶曹典書)를 지냈으며, 휘 미성(彌性)은 안주 목사(安州牧使)를 지냈고 달천부원군(達川府院君)에 추증되었다. 휘 미성은 아들 둘을 두었는데, 장남은 언양 현감(彦陽縣監) 거광(居廣)이고, 막내 거정(居正)은 찬성(贊成)과 대제학(大提學)을 지냈으며 좌리 공신(佐理功臣)[712]에 책훈되어 달성군(達城君)에 봉해졌다.

언양 현감(彦陽縣監 서거광(徐居廣))은 사헌부 장령을 지내고 이조 참판에 추증된 휘 팽소(彭召)를 낳았는데, 휘 팽소는 공에게 증조가 된다. 조부 휘 고(固)는 예조 참의를 지냈고 이조 판서에 추증되었다. 선친 휘 해(嶰)는 영의정에 추증되었고 호가 함재(涵齋)인데, 3대를 추은(推恩)하여 공(公 서성(徐渻))의 귀함에 비기게 된 것이다. 함재는 지행(志行)으로 선비들에게 추중(推重)을 받았으나 벼슬하지 못하고 일찍 세상을 떠났다. 모친은 고성 이씨(固城李氏)로, 고(故) 재상 원(原)의 후손이자 군수를 지낸 고(股)의 딸인데, 가정(嘉靖) 무오년(1558, 명종13)에 공을 낳았다. 공은 강보(襁褓)에 싸여 있을 때에도 이미 빼어나고 총명하여 보통 아이와 달랐다.

공은 태어난 지 한 해 만에 부친을 여의어 중부(仲父)인 사예공(司藝公) 엄(崦)에게 의탁하였다. 사예공은 호가 춘헌(春軒)으로 일찌감치 진사시에 수석을 하여 명성이 자자하였으니, 따르며 배우는 자는 대부분 당대의 영재였다. 공은 초츤(髫齓)의 나이에도 이끌어 도와줄 것도

---

712 좌리 공신(佐理功臣) : 1471년(성종2)에 왕을 잘 보필하였다는 공로로 내린 공신의 칭호이다. 서거정은 좌리 공신 3등에 책록되었다. 《成宗實錄 2年 3月 27日》

없었는데, 품성이 독서를 좋아하였으므로 춘헌이 대단히 기특하게 여겼다. 항상 말하기를 "우리 집안이 반드시 너를 통하여 창대할 것이다." 라고 하였다. 사예공이 세상을 떠나자 공은 심상(心喪) 3년을 지냈다.

병술년(1586, 선조19)에 급제하여 성균관 학유(成均館學諭)가 되었다가 이내 인천 훈도(仁川訓導)에 제수되었다. 이에 사람들이 모두 굴욕을 당한 것이라고 하였으나 공은 태연히 개의치 않으니, 보는 자들이 그릇이라고 여겼다. 5년이 지나 예문관 검열(藝文館檢閱)에 발탁되어 대교(待敎)와 봉교(奉敎)로 차례로 천전하였다가 전적(典籍)으로 승진하였고, 감찰(監察)과 예조 좌랑 및 병조 좌랑을 역임하였다.

임진년(1592, 선조25) 난리에 대가(大駕)가 서쪽으로 파천하였을 때 공이 호종(扈從)하였는데, 중도에 호소사(號召使) 황정욱(黃廷彧)의 부름을 받아 왕자(王子)를 모시고 북쪽으로 가서 회령부(會寧府)에 이르게 되었다. 그런데 토착민 국경인(鞠敬仁)이 이때를 틈타 변란을 일으켜 장사(將士)를 살해하고 왕자(王子) 이하의 사람들[713]을 붙잡고는 적을 맞아들여 항복하였다. 공은 계책을 써서 탈출할 수 있었는데, 탈출한 뒤에 부로(父老)를 타일러 충의(忠義)로 격려하여 수백 명을 모았다. 그리고 평사(評事) 정문부(鄭文孚)에게 그 사람들을 이끌어 경성(鏡城)에 들어가 지키라고 청하니, 육진(六鎭)이 다투듯 군대를 일으켜 향응(響應)하였다. 이에 나아가 명천(明川)과 길주(吉州)의 적을 공격하여, 장수 7명을 베고 수백(數百)에서 천 명이나 되는 적을 베었으며 사로잡

---

[713] 왕자(王子) 이하의 사람들 : 두 왕자 임해군(臨海君)과 순화군(順和君) 및 그들을 호종하던 김귀영(金貴榮), 황정욱(黃廷彧), 이영(李瑛), 문몽헌(文夢軒) 등의 신하들을 말한다. 《宣祖實錄 25年 9月 25日》

힌 남녀를 되찾고 무수한 기계를 노획하였다. 여기서 대개 공(公)이 나라가 무너지고 멸망하려는 때에 사람을 얻어 죽을힘을 다함으로써 조령(朝令)이 이를 통해 행해지고 위태로움과 의심이 이에 힘입어 안정되어 중흥의 업적이 진실로 도움을 받은 바가 있었음을 알 수 있는데, 공로를 보고함에 이르러서는 타인에게 공(功)을 돌리고 자신은 자처하지 않았으니, 아, 또한 어려운 일이다.

전적(典籍)과 소모어사(召募御史)에 제수되었다가 얼마 뒤 소명(召命)을 받들어 지평에 제수되었고, 체직되어 다시 병조 정랑에 제수되었다가 직강(直講)과 지제교(知製敎)로 개차되었다.

제독 유정(劉綎)을 접대하는 일에 선발되었는데, 한마디 말을 꺼내기만 하면 제독과 뜻이 합하였다. 이에 유정이 칭찬하기를 "모(某)는 재략(才略)이 숙성(熟成)하고 의논(議論)이 강개하니, 회복(恢復)의 계책이 진실로 이 사람에게 의지한 바가 많다."라고 하였다. 훗날 다시 동쪽으로 정벌할 때에 남군(南軍)과 북군(北軍)이 서로를 미워하여[714] 우리에게 이로울 것이 없었는데, 공이 명을 받들고 가서 한마디 말로 분란을 해소했으니, 깊게 신뢰를 받았음을 알 만하다.

지평을 거쳐 직강으로 체차되었고, 영남(嶺南)을 순안(巡按)할 때에

---

714 동쪽으로······미워하여 : 정유재란(丁酉再亂)이 발발한 뒤, 조명 연합군(朝明聯合軍)이 경상도 일대에서 성을 쌓고 노략질을 자행하는 왜군(倭軍)을 토벌하였다. 여러 공성전(攻城戰) 중 울산왜성(蔚山倭城) 전투가 치열하였는데, 전투를 마친 뒤 명나라 군대에서는 논공행상을 두고 남군과 북군 사이에 불화가 있었다.《宣祖實錄 31年 6月 23日》남군은 중국 남쪽 소주(蘇州)·항주(杭州) 지역에서 차출된 병력이고, 북군은 요동(遼東)·하북(河北) 등에서 차출된 병력을 가리키는데, 임진왜란 초기부터 둘 사이에 불신과 알력이 심하였다고 한다.

는 삼도(三道)의 수군(水軍)을 아울러 시찰하여 탐학을 일삼고 불법을 저지른 대장(大將)을 내치니 군정(軍政)이 단번에 엄숙해졌다.

이 당시 조정은 천조(天朝)의 원조를 믿고서 일을 시행하는 것이 범범하였고, 천조의 당사자들 또한 화의(和議)에 마음이 끌리지 않을 수 없었다. 우리가 주저하며 이러지도 저러지도 못할 때 공이 공격과 수비의 계책을 자세히 아뢰니, 당시 사람들이 책략은 이강(李綱)[715]과 같고 문장은 육지(陸贄)[716]와 같다고 하였다.

을미년(1595, 선조28)에 영남을 나누어 공(公)을 경상우도의 감사(監司)에 제수하였다. 공은 삼가현(三嘉縣)의 악견산성(岳堅山城)을 수축하고 죽죽(竹竹)과 용석(龍石)[717]의 쌍충묘(雙忠廟)를 세워 백성을 진작하고는 수천의 병사를 모아 죽음을 무릅쓰고 지키려고 하니 원근의 사람들이 듣고서 끊임없이 모여들었다.

---

715 이강(李綱) : 북송(北宋) 말의 신하로, 고종(高宗) 때 금(金)나라를 정벌하기 위한 방책을 10가지 조목으로 논열하여 재상에게 보낸 적이 있다.《李忠定公奏議 卷10 與宰相論捍賊箚子》

716 육지(陸贄) : 당(唐)나라 덕종(德宗) 때의 신하로, 흔히 육선공(陸宣公)이라고 한다. 그가 올린 주의(奏議)는 문장이 뛰어났으므로, 후세에 그의 주의를 모은 책인《육선공주의(陸宣公奏議)》가 널리 유행하였다.《新唐書 陸贄列傳》

717 죽죽(竹竹)과 용석(龍石) : 모두 신라 선덕왕(善德王) 때의 대야성(大耶城) 관리로, 백제군과 최후까지 항전하다가 함께 죽은 사람들이다. 선덕여왕 11년(642)에 지금의 합천(陜川)인 대야성이 백제군에게 포위되어 항복하게 되었는데, 사지(舍知)로 있던 죽죽이 결사 항전하려고 하자, 같은 사지 벼슬로 있던 용석은 훗날을 도모하는 것이 낫다고 하였다. 이에 죽죽은 "그대의 말이 합당하다. 그러나 우리 아버지가 나를 죽죽이라고 이름을 지어 준 것은 내가 추운 겨울에도 시들지 않는 절개를 지켜 부러질지언정 굽히지 말게 하신 것이다. 어찌 죽음을 두려워하여 산 채로 항복하겠는가."라고 하고, 마침내 힘써 싸우다가 성이 함락되어 용석과 함께 전사하였다.《三國史記 卷47 竹竹列傳》

병신년(1596)에 동부승지에 제수되었다가 병조 참의와 승문원 제조로 개차(改差)되었고, 외직으로 나가 강원 감사(江原監司)가 되었다.

정유년(1597)에 적이 다시 미쳐 날뛰자,[718] 공이 경계에서 병사를 안무(按撫)함에 위엄과 은혜가 두루 무젖었기 때문에 백성들이 공을 크게 은혜롭게 여겼는데, 임기가 차자 유임해 주기를 청하였다.

다시 병조에 들어갔다가 도승지로 천전하였고, 얼마 뒤 황해 감사(黃海監司)로 승진하여 제수되었다가 내직으로 들어와 호조 참판이 되었다. 외직으로 나가 평안 감사(平安監司)로 있을 적에 호역(戶役)[719]을 견감(蠲減)하고 전역(田役)[720]을 시행하니 사람들이 매우 편하게 여겼다.

다시 도승지에 제수되었는데, 입시(入侍)하여 한음(漢陰 이덕형(李德馨))과 백사(白沙 이항복(李恒福))를 극력 구원하였고, 이어 우계(牛溪 성혼(成渾))와 송강(松江 정철(鄭澈))을 무함하여 헐뜯는 정인홍(鄭仁弘)의 무리를 배척하였다. 상께서 노하시자 제공(諸公) 중에 감히 한마디라도 꺼내어 공을 돕지 못했는데, 우의정 윤승훈(尹承勳)이 물러나와 공에게 말하기를 "오늘 공에게 부끄러운 것이 많다."라고 하였다.

임인년(1602, 선조35)에 천조(天朝)에서 황태자를 책봉한 일로 사신을 보내 조서(詔書)를 반포하였는데, 공이 사신의 좌우에 있으면서 인도하는 일에 의절(儀節)을 잘 갖추었다. 이에 특별히 한성부 판윤(漢城府判尹)으로 승진하여 비변사와 훈련원(訓鍊院)의 제조 및 도총관과 주사대

---

718 정유년에……날뛰자 : 정유재란(丁酉再亂)을 말한다.

719 호역(戶役) : 가호(家戶)에 따라 부과하는 요역(徭役)을 말한다.

720 전역(田役) : 전요(田徭)라고도 하며, 백성이 소유한 논밭의 결복(結卜)에 따라 요역을 차출하는 제도이다.

장(舟師大將)을 겸임하였다. 형조 판서에 제수되어서는 옥사를 결단하고 의심스런 사건을 정지하니 사람들이 억울하다고 말하지 않았다.

계묘년(1603, 선조36)에 병조 판서에 발탁되어 사사로운 청탁을 막으니 누락되거나 적체되는 인재가 없었다.

직임에서 체차되어 함경 감사(咸鏡監司)로 나갔을 당시에 홀라온(忽刺溫)[721]을 토벌하는 일이 있었는데, 절도사 김종득(金宗得)이 공(公)의 지휘를 어기고 군대를 내었으나 전공(戰功)이 없었다. 이에 논핵을 당해 파직되었다가 지중추부사(知中樞府事)로 다시 서용되어 지춘추관사(知春秋館事)를 겸임하였다. 호조 판서로 개차되어 지의금부사(知義禁府事)를 겸임했다가 외직으로 나가 경기 감사(京畿監司)가 되었고, 돌아와 지중추부사에 제수되었다.

무신년(1608, 선조41)에 선조(宣祖)의 산릉을 조성하는 일을 감독하였고 얼마 뒤 참찬(參贊)에 제수되었다. 공조 판서와 체찰 부사(體察副使)로 개차되었다가 개성 유수(開城留守)로 옮겨 제수되었다. 본부는 평소 관(官)에 저장한 물건이 없어 부민(富民)에게 물자를 취하여 일을 처리했는데 그 폐해를 헤아릴 수 없었다. 이에 공은 양렴고(養廉庫)를 별도로 설치하여 불시의 비용에 공급하도록 하니, 조도(調度)에 일정함이 있게 되었다. 또 교수(敎授)를 골라 보임하기를 청하고는 때때로 학궁(學宮)에 나아가 학업을 살피고 비교하니, 선비들 중에 성취한 자들이 많았다. 그리하여 공이 떠난 뒤에는 더욱 그 덕을 사모하였다.

이보다 앞서 선조(宣祖)께서 오랫동안 편찮으실 때, 영창대군(永昌大君)을 염려하여 한상 응인(韓相應寅) 및 공(公) 등 7인의 성명을 적은

---

721 홀라온(忽刺溫) : 여진족(女眞族) 중의 한 부족으로, 홀온(忽溫)이라고도 한다.

친서(親書)를 작성하여 대군을 보호하게 하시면서, 이를 잘 보관했다가 세상을 떠난 뒤에야 내리라고 명하셨다. 광해가 즉위함에 이르러 이이첨(李爾瞻) 등이 권세를 잡고는 유교(遺教)를 가리켜 진짜가 아니라고 하였고, 일곱 명의 신하는 애초에 해명하지 않다가 결국 형리(刑吏)에게 넘겨지고 말았다. 이에 공은 단양군(丹陽郡)에 귀양 갔다.

병진년(1616, 광해군8)에 국구(國舅)를 추형(追刑)[722]하고 일곱 명의 신하에게 벌을 가하여 폐모론(廢母論)의 발판을 삼고는 영해(寧海)로 공을 찬배하고 6년 만에 원주(原州)로 이배(移配)하였다. 처음 공이 체포되었을 때에는 화를 당한다는 이유로 선(善)을 행하는 일을 게을리 하지 말라고 자제들에게 경계하였고, 귀양살이 할 때에는 항상 문을 닫고 책을 읽었는데, 조정의 의론이 날로 위태로워져 앞일을 예측할 수 없을 때에도 조금도 동요함이 없었다.

계해년(1623, 인조1)에 금상께서 반정을 하자 형조 판서로 부름을 받았다. 입시한 자리에서 가장 먼저 인군(人君)은 마땅히 그 지위를 어렵게 여겨야 함을 아뢰고, 제도를 정비하고 교화를 새롭게 해야 한다는 말씀까지 올렸다. 그리고 또 말하기를 "한효순(韓孝純)은 대신(大臣)의 몸으로 자식에게 모후(母后)를 폐하도록 권하였으니, 이미 죽었다고 하여 벌하지 않아서는 안 됩니다."라고 하니, 상이 한효순의 세 아들을 찬배하라고 명하였다. 한효순은 궁액(宮掖 왕비(王妃))의 근친(近親)[723]

---

722 추형(追刑) : 어떤 사람에 대해 그에게 생전에 미처 형(刑)을 가하지 못했던 것을 사후에 그 시체에 형을 가하는 것으로, 1616년(광해군8)에 폐모론(廢母論)이 들끓자, 이미 사약을 받고 사망한 김제남(金悌男)을 부관참시한 일을 말한다.

723 궁액(宮掖)의 근친(近親) : 인조의 비 인열왕후(仁烈王后)는 한준겸(韓浚謙)의 딸인데, 한준겸의 부(父) 한효윤(韓孝胤)은 한효순(韓孝純)과 형제지간이므로 이렇게 말

이었는데, 공이 홀로 항언(抗言)을 하니 통쾌하게 여기지 않는 이가 없었다. 또한 혼조(昏朝)에서 실업(失業)한 백성들이 대부분 억울함을 펴게 되어 인정이 크게 기뻐하였다. 대사헌 겸 동지경연춘추관사(大司憲兼同知經筵春秋館事)에 제수되어서는 논의가 엄정하고 위의가 엄숙하였다.

갑자년(1624, 인조2)에 이괄(李适)이 군대를 일으켜 반란하자, 조정의 의론은 도성을 떠나 피난하자는 것이었다. 이에 공이 분격하여 말하기를 "임진(臨津)에 웅거하여 지킬 수 있고 역순(逆順)의 이치로 타일러 깨우칠 수 있습니다. 저들은 장차 스스로 무너질 것인데 어찌 갑자기 움직여 옮기겠습니까."라고 하였으나, 그 말을 따르지 않았다.

대가(大駕)가 천안(天安)에 머물 때에 다시 대사헌에 제수되었다. 당시 창졸간이라 금지하고 방비함이 없어서 어좌(御座)의 가까운 곳이 시끄럽고 번잡하였다. 공이 질책하여 물러가게 하고 이에 안색을 고치고 영의정 이공 원익(李公元翼)을 책망하여 말하기를 "공은 대신입니다. 그런데 역적을 토벌하고 부흥을 이루는 것이 누구의 책임이기에 한마디 말도 없이 가만히 계십니까?"라고 하니, 사람들이 모두 눈을 비비고 다시 보았다.

역적이 평정된 뒤에 판중추부사로 개차되었다가 형조와 병조의 판서에 제수되었다. 상이 일찍이 경연(經筵)에 나아와 《맹자》의 의병(義兵)에 관한 설[724]에 대해 하문하자, 대답하기를 "군대가 의(義)로써 일어난 것이면 모두 이것에 해당합니다. 지금 역적 오랑캐가 미쳐 날뛰어 혹

한 것이다.

[724] 맹자의……설 : 《맹자》를 진강하는 중에 관련한 논의가 깊어져 의병에 대해 하문하게 된 것이다. 《淸陰集 卷37 判中樞府事徐公行狀》

관문(關門)에 들어와 대궐에까지 침범한다면 군대를 내어 토벌하여 대의(大義)를 펴지 않을 수 없습니다."라고 하니 상이 가납(嘉納)하여 칭탄(稱歎)하시고 묘당(廟堂)으로 하여금 미리 강구하게 하셨다.

정묘년(1627, 인조5)에 오랑캐의 침입으로 상께서 강도(江都)로 행차할 때에 공은 묘사주(廟社主 종묘와 사직의 신주(神主))를 받들어 수행하면서, 원수(元帥 장만(張晩)) 이하가 물러나 움츠러든 죄를 차자(箚子)로 논척하였다. 이듬해 포로로 붙잡혔다가 도망한 자들을 돌려보내라고 오랑캐가 요구하였는데, 조정의 의론은 화의(和議)에 방해될까 걱정하여 쇄환(刷還)하도록 허락하는 것이었다. 이에 공이 쟁론하였으나 어쩔 수 없었는데, 식자들은 공을 옳게 여겼다.

무진년(1628, 인조6)에 참찬(參贊)과 예조 판서에 제수되었다. 당시에 유흥치(劉興治)가 총병(摠兵) 진계성(陳繼盛)을 습격하여 살해하고는,[725] 오랑캐와 내통한 일이 있었다. 상이 토벌하고자 하여 여러 재신(宰臣)에게 두루 묻자, 모두 말하기를 "이 일은 중국 조정에 달려 있으니 우리가 간여할 일이 아닙니다."라고 하였다. 이에 공이 대답하기를 "유흥치가 주장(主將)을 멋대로 살해하고 망녕되이 병권(兵權)을 요구하고 있습니다. 역적이 우리 강토에서 나왔거늘 감히 우리가 알 바가 아니라고 할 수 있겠습니까."라고 하니, 상이 마침내 군대를 내어 죄를 물었다.

---

725 유흥치(劉興治)가……살해하고는 : 1629년(인조7) 요동 경략(遼東經略) 원숭환(袁崇煥)이 영원(寧遠) 앞바다에서 모문룡을 죽이고 그를 대신해서 진계성(陳繼盛)으로 하여금 동강, 즉 가도를 이끌게 하였는데, 이듬해 독부 도사(督府都司) 유흥치가 진계성과 뜻이 맞지 않아 진계성과 유응학(劉應鶴) 등을 살해하고 가도를 차지하였다. 《仁祖實錄 8年 4月 19日》

다시 참찬, 예조 판서, 지중추부사에 제수되었다. 신미년(1631, 인
조9) 봄에 병이 들었다고 아뢰니, 상이 내의원에 명하여 약(藥)을 내려
살피라고 하였다. 4월 18일 집에서 생을 마치니, 향년 74세였다.

상께서 이틀 간 조회를 멈추고 조제(弔祭)를 예제(禮制)대로 하며
관(官)에서 장사(葬事)를 돕게 하였다. 아들 경주(景霌)가 호성(扈聖)
의 공훈726에 참여하였다 하여 공에게 영의정을 추증하였으며 시호를
충숙(忠肅)이라 하였다. 공은 재상감이라는 기대가 있었지만 미처 명을
받지는 못했으니 벼슬아치들이 다 애석하게 여겼다. 이해 6월 을묘일에
포천(抱川) 설운리(雪雲里) 정향(丁向)의 언덕에 장사지냈으니, 그곳은
선영이고 부인 송씨(宋氏)와 합장한 것이다.

공은 젊어서부터 준수한 재질이 있어 순탄하게 대관(大官)에 이르렀
다. 일찍이 생사(生死)를 넘나들며 일심으로 나라를 위해 몸을 바쳤는
데 늙어서도 더욱 독실하였다. 마음을 세움은 올발랐고 의론을 견지함
은 굳건하였으며, 자신을 단속함은 엄격하고 남을 대함은 관대하였으
니, 사람들이 경외(敬畏)하였다.

경전과 역사책을 널리 보되 반드시 현사(賢邪)를 분별하였고, 흥폐
(興廢)를 증험하되 마치 눈앞의 일처럼 또렷하게 하였다. 《주역》 연구
하기를 좋아하여 벽에다 써 붙여 놓고는 눈을 떼지 않고 심오한 이치를
탐색하였다.

관리의 일에 더욱 뛰어나 번거로운 일을 처리함이 물 흐르듯 빨랐는

---

726 호성(扈聖)의 공훈 : 임진왜란 당시에 서경주(徐景霌)는 선조(宣祖)를 의주(義州)
에서 호종하고, 돌아와서 호성 원종훈(扈聖原從勳)에 참록되고 자의(資義)의 품계를
받았다. 《國朝人物考 卷6 國戚》

데, 모든 규획(規劃)한 일이 마치 주의(注意)를 기울이지 않은 듯하였으나 모두 남들이 미치지 못하는 것이었다.

아, 바퀴가 빨리 구르는 것은 땅에 닿는 면적이 작기 때문이고 두께가 없는 칼은 틈이 있는 곳이라면 들어가는데,[727] 사람들은 다만 어려움이 없는 것만을 볼 뿐 이치에 내맡겨 자연스러움을 따른 것임을 알지 못한다. 사람들이 이상 항복(李相恒福)에게 묻기를 "당대의 인물 가운데 누가 큰일을 담당할 만합니까?"라고 하니, 이공(李公)은 공을 으뜸으로 꼽고 공의 자(字)를 일컬으며 말하기를 "서(徐) 아무개가 바로 그 사람이다."라고 하였다.

공의 부인은 여산(礪山)의 명족(名族)으로 영의정을 지낸 송일(宋軼)의 증손녀이고 목사를 지낸 송녕(宋寧)의 딸이다. 덕성이 공(公)과 짝하여 그 뜻을 받들고 따라 위급한 상황이라도 어김이 없었고, 일찍부터 부귀를 누렸으나 만년에 더욱 삼가고 조심하였는데, 내외의 구분이 엄격하였다. 시어머니를 섬긴 일로 말하자면, 생존해 계실 때에는 효성을 다하였고 돌아가셨을 때에는 슬픔을 극진히 한 탓에 애훼(哀毁)하여 병에 걸렸다. 공보다 10년 앞서 원주(原州)에서 졸하였다.

---

727 바퀴가……들어가는데 : 사물과 장인(匠人)에 빗대어 서성(徐渻)이 능수능란하게 일을 잘 처리함을 말한 것이다. 《주례주소(周禮注疏)》 권39 〈동관고공기(冬官考工記)〉에, "무릇 수레를 살피는 방법은 부품이 견고히 부착되어 있고 바퀴가 땅에 닿는 면적이 작은가를 본다. 부품이 견고하게 부착되어 있지 않으면 온전히 오래가지 못하고 땅에 닿는 면적이 작지 않으면 빨리 구를 수 없다.〔凡察車之道, 欲其樸屬而微至. 不樸屬, 無以爲完久也, 不微至, 無以爲戚速也.〕"라고 하였다. 《장자》〈양생주(養生主)〉에 포정(庖丁)이 소를 잡는 것을 묘사하면서 "두께가 없는 칼을 두께가 있는 틈새에 넣으니, 널찍하여 칼날을 놀리는 데에 있어 반드시 여유가 있다.〔以無厚入有間, 恢恢乎其於遊刃, 必有餘地矣.〕"라고 하였다.

모두 7남 4녀를 두었다. 장남 경우(景雨)는 대사간(大司諫)이고, 차남 경수(景需)는 전첨(典籤)이고, 삼남 경빈(景霦)은 현감(縣監)이고, 사남 경주(景霌)는 선조(宣祖)의 장옹주(長翁主 정신옹주(貞愼翁主))에게 장가들어 달성위(達城尉)에 봉해졌고, 나머지는 모두 요절하였다.

대사간 경우는 1남 1녀를 두었다. 딸은 현감 최곤(崔滾)에게 시집갔고, 아들 원리(元履)는 대군(大君)의 사부(師傅)이다.

전첨 경수는 6남을 두었다. 참봉 형리(亨履), 익위(翊衛) 택리(擇履), 정언(正言) 상리(祥履), 진사 광리(匡履), 도사(都事) 홍리(弘履), 명리(明履)이다.

현감 경빈은 2남 4녀를 두었다. 아들은 준리(準履)와 탄리(坦履)이고, 딸은 각각 이인(李墺), 권순열(權順悅), 조윤석(趙胤錫), 임종유(林宗儒)에게 시집갔다.

달성위 경주는 3남 5녀를 두었다. 아들은 현감 정리(貞履), 정리(正履), 진리(晉履)이고, 딸은 각각 진사인 김규(金珪), 봉사(奉事)인 이명인(李命寅), 심항(沈沆), 좌랑 권우(權堣)에게 시집갔으며 막내딸은 아직 시집가지 않았다. 내외손(內外孫)의 아들딸은 모두 20여 명이다. 명(銘)은 다음과 같다.

서씨는 대성이라	徐維大姓
대대로 명문가로 내려오니	世聯華冑
근원은 깊고 흐름은 유장하며	源深流長
심긴 것이 굳건하여 가지가 무성하다네	植固條茂
오랫동안 이어져 오면서	綿延百載
흥쇠(興衰)가 간간이 있어	衰旺間之

공의 몸에 이어졌으니 屬公之身

태어날 때 특이한 자질이 있었네 生有異姿

넓히고 진작하여 廓以振之

서업이 더욱 빛나게 되었네 緖業增輝

오늬를 만들어 깃을 붙였으니 羽而筈之

남산의 대나무요[728] 南山之竹歟

탁마하여 기물을 만들었으니 琢而器之

현려의 옥구슬[729]이로다 懸黎之玉歟

말이 행실에 부응하니 言副乎行

흰 비단이 마련된 뒤의 그림이요[730] 繪後於素

---

728 오늬를……대나무요 : 서성(徐渻)이 좋은 재질로 학문에 크게 힘써 높은 성취를 이루었다는 말이다. 《공자가어(孔子家語)》〈자로초현(子路初見)〉에, 자로가 공자를 처음 만났을 때 "남산의 대나무는 배우지 않아도 스스로 곧으며, 이것을 베어 창으로 쓰면 무소 가죽을 뚫습니다. 이렇게 말하면 어찌 배울 필요가 있겠습니까?"라고 묻자, 공자가 "오늬를 만들어 깃을 붙이고 살촉을 박아 날카롭게 갈면 더욱 깊이 뚫고 들어가지 않겠느냐.〔括而羽之, 鏃而礪之, 其入之不亦深乎.〕"라고 하였다. '괄(括)'은 '괄(筈)'과 통한다.

729 현려(懸黎)의 옥구슬 : '현려'는 미옥(美玉)의 이름으로, 서성(徐渻)의 자질이 훌륭함을 칭찬하는 말이다. 《전국책(戰國策)》〈진책(秦策)〉에 "양(梁)나라에는 현려가 있고, 초(楚)나라에는 화벽(和璧)이 있어 천하의 유명한 보물이 되었다."라고 하였다.

730 흰……그림이요 : 서성(徐渻)의 업적과 행실은 그가 본바탕을 잘 닦은 데서 나왔다는 말이다. '흰 비단'은 서성의 본바탕을, '그림'은 서성의 행실 등을 가리킨다. 《논어》〈팔일(八佾)〉에 자하(子夏)가 공자에게 묻기를 "《시경》에 이르기를 '예쁘게 웃어 보조개가 나오고, 아름다운 눈이 흑백이 분명함이여, 흰 바탕으로 채색을 삼는다.'라고 하였으니, 무엇을 뜻하는 말입니까?〔巧笑倩兮, 美目盼兮, 素以爲絢兮. 何謂也?〕"라고 하므로, 공자가 이르기를 "그림 그리는 일은 흰 비단을 마련하는 것보다 뒤에 하는 것이다.〔繪事後素〕"라고 하였다. 이에 자하가 "그렇다면 예(禮)는 나중에 갖추는 것이겠군요.〔禮後

풍채가 빼어나니	犖犖風裁
빈빈한 군자였다네[731]	彬彬君子
외직을 맡아서나 내직으로 보필함에	外庸內棐
의지하고 믿음이 확고하였네	倚毗斯篤
훌륭한 꾀와 화순한 계책[732]으로	英猷婉畫
간절하게 신고[733]해 주었네	灌灌辰告
대하를 지을 때	大廈之構
당연히 심인을 잡았어야 했는데[734]	尋引宜秉
상공의 작질(爵秩)이	上公之秩
제수되지 못하고 추증되었네	匪拜伊贈
비상하여 천구(天衢)[735]에 이르렀지만	有蜚狂衢

平?〕"라고 말한 대화에서 온 말이다.

731 빈빈(彬彬)한 군자였다네 : 본바탕과 문채, 내용과 형식이 잘 조화된 군자를 말한다. 《논어》〈옹야(雍也)〉에 "바탕이 문채를 이기면 촌스럽게 되고, 문채가 바탕을 이기면 겉치레에 흐르게 되니, 문과 질이 빈빈한 뒤에야 군자라고 할 수 있다.〔質勝文則野, 文勝質則史, 文質彬彬然後君子.〕"라고 하였다.

732 화순한 계책 : 남조(南朝) 송(宋) 사첨(謝瞻)의 〈장자방시(張子房詩)〉에 "화순하게 유막 속에서 주획하였다.〔婉婉幕中畫〕"라고 하였다.

733 신고(辰告) : 제때제때 고해 주는 것이다. 《시경》〈억(抑)〉에서 "계책을 크게 하고 명령을 살펴 정하며 계획을 장구하게 하고 때에 따라 고한다.〔訏謨定命, 遠猶辰告.〕"라고 한 데서 온 말이다.

734 대하(大廈)를……했는데 : 대신(大臣)의 지위에 올라 큰일을 하리라고 기대했으나 대신이 되지는 못했음을 비유한 것이다. '대하'는 커다란 집으로 여기서는 조정이나 종묘사직을 비유하는 말로 쓰인 것이고, '심인(尋引)'은 길이를 재는 도구로, 8척을 심(尋), 1장을 인(引)이라 하여 긴 자와 짧은 자를 나타낸다.

735 천구(天衢) : 걸릴 것 없는 공중이라는 뜻으로, 벼슬길이 훤히 트여 있음을 비유한

여전히 날갯짓을 다하지 못하였네	猶未盡翰
수명이 칠십을 넘겼으나	有壽踰七
덕에 비하면 단명한 것이라네	比德則短
원로를 억지로라도 남겨두지 않았으니[736]	而不憗遺
내 천명을 어이하리오	吾奈何天
남은 경사가 베풀어 졌으니	餘慶之施
자손에게 기대가 있네	曰有待焉
천보산(天寶山) 동쪽	天寶之東
설운리(雪雲里) 언덕에	雪雲之原
돌에 새겨 지문(誌文)을 묻으니	刻石窆辭
길이 훼손되지 않으리라	垂永不騫
내 말이 미덥지 못하다 여긴다면	謂余不信
나라의 공론에 질정하라	質諸國言

숭정(崇禎) 6년 계유년(1633, 인조11) 2월(月) 모일에 가선대부(嘉善大夫) 예조참판 겸 동지춘추관사(禮曹參判兼同知春秋館事) 조희일(趙希逸)이 짓다.

다. 《주역(周易)》〈대축(大畜) 상구(上九)〉에 "저 하늘 거리이니, 형통하리라.〔何天之衢, 亨.〕"라고 했는데, 그 〈상전(象傳)〉에 "저 하늘거리라는 말은 도가 크게 행해진다는 것이다.〔何天之衢, 道大行也.〕"라고 하였다.

736 원로를……않았으니 : 주로 대신(大臣)의 죽음을 애도하는 표현으로 쓰는 것으로, 여기서는 서성(徐渻)의 죽음을 뜻한다. 《시경》〈시월지교(十月之交)〉에 "억지로라도 원로 한 분을 남겨두어, 우리 임금을 지키게 하지 않는구나.〔不憗遺一老, 俾守我王.〕"라고 하였다.

행장 行狀

고 통훈대부 행 선공감 첨정 윤기정 행장
故通訓大夫行繕工監僉正尹起禎行狀

우리나라의 성씨(姓氏) 중에 제종(諸宗)의 으뜸이 윤씨(尹氏)인데, 계통이 파평(坡平)에서 나왔으니 파평 윤씨는 진실로 큰 성씨이다. 삼한(三韓)에서 지금에 이르기까지 금석(金石)[737] 위에 찬란히 빛나는 업적을 수립한 명경(名卿)·거공(鉅公)·장상(將相)과, 재주와 행실이 영원히 칭술(稱述)될 만한 자와, 궁궐에 뽑혀 들어가 빈어(嬪御)가 되어 일국(一國)의 모의(母儀)가 된 분들이 앞뒤로 서로 이어졌다.

고려조(高麗朝)에 휘(諱) 신달(莘達)이 있었는데, 삼한 공신(三韓功臣)이 된 분으로 이분이 후(侯)의 시조이다. 그 뒤로 5대가 전해져 휘 관(瓘)이 있었는데, 융노(戎虜)를 물리치고 강토를 확장하여 영평현개국백(鈴平縣開國伯)에 봉해졌다. 11대가 전해져 우리 조정에서 벼슬한 휘 번(璠)이 있으니, 휘 번이 정희왕후(貞熹王后)를 낳아 영돈녕부사(領敦寧府事)로 파평부원군(坡平府院君)에 봉해졌다. 휘 사윤(士昀)은 정난 공신(靖難功臣)과 좌익 공신(佐翼功臣)에 녹훈되고[738] 공조 판서

---

737 금석(金石) : 문자가 기록된 종정(鍾鼎)이나 비석으로, 여기서는 역사를 뜻한다.

(工曹判書)로 보문각 대제학(寶文閣大提學)을 겸직하였으며 영평군(鈴平君)에 봉해졌는데, 후에게 고조(高祖)가 된다. 휘 보(甫)는 공조 참판을 지냈고 순충보조 공신(純忠補祚功臣)과 영의정(領議政)에 추증되었는데, 공에게 증조(曾祖)가 된다. 휘 여해(汝諧)는 충청도 병마절도사를 지냈는데 후에게 조부가 된다. 선친 휘 모(某 윤건(尹健))는 곧 군기시 부정(軍器寺副正) 부군(府君)인데, 청송백(靑松伯) 심덕부(沈德符)의 후손이자 영의정 정혜공(貞惠公) 연원(連源)의 딸에게 장가들어 후(侯)를 낳았다.

후는 천성적으로 책 읽기를 좋아하였는데, 거자(擧子)를 따라 경전을 공부하다가 문벌로 불려 나갔다. 처음에 와서 별제(瓦署別提)에 보임되었고, 남부 주부(南部主簿)로 옮겨 제수되었다가 사헌부 감찰에 선발되어 들어갔다. 외직으로는 홍천 현감(洪川縣監)을 맡았다가 파직되어 돌아왔고, 얼마 되지 않아 또 연산 현감(連山縣監)을 맡았다.

임진년(1592, 선조25)에 모친상을 당하였다. 상제(喪制)를 마치고 다시 감찰에 제수되었다가 삼화 현령(三和縣令)으로 승진하였고 한성부 판관(漢城府判官)에 제수되었다가 선공감 첨정(繕工監僉正)으로 승진하였다. 또 사재 주부(司宰主簿)에 제수되었다가 다시 한성부 판관에 제수되었고, 또 군자시 판관(軍資寺判官)으로 천전(遷轉)되었는데, 병으로 직책에서 물러나 한가히 지냈다.

만력(萬曆) 정사년(1617, 광해군9) 가을 7월에 남부동(南部洞)의 집

---

738 사윤(士昀)은……녹훈되고 : 윤사윤(尹士昀)은 1453년(단종1)의 계유정난(癸酉靖難)과 1455년(세조1)의 수양대군(首陽大君) 즉위에 공이 있어 각각 정난 공신(定難功臣)과 좌익 공신(佐翼功臣)에 책록되었다.

에서 생을 마치니, 향년은 75세였다. 이해 9월에 교하현(交河縣) 와동리(瓦洞里) 자좌오향(子坐午向)의 언덕에 장사 지냈다.

후는 천성이 너그러워 순후하고 신중하였으며 부정하거나 모난 행동을 하지 않았다. 부모를 섬길 때에는 구체(口體)의 봉양에만 힘쓰지 않고 마음이 기뻐하시도록 전력하였으며, 제사를 받들고 위아래의 사람을 접할 때에는 모두 진실하게 대하였으니, 모두 자제(子弟)들의 법도가 될 만하였다. 고을을 다스릴 때에는 인리(人吏)가 은혜롭게 여겼고 관직에 있을 때에는 직사(職事)가 잘 다스려졌다. 관직에 종사한 지가 도합 4기(紀)739를 지났는데, 대부분 공적인 선발을 거친 것이었다. 영화로운 자리를 차지하기 위해 다툼을 벌이지 않아 조금도 관직의 득실로 인해 그 뜻이 동요하지 않았고, 집이 가난하였지만 가산(家産)을 경영하지 않고 태연히 처신하였으니, 옛날의 이른바 권세와 이익에 담담하였다는 독실한 군자740란 후를 일컫는 것이 아니겠는가. 이는 비록 타고난 자질이 아름다운 덕분이지만 집안의 전통을 통해 자연스럽게 터득된 것이니, 대개 억지로 하지 않고도 능한 것이었다.

내가 한두 번 후(侯)에게 인사드리면서 술자리에서 약간의 이야기를 나눈 적이 있었는데, 우리나라 역대 일에 대해 말하는 것을 들어 보니

---

739 4기(紀) : '기'는 12년에 해당하는 연수(年數)로도 쓰이므로, 48년의 세월을 뜻한다.

740 이른바……군자 : 전한(前漢)의 유학자 양웅(揚雄)을 두고 한 말이다. 《자치통감(資治通鑑)》〈한기(漢紀) 30〉에 "왕망이 찬탈함에 이르러서는, 양웅은 늙은 나이로 오랫동안 자리에 있었으므로 대부로 전직(轉職)되었다. 권세와 이익에 담담하였고 옛것을 좋아하고 도를 즐겨 문장으로 후세에 이름을 이루고자 하여 이에 《태현경》을 지어서 하늘과 땅과 사람의 도에 관하여 종합하였다〔及莽篡位, 雄以耆老久次, 轉爲大夫. 恬於勢利, 好古樂道, 欲以文章成名於後世, 乃作太玄以綜天地人之道.〕"라고 하였다.

무슨 일이든 꿰뚫어 자세히 아는 것이 마치 눈앞의 일인 것처럼 명쾌하여, 시간 가는 줄도 모르고 저도 모르게 무릎을 당겨 바싹 다가가게 되었다. 당시 전고(典故)에 통달한 자로 사람들이 반드시 '윤(尹) 아무개, 윤 아무개'라고 한 것은 빈말이 아니다. 후는 휘가 기정(起禎)이고 자는 응휴(應休)이다.

숙인 송씨(淑人宋氏) 또한 은진(恩津)의 큰 문벌이다. 시조 대원(大原)은 고려조에서 판사(判事)의 관직을 지냈고, 6세손 유(愉)는 문충공(文忠公) 정포은(鄭圃隱 정몽주(鄭夢周))과 벗이 되어 덕이 나란하고 뜻이 같았는데, 은거하다가 생을 마쳤다. 증조(曾祖)는 문과에 급제하여 구경(九卿)의 관직을 지냈는데 휘(諱)가 요년(遙年)이고, 조부는 양근 군수(楊根郡守)를 지냈는데 휘가 여림(汝霖)이고, 선친은 안악 군수(安岳郡守)를 지냈고 휘가 세욱(世勖)인데 딸을 낳고는 짝을 골라 후에게 시집보냈다. 송씨는 성품이 착하고 은혜로워 부인으로서의 행실이 가지런하였으므로, 종족(宗族)과 노복들이 모두 그 선함을 칭찬하였고 자손들은 공경하면서도 두려워하였다. 남편은 남편답고 부인은 부인다워 집안을 화순하게 이끌며 한세상을 해로(偕老)하였으니 사람에게 드물게 있는 일이다. 후(侯)가 세상을 떠나기 7년 전인 신해년(1611, 광해군3) 겨울에 졸하였고, 후와 합장(合葬)하였다.

장남 유(瑜)는 창릉 참봉(昌陵參奉)이고 차남 완(琬)은 세자익위사 세마(世子翊衛司洗馬)이며 삼남은 장(璋)인데, 모두 유업(儒業)을 익혀 선비의 행실이 있다. 딸은 강홍중(姜弘重)에게 시집갔는데, 강홍중은 문과에 급제하여 현요(顯要)한 자리를 역임하고 통례원 좌통례(通禮院左通禮)로 있다.

장남 유는 아들 상(尙)을 두었는데 일찍 죽었고, 딸은 사옹원 참봉

(司饔院參奉) 이봉룡(李鳳龍)에게 시집갔다. 차남 완은 딸 하나를 두었는데 유차증(兪次曾)에게 시집갔다. 삼남 장은 아들딸이 모두 어리다.

나와 세마공(洗馬公 윤완(尹琓))은 계(契)를 만들어 장례(葬禮)하는 일을 감독해 주기로 했으니 그 교유가 특별하고 사이가 매우 좋았다. 세마공이 나에게 말하기를 "말이 벗에게 신뢰를 받지 못하면 후세에 전해지기가 어렵네. 이전에 신뢰를 받지 못했다고 생각하지는 않았고, 우리 선대부의 평소 사적을 응당 그대만큼 자세히 아는 사람이 없으니, 감히 이 때문에 글을 부탁한다네."라고 하였다. 내가 사양했으나 어쩌지 못하고 말하기를 "그대가 진실로 나를 제대로 안 것이라면 나의 글이 진실로 무덤에 묻는 일에 누가 되지는 않을 것이고, 혹 나를 제대로 안 것이 아니더라도 남의 말에서 모두 질정할 수 있으니, 이 두 가지에 대해 나는 근심을 면했음을 알겠네."라고 하였다. 이에 삼가 가지고 온 가장(家狀)을 살펴 차례대로 서술하였다.

천계(天啓) 2년(1622, 광해군14) 8월 20일에 가림 후인(嘉林後人)[741] 조희일(趙希逸)이 행장을 쓰다.

---

741 가림 후인(嘉林後人) : '가림'은 충청도 임천(林川)의 옛 이름이다. 조희일(趙希逸)이 자신의 본관을 들어 이렇게 쓴 것이다.

죽음집

부록

신도비명
神道碑銘
제문
祭文
만장
挽章

신도비명 神道碑銘

신도비명 병서
神道碑銘 幷序

대광보국숭록대부 영중추부사 송시열(宋時烈) 지음.

통정대부 돈녕부 도정 김수증(金壽增) 씀.

대광보국숭록대부 의정부영의정 겸

영경연홍문관예문관춘추관관상감사 김수항(金壽恒)이 전서(篆書)로 씀.

국조(國朝)의 명묘(明廟)와 선묘(宣廟) 때에 인재들이 배출되어 왕정 (王政)을 잘 보좌하였는데, 문장(文章)이 걸출(傑出)하여 휘황찬란하 게 국가(國家)의 성대(盛大)함을 울린 사람으로는 죽음(竹陰) 조공(趙 公)과 같은 이가 없었다.

공의 휘(諱)는 희일(希逸)이고, 자(字)는 이숙(怡叔)인데, 태어났을 때 정수리뼈 부위에 연꽃 모양의 형상이 있었다. 7세 때 칠언시를 지었 는데, 선달(先達)[742]이 칭찬하기를, "이백(李白)의 시를 읽은 지 사흘 만에 벌써 능히 전신(傳神)하였다."[743]라고 하였다. 스무 살에 상(喪)을

---

742 선달(先達) : 덕행과 학문을 갖춘 선배 학자를 말한다.

당하였는데,[744] 그 당시 전쟁으로 인한 재앙이 몹시 극심한 상황에서도 공은 대부인(大夫人)을 받들면서 제전(祭奠)을 행하고 아침저녁으로 문안하는 일에 있어 그 예(禮)를 거르지 않았고, 한가한 날에는 독서를 그치지 않았다.

만력(萬曆) 신축년(1601, 선조34)에 진사(進士)가 되었는데, 향시(鄕試)에서 장원을 하였고 이어 진사시(進士試)에서도 수석으로 뽑혔다. 선묘께서 공의 시권을 보고서 크게 칭찬하시니, 일시에 회자(膾炙)되어 부(賦)와 글씨가 모두 소조적벽(蘇趙赤壁)과 같다[745]고 일컬었다.

선묘께서 일찍이 흰 병풍 하나를 만들어서 명필가를 신중하게 골랐는데, 당시에 석봉(石峰) 한호(韓濩)와 남창(南窓) 김현성(金玄成)이 모두 두려워하고 위축되어 감히 담당하지 못했다. 그런데 공이 어명을 받들어 글씨를 써서 올리자, 상께서 매우 만족해하시고 공의 선고(先考

---

743 이백(李白)의……전신(傳神)하였다 : 이백의 시를 근사하게 흉내 낼 수 있다는 말이다. '전신'은 정신을 전한다는 뜻으로, 문장이나 그림으로 능히 사물의 진수를 묘사해 낼 때 쓰는 표현이다. 동진(東晉)의 화가 고개지(顧愷之)는 인물화에 특히 뛰어났는데, 간혹 초상화를 그리면서 몇 년 동안 눈동자를 찍어 넣지 않기도 하였다. 이에 어떤 이가 그 까닭을 묻자, 대답하기를 "신체(身體)의 아름답고 추함은 본디 오묘한 곳과 상관이 없고, 정신을 전하는 진실한 묘사는 바로 눈동자 속에 있는 것이다.[四體姸蚩, 本無關於妙處, 傳神寫照, 正在阿堵中.]"라고 한 고사에서 온 말이다.

744 스무……당하였는데 : 부친 조원(趙瑗)이 조희일이 21세 되던 1601년(선조28) 4월 10일에 사망한 기록이 보인다. 《丈巖集 卷17 同副承旨雲江趙公墓碣銘》

745 부(賦)와……같다 : 조희일(趙希逸)의 문장과 글씨를 소식(蘇軾)과 조맹부(趙孟頫)를 들어 칭송한 것으로, 부(賦)는 북송(北宋)의 문호 소식의 대표작인 〈적벽부(赤壁賦)〉에 견줄 만하고, 글씨는 〈적벽부(赤壁賦)〉 서첩(書帖)을 남긴 원(元)나라의 조맹부(趙孟頫)에 비견할 수 있다는 말이다. 《宋子大全隨箚 卷12》

조원(趙瑗))를 자(字)로 칭하면서 말씀하기를, "조모(趙某)의 필세(筆勢)가 굳세고 단단하였는데, 지금 그 아들이 그를 뛰어넘었구나."라고 하셨다.

그 이듬해에 대과(大科)에 급제하여 괴원(槐院 승문원(承文院))에 들어가, 저작(著作)으로서 용만(龍灣, 의주(義州))에서 사명(使命)을 받들었고, 승정원(承政院)에 들어가 주서(注書)가 되었다. 황제(皇帝)께서 한림원 수찬(翰林院修撰) 주지번(朱之藩)과 급사중(給事中) 양유년(梁有年)을 보내와 우리나라에 경조(慶詔)를 반포하게 하였다. 이에 빈사(儐使 영접사)인 서경(西坰) 유근(柳根)이 종사관(從事官)을 두루 선발하게 되었는데, 공보다 나은 자가 없었지만 공의 관질(官秩)이 선발에 적합하지 않았으므로 이윽고 차자(箚子)를 올려 승품(陞品)하기를 청하니, 공은 예조 좌랑(禮曹佐郎)으로서 빈사를 수행해 국경에서 그들을 영접하였다. 돌아왔을 때에 상께서 공이 지은 시문(詩文)을 보시더니, "원기(元氣)가 혼혼(渾渾)하다."라고 하셨다. 여러 관직을 역임하여 시강원 문학, 사간원 정언을 지냈고, 중시(重試)에 합격하였다.

선묘께서 승하한 이듬해 기유년(1609, 광해군1)에 호당(湖堂 독서당(讀書堂))에 있다가, 또 서경(西坰)과 문정공(文正公) 김상헌(金尙憲)을 수행하여 사시 조사(賜諡詔使) 웅공 화(熊公化)를 맞이하였다. 공이 조사에게 "옥사봉(玉笥峰)은 노야(老爺 웅화(熊化))께서 사는 집과의 거리가 얼마나 됩니까?"라고 묻자, 조사가 슬픈 기색으로 대답하기를, "옥사봉은 우리의 주봉(主峰)입니다. 지금 말한 것을 보니 고향의 풍물(風物)이 흡사 눈앞에 있는 듯합니다."라고 하였다. 이어 공의 시를 칭찬하고는 공에게 마사(馬史)[746]를 얼마나 읽었느냐고 물어보았으니, 이는 대개 공이 서책에 있어 궁구하지 않은 것이 없었지만 좌마(左馬)[747]

와 시서(詩書) 등의 서책에 더욱 힘을 쏟아, 비복(婢僕)들이 글소리를 들고 거의 방아 타령으로 삼을 정도로, 돌아가며 익숙히 읽고 앉아서든 누워서든 읽기를 그만두지 않았으므로 또한 조사(詔使)가 질문하기에 이른 것이다.

연이어 사간원에 들어가 정언(正言)이 되었고 형조와 예조의 낭관을 거친 뒤 다시 정언이 되었다. 당시는 광해(光海)가 새로 즉위한 때였는데, 당시 사람이 기축년(1589, 선조22)의 옥사(獄事)를 다스릴 때 일을 담당했던 여러 공들을 뒤미처 논핵하므로 공은 이견(異見)을 내세우다가 체직되었다. 다시 시강원(侍講院)의 사서(司書)와 문학(文學)이 되었다가 옥당(玉堂)에 선발되어 들어갔고, 이조 좌랑(吏曹佐郎)에 임명되어서는 과제(課製)에서 연이어 네 차례 수석을 차지하여 정랑(正郎)으로 승진하였다. 공은 꼿꼿하고 엄정하여 간당(奸黨)들과 친하게 지내지 않았는데, 적신(賊臣) 이위경(李偉卿)이 또 공의 내제(內弟)로서[748] 사수(死囚) 정협(鄭浹)을 부추겨 공을 무함한 탓에 공이 선원(仙源) 김상용(金尙容) 등의 여러 공과 함께 의금부에서 문초를 받았다.

3년이 지난 병진년(1616, 광해군8)에 서궁(西宮)에 투서(投書)를 하는 변고(變故)가 있었는데, 투서에서 광해의 죄악을 모두 들어 책망하

---

746 마사(馬史) : 사마천(司馬遷)의 《사기(史記)》를 가리킨다.

747 좌마(左馬) : 《춘추좌씨전(春秋左氏傳)》의 저자 좌구명(左丘明)과 《사기(史記)》의 저자 사마천(司馬遷)을 병칭하는 말인데, 여기서는 두 사람이 지은 《춘추좌씨전》과 《사기》를 지칭한다.

748 이위경(李偉卿)이……내제(內弟)로서 : 조희일의 모친은 전의 이씨(全義李氏)로 이준민(李俊民)의 딸이고, 이위경은 이준민의 아들 이유훈(李有訓)의 아들이 되므로 이위경은 죽음에게 외종(外從) 아우가 된다.

였으므로 광해가 크게 노하였다. 하지만 그 글은 실제로는 역적 허균(許筠)이 지은 것이었는데, 이위경 등이 공에게 해악을 가하였으므로 공이 이산(理山)에 안치(安置)되었다. 이에 공은 완곡한 말로 대부인(大夫人)을 위로하고 편안한 마음으로 유배길에 오르면서 "죽고 사는 것은 운명일 따름이다."라고 하였고, 배소(配所)에 도착해서는 날마다 글을 읽고 시를 읊는 일로 시름을 달랬다. 그 무렵 오랑캐가 쳐들어온다는 경보(警報)가 있어, 조정에서 서북(西北) 지역의 도형수(徒刑囚)와 유형수(流刑囚)를 모두 동남(東南) 지역으로 옮겼는데, 공은 하동현(河東縣)으로 이배되었다. 그러다 허균이 한 일이 발각되어 그가 복주(伏誅)됨에 이르러서는 공이 마침내 죄에서 벗어나 기미년(1619, 광해군 11)에 풀려나 돌아왔다.

공은 남쪽으로 이배될 때 안산(安山)에 들러 대부인께 인사하였는데, 이때에 이르러서는 경강(京江)의 촌사(村舍)에서 받들어 모셨다. 그해 계동(季冬)에 대부인의 상을 당하였는데, 장사를 치른 뒤에 묘소 아래에서 여묘살이를 하였고 복상을 마친 뒤에는 호서(湖西)의 덕산(德山)에 우거(寓居)하였다.

계해년(1623, 인조1) 3월에 인묘(仁廟)께서 즉위하셨는데, 군흉(群凶)을 주륙(誅戮)하자마자 공을 관직에 제수하여 홍문관 수찬(弘文館修撰)으로 삼았고, 교리(校理)로 개차(改差)했다가 부응교(副應敎)로 승진시켰다. 일찍이 경연(經筵)에서 상께서 이르기를, "나는 붕당(朋黨)을 타파하려고 한다."라고 하였다. 공이 대답하기를, "불가합니다."라고 하였다. 상이 발끈하자, 또 대답하기를, "이 일은 구양수(歐陽脩)가 논한 것이 상세한데,[749] 반드시 군자(君子)들의 붕(朋)과 소인(小人)들의 당(黨)이 있게 마련이라서 오직 인주(人主)가 그것을 변별하는 데에

달려 있을 따름이라고 하였습니다."라고 하였다. 당시에 이조 판서가
적임자가 아니었으므로, 공이 그를 논핵하여 체차시켰는데, 이상 원익
(李相元翼)이 그 사람과 매우 친했으나 공의 말을 옳다고 어기고, 이에
당시 인망이 있는 자를 신중하게 가려 뽑았다. 상촌(象村) 신흠(申欽))
을 그 후임으로 삼았는데, 공이 또 사사로운 정에 따른 것이라고 말하였
다. 대개 공은 당시 삼사(三司)에 출입하면서 회피(回避)하는 바가 없었
으므로 여론이 그를 대단하다고 여겼다.

이어 의정부 사인(議政府舍人)을 거쳐 전한(典翰)이 되었는데 이는
극선(極選)이었고, 얼마 뒤 승지(承旨)로 승진하였다. 당시에 간신(諫
臣) 가운데 공(公)을 논핵하려는 자가 있었는데, 김 문정공(金文正公,
김상헌(金尙憲))과 수몽(守夢) 정공 엽(鄭公曄)이 서로 이어 거듭 아뢰
기를, "모(某)는 문장을 갖춘 준재(俊才)로서 사류(士類)에 속한 인물입
니다."라고 하였고, 상촌(象村) 또한 차자(箚子)를 올려 공을 변호해
주니, 시의(時議)가 양쪽을 모두 훌륭하게 여겼으나, 공은 조정에 있는
것이 편안하지 않았다.

갑자년(1624, 인조2)에 공주(公州)에서 대가(大駕)를 호종(扈從)하
여 돌아왔다. 가선대부(嘉善大夫)로 승진했다가 광주 목사(光州牧使)로

---

749 구양수(歐陽脩)가……상세한데 : 구양수가 〈붕당론(朋黨論)〉을 지어 붕당에 대한
자신의 견해를 피력한 것을 말한다. 송 인종(宋仁宗) 때 범중엄(范仲淹)이 요주(饒州)로
좌천되자, 구양수가 윤수(尹洙), 여정(余靖) 등과 범중엄의 좌천에 대해 간관(諫官)으로
직간하여 당인(黨人)으로 지목되었다. 이에 대해 〈붕당론〉을 지어, 비슷한 부류의 사람
이 모여 붕당을 이루는 것 자체는 자연스러워 어쩔 수 없는 것이므로, 인군은 군자와
소인을 구분하듯이 군자의 참된 붕당을 써야 한다고 하였다.《宋史 歐陽脩列傳》《古文眞
寶後集 卷7 朋黨論》

나갔고, 소명(召命)을 받고 들어와 예조 참판(禮曹參判)이 되었다.

병인년(1626, 인조4)에 계운궁(啓運宮)[750]의 지석(誌石)을 썼다. 여름에 어명을 받들어 안주(安州)에서 조사(詔使) 강왈광(姜曰廣)을 맞이하여 위문하였고, 지석을 쓴 공로로 가의대부(嘉義大夫)로 특별히 승진하고 병조(兵曹)로 옮겼다. 당시 장공 만(張公晩)이 판서로 있었는데, 공은 군졸(軍卒)에게 신포(身布)를 징수하는 폐단을 힘껏 진달하였다. 이어 변통할 방책을 말하고 또 상께 아뢰었으나 일이 끝내 시행되지 못했다.

정묘년(1627, 인조5)에 오랑캐가 국경을 침범했을 때 대가(大駕)를 강도(江都 강화도(江華島))에서 호종(扈從)하였다. 또 외직으로 나가 담양(潭陽)을 맡았는데, 고을에 부당하게 징수하는 세곡(稅穀)이 있었으므로 공이 즉시 방백(方伯)을 통하여 조정에 보고하여 5천 곡(斛)을 영구히 면제해 주고, 또 감옥에 갇혀 있는 전리(典吏)를 석방하니, 경내의 온 백성이 기뻐하고 칭송하였다.

체직되어 다시 예조(禮曹)에 들어가 가도(椵島)에서 모장(毛將, 모문룡(毛文龍))을 접반(接伴)하였는데, 모장이 비밀스런 말로 은근히 의중을 보였으니, 요컨대 본조(本朝)를 무함하는 것이었다. 이에 공은 그를 꺾으며 말하기를, "개소문(蓋蘇文 연개소문(淵蓋蘇文))은 임금을 시해한 역적인데 어째서 운운하신단 말입니까. 우리나라는 실로 부사(父師)가 교화를 베푼 땅입니다.[751] 하지만 예의(禮義)가 오히려 갖춰지지 못

---

750 계운궁(啓運宮) : 인조의 생모로, 원종(元宗)으로 추존된 정원대원군(定遠大院君)의 비인 인헌왕후(仁獻王后)를 가리킨다. 인헌왕후는 능성 구씨(綾城具氏)로 구사맹(具思孟)의 딸이다.

했었는데, 본조의 강헌대왕(康獻大王 태조(太祖))께서 여말(麗末)의 혼란한 풍기를 깨끗이 쓸어 내어 의리(義理)가 밝게 드러났습니다. 임진년(1592, 선조25)의 변란 때에는 왜추(倭酋)가 길을 빌려 서쪽을 침범하려고 하였는데, 우리 소경대왕(昭敬大王 선조(宣祖))께서 의리에 의거하여 배척하고 거절하였으니, 비록 이 때문에 종묘사직이 거의 망할 지경이 되었으나 예의는 더욱 드러났습니다. 광해(光海)가 어둡고 무도하여 종묘를 제대로 받들어 계승하지 못하므로 과군(寡君 인조(仁祖))께서 모후(母后)⁷⁵²의 명을 받들어 대통(大統)을 입승(入承)함으로써 이륜(彝倫)이 다시 바르게 된 것인데, 공은 어째서 이런 말을 꺼내십니까."라고 하자, 모장이 아무 대꾸를 하지 못하였다.

경오년(1630, 인조8)에 형조 참판으로서 괴원(槐院 승문원(承文院))과 비국(備局 비변사)의 제조를 겸대(兼帶)하였고, 얼마 뒤에 다시 예조를 거쳐 경상 감사(慶尙監司)로 나갔다. 선묘조(宣廟朝) 때부터 연해(沿海)의 공사천(公私賤)을 모두 선격(船格)에 충정(充定)하기로 분명하게 수교(受敎)를 내렸으나 폐지되고 해이해진 지가 이미 오래되었다. 이에 공이 재빨리 바로잡아서 비록 국구(國舅 임금의 장인) 집안의 노복(奴僕)이라도 일절 봐주지 않았으며, 세력을 믿고 면탈하기를 꾀하는 자가 있더라도 공은 들어주지 않았다. 이 때문에 마침내 구설을 불러들였는데, 그 이듬해에 병을 핑계 삼아 사직하고서는 향리로 체차되어 돌아왔다.

---

751 부사(父師)가……땅입니다 : '부사'는 은(殷)나라 삼공(三公) 가운데 가장 높은 태사(太師)와 같은 말로, 여기서는 기자(箕子)를 가리킨다. 기자는 은나라를 정벌한 무왕(武王)에 의해 조선(朝鮮)에 봉(封)해져서 예의(禮義)와 전잠(田蠶) 등을 가르쳐 다스렸다고 한다. 《書經集傳 微子》《漢書 地理志》

752 모후(母后) : 선조의 계비(繼妃) 인목왕후(仁穆王后, 1584~1632)를 말한다.

갑술년(1634, 인조12)에 다시 예조에 들어갔다. 부총병(副總兵) 정용(程龍)[753]이 와서 남한산성(南漢山城)에 머물자, 어명을 받들고 가서 위로연(慰勞宴)을 베풀어 주었다. 이에 부총병이 말하기를, "조정에 있을 때에 대단한 문명(文名)을 익숙히 들었습니다."라고 하고, 이어 매우 간곡하게 시를 구하였으므로 공이 재빨리 지어서 주었다.

병자년(1636, 인조14)에 강릉 부사(江陵府使)가 되었는데, 그해 겨울에 오랑캐가 침입하여 대가(大駕)가 남한산성으로 피난하였다는 소식을 듣고서 즉시 좁고 누추한 곳으로 나가 거처하면서 군민(軍民)들을 불러 모았는데, 눈물을 뿌리며 사람들을 모집하고는 행조(行朝)로 달려가 임금께 문안하였다. 난이 끝나자 감사의 장계(狀啓)로 취리(就理)하는 일이 있었다.[754] 이는 대개 옛날의 유감(遺憾)으로 생긴 일이라고 하는데, 상께서 공의 억울함을 살피시어 즉시 풀어 주었다. 그 당시 조정에서 장차 남한산성 아래에 비석(碑石)을 세움으로써 오랑캐의 말에 부응(副應)해 주려고 하여 비문을 지을 사람을 신중히 골랐는데, 공은 병을 핑계 대고 사면(辭免)하였다.

무인년(1638, 인조16) 7월에 병이 들어 8월 20일에 세상을 떠났다. 향년 64세였으며, 죽음을 애도하는 은례(恩禮)가 잘 갖추어졌다. 처음에 고양(高陽)의 선영에 장사 지냈다가 뒤에 파주(坡州) 혜음리(惠陰里)

---

753 부총병(副總兵) 정용(程龍) : 1633년(인조11)에 칙명을 받들어 조선에 사신으로 나왔던 명(明)나라의 장수이다. 시와 그림 및 글씨에 뛰어난 인물로, 가도(椵島)를 거쳐 서울로 왔는데, 이때 남한산성(南漢山城)을 둘러보았고, 다음 해에 돌아갔다.

754 감사의……있었다 : 어떤 일인지는 자세하지 않으나, 1637년(인조15) 4월에 강원 감사 이해(李澥)의 장계에 의해 파직되었다는 기록이 보인다. 《承政院日記 仁祖 15年 2月 21日, 16年 9月 25日》

을향(乙向) 언덕에 개장(改葬)하였다.

공은 키가 크고 체구가 우람하였으며 신채(神彩)가 밖으로 드러났는데, 거기에다 또 부친의 가르침을 가슴에 새겼으므로 높은 재주와 대단한 명성이 보통 사람보다 훨씬 더하였다. 그래서 비록 권간(權奸)이 권세를 잡았더라도 감히 공을 선지(選地 극선(極選)하는 자리)에 재직하지 못하게 할 수 없었는데, 불행히 큰 옥사(獄事)에 연루되고 의친(懿親)[755]이 화(禍)를 얽어서 하마터면 궁벽한 시골에서 죽을 뻔했다. 천일(天日)이 다시 밝아지고 여러 현인이 조정에 가득해지자, 공의 직임이 논사(論思)하는 일에 있었으므로 모든 일에 대해 다 말하고 숨기지 않았다. 이에 공을 원수로 여기고 원망하는 자가 세상에 많아져 곤경에 시달리고 낭패를 겪다가 죽음을 맞이하였으니, 탄식하지 않을 수 있겠는가.

그러나 그 교유한 사람들을 살펴보면, 정 수몽(鄭守夢 정엽(鄭曄))과 김 청음(金淸陰 김상헌(金尙憲))의 경우는 공을 위해 매우 간절하게 변론해 주었고, 신 상촌(申象村 신흠(申欽))의 경우에는 진실로 노공(潞公)에 있어 자방(子方)에 대한 관계와 같았으니,[756] 공의 바르고 곧음은

---

755 의친(懿親) : 매우 가까운 친족을 가리키는 말로, 여기서는 공의 내제(內弟)인 이위경(李偉卿)을 가리킨다.

756 노공(潞公)에……같았으니 : 윗자리에 있는 신흠(申欽)이 아랫자리의 강직한 조희일(趙希逸)을 포용했다는 말이다. '노공'은 노국공(潞國公)으로 봉해진 문언박(文彦博)이고, '자방(子方)'은 당개(唐介)의 자이다. 송 인종(宋仁宗) 때 당시 재상이던 문언박은 과거에 당개로부터 탄핵을 받아 식자들의 비난을 받은 일이 있었다. 그 후 어사 오중복(吳中復)이 당개를 소환할 것을 청하였는데 문언박은, 당개가 지난날 자신의 잘못을 탄핵한 것은 대개 자신의 병통을 제대로 지적한 말이었다고 하며 당개를 두둔하였다고 한다.《宋史 文彦博列傳》

옛사람에게 견주어도 부끄러울 것이 없다고 할 만하다. 더구나 본조(本朝)를 표창하여 모장(毛將 모문룡(毛文龍))을 꺾은 것은 비록 그 공로가 종묘사직을 보존했다고 말하더라도 괜찮을 것이고, 모문자(某文字, 삼전도 비문(三田渡碑文))를 짓지 않으려 사면(辭免)한 것에서는 또 그 지조가 확고함을 알 수 있으니, 후세에 칭찬하는 말이 있을 것이다. 북저(北渚) 김류(金瑬)가 일찍이 공의 글을 칭찬하기를 "바다에 들어가 용(龍)을 엿보는 듯하고, 시문(市門)에 기대어 물건들을 구경하는 듯하다."라고 하였다. 청음(淸陰)은 말하기를 "홍장거필(鴻匠鉅筆)[757]로 잠깐 동안에 수천만의 말을 지어낸다."라고 하였고, 남에게 문형(文衡)으로 제수되었을 때에는 "동쪽 이웃에 또한 용을 잡는 솜씨[758]를 가진 자가 있다.〔東隣亦有屠龍手〕"라고 한 시구를 남겼으니, 이는 대개 공을 가리킨 것이다. 당시 사람들이 공을 추중(推重)하고 허여한 것이 이와 같았지만, 끝내 우이(牛耳)를 잡는 일이 막혔으므로[759] 지금까지 문원(文苑)이 탄식하는 바이다.

공의 세계(世系)는 다음과 같다. 중조(中朝 송(宋)나라)의 진사(進

---

757 홍장거필(鴻匠鉅筆) : 출중한 문장이나 시(詩)로 세상에서 칭송 받는 사람이다.

758 용을 잡는 솜씨 : 재주는 훌륭하지만 그것이 쓰일 데가 없음을 말한다. 《장자(莊子)》〈열어구(列御寇)〉에 "주평만이 지리익에게 용을 잡는 기술을 배웠는데, 천금의 가산을 다 쏟으면서 삼 년 만에 그 기술을 이루었지만, 그 기교를 쓸 곳이 없었다.〔朱泙漫學屠龍於支離益, 單千金之家, 三年技成而無所用其巧.〕"라고 하였다.

759 우이(牛耳)를……막혔으므로 : 문단을 좌우하는 종장(宗匠), 즉 대제학을 역임하지 못했음을 말한다. '우이'를 잡는다는 말은 고대에 제후들이 회맹할 적에 이를 주관하는 맹주(盟主)가 소의 귀를 베어 삽혈(歃血)하는 의식을 수행한 데서 온 말로, 《춘추좌씨전》 애공(哀公) 17년 조에 "제후의 회맹에 누가 우이를 잡습니까?〔諸侯盟, 誰執牛耳?〕"라고 하였다.

士)인 천혁(天赫)이 고려조(高麗朝)에 우리나라로 와서 벼슬하여 가림백(嘉林伯)이 되었고, 이로부터 대대로 대관(大官)이 나왔다. 본조(本朝)의 봉례랑(奉禮郎) 요(瑤), 사예(司藝) 원경(元卿), 승문원 판교 익(翊), 승지에 추증된 응관(應寬)이 공의 고조와 증조 및 조부이다. 판교공(判校公 조익(趙翊))은 문망(文望)이 있었지만 심정(沈貞)과 남곤(南袞)에게 거슬려 관직이 현달하지 못하였다. 본생가(本生家)의 할아버지 응공(應恭)은 병조 좌랑(兵曹佐郎)을 지냈다. 부친 휘 원(瑗)은 진사시에 장원(壯元)을 하고 대과(大科)에 급제하여 전랑(銓郎)과 옥당(玉堂)의 관직을 역임하고서 승지로 벼슬을 마쳤으며 판서(判書)에 추증되었는데, 호(號)는 운강(雲江)으로 당대에 시명(詩名)이 최백(崔白)[760]과 비등(比等)하였다고 한다. 모친 이씨(李氏)는 병조 판서 이준민(李俊民)의 딸인데, 성품이 엄하여 법도가 있었다. 공은 형인 희정(希正), 병부랑(兵部郎) 희철(希喆)과 아우인 봉상시 정(奉常寺正) 희진(希進)과 함께 혼정신성(昏定晨省)하는 일을 한결같이 《소학(小學)》의 가르침대로 하였고, 부녀(婦女)의 경우에도 감히 조금도 예법에 어긋나는 일을 하지 않았다. 뒤에 두 형이 모두 효를 행하다 죽었으니,[761] 대개 공의

---

760 최백(崔白) : 최경창(崔慶昌)과 백광훈(白光勳)을 병칭하여 부르는 말이다. 《澤堂集續集 卷1 五評事詠》

761 두……죽었으니 : 《동국신속삼강행실도(東國新續三綱行實圖)》〈효자도(孝子圖) 권6 효자활부(二子活父)〉에, "유학(幼學) 조희정(趙希正)과 개성 도사(開城都事) 조희철(趙希喆)은 서울 사람이다. 어버이 섬기기를 효성으로 하였는데, 임진왜란 때에 그 아비 조원(趙瑗)이 왜적을 만나 해를 당하려 하자, 형제가 에워싸고 살려달라고 애걸하였다. 그리하여 조원은 죽음을 면하고, 두 사람은 모두 해를 당하였다. 금상(今上 광해군) 때 정문(旌門)을 내렸다."라는 기록이 보인다.

행실이 바른 것은 그 유래가 있는 것이다.

공의 전부인(前夫人) 정씨(鄭氏)는 판서에 추증된 흠(欽)의 딸이자 찬성(贊成)에 추증된 승휴(承休)의 손녀인데, 정숙하고 조심스러우며 온화하고 공손하여 종족(宗族)이 칭찬하였다. 후취(後娶) 진사(進士) 심표(沈慓)의 딸은 그 할아버지가 부사(府使) 신겸(信謙)으로, 천성이 자애로워서 전 부인이 낳은 자식들을 정성을 다해 어루만져 길렀는데 끝내 자식이 없었다.

공의 아들 석형(錫馨)은 공의 업적을 이어 사마시(司馬試)에 수석으로 뽑혔는데, 처사(處士)의 풍모가 있어 여러 차례 관직에 제수되었으나 끝내 자기의 뜻을 굽히지 않았다. 공의 두 사위는 권게(權垍)와 이동(李堜)이다. 측실(側室)이 낳은 아들은 만형(晩馨)이다. 손자 경선(景先)은 재주가 있었으나 요절하였고, 경망(景望)은 군수(郡守)이고 경창(景昌)은 교관(敎官)이다. 두 손녀사위는 이신현(李藎賢)과 임일유(林一儒)이다. 권게(權垍)는 요절하였고 권게의 소후자(所後子 양자(養子))는 장령(掌令) 두추(斗樞)이다. 증손자는 정우(正宇)·정만(正萬)·정화(正華)·정하(正夏)인데, 정우와 정만은 모두 진사(進士)이다. 외손(外孫)은 많아서 다 기록하지는 않는다.

대개 봉례랑 요(瑤)로부터 공에 이르기까지 6대가 연이어 대과(大科)에 올랐고, 운강공(雲江公)으로부터 정만에 이르기까지 4대가 모두 진사시에 수석을 하였으며, 군수(郡守 조경망(趙景望)) 또한 좋은 성적을 차지하였으니, 이는 세상에 있지 않았던 일이다. 공의 자호(自號)는 죽음(竹陰)으로 문집 몇 권이 세상에 전하며, 또 《경사질의(經史質疑)》 10여 책이 집안에 소장되어 있다. 명(銘)은 다음과 같다.

아, 우리나라　　　　　　　　　　　　　　　　　　　　於惟我朝

국운이 열리고 문으로 다스리자　　　　　　　　　　運啓文治

많은 선비들이 나라에 태어나니　　　　　　　　　　多士生國

찬란하고 성대하였네　　　　　　　　　　　　　　　煒煌旖旎

당시에 죽음공은　　　　　　　　　　　　　　　　　惟時竹陰

문단에 명성을 날리어　　　　　　　　　　　　　　　壇宇高峙

뛰어난 글과 훌륭한 글씨로　　　　　　　　　　　　高文偉筆

우이를 잡을 만하였네[762]　　　　　　　　　　　　可執牛耳

성상의 칭찬 융숭하고　　　　　　　　　　　　　　睿奬隆渥

선비들 마음으로 사모하니　　　　　　　　　　　　士心傾企

난파와 옥서[763]에서　　　　　　　　　　　　　　鸞坡玉署

거침없이 걷고 똑바로 쳐다보았네　　　　　　　　　闊步平視

수석으로 호당에 선발되었다가　　　　　　　　　　首選湖堂

다시 황화사(皇華使)를 영접한 것은　　　　　　　　再迎華使

행운이 아니라 재주가 넉넉해서이니　　　　　　　　匪幸而優

사람들 시기하거나 해치지 않았네　　　　　　　　　人不忌忮

때마침 틈이 발생하여　　　　　　　　　　　　　　適會釁隙

악인이 부당하게 죄를 얽어　　　　　　　　　　　　兇人文致

남쪽의 머나먼 곳과 북쪽의 변경에서　　　　　　　南荒北裔

오랫동안 도깨비의 재앙을 막았네[764]　　　　　　久禦魑魅

---

762 우이를 잡을 만하였네 : 381쪽 주 759) 참조.

763 난파(鸞坡)와 옥서(玉署) : 예문관과 홍문관을 말한다.

764 오랫동안……막았네 : 긴 기간 동안 유배를 당했다는 말이다. 《춘추좌씨전》 문공

성스러운 임금이 개옥하시자[765]　　　　　　　　聖主改玉

간사한 자들이 소탕되었는데　　　　　　　　　群奸獮薙

어질고 준수한 자를 서둘러 거두실 때　　　　亟收賢俊

공이 먼저 은혜를 입었네　　　　　　　　　　公爰首被

풍의하는 자리에 출입하면서　　　　　　　　出入諷議

행신(倖臣)을 비난하고 기휘(忌諱)를 범하였네　譏倖觸忌

상께서 이르시길 "붕당이　　　　　　　　　　上曰朋黨

나랏일에 몹시도 해로우니　　　　　　　　　甚害國事

내가 융화시켜　　　　　　　　　　　　　　予欲消融

화합하고 친하게 만들고자 한다."라고 하시자　使之協比

공이 아뢰기를 "불가하니　　　　　　　　　公曰不可

사물은 끼리끼리 모이는 법이라　　　　　　物聚以類

성상께서는 오직 그 현부(賢否)를　　　　　惟賢與否

일찍 변별해야 할 따름입니다."라고 하였네　卞早而已

상께서 이르시길 그러하다　　　　　　　　　上曰兪哉

그대의 말이 옳다고 하셨네　　　　　　　　乃言維是

(文公) 18년 조에 "순이 요 임금의 신하가 되어서 사문을 활짝 열어 손님을 맞아들이고, 사흉의 무리인 혼돈, 궁기, 도올, 도철을 유배하여 사방 변경으로 내쳐서 도깨비들의 재앙을 막게 하였다.〔舜臣堯, 賓于四門, 流四凶族渾敦窮奇檮杌饕餮, 投諸四裔, 以禦魑魅.〕"라고 하였다.

765 성스러운 임금이 개옥(改玉)하시자 : 인조(仁祖)가 반정을 통해 집권한 것을 의미한다. '개옥'은 '개보개옥(改步改玉)'의 준말로 《춘추좌씨전(春秋左氏傳)》 정공(定公) 5년에 보이는 말이다. 본래 걸음걸이를 바꾸고 패옥을 바꾸어 신하로서의 법도에 부합하게 함을 이르는데, 뒤에는 제도, 왕조, 임금 등이 바뀜을 일컫는 말로 쓰였다.

세도가 쇠락하여　　　　　　　　　　世道葳蕤

무함이 이르렀는데　　　　　　　　　齮齕者至

대군자가 있어　　　　　　　　　　　有大君子

내버려 두지 않고 해명해 주었네　　卞白不置

이에 공은 벼슬길 사양하고　　　　　公辭進塗

군수의 직임으로 떠도니　　　　　　低佪郡寄

늘그막 심사는　　　　　　　　　　　暮年心事

오히려 스스로 이룰 수 있었다네　　猶能自遂

그 시종을 살피건대　　　　　　　　循其始終

참으로 나라를 다스릴 만한 인재였다네　展也國器

내가 이 비석에 명을 새겨　　　　　我銘斯碑

무궁한 후세에 고하노라　　　　　　以告無止

제문 祭文

사제문
賜祭文

홍문관 교리 윤강(尹絳) 제진(製進)

국왕은 신하 예조 정랑 이운재(李雲栽)를 보내 고(故) 전 참판 조희일(趙希逸)의 영전에 유제(諭祭)한다.

생각건대 영령은	惟靈
뛰어난 재주를 가졌고	俊逸之才
대대로 벼슬한 집안 출신이었네	簪纓之家
문장과 시부는 특출하고	文賦豪拔
기개는 우뚝하였네	氣岸巍峨
일찍부터 화려한 명성을 떨치어	蚤擅華譽
사원에 붉은 깃발을 세웠네[766]	赤幟詞垣

---

766 사원(詞垣)에……세웠네 : 조정에서 문풍(文風)을 주도하였음을 말한다. '사원'은 홍문관이나 예문관 등 문학하는 신하가 봉직하는 부서를 이르고, '붉은 깃발을 세웠다'는

대대로 사마시에 장원하였으니	世魁司馬
아버지와 아들과 손자라네⁷⁶⁷	父子若孫
하늘의 계수나무 두 번 잡으니	再攀桂天
향기로운 명성 진동했네⁷⁶⁸	香動名姓
문장만이 아니고	匪唯文章
필세(筆勢) 또한 바르고 힘찼네	筆氣端勁
몸이 혼탁한 세상을 만나	身值濁世
예조가 들어맞기가 어려웠기에⁷⁶⁹	枘鑿難合
사람들에게 미움을 받아	衆口售嫉
잘못도 없이 한 번 귀양 갔다네	一謫靡失

것은 한(漢)나라의 한신(韓信)이 조(趙)나라와 싸울 때 계책을 써서 조나라 성의 깃발을 뽑고 거기에 한나라를 상징하는 붉은 깃발을 세우게 하여 적의 사기를 꺾어 승리한 고사에서 온 말이다. 《史記 淮陰侯列傳》

767 대대로……손자라네 : 조희일(趙希逸)의 부친 조원(曺瑗), 조희일 자신, 그 아들 조석형(趙錫馨) 삼대가 연이어 진사시에 장원한 일을 가리킨다. 《竹陰集 附錄 神道碑銘》

768 하늘의……진동했네 : 조희일(趙希逸)이 문과에 급제한 뒤 중시(重試)에 을과로 급제한 것을 말한다. 《仁祖實錄 16年 8月 20日》 '계수나무를 잡다〔攀桂〕'라는 표현은 '계수나무를 꺾다〔折桂〕'와 같은 뜻으로 과거 시험에 급제함을 비유하는 말이다. 진 무제(晉武帝) 때 극선(郤詵)이 현량 대책(賢良對策)에서 장원(壯元)을 하자 소감을 묻는 무제의 질문에 "계수나무 숲의 가지 하나요, 곤륜산의 옥돌 한 조각입니다.〔桂林之一枝, 崑山之片玉.〕"라고 한 데서 온 말이다. 《晉書 郤詵列傳》

769 예조(枘鑿)가 들어맞기가 어려웠기에 : 세상과 잘 어울리지 못했음을 말한다. '예조'는 방예원조(方枘圓鑿), 혹은 원예방조(圓枘方鑿)의 준말로, 네모난 자루와 둥근 구멍, 혹은 둥근 자루와 네모난 구멍을 뜻한다. 《초사(楚辭)》 〈구변(九辯)〉에 "둥근 자루에 모난 구멍을 뚫으니, 어긋나서 들어가기 어려울 줄을 나는 참으로 알겠다.〔圓枘而方鑿兮, 吾固知其鉏鋙而難入.〕"라고 한 데서 온 말이다.

내가 즉위함에 미쳐서는	逮予嗣服
거두어들이라는 명을 거듭 받았으니	荐被收還
자벌레처럼 움츠러들었다 다시 펴져[770]	蠖屈復伸
조정에서 벼슬하였네	羽儀朝端
상대[771]에 잠깐 들어갔다가	纔入霜臺
이내 후설에 올랐고[772]	旋陟喉舌
호남의 백성을 진무하기도	或撫湖民
영남을 다스리기도 하였네	或按嶺節
금띠를 차고 옥관자를 달아	腰金冠玉
아경의 반열에 올랐고	班躋亞卿
종장감으로 두루 언급되어	歷數宗匠
의망(擬望)이 문형에 가까웠다네[773]	望逼文衡
진실로 간발(簡拔)을 거쳐	寔由簡在
은혜로운 명이 이어 나왔지만	恩命聯翩

---

770 자벌레처럼……펴져 : 훗날을 도모하며 역경을 견디다가 다시 뜻을 펼칠 기회를 얻게 됨을 비유한 말이다. 《주역》〈계사전 하(繫辭傳下)〉에 "자벌레가 몸을 굽혀 움츠러들이는 것은 장차 몸을 펴기 위함이요, 용과 뱀이 숨는 것은 자신의 몸을 보전하기 위함이다.〔尺蠖之屈, 以求信也, 龍蛇之蟄, 以存身也.〕"라고 하였다.

771 상대(霜臺) : 사헌부로, 백관을 규찰(糾察)하고 탄핵하는 책임을 맡아 추상(秋霜)처럼 엄하다 하여 붙은 별칭이다.

772 후설(喉舌)에 올랐고 : '후설'은 승정원의 승지(承旨) 직임을 가리키는데, 1623년(인조1) 조희일(趙希逸)은 홍문관 수찬, 부응교 등 옥당에 재직하다가 승지에 제수되었다. 《竹陰集 附錄 神道碑銘》

773 종장(宗匠)감으로……가까웠다네 : 조희일(趙希逸)이 문단의 종장, 즉 대제학에 제수될 자격이 넉넉했음을 말한다.

끝에 가서 엎어지니　　　　　　　　　　　末流顚沛

험난한 운명을 만난 것이네　　　　　　　　遭運蹇連

충정을 드러내지도 못했는데　　　　　　　　危衷未白

갑작스레 병에 걸렸으니　　　　　　　　　　暴疾遽嬰

하늘은 어찌 억지로라도 남겨두지 않는가774　　天何不憖

내 마음 실로 슬프다네　　　　　　　　　　予實愴情

이에 예관을 보내어　　　　　　　　　　　　玆遣禮官

변변찮은 술을 올리니　　　　　　　　　　　式陳泂酌

정령이 지각이 있거든　　　　　　　　　　　精靈有知

바라건대 흠향할지어다　　　　　　　　　　庶幾歆格

---

774 하늘은……않는가 : 주로 대신(大臣)의 죽음을 애도하는 표현인데, 여기서는 조희
일(趙希逸)의 죽음을 애석하게 여기는 표현이다. 《시경》〈시월지교(十月之交)〉에 "억지
로라도 원로 한 분을 남겨두어, 우리 임금을 지키게 하지 않는구나.〔不憖遺一老, 俾守我
王.〕"라고 한 데서 온 말이다.

제문

동양위(東陽尉) 신익성(申翊聖)

동양위(東陽尉) 신익성(申翊聖)이 죽음공(竹陰公)의 영구가 9월 12일에 고향으로 옮겨질 것이라는 말을 듣고 술과 과일을 차려 곡합니다.

세상 사람 가운데 공이 높은 지위에 오르지 못하고 제대로 쓰이지 못하며 장수를 누리지 못한 것을 개탄하는 자가 있지만, 이는 하늘을 이해하지 못한 것입니다. 하늘이 온전하게 이루어 주지 않는 것은 예로부터 그러한 것입니다. 하지만 하늘은 공에게 박아(博雅)한 식견과 개세(蓋世)의 문장을 부여해 놓고서, 높은 지위에 오르지 못하고 제대로 쓰이지 못하며 장수를 누리지 못하게 하여, 이루어 줄 듯하다가 이지러지게 하는 듯함으로써 세상 사람에게 개탄스러움을 남기게 하였습니다. 그래서 불후의 명성을 무궁한 후세에 기약하게 하였으니 하늘은 이것으로 공에게 은덕을 베푼 것입니다.

내가 개탄하는 것은 세상 사람들과는 다릅니다. 문장은 비록 기예라고 하지만 옛사람은 성대한 일과 큰 사업으로 세도(世道)의 성쇠를 징험하는 것이라 여겼는데,[775] 지금 이 도가 공과 함께 다 사라지니 어찌

---

775 옛사람은……여겼는데 : 예로부터 문장의 성쇠(盛衰)와 세도의 부침(浮沈)이 서로 상관관계가 있다고 여겼음을 말한 것이다. 삼국 시대 위(魏)나라 조비(曹丕)의 〈전론(典論) 논문(論文)〉에 "대개 문장은 나라를 다스리는 큰 사업이요, 썩지 않는 성대한 일이다.〔蓋文章經國之大業, 不朽之盛事.〕"라고 하였다.

애통하지 않겠습니까. 나이는 조금 차이가 나지만 시간이 도도히 흘러가기에 몇 번의 세월이 지나지 않아 어두운 저승에서 공과 노닐 것입니다. 오직 이 몸은 아직 죽지 않아 당(堂)의 궤연을 돌아보고 슬피 통곡합니다. 한 잔 술을 올림에 평소의 모습을 보는 듯합니다.

제문
又

전 판서 이경직(李景稷)

유년월일(維年月日)에 병든 벗 완산(完山) 이경직(李景稷)이 아들 권지 승문원부정자(權知承文院副正字) 정영(正英)을 보내어 삼가 맑은 술과 여러 음식으로 얼마 전에 돌아가신 죽음(竹陰) 선생 조공(趙公)의 영전에 경건히 흠향하기를 권합니다.

아아, 애통합니다. 해를 넘기도록 병을 앓아 오랫동안 찾아뵐 수 없었고 공이 더러 방문하기도 했으나 이 또한 매우 드물었으니, 병중에 서로 그리워한 마음을 어찌 말로 다 하겠습니까. 살아 계실 때에는 꾸준히 만나볼 수 없었고 돌아가신 뒤에는 병으로 빈소에 나아갈 수 없습니다. 가난으로 부의를 보내지 못하고 제문만 지어 올리지만 정신이 혼미하여 사어(詞語)가 거칠고 졸렬합니다. 공의 언행과 문장 및 동기(同氣)를 잃은 것과 같은 제 마음에 대해 만에 하나라도 말하지 못하고 다만 스스로 통곡하며 구천(九泉)에서 만나기만을 기대합니다.

아아 애통하도다	嗚呼哀哉
생각건대 공은	惟公
기린과 봉황 같은 자태를 지닌	麟鳳之姿
조정의 그릇으로	廊廟之器
문장이 일찌감치 이루어져	文章夙成

높은 포부를 표방하고 재능을 드러내었네	標高揭己
사마시에 장원하여	魁司馬試
젊은 나이에 이름을 날렸고	早歲蜚英
명망이 봉영[776]에서 드높아	望隆蓬瀛
명성이 자자하였네	藉甚名聲
빈막에서 두 번을 보좌하여[777]	再佐儐幕
이름이 중화에 진동하였네	名振中華
벼슬길이 막 형통하려 했는데	雲路方亨
간사한 자에게 미움을 받아	見嫉于邪
서쪽과 남쪽[778]으로 귀양을 갔으니	淪謫西南

776 봉영(蓬瀛) : 봉래(蓬萊)와 영주(瀛洲)를 함께 이르는 말로 신선들이 산다고 하는 산인데, 여기서는 홍문관(弘文館)이나 예문관(藝文館) 등 문학(文學)하는 신하가 봉직하는 부서를 가리킨다. '영주'는, 당(唐)나라 태종(太宗) 때에 문학관(文學館)을 세우고 두여회(杜如晦) 등 문사(文士) 18명을 등용하자 사람들이 그들을 영광스럽게 여겨서 '영주에 올랐다'고 칭하며 부러워한 고사가 있다. 《新唐書 褚亮列傳》 '봉래'는, 궁중의 문고(文庫)인 동관(東觀)을 일컫는 말로도 쓰였는데, 후대에 비각(秘閣)의 뜻으로 쓰이면서 궁중의 서책을 보관하는 도서관을 일컫게 되었다. 《後漢書 竇章列傳》

777 빈막(儐幕)에서……보좌하여 : '빈막'은 중국 사신을 접대하는 관원인 빈사(儐使)의 막하(幕下)라는 뜻으로, 여기서는 원접사(遠接使)의 종사관을 의미한다. 조희일(趙希逸)은, 1606년(선조39)에 명(明)나라에서 황손의 탄생을 알리기 위해 파견한 사신인 정사(正使) 주지번(朱之蕃)과 부사(副使) 양유년(梁有年)이 조선에 왔을 때와, 1609년(광해군1)에 명나라의 사시 조사(賜諡詔使) 웅화(熊化)가 조선에 왔을 때에, 원접사 유근(柳根)을 수행하여 중국 사신을 응접하였다. 《竹陰集 附錄 神道碑銘》

778 서쪽과 남쪽 : '서쪽'은 평안도 이산(理山)을, '남쪽'은 경상도 하동(河東)을 가리킨다. 조희일(趙希逸)은 1616년(광해군8)에 허균(許筠)의 소행으로 의심되는 투서(投書) 사건에 연루되어, 1617년 평안도 이산에 유배되었다가 1618년 9월 경상남도 하동으로

운명인 것을 어이하랴	命也伊何
공손한 성품 덕에	賴有悌弟
화(禍)의 그물에서 벗어나 자친을 뵈었고	脫網覲慈
하늘의 태양이 다시 밝아져	天日重明
천년에 한 번 오는 기회를 얻었다네	千一之期
자벌레가 몸을 움츠렸다 펴는 듯[779]	蠖屈而伸
붕새가 구소에 날아 오르는 듯[780]	鵬搏九霄
문단(文壇)의 맹주로	騷壇主盟
조정에서 모두 추대했는데	共推于朝
성대한 명성을 사람들이 시기하여	盛名衆忌
칼처럼 혀를 놀렸네	有舌如刀
관직이 금초[781]에 이르러	位至金貂
장차 큰 일을 할 듯하였는데	若將有爲
한 번 나아가 관리가 됨에	一行作吏
이 지경에 이르고 말았네[782]	而至於斯

이배(移配)되었다.

779 자벌레가……듯 : 389쪽 주 770) 참조.

780 붕새가……듯 : 조희일(趙希逸)이 인조반정(仁祖反正)으로 다시 요직에 기용된 것을 말한다. '구소(九霄)'는 하늘의 가장 높은 곳을 말하는데, 전하여 대궐 또는 조정을 뜻한다.

781 금초(金貂) : 황금당(黃金璫)과 초미(貂尾)의 준말로, 고관(高官)을 의미한다. 한(漢)나라 때 시중(侍中)이나 중상시(中常侍) 등이 황금당과 초미로 관(冠)을 장식했던 데서 그 표현이 유래하였다.

782 한……말았네 : 조희일(趙希逸)이 만년에 강릉 부사(江陵府使)로 나가 파직되어 돌아온 것을 말한다. 《竹陰集 附錄 神道碑銘》

공의 걸출함은	公也傑出
하늘이 일부러 낸 것인데	天故生之
어찌하여 이렇게 속히 앗아 가는가	何奪之速
하늘은 실로 앎이 없도다	天實無知
어두운 시절의 불우함이야	昏時落拓
진실로 말할 것이 없지만	固不足說
성조에서 참소를 당했으니	聖朝遭讒
운명인 것을 어이하랴	奈何乎天
병에 걸렸다는 소식을 듣자마자	纔聞疾作
흉한 부고가 갑자기 전해지니	凶訃遽傳
나는 앞으로 누구와 함께할까	吾將誰與
이미 주현이 끊겼다네[783]	已斷朱絃
공과 나는 함께 병을 앓아	公我俱病
찾아보는 일 또한 드물었는데	過從亦稀
아아 다 끝났구나	嗟嗟已矣
두 줄기 눈물을 뿌리네	霣涕之揮
북쪽 기슭을 바라보니	瞻望北麓
새벽달이 희미한데	曉月依依
한 잔 술 대신 올리게 하니	替奠一杯

---

783 주현(朱絃)이 끊겼다네 : 조희일(趙希逸)의 죽음을 안타까워하는 말이다. '주현'은
붉은 줄의 비파로 종묘 제사에 쓰이는 악기 또는 음악을 가리키는데, 뛰어난 시문(詩文)
이나 훌륭한 재주를 지닌 사람을 비유하는 말로도 쓰인다. 《예기》〈악기(樂記)〉에 "청묘
의 슬은 줄이 붉고 구멍이 널찍하며, 한 사람이 선창을 하면 세 사람이 탄성으로 화답하
는데, 여음이 있다.〔淸廟之瑟, 朱絃而疏越, 壹倡而三歎, 有遺音者矣.〕"라고 하였다.

혼령은 부디 돌아오시길　　　　　魂庶來歸

아아 애통하도다　　　　　　　　嗚呼哀哉

부디 흠향하소서　　　　　　　　　尙饗

제문

又

전 참판 김대덕(金大德)

유년월일(維年月日)에 광산(光山) 김대덕(金大德)[784]이 삼가 술과 떡을 차려 고 참판 죽음 선생의 영전에 경건히 제사드립니다.

아아	嗚呼
천지가 정기(精氣)를 쌓고	天地儲精
산악이 신령함을 내려	山岳降神
준걸을 돈독히 내니	篤生俊乂
봉황이요 기린이라네	鳳凰麒麟
눈동자는 선명하고	瞭然其眸
풍채는 훤칠하네	頎然其身
말을 하면 문장이 되었으니	吐辭爲文
서한과 선진의 글이라네[785]	西漢先秦
사부는 자운[786]에 필적하며	賦敵子雲

---

784 김대덕(金大德) : 1577~1639. 본관은 광산(光山), 자는 득지(得之), 호는 소봉(蘇峰)·이안당(易安堂)이다. 승문원 정자, 예문관 검열 등을 역임하였다.

785 서한(西漢)과 선진의 글이라네 : 조희일(趙希逸)이 고문(古文)을 문장의 전범으로 추구하였다는 말이다.

글씨는 우군[787]과 대등했네 筆追右軍

신축년(1601, 선조34) 사마시에 辛丑司馬

공이 장원을 차지하니 公居壯元

내 무릎을 굽혀 玆膝屈焉

마침내 형님 아우 하는 사이가 되었네[788] 遂稱弟昆

내가 먼저 석갈하고 我先釋褐

공이 또 훨훨 날아올랐네[789] 公又騰騫

사필을 잘못 잡았을 적에[790] 謬秉史筆

공은 나의 진정을 이해해 주었고 公假我眞

그대에게 삼장[791]이 있음을 알았으므로 知子三長

---

786 자운(子雲) : 전한(前漢)의 유학자 양웅(揚雄, BC53~AD18)으로, 자운은 그의
자(字)이다. 사마상여(司馬相如)의 영향을 받아 사부(辭賦)에 뛰어났다고 한다.

787 우군(右軍) : 진(晉)나라에서 우군장군(右軍將軍)을 지낸 왕희지(王羲之)를 가리킨다.

788 신축년……되었네 : 조희일(趙希逸)이 진사시에 장원하였을 때 김대덕(金大德)도
합격하였다. 《萬曆二十九年辛丑司馬榜目》

789 내가……날아올랐네 : 김대덕(金大德)은 진사시에 합격한 그해에 식년시 문과에
급제하였고, 조희일은 이듬해에 별시(別試)에 병과로 합격하였음을 의미한다. 《國朝文
科榜目》

790 사필(史筆)을……적에 : 1604년(선조37) 10월에 신하들이 선조(宣祖)와 선조의
비인 의인왕후(懿仁王后) 및 계비(繼妃) 인목왕후(仁穆王后)에게 존호(尊號)를 올리게
되었는데, 이에 앞서 선조가 사양하므로 조정과 종실(宗室)·삼사(三司)·정원(政院)·예
문관(藝文館)이 매일 세 번씩 청하는 과정이 있었다. 그런데 이 당시 검열 김대덕(金大
德)은 사관으로서 일을 기록할 뿐 함께 아뢰지 않고 대간의 논계에도 따르지 않아 관직이
삭탈되었다. 《宣祖修正實錄 37年 10月 19日》

791 삼장(三長) : 사가(史家)가 갖추어야 할 세 가지 능력으로, 재지〔才〕, 학문〔學〕,
식견〔識〕을 말한다. 유지기(劉知幾)가 "역사를 기록하는 데는 삼장, 즉 세 가지 특기를

대신하길 바랐으나 방법이 없었네	欲代無因
대궐에 모여	聚會金門
밤낮으로 단란히 지내면서	日夕團圓
선창하고 화답하니	有唱斯和
주옥같은 시편을 이루었네	珠玉在篇
함께 재빨리 모여들어[792]	相與盍簪
속마음을 토로하였고	吐露心肝
교유를 맺고 정분을 쌓으니	論交托契
그 내음이 난향과 같았네	其臭如蘭
그 뒤에 부침을 겪어	厥後升沈
비록 구름과 진흙탕처럼 현격하였으나[793]	縱隔雲泥
흠모하는 마음은	其心嚮往
한결같이 변치 않았네	一與之齊
선조 병오년(1606, 선조39)에	先朝丙午
조사가 우리나라에 왔을 때	詔使來臨
사신을 접반(接伴)하여 문장 짓는 일	東槎載筆

구비하여야 한다."라고 하였다.《新唐書 劉知幾列傳》

792 함께 재빨리 모여들어 : 뜻이 맞는 이들이 모여 의기투합하는 것을 말한다.《주역》〈예괘(豫卦) 구사(九四)〉에 "벗들이 모여들리라.〔朋盍簪.〕"라고 하였는데, 공영달(孔穎達) 소(疏)에 "합(盍)은 회합의 뜻이요, 잠(簪)은 빠르다는 뜻이다.〔盍合, 簪疾也.〕라고 주석을 내었다.

793 구름과 진흙탕처럼 현격하였으나 : 한 사람은 하늘 위의 구름을 올라타고 한 사람은 땅 위의 진흙탕을 밟고 다닌다는 뜻으로, 두 사람 사이의 처지나 지위에 현격한 차이가 있을 때 쓰는 말이다.

공을 버리고 누구에게 맡기겠는가[794]	捨公誰任
시와 글씨가 오묘하고 굳세어	詩筆妙緊
진실로 부러움을 받았네	實被艷歆
지난날 혼조에서는	曩在昏朝
인륜이 무너졌는데[795]	彝倫攸斁
공은 명성이 높았기에	公坐名高
홀로 재앙을 만났다네	獨與禍迕
황폐한 땅에 버려진 채 만 번 죽을 고비를 겪어	投荒九死
목숨이 아침 이슬처럼 위태로웠는데	命危朝露
다행히 밝은 때를 만나	幸際明時
부름 받아 벼슬길에 나아갔네	招登雲路
옥당에서는 논사하고	玉署論思
은대에서는 계옥하며[796]	銀臺啓沃
의승(疑丞)[797]으로 앞뒤에서 보좌하니	疑承前後

794 선조(先朝)……맡기겠는가 : 1606년(선조39)에 명(明)나라 신종(神宗)이 황손의 탄생을 알리기 위해 정사(正使) 주지번(朱之蕃)을 보냈을 때, 조희일(趙希逸)은 원접사 유근(柳根)의 종사관으로 의주(義州)에 나아가 그들을 영접하였다. 《竹陰集 附錄 神道碑銘》

795 지난날……무너졌는데 : 광해군(光海君)이 이복동생 영창대군(永昌大君)을 제거하고, 인목대비(仁穆大妃)를 유폐한 일을 말한다.

796 옥당(玉堂)에서는……계옥하며 : '옥당'은 홍문관을, '은대'는 승정원을 가리키는 것으로, 시종신(侍從臣)으로 임금을 보필하였다는 말이다. '계옥'은 정성을 다해 임금을 인도하며 보좌하는 것인데, 보통은 경연(經筵)에 참여하는 홍문관 관원의 덕목을 논할 때 쓰는 말이다. 《竹陰集 附錄 神道碑銘》

797 의승(疑丞) : 임금의 자문에 응하여 허물을 바로잡아 주는 시종신을 일컫는 말이다. 《예기(禮記)》〈문왕세자(文王世子)〉에 "우·하·상·주에는 사·보와 의·승이 있었다.〔虞夏

임금을 보익함이 매우 많았네	最多裨益
높은 포부를 표방하며 재능을 드러내었고	標高揭己
일을 당해서는 과감히 말하였네	遇事敢言
백벽(白璧)이 무슨 티가 있으랴만[798]	白璧何辜
대간(臺諫)의 탄핵을 당하였네	見彈憲文
한산한 데에 버려져도 달게 여기며	甘心置散
물러나 두문불출하니	屛居杜門
좌우에 도서를 늘어놓고	圖書左右
날마다 경적(經籍)을 연구하였네	日事典墳
홀로 도의 정수(精髓)를 음미하며	獨味道腴
글을 짓고 스스로 즐거워하였네	著書自娛
성대한 문망	文望蔚然
누가 공보다 앞서겠는가	孰居公前
공산에서 수고를 바치어[799]	公山羈的
관질이 올라 금띠를 찼네	陞秩腰金

商周, 有師保, 有疑丞.」라고 하였다.

798 백벽(白璧)이……있으랴만 : 백벽삼헌(白璧三獻)의 고사를 빌려 쓴 말로, 참된 가치를 인정받지 못하고 오히려 해를 당했음을 뜻한다. 춘추 시대 초(楚)나라 변화(卞和)가 형산(荊山)에서 박옥(璞玉)을 얻어 여왕(厲王)에게 바쳤다가 왼쪽 발이 잘리고, 무왕(武王)에게 바쳤다가 다시 오른쪽 발이 잘린 뒤, 세 번째로 문왕(文王)에게 바쳐 진가(眞價)를 인정받았던 고사가 전한다.《韓非子 和氏》

799 공산(公山)에서 수고를 바치어 : '공산'은 공주(公州)로, 1624년(인조2) 이괄(李适)의 난이 일어나 인조가 공주로 파천했을 때에 조희일(趙希逸)이 호종(扈從)에 참여하여 공이 있었음을 말한다.《竹陰集 附錄 神道碑銘》'수고를 바치어'의 원문은 대본에 '羈的'으로 되어 있는데, 문맥에 의거하여 '的'을 '靮'으로 바로잡아 번역하였다.

나란히 말을 몰아 서로로 나갔고	聯鑣西路
금림800에서 숙위하였네	宿衛禁林
마주하여 토론할 때면	相對討論
그윽한 회포가 위로되고 트였네	慰豁幽襟
남궁의 아경이 되었고801	南宮亞卿
대제학에 누차 의망되었네	文柄屢擬
남들을 잘 인정해 주지 않았지만	少許其可
유독 나만은 비루하게 여기지 않았네	獨不我鄙
비록 지기에게는 뜻을 폈지만802	雖伸知己
스스로 부족하게 여겼다네	自視歉然
남쪽 고을로 나가 목사를 맡고	南州出牧
영남에서 명을 받들었네	嶺外承宣
서로 소식을 그리워하여	相思音耗
편지로 소식을 전했는데	魚雁憑傳
서울로 돌아와 보니	歸來洛下
동병상련이었네	同病相憐

---

800 금림(禁林) : 한림원(翰林院)의 별칭으로 상림(上林)이라고도 한다. 조선 시대의
홍문관과 예문관을 칭하는 말이다.

801 남궁(南宮)의 아경(亞卿)이 되었고 : '남궁'은 예조(禮曹)의 별칭이고, '아경'은 참판
을 부르는 말이다. 조희일(趙希逸)은 광주 목사(光州牧使)로 나갔다가, 조정에 들어와
예조 참판을 하였다. 《仁祖實錄 3年 2月 28日》《竹陰集 附錄 神道碑銘》

802 지기(知己)에게는 뜻을 폈지만 : 《안자춘추(晏子春秋)》〈내편(內篇) 잡상(雜上)〉에
"선비는 지기가 아닌 자에게는 재능을 감추고, 지기에게는 자기의 뜻을 편다.〔士者詘乎
不知己, 伸乎知己.〕"라고 하였다.

공의 얼굴은 아름다움 줄었고	公顏咸韶
나의 머리털은 흰 실처럼 세었네	我髮如絲
서로 보며 번갈아 탄식하였고	相視迭嗟
한가한 때를 얻기만 하면 함께했네	得閒輒隨
명주로 떠남에[803]	溟州之去
휴양(休養)하기가 편하였는데	養安是便
난을 만나 창황한 때에[804]	臨亂蒼黃
공을 보니 신선과 같았네	望公如仙
누가 생각이나 했으랴 조물주	孰謂造物
또한 유독 시기하여 각박하게 굴 줄을	亦偏忌克
감사가 시샘하고 유감을 품어	監司嘖娟
그 무함을 헤아릴 수 없었는데	誣在不測
성상께서 밝게 살피시어	天日照臨
또한 이미 용서하여 혐의를 풀어 주셨다네[805]	亦旣原釋
조용히 외진 마을에 거처하니	端居委巷
내가 아니면 누가 방문하였나	非我誰訪

---

803 명주(溟州)로 떠남에 : '명주'는 강원도 강릉(江陵)의 옛 이름으로, 조희일이 강릉
부사(江陵府使)로 나간 것을 말한다. 《竹陰集 附錄 神道碑銘》

804 난을……때에 : 조희일(趙希逸)이 강릉 부사(江陵府使)로 있을 때에 병자호란(丙子
胡亂)이 있었다.

805 감사가……주셨다네 : 조희일(趙希逸)이 강릉 부사(江陵府使)로 있을 때 강원 감사
(江原監司) 이해(李澥)의 장계로 인해 의금부에 나가 심리를 받고 파직되었다가 사후에
인조(仁祖)의 명에 의해 복직되었다. 《承政院日記 仁祖 15年 2月 21日, 16年 9月 25日》
《竹陰集 附錄 神道碑銘》

열흘이 멀다 하고	旬日爲疏
신 신고 지팡이 짚고 서로 어울렸네	相從屨杖
매화 그림자 언뜻 비치는 창가와	梅窓疏影
그늘 시원한 대숲에서	竹塢淸陰
마음껏 토론하며	上下其論
고금의 인물을 품평하였네	揚摧古今
혹은 옛 작품을 펼쳐 보고	或披舊作
혹은 새로운 시를 지었네	或動新吟
밖으로는 어지러운 세상을 개탄하고	外嘆世亂
안으로는 사사로운 집안일까지 언급했네	內及家私
애환과 감개를	悲歡感慨
낱낱이 펼쳐 말함에	靡不陳之
시간 가는 줄도 모르고 빠져드니	亹亹不厭
동복이 돌아가자고 재촉했다네	僮僕催歸
계하의 그믐날에	季夏之晦
또 공을 방문하였는데	又扣公扉
공은 기뻐하며 허겁지겁 맞아 주었고	公喜倒履
서로 환하게 웃었네	相與啓齒
공의 막내아우가 옆에 있어	公季在傍
셋이서 마주 앉아	鼎坐交峙
상을 대하고 밥을 먹으면서	對案加餐
맛있는 음식을 권하였네	勸以旨美
옷을 벗어 몸을 드러내고는	披衣裸體
누가 살찌고 말랐는지 비교해 보았는데	相較肥瘠

위로되게도 공이 조금 튼튼하여　　　　　　　慰公差强

내가 미칠 수 없었네　　　　　　　　　　　非我所及

누가 알았으랴 그때의 만남이　　　　　　　孰知斯會

바로 영결이 될 줄을　　　　　　　　　　便成永訣

내가 여아(女兒)의 상에 곡하느라　　　　　我哭女喪

한참 비통한 마음이 절절하였는데　　　　　方切慘怛

공이 편찮으시다는 말을 듣고는　　　　　　聞公不寧

위독할 줄을 어찌 생각이나 했겠으랴　　　　詎意其篤

사람을 보내 안부를 물었더니　　　　　　　伻人問候

마음 풀고 진정하라고 나를 위로하셨네　　　慰我寬抑

그런데 겨우 며칠도 못 되어　　　　　　　曾不數日

갑자기 흉한 부고를 받았다네　　　　　　　遽承凶訃

내가 가서 공을 곡하는데　　　　　　　　我來哭公

공은 나를 돌아보지 않으니　　　　　　　公不我顧

한 번의 통곡에 간장이 끊어져　　　　　　一慟摧腸

비처럼 눈물이 떨어지네　　　　　　　　　淚落如雨

공의 빈소에 기대고　　　　　　　　　　憑公之殯

공의 고아를 어루만지니　　　　　　　　撫公之孤

꿈일 뿐 생시가 아닌 듯하여　　　　　　　夢也非眞

하늘을 우러러 길게 울부짖네　　　　　　仰天長呼

운명이라 어쩔 수 없지만　　　　　　　　天乎已矣

천리는 진실로 알기가 어렵네　　　　　　理實難究

이미 유달리 재주 있는 사람을 내었거늘　　既篤生才

어찌하여 후박은 치우치게 내리는가　　　　胡偏薄厚

묘당에 앉아	坐乎廟堂
임금의 계책을 보좌함은	黼黻皇猷
공에게는 마땅한 일이라 할 것인데	謂公則宜
어찌하여 공으로 하여금 그러지 못하게 했는가	曷使公不
머리털이 누렇도록 장수하여	黃耉壽考
백년의 복을 누림은	享福百年
공에게는 마땅한 일이라 할 것인데	謂公則宜
또 공에게는 늘여 주지 않았네	又不公延
귀함과 장수는 능히 할 수 없지만	貴壽無能
마멸되어 버리면 그 누가 기억하겠는가[806]	磨滅誰紀
불후의 문장이 있으니	有文不朽
공의 이름 만세에 전해지며	公名萬世
아이가 있어 사라진 것 아니니	有兒不亡
훌륭한 아들이 그대를 빼닮았네	令子克似
나이는 하수[807]를 채웠고	年登下壽
아들은 진사시 장원을 이었으니[808]	子繼蓮魁

---

806 귀함과……기억하겠는가 : 한유(韓愈)의 〈제유자후문(祭柳子厚文)에 "부유함과 귀함은 능히 할 수 없지만 마멸되어 버리면 그 누가 기억하겠는가.〔富貴無能, 磨滅誰紀?〕"라고 하였다.《唐宋八大家文鈔 卷16》

807 하수(下壽) : 60세의 수명을 말한다.《장자》〈도척(盜跖)〉에 "사람의 수명으로, 상수는 100세, 중수는 80세, 하수는 60세이다.〔人上壽百歲 , 中壽八十, 下壽六十.〕"라고 하였다.

808 아들은……이었으니 : 조희일(趙希逸)의 아들 조석형(趙錫馨) 또한 진사시에 장원하였다.《竹陰集 附錄 神道碑銘》

하늘이 진실로 후한 복 내린 것이라	天實厚之
공에게 무슨 슬플 게 있겠는가	在公何哀
돌아보면 나는 벗이 없어	顧我無朋
쓸쓸하게 홀로 길을 가는데	獨行踽踽
슬퍼할 시간도 얼마 남지 않았으니	悲不幾時
또한 유독 무엇을 괴로워하랴[809]	亦獨何苦
공은 곧바로 길을 떠나	公行在卽
조금도 기다리지 않으리니	曾不少留
제문을 지어 올림에	辭以侑之
흐르는 내 눈물을 훔친다네	我涕我收
아아 애통하도다	嗚呼哀哉

---

809 슬퍼할……괴로워하랴 : 자신도 조만간 따라 죽을 것이라는 말을 하여 슬픈 정을
억지로 달래는 것이다. 한유(韓愈)가 조카 성로(成老)의 죽음을 애도하여 지은 제문인
〈제십이랑문(祭十二郞文)〉에 "슬퍼할 날은 얼마 남지 않았고, 곧 죽어서 슬퍼하지 않을
날은 무궁하다.〔悲不幾時, 而不悲者無窮期.〕"라고 하였다.《韓昌黎集 卷23》

제문

又

이조 참판 이경석(李景奭)

유년월일(維年月日)에 가의대부(嘉義大夫) 이조 참판 이경석(李景奭)이 삼가 변변찮은 음식을 차려 얼마 전에 돌아가신 예조 참판 죽음 선생 조공(趙公)의 영전에 경건히 고합니다.

아아 생각건대 공은	烏虖惟公
하늘로부터 재능을 넉넉히 받아	天富其才
세상에 명성을 크게 떨쳤으니	大鳴於世
깨끗함 옥돌과 같아	皎然如玉
사람들이 스스로 더러움을 깨달았네	人自覺穢
장원을 차지하여 집안의 영예가 되고	壯元家聲
사단(詞壇)에서는 대가로 꼽혔네	詞林哲匠
사명 받고 서쪽으로 달려가	擁傳西驅
두 번이나 빈상을 보좌하였네[810]	再佐儐相
《황화집》 안에	皇華卷裏

---

810 두……보좌하였네 : 빈상(儐相)은 원접사(遠接使)의 이칭이다. 조희일(趙希逸)은 1606년(선조39)과 1609년(광해군1)에 원접사 유근(柳根)을 수행하여 중국 사신을 응접하였다. 《竹陰集 附錄 神道碑銘》

주옥과 같은 글 여기저기 실렸고	錯落珠璣
꼿꼿이 앉아 총채를 휘두르며[811]	兀坐揮麈
유창한 담론을 끊임없이 쏟았네	談屑霏霏
분전[812]과 백가서가	典墳百家
배에 넘치고 입안에 가득했고	腹溢口盈
기나긴 시편(詩篇)을	連篇累牘
여덟 번의 팔짱으로 완성했다네[813]	八叉而成
고삐 풀고 하늘 높이 날다가[814]	雲衢縱靶
날개가 꺾이게 되었고	有鎩其翮
엎어졌다 다시 일어난 것은	跌而復起
성인이 홍기한 때였네[815]	際聖之作
날갯짓을 다하지 못함은	不盡其蜚
운명이 막혀서이니	惟命之屯

811 총채를 휘두르며 : 담론에 열중함을 의미한다. 중국 진(晉)나라 때에는 청담(淸談)을 나눌 때에 항상 총채를 흔들면서 담론을 보조하였다고 한다.

812 분전(墳典) : 삼분오전(三墳五典)의 준말로, 삼분은 삼황(三皇)의 책이고 오전은 오제(五帝)의 책이다. 흔히 경서(經書)를 일컫는 말로 쓰인다.

813 여덟……완성했다네 : 시부(詩賦)를 매우 민첩하게 짓는 것을 말한다. 당(唐)나라의 시인 온정균(溫庭筠)이 시를 짓는 데 매우 민첩하여 여덟 번 팔짱을 끼는 사이에 각각 한 운(韻) 씩을 지어 팔운(八韻)의 시를 완성했다는 고사에서 온 말이다

814 하늘 높이 날다가 : 청운(靑雲)의 뜻을 펼쳐 조정에서 현달함을 말한다. 송(宋)나라 매요신(梅堯臣)의 시에 "여기에 오른 지 얼마 되지 않았는데, 곧바로 하늘 높이 날아오른다.〔於玆亦未幾, 用直升雲衢.〕"라고 하였다. 《宛陵集 卷26 運使劉察院因按歷歸西京拜省》

815 엎어졌다……때였네 : 인조반정(仁祖反正)이 일어난 뒤 다시 벼슬에 불려 나간 일을 말한다.

지위가 어찌 미천하다 하랴마는	位豈云細
재주를 편 것은 아니라네	才則莫伸
가시나무는 봉황에게 마땅한 곳이 아니고[816]	棘不宜鳳
저잣거리에서는 혹 호랑이도 만들어 내니[817]	市或成虎
화악[818]의 남쪽에	華岳之陽
줄곧 문을 닫아걸었네	一閉其戶
독서로 즐거워하며	書史以娛
매화와 대나무를 벗삼더니	梅竹爲徒
그런데 어찌하여 가을날	如何秋日
한 번 병들자 소생하지 못하였나	一疾未蘇
연세는 이제 막 노령에 들었으나	齒纔屬耆
얼굴은 여전히 아름다웠는데	顔猶帶韶
문성[819]이 문득 어두워져	文星奄晦

---

816 가시나무는……아니고 : 현인이 작은 관직에 전전하는 것으로, 여기서는 조희일(趙希逸)이 재주에 걸맞는 지위에 오르지 못했음을 뜻한다. 후한(後漢)의 고성 영(考城令) 왕환(王渙)이 구람(仇覽)을 주부(主簿)로 임명하려다가 그의 그릇이 매우 큼을 보고 "가시나무는 봉황이 깃들 곳이 아니다. 백 리의 땅이 어찌 대현이 밟을 땅이리오.〔枳棘非鸞鳳所棲, 百里豈大賢之路!〕"라고 한 데서 온 말이다.《後漢書 循吏列傳 仇覽》

817 저잣거리에서는……내니 : 삼인성호(三人成虎)의 고사를 원용하여 조희일(趙希逸)이 근거 없는 무함을 당했음을 나타낸 것이다. 전국 시대 위(魏)나라 방총(龐蔥)이 위왕에게, 저잣거리에는 호랑이가 출몰하지 않는 것을 뻔히 알면서도 사람들이 세 번 정도 호랑이가 나타났다고 하면 모두들 그렇게 믿게 된다고 말하며, 참소를 경계하도록 하였다고 한다.《戰國策 魏策2》

818 화악(華嶽) : 서울의 삼각산(三角山)을 가리킨다.

819 문성(文星) : 문운(文運)을 주관한다는 문창성(文昌星) 또는 문곡성(文曲星)의 약

예원이 적막해졌네	藝苑寂寥
부끄럽게도 나 같이 모자란 사람은	媿余不才
겨와 쭉정이처럼 공의 앞에 있었는데[820]	糠粃在前
오랫동안 만나지 못한 것은	時月之阻
묘유의 법[821]에 얽매었기 때문이네	卯酉之纏
예전에 난실[822]에 들어갔을 때에는	昔入蘭室
가지 가득 복사꽃이 피었는데	桃花滿枝
지금 영연[823]에 곡함에	今哭靈筵
낙엽이 휘장을 때리네	落葉撲帷
천지를 둘러보니	擧目天地
풍진이 자욱한데	風塵滃洞
저승은 정결하리니	九幽乾淨

칭으로, 문재가 높은 사람을 비유하는 말이다.

820 겨와……있었는데 : 이경석(李景奭)이 조희일(趙希逸)에 비해 능력이 뒤떨어짐에
도 윗자리에 있었음을 의미하는 것으로, 진(晉)나라 때 손작(孫綽)과 습착치(習鑿齒)의
고사를 차용한 것이다. 손작은 평소에 남 조롱하기를 좋아했는데, 한번은 습착치와 함께
길을 간 적이 있었다. 손작이 앞서가면서 습착치를 돌아보고 말하기를 "거르고 거르니
기와와 돌이 뒤에 있구나.〔沙之汰之, 瓦石在後.〕"라고 조롱하자, 습착치가 바로 이어
응수하기를 "키질하고 까부르니 겨와 쭉정이가 앞에 있네.〔簸之颺之, 糠粃在前.〕"라고
하였다 한다. 《晉書 孫綽列傳》

821 묘유(卯酉)의 법 : 관리들이 묘시(卯時)에 해당하는 오전 5시부터 7시 사이에 출근
했다가 유시(酉時)에 해당하는 오후 5시에서 7시 사이에 퇴근하도록 한 규정이다.

822 난실(蘭室) : 난초 향기가 가득한 방으로, 현사(賢士)가 거처하는 곳을 비유한다.
여기서는 조희일(趙希逸)의 처소를 가리킨다.

823 영연(靈筵) : 시신을 모셔놓은 자리로, 영좌(靈座)라고도 한다.

떠나는 이를 어찌 애통해 하리오	逝者奚慟
청전을 의탁할 곳이 있으니	青氈有托
한 명 또한 이미 많은 것이네[824]	一亦已多
술과 제수로 정성을 바침에	醪羞薦誠
눈물이 절로 강물처럼 쏟아지네	淚自傾河
아아 애통합니다	烏虖哀哉
부디 흠향하소서	尙饗

824 청전(青氈)을……것이네 : 조희일(趙希逸)의 아들 하나가 가업(家業)을 잘 계승할
것이라는 말이다. 조희일은 정실에서 얻은 아들로 조석형(趙錫馨)이 있다. 《竹陰集 附錄
神道碑銘》 '청전'은 푸른 모포로, 선대(先代)로부터 전해 오는 귀한 물건이나 가업을
가리킨다. 진(晉)나라 왕헌지(王獻之)가 방에 누워 있는데, 도둑이 들어와 물건을 모두
훔쳐 가려 하자 "도둑아, 그 푸른 모포는 우리 집안의 유물이니, 그것만은 놓고 가라.〔偸
兒, 青氈我家舊物, 可特置之.〕"라고 하였다. 《晉書 王獻之列傳》

만장 挽章

만장
挽章

해창군(海昌君) 윤방(尹昉)

진사시에 삼대가 장원한 집안으로[825]	進士家傳三壯元
문단의 성망을 군이 홀로 차지했네	騷壇聲望獨歸君
금란과 옥서[826]의 일은 이미 꿈결 같은데	金鑾玉署已如夢
만년에는 소인들이 괜히 분란 일으켰지	白髮靑蠅徒自棼
당년의 태학사 위해 상석(上席)을 비워 두고	虛左當年大學士
선계의 상량문 지으라고 재촉하는구나[827]	催成仙界上樑文

---

825 진사시에……집안으로 : 388쪽 주 767) 참조.

826 금란(金鑾)과 옥서(玉署) : '금란'은 당(唐)나라 한림학사(翰林學士)들이 근무하던
금란전(金鑾殿)으로 한림원(翰林院)을 가리키는데, 여기서는 예문관(藝文館)을 말한
다. '옥서'는 옥당(玉堂)으로 홍문관의 이칭이다.

827 당년의……재촉하는구나 : 천상에서 조희일(趙希逸)을 기다려 글을 짓게 하였다는
말로, 조희일의 죽음을 의미한다. 이와 관련하여 당나라 시인 이하(李賀)의 고사가 있
다. 이하가 병이 위독하여 혼몽한 와중에 대낮에 붉은 용을 타고 붉은 옷을 입은 어떤

세상에 자기를 인정해 주는 이 없어도 무엇이 문제되랴

世無我與亦何害

응당 후세에 양자운이 있으리라[828]

應有後時楊子雲

풍계의 큰 절개 운향으로 아득히 떠나가니[829]　　楓溪大節渺雲鄕

화옥과 산구[830]를 석양에 전송하고　　　　　華屋山丘送夕陽

석실의 외로운 충정이 영해에 막히니[831]　　石室孤忠阻嶺海

사람이 옥판(玉板)을 잡고 있는 것을 보았는데, 거기에 "옥황상제가 백옥루를 새로 지었기에 그대를 불러 기문(記文)을 지으려 한다.〔上帝新作白玉樓成立, 召君作記.〕"라고 쓰여 있었다. 이하가 이것을 보고는 얼마 뒤 27세의 젊은 나이로 요절하였다 한다.《唐才子傳 卷3 李賀》

828 후세에 양자운(揚子雲)이 있으리라 : 후세 사람이 조희일(趙希逸)을 높이 인정해 줄 것이라는 말이다. '양자운'은 전한(前漢) 말의 학자 양웅(揚雄)으로, 자운은 그의 자(字)이다. 그가 《주역》을 본떠 《태현경(太玄經)》을 지었을 때, 그의 친구 유흠(劉歆)이 그것을 보고는 양웅에게 지금 학자들은 《주역》도 모르는데 후세에 이 책을 알아줄 사람이 어디 있겠느냐고 하자, 양웅은 "후세에 양자운이 다시 나오면 반드시 이 책을 좋아할 것이다.〔後世復有揚子雲, 必好之矣.〕"라고 하였다.《漢書 揚雄傳》

829 풍계(楓溪)의……떠나가니 : '풍계'는 김상용(金尙容)의 호이다. 김상용은 병자호란 때 묘사(廟社)의 신주를 받들고 빈궁(嬪宮)과 원손(元孫)을 수행해 강화도에 피난했다가, 이듬해 성이 함락되자 성의 남문루(南門樓)에 있던 화약에 불을 지르고 순절하였다.《樂全堂集 卷14 右議政金公諡狀》 '운향(雲鄕)'은 백운향(白雲鄕)으로, 역시 세상을 떠났음을 뜻한다. 백운향은 신선이 사는 하늘나라로, 《장자(莊子)》〈천지(天地)〉에 "저 흰 구름을 타고 제향에 이른다.〔乘彼白雲, 至於帝鄕.〕"라고 하였다.

830 화옥(華屋)과 산구(山丘) : '화옥'은 화려한 집으로 살아서 머물던 집을 말하고, '산구'는 산언덕으로 죽어서 묻히는 무덤을 의미한다. 삼국 시대 위(魏)나라 조식(曹植)의 〈공후인(箜篌引)〉에 "살아서는 화려한 집에 거처하더니, 영락하여 산언덕으로 돌아갔구나.〔生在華屋處, 零落歸山丘.〕"라고 하였다.

가을 잎에 모진 바람 불고 엄한 서리가 내렸지   疾風秋葉有嚴霜
문득 들으니 시로가 또 세상 떠나   忽聞詩老又長夜
다시는 맑은 시로 문단을 주름잡지 못한다네   不復淸篇擅擅場
늙은 나는 중양절을 무슨 마음으로 지낼거나   白首何心作重九
마주하며 국화주 마실 사람 다시는 없는데   更無人對菊花觴

831 석실(石室)의……막히니 : '석실'은 김상헌(金尙憲)으로, 그의 호 석실산인(石室山人)을 줄인 말이다. 조희일이 죽었을 때 김상헌은 중앙에서 물러나 안동의 풍산(豊山)과 학가산(鶴駕山) 서미동(西美洞) 등의 지역으로 물러나 있던 것을 말한다.《淸陰先生年譜》

만장

又

동양위(東陽尉) 신익성(申翊聖)

죽음공의 병환을 듣지도 못하였는데	未聞竹陰病
갑자기 만사를 짓게 되었네	忽索輀車篇
인사란 진실로 무상한 것이나	人事固無常
정말 이럴 수 있단 말인가	其然豈其然
연배로는 나의 벗이 아니고	年輩非余儕
선친[832]께서 일찍이 어짊을 칭찬하셨네	先子嘗稱賢
문장에 절로 법도가 있었으니	文章自有道
간담(肝膽)을 짜내는 듯[833] 현묘함을 드러내었네	搯擢抉其玄
필시 재주를 타고났을 터이지만	必也才性近
더욱 응당 전력을 다했을 것이네	尤當用力專
작품의 오묘함은 말할 것도 없고	無論述作妙

---

832 선친 : 영의정을 지낸 신흠(申欽, 1566~1628)이다. 조희일(趙希逸)은 신흠의 제문을 지어 서로 교유한 사실을 기록한 바 있다. 《竹陰集 卷14 祭玄翁文》

833 간담(肝膽)을 짜내는 듯 : 몹시 고심하여 글을 짓는 것이다. 한유(韓愈)가 지은 〈정요선생묘지명(貞曜先生墓誌銘)〉에 "시를 지음에 미쳐서는 눈동자를 파고 심장을 바늘로 찌르듯 칼날로 얽힌 실을 푸는 듯이 하였고, 어려운 문장과 난삽한 구절은 간담을 짜내는 듯 귀신이 지은 것 같았다.〔及其爲詩, 劌目鉥心, 刃迎縷解, 鉤章棘句, 搯擢胃腎, 神施鬼設.〕"라고 하였다. 《唐宋八大家文抄 卷15》

백가의 학문까지 모두 꿰뚫었네	百家皆貫穿
근세의 대가로	近世大家數
공을 제쳐 놓고 누구를 앞세우겠는가	舍之疇爲先
짝할 상대[834] 세상에서 이미 사라졌으니	於世質已亡
사방을 둘러봐도 외롭다네	四顧踽踽焉
공의 글을 평정(評定)할 이는 누구인가	誰歟定子文
공의 글은 응당 오래도록 전해지리라	子文應久傳

834 짝할 상대 : 자신의 경지를 이해할 만한 사람을 말한다. 《장자》〈서무귀(徐无鬼)〉
에, 장자(莊子)가 그의 제자에게 장석(匠石)이라는 사람이 영인(郢人)과 도끼로 코끝의
백토(白土)를 살짝살짝 벗기는 기예가 있었다고 하면서, "……장석은 '제가 이전에는
그렇게 할 수 있었지만 이 기예를 쓸 수 있었던 신과 짝하던 상대가 죽은 지 오래되었습
니다.'라고 하였는데, 지금 나도 혜시가 죽은 뒤로 장석처럼 짝할 상대가 없어 더불어
이야기할 사람이 없다.〔……匠石曰, 臣則嘗能斲之, 雖然, 臣之質, 死久矣, 自夫子之死也,
吾無以爲質矣, 吾無與言之矣.〕"라는 말을 해 주었다.

만장

又

호조 판서 심열(沈悅)

뜬세상은 진실로 여관(旅館)과 같고[835]	浮世眞逆旅
인생이란 풀 끝에 맺힌 이슬과 같으니	人生草頭露
주검을 어루만지고 한번 길게 통곡함에	撫屍一長慟
비처럼 흐르는 눈물을 금하기 어렵네	難禁淚如雨
멀리 선세의 일을 생각하니	緬懷先世事
교칠[836]처럼 깊은 정의(情誼)가 굳건하였고	膠漆深情固
각자가 세한의 마음[837]을 지키며	各保歲寒心
만나는 바에 따라 부침하였네	升沈隨所遇
갈고 닦는 것은 오직 도의였고	切磋唯道義

---

835 뜬세상은……같고 : 당(唐)나라 이백(李白)의 〈춘야도리원서(春夜桃李園序)〉에 "대저 천지란 만물의 여관이고 광음이란 백대의 과객이다. 덧없는 인생이 꿈과 같으니 즐거운 시간이 얼마나 되겠는가.〔夫天地者, 萬物之逆旅, 光陰者, 百代之過客, 而浮生若夢, 爲歡幾何?〕"라고 하였다. 《古文眞寶後集 卷2》

836 교칠(膠漆) : 우의(友誼)가 매우 끈끈함을 비유한 말이다. 후한(後漢)의 진중(陳重)과 뇌의(雷義)가 우정이 돈독하였는데, 사람들이 "교칠이 굳다고 하지만, 뇌의와 진중의 사이만 못하다.〔膠漆自謂堅, 不如雷與陳.〕"라고 하였다 한다. 《後漢書 獨行列傳》

837 세한(歲寒)의 마음 : 지조를 굳게 지키는 것을 말한다. 《논어》〈자한(子罕)〉에 공자가 "날씨가 추워진 뒤에야 소나무와 측백나무가 뒤늦게 시듦을 알 수 있다.〔歲寒, 然後知松柏之後凋也.〕"라고 하였다.

추구하는 것은 호오가 같았다네　　　　趨向齊好惡

우리들은 당시 아직 어렸는데　　　　吾儕時尙少

어른을 모시는 일 얼마나 많았던가　　幾多陪杖屨

매양 문주회[838]를 따라다니며　　　　每從文酒會

자상한 가르침을 받들었는데　　　　諄諄承誨諭

어느덧 각각 일찍 고아가 되었으니　居然各早孤

피눈물을 흘리며 풍수의 탄식[839]을 하였네　血泣攀風樹

슬프고 슬픈 두 집의 아이　　　　　哀哀兩家兒

평소 대대로 내려오는 정분이 있었네　世世情有素

간담상조하는 사이라　　　　　　　肝膽相洞照

득실을 어찌 헤아리겠는가　　　　　得喪何足數

나는 겨와 쭉정이인데도 앞에 있었지만[840]　糠粃我在前

문장은 그대가 독보적이었네　　　　文章君獨步

중년에 비방과 중상을 만나　　　　中年遭謗傷

비틀대며 불우함을 슬퍼했네　　　　蹭蹬悲不偶

재주가 있었으나 크게 펼치지도 못하고　有才不大施

끝내 시속에 거슬렸네　　　　　　　終爲時所忤

---

838 문주회(文酒會) : 시문(詩文)을 지으며 술을 마시기 위하여 여는 모임이다.

839 풍수(風樹)의 탄식 : 자식이 어버이의 상을 당하여 슬퍼하는 마음을 가리킨다. 춘추 시대 때 고어(皐魚)라는 사람이 길에서 슬피 울고 있기에 공자(孔子)가 그 까닭을 물었는데, 고어가 "나무는 고요하고자 하여도 바람이 그치지 않고, 자식이 봉양하고 싶어도 어버이는 기다려 주지 않는다.〔樹欲靜而風不止, 子欲養而親不待.〕"라고 하고는, 서서 울다가 말라 죽었다고 한다. 《韓詩外傳 卷9》

840 겨와……있었지만 : 412쪽 주 820) 참조.

수척한 몸에 원기가 메말라　　　　　　　清贏榮衛枯

한 번 병이 들자 그대로 고질이 되었네　　一疾仍沈痼

내가 와서 안색을 살폈더니　　　　　　　我來視顏色

끊어질 듯한 숨결은 실낱과 같았네　　　　奄奄氣如縷

손을 잡고 약물을 권하였지만　　　　　　握手勸藥餌

마음속으로 끝내 낫기 어려울 줄 알았네　心知竟難愈

하지만 누가 생각이나 했으랴 하룻밤 사이에　誰料一夜間

슬픈 부고가 갑자기 들려 올 줄을　　　　遽爾聞哀訃

길게 부르짖으며 침문에서 곡하니　　　　長呼哭寢門

늙은이의 눈물만 하염없이 쏟아지네　　　老淚空自注

만년에 지음을 잃었으니　　　　　　　　末路失知音

그윽한 회포를 누구에게 토로할까　　　　幽懷向誰吐

마음 아파라 산기슭 아래에　　　　　　　傷心岳麓下

옛집의 풍광이 어둑하다네　　　　　　　古屋風煙暮

솔과 대는 참담한 색을 띠고　　　　　　松篁帶慘色

서책에는 먼지와 좀이 생겼네　　　　　　書帙生塵蠹

아아　　　　　　　　　　　　　　　　噫于戱

문아한 풍류를 다시 보기 어렵지만　　　文雅風流難再覿

천년토록 황천에서 사귀리라 기약하네　千載交期在泉路

만장

又

지중추부사 윤흔(尹昕)

평생의 필묵이 부질없게 되었으니	平生翰墨徒爲耳
만년에도 문형의 자리는 결국 오르지 못했네	末路文衡竟闕如
머나먼 관령에서 노년에 동장을 차고[841]	晚佩銅章關嶺遠
문서 처리하느라 한갓 풍채만 고단하였네	謾勞風采簿書餘
뛰어난 시문 지어 천고의 근심을 없애고	凌雲賦罷愁千古
남에게 괜한 오해를 받아 수레 백 대의 비방이 가득했네	
	按劍人多謗百車
지위가 재주를 따라 주지 못하고 그대로 문득 떠나가니	
	位不滿才仍奄忽
남아는 구류의 책을 읽지 말지어다[842]	男兒莫讀九流書

841 머나먼……차고 : '관령'은 대관령이고 '동장(銅章)'은 지방 수령이 차는 관인(官印)
이다. 조희일(趙希逸)이 죽기 2년 전인 1636년(인조14)에 강릉 부사(江陵府使)로 나간
것을 말한다. 《竹陰集 附錄 神道碑銘》

842 남아는……말지어다 : 문장과 학문을 겸비했음에도 끝내 높은 자리에 오르지 못한
것을 안타까워하는 말이다. '구류(九流)'는 선진(先秦) 시대 9개 학술의 유파인 유가(儒
家), 도가(道家), 음양가(陰陽家), 법가(法家), 명가(名家), 묵가(墨家), 종횡가(縱橫
家), 잡가(雜家), 농가(農家)를 말하는 것으로, 제반 학문을 의미한다.

만장

又

해숭위(海嵩尉) 윤신지(尹新之)

문형의 솜씨 오랫동안 펼치지 못했고	久縮文衡手
회자되는 시만 부질없이 전하네	空傳膾炙詩
어찌 장씨의 아들에게 막혔겠는가마는	詎關臧氏子
누가 비침의 글을 윤색해 준단 말인가[843]	誰潤裨諶辭
곧은 도를 지녔으니 어찌 시대를 논했겠는가	道直寧論世
명성 높아 절로 시대를 압도했네	名高自壓時
평생 동안 학문 저버린 적 없거늘	平生不負學
아이들이 공연히 배척했다네	兒輩謾擠推

| 능력에 맞게 다 쓰이지 못했으니 | 用不究其有 |

---

843 어찌……말인가 : 누가 배척한다고 해서 중용(重用)되지 못한 것은 아니지만, 조회일의 대단한 문장이 나라에 쓰이지 못한 것이 안타깝다는 말이다. '장씨(臧氏)의 아들'은 맹자(孟子)가 자신과 노(魯)나라 평공(平公)이 만나는 것을 방해한 자로 지목한 사람이다. 《孟子 梁惠王下》'비침(裨諶)'은 춘추 시대 정(鄭)나라 대부로 외교 문서의 초고를 잡던 사람이다. 공자가 정나라의 여러 대부들이 각각의 역할을 맡아 외교 문서를 잘 완성하던 일을 두고 "비침이 초를 잡고, 세숙이 토론하고, 행인 자우가 수식하고, 동리 자산이 윤색한다.〔裨諶草創之, 世叔討論之, 行人子羽脩飾之, 東里子產潤色之.〕"라고 하였다. 《論語 憲問》

누가 준량을 급하게 여긴다 하겠는가	誰云急俊良
풍운제회(風雲際會)[844]는 후배가 많이 입었는데	風雲多後輩
경물은 석양에 가까워져 버렸네	景物近斜陽
조정은 은혜와 원한의 땅이요	朝著恩讎地
관로(官路)는 전쟁터라네	衣冠戰伐場
분명 혼탁한 세상에 지겨움 느껴	分知厭溷濁
옥황상제 곁으로 돌아간 것이리	歸去玉皇傍

세상과는 정분이 다해 가는데	與世情將盡
노형만은 잊기가 어렵다네	難忘獨老兄
근심과 기쁨은 정해진 분수를 따랐기에	憂愉從分定
영예와 욕됨에 놀란 적 없었다네	榮辱不曾驚
통달하고 개결한 분이 어찌 유속과 같으리오	通介寧流俗
입공(入功)과 입언(立言)[845]을 이 생애에서 다하였네	功言已此生
지음이 사해에서 사라지니	知音四海闊

---

844 풍운제회(風雲際會) : 신하가 성군(聖君)을 만나 지우(知遇)를 받는다는 말로,《주역》〈건괘(乾卦) 문언(文言)〉에 "구름은 용을 따르고 바람은 범을 따른다.〔雲從龍, 風從虎.〕"라고 한 데서 온 말이다.

845 입공(入功)과 입언(立言) : 공을 세우는 것과 말을 세우는 것으로, 사람이 죽은 뒤 후세에 남기는 세 가지 덕목인 삼불후(三不朽)에서 덕을 세운다는 뜻인 '입덕(入德)'을 제외한 두 가지만을 지칭한 것이다. 춘추 시대 진(晉)나라 범선자(范宣子)가 노(魯)나라 목숙(穆叔)에게 '불후'에 대해 묻자, 대답하기를 "덕을 세우는 것이 최상이요, 공을 세우는 것이 그 다음이요, 말을 세우는 것이 그 다음인데, 이 세 가지는 오랜 시간이 흐르더라도 없어지지 않으니, 이를 일러 불후라고 한다.〔太上有立德, 其次有立功, 其次有立言, 雖久不廢, 此之謂不朽.〕"라고 하였다.《春秋左氏傳 襄公24年》

노쇠한 몸 눈물이 갓끈을 적시네 　　　　　　　　　衰白一沾纓

만장

又

지중추부사 이경직(李景稷)

헌걸찬 옥모에 마음은 옥과 같았고	頎然玉貌心如玉
세상을 놀라게 하는 문장으로 명성이 자자했네	驚世文章籍甚名
지난날에 견책을 당한 것은 진실로 당연하나846	向日固宜遭譴斥
성조에서 충정한 이가 곤경에 처할 줄 누가 생각이나 했으랴847	
	聖朝誰料困忠貞
온전히 돌아가셨기에848 먼저 죽은 것 상심할 필요 없지만	
	全歸不必傷先死
구차히 살고 있으니 이내 생애 너무도 부끄럽네	苟活那堪媿此生
혼이 만약 앎이 있다면 내 마음을 아시리니	魂若有知知我意

---

846 지난날에……당연하나 : 광해군(光海君) 치하는 어지럽고 혼란한 때이므로 귀양을 가게 된 것이 이상하지 않다는 말이다.

847 성조에서……했으랴 : 조희일(趙希逸)은 인조반정 후 다시 기용되었는데, 마지막 벼슬로 강릉 부사(江陵府使)를 하다가 강원도 감사의 장계로 인해 파직되고 난 뒤에, 사망할 때까지 서용(敍用)되지 못한 상태로 있었다.《承政院日記 仁祖 16年 9月 25日》

848 온전히 돌아가셨기에 : 몸을 잘 보존하여 명성을 남기고 생을 마치는 효성을 말한다. 증자(曾子)의 제자인 악정자춘(樂正子春)이 "부모가 자식을 온전하게 낳아 주셨으니 자식은 몸을 온전히 하여 돌아가야 효도라고 이를 수 있다.〔父母全而生之, 子全而歸之, 可謂孝矣.〕"라고 한 데서 온 말이다.《禮記 祭義》

새벽까지 들보에 걸린 밝은 달849을 차마 못 보겠네 忍看樑月曉分明

849 들보에……달 : 벗에 대한 그리움을 비유한 말이다. 두보(杜甫)가 이백(李白)을 그리워하며 지은 시 〈몽이백(夢李白)〉 가운데 첫째 수에 "지는 달빛 들보를 가득 비추니, 오히려 그대 얼굴인가 의심한다오.〔落月滿屋梁, 猶疑照顔色.〕"라고 한 데서 온 말이다. 《古文眞寶前集 卷3》

만장

又

전 형조 참판 김대덕(金大德)

이백 사람 중에 첫째가는 신선이니[850]	二百人中第一仙
당시에 나는 그대 앞에 무릎을 꿇었다네[851]	當時我膝屈君前
태산북두처럼 높은 명성을 누가 나란할 수 있으랴	名高山斗誰能竝
마음에 지음(知音)으로 허락하여 몹시 사랑했네	心許峨洋愛獨偏
지위가 공고[852]가 못 된 것 어찌 세상을 한하겠는가	位不公孤寧恨世
장수를 누리지 못함은 감히 하늘을 허물해 본다네	年無胡耈敢尤天
공연히 백수로 남아 용렬하게 있으니	空餘白首疏慵在
쓸쓸하여 샘물처럼 솟아나는 눈물 어이 견디랴	踽踽那堪淚迸泉

작년에 악공[853]이 세상을 떠남에 놀라고	去歲岳公驚逝水

850 이백……신선이니 : 조희일(趙希逸)이 진사시에서 장원한 일을 가리킨다. 진사시 초시의 한양(漢陽) 정원이 200명이고 최종 합격 인원은 100명이었다.

851 당시에……꿇었다네 : 조희일(趙希逸)이 진사시에 장원할 때 김대덕(金大德)이 그보다 못한 성적으로 합격한 사실을 말한다. 《萬曆二十九年辛丑司馬榜目》

852 공고(公孤) : 삼공(三公)과 삼고(三孤)의 신하를 말하는 것으로, 의정(議政)이나 그 아래의 중신(重臣)을 일컫는다. 《서경》〈주관(周官)〉에 "삼공은 도를 논하여 나라를 다스리며 음양을 조화하고, ……삼고는 이공을 도와 교화를 넓혀서 천지를 공경하며 그 이치를 밝힌다.〔三公論道經邦, 燮理陰陽……三孤貳公弘化, 寅亮天地.〕"라고 하였다.

올 봄엔 계로[854]가 쓰러짐에 탄식했네	今春溪老嘆摧樑
어찌 한 시대 문장의 영수들	云何一代文章伯
이렇게 또 세 현인이 차례로 사라진단 말인가	又此三賢次第亡
하늘에 지은 옥루에서 옥황상제 곁에 노니니	天作玉樓遊帝所
사람들 동벽[855]을 바라봄에 별빛이 어둡네	人瞻東壁晦星光
몸은 비록 죽어 떠났으나 이름은 도리어 남았으니	身雖化去名還在
없어지지 않는 강하처럼 만고에 영원하리라[856]	不廢江河萬古長

---

853 악공(岳公) : 이안눌(李安訥, 1571~1637)을 가리킨다. 호가 동악(東岳)이므로 악공이라고 한 것이다.

854 계로(溪老) : 장유(張維, 1587~1638)를 가리킨다. 호가 계곡(谿谷)이므로 계로라고 한 것이다. '계(溪)'와 '계(谿)'는 같은 글자이다.

855 동벽(東壁) : 문장을 주관한다고 하는 별로, 여기서는 문명(文名)을 떨친 조희일(趙希逸)을 비유한 것이다. 《진서(晉書)》〈천문지 상(天文志上)〉에 "동벽 두 별은 문장을 주관하는 별로서, 천하의 도서를 소장한 곳을 상징한다.〔東壁二星, 主文章, 天下圖書之祕府也.〕"라고 하였다.

856 몸은……영원하리라 : 조희일(趙希逸)의 문명(文名)이 불멸함을 두보(杜甫)의 시를 차용하여 칭찬한 것이다. 두보가 일찍이 당시의 경박한 문사(文士)들이 초당사걸(初唐四傑)로 유명한 양형(楊炯), 왕발(王勃), 노조린(盧照鄰), 낙빈왕(駱賓王)의 시문을 비웃는 것을 두고, "양·왕·노·락의 당시 문체를, 경박하게 글 짓는 이들이 비웃어 마지않누나. 너희들은 몸과 이름이 함께 사라지겠지만, 없어지지 않는 강하처럼 만고에 영원하리라.〔楊王盧駱當時體, 輕薄爲文哂未休. 爾曹身與名俱滅, 不廢江河萬古流.〕"라고 하였다. 《全唐詩 卷227 戱爲六絶句》

만장

又

횡금[857]에 도달한 지위가 낮은 것은 아니지만	位到橫金也未卑
높은 재주로 한스럽게도 운명 되레 기구했네	才高却恨命還奇
붉은 복사꽃 정히 터질 때 청안[858]으로 맞아 줬는데	紅桃政綻開靑眼
누런 잎 처음 날릴 때 하얀 휘장에 덮이고 말았네	黃葉初飛掩素帷
일찍부터 문장은 〈앵무부〉와 같았고[859]	早世文章鸚鵡賦
풍우 치는 밤 침상에서 〈척령〉 시를 읊었다네[860]	夜牀風雨鶺鴒詩

---

857 횡금(橫金) : 송(宋)나라 때 관직의 고하를 표시하기 위한 패용물로, 어패(魚佩) 없이 금어선화대(金御仙花帶)만 차는 직책이다. 보통 시종신(侍從臣)을 가리킨다.

858 청안(靑眼) : 반갑게 남을 맞이하는 것으로, 진(晉)나라 완적(阮籍)이 반가운 사람을 만나면 청안을 뜨고 미운 사람을 만나면 백안(白眼)을 떴던 고사에서 온 말이다. 《晉書 阮籍傳》

859 문장은 앵무부(鸚鵡賦)와 같았고 : 문장이 뛰어남을 말한다. 〈앵무부〉는 후한(後漢) 예형(禰衡)이 지은 것으로, 그의 문명(文名)을 세상에 떨치게 한 작품이라고 한다.

860 풍우……읊었다네 : 고난 속에서도 형제간에 우애를 잘 지킨 것을 말한다. '척령(鶺鴒) 시'는 형제간의 우애를 노래한 《시경》 〈상체(常棣)〉를 가리키는 것으로, "저 할미새 언덕에서 호들갑 떨듯, 급난의 상황에서는 형제들이 서로 돕는 법이지.〔脊令在原, 兄弟急難.〕"라고 하였다. '풍우 치는 밤 침상' 또한 형제간의 우애를 드러내는 표현으로, 소식(蘇軾)·소철(蘇轍) 형제가 위응물(韋應物)의 시 〈전진 원상에게 보이다〔示全眞元常〕〉의 "어찌 알았으랴 눈보라 치는 이 밤에, 다시 이렇게 침상을 맞대고 누워 잘 줄을.〔寧知風雨夜, 復此對牀眠.〕"라는 시구를 읽고 일찍 벼슬에서 물러나 한가히 지내는 즐거움을 누리

문단을 오랫동안 품었으니[861] 임금 앞에 부끄러운데　騷壇久抱王前媿

오늘 산양을 지나감에[862] 눈물이 절로 떨어지네　　今日山陽淚自垂

초탈한 옥순[863] 같은 풍채는 여전하였고　　　　脩然玉筍舊風神

〈백설가〉[864] 소리에 벼슬아치들 감동하였네　　白雪歌聲動搢紳

몇 번이나 황화사를 영접하여 채색 붓을 휘둘렀던가　幾迓皇華揮彩筆

만년에는 감사로 나가 남쪽에 은혜 베풀었네[865]　晚臨方岳惠朱垠

동쪽의 후미진 고을 나갔다가 쫓겨나고[866]　　東州棲棘逢三黜

자고 약속한 데서 온 말이다. 《古今事文類聚 後集 卷8 人倫部 兄弟》《韋蘇州集 卷3》

861 문단을 오랫동안 품었으니 : 이경석(李景奭) 자신이 오랫동안 대제학을 맡고 있음을 말한다.

862 산양(山陽)을 지나감에 : 고인이 된 자를 몹시 그리워할 때 쓰는 표현이다. 진(晉)나라 상수(向秀)가 일찍이 혜강(嵇康), 여안(呂安)과 함께 산양이란 곳에서 서로 절친하게 지냈는데, 두 벗이 죽은 뒤 산양의 구택(舊宅)을 지나가다 이웃 사람이 부는 처량한 피리 소리를 듣고 죽은 친구들을 그리워하며 〈사구부(思舊賦)〉를 지었다고 한다. 《晉書 向秀列傳》

863 옥순(玉筍) : 죽순을 미화하여 부른 것으로, 훌륭한 인재를 뜻하는 말이다.

864 백설가(白雪歌) : 〈양춘백설가(陽春白雪歌)〉의 준말로, 매우 뛰어나 화답하기 어려운 시를 뜻한다. 어떤 사람이 영중(郢中)에서 처음에 〈하리파인(下里巴人)〉이란 노래를 부르자 그 소리를 알아듣고 화답하는 사람이 수천 명이었고, 〈양아해로(陽阿薤露)〉를 부르자 화답하는 사람이 수백 명으로 줄었으며, 〈양춘백설가(陽春白雪歌)〉를 부르자 화답하는 사람이 수십 명으로 줄었다. 이렇게 곡조의 수준이 높아질수록 그것에 화답하는 사람이 점점 줄었다고 한다. 《文選 卷45 對楚王問》

865 만년에는……베풀었네 : 조희일(趙希逸)이 경상 감사(慶尙監司)를 역임한 것을 말한다. 《竹陰集 附錄 神道碑銘》

866 동쪽의……쫓겨나고 : 강릉 부사(江陵府使)로 나갔다가 파직된 일을 말한다. 404쪽 주 805) 참조.

북쪽 산기슭에서 문을 닫고 봄철을 보내었지   北麓關扉過一春

긴 젓대 소리에 지금 혼이 끊기려 하니   長笛秪今魂欲斷

세간에 다시 의루인이 없다네[867]   世間無復倚樓人

한 번 강릉 부사에서 물러난 뒤로   一自臨瀛解左符

어진 이의 벼슬길이 막혀 기구한 처지에 맡겨졌네   閉門賢路任崎嶇

삼대가 장원하니[868] 집안 명성 원대하였고   壯元三代家聲遠

천 길의 화악처럼 기개를 갖추었다네   華岳千尋氣岸俱

덧없는 세상 지금 즐거운 일이 없으니   浮世卽今無樂事

이 몸은 도리어 황천이 부럽기만 하네   此生還復羡泉塗

가을바람에 동틀 무렵 상여가 서쪽으로 떠나니   秋風曉綍西歸去

고양의 옛 술꾼[869]이 공연히 눈물을 흘리네   空泣高陽舊酒徒

---

867 긴……없다네 : 조희일이 죽어 세상에 없다는 말이다. 당(唐)나라 조하(趙嘏)의 〈장안추망(長安秋望)〉에, "몇 점 남은 별 아래 기러기는 변새를 횡단하고, 긴 젓대 한 소리에 사람은 누각에 기대었네.〔殘星幾點雁橫塞, 長笛一聲人倚樓.〕"라는 구절이 있는 데, 두목(杜牧)이 이 구절에 탄복한 나머지 조하를 조의루(趙倚樓)라고 부르기 시작하면 서부터, 조씨(趙氏) 성을 가진 사람을 의루인이라고 칭하게 되었다. 《全唐詩 卷549》 《詩人玉屑 卷10》

868 삼대가 장원하니 : 조희일의 부친 조원(趙瑗), 조희일 자신, 그 아들 조석형(趙錫馨) 삼대가 연이어 진사시에 장원하였다. 《竹陰集 附錄 神道碑銘》

869 고양(高陽)의 옛 술꾼 : 술을 좋아하며 방탕하여 구속을 싫어하는 사람으로, 여기서 는 이경석(李景奭) 본인을 가리킨다. 역이기(酈食其)가 한 고조(漢高祖) 유방(劉邦)을 처음 만나려고 갔을 때 유방이 유생(儒生)을 싫어한다는 말을 듣고 "나는 고양의 술꾼이 다.〔吾高陽酒徒也.〕"라고 한 데서 온 말이다. 《史記 酈生列傳》

만장

又

안변 도호부사(安邊都護府使) 서경우(徐景雨)

바다와 같은 문장 광활하여 끝이 없는데   文章如海浩無邊

하늘을 찌를 듯한 기개는 누가 감히 공에 앞서랴   氣槩凌雲孰敢先

연방에 성대한 이름 남겨[870] 구업을 보존하니   蓮榜盛名存舊業

소년 시절 명성이 제현 가운데 으뜸이었네   少年聲價冠諸賢

관직은 영달하지 못한 것 아니나 재주는 다 펼치기 어려웠고

                 宦非不達才難盡

시는 능언의 경지에 들어 전해질 만하네   詩到能言意可傳

만년에 중병이 드니 아, 끝났구나   晩節沈痾嗟已矣

육순의 일생이 문득 구천으로 떠났구나   六旬身世奄重泉

세의와 사귄 정 내가 가장 깊었는데   世誼交情我最深

어울려 지내다 또한 다시 청음[871]과 함께했네   追隨亦復共淸陰

나아감과 물러남에 시종 자못 도가 같았고   行藏終始頗同道

---

870 연방(蓮榜)에……남겨 : 사마시(司馬試)인 생원과(生員科)와 진사과(進士科)에 합
격한 사람의 이름을 게시하는 방(榜)을 말하는데, 조희일(趙希逸)이 진사시에 장원했으
므로 한 말이다.

871 청음(淸陰) : 김상헌(金尙憲)의 호이다.

비방과 칭찬이 분분한 속에서 유독 마음 허여했네 　　毀譽紛紜獨許心

늙어갈수록 벗을 그리는 감정이 특히 깊어지니 　　老去偏多懷友感

근심이 찾아올 때 누구와 함께 술잔을 채울까 　　愁來誰與滿杯斟

지금 만사가 온통 한스러우니 　　秖今萬事渾堪恨

만장을 다 짓고 나니 눈물이 옷깃을 적시네 　　題罷些詞淚洒襟

만장
又

한성 판윤(漢城判尹) 윤휘(尹暉)

의루인[872]의 명성 우리 동방에 진동하는데	倚樓聲譽振吾東
송설[873]의 높은 재주 공에게서 다시 보았네	松雪高才復見公
시문은 모두 정시의 격조[874]를 이루었고	摛藻皆成正始調
글씨는 완연히 영화[875]의 기풍 있었네	臨池宛有永和風
인간 세상의 문단에 명성 길이 남겠지만	人間藝苑名長在
하늘 위 문성[876]은 광채가 이미 사라졌네	天上文星彩已空
서글퍼라 주현[877]이 지금 또 끊어지니	惆悵朱絃今又斷
백발 늙은이 만사를 지음에 끝없이 눈물이 흐르네	白頭題挽泣無窮

872 의루인(倚樓人) : 432쪽 주 867) 참조.

873 송설(松雪) : 조맹부(趙孟頫)의 호이다.

874 정시(正始)의 격조 : 혜강(嵇康)과 완적(阮籍) 등의 시풍을 말한다. 위(魏)나라
제왕(齊王) 정시(正始) 연간에 시속이 청담(淸談)을 숭상했으므로, 세상에서 그것을
정시풍(正始風)이라 하였고, 이어서 진(晉)나라 혜강과 완적 등의 시체(詩體)를 정시체
(正始體)라고 하였다.

875 영화(永化) : 동진(東晉) 목제(穆帝)의 연호이다. 여기서는 이 시기에 활동한 명필
가인 왕희지(王羲之)를 가리킨다.

876 문성(文星) : 문운(文運)을 주관한다는 문창성(文昌星) 혹은 문곡성(文曲星)으로,
문재가 뛰어난 사람을 비유하는 말이다.

877 주현 : 396쪽 주 783) 참조.

만장

又

한성 좌윤(漢城左尹) 한명욱(韓明勗)

지난달 초 내가 그대를 보았는데	前月之初我見君
괴로워하는 말 처절하여 들을 수가 없었네	苦辭凄切不堪聞
어찌 알았으랴 한 번 병들자 의약이 무용하여	那知一疾醫無賴
갑자기 이렇게 이승과 저승으로 길이 벌써 갈릴 줄	忽此三泉路已分
젊어서부터 마음으로 친하여 과갈⁸⁷⁸로 의지하였고	自少心親托瓜葛
때로 함께 모여 난초 향기에 젖었다네	有時簪盍襲蘭薰
가림백의 찬란한 가문이요⁸⁷⁹	門闌煥爛嘉林伯
웅건한 의기는 필묵의 군진(軍陣)이라네⁸⁸⁰	意氣豪雄翰墨軍

878 과갈(瓜葛) : 오이나 칡덩굴처럼 뻗어 나간 친척이라는 뜻으로, 집안끼리 혼인으로 맺어진 관계를 뜻한다. 한(漢)나라 채옹(蔡邕)의 〈독단(獨斷)〉에서 "무릇 선제(先帝) 및 선후(先后)와 과갈(瓜葛)의 관계가 있는 이들은 모두 모였다."라고 한 데서 온 말이다. 한명욱(韓明勗)의 부친이 한술(韓述)인데, 조희일(趙希逸)은 한술의 재종 표제(再從表弟)가 된다. 《竹陰集 卷14 祭再從兄韓參判文》

879 가림백(嘉林伯)의 찬란한 가문이요 : '가림'은 임천(林川)의 옛 지명이다. 조희일(趙希逸)의 먼 조상 조천혁(趙天赫)은 송(宋)나라 사람으로 진사(進士)였는데, 고려 때 우리나라로 와서 벼슬하여 가림백이 되었고, 이후 대대로 대관(大官)이 배출되었다. 《竹陰集 附錄 神道碑銘》

880 웅건한……군진(軍陣)이라네 : 조희일(趙希逸)의 글씨가 씩씩하고 힘이 넘침을 말한다. 두보(杜甫)의 〈취가행(醉歌行)〉에 "글의 근원은 삼협의 물을 기울인 듯하고,

삼대가 연이어 사마시에 장원하고[881]　　　　　三世繼登蓮榜首

형제가 연이어 향기로운 계수나무 가지를 꺾었네[882]　二難連折桂枝芬

맑은 시문과 오묘한 글씨를 누가 능히 대적하랴　　　淸詞妙筆誰能敵

취중의 생각과 소인(騷人)의 마음이 뭇사람보다 훨씬 뛰어났네

　　　　　　　　　　　　　　　　　　　　醉思騷襟逈出群

은하수에 날아 오른 게 며칠이었던가[883]　　　　霄漢翶翔曾幾日

풍진 세상의 성쇠는 모두 뜬구름과 같다네　　　　風塵榮悴摠浮雲

넓고 한산한 백악산(白岳山) 기슭의 촌집에서　　　寬閑白麓村邊宅

오사모 쓰고 책상 위의 글을 정밀하게 보았네　　　點檢烏紗案上文

노년의 벗은 참된 친구이니　　　　　　　　　末路朋知是親舊

반평생 받은 비방 너무도 어지러웠지　　　　　半生脣舌亦紛紜

예조의 참판 벼슬 단정에 드러내고　　　　　　春曹卿亞丹旌表

연평검(延平劍)의 혼 푸른 무덤으로 돌아가네[884]　延劍神還綠草墳

필법의 군진은 천명의 적군을 홀로 쓸어버릴 기세로다.〔詞源倒流三峽水, 筆陣獨掃千人軍.〕"라고 한 데서 온 말이다. 《杜少陵詩集 卷3》

881 삼대가⋯⋯장원하고 : 조희일의 부친 조원(曺瑗), 조희일 자신, 그 아들 조석형(趙錫馨) 삼대는 연이어 진사시에 장원하였다. 《竹陰集 附錄 神道碑銘》

882 형제가⋯⋯꺾었네 : 조희일(趙希逸)이 1602년(선조35)에 별시 문과(別試文科)에 급제하고, 아우 조희진(趙希進) 또한 1606년(선조39) 사마시에 합격한 뒤 1616년(광해군8) 별시 문과에 병과로 급제한 것을 말한다. 계수나무 가지를 꺾는다는 것은 과거에 합격함을 이르는 말이다. 388쪽 주 768) 참조.

883 은하수에⋯⋯며칠이었던가 : 임금의 근신(近臣)으로 오래 있지 못한 관력(官歷)을 말한다. 은하수는 제왕의 좌우(左右) 또는 현달한 지위를 비유한다.

884 연평검(延平劍)의⋯⋯돌아가네 : 죽어서 부인과 합장함을 말한다. '연평검'은 진(晉)나라 뇌환(雷煥)의 고사에서 온 말이다. 뇌환이 용천(龍泉)과 태아(太阿)라는 두

마융(馬融)의 슬픈 피리 소리[885]에 영령이 그립고　　馬笛聲酸魂耿耿

양담(羊曇)의 어른거리는 채찍 그림자[886]에 눈물이 뚝뚝 떨어지네

　　　　　　　　　　　　　　　　　　　　　　羊鞭影落淚泫泫

64년 동안 인간 세상 꿈처럼 살았는데　　　　　六旬餘四人間夢

우거진 숲에는 지초와 혜초가 이슬 젖어 향기롭네　芝蕙叢林浥露馧

보검을 얻어 하나를 장화(張華)에게 주었는데, 뒤에 장화가 주살당하여 보검의 소재를 알 수 없게 되었다. 뇌환이 죽은 뒤 그의 아들이 보검을 가지고 연평진(延平津)을 지나갈 때 보검이 갑자기 물에 떨어져 사람을 시켜 찾게 하니, 두 보검이 두 마리 용으로 변해 유유히 모습을 감추었다고 한다. 이후로 부부가 합장하는 것을 비유하는 말로 쓰이게 되었다.《晉書 張華列傳》

885 마융(馬融)의……소리 : 진(晉)나라 상수(向秀)는 죽은 두 벗인 혜강(嵇康), 여안(呂安)과 놀던 산양의 구택(舊宅)을 지나다가 이웃 사람이 부는 처량한 피리 소리를 듣고 죽은 친구들을 그리워하며 〈사구부(思舊賦)〉를 지었으며, 마융은 피리 불기를 좋아하여 〈장적부(長笛賦)〉를 남겼으므로 한 말이다.《晉書 向秀列傳》《文選註 卷30 長笛賦》

886 양담(羊曇)의……그림자 : 고인의 죽음에 대한 슬픔과 그리움을 표현하는 말이다. 진(晉)나라 양담은 사안(謝安)의 생질로, 생전에 사안에게 지극한 사랑을 받았다. 사안이 죽자 양담은 사안이 살던 서주(西州)를 차마 지나가지 못하다가, 어느 날 취중에 타고 있던 말이 서주의 문에 이르자, 양담은 슬픔을 이기지 못하여 채찍으로 문을 두드리면서 "살아서는 화려한 집에 거처하더니, 영락하여 산언덕으로 돌아갔구나.〔生存華屋處, 零落歸山丘.〕"라고 통곡하였다고 한다.《晉書 謝安列傳》

만장

又

춘성군(春城君) 남이웅(南以雄)

문장과 글씨는 당세를 압도하였고	文章筆翰傾當世
사업과 영화는 물처럼 흘러가 울먹였다네	事業榮華泣逝川
지금 이후로는 북산의 문이 닫히리니	從此北山門掩後
석양 무렵 이웃의 피리 소리를 어이할꼬[887]	若爲隣笛夕陽邊

---

887 이웃의……어이할꼬 : 세상을 떠난 사람을 추억하며 슬퍼하는 것이다. '이웃의 피리소리'는 진(晉)나라의 상수(向秀)와 관련된 고사에서 온 말이다. 438쪽 주 885) 참조.

만장

又

예조 참의 조위한(趙緯韓)

삼대가 연이어 사마시에 장원하였고	壯元司馬連三代
도덕과 문장은 한 시대의 으뜸이었네	人道文章冠一時
구절양장 같은 세로에서 자주 배척을 당했으니	世路羊腸頻見斥
문단의 종장은 결국 누구에게 돌아가고 말았나[888]	騷壇牛耳竟歸誰
청운의 옛 발자취는 황량몽(黃粱夢)[889]이 되었으니	靑雲舊跡粱炊熟
늙은이의 새 시에 귀신도 울며 슬퍼하리	白首新詩鬼泣悲
친구들 지금 이미 다 죽었으니	親故凋零今已盡
노인은 어느 곳에 마음을 의탁할까	老夫何處托心期

---

888 문단의……말았나 : '문단의 종장'은 대제학(大提學)의 관직을 말한다. 조희일(趙希逸)이 문명(文名)을 떨쳤음에도 대제학에 제수되지 못했음을 애석해 하는 말이다.

889 황량몽(黃粱夢) : 인생의 부귀영화가 덧없음을 나타내는 말이다. 당나라 개원(開元) 연간에 노생(盧生)이라는 자가 도사(道士) 여옹(呂翁)의 베개를 베고 잠을 자는 동안 한평생의 부귀영화를 한껏 누렸는데, 잠을 깨고 보니 한참 짓던 메조[黃粱]가 아직도 익지 않았다고 한다. 《枕中記》

만장

又

대사성 이행원(李行遠)

한 시대 문장의 영수요	一代文章伯
선조의 시종신이었네	先朝侍從臣
시의 명성은 이두[890]에 가까웠고	李杜詩聲逼
글씨의 법도는 종왕[891]과 같았네	鍾王筆法眞
평생 동안 험난한 일이 많았고	平生多坎軻
겪는 일마다 또한 비통하고 괴로웠네	遭遇亦悲辛
서주[892]에서 오늘 눈물 흘림은	西州今日淚
그저 인척이라 그런 것만은 아니라오[893]	不獨爲姻親

---

890 이두(李杜) : 당(唐)나라 때의 시인인 이백(李白)과 두보(杜甫)를 병칭한 말이다.

891 종왕(鍾王) : 명필로 유명한 위(魏)나라의 종요(鍾繇)와 진(晉)나라의 왕희지(王羲之)를 병칭한 말이다.

892 서주(西州) : 자신을 아껴 주던 인물의 죽음에 대한 지극한 슬픔을 표현하는 말이다. 진(晉)나라 양담(羊曇)이 서주의 성문을 지나면서 생전의 사안(謝安)을 생각하며 비통한 눈물을 흘렸던 고사가 있다. 《晉書 謝安列傳》 438쪽 주 886) 참조.

893 인척이라……아니라오 : 조희일(趙希逸)의 누이가 한사득(韓師得)에게 시집갔는데, 한사득의 사위가 바로 이행원(李行遠)이므로 인척이라고 칭한 것이다. 《丈巖集 卷17 同副承旨雲江趙公墓碣銘》《國朝文科榜目》

만장

又

사제(舍弟) 사도시 정(司䆃寺正) 조희진(趙希進)

세세생생(世世生生) 형제가 되기를 바랐으니	願言世世爲兄弟
소로는 내생에 과연 인연을 맺었으리라[894]	蘇老來生果結緣
이 시가 진실로 망녕되지 않다면	倘使此詩誠不妄
오래 이별할 일 없기에 눈물 뿌릴 것도 없으리	無多時別莫潸然

어려서 어울렸던 곳 추억해 보며	追思小少提携地
울부짖으며 곡을 마치니 눈물이 냇물처럼 흐르네	哭盡嗷嗷淚似川
의자와 이불을 함께하며 백발이 되었는데	同榻同衾成白首
황천을 사이에 두고 이리 이별할지 어찌 알았으랴	那知此別間黃泉

가슴 아픈 임진년을 말하지 말지어다	傷心休道歲壬辰
죽지 않고 살아남은 목숨 그저 두 사람뿐이었네[895]	漏刃餘生只二人

---

894 세세생생(世世生生)……맺었으리라 : 소로(蘇老)는 소식(蘇軾)을 가리킨다. 소식이 시(詩)를 지어 아우 소철(蘇轍)에게 형제의 인연이 이어지기를 바랐던 일을 빌려, 형인 조희일(趙希逸)이 죽은 것을 깊이 애도한 것이다. 소식이 감옥에 갇혀 생명의 위협을 느끼고 아우 소철에게 준 시에 "너와 세세생생 형제가 되어, 내생에서도 다하지 않을 인연을 다시 맺으리.〔與君世世爲兄弟, 更結來生未了因.〕"라고 하였다. 《東坡詩集註 卷7 予以事繫御史臺獄云云》

내가 형을 부를 때 형은 아우를 어루만져 주었으니　　我號兄時兄撫弟

슬프고 두려운 마음으로 마주하며 눈물로 수건 적시었다네

悲惶相對涕沾巾

묘군[896]이 세상에 남아 있는데 누가 알고 불러 주랴　　卯君在世知誰喚

소로는 지금 이미 신선이 되었다네　　　　　　　　　　蘇老如今已作仙

거문고 망한 자경은 지금 어디로 갔나[897]　　　　　　　琴亡子敬今何往

이불이 차가운 강굉은 홀로 잠들지 못하리[898]　　　　　被冷姜肱獨不眠

---

895 죽지……사람뿐이었네 : 임진왜란 당시에 조희일(趙希逸) 4형제가 부친 조원(趙瑗)과 함께 왜적에게 붙잡혔다가 부친 조원을 애걸하여 살린 일이 있었는데, 그 당시 조희일의 형 두 명은 죽임을 당하였다. 382쪽 주 761) 참조.

896 묘군(卯君) : 간지(干支)에 묘(卯) 자가 들어간 해에 출생한 사람이라는 뜻으로, 아우를 의미한다. 소식(蘇軾)이 기묘생인 아우 소철(蘇轍)의 생일을 축하하며 지은 시에 "내가 이것을 가지고 묘군에게 축수한다.〔東坡持是壽卯君.〕"라고 한 데서 온 말이다. 《東坡詩集註 卷20 子由生日以檀香觀音像及新合印香銀篆槃爲壽》

897 거문고……갔나 : 형제 중 일방이 먼저 죽어 유명(幽明)을 달리하게 된 것을 슬퍼하는 말이다. 진(晉)나라 때 왕휘지(王徽之)와 왕헌지(王獻之) 두 형제가 평소 정의가 매우 두터웠는데, 아우 왕헌지가 병들어 먼저 죽자, 왕휘지가 조문하러 가서 왕헌지의 시신이 안치된 영상(靈牀)으로 올라가 아우가 즐겨 탔던 거문고를 꺼내 퉁겨 보았는데, 음조가 맞지 않자 거문고를 내던지며 "자경아, 자경아, 사람과 거문고가 모두 망하였구나.〔子敬子敬! 人琴具亡!〕"라고 하면서 애통해 하였다는 고사에서 온 말이다. '자경(子敬)'은 왕헌지의 자이다. 《世說新語 傷逝》

898 이불이……못하리 : 망형(亡兄) 조희일(趙希逸)의 지극한 우애를 나타내는 말이다. 후한(後漢) 때 강굉(姜肱)은 그의 두 아우인 강중해(姜仲海), 강계강(姜季江)과 우애가 지극했는데, 잠을 잘 때 반드시 한 이불을 덮고 잤다고 한다. 《後漢書 姜肱列傳》

우리집 형제는 여덟 명에 그쳤는데 　　　　　　　吾家兄弟止於八

해마다 이어진 상사(喪事)에 몇이나 남았는가 　　　喪患連年幾箇存

눈물 닦고 봄에 인간 세상의 즐거움이 전혀 없으니 　拭淚頓無人世樂

구천(九泉)이 도리어 척령의 언덕이라네[899] 　　　九原還是鶺鴒原

---

899 구천(九泉)이······언덕이라네 : 저승에까지 형제간의 우애가 이어지길 바란다는
말이다. '척령(鶺鴒)의 언덕'은 할미새가 있는 언덕으로, 형제간의 지극한 우애를 나타낼
때 쓰는 말이다. 《시경》〈상체(常棣)〉에 "척령이 언덕에 있으니, 형제가 급난을 구원하
도다.〔脊令在原, 兄弟急難.〕"라고 하였다.

이상은 나의 증조(曾祖) 죽음공(竹陰公)의 문집이다. 선인(先人 조경망(趙景望))께서 옛날 태인 현감(泰仁縣監)을 맡았을 때 비로소 판각할 수 있었는데, 합천(陜川)에 부임해서는 해인사(海印寺)에 옮겨 두었다. 이는 대개 길이 보존되기를 바란 것인데 불행히도 화재(火災)를 당해 재가 되고 말았다. 이에 불초한 내가 문집이 널리 퍼지지 못할까 걱정하여 녹봉을 덜고 공력을 모아 강서현(江西縣) 임소에서 중간(重刊)하였다. 그동안의 판각은 전적으로 관력(官力)에 의지한 것이니, 어찌 나라의 은덕이 아니겠는가.

숭정 후(崇禎後) 77년 갑신년(1704, 숙종30) 중춘(仲春)에 불초 증손 정만(正萬)이 삼가 기록하다.

지은이 조희일(趙希逸)

1575~1638. 조선 중기의 문신으로, 본관은 임천(林川), 자는 이숙(怡叔), 호는 죽음 (竹陰) 또는 팔봉(八峰)이다. 1601년(선조34) 진사시에 장원으로 뽑혔는데, 후일 그의 아들 석형(錫馨)도 진사시에 장원을 하여 아버지 조원(趙瑗)에 이어 3대가 진사 장원의 가통을 세웠다. 이듬해 별시 문과에 병과로 급제하고, 다시 1608년(광해군 즉위년) 문과중시에서 을과로 급제하였다. 이후에 승정원 주서, 정언, 예조 좌랑, 이조 정랑, 교리, 광주 목사(光州牧使), 예조 참판, 형조 참판, 경상 감사 등을 역임하였다. 시문과 서화 등에 모두 뛰어나 명성이 높았다. 저서에《죽음집(竹陰集)》,《경사질의(經史質 疑)》가 있다.

옮긴이 유종수(柳鍾守)

경상국립대학교 법학과를 졸업하고, 조선대학교 대학원 고전번역학과 석사를 졸업하였 다. 한국고전번역교육원 연수부와 전문과정을 졸업하고, 고전번역원 외부역자로《승정 원일기》영조대 번역사업에 참여하였다. 조선대학교 인문학연구원 고전번역연구소에 재직 중이다. 번역서로《답문유편(答問類編)》,《동행일록(東行日錄)》,《일본사법성시 찰기이(日本司法省視察記二)》,《기암집(畸庵集)》,《죽음집(竹陰集)》등이 있다.

옮긴이 이민호(李珉鎬)

전북 정읍(井邑)에서 태어났다. 단국대학교 한문교육과를 졸업하고, 성균관대학교 한 문고전번역 석박사통합과정을 수료하였다. 한국고전번역원 번역위원과 단국대학교 한 문교육연구소 연구원을 거쳐 조선대학교 인문학연구원 고전번역연구소에 재직 중이다. 번역서로《기암집(畸庵集)》,《죽음집(竹陰集)》등이 있다.

권역별거점연구소협동번역사업 연구진

연구책임자　이상원(조선대학교 국어국문학부 교수)
공동연구원　박종훈(조선대학교 국어국문학부 교수)
　　　　　　엄태식(조선대학교 국어국문학부 교수)
　　　　　　정길수(서울대학교 국어국문학과 교수)
연구원　　　유종수
　　　　　　이민호
　　　　　　최이호

교열　　　　박대현(전 한국고전번역원 교수)
윤문　　　　배대웅

죽음집5

조희일 지음 | 유종수 이민호 옮김
2025년 12월 20일 초판 1쇄 발행
편집·발행 심미안 | 등록 2003. 3. 13. 제05-01-0268호
주소 (61489) 광주광역시 동구 천변우로 487 2층
전화 062-651-6968 | 팩스 062-651-9690 | 블로그 blog.naver.com/munhakdlesimmian
ⓒ 한국고전번역원·조선대학교 인문학연구원 고전번역연구소, 2025
Institute for the Translation of Korean Classics·Chosun University Center for the Translation of Korean Classics

값 30,000원
ISBN 978-89-6381-478-0 94810
ISBN 978-89-6381-406-3(세트)